KB246462

아르헨티나

코리안 문학 선집

【소설】

아르헨티나

Argentina

코리안 문학 선집

【소설】

김환기 엮음

보고사

책을 펴내며

최근 코리안 디아스포라를 둘러싼 학문적 담론이 활발하다. 디아스포라 주체는 냉전시대의 희생자였던 구 소련권(CIS)의 '고려인'을 비롯해서 중국의 '조선족', 일본의 재일코리안, 미국과 캐나다 그리고 중남미 지역의 코리안들까지 망라한다. 이들 담론에서는 구한말과 일제강점기는 물론 해방 이후의 공식적인 이민정책에 의해 조국을 떠나야 했던 코리안들의 간고했던 이주역사와 문화적 현상까지 다양한 관점에서 조명된다. 특히 디아스포라 특유의 경계선상에서 구축되는 중층적 아이덴티티의 실체를 기록문화를 통해 확인하고 글로벌시대의 혼종성(Hibridity)과 결부된 글로컬리즘(Glocalism)을 천착한다는 점에서 유의미하다.

이 책에 실린 아르헨티나의 코리안 문학 작품들(시 128편, 소설 30편, 수필 14편)은 그러한 디아스포라 문학의 혼종성과 글로컬리즘의 현주소를 확인할 수 있는 소중한 문화유산이다. 그동안 한국의 독자들이 비교적 쉽게 접할 수 있었던 재일코리안 문학, 중국의 조선족 문학, 러시아의 고려인 문학, 미국과 캐나다의 한인 문학과는 다르게 남미대륙 특유의 혼종지점을 서사화한 작품의 소개라는 점에서 신선할 수 있다. 특히 작품의 행간에 묻어나는 이민자의 숨결에서 라틴조의 삶을 떠올리는 것은, 엄한 이과수 폭포로 대변되는 남미 대자연과 함께 살아가는 가우초(남미의 카우보이)의 애잔한 눈물로 승화된 탱고 리듬과 절묘한 조화를 이루는 느낌 때문이다. 그래서 필자는 이번 『아르헨티나(Argentina) 코리안 문학 선집』에 문예잡지『로스안데스문학』(창간호~통권13호)에 실린 작품을 중심으로 가능하면 더 많은 작품을 담고자 노력했다. 지면의 제약으로 아르헨티나에서 창작된 작품 전체를 소개하지는 못했지만, 이 선집에 수록된 작품들은 처음 소개되는 만큼 한국문단과 국문학계, 일반 독자들에게 어떻게 받아들여질지 사뭇 기대된다.

이 책이 간행되기까지 많은 분들로부터 신세를 졌다. 먼저 중남미지역의 한국계·일본계 이민문학을 함께 조사할 수 있도록 배려해 주신 호세이(法政)대학 가와무라 미나토(川村湊) 교수님께 감사의 말씀을 드린다. 덕분에 지난 4년간 공동연구프로젝트를 가동하고 대자연의 위대함(안데스와 아마존 등)과 직접 호흡하면서 필자의 연구영역을 한꺼번에 확장할 수 있었기 때문이다. 아르헨티나에서 한인기업 〈기리나 텍스(KIRINA TEX)〉를 경영하시는 정기웅 사장님께도 깊이 감사드린다. 정 사장님께서 아르헨티나의 코리안 문학작품과 관련 단체를 소개해 주시지 않았다면 이번 문학선집의 간행은 예정보다 훨씬 늦어졌을 것이다. 또한 문학선집의 저작권을 비롯해서 손수 원고교정까지 해주신 〈재아문인협회〉 이세윤 회장님과 조미희 작가님께도 감사의 말씀을 드리며, 아르헨티나에서 저희 연구조사팀을 따뜻하게 맞아주신 유한성, 주대석, 김원집 사장님께도 감사드린다. 끝으로 적지 않은 원고분량임도 선뜻 출판을 허락해 주신 〈보고사〉 김흥국 사장님과 이번 문학선집의 출판 과정에서 조언을 아끼지 않으신 한국체육대학의 유임하 교수님께도 감사의 말씀을 드린다.

모쪼록 이번『아르헨티나(Agentina) 코리안 문학 선집』이 한국문학계와 독자들의 관심 속에 널리 읽혀지기를 기대한다.

2013. 7. 15.

김환기

차례

소설

01 돌거울 _ 김원배

새해가 밝았습니다. 이렇게 해가 바뀌고 명절을 맞이할 때마다 불현듯이 부모님 생각에 잠기곤 합니다. 제가 고등학교 졸업반 때였지요.

"얘 은택아, 이리 좀 와 보래이."

"저 지금 바빠요."

"잠시면 된다."

"무슨 일이셔요?"

"이걸 좀 보래이. 아 글쎄 엄지발가락에 발톱이 살을 파고들어 걸을 때마다 찔러대는구나. 너가 눈이 밝으니 이걸 좀 깎아다오."

"아버지! 이런 일은 동생들에게 좀 시키세요. 제 머리가 얼마나 복잡한지 아시기나 하세요? 시험도 치러야 하고 입시준비도 해야 한단 말입니다."라고 심통을 부렸지요.

머쓱해진 아버님은 "너도 나이가 들어봐라."하시면서 돌아서서 먼 산만 바라보시던 모습이 아련하게 떠오릅니다. 봄비가 부슬부슬 내리던 어느 날, 어머님이 저를 부르셨지요.

"얘, 은택아, 이리 와서 어깨 좀 주물러다오. 이렇게 날씨가 흐리고 비가 오려고 하면 온 삭신이 안 아픈 곳이 없구나."

"어머니! 운동 좀 하세요. 운동을…"라고 볼멘소리를 지르고 나서 처삼촌 벌초하듯 대강 주물러 드렸지만, 어머님은 제 손길이 닿을 때마다 "아! 시원하다. 그래 그래. 좀 더 세게. 좀 더 왼쪽, 오른쪽, 위, 아래……"하시면서 조금이라도 더 만져주기를 바라셨지요.

제가 군에서 제대하고 집에 돌아오자마자 어머님이 제게 오시더니, 제 눈치를 보시며, "건너 마을 강영감 딸 정애 말이다. 처녀가 괜찮아 보이는데, 인물은 없어도 부잣집 맏며느리 감이더라. 일 잘하고, 건강하고, 심성 좋고, 어른 알아볼 줄 알고…… 사람은 뭐니뭐니해도 마음씨가 곱고 착해야 된다."

어머님은 벌써부터 정애를 당신 며느릿감으로 마음에 작정하고 계신 모양이셨습니다.

"어머니! 결혼은 제가 하는 겁니다."

"아니! 그럼 요전에 왔던 야시 같은 서울 각시를 생각하는 것이냐? 훅 불면 날아갈 것만 같고, 인물값 단단히 하겠더라. 나는 보기만 해도 신경이 편치 않아…… 그러니까 아예 딴 생각 말고 에미 말을 들어야 한다."

"어머니! 그런 미륵 같은 사람하고 한 평생 사느니 차라리 혼자 늙겠습니다."

"저런! 저런 소갈딱지 없는 놈!"

이런 실갱이 끝에 어머님이 그렇게 싫어하는 야시 같다는 아내와 결혼을 하여 대성이와 은지를 낳았지요.

"어머니! 아이들을 제발 좀 내버려두세요. 넘어져서 운다고 일으켜주면 응석받이가 된단 말이에요!" 하고 아내의 목청이 점점 커지기 시작했지요.

"저는 세대 차이가 나서 더 이상 견딜 수 없어요."

"요즘 시대에 장남이라고 꼭 부모님을 모셔야 하나요?"라는 아내의 말에 맞장구치는 제 꼴을 보신 부모님의 쓸쓸해하시던 모습도 떠오릅니다.

"얘! 아범아. 니가 꼭 이민을 떠나야만 하겠니? 부모가 살면 얼마나 더 살겠니. 우리가 서로 보고 싶을 때 볼 수 있는 이 땅에서 사는 것이 효도하는 것이 아니겠니?"

"아버지 어머니 뜻은 알지만 효도가 꼭 매일매일 문안드리는 것만이 아님니다. 자녀가 잘되고 크게 되는 것이야말로 진정한 효도라고 생각합니다.”라며 나름의 효도관으로 부모님의 뜻을 한마디로 거절해 버리고 행복을 찾아 지구 끝에 있는 나라 알젠틴으로 이민 수속을 해 버렸습니다.

정든 고국산천을 떠나던 날, 이것이 마지막이 될 지도 모른다는 생각 때문인지 칠순이 넘으신 두 분께서는 공항에 나오셔서 눈물만 줄줄 흘리셨지요.

“아니! 제가 죽으러 가는 것도 아닌데 창피스럽게 왜 그러세요?” 하면서 빨리 집에 들어가시라고 등을 떠밀었지만 “니가 떠나는 것을 꼭 봐야겠다.”고 끝내 버티셨지요.

“이민 가서라도 전화는 자주 해야 한다. 네 음성과 대성이와 은지 목소리라도 자주 들어야 살 것 아니냐?” 하시면서 말씀을 잇지 못하시던 모습이 눈에 선합니다.

그렇게 약속을 해놓고도 바쁜 이민 생활을 핑계 삼아 차일피일 전화도 편지도 미루다가, 명절이나 돌아와야 전화를 드렸던 일도 생각이 납니다.

“형님! 어머님이 위독하십니다.”라는 동생의 소식을 듣고도 벌려놓은 사업 때문에 늦어져 한국에 도착했을 때는 어머님은 이미 고인이 되셨습니다.

어머님은 마지막까지 “은택아! 은택……!” 하시면서 숨을 거두셨다고 들었습니다. 그 해에 아버님은 홧병으로 어머님을 따라 하늘나라에 가셨습니다. 그런데 부모님은 그토록 생각지도 않은 때에 고인이 되셨으니 제게 남은 건 애오라지 후회뿐이었습니다.

‘살아 계실 때 전화라도 자주 드릴 걸. 용돈이라도 두둑이 드릴 걸. 그 흔한 효도관광이라도 철철이 시켜 드릴 걸’ 하고 ‘걸’ 노래를 부르는데 한번 가신 부모님은 다시 안 오시니 저는 이제 어찌해야 한단 말입니까?

문득 문득 떠오르는 부모님의 안쓰러워하시는 모습과 저의 지난날의 어리석음이 주마등처럼 지나가면서 나를 얼러대고 있을 때였습니다.

“여보! 홍영자 할머님이 입원하셨대요.”

“왜? 무슨 병으로…….”

“갑자기 배가 아파서 병원에 갔더니 위에 혹이 있어 위를 반이나 잘라 내는 대수술을 했다는군요.”

“아뿔사! 저런 일이 있나? 어느 병원이래?”

“백구 근처에 있는 Pinero 병원이래요.”

아! 가난한 한국 사람들을 무료로 치료도 해 주고 수술을 하고도 없는 사람에게는 한 푼도 안 받는 병원…….

홍 할머니는 1987년도 5월 4일 남편과 외동딸 정순이와 셋이서 정든 고국을 떠나 알젠틴으로 이민 오신 이민 동기생이요. 종씨 어른으로서 한 동리에 살고 있는 분입니다. 할머니의 외동딸 정순이는 비행기 타고 오던 중 급체로 인해 알젠틴에 도착한지 사흘 만에 세상을 떠났습니다. 18세의 꽃 같은 나이에…….

외동딸을 한인공동묘지에 묻으신 두 분의 모습은 차마 볼 수 없을 만큼 비통에 잠겨 있었습니다. 마치 인간의 모든 감정이 농축되어 굳어져버린 망부석 바로 그것이었습니다. 그런데 작년 가을에는 할아버지마저 고혈압 으로 쓰러져 정순이를 따라 하늘나라로 가셨지요. 졸지에 가족을 잃어버 린 할머니는 울음조차 거두시고 두문불출 하셨었는데…….

“빨리 갑시다. 젠장맞을……. 그렇게도 복이 없나. 제발 무사하셔야 할텐 데…….”

자동차 시동을 걸자마자 정신없이 Pinero 병원으로 달리는 저의 마음은 착잡하기만 했습니다.

‘도대체 산다는 것은 무엇이고 행복이란 무엇이란 말인가?’ 풀 수 없는 수수께끼 같은 질문과 씨름하면서 말입니다.

홍 할머니는 중환자실에 누워 계셨습니다. 움푹 패인 눈, 툭 튀어나온 광대뼈, 이마에 패인 깊은 주름살을 보는 순간, 홍 할머니의 모든 비극이

나를 격동시키기 시작했습니다. 제 가슴은 알 수 없는 분노로 가슴이 저려 왔습니다.

"왜 이렇게 착한 사람들이 고난을 당해야 합니까? 왜요, 왜냐구요……?"

저는 가만히 할머니의 손을 잡았습니다. 할머니의 손은 얼음장처럼 차가웠습니다. 할머니는 나보고 양아들 삼았으면 좋겠다고 말씀하시지만 나 같은 놈이 무슨 양자 될 자격이 있담. 제 부모 하나도 공경하지 못했던 놈인데, 하면서 고사해 왔지만 할머니의 큰 불행 앞에서 나의 모든 소아가 여지없이 녹아 버리고 말았습니다.

이제부터는 날마다 할머니의 손이라도 잡아 드려야지. 할머니의 소원도 풀어 드리고…….

"할머니! 제가 왔습니다. 은택이가!" 할머니는 실눈을 뜨시고 "은택이" 하시고는 눈을 감으셨습니다.

"할머니, 힘내세요. 곧 좋아지실 거예요."

"아니야, 틀렸어! 모두 다 바람처럼 내 곁을 떠나 버렸어. 정순이도 영감도 재산도…… 이제는 이 몸뚱이마저…….

"그렇지 않아요. 떠난 것은 그림자뿐이에요."

"그럼 본체는 어디에…….

"그것은 할머니의 마음속에 있어요. 거울을 닦듯이 정성을 들여 마음을 닦아보면 떠나갔다고 생각했던 아름다운 모습들을 볼 수 있을 거예요. 그리고 또 있어요."

"뭐가……?"

"전에 할머니가 제게 이런 말씀을 하신 것 기억나세요? 사람이 이 땅에서 행한 모든 것이 남아 있는데, 그 중에서도 사랑은 영원히 남아있다고 하셨지요."

"그래서…….

"할머니의 인자하신 모습과 말씀이 제 가슴속에서 항상 저를 깨우쳐 주시고 있습니다……."

"아니."

"바로 그것과 같은 것이죠."

"……?"

"할머니, 아주 기쁜 소식이 있어요."

"뭔데?"

"잠깐 귀 좀 빌려주세요."

"뭣이라고! 은택이가 아들이 되겠다고?"

"그래요. 오늘부터……."

"어 흐…… 흐흑…… 은택이!" 할머니는 격정을 이기지 못해 두 팔로 내 목을 끌어안고 울음을 터트렸습니다.

"어머니! 이제는 조금도 염려 마세요, 어머니는 절대로 혼자가 아니에요. 은택이가 있고 며느리, 손자까지 있다고요."

"은택이가! 은택이가 이렇게 고마울 수가……." 할머니의 깡마른 볼에 굵은 눈물이 쉴 새 없이 줄줄 흘러 내렸습니다.

"어머니, 울지 마세요."

"그래 그래, 이렇게 기쁜데 왜 자꾸만 눈물이 나오는지 모르겠어……. 응! 은지 엄마, 사람은 너무 기뻐도 눈물이 나오는가 봐."

"그렇고말고요."라고 할머니의 말씀에 맞장구치는 아내의 커다란 눈에는 눈물이 가득 고였습니다. 집으로 돌아오는 아내의 얼굴은 발갛게 상기되어 있었지요.

"여보, 은지 아빠!"

"응."

"이번에 어머님 퇴원하시면 우리 집에다 모시면 어떻겠어요?"

"나도 그렇게 생각하고 있던 참이었소."

"아마 이것은 신이 우리에게 베푸신 기회일 거예요."

“와우! 당신이 그렇게 말하는 것을 보니 이제는 야시가 아니라 착하디착한 천사 같은데…….”

“그럼 당신은요? 분명히 괴짜 같은데…….”

“맞아. 아버님은 나를 가리켜 ‘은택이 녀석은 돌거울이야.’라고 말씀 하셨어.”

“호. 호. 호. 훗, 돌거울?”

“아마 부모님이 지금 이 모습을 보시면 저 좀 보래이……! 정말 웃긴다. 야시와 돌거울하고 환하게 웃으실 거야.”

(『로스안데스문학』 통권5호, 2000)

 부서진 날개 _ 김판석

이민 1.5세

'한국에서 출생하여 이민국에서 성장한 사람'이라는 뜻의 이 말은 12살 때부터 내게 주어진 명찰이다. 이 명찰을 달고 사춘기 시절을 보낸 내가 겪어야 했던 고통과 좌절, 눈물과 절규는 눈을 감는 날까지 결코 잊을 수 없을 것이다. 이것은 나뿐 아닌, 모든 이민 1.5세들의 고백일 것이다.

이민 1.5세의 고통을 알지 못하는 사람은 이민의 고통을 말할 자격이 없다. 이 고통을 자녀와 함께 나눌 준비가 안 된 부모는 이민자 부모로서의 자격이 없는 사람들이다.

예전에도 그랬듯이 지금도 많은 이민 1.5세들과 2세들이 고통 속에서 허덕이고 있다. 이 고통을 이해하고 함께 나누는 가운데, 이를 승화(昇華)시켜서 그들이 이 사회에서 자리 잡을 수 있도록 도우는 것이 이민 1세들에게 주어진 임무인지도 모르겠다.

이런 마음을 가진 사람들에게 이민 1.5세를 이해하는데 도움이 됐으면 하는 마음으로 이 소설을 써 보았다.

비교적 이민 1.5세나 2세 청소년들과 대화의 시간이 많은 나로서는 이들의 현실을 있는 그대로 표현해 보려고 노력했다. 이러한 노력이 외설적으로 비추어질 수도 있다는 걱정도 있지만, 그것 또한 현실이라는 마음으로 읽어주기 바란다.

———— * ———— * ———— * ————

등교를 위하여 학교로 향하던 진수는 왼편 정문을 등지고 공원이 있는 쪽으로 발길을 돌린다. 아무리 생각해 봐도 들어갈 자신이 없다.

"이놈의 나라는 무슨 시험을 시도 때도 없이 본담."

그렇지 않아도 이민 3년간 배운 언어가 수업을 따라 가기엔 역부족이다. 그런데 한 달에도 몇 번씩 구두(口頭)시험과 필기시험을 치러야 학점을 딸 수 있으니 진수에게는 고역이 아닐 수 없다. 10점 만점에 7점을 따지 못하면 유급(留級)처리 되는 중학교 교육제도는 아르헨티나 학생들에게도 벅차다. 진수와 같은 이민 초년생에게는 하늘의 별따기처럼 느껴질 수밖에 없다.

"그래, 어차피 오늘 시험은 봐야 낙제점수니 공원에 가서 적당히 시간이나 때우자."

이렇게 마음먹고 발길을 돌리니 시험에 대한 걱정은 한순간이나마 눈 녹듯이 사라진다.

이런 방식으로 수업을 까먹기도 이미 스무 번이 넘었다. 결석 스물다섯 번이면 이유를 불문하고 유급처리 된다. 하지만 집에서는 진수의 이런 사정을 아는 사람이 없다. 아니 알려고도 하지 않는다.

지난 해 낙제했을 때 진수의 부모들은 펄펄뛰기는 했지만 다른 해결책은 제시하지 못했다. 열심히 공부하지 않는다고 회초리만 휘둘러댔다.

진수는 가슴만 답답할 뿐이었다.

올해도 결석으로 유급처리 되나, 성적으로 낙제하나 진수에게는 매일반이니 될 대로 되라는 식이다.

"그래도 한국에 있었을 때가 좋았는데……."

공원에 앉은 진수는 눈을 지그시 감고 3년 전 자신의 모습을 되새겨 본다.

이민을 떠나기 전 진수는 S중학교 1학년 우수생이었다. 이민 온 사람치고 한국에서 한가닥 하지 않은 사람 없고, 이민 온 아이들치고 한국에서 우등생이 아니었던 학생이 없다고 한다. 이민 사회란 그렇게 뻥튀기라도 해야 직성이 풀리는 콤플렉스가 많은 사람들이 모여 사는 곳이라는 뜻 일 게다.

하지만 진수의 경우는 남들의 뻥튀기와는 좀 다른 데가 있다.

진수의 부모들은 속된 말로 잘나가는 포목상 주인이었으므로 70년대 보릿고개 시절이라고 해도 밥상은 항시 풍족했다. 진수의 학교생활도 아버지의 사업만큼이나 순탄했다. 진수의 학교에서 조금이라도 소외되는 듯싶으면 어머니는 흰 봉투를 들고 담임선생을 찾았다. 이 흰 봉투의 위력과 진수의 높은 지능지수가 항시 전교 10등 이내의 성적을 다투는 우수생이 될 수 있도록 했다.

"그런데 이게 뭐람."

진수는 자신의 처지에 대하여 냉철한 판단을 하기에는 아직 어린 나이지만, 막연히 느껴지는 서글픔과 불안은 어찌할 수 없었다.

진수의 나이 만으로 15세. 이제 얼마 있지 않으면 16세가 될 텐데 올해가 지나도 중학교 2학년 진급은 꿈도 꿀 수 없는 상황이다. 덩치는 하루가 다르게 커지는데 새로운 급우(級友)들은 쥐새끼만한 아이들이니 창피해서 견딜 수가 없다. 그렇다고 한국처럼 형 대접하는 놈들도 없고, 그저 맞먹으려만 드니 그 녀석들 때려주는 일도 이제 지칠 대로 지친 상태다.

누구 하나 진수의 난처한 입장과 괴로운 마음에 귀 기울일 사람 없다. 하나뿐인 동생 영수는 세월 모르고 날뛰는 철부지이고, 한국에서 그래도 다정다감하던 부모님마저 이민 생활에 찌들려 진수에게 관심을 보이는 눈치는 아니다. 그저 학교에서 이 나라 놈들을 쥐어 패서 담임선생의 호출이라도 받게 되면 '우리가 누구 때문에 이민 왔는데 하라는 공부는 안하고 싸움박질만 하느냐?'는 호통으로 관심을 대신할 뿐이다.

"뭐 어떻게 되겠지."

오늘의 시험 걱정은 일단 해결이 되었다 해도 자꾸만 가슴을 짓누르는 앞날에 대한 걱정은 어찌할 수 없어, 진수는 공원 벤치에 앉아 담배 한 대를 빼어 물고는 혼자 중얼거린다.

"이놈의 나라는 다른 건 몰라도 이건 좋단 말이야."

담배 연기를 후 내 뱉으며 진수는 생각한다. 어린아이가 담배를 피우던 지랄을 하던 상관하지 않는 나라. 그래서 담배가 없으면 지나가는 노인에게 담배 한 대 얻자해도 얻어맞지 않는 나라. 부모들이 진수에게 무관심한 만큼이나 아이들에게 무관심한 나라. 그것이 무관심인지 자유인지 헷갈리기는 하지만, 여하튼 유일한 친구인 담배와 가까이 할 수 있으니 그나마 다행이었다. 약 30분쯤 흘렀을까.

5시간의 지루한 시간을 때우기 위하여 공원을 지나는 사람들의 거동 하나 하나를 관찰하고 있을 때였다. 이른 아침 시간이니 인적은 드물고 하늘을 찌를 듯 파랗게 물들은 나무들이 외로워 보이는 가운데, 출근길에 바쁜 몇몇 사람이 얼굴을 땅에 묻고 제 갈 길에 몰두하는 모습만 보이고 있을 때, 진수에게 누군가 다가오는 모습이 보였다.

"햐! 기가 막히다."

진수가 앉아있는 방향으로 다가오는 사람은 20대 안팎으로 보이는 어여쁜 여인이었다. 머리에는 빨간색 빵모자를 쓰고, 셔츠 차림에 무릎까지 내려온 연두색 치마를 입고 있었다. 하지만 그녀가 무슨 옷을 입고 있는 것이 중요한 것은 아니었다. 뭐라 형용할 수 없는 그녀의 아름다움이 진수의 온갖 관심을 자아낸 것이다.

세계에서 가장 아름다운 여인들이 아르헨티나에 산다고 했던가.

옛날 조물주께서 천지를 창조하고 인간을 지었을 때, 아르헨티나 땅을 가장 풍성하고 아름다운 곳으로 만들었다 한다. 땅만 아름답게 창조한 것이 아니라, 남자와 여자도 최고의 미남미녀로 지었다. 이러자 타국 사람들이 조물주에 대한 불만을 토로했다.

"어떻게 아르헨티나 사람들만 모든 축복을 누릴 수 있느냐?"는 불만이었다.

그래서 조물주는 타민족과의 형평을 이루기 위하여 아르헨티나인들의 지능지수를 낮게 하여 타국인들의 불만을 막았다고 한다.

아르헨티나에 사는 한인들은 이러한 이야기를 하며 껄껄대곤 했다.

"이놈들 대가리는 나빠도 생긴 거 하나는 끝내줘. 특히 계집년들 저렇게 하나같이 예쁘니 우리 남정네들 마음만 심상하게 하지."

진수는 그 예쁜 여자들과 한번 사귀어 보는 게 소원이었다.

진수의 관심을 알아채기라도 한 듯, 그 여인의 발걸음은 그를 향하고 있었다.

"불 좀 있으면 빌릴 수 있을까?"

방긋이 웃으며 다가선 그녀가 진수에게 말을 걸어왔다.

얼떨결에 성냥을 건네준 진수는 지금 벌어지는 상황이 꿈이 아니었으면 좋겠다는 생각을 해본다.

"일자리를 구하러 나왔더니 뭐가 잘 안되는군."

담배에 불을 붙이고는 혼잣말로 묻지도 않은 말을 한다.

"무슨 일을 구하는데?"

셔츠를 터트리고 튀어 나올 듯한 그녀의 젖가슴에 눈길을 멈춘 채 기어 들어가는 목소리로 한마디 건네 본다.

"응, 청소부."

남의 집 청소를 한다는 사실이 부끄럽지도 않은지 진수 옆에 자리 잡고 앉으며 태연하게 대답한 그녀는

"내 이름은 루씨아야."

라며 불쑥 손을 내밀어 악수를 청한다.

"글쎄. 어제 일자리는 구했는데 주인 녀석이 청소하는 도중에 얼마나 못 살게 구는지 그냥 나와 버리고 말았어."

그녀의 말이 무슨 뜻인지 진수는 곧 이해할 수가 있었다.

진수의 성(性)에 대한 개념은 한국에서와는 판이하게 달라졌다. 아르헨티나 땅을 밟고 처음으로 버스를 탔을 때 젊은 남녀가 부둥켜안고 더럽게 침을 흘려가며 키스하는 모습을 보았을 때만 해도 진수는 그저 그러려니 했다. 뭔가 이상한 감정을 느끼기는 했지만 그 감정의 정체를 알 수는 없었다.

그러던 중, 국민학교 7학년에 편입되어 말도 모르며 학교를 오갈 때 급우의 생일파티에 초대를 받았다. 이곳의 섹스문화가 한국과는 전혀 다른

곳이라는 것을 그때 처음 깨달았다.

아르헨티나 학생들은 생일 파티에서 무릎이나 치며 노는 한국 학생들과
는 달랐다. 이들은 자유롭게 짝지어 음악에 맞추어 춤을 추며 파티를 시작
한다. 모든 것이 생소한 진수는 관람객에 불과했다. 아이들이 춤을 추라고
집요하게 요구했지만 진수는 고목나무마냥 서 있을 수밖에 없었다.

얼마만큼의 시간이 흐르면 음악의 템포가 느려진다. 그리고는 이 아이
저 아이가 서로 부둥켜안고 춤을 추기 시작한다. 남자아이는 여자아이의
허리에 양팔을 감고, 여자아이는 남자아이의 어깨에 양팔을 올려놓은 채
좌우로 스텝을 오가는 형식의 춤이다.

호기심도 일고 이 정도는 나도 할 수 있다는 자신감이 생겼을 때, 마침
평소 진수의 관심을 끌던 여학생이 춤을 추자고 했다. 그래서 진수는 난생
처음 여자아이를 부둥켜안고 렌또라 하는 블루스 춤을 춰보게 됐다.

일부 아이들이 입 맞추며 어른 흉내를 내는 모습을 곁눈질로 보면서…….

생일 파티가 끝난 후 몇 일간 반 아이들의 관심은 온통 남녀 관계에 집중
된다. 누가 누구와 좋아한다느니, 서로 키스를 한 사이라느니 하는 말이
입에서 입으로 전해지곤 한다. 매우 드물기는 하지만, 어떤 녀석이 부모들
이 출근한 사이 반 여자아이를 집에 데려가 섹스를 했다는 소문이 나도는
날도 있었다. 이러한 대화가 오고 가는 가운데 진수는 이제껏 몰랐던 사실
을 알게 됐다. 남녀관계가 마음으로만 좋아하는 것은 아니라는 것도 알게
되었다.

진수도 이런 경험을 하고 싶었지만 그에게 이런 것들은 그림의 떡에 불
과했다. 여자아이들이 친근감을 보이다가도 좋아하는 사이로 진행된다 싶
으면 진수를 기피했다. 말도 잘 모르는 한국아이와 좋아한다는 소문이 나
는 것을 부끄러워하는 눈치였다. 그래서 진수는 아이들의 말에 온갖 관심
을 집중하면서도 그런 것들은 자신이 직접 경험할 수 없는 이민자라는 사
실에 서글퍼하곤 했다.

이렇게 예쁜 여자니 누구나 탐낼 만하다고 생각하며 진수가 묻는다.

"그럼 어떻게 할 작정인데?"

"내일 또 나와 봐야지. 공원 모퉁이에 일을 구하는 여자들과 서 있으면 일꾼이 필요한 사람이 차를 타고 찾아오거든."

"그럼 처음 본 사람의 차를 타고 그 집으로 가는 거야?"

"응. 어떤 때는 차에 타자마자 남자 놈들이 '20빼소 어때. 30분만 일하면 벌 수 있을 텐데'라면서 섹스를 요구하기도 하지만 대부분이 일꾼이 필요한 사람들이야."

"섹스를 요구하면 어떻게 하는데?"

진수는 갑자기 울분을 느끼면 대답을 재촉하듯 묻는다.

"어쩌긴 뭘 어째. 우린 식모 아니면 청소부지만 창녀는 아니야."

"후……."

진수가 안도의 한숨을 내쉰다.

"하긴. 돈이 궁한 여자들은 20빼소 받고 섹스를 제공하기도 하지. 어떤 여자들은 아예 그런 놈 안 걸리나 기대하기도 하고……. 하지만 대부분은 돈은 없어도 깨끗한 여자들이야. 바 가까이 길에서 서있는 년들과는 근본적으로 틀리지."

"바 가까이 길이 뭐하는 곳인데?"

"우리는 공원 모퉁이에서 청소부나 식모가 필요한 사람들을 기다리지만, 그곳엔 창녀들이 서서 섹스에 궁한 놈들을 기다리는 곳이야."

참 세상에 별 곳이 다 있구나라는 생각을 하고 있는데 루씨아가 천천히 일어섰다.

"이제 가 봐야겠어. 너랑 이야기하다 보니 지루하지 않게 시간이 지나 버려서 다행이네."

"아니. 그럼 넌 나를 심심풀이 대상으로 여기는 거야?"

막연한 기대가 무너지는 것을 느끼며 진수가 골난 표정으로 따졌다.

"아니야. 넌 참 잘생겨서 호감이 간 거야."

비아냥거림인지 진심인지 알 수 없는 어투로 루씨아가 말한다.

"그럼 안녕."

루씨아는 진수의 뺨에 자신의 뺨을 대는 운 베씨또(아르헨티나식 인사)를 하고 떠나려 했다.

"잠깐! 나랑 좀 더 같이 있을 수 없겠니?"

절박한 심정으로 진수가 말했다. 시간을 때운다는 생각은 이미 사라지고, 난생 처음 자신에게 다가온 이렇게 예쁜 여자를 그냥 보내서는 안 되겠다는 심정이었다. 누군가 나에게 관심을 가져준 것이 얼마만의 일인데…….

"아니야. 그만 가봐야 해. 또 이야기를 나누고 싶으면 내가 사는 곳을 가르쳐 줄 테니까 한번 찾아와."

루씨아는 호세 쎄 빠스라는 변두리 지역에 살았다. 시내에서 기차를 타고 한 시간가량을 가는 곳에서도 버스를 타고 30분을 간 후, 도보로 15분을 걸어야 도착하는 곳이었다.

"그런 변두리에도 이렇게 예쁜 여자가 사는 부촌(富村)이 있는가 보지."

진수는 루씨아에게 직접 묻지는 못했지만 그녀가 식모라는 사실을 액면 그대로 받아들이기 어려웠다. 그래서 부잣집 딸이 아르바이트를 하고 있을 거라고 혼자 단정해 버렸다.

루씨아가 누군데. 얼마나 예쁜 여잔데. 가난한 여자의 옷차림이 그렇게 좋을 수 없지. 그렇게 큰 젖가슴과 그렇게 가냘픈 허리를 가질 수가 없지.

루씨아가 누군데. 아르헨티나에서 처음으로 나와 한 시간이 넘게 대화를 나눈 여잔데…….

진수가 루씨아의 집을 찾아가 보겠다고 마음먹은 것은 그녀를 처음 만난 지 꼭 10일째 되는 날이었다.

그녀와 헤어진 후 진수의 가슴엔 온통 설레임 뿐이었다. 집으로 돌아갈 때까지의 서너 시간이 어떻게 흘러갔는지 도무지 알 수가 없었다. 그녀는 예쁘고 재미있는 여자였다. 자신이 모르는 사실들을 많이 알고 있고 자신에게 관심을 가지고 일일이 이야기해주는 상냥한 여자였다. 진수는 그녀와 오랜 연애 끝에 결혼에 이르렀으면 좋겠다는 생각도 들었다.

그날 밤 진수는 일기장을 펴고 루씨아의 만남에 관하여 다섯 장의 일기장을 글로 가득 메웠다. 그리고는 마지막 부분에 「TE AMO, LUCIA」(루씨아, 난 널 사랑해)라고 적어 놓았다.

사실 진수는 그 이튿날도 루씨아의 집을 찾아 보려했다. 등교를 위하여 학교 정문에 섰을 때까지도 루씨아의 집으로 발길을 돌리고픈 마음이었다.

하지만 왠지 모르게 불안한 마음이 든다. 여지껏 기차를 타 본 경험이 없었다는 것을 그래도 한 번 해볼 만하다. 그러나 만일 그 먼 길을 가서 그녀를 만나지 못한다면 어쩔 것인가. 혹시 루씨아가 집 주소를 엉터리로 가르쳐 준 것이라면……. 이런 경우가 생긴다면 진수의 마음에 싹트고 있는 많은 꿈들이 한순간에 물거품처럼 사라질 수도 있다. 이러한 불안감이 꼬박 열흘간 진수의 발목을 붙잡고 있었던 것이다.

열흘 째 되던 날, 진수는 이제 더 이상 참을 수가 없었다. 이렇게 머뭇거리며 시간이 흐르다가는 루씨아가 자기와 만났던 사실조차 잊을지도 모른다는 생각에 이르렀다.

그동안 진수는 호세 쎄 빠스는 기차뿐 아니라 버스를 타고 갈 수도 있다는 사실을 알아냈다. FLORES공원에서 53번 버스를 타고 약 1시간 30분을 가면 호세 쎄 빠스 기차 정류장에 내릴 수 있다.

"학교 다녀오겠습니다."

그날따라 인사를 하는 진수의 음성이 매우 떨리고 있었다. 여느 날과 마찬가지로 진수의 부모들은 대답이 없다. 그 인사를 들었는지의 여부조차 알 수 없다. 방에서 미싱에 매달려 일하기에 바쁠 테니 말이다. 하지만 그날은 부모의 무관심이 서운하지 않았다. 행여 자신의 떨리는 목소리에 뭔가 눈치라도 채면 큰일이겠기에 부모의 무관심이 다행스럽게 여겨졌다.

　53번 버스를 타고 긴 시간을 가는 동안 진수의 마음엔 온갖 상념이 일었다. 이제껏 느껴지던 막연한 두려움이 현실로 다가오는 것을 느끼게 된다. 반면에 루씨아를 만나서 달콤한 이야기를 나누는 상상도 해본다.

　"오늘 만나서 이야기만 잘되면 언젠가는 결혼을 할 수도 있을 거야. 하지만 루씨아가 허락을 할까?"

　사실 루씨아를 만난 이후 진수는 온통 그녀의 생각으로 가득차 있었지만, 루씨아도 자신을 좋아한다고 단정할 수는 없었다. 진수에게 희망을 준 일이 있다면 루씨아가 헤어지면서 요구를 하지도 않았는데 자신에게 뺨을 대며 키스를 해 주었다는 것뿐이다.

　"하지만 그 키스라는 것이 아르헨티나 사람들은 만나면 자연스럽게 하는 인사 아닌가?"

　이 생각 저 생각이 진수의 머리를 어지럽게 하고 있을 때 버스는 호세 쎄 빠스에 다다랐다.

　"일단 만나보면 무슨 해답이 나오겠지."

　진수는 뛰는 가슴을 달래려 혼자 중얼거려 본다.

　호세 쎄 빠스 기차역 주변은 변두리답지 않게 매우 번잡했다. 기차역에서 몰려나오는 사람들, 역으로 밀려들어 가는 사람들이 인산인해를 이루고 있었다. 상가도 매우 붐비고 있었고 기차역을 끼고 지나는 차량도 대단했다.

　진수는 루씨아의 집 근처까지 가는 버스를 어디서 타는지 도무지 알 수가 없었다. 묻고 물어 305번 버스를 탄 것은 보세 쎄 빠스에 도착하고 20분은 족히 흐른 뒤였다.

　변두리답게 진수가 탄 버스는 시내버스에 비하여 상당히 낡은 차였다. 다행히 가는 길은 좋아 흔들림은 없었으나, 엔진소리가 시끄러워 그렇지 않아도 내려야할 정류장을 알지 못해 신경쓰던 진수를 더욱 더 날카롭게 했다.

약 5분을 가니 번잡하던 기차역 부근과는 전혀 다른 세상이 눈에 들어온다. 지평선이 펼쳐지는 벌판이 보이며 그 중간 중간에 무질서하게 지어놓은 벽돌집들이 눈에 띈다. 끝없이 펼쳐진 광야에 보이는 집들은 모두 합해봐야 100채도 되지 않을 듯하다.

약 25분을 갔을까. 루씨아가 가르쳐 준대로 큰 버드나무가 서있고 그 옆에 YPF휘발유 회사 광고판이 있는 정류장이 보인다. 여기서 내려 15분을 걸어 들어가면 루씨아가 사는 집이 있는 것이다. 루씨아의 집까지 가는 길은 진수에게는 어색하기 짝이 없는 곳이었다. 흙길인 것까지는 견딜만한데, 이따금 보이는 집에서 타객을 경계하는 개 짖는 소리가 가슴을 섬짓하게 한다. 사오 명씩 몰려다니는 얼굴색이 시커먼 코흘리개 아이들이 갑자기 나타난 동양인을 신기한 눈초리로 바라본다.

루씨아의 집은 생각보다 찾기 어려웠다.

시내처럼 바둑판 같은 길이 있는 것도 아니고 집에 번호판이 붙어있지도 않다. 그저 어떻게 생긴 나무에서 왼 편으로 몇 메타에 위치한 집 정도라는 것을 알뿐이다. 허허벌판과 같은 곳에서 루씨아가 이야기해 준대로 그려놓은 약도 한 장 가지고 파란 철창으로 된 대문집을 찾는 것이 보물섬을 찾는 일 만큼이나 어렵게 느껴졌다.

"누구 없습니까?"

어렵사리 파란 대문집 앞에 선 진수는 아르헨티나 사람들이 하는 것처럼 박수를 힘차게 치며 물었다. 담벼락도 제대로 되어있지 않은 집이니 초인종은 찾아보나마나이다.

잠시 후 진수 나이쯤 되어 보이는 여자아이가 현관문을 열고 고개를 빠끔히 내민다. 얼굴이 예쁘장한 게 루씨아의 동생이 틀림없었다. 그런데 소녀는 아무런 대답도 질문도 없이 대단한 사건을 집안 식구들에게 알리려는 양 집안으로 뛰어 들어가고 말았다. 소녀가 들어간 후 진수는 시험 결과를 기다리는 학생의 마음이 되었다. 도대체 제대로 찾아온 것인지, 잘못 찾아온 건지 알 수가 없었다. '누구냐?', '무슨 일이야?' 묻기라도 했으면 대답이라도 시원스레 했을 텐데, 얼굴만 내밀고는 뛰어 들어가고 소식이 없으니 참 난감한 일이 아닐 수 없었다.

또 한 번 박수를 치려고 하는데, 아까 그 소녀가 다시 나오는 모습이 보였다. 좀 전의 경계하던 눈초리는 사라지고 얼굴에 살짝 미소를 띤 수줍음과 호기심이 함께 한 모습이다.

"들어와."

소녀는 철창 대문을 열어주며 진수의 뺨에 키스를 하며 인사를 갖춘다.

"내 이름은 쏘냐야. 루씨아 동생이지."

"난 진수."

현관까지 가는 동안 쏘냐의 호기심 어린 눈이 진수를 떠나지 않는다. 그러면서도 예의 없다는 말을 듣지 않으려는 듯 상당히 조심하는 눈치다.

현관을 들어서자 정돈되지 않은 가구와 여기저기 널려져 있는 홀이 진수의 눈을 어지럽혔다. 진수가 문밖서 기다리는 동안 부리나케 정리 해놓은 듯싶은 탁자에는 만뗄(식탁보)이 예쁘게 씌어져 있었다. 페인트칠도 제대로 되어있지 않은 집에 어여쁜 식탁보는 전혀 어울리지 않았다.

"좀 앉지. 루씨아는 화장실에 있는데 곧 나올 거야."

쏘냐의 호기심 어린 눈초리가 진수를 부담스럽게 했지만, 그 친절함이 들떠있던 마음을 한결 안정되게 했다.

"너, 여기서 뭐하는 거니?"

가지런한 치아를 한껏 내보이며 루씨아가 호들갑스레 다가와 뺨을 대고 키스를 한다.

"응. 너 만나러 왔지."

"야. 대단하구나, 이렇게 찾아올 줄은 몰랐어."

루씨아는 통통한 히프가 손에 잡힐 듯이 꽉 끼인 청바지에 젖가슴이 터질 듯이 불거져 나온 그때 그 셔츠를 입고 있었다.

“마침 시내에 나갈 일이 있는데 같이 나갈까?”

홍차를 한 잔 대접한 후 루씨아는 집에 있는 것이 불편한 듯 나갈 것을 청했다.

두 시간이 넘는 먼 길을 찾아온 손님에게 앉은 지 20분이 못되어 나가자 하는 루씨아의 말에 서운함이 느껴졌지만, 진수도 불편함을 느끼고 있던 터라 쾌히 고개를 끄덕였다.

루씨아의 집으로 왔을 때와는 달리 둘은 호세 쎄 빠스에서 기차를 탔다. 진수가 아르헨티나에 온 이후로 처음 타본 기차였다.

기차는 낡았지만 더럽지는 않았다. 진수가 루씨아가 오르니 신기한 듯 흘끔흘끔 쳐다보는 사람들이 낡은 자리에 띄엄띄엄 앉아 있어 무척 한산해 보인다.

자리를 잡고 앉으려는데 얼굴이 검게 탄 천박하게 생긴 몇 명의 사람들이 두 사람을 향하여 야유를 보낸다.

“에이. 하뽀네스!(일본인) 이쁜 여자를 차고 다니시는구먼. 어디서 이런 여자를 구했지. 우리한테 걸렸으면 앞뒤로 후벼줄 텐데…….”

“HIJO DE PUTA!”(후레자식)

난생처음 당하는 혹독한 깡패들의 언행에 겁이 나서 아무 말 못하는 진수 대신 루씨아가 큰 소리로 쏘아붙인다.

“그 더러운 입 닥치지 않으면 후벼주겠다는 그 물건을 박살내 버린다.”

독살스레 덤비는 루씨아 앞에서 녀석들은 입을 다물고 만다. 만만치 않다는 느낌을 받은 모양이다.

“참으로 대단한 여자다.”

진수는 루씨아가 사는 집의 환경이나 그녀의 입에서 쌍소리 속에서도 루씨아를 대단한 여자로 여기고 싶었다. 루씨아가 누군데. 루씨아는 내가 사랑하는 여자 아닌가. 너무도 예쁘고 몸매도 좋은 여자가 루씨아 아닌가. 나에게 깊은 관심을 가진 여자가 루씨아 아닌가.

“아까는 미안했어. 먼 길을 왔는데 금방 나오자고 해서…….”

자리에 앉으며 루씨아가 비로소 사과를 한다.

“사실은 그 집이 내 집이 아니야. 엄마가 아빠와 이혼하고 다른 남자랑 사는데 쏘냐와 내가 따라와서 사는 거야. 그러니 항상 불편하지.”

“아니. 이혼하고 딸이 둘이나 있는데 다른 남자와 동거를 할 수 있나?”

이민 오기 전 다투는 모습을 볼 수 없던 진수의 부모들이 아르헨티나 땅을 밟으며 하루가 멀다 하고 싸움을 한다. 진수와 동생 영수는 저러다 엄마, 아빠가 헤어지면 어쩌나하는 걱정을 하곤 했다. 하지만 두 분이 그렇게 격렬히 싸우면서도 보따리를 싸거나 가출을 하는 모습은 볼 수 없었다.

“에이. 자식을 위해서 참아야지.”

이 한마디가 싸움의 종결을 의미했다.

그러한 진수에게 루씨아 엄마의 행동은 이해될 수 없는 것이었다.

“이상한 눈초리를 하고 그래. 그럴 수도 있는 거지.”

루씨아는 아무렇지도 않다는 듯 말을 잇는다.

“엄마는 아빠와 헤어진 지 일주일 만에 그 남자를 만났는데……, 근데 이 자식이 얼마나 색골인지 일은 안하고 하루에도 몇 번씩 우리가 보는 앞에서 엄마를 침실로 데리고 가는 거야.”

“…….”

진수는 그녀의 말뜻을 곰곰이 생각해보고 있었다.

“하루는 이 녀석이 나에게도 덤비는 거야. 엄마가 잠시 나간 사이에 부엌일을 하고 있는데 뒤로 다가와서 유방을 만지며 섹스를 요구하는데…….”

“나쁜 놈.”

진수는 이렇게 생각하면서 루씨아가 어떤 행동을 취했는지 궁금한 마음으로 뒷말을 기다린다.

“면상에 주먹을 날렸더니 아무 말 안하고 제 방으로 가버리더군. 나는 괜찮았지만 아마 쏘냐는 벌써 그 녀석에게 당했을 거야.”

루씨아의 말은 거침이 없었다.

"네 엄마는 그 사실을 모르는 거야?"

진수가 분개하며 물었다.

"모르긴 뭘 몰라. 하긴 그 여자도 밝히기는 마찬가지지. 남자가 옆에 없으면 미치는 여자니까."

루씨아는 엄마를 그 여자라 표현하며 안색도 변하지 않은 채 이야기한다.

"그래서 난 그 집에 있는 게 끔찍해. 빨리 결혼해서 나와 버렸으면 좋겠어."

"나랑 결혼하면 되잖아."

진수는 기회다 싶어 루씨아도 자기에게 이성(異姓)으로의 감정을 가지고 있는지 떠본다.

"너랑 어떻게 결혼하니? 넌 지금 열 대여섯밖에 안됐을 거 아냐?"

"뭐 어때. 몇 년 만 기다리면 될 텐데."

"난 지금 열아홉이야. 지금이라도 결혼할 수 있는 나이야. 근데 넌 나보다 훨씬 어리잖아."

"그래봐야 세 살 많은 건데 어떠니?"

"아휴. 귀여워."

루씨아가 활짝 웃으며 갑자기 진수의 뺨에 키스를 해준다. 진수는 재빨리 루씨아의 손을 잡는다.

"결혼해주겠다는 말이야?"

"넌 너무 어려. 하여튼 생각이나 해보자. 나도 네가 싫지는 않지만 결혼을 너무 오래 기다리기는 싫으니까. 그동안 우리 집에나 자주 놀러와."

"자주 가도 되는 거야?"

진수는 루씨아가 잡은 손을 빼지 않자 안도감을 느끼며 묻는다.

루씨아는 대답 대신 진수의 얼굴을 빤히 쳐다본다. 그리고는 진수와 잡은 손을 슬며시 뺀다. 돌변한 루씨아의 행동에 진수는 긴장했다. 잠시 후 루씨아는 두 손을 들어 진수의 얼굴을 감싸더니 자신의 입을 진수의 입과 포갠다.

예기치 않았던 상황이 벌어지자 진수는 입을 쩍 벌린 채 루씨아가 하는 대로 내버려둔다. 가슴이 찡하며 따스한 느낌이 온다. 루씨아의 혀가 뱀처럼 진수의 입안으로 밀려들어오며 요리저리로 방황할 때도 진수는 지금 상황에서 어떤 행동을 해야 하는지 알 수 없었다.

"너 키스 처음이구나."

진수가 달콤함에 젖어 있을 때 루씨아가 제자리로 돌아가 비웃듯 묻는다.

"아니야, 해본 적 있어."

자존심 상함을 느끼며 진수가 대들 듯 거짓말을 한다.

그 대답에 답변도 없이 루씨아가 또 한 번 다가왔다. 이번에는 진수도 질세라 혀를 내밀어 루씨아의 혀를 받는다.

"유방도 만지는 거야."

루씨아가 헐떡이며 진수의 귀에 속삭인다.

"이렇게 사람들이 있는 데서?"

"뭐 어때, 저 사람들도 다 하는 짓인데……."

진수가 손을 올리니 멜론만한 루씨아의 유방이 물컹 손에 잡힌다. 아늑함이 느껴진다.

"학교 다녀오겠습니다."

루씨아와 만난 사흘 후 진수의 발걸음이 다시금 호세 쎄 빠스로 향했다.

그녀와 헤어진 그날은 황홀함에 어떻게 지났는지 진수 자신도 알 수 없었다. 이튿날엔 학교에서 시험이 있었지만 낙제 점수를 받는 일이 있더라도 꼭 가야만 했다. 급우들에게 루씨아와 키스한 사실을 알려야만 했기 때문이다.

"글쎄, 그 아이가 키스를 하면서 나를 사랑한다는 말을 얼마나 하는지."

진수는 자신도 누군가의 관심의 대상이 되고 있다는 사실을 급우들에게 꼭 알려야만 했다. 그래야 자신은 결코 가정과 학교에서 소외될 그런 아이가 아니라는 것을 그들이 알 수 있을 듯 했다.

"야, 너 같은 꼬레아노에게 어떤 예쁜 여자가 관심을 갖겠냐?"

언제나 그랬듯이 아르헨티나 녀석들은 진수와 이야기할 때면 오장육부를 뒤집어 놓는다.

몇 개월 전 78아르헨티나 월드컵이 끝났을 때였다.

결승에서 아르헨티나가 네덜란드를 3:1로 꺾고 우승을 차지했을 때, 진수는 누구보다도 감격했다. 비록 내 나라는 아니지만 내가 살고 있는 나라가 우승을 했다는 사실이 자랑스럽기만 했다.

결승전이 끝나자 국민들은 국기를 들고 거리로 밀려 나왔다. 삼삼오오로 밀려다니며 '아르헨티나'를 외치며 지나가는 사람들과 기쁨을 나누는 모습이 TV에 비치고 있었다. 오벨리스코(시내 중심가에 위치한 탑)에 수십만의 사람들이 몰려들어 환성을 지르기도 했다. 지나는 차마다 클랙슨을 울려대는 대축제의 순간이었다.

이 모습을 지켜보던 진수는 부모들에게 "우리도 나가자"고 졸랐다. 그날은 일요일이었기에 진수의 부모들은 일손을 놓은 채 한가히 TV를 시청하고 있었다.

"야, 이 녀석아. 한국이 우승해도 나갈까 말까한데 아르헨티나가 우승한 게 뭐 좋다고 미친놈처럼 길에 나가고 그래."

아버지의 무뚝뚝한 대답을 듣고 진수는 시무룩해졌다.

"그렇게 싫은 나라에 뭐 하러 이민 와서 산담."

진수는 아무리 생각해도 이 좋은 날 집에 틀어박혀 있을 수는 없었다. 아르헨티나 국기 같은 것이 집에 있을 리 없었기에 맨손으로 거리로 뛰쳐나갔다.

막상 길에 나오니 진수는 난감했다. 그저 오가는 사람들의 기쁨에 찬 모습을 볼뿐 할 일이 없었다. 한참을 거니는 데 차 한 대가 진수 옆을 지나는 것이 보였다. 거기에는 일본인들이 한편 창문에는 일장기를 다른 편엔 아르헨티나 국기를 환호하며 지나는 모습이 보였다.

"우리 엄마, 아빠도 저러면 얼마나 좋아. 그저 일밖에 모르니……."

진수는 아르헨티나에 정을 붙이지 못하고 사는 부모에게 모순이 있다고 생각했다.

"내일 학교에 가서 교우들과 기쁨을 나누어야겠다."

혼자 길거리를 방황하는 것이 지루해진 진수는 씁쓸한 마음을 안고 집으로 돌아오고 말았다.

학교에서는 온통 축구 이야기였다. 대부분의 반 아이들이 국기를 들고 와 '아르헨티나'를 외치며 떠들었지만 교사들은 제재를 가하지 않은 채 내버려두었다. 진수도 이 축제의 분위기에 빠져들고 있을 때 한 아이가 진수를 향하여 물었다.

"야 진수. 한국에도 축구팀이 있냐? 너희 나라는 월드컵에 나가 보지도 못했을 걸."

이 아이의 말에 주위에 있던 아이들이 "꼬레아는 축구도 못하는 나라"라며 낄낄 웃어대기 시작했다.

"……."

진수는 할 말이 없었다. 자신은 아르헨티나의 우승에 감격하고 온통 축제의 기분뿐인데, 이 녀석들은 축하를 받아주기보다는 되레 나를 놀리는구나 생각하니 서글픈 마음마저 들었다. 어제 축제 분위기에 들떠있던 자신의 모습이 창피스러웠다. 시간이 갈수록 진수는 자신의 마음과는 달리 학교 친구들이 자신을 한국인이라고 무시하며 항시 말끝마다 빈정거리는 것을 절실히 느끼게 되었다.

"이런 녀석들에게 루씨아 이야기를 꺼낸 내가 잘못이지."

진수가 이렇게 생각하며 이쯤해서 이야기를 마치려 할 때였다.

"야 진수. 혹시 그년 창녀 아니야?"

항상 진수를 괴롭히는 까를로스 녀석이 큰 소리로 외치니 반 아이들이 까르르 웃어댄다.

"누구하나 내 편을 들어주는 이 없는 이 지겨운 학교. 내 말은 언제나 무시당하는 이 지겨운 나라. 아무도 내게 관심을 보여주지 않는 이 지겨운 세상."

진수는 이런 일이 있을 때마다 죽고 싶은 마음이었다.

"그런 나를 하나님이 불쌍히 여기고 루씨아를 보내주신 걸까?

급우들에게 영웅 대접을 받으려 했던 생각이 빗나가고 되레 놀림감만 되버린 진수는 그 자리에서 루씨아의 집으로 뛰어 가고픈 생각이었다. 하지만 방과 후 집에 돌아온 진수는 주말을 집에서 보내야만 했다. 그 먼 길을 가기 위하여 부모들께 무슨 거짓말을 해야 할지 아무리 생각해도 좋은 방안이 떠오르질 않았기 때문이다.

"야. 진수. 그년 혹시 창녀 아니야?"

진수는 주말을 집에서 보내며 까를로스의 말을 곰곰이 되씹어 본다.

까를로스는 자신을 놀리기 위하여 한 말이겠지만, 왠지 마음 한편에 루씨아에 대한 석연찮은 생각이 드는 것을 막을 수는 없었다. 창녀라는 말의 개념이 확실히 서지는 않지만, 루씨아가 자신이 자라온 환경과는 거리가 먼 환경에서 자란 아이인 것만은 분명했다. 사는 집도 동네도 그렇고, 이혼 일주일 만에 만난 남자와 동거한다는 그녀의 엄마도 그랬다. 루씨아를 범하려했던 엄마의 동거남. 상스러운 루씨아의 언행. 이 모든 것이 진수에게는 생소한 것뿐이다.

"그러면 어때."

진수는 복잡해지는 머리를 가로저으며 루씨아의 예쁜 얼굴과 몸매만을 떠올리려 노력한다.

"짜식들, 내가 예쁜 여자와 키스하고 젖까지 만진 게 생각이 나서 그 지랄들이지."

진수는 루씨아가 비록 자신이 생각했던 바와는 달리 가난하고 좋지 않은 환경에서 자란 아이 일지라도 그녀만큼 청순하고 좋은 여자라고 생각하기로 마음먹는다. 그게 편할 것 같았다.

"나 같은 놈에게 그런 예쁜 여자가 생긴 것만도 기적이지."

이렇게 마음먹으니 루씨아에 대한 그리움이 왈칵 치밀어 오른다. 그리움을 부여안고 일요일 밤을 거의 뜬눈으로 지새우고 월요일 이른 아침 책가방을 들고 집을 나선다.

아직 여름이라고 하기엔 이른 10월이었지만 연일 영상 30도가 넘는 무더운 날씨다.

교복 윗도리를 손에 들고 넥타이를 느슨히 풀어 제쳤지만, 루씨아의 집에 다다랐을 때 진수의 온 몸은 땀으로 흠뻑 젖어 있었다.

"잠깐만 기다려."

현관문에서 머리를 삐죽 내민 루씨아가 진수를 보더니 그리 밝지 않은 표정으로 목소리를 낮춘다.

"우리 나가지."

루씨아가 창살문을 열며 진수가 집안으로 들어오는 것은 막는 듯한 몸짓을 하며 이야기한다. 시원한 물이라도 한 잔 얻어먹고자 했던 진수는 서운한 감정을 느꼈다.

"미안해. 지금 집안이 너무 엉망이라서……."

약 1km를 걷는 동안 말이 없던 루씨아가 너스레한 집들을 벗어나 시야에 허허벌판이 펼쳐지는 곳에 이르자 비로소 입을 뗀다.

"사실. 지금 엄마와 그 녀석이 한창 일을 진행 중이야. 네가 들어온 것을 알면 그녀석이 지랄을 하겠기에 나오자고 한 거야."

시무룩한 표정으로 담배를 빼어 무는 진수 보기가 미안한 지 루씨아는 다시금 변명을 한다.

"그 대신 멋진 곳을 보여줄게."

진수를 달래듯 살짝 웃어 보인다.

루씨아가 이야기한 멋진 곳은 그녀의 집에서부터 약 2.5km에 위치해 있었다, 100평방메타나 될까. 하늘을 찌를 듯이 높이 자란 나무들이 원형을 이룬 채 빼곡히 들어차 있는데 그 중간에 잔디가 아름답게 자라고 있었다. 그 안에 들어가 있으면 궁궐도 부럽지 않을 만큼 아늑함이 느껴지는 그런 곳이었다.

잔디에 앉아 지저귀는 새소리를 듣노라니 서운한 감정은 절로 녹았다. 빼꼭히 들어찬 나무가 잔디밭에 시원한 그늘을 만들어 주며 이른 아침부터 극성을 부리는 무더위를 식혀 주었다.

"루씨아. 너한테 한 가지 물어볼 게 있는데……."

진수가 갑자기 심각한 표정을 지으며 입을 열자 루씨아가 의아한 표정으로 바라본다.

"너. 진짜 나를 좋아하니?"

루씨아는 대답대신 피식 웃더니 앉은자리에서 넘어지듯 잔디에 눕는다.

"왜 대답을 않는 거야?"

진수가 재촉하듯 되물으며 자신도 루씨아 옆에 눕는다.

"아직 좋아한다는 말을 하긴 이르잖아"

루씨아가 미소를 머금은 채 대답한다.

"그럼 좋아하지도 않으면서 나랑 키스까지 한 거야?"

"난 너에게 관심이 많아. 꼭 좋아해야 한다는 말을 해야 해? 그냥 말없이 키스도 하고 사랑도 하면 되잖아. 좋아하지 않아도 서로 마음만 맞으면 키스도 할 수 있는 거고……. 난 지금은 너라는 남자와 같이 있는 그 순간이 좋을 뿐이야."

진수는 루씨아의 말이 이해되지 않았다.

그녀의 대답이 무성의하다고 생각하며 눈만 껌뻑이고 있을 때, 루씨아가 진수 쪽으로 몸을 돌렸다.

"진수. 지금 나랑 키스하고 싶지 않아?"

진수가 기대하던 부연설명 없이 루씨아가 짓궂은 얼굴로 묻는다. 그녀의 돌발적인 질문이 싫지는 않았다. 하지만 진수는 어떻게 키스를 시작해야 하는지 알 수가 없었다. 그저 시치미를 떼고 루씨아의 얼굴만 쳐다볼 뿐이었다. 루씨아는 진수의 마음을 알겠다는 듯이 미소를 머금은 얼굴로 상체를 일으키는가 싶더니 누워있는 그에게 기는 자세로 올라온다.

루씨아의 키스가 지난번과는 좀 다르다고 느끼고 있을 때, 진수는 그녀가 꽉끼는 청바지를 벗으려고 안간힘을 쓰는 것을 알았다. 갑자기 벌어진 상황에 놀란 진수는 어찌할 바를 모르고 허둥대기만 했다.

진수가 슬며시 눈을 떴을 때 이미 루씨아의 바지는 무릎 아래로 내려가고 있었다.

"유방 좀 빨아줘."

내려 뜬눈에 루씨아의 분홍색 팬티가 들어 왔을 때, 그녀는 신경질적으로 명령하듯 요구한다.

진수는 그녀가 시키는 대로 셔츠를 들어 올리자 불쑥 튀어나오는 루씨아의 멜론만한 유방을 입에 한껏 넣는다. 루씨아는 능숙한 솜씨로 진수의 와이셔츠와 바지를 벗기더니 목과 가슴에 혀를 대고 핥듯이 이리저리 움직인다.

진수가 황홀함에 취해 있을 때, 갑자기 자신의 몸이 축축하면서도 따스한 곳으로 빨려 들어가는 느낌을 받았다. 동시에 루씨아가 천천히 춤을 추듯 히프를 아래위로 움직이기 시작한다. 진수는 소리를 지르고 싶었지만 입에 가득찬 루씨아의 유방이 숨마저 막아버린다.

얼마나 지났을까.

진수는 몸이 공중에 붕 뜨는 느낌을 받으며 갑자기 온몸에 힘이 빠지고 지금껏 알지 못했던 아름다운 감정에 젖어 들었다. 이따금 꿈에서 느껴보던 감정이었다.

말없이 주섬주섬 옷을 꿰어 입은 두 사람은 약속이나 한 듯이 담배를 한 대씩 빼어 물었다.

"기분이 어때?"

루씨아가 빙긋이 웃으며 물었다.

"무슨 기분?"

대수롭지 않은 듯 진수가 되묻는다.

"처음 여자랑 그 짓을 한 기분 말이야."

"그럼 넌 처음이 아니라는 얘기구나."

"그걸 이제 알았어?"

대충 짐작은 했던 일이지만 직접 루씨아의 입을 통하여 이야기를 들으니 진수는 착잡한 심정이 되었다.

"나도 네가 처음 여자는 아니야."

억하심정으로 진수가 한마디 내뱉는다.

루씨아 대답대신 슬며시 웃으며 진수에게 어깨동무를 한다. 어떠한 상황에도 낙관적인 자세를 취하는 루씨아의 행동이 진수를 편하게 했다.

"어쨌든 이젠 한 몸이 됐으니 이제 나랑 결혼한다고 약속하는 거지?"

진수는 루씨아에 대한 좋은 감정만을 가지려 애쓰려 확인하듯 물었다.

"그래. 네 마음대로 하렴."

두 사람의 머리위로 맴돌며 지저귀는 새소리가 요란하게 들린다.

그날 밤 진수는 일기장을 열고 자신이 겪은 엄청난 사실을 낱낱이 기록했다. 루씨아의 행동 하나하나를 되새기는 마음으로 기록해 나갔다. 자신이 느꼈던 감정을 하나도 빼놓지 않고 써내려갔다. 루씨아와의 대화를 있었던 그대로 적어두었다.

일기장을 써내려 가는 중, 진수는 갑자기 자신의 장래에 대한 묘안이 떠올랐다.

"그래, 어차피 올해 낙제하는 것은 분명한데 나이는 열여섯이 다 되었으니 이제 공부는 포기하는 거야. 열여섯 살에 또 일 학년을 다닐 수는 없잖아.”

지난해 한번 낙제한 경험이 있어서 진수에게 또 한 번 낙제를 한다는 것은 있을 수 없는 일이었다.

“근데 엄마, 아빠께 뭐라고 이야기하지? 학교를 그만둔다면 난리가 날 텐데.”

지난해 낙제를 한 후, 진수는 학업을 중단하고 집에서 일이나 돕고 싶다는 이야기를 한 적이 있다. 엄마, 아빠를 도와 미싱 일이나 배우는 것이 마음 편할 것 같았다.

진수의 주위엔 그런 한국인들이 많이 있었다. 그들은 집에서 일하며 받는 풍족한 용돈으로 춤장에 다니며 아르헨티나 여자아이들과 사귄다.

공부가 제대로 되지 않는 진수는 그런 아이들이 그렇게 부러울 수가 없었다.

“야. 이 녀석아. 누가 너 보러 돈벌라 그랬어. 이 자식이 하라는 공부는 안하고 엉뚱한 궁리만 하고 있어.”

아빠는 노발대발하며 회초리를 휘둘렀다.

“진수야, 너는 한국에서 공부 잘했잖아. 왜 이민 와서는 하라는 공부는 안하고 딴전만 피우는 거야?”

엄마 역시 진수의 마음을 이해하지는 못했다.

진수는 괴롭기만 했다. 학업을 따라가자니 언어도 딸리고 선생들도 그런 진수를 도와주기는커녕 말도 못하는 아이를 중학교에 들여보낼 수 있도록 돼 있는 교육법을 탓하는 눈치다. 학우들은 진수를 동정하기는 했으나 결정적인 도움이 필요하다고 생각될 때엔 등을 돌려버리고 만다.

엄마, 아빠께 이런 하소연을 하면 동문서답을 듣기 일쑤다.

“야. 이승만 박사 같은 사람들 다 그렇게 어려운 환경에서 공부했어. 다 네가 공부하기 싫어서 하는 소리지 마음만 먹으면 얼마든지 할 수 있어. 이 나라 놈들 머리도 나쁜데 왜 못 따라 가니? 우리가 이민 온 건 다 너희

두 형제 잘되라고 결정한 건데, 딴 생각하지 말고 공부나 해.”

진수는 항상 일방적인 부모들의 말에 대꾸를 하지는 않았다. 하지만 아빠, 엄마의 그 일방적인 요구가 자신에게 적합하지는 않다고 생각했다. 부모들은 자신이 언어 문제로 고민하고 있다는 사실을 알면서도 해결책을 제시해 본 적이 없었다. 과외 공부는커녕, 친구의 과외 공부에 따라 다니겠다는 것도 공부는 안하고 놀러다니려는 생각이라고 제지했다. 이 나라 말을 못한다는 이유로 여지껏 진수의 학업부진을 의논하기 위하여 담임선생을 만난 적이 없다. 진수가 싸움박질을 하면 호출받아 찾아가 머리만 굽실거리다 돌아올 뿐이었다. 그렇다고 이 나라 학교가 어떻게 돌아가는지, 교육법이 어떤지 알아보려는 노력도 없다.

진수는 이러한 사실들이 불만이었다. 이 어려움을 혼자 해결해 나가기에는 역부족이었다. 하지만 이를 구체적으로 부모들에게 따질 만큼 생각이 정리되지는 않았다. 따져봐야 공부하기 싫어서 핑계거리를 만든다고 공박할 것이 틀림없었다. 자신의 말에 귀 기울여 줄 사람은 집안에 하나도 없는 것이다.

“어쨌든 이 상황에서 학업을 지속할 수는 없어.”

진수가 다짐하듯 생각한다. 일단 공부를 포기하고 몇 년 집에서 일이나 도우다가 나이만 차면 루씨아랑 결혼하는 것이 상책이라고 생각해 본다.

“이번에도 낙제하면 엄마, 아빠도 자연적으로 포기하게 되겠지.”

나름대로 계산하고 판단해 본다.

“그런데 루씨아와 결혼해서 뭘 해 먹고 살지?”

또 하나의 걱정이 생긴다.

“몇 년 동안 봉제 일을 잘 배워두면 될 거야. 한국 사람들 다 그거해서 잘 먹고 잘 사는데 나라고 못할 거야 없겠지.”

진수는 부모들이 일하는 모습을 떠올려 본다.

진수의 집은 16평방메타 가량 되는 직사각형 모양의 방 다섯 개가 일렬로 쭉 들어서 있는 창고 같은 집이다.

아르헨티나의 집들이 상당수가 이런 모양을 갖추고 있다. 건축한 지 80년이나 됐다는 집이기에 상당히 낡았으나 기반은 견고한 집이었다.

진수의 부모들은 그 다섯 개의 방 가운데 하나를 공장으로 사용하고 있다. 그 방에는 3대의 미싱과 3대의 오발록이 있는데 그 기계로 일본인 고용인 2명을 쓰며 유대인 공장에서 하청 받은 까미사(와이셔츠)를 만드는 것이다.

진수는 부모들이 봉제업으로 얼마의 수익을 올리는지는 알 수 없었다. 다만 부모들이 말을 몰라 유대인 공장 주인과 가격을 타협할 때 통역을 해주며 적잖은 돈벌이를 하고 있다는 것을 짐작할 뿐이다.

"그래, 루씨아와 함께 일하면 벌어먹고 사는 데는 지장이 없을 거야."

여기에 생각이 이르니 마음이 한결 가벼워진다.

루씨아에게 남자가 있었다는 사실이 기분 좋은 일은 아니지만 그럴 수도 있는 거라고 생각했다. 그래야 마음이 편할 거 같았다.

"뭐 어때. 이 나라 사람들은 다 그럴 수도 있다는데. 루씨아처럼 예쁘고 나에게 관심만 기울여 준다면 행복하게 살 수 있을 거야."

진수는 이렇게 생각하며 미소 띤 얼굴로 일기장을 덮는다.

진수는 그 후 며칠을 루씨아와의 아름다웠던 기억 속에서 꿈을 꾸듯 지냈다.

반쯤 감은 눈에 입을 살짝 벌리던 루씨아의 선정적인 얼굴 모습, 상체를 뒤로 젖힐 때, 두 손을 모아 쥐어도 다 쥘 수 없었던 아름다운 젖가슴, 키스를 할 때에 얼굴을 간질여 주던 루씨아의 생머리카락.

진수는 순간순간마다 루씨아를 머리에 그린다. 그녀의 하체의 움직임을 떠올리고, 축축이 허벅지를 적셔 내려오던 액체를 기억한다. 만지면 튀어 버릴 듯한 루씨아의 히프와 두 손에 쥐어질 듯한 가냘픈 허리를 상상 속에서 어루만진다.

며칠 뒤 루씨아와의 또 한 번의 섹스를 기대하며 53번 버스에 오른 날은 진수가 스물다섯 번의 결석으로 학교에서 유급처리 되던 날이었다.

진수는 이런 사실을 알고는 있었지만 크게 걱정하지는 않았다. 이제 나름대로 앞날에 대한 결정이 섰으니 루씨아와의 관계만 잘 유지해 나가면 되는 것이다. 아빠, 엄마는 언제나 진수의 문제에 일방적인 자세를 취하기에 쉽게 이해시킬 수는 없겠지만 시간을 두고 설득할 수 있을 것 같았다. 워낙 자식의 일에 무관심한 분들이니 될 대로 되라는 식으로 나올 가능성도 있는 것이다.

걱정과 희망이 엇갈리는 가운데 루씨아의 집을 찾아간 그날, 그녀는 집에 없었다.

"도대체 어디를 간 거야?"

진수는 기대했던 루씨아와의 만남이 수포로 돌아가자 애꿎은 쏘냐에게 따지듯 묻는다.

"글쎄. 어디 간다고 이야기하진 않았는데……. 아마 novio(애인)네 집에 간 거 같아."

도저히 상상치 못했던 쏘냐의 대답에 진수는 하늘이 무너짐을 느낀다.

"아니 novio라니? 루씨아의 애인은 난데 어떤 놈이 novio라는 거야?"

"글쎄. 나중에 루씨아를 만나면 직접 이야기해 봐."

갑자기 언성이 높아진 진수를 보며 쏘냐가 곤혹스런 표정을 짓는다.

"우리 잠깐 나갈까?"

안절부절못하는 진수를 보며 뭔가 알겠다는 듯 쏘냐가 제안을 하고 진수의 대답을 기다리지도 않은 채 앞장선다. 진수도 무너지는 마음을 안고 쏘냐의 뒤를 따랐다.

"사실 루씨아는 3년 전부터 사귀는 애인이 있어. 지금 서른 살 난 사람인데, 둘 사이가 썩 좋지는 않아. 그런데 요새 그 사람이 루씨아에게 같이 살자고 바짝 조르는 모양이야. 루씨아도 마음에 내키지는 않지만 집에 있어봐야 의부 눈치만 보이니 그 사람에게 가서 살려고 마음을 굳히고 있는 것 같아."

쏘냐는 진수의 눈치를 슬금슬금 살피며 고자질 하듯 주어 섬긴다.

"……."

진수는 달리 할 말이 없다. 배신감을 느끼며 아랫배로부터 분노가 치밀어 오른다.

"결혼은 그렇게 쉽게 할 수 있는 건 아니잖아."

조금 전의 기세등등하던 언성을 한풀 죽인 채, 하소연하듯 진수가 중얼거린다.

"결혼을 한다는 건 아냐, 같이 살겠다는 거지. 그러다가 서로가 맞지 않으면 헤어지겠지."

진수는 쏘냐의 말을 이해할 수가 없었다. 한 남자와 한 여자가 만나면 영원히 같이 사는 것 아닌가. 뭔가 마음이 맞지 않더라도 서로 참고 살아가는 것이 인간의 도리라고 배우지 않았던가, 그래서 나는 루씨아와 몸을 섞은 이후 앞으로 그녀만을 사랑하리라 마음먹지 않았던가. 그런데 루씨아는 뭐야. 애인이 있으면서 나랑 섹스를 하고, 이젠 그놈하고 동거를 한다고…….

"나와의 사이는 이야기하던?"

깊은 수렁에 빠지는 느낌 속에서도 루씨아에 대한 한 가닥 희망을 버릴 수 없었던 진수가 묻는다.

"별 이야기는 없고 참 좋은 아이라고만 하던데."

"나와의 관계를 그 정도로밖에 이야기하지 않았단 말이야?"

진수는 또 한 번 배신감을 느낀다.

"그럼, 같이 사랑 행위라도 했다는 말이니?"

쏘냐의 질문에 진수는 얼굴만 붉힌다.

"뭐, 남녀 사이에 그럴 수도 있는 거 아냐? 그 짓 한두 번 같이 했다고 상대방을 내 사람으로 묶어둘 수는 없잖아.”

이번에는 쏘냐가 되레 따지듯 이야기한다.

“그래도 남녀가 한 몸을 이루었다는 것은 중요한 일이잖아. 도덕적으로나 윤리적으로 서로 책임을 져야할 일 아니냐구.”

어른이 된 듯 진수가 이야기한다.

“그걸 대단한 일로 생각하지 않는 게 좋을 거야. 루씨아에게 도덕적인 사고방식이 통하지 않아. 루씨아나 나는 오늘 기분에 맞게 오늘을 사는 사람들이야. 그게 우리가 배운 사상이고 철학이야. 그게 잘못된 생각인지는 모르겠지만, 어쨌든 그 생각을 한 사람의 꼬레아노가 바꿔놓을 수는 없어. 루씨아가 너 같은 생각이라면 아마 너랑 섹스를 하지도 않았을 거야.”

“난 네 말을 이해할 수가 없어.”

“그래. 이해할 수 없겠지. 너는 우리와 다른 환경에서 자랐을 테니까. 너도 엄마가 의부와 시도 때도 없이 자식들 앞에서 애무하며 그 짓을 하는 걸 보면서 자랐으면 생각이 다를 거야. 엄마가 어딘가 나가면 의부라는 놈이 내 사타구니에 손을 넣고 섹스를 요구하는 집에서 자랐으면 우리의 말을 이해할 수 있을 거야. 국민학교도 졸업하지 못하고 식모나 청소부로 하루살이를 하는 자식들을 보면서도 모른 척하는 부모 밑에서 산다는 것이 어떤지 넌 알 수 없어.”

쏘냐는 나이에 걸맞지 않게 진지한 표정으로 냉정하게 이야기해 나갔다.

“집안 환경이 좋지 않기로는 나도 마찬가지야.”

진수도 이 기회에 마음에 담고 있던 불만을 이야기하고 싶었다.

“우리 부모님도 자식에게 무관심 하기는 마찬가지야. 하루종일 일하는 방에 틀어박혀서 자식이 무슨 걱정을 하는지, 자식에게 무슨 일이 있는지 알려고 하지 않아. 나는 한국에서 이민 온 이후에 부모님을 잃은 기분이란 말이야. 무인도에 나 혼자 서 있는 것 같단 말이야. 그때 만난 사람이 루씨아야. 그래서 나는 루씨아와 연애하고 때가 되면 결혼하려고 했는데……

그런데 루씨아는 날 배신한 거야. 그리고 너는 루씨아와 내가 자란 환경이 다르다는 이유만으로 루씨아의 잘못을 변명하고 있는 거야.”

진수의 어투가 억지스럽게 느껴졌는지, 쏘냐는 아무런 대답 없이 진수를 바라본다.

“네가 어떤 환경에서 자랐는지 알 수 없지만, 여하튼 우리와는 틀려. 그리고 내가 한 가지 충고해 주겠는데, 너 루씨아랑 대단한 인연을 맺은 것으로 착각하지마. 루씨아는 절대 너같이 도덕적이거나 윤리적인 사고방식을 갖고 있지 않아.”

단호한 쏘냐의 말에 진수는 할 말을 잃는다.

“이제 어쩐담……. 쏘냐의 말이 정말이라면 나는 어떻게 해야 하지……?”

진수는 아무리 생각해봐도 해답을 찾을 수가 없었다. 도저히 상상할 수 없었던 상황이 전개되는 것에 눈앞이 깜깜할 뿐이었다.

“나는 억세게 재수 없는 놈이야.”

집으로 돌아오는 진수는 비참함을 느낀다.

어느 날 갑자기 자신의 앞에 나타난 루씨아는 이민 3년간 진수가 지녔던 모든 문제를 풀어 주는 열쇠였다. 부모님의 무관심으로 외로웠던 마음이 채워졌고, 학교에서 한국인이라는 이유로 여학생들의 관심의 대상에서 제외돼야 했던 서글픔도 해결됐다. 3년간 학교와 가정에서 상투적인 말 외에는 대화를 잊고 살았었는데 루씨아와 잃었던 대화를 찾았다. 그리고……, 무엇보다도 중요한 사실은 루씨아를 통하여 이제껏 궁금했던 여성(女性)을 알았다.

밤낮 없이 불끈불끈 솟아오르는 하체에서 느껴지던 가려움의 해소 방법을 루씨아를 통하여 알았다. 키스는 입만 맞추는 것이 아니라 혓바닥도 오가는 것을 알았다. 유방을 손에 넣으면 아늑함이 느껴진다는 것도 입에 넣으면 기분 좋게 쫄깃함이 느껴진다는 것도 알았다. 여성의 하체가 따스하면서도 축축하다는 것, 그러면서도 끈적하다는 것……. 그 끈적함이 남자를 황홀케 한다는 것, 이 모든 사실을 루씨아를 통해서 알았다.

여자와 함께 있으면 전혀 외롭지 않다는 것을 진수는 알게 됐던 것이다.

그래서 진수는 루씨아의 난폭한 언행도, 사는 환경도, 자기와 한 짓을 다른 남자와 했다는 사실도 개의치 않으려 노력했다. 루씨아의 좋은 점만을 생각하고, 그녀와 행복하게 살 궁리에만 집착했다.

"하루아침에 좋았던 이 모든 것을 한꺼번에 잃을 수 있는 건가?"

이런 생각에 이르니 아르헨티나가 저주스럽게 여겨진다. 이 모든 것들을 모르고 살면서도 행복하기만 했던 한국이 그리워진다. 학교에서 돌아오면 맛있는 반찬을 입에 넣어주며 이것저것 학교생활에 관하여 물어보던 어머니가 그립다. 언제나 호탕하게 껄껄 웃으시던 아버지의 모습은 언제나 다시 볼 수 있을까. 항상 나를 귀여워 해주던 담임선생님. 내 주위를 맴돌며 공부했던 친구들. 이 모든 것들을 잃게 한 이놈의 나라가 저주스럽다.

"진수 너, 나 좀 따라와."

엉망이 된 기분으로 맥없이 집으로 돌아온 진수에게 엄마가 문을 열어주며 기다렸다는 듯 앞장선다. 항시 대문을 열어주고는 일방적으로 뛰다시피 들어가던 엄마가 오늘따라 진수를 맞는 태도가 심상치 않았다.

"도대체 무슨 일이 있는 걸까?"

껄끄러운 기분으로 엄마의 뒤를 따라 방으로 들어갈 때였다.

"이 대가리에 피도 안 마른 새끼가."

진수가 들어오는 것을 본 아빠가 그 자리에서 벌떡 일어나다가 오더니 주먹을 날린다. 얼핏 눈을 돌리니 아빠가 앉았던 자리에 진수의 일기장이 벌려진 채 놓여있는 것이 보였다.

얼마나 얻어맞았을까. 진수는 얼굴이 코피로 뒤범벅이 되고 정신이 몽롱해지는 것을 느꼈다. 엄마와 아빠가 합세하여 진수에게 주먹세례를 퍼부으며 뭐라고 소리를 지르는 것 같았으나 그 내용은 알 수 없었다.

"가서 얼굴 씻고 와."

아빠가 진수를 때리다가 힘에 부쳐 씩씩거리며 그 자리에 털썩 주저앉자, 엄마도 때리던 손을 멈추고, 아직도 화가 가라앉지 않은 목소리로 명령한다. 진수가 얼굴을 씻으려 마당으로 나오니 일본인 고용인 두 사람이 일손을 멈추고 토끼 눈을 하고 서서 진수를 바라본다. 열세 살난 동생 영수는 그 중 한 명과 손을 잡고 아무 말 없이 형을 바라본다.

"들킨 게 틀림없어."

마당에 있는 빨래터에서 얼굴에 닦으며 진수는 아빠 앞에 놓여있던 일기장을 떠올렸다.

"이걸 어떻게 변명하지?"

아빠 엄마를 이해시키는 것은 불가능하다고 진수는 생각했다. 진수의 입장을 이해할 사람들이라면 일이 이 지경에 이르지도 않았을 것이다. 이렇게 생각하니 세면을 끝내고 부모님들이 계신 방에 들어갈 자신이 없었다. 그렇다고 뾰족한 수가 있는 것도 아니다. 차라리 더 때리는 것으로 일이 마무리 지어진다면 좋겠다는 생각을 해본다. 하지만 이젠 그보다 더 큰 난관이 기다리고 있는 것이다. 지금의 상황은 말 그대로 진퇴양난이었다. 모든 정신이 어떻게 하면 이 상황에서 벗어날 수 있을까로 집중됐다.

"튀자."

진수는 우선 이 자리를 피해야 한다고 생각했다. 딱히 대책이 있는 것은 아니지만 오늘 자신에게 벌어지고 있는 일들을 감당할 자신이 없었다. 그저 아무도 없는 곳에서 조용히 생각해 보면 뭔가 해답이 나올지도 모른다는 막연한 기대만 갖게 된다.

진수는 천천히 얼굴을 닦으며 고용인들과 영수가 제자리로 돌아가길 기다렸다. 아빠, 엄마가 성난 목소리로 방안에서 대화를 나누는 것을 들으며 기회를 살폈다.

"이 자식이 뭐하는 짓이야."

세수를 하던 진수가 이때다 싶어 대문을 향하여 질주를 하자 방에 있던 아빠가 뛰어 나오며 외친다. 진수는 뒤도 돌아보지 않고 대문을 열고는 방향도 없이 발 닿는 대로 뛰기 시작했다. 보이지는 않았지만 쫓아오던 아빠가 점점 멀어져 가는 것을 느낄 수 있었다.

한참을 뛰고 나니 온 몸이 땀으로 적셔졌다. 이제 아빠가 더 이상 뒤쫓아 않는다는 것을 느낌으로 알았지만, 그래도 미덥지 않아 흘끔흘끔 뒤를 몇 번이나 바라보면서 뛰었다. 수차례 확인을 한 후에야 뛰던 발걸음을 멈추었다. 온 몸에 힘이 빠진다. 갑자기 오늘 당한 일들이 필름처럼 뇌리를 스치며 눈물이 주르르 흐른다.

"리까르도 날 좀 도와줘야겠어."

집을 나선 진수는 어디를 갈까 궁리하던 중 리까르도를 찾기로 했다. 그는 진수네 집에 하청업을 주는 유대인 공장의 공장장이다. 진수가 부모의 통역을 해주기 위해 공장을 찾아갈 때면 반드시 만나야 했던 사람이다.

언젠가 리까르도는 일감을 좀 더 얻기 위해 굽신거리는 진수의 부모에게 목을 뻣뻣이 세우고 자신의 과거를 이야기한 적이 있다.

그는 칠레에서 태어난 스페인 계통의 후손이다. 열세 살 때, 알코올중독자인 아버지의 구타에 못 이겨 가출해서 안데스 산맥을 넘어 아르헨티나로 밀입국했다고 한다.

"쎄뇨라(아주머니). 난 열세 살에 아르헨티나에 와서 온갖 고생을 했지만 좌절하지 않고 하루에 열다섯 시간을 일했어요."

리까르도는 자랑스러운 표정으로 진수의 어머니에게 이야기했다.

"그 결과 오늘, 이렇게 공장장이 됐고, 가정도 꾸미고 잘 사는 거예요."

"병신 같은 새끼. 월급 500뻬소 받는 공장장이 뭐 그리 대단하다고 자랑이야, 자랑은……."

진수의 엄마는 리까르도 앞에서는 고개를 끄덕이며 대단하다는 표정을 지었지만, 집에 돌아오는 길에서 빈정댔다.

"야, 진수야. 넌 저런 병신 같은 놈처럼 되면 큰일이다. 남자는 꿈을 크게 갖고, 공부를 열심히 해야지 저런 쌍무식한 놈 돼서 돼지새끼마냥 만족하며 살면 안 되는 거야.”

진수는 항상 거드름을 피우며 이야기하는 리까르도가 마음에 들지 않았다. 하지만, 일거리를 많이 얻기 위하여 리까르도 앞에서는 굽신거리다가도 뒤돌아서면 욕을 해대는 엄마의 처신도 창피스럽다. 항상 자신의 생각대로 사람을 판단하고 그 사람의 인격을 모독하는 엄마의 언행은 좋지 않다고 생각했다.

진수는 지난 일들을 생각하며 리까르도라면 자신이 처한 상황을 이해해 줄 수 있다는 기대를 갖고 그를 찾았던 것이다.

“아니. 진수. 어떻게 된 거야?”

리까르도는 진수를 자기의 사무실로 이끌며 꼴이 말이 아닌 것에 혀를 찬다.

“그래, 도와주지. 하지만 나랑 꼭 약속할 것이 있어.”

진수에게 대충 자초지종을 들은 리까르도는 생각대로 자신의 처지를 이해해 주었다. 그러나 조건이 있다는 듯 진수의 어깨에 손을 올려놓으며 다짐을 받는다.

“먼저 넌 PENSION(자취 하숙집 종류)에 들어가도록 해. 한 달 치 월세는 내가 내줄 테니까. 그리고 하숙비랑 용돈은 벌어야 하니까 다이마루 공장에서 일하도록 해. 그런데 분명히 알아둬야 할 것은 넌 미성년자니까 하숙집을 얻었다는 사실이나 여기서 일한다는 사실을 절대 아무에게도 말해서는 안 돼. 만약 노동청이나 경찰서에서 안다면 너랑 나는 감방에 가게 돼. 알겠어?”

“도와준다면 그 약속은 지킬 수 있어. 그런데 이 공장에서 일하면 언젠가 우리 엄마나 아빠한테 들통 날 텐데.”

“그런 걱정은 하지 않아도 돼. 다이마루 공장은 4층에 있는데, 천을 짜는 곳이니까 하청업자들이 절대 들어갈 수 없어. 그리고 거기서 일하는 사람들 대부분이 NEGRO(불법)로 일하기 때문에 공장 내부에서도 소문이 날 수가 없어. 자, 그럼 네가 살 하숙집에 가보자.”

리까르도는 역시 경험자답게 빠른 시간에 가장 적절한 방법을 가르쳐 주었다. 진수는 리까르도의 도움이 고맙고 믿음직스러웠다.

PENSION 주인은 오십 줄이 가까워 보이는 금발의 아주머니였다. 독일 계 사람인지, 이목구비가 뚜렷하고 인상이 차갑게 보였다. 그녀는 리까르 도와 몇 마디 나누더니 진수에게 다가왔다.

“이름이 진수라고? 내 이름은 라우라야. 리까르도에게 이야기 들었겠지 만, 너 같은 미성년자가 하숙집에 들어오는 건 불법이야. 그러니 행동 조심하고 주위 사람들에겐 열아홉 살이라고 얘기하도록 해.”

진수가 배당받은 방은 생각보다 아늑했다. 더블 침대가 놓여 있었고, 그 옆에 낡은 옷장이 자리 잡고 있었다. 옷장 옆에는 이과수 폭포를 배경으로 그린 듯한 그림이 걸려있었다.

리까르도는 걱정에 짓눌린 표정으로 주위를 두리번거리는 진수의 어깨 를 툭툭 쳐준다.

“걱정 마. 오늘은 푹 쉬고 내일부터 일하도록 해. 열심히 하면 나처럼 성공할 수 있을 거야.”

“나는 밥도 해 먹을 줄 모르는데 어떻게 하지?”

진수는 앞날보다는 당장 주려오는 배를 채우는 일이 급했다.

“음. 내가 라우라에게 얘기 해보지. 아마 하숙비를 좀 더 주면 라우라가 해 줄 수 있을 거야.”

“고마워 리까르도.”

“괜찮아. 아무 신경 쓰지 말고 내가 말한 사항들만 조심하면 아무 일 없 다는 것만 명심해.”

리까르도가 악수는 건네고 나간 뒤, 진수는 침대에 쓰러지듯 눕는다. 몸 은 천근만근 무거운데 정신은 맑아지는 기분이었다. 오늘 하루 동안 벌어진 일들이 머리를 스친다. 앞으로 이를 혼자 힘으로 감당해 나가야 한다고 생각하니 두려움이 앞선다.

"아빠, 엄마는 지금 어떻게 하고 있을까. 아마 나를 죽이겠다고 찾아 나섰는지도 모른다. 루씨아는?…… 쏘냐의 말대로 그 애인이라는 사람과 같이 있을까? 쏘냐 말을 액면 그대로 믿을 것이 아니라, 루씨아를 한번 만나 봐야 하는 것 아닌가? 그런데 앞으로 나는 어떻게 하지. 다이마루 공장에서 일하면 월급은 얼마나 주나. 그 월급으로 하숙비는 낼 수 있을까. 다이마루 공장은 뭐하는 곳인가. 나는 무슨 일을 어떻게 하는 걸까."

수많은 생각들이 머리에서 얽히고설키는 가운데, 진수는 배고픔도 잊고 스르르 잠에 빠져들었다.

아침 6시에 기상한 진수는 교복 바지와 와이셔츠를 입은 채, 하숙집에서 3CUADRA(블록) 떨어진 공장으로 향했다. 어제 얻어맞은 자리가 욱신거리고 몹시 피곤했지만, 은근히 느껴지는 새로운 삶에 대한 호기심도 일었다.

다이마루 공장은 한마디로 음침했다. 괴물마냥 십여 대의 기계가 놓여 있는데, 각 기계마다 한 사람의 인부가 눈을 번득이며 서 있었다. 인부들은 이십대 초반으로 보이는 볼리비아 사람들 같았는데 인상이 몹시 험상궂었다.

"이리 따라와."

공장 감독은 진수를 보고는 다가와서 무표정한 얼굴로 무뚝뚝하게 말했다. 그를 따라가니 진수가 맡아야 할 기계 앞에 발을 멈춘다. 그는 입을 열기가 귀찮은 듯 말을 아껴가며 진수가 해야 할 일을 아주 간단하게 설명해 나갔다. 진수는 이해되지 않는 부분이 많았으나 감독이 무서워 정신을 집중하여 듣기만 했다.

"알아들었나?"

감독이 설명을 마치고 얼굴을 찡그리며 물었다

"예."

진수는 뒤통수를 긁적이며 기어가는 소리로 대답했다.

진수가 해야 할 일은 다이마루에서 나오는 천을 둘둘 말아서 지정된 장소에 옮겨 놓는 일이었다. 윙윙대며 돌아가는 기계 위에는 수십 개의 실타래가 있는데, 그 중 한 개가 끊어지면 기계가 작동을 멈춘다. 그럴 때면 사다리를 타고 올라가서 실을 바로잡아 주어야 한다.

어찌 보면 간단한 일인데 노동에 익숙치 못한 진수에게는 몹시 고되게 느껴졌다. 약 두 시간을 버티다가 도저히 견딜 수 없어 눈치를 봐가며 자리에 주저앉았다.

"편안한가?"

언제 나타났는지, 감독이 진수의 앞에 다가와 빈정댄다. 진수는 아무 말 못하고 그 자리에서 일어났다. 다리가 후들거리며 눈물이 핑 돌았다.

'그래도 집보다는 낫겠지'

진수는 주먹을 휘두르던 엄마 아빠의 모습을 떠올리며 위로 삼는다.

'내가 그토록 죽을죄를 저지른 것일까? 엄마, 아빠는 왜 내 맘을 이해하지 못하는 걸까? 왜 이민 오고부터는 사람들이 그렇게 변해 버렸을까. 한국에서는 내가 좀 잘못한 일이 있어도 그렇게 심하게 대하지는 않았는데…… 이민 와서는 내게 말도 없고 내가 조금이라도 잘못하면 주먹부터 내미는 이유는 뭘까?'

진수는 그런 엄마, 아빠가 있는 집에서 사느니 차라리 이 고생을 하는 것이 마음 편하다고 자위(自慰)해 본다.

점심시간이 되자, 인부들이 볼사(비닐가방) 하나씩을 들고 공장 한구석으로 우르르 몰려들었다. 거기엔 각자 지참해온 빵조각이 들어있었다. 진수도 눈치를 봐가며 라우라 아주머니가 싸 준 샌드위치를 들고 그들이 모여 있는 곳의 한 귀퉁이에 앉았다.

진수가 루씨아를 다시 한 번 찾아야겠다고 생각한 것은 십여 일이 지난 후였다.

그동안 진수는 같이 일하는 인부들에 대한 거부감이 많이 줄어들었다. 그들이 진수에게 특별히 대하거나 친근감을 느끼게 한 것은 아니었다. 눈만 뜨면 듣는 이야기가 같다보니 귀에 익숙해졌던 것이다. 이제 진수는 그들과 함께 농을 주고받으며 히히덕거리기도 했다. 그 중, 일부와는 어느 정도 마음을 터놓고 이야기할 수 있는 사이도 됐다. 하지만 루씨아와의 관계는 아무에게도 말하지 않았다. 그것은 그들과의 관계에 진수 나름대로 선을 그어놓고 싶었기 때문이었다. 그들의 생활을 듣고 보기는 하지만 자신은 뭔가 다르다는 자존심이기도 했다.

"야. 그 루씨아라는 아이, 나 좀 소개시켜줄 수 없겠니? 내게 걸리면 딴 놈 생각 못하게 확실히 꽂아 줄 텐데……."

그들의 입에서 나올 말은 듣지 않아도 뻔한 것이다. 그들에게는 사랑이란 없었다. 섹스만 있을 뿐이었다. 그 여자가 사랑하는 사람이 아니라도 상관 없을 것이다. 동생이건, 사촌이건, 혹은 길거리 여자건 상관할 사람들이 아니었다. 그들은 한 순간 행복하면 그만인 인생의 낙오자들인 것이다.

그들을 보면서 진수는 쏘냐가 들려준 이야기를 얼마만큼 이해할 수 있을 듯했다. '루씨아나 나는 오늘 기분에 맞게 오늘을 사는 사람들이다.' 하던…….

그래도 진수는 루씨아를 공장 인부들과 같은 레벨에 놓고 생각하기는 싫었다. 쏘냐가 무슨 이야기를 했건 간에 루씨아만큼은 귀하고 청순하게 마음속 깊이 간직하고 싶었기 때문이다. 그럼에도 진수는 마음에 느껴지는 막연한 두려움을 지울 수 없었다.

진수는 루씨아를 만나기 위해서 53번 버스에 오르기만 하면 된다는 것을 잘 알았다. 두 시간 길이 가슴에 안은 그리움에 비하면 아무 것도 아니라는 것도 잘 알고 있었다. 하지만 그 길을 가기가 쉽지 않았다. 그것은 마음 한 구석에 느껴지는 막연한 두려움 때문이었다. 그 두려움은 자신이 안고 있는 루씨아에 대한 기대와 희망이 그녀를 만남으로써 또 한

번 무너져 버릴 것에 대한 두려움인지도 모르는 것이었다. 그 두려움을 자신이 루씨아에게 뭔가 확고한 것을 제시할 수 있을 때 무너뜨릴 수 있다고 생각했다.

그러던 어느 날, 그러니까 다이마루 공장에서 일을 시작하고 두 번째 맞는 일요일이었다. 진수는 행여 부모들께 발각될까 두려운 마음에 외출을 삼가고 하루 종일 하숙집에 틀어박혀 지냈다. 좀 따분하기는 했지만 중노동에 무거워진 몸을 침실과 화장실을 오가며 쉬는 것도 싫지는 않았다. 이렇게 시간을 때우고 있을 때였다.

"진수, 너랑 얘기 좀 할 수 있겠지?"

라우라 아줌마가 문을 두드리며 상냥한 목소리로 진수를 불렀다. 그동안 진수에게 별 말이 없던 라우라 아줌마였기에 그 부름이 진수를 긴장케 했다.

"예, 들어오세요."

황급히 몸을 일으키며 진수가 대답했다.

라우라 아줌마는 침대에 걸터앉더니 상냥히 웃으며 조심스럽게 주위를 둘러본다.

"진수, 너 돈 필요하지 않니?"

갑작스런 질문에 진수의 눈이 휘둥그레진다.

"네가 집안 환경이 나빠서 가출을 했으니, 네 부모 보란 듯이 돈이라도 많이 벌어야 할 것 아니냐. 그리고 리까르도한테 들었는데, 그 루씨아라는 아이도 네가 돈이 있어야 따르지 않겠니? 그런데 지금 다이마루 공장에서 받는 월급으로는 돈을 벌기는커녕 리까르도한테 진 빚도 갚지 못할 것 같아서 말이야."

진수는 라우라 아줌마의 말을 이해할 수 없었다. 도대체 왜 이런 말을 하는 걸까 의아해하며 온통 신경을 곤두세울 뿐이었다.

"그래서 말인데, 사실 돈을 쉽게 벌 수 있는 길이 있기는 하거든. 네가 원하기만 한다면 말이야."

라우라 아줌마의 이야기는 간단했다. 자기가 건네주는 물건을 가르쳐 주는 곳에 전달하기만 하면 된다는 것이었다. 서너 군데 전해주면 되는데 그때마다 100빼소를 준다고 했다.

'하루에 100빼소면 한 달에 열흘만 일해도 1000빼소를 벌 수 있다는 이야기 아닌가.'

진수는 리까르도의 월급이 500빼소인 것을 생각하며 그보다 훨씬 많은 돈을 벌 수 있다는 라우라 아줌마의 이야기에 귀가 곤두섰다.

"뭘 전해 줘야 하는데요?"

"그건 알 필요 없어. 다만, 네가 하는 일을 누구에게도 말해서는 안 돼. 만일 누군가 알게 되면 그날로 너는 일자리를 잃게 되는 거야. 별로 어렵지 않은 일로 많은 돈을 벌 수 있는 일자리를 구하는 것이 그리 쉽지는 않아."

라우라 아줌마의 일방적인 말에 진수는 자신이 뭔가 이상한 일에 빠져들고 있다는 느낌이 들었다. 하지만 한꺼번에 많은 돈을 벌 수 있다는 일을 거절하기는 싫었다. 그 돈만 가지면 루씨아에게 분명한 미래를 제시할 수 있다는 라우라 아줌마의 말도 일리가 있다고 생각했다.

"자. 어떻게 할래? 네가 싫으면 다른 사람을 구할 수도 있어. 다만, 네 처지가 불쌍해 보여서 돈벌이 좀 시켜줄려고 하는 거니까 잘 생각해 봐. 원한다면 내일이라도 시작할 수 있어."

"그래요. 한번 해 볼게요."

진수가 대답하자, 라우라 아줌마가 장하다는 듯 어깨를 두드려 주며 뺨에 키스해 준다.

"그래. 잘 생각했어. 그리고 이건 네가 당장 용돈이 필요할 것 같아 주는 건데. 아무 말 말고 받아줘."

라우라 아줌마가 호주머니를 뒤적이더니 100빼소짜리 지폐 세장을 건네줬다. 아직 월급을 받지 못해, 리까르도가 꾸어준 10뻬소짜리 지폐 한 장이 재산의 전부였던 진수는 연신 머리를 굽신거리며 감사의 뜻을 전했다.

갑자기 큰돈이 생긴 진수는 루씨아를 찾아야겠다고 마음먹었다. 앞으로 큰돈을 벌 수 있는 일자리도 생겼으니 자신 있게 그녀를 만날 수 있을 것 같았다. 더 이상 주저할 필요가 없다고 생각한 진수는 그 자리에서 호세 쎄 빠스로 가기 위하여 하숙집을 나섰다.

이십여 일 만에 루씨아는 우울해 보이는 얼굴로 진수를 맞았다.

"나랑 만난 게 반갑지 않은 모양이지?"

약속이나 한 듯이 예의 보금자리로 향하며 진수가 투정을 부리듯 물었다.

"아니. 그런 게 아니야. 지난 번 네가 왔다 갔다는 얘기를 쏘냐한테 들었는데 생각해 보니까 미안한 마음이 들어서 그래. 나는 네가 다시는 오지 않을 거라고 생각했어."

"솔직히 이야기해서, 기분은 나빴지. 그런 얘기 듣고 기분 좋을 놈이 어디 있겠어."

루씨아가 사과하는 모습을 보니 진수의 마음은 우쭐해졌다.

"그러면 그렇지. 무슨 사정이 있었던 거야."

그렇게 생각하니 루씨아에 대한 서운한 감정이 사라지는 것이었다.

"사실. 너 때문에 내가 얼마나 곤란해졌는지 알기나 하니?"

진수는 그동안 자신에게 벌어졌던 일을 상세히 루씨아에게 이야기했다.

"어쨌든 이젠, 그 지긋지긋한 부모로부터 해방됐고, 돈벌이도 하게 됐어."

진수는 다이마루 공장에서 일한다는 이야기는 했지만, 라우라 아줌마와의 이야기는 하지 않았다. 루씨아가 이상하게 생각할 것 같기도 했고, 아직 시작하지도 않은 일을 발설한다는 것도 조심스러웠다.

"그래서 말인데, 너만 괜찮다면 2~3년만 기다려줘. 내가 돈 좀 벌게 되면 우리 같이 살 수도 있잖아. 네가 원한다면 말이야."

"……."

루씨아는 말없이 듣고만 있었다. 뭔가 이야기하려다가도 머뭇거리기만 했다.

진수는 루씨아의 대답을 기다리며 그녀의 얼굴을 바라볼 뿐이었다.

"네가 원하는 대로 해."

루씨아가 배시시 웃었다.

"루씨아. 난 지금 심각하게 묻는 거야. 이제 너도 내 얘기를 정중하게 받아주면 좋겠어. 넌 이제까지 내가 무슨 이야기만 하면 꼭 장난기 어린 태도로 받아들이는데 너와의 문제가 나에게는 상당히 심각한 문제라는 걸 알아줬으면 해."

그동안 진수는 자신을 대하는 루씨아의 태도에 진솔됨이 없다는 것을 본능적으로 느끼고 있었다. 그러나 그 점을 구태여 따져 묻지는 않았다. 그녀와 몸까지 섞은 마당에 자신을 대하는 그녀의 마음이 진솔치 못하다고 질책한다는 것은 모순이 있다고 여겼다. 한 여자가 남자에게 몸을 허락한다는 것은 마음이 허락되지 않고는 있을 수 없는 일이라고 생각했다. 그 점을 의심한다는 것은 루씨아의 인격을 모독하는 일이라 생각했던 것이다.

"진수. 너 쏘냐를 통해서 나한테 애인이 있다는 이야기 들었지?"

루씨아는 정색을 하며 진수에게 질책하듯 물었다. 진수는 갑작스런 루씨아의 물음에 대답을 못하고 눈만 멀뚱거렸다.

"그때 쏘냐 얘기는 틀렸어. 그 사람은 내 애인이 아니야. 세상 사람들이 보기에는 애인으로 보였을지 모르겠지만 내게는 하나의 돌파구에 불과했어. 의부 꼴보기 싫으면 찾아갈 수 있는 사람, 집이 지긋지긋 할 때 찾아가서 시간을 때울 수 있는 사람일 뿐이었어. 그런데도 난 그 사람을 사랑한다고 생각했고 그와 동거하고 싶었어. 그건 그 사람을 통해서 내게 잠재해 있는 불만들이 메워질 수 있다고 생각했기 때문이야. 그런 생각을 사랑과 혼돈했던 거야. 그런데 난 그 생각이 잘못된 것이라는 걸, 너와 만나서야 깨닫게 됐어."

루씨아는 담배를 한 대 빼어 물고 불을 붙이고는 하늘을 향해 후- 하고 연기를 뿜어냈다.

"날 대하는 너의 순수한 마음은 충분히 이해할 수 있어. 고맙기도 하고. 하지만 네가 우리의 앞날에 대해서 얘기할 때, 그건 사랑하는 마음에서 나오는 이야기는 아니야. 너도 내가 그랬던 것처럼 네 나름대로 뭔가 부족한 네 삶에서의 돌파구를 나를 통해서 찾고 있는 거야. 넌 나와의 앞날을 이야기하기 이전에 나를 욕구불만의 해소도구로 여기는 마음부터 없애야 하는 거야."

진수는 루씨아의 말이 잘 이해되지 않았다. 기다리는 대답과는 먼 엉뚱한 말만 하는 것 같았다. 그 말 속에서 희망을 찾을 수 있는 것인지 아니면 절망뿐인지 판단할 수가 없었다.

"그렇지만, 난 너와의 관계를 확실히 해두고 싶은데."

진수가 다시 한 번 확인하고픈 마음으로 묻듯이 이야기한다.

"이 세상에 확실한 건 없어. 시간이 흐르면 자연스럽게 알게 되는 것뿐이야. 그냥 되는 대로 내버려두면 어떻게 되는 거지. QUE SERA 노래 가사처럼 Y SERA, SERA LOQUE SERA(그리고 뭔가 어떻게 되겠지), 삶은 그런 거야. 지금처럼 만나서 서로 즐겁고 그러다 보면 뭔가 이루어지는 거야. 하지만 아까 얘기했듯이 너나 나나 서로가 서로를 우리의 불안정한 삶의 돌파구로 여기면서 사귄다면 장차 좋은 결실을 보기 힘들다는 걸 명심해."

진수는 한동안 말없이 루씨아의 말을 곱씹어 보았다. 뭔가 알아들을 듯하면서도 잘 이해되지 않았다. 그러나 구태여 이해하려 노력하지 않아도 될 듯했다. 어쨌든 간에 루씨아와 자주 만날 수 있는 것만큼은 분명했다. 그러니 그런 복잡한 문제는 차차 이해해도 될 것이라고 진수는 생각했다.

"그래 편하게 생각하자."

진수는 지우려는 듯 루씨아의 가슴을 파고들었다. 그녀는 진수의 마음을 알겠다는 듯 뜨거워진 몸으로 진수의 몸을 받았다.

날씨가 그렇게도 후덥지근하더니, 결국 빗방울이 하나 둘 떨어지기 시작했다. 두 사람은 약속이나 한 듯이 벌떡 일어나 루씨아의 집으로 뛰기 시작했다. 한참을 뛰다가 숨이 턱에까지 차올라, 뛰던 발걸음을 멈추고 비에 젖어 물에 빠진 새앙쥐 꼴이 된 서로를 바라보며 까르르 웃었다.

"밤길 다닐 때 불심 검문을 받을 수 있으니, 군인이나 경찰은 피해 다녀."

라우라 아줌마는 자그마한 종이 뭉터기 세 개를 진수의 허리에 채워주며 불안한 눈초리로 신신당부했다.

"걱정 마세요. 이 나라에 삼 년을 살았지만 아직 한 번도 불심검문을 당한 적은 없어요."

78년 아르헨티나 축구팀의 월드컵 우승은 군사정권의 인기도를 높이는 데 상당한 기여를 했다. 그러나 민주주의를 외치는 반 군정 단체와 좌익 테러 단체들의 활동은 지하에서 끊임없이 진행되고 있었다. 군정은 이들을 소탕하기 위하여 밤낮없이 행인들을 불심검문했는데, 여기서 조금이라도 수상한 눈치를 보이면 연행되어 온갖 고문을 당하기도 하고 쥐도 새도 모르게 처치되기도 했다.

진수는 불심검문을 당해 보지는 않았지만 그것이 얼마나 끔찍한 일인가는 귀동냥으로 얻어들은 바 있었다.

불심검문은 서너 명의 사복 경찰이나 군인이 다가와 머리에 총구를 대고 신분증 제시를 요구하며 시작된다고 했다. 그 중 한 사람이 온 몸을 이 잡듯이 뒤져 불순물 소지 여부를 확인한다. 이때 몸을 비틀어 의심을 사거나 검문에 불응하면 황천객이 되기 쉽다는 것이다.

한국 교포들도 심심찮게 검문의 대상이 되곤 했는데, 이때 교민들, 특히 여자들이 신체 주요 부분에 손이 닿을 때면 몸을 비틀다가 의심을 받고 연행된 일이 종종 있었다고 한다. 하지만, 당시 아르헨티나 군정은 한국 군정을 모델로 삼고 있었기에 군인들은 한국 교민들에게 상당히 호의적이었다. 그래서 한국 교민들은 시국이 불안함에도 불구하고 비교적 자유로이 거리를 활보했다. 불심검문 도중 의심을 받고 연행되어도 곧 풀려난다는 것을 알았기에 아르헨티나 사람들처럼 두려움에 떨지는 않았던 것이다.

진수는 어른들의 이야기를 통해서 이런 사실들을 알고 있었으므로 라우라 아줌마의 걱정을 기우(杞憂)로 여겼다. 그런데 라우라 아줌마는 걱정을 떨쳐버리지 못했다.

"어쨌든 늦은 밤길이니 신경을 곤두세우고 행동을 조심하도록 해."

진수의 가벼운 마음과는 달리 라우라 아줌마의 목소리가 가늘게 떨리기까지 했다. 진수는 그 목소리가 이상하다고 느꼈고 갑자기 몸이 굳어지며 긴장감이 온 몸을 엄습했다.

"아무래도 이상한데. 이거, 뭔가 이상한 일에 빠져드는 거 아냐?"

이런 생각이 드니 쉽게 돈을 벌 수 있다는 말에 무슨 일인지 확인도 않고, 쾌히 승낙해 버린 자신의 행동이 경솔했던 것은 아닌가는 후회감이 들었다. 군인들에게 불려가 고문을 당하는 자신의 모습이 상상되면서 두려움이 느껴졌다.

"그래도 한번 약속했는데, 지금 와서 안하겠다고 할 수는 없지. 그리고 라우라 아줌마에게 300뻬소나 이미 받았지 않은가."

진수는 밀려오는 두려움을 억지로 떨쳐 버리고 라우라 아줌마가 이야기해준 곳으로 발걸음을 옮겼다, 될 대로 되라는 마음으로…….

"이거. 별것도 아니잖아."

2시간 길을 다녀오면서 진수는 아까 느꼈던 두려움은 몽땅 잊은 채, 미소를 띠고 있었다.

밤 11시가 넘은 시간인데도 길거리는 가로등으로 대낮처럼 밝았고, 행인들도 상당히 많았다. 버스도 승객들로 가득 차 있었고, 그 무서운 군인이나 경찰은 별로 눈에 띄지도 않았다. 진수는 평상시와 똑같은 분위기에서 라우라 아줌마가 이야기해 준 주소에 찾아가 허리춤에 차고 있는 종이 뭉터기 하나씩을 꺼내 주기만 하면 되는 것이었다.

처음 찾아간 곳은 진수가 사는 곳과 엇비슷하게 생긴 PENSION이었는데, 라우라 아줌마와 비슷한 나이 또래의 여자가 말없이 물건만 받았다.

두 번째 찾아간 장소는 진수의 호기심을 자극했는데, 그곳은 겉으로 보기엔 가정집 같았으나 내부는 술집 형태를 갖추고 있었다. 어두침침한 홀 천장에는 오색 조명이 달려 있었고, 아직 손님은 받지 않은 듯 종업원으로 보이는 아가씨 서너 명만이 자극적인 옷차림으로 담배를 피워 문 채, 다리를 꼬고 앉아 있었다. 주인으로 보이는 사내는 100kg은 족히 넘어 보이는 몸체를 뒤뚱이며 진수를 맞았다. 능글능글한 말투가 사람을 만나면 호감을 사기 위하여 꽤나 노력하는 사람처럼 보였다.

"맥주 한잔하고 갈래?"

남자가 웃음 띤 얼굴로 말했다.

"전 술을 못 마시는데요."

"그래? 그럼 콜라나 한 잔 마시고 가렴."

사내는 뭐가 즐거운지 연신 능글맞은 웃음을 잃지 않았다.

"앞으로 이 손님 잘 모셔, 너희들 좋아하는 물건 갖다 주는 사람이니까."

콜라를 가져온 아가씨의 미니스커트 아래로 손을 집어넣어 엉덩이를 만지며 사내가 말했다. 아가씨는 그 말엔 대답도 않은 채, 힐끗 진수를 보더니 제자리로 가버렸다.

"나중에 돈 생기면 한번 놀러와. 끝내주게 해 줄게."

콜라를 마시고 나가는 진수를 향하여 아까 그 아가씨가 속삭였다.

"이 여자들이 창녀들이구나."

진수는 창녀들의 모습을 처음 본 것이 너무나 신기했다. 이 여자들이 어떤 방법으로 몸을 파는 건지 궁금했다. 자신이 가져온, 이 여자들이 좋아한다는 물건은 무엇일까 궁금하기도 했다. 하지만 라우라 아줌마의 말대로 궁금증은 땅에 묻어 버렸다.

"어때, 잘 다녀왔니?"

진수가 기고만장한 모습으로 돌아오자, 라우라 아줌마가 뛰어나오며 반겼다.

"자. 이거 받아라. 약속했던 대로 100뻬소다."

진수에게 자초지종을 들은 라우라 아줌마는 안도의 한숨을 쉬면서 호주머니를 뒤적이며 100뻬소짜리 지폐를 찾아 진수에게 건네줬다.

"아니. 지난번에 선불로 주셨잖아요."

"아니다. 지난번에 준 돈은 내가 용돈으로 준거니 그렇게 알고, 이건 네가 한 일에 대한 보수로 받도록 해라."

"그라시아스 쎄뇨라."(감사합니다 아주머니)

진수는 라우라 아줌마가 나가자 쓰러지다시피 침대에 누웠다. 다이마루 공장 일도 힘든데, 제대로 쉬지도 못하고 밤길까지 다녔으니 몸이 천근만근 내려앉는 듯했다.

"아니, 뭐라고. 공장 일을 그만두겠다고?"

리까르도는 진수가 공장 일이 힘들어 그만두어야겠다고 말하자, 펄쩍 뛰었다.

"너. 일 시작한 지 얼마나 됐다고 그래. 그리고 앞으로 뭘 해서 먹고살겠다는 거야. 아니면 다시 집에 들어가겠다는 말이니?"

"그런 게 아니라, 사실 좀 더 편한 일자리를 구했거든. 너에게 미안한 일이지만, 아무튼 다이마루 공장은 힘들어서 더 못나가겠어."

"그렇다면 할 수 없지. 하지만 사람이 그렇게 신용 없게 행동해서는 안 돼. 그런 신용으론 앞으로 성공하기 어렵다는 걸 명심하도록 해."

리까르도는 상당히 불쾌한 눈치였다.

"미안해. 그리고 이건, 지난번 네가 꿔준 돈이야."

"아직 월급도 못 받았는데 이 돈 어디서 났니?"

"응. 새로 구한 일자리에서 가불한 돈이야. 그리고……, 내가 약속 안 지켰다고 우리 부모에게 나 있는 곳 가르쳐 주지는 않을 거지?"

"진수. 난 너보다 거의 이십 년을 더 산 사람이야. 너 지금 나에게 뭔가 감추고 있는 것 같은데, 그게 뭔지 물어 보지는 않겠어. 다만, 어려우면 도움을 청하고, 필요 없으면 차 버리는 행동을 하는 너 같은 애랑 이제 난 아무런 상관이 없다는 걸 알아둬. 그러니 너희 부모에게 너 있는 곳을 가르쳐 주던 안 가르쳐 주던 그건 내 소관이야. 그리고 내일 공장에 와서 월급 받아가도록 해."

"내가 그렇게 잘못한 거야?"

진수는 리까르도의 화난 태도에 은근히 걱정이 됐다.

"진수. 네가 지금 나에게 그런 질문을 하는 것도 너의 잘못이 무엇인지 알려고 하는 질문이 아니야. 너 있는 곳이 발각될까봐 두려워하는 질문일 뿐이야. 자기의 잘못이 무엇인지 생각해 보기보다는 빠져나갈 구멍만 찾는 그런 행동은 옳지 못해. 그건 너희 부모들이 자기들 욕심대로 자식을 키우려고만 했지. 올바르게 키우려 하지는 않은 결과지."

진수는 리까르도가 부모까지 들먹거리며 화를 내자, 역정이 났다.

"아니, 이 무식한 놈이 누구를 욕하는 거야."

엄마의 말대로 자그마한 것에 만족하며 사는 돼지 같은 놈이 자기에게 훈계를 한다는 것이 가소로웠다. 하지만 진수는 아무런 항변을 하지 않았다. 어쨌든 리까르도는 자기가 어려울 때 도와준 사람이고, 또 괜히 그에게 잘못 보였다가는 마음속에 있는 계획들이 리까르도로 인하여 수포로 돌아갈 수도 있기 때문이었다.

진수는 라우라 아줌마의 일을 해준 지 얼마 되지도 않았는데 벌써 500 페소를 벌었다. 처음 라우라 아줌마에게 받은 돈과 합하면 리까르도의 빚을 갚고도 많은 돈이 남았다. 라우라 아줌마는 진수에게 이 돈으로 달러를 구입하라고 했다. 한 달 인플레이션이 30%를 넘고, 미화 환율이 인플레이션과 대등하게 변동되고 있으니 페소의 저축은 아무런 소용이 없다는 것이었다. 라우라 아줌마의 코치는 진수에게 더없이 고마운 일이었다. 이제 껏 돈을 만져 보지 못했던 진수가 200불 가까운 달러를 손에 쥐게 된 것은 순전히 라우라 아줌마의 덕이었다.

손에 돈이 쥐어지기 시작하자, 진수는 루씨아와 이 하숙집에서 같이 살 았으면 좋겠다고 생각했다. 이만한 돈벌이면 하숙비를 내고도 충분히 저 축할 수도 있다는 자신이 생겼다. 그래서 다음 주 약속대로 루씨아가 하숙 집에 찾아오면 자신의 계획을 이야기할 생각을 가지고 있었던 것이었다. 그런데 만일, 리까르도가 부모들에게 자기가 있는 곳을 가르쳐 준다면, 이 모든 꿈들이 수포로 돌아가게 되는 것이다.

"리까르도, 여하튼 내가 잘못했어. 그러니 제발 내 얘기 아무에게도 하 지 말아 줘."

진수는 일단 리까르도에게 잘 보여야겠다는 심정으로 빌었다.

"진수. 이제 그만하고 집에 가봐. 너랑 더 이상 이야기하고 싶지 않아."

리까르도는 진수의 말에 대답도 없이 의자에서 일어나 몸을 벽 쪽으로 돌렸다. 진수도 더 이상 할 말이 없었다.

"운명에 맡기는 수밖에 없지. 행여 아빠, 엄마가 찾아온다면 또 도망가 지 뭐."

공장을 나오면서 진수는 복잡해지는 머리를 좌우로 흔들었다. 모든 일 을 간단하게 생각하겠다고 마음먹었다. 모든 일들이 복잡하게 생각할수록 더 꼬여드는 것이라는 루씨아의 말을 떠올렸다.

"SI SE MUCHO, O NO SE NADA, YA MAÑANA SE VERA, Y SERA SERA LO QUE SERA."(내가 많은 것을 알고 있는지, 혹 아무 것도 모르는 것 인지 내일이면 알게 되겠지. 그리고는 뭔가 어떻게 되겠지.)

진수는 루씨아가 가르쳐준 QUE SERA 노래의 가사를 머릿속에 떠올리 고는 '내일 일은 내일 걱정하자'고 생각하며 하숙집으로 돌아왔다.

"루씨아. 너 여기 와서 나랑 같이 살면 어떨까?"

진수는 라우라 아줌마가 배려해 준 의자에 루씨아가 앉기가 무섭게 다그치듯 물었다. 리까르도와 헤어진 지 닷새가 지나도록 엄마 아빠가 찾아오지 않은 걸 보면서, 그동안 불안해했던 마음도 말끔히 사라졌다. 이만하면 둘만의 보금자리를 만들 수 있는 충분한 여건이 갖추어졌다는 자신감도 생겼다.

"진수. 너 또 왜 이러는 거야? 지난번 우리 집에 왔을 때 충분히 얘기했잖아. 모든 걸 TRANQUILO(느긋하게)로 생각해야지, 만날 때마다 이러면 피곤해."

루씨아는 아닌 밤중에 홍두깨 같은 진수의 얘기에 짜증난 얼굴로 눈살을 찌푸리며 대답한다.

"그런 게 아니라 이젠 우리가 같이 살 수 있는 여건을 어느 정도 갖추었거든. 그리고 너도 호세 쎄 빠스 집에 있는 걸 달갑게 여기진 않잖아."

"무슨 여건을 어떻게 갖추었다는 거야?"

루씨아의 목소리는 여전히 짜증스러웠다.

진수는 그 말에 아무런 대답 없이 베개 밑으로 손을 집어넣어 저축한 돈을 꺼내어 보인다. 날마다 늘어나는 10불짜리 지폐와 20불짜리 지폐가 한 움큼 손에 잡혔다.

"아니, 너 이 돈 어디서 난 거야?"

루씨아의 눈이 휘둥그레졌다.

"음……, 그동안 내가 벌어서 저축한 거지."

진수의 표정에 자랑스런 기운이 역력했다.

"무슨 저축을 그렇게 많이 했다는 거야. 너 다이마루 공장에서 일 시작한지 이제 겨우 한 달 됐을까 말까 하잖아? 너 혹시……, 그 돈 도둑질한 거 아니니?"

"너 날 어떻게 보고 하는 소리야."

이번엔 진수가 짜증을 냈다.

"난 벌써 다이마루 공장 일 그만 뒀어. 이 돈은 그동안 파트타임으로 일해서 모은 건데 파트타임으로 있는 일자리가 돈벌이가 더 잘 되어서, 그곳으로 옮긴 거야. 근데 너 그게 무슨 소리니, 도둑질을 한 돈이라니……."

루씨아는 돈의 출처에 대하여 더 이상 질문하지 않았다. 진수의 새로운 일자리에 관해서도 캐묻지 않았다. 의혹에 찬 눈으로 진수의 손에 쥐어진 지폐들만 바라볼 뿐이었다.

"왜 아무 말이 없어?"

돈을 움켜쥔 손을 침대에 힘없이 내리며 진수가 물었다.

"무슨 얘기를 해주면 좋겠어? 내 뜻은 이미 얘기했잖아. 너같이 상대방의 뜻은 아주 무시하고 자기 생각대로만 하려는 사람하고 무슨 이야기를 할 수 있겠어?"

루씨아의 말은 강경했지만 말투는 잔잔했다.

"하지만, 우린 이미 몸을 섞은 사이 아니니? 그렇게 중요한 사건이 너와 나 사이에 벌어졌다는 건 이미 함께 살 수 있는 첫걸음을 내딛는 거 아니냐구."

"진수. 너희 나라에서는 어쩐지 모르지만 아르헨티나에서는 그게 그리 중요한 사건은 아니야. 아니, 중요한 사건이겠지. 하지만 결정적인 것은 아니라구. 남자와 여자가 섹스를 나눴다는 건 둘이 서로를 알아가는 하나의 과정에 불과해. 대화를 나누거나 함께 영화를 보면서 서로를 알아가는 것과 같이 섹스를 나누는 것도 마찬가지라는 거야. 그런데 그걸 빌미로 나를 너의 소유물처럼 묶어두려는 너의 의도를 난 이해할 수가 없어. 그러니 지난번 얘기했던 것처럼 그냥 이렇게 지내다가 뭔가 자연스레 이루어지면 그것으로 만족하는 게 좋은 거야."

"……."

진수는 할 말을 잃었다. 루씨아와 자신의 생각에는 엄청난 차이가 있다는 것을 느꼈다. 그 차이에 대한 적절한 해결책을 자기보다 나이가 많은 루씨아에게 제시할 능력이 없었다.

이튿날 밤, 진수는 울적한 마음으로 하숙집을 나섰다.

루씨아를 만난 이후, 그녀에 대하여 항시 긍정적인 생각을 가지려 노력했지만, 둘이 가졌던 그 아름다웠던 섹스의 시간들에 루씨아는 자기만큼 큰 비중을 두지 않는다는 것이 이해되지 않았다. 용납할 수가 없었다. 자신의 면전에 대고 섹스는 대화를 나누는 것과 같이 서로를 알기 위한 하나의 과정일 뿐이라고 이야기한 것이 못내 서운했다. 이 서운하고 답답한 마음을 어디선가 풀지 않고는 견딜 수 없을 것 같았다.

"내 생각을 그렇게 무시할 수는 없는 거야. 우리의 사이를 그렇게 평가 절하 한다는 것은 너무한 처사야. 내가 자신을 얼마나 사랑하는데……. 내가 제시한 것들이 나만 위한 건가? 다 둘의 행복을 위한 거잖아. 그런데 뭐라구? 너희 나라 사람들은 어쩌구 저쩌구? …… 도대체 얘는 나를 무시하는 거야, 아니면 하나의 장난감으로밖에 생각하지 않는 거야?"

생각할수록 분통이 터졌다. 이런 생각을 하며 진수가 찾아간 곳은 라우라 아줌마가 주는 물건을 전달하기 위하여 가곤했던 술집이었다. 그곳의 창녀들과 섹스를 하겠다는 생각은 추호도 없었다. 다만, 이 상황에서 누군가와 만나서 대화를 나누고픈 마음이었다. 항상 얼굴에 웃음을 머금고 있는 여인들과 대화라도 나누면 마음속에 있는 응어리가 풀릴지도 모른다는 생각이었다.

"아니, 이게 누구야? 귀한 손님이 찾아 오셨네."

오마르가 백 킬로그램이 넘는 몸을 흔들거리며 진수를 맞았다.

"오늘은 물건을 전하러온 건 아니겠고, 여자가 그리우셨나 보지?"

이렇게 말하는 오마르의 손은 이미 아가씨 하나를 부르고 있었다.

"콜라 한 잔 시켜 줄까?"

끌라우디아라고 자신을 소개한 아가씨는 진수의 손을 이끌어 메사(테이블)에 앉히고 묻는다. 지난번 진수에게 한 번 놀러오라고 했던 아가씨였다.

“아니, 오늘은 맥주 한잔하고 싶은데.”

진수는 맥주는 어떻게 마시는지도 모르면서 술을 먹고 싶다는 막연한 생각에 주문을 했다.

“미성년자는 여기 들어오지도 못하는 곳인데, 술까지 팔게 되는군.”

농담인지 진담인지 알 수 없는 말투로 중얼거리면서 끌라우디아는 맥주는 시킨다. 어두침침한 홀에는 아직 이른 시간이어서 손님은 없었고, 서너 명의 아가씨들이 진수는 안중에도 없는 양, 홀 한편 구석에 모여 앉아 잡담을 나누고 있었다. C.C.R의 SOME DAY NEVER CAME이 질이 좋지 않은 스피커를 통하여 찍찍거리며 애절하게 흘러나오고 있었다.

“춤출까?”

오줌 물 같이 생긴 찝찔한 맥주를 약 마시듯 찔끔찔끔 마시는 진수를 호기심 어린 눈초리로 말없이 바라보던 끌라우디아가 자리에서 일어서며 물었다. 질문이라기보다는 명령 같다는 느낌을 받으며 진수도 따라 일어났다.

끌라우디아와 추는 렌또(블루스)는 3년 전 초등학교 때 추던 것과는 확실히 달랐다. 양팔을 진수의 어깨에 올리면서 몸을 밀착시키는 끌라우디아의 젖가슴이 찡하니 진수의 가슴에 느껴진다. 대번에 하체가 뻣뻣해져 오는데 끌라우디아는 눈치도 없이 하체까지도 밀착시켜 온다.

“외박 어때? 단돈 20불이면 평생 잊지 못할 시간을 보내게 해줄게.”

끌라우디아가 진수의 귀에 대고 소곤거렸다. 진수는 섹스 생각이 있었던 건 아니지만, 좀 더 조용한 곳에서 아무런 이야기라도 하고 싶다는 생각에 끌라우디아를 따라 나섰다.

“아니, 매상도 별로 안 올려주고, 그냥 가는 거야? 하긴 그 나이에 치맛자락만 봐도 불끈 솟아오를 때이기는 하지. 어쨌든 특별한 손님이라서 이른 시간에 외박 허락하는 거니까 고맙게 생각하고 나가.”

오마르는 진수가 마신 맥주 한 잔과 끌라우디아의 위스키 한 잔 값으로 10불이라는 거금을 받으면서도 매상을 올려주지 않았다며 우는 소리를 한다.

끌라우디아가 사는 아파트는 작지만 너무도 깨끗하고 좋았다. 리바다비아 대로(大路)에 위치한 건물 6층에 자리 잡고 있었는데, 방 한 칸에 응접실과 부엌, 욕탕이 있는 화장실이 예쁘게 조화를 이루고 있는 곳이었다.

침실에는 벽에 부착된 옷장이 있었고 방 한복판에 놓여있는 더블 침대에는 분홍색 침대 커버가 곱게 씌어져 있었다. 침대 밑에 덩그러니 놓여져 있는 성경책이 묘한 감정을 자아내는 곳이었다.

"어때. FRANCESA(프랑스 여자: 오랄섹스를 뜻하는 은어)로 해줄까. 아니면 MENU COMPLETO(定食: 섹스의 풀코스를 뜻하는 은어)로 할까?"

호기심에 아파트를 두리번거리는 진수에게 끌라우디아는 바쁘다는 듯 빠른 손놀림으로 옷을 벗으며 묻는다.

"그게 무슨 말이야?"

진수는 말뜻도 몰랐지만 끌라우디아의 생소한 언행에 어리둥절한 기분이 들었다.

"아니, 솔직히 나 너하고 섹스하고픈 마음은 없는데……."

"섹스를 안 하려면 뭐 하러 왔어?"

끌라우디아는 어느새 진수에게 다가와 양팔로 허리를 감싸더니 침대로 밀듯이 앉힌다.

"아니. 그냥 대화를 나누려고……."

기어들어가는 목소리로 진수가 대답한다.

"처음 창녀를 찾는 소년들은 다 그렇게 말하지."

끌라우디아는 빠른 손동작으로 진수의 와이셔츠 단추를 푸는가 했더니 어느새 바지 자크를 내리고는 물건을 빼어 입에 문다. 끌라우디아의 타액이 따스하게 느껴지며 진수는 저항하고픈 마음을 잃는다.

"참 예쁜 물건을 가지고 있군. 섹스에 궁한 년들이 탐낼 만한 물건이야."

끌라우디아는 입과 혀가 따로 돌아가는지 서비스를 하는 가운데도 말을 멈추지 않았다. 진수는 그녀의 능숙한 솜씨에 몸을 내 맡긴 채, 아무런 대꾸도 하지 않았다.

"이봐, 네가 BAR(술집)에 가져오는 물건. 그것 좀 빼 줄 수 없겠니?"

끌라우디아는 말 잘 듣는 강아지처럼 진수의 몸을 이리저리로 오가며 서비스를 해 준 뒤, 온 몸이 노근해 잠으로 빠져들고픈 충동에 사로잡힌 진수에게 은근히 물었다. 그 물음에 진수는 갑자기 잠이 깨며 머리카락이 쭈뼛 서는 느낌을 받는다.

"그 물건이 오마르 손을 거치니까 너무 비싸단 말이야. 그 새끼가 중간에서 얼마나 많이 남겨 먹는지, 이렇게 고생해서 번 돈으로 아파트 월세 내고 그 물건 사면 매달 적자 생활이지."

"도대체 그 물건이 뭔데?"

진수는 아주 조심스럽게 물었다. '이러면 안 되지, 내가 알 필요가 없지'라고 생각하면서도 청각을 곤두세우고 끌라우디아의 다음 말에 귀가 기울여졌다.

"아니, 넌 그 물건이 뭔지도 모르면서 운송책을 맡았단 말이야?"

"……."

"하긴. 너같이 어리고 순진한 아이들이 운송책이 적격이지. 특히 동양인인 너는 경찰이나 군인들의 의심을 사지도 않을 테니까."

끌라우디아는 혼잣말처럼 중얼거리더니 실오라기 하나 걸치지 않은 몸을 일으켜 옷장에서 자그마한 비닐봉지를 꺼낸다. 거기엔 설탕가루 같은 것이 들어 있었다.

"너 COCAINA(코카인)란 말 들어봤어?"

진수는 대답 없이 고개만 좌우로 흔들었다.

"진짜 순진하군……. 마약이라는 말은?"

스무고개를 하고 있는 듯한 느낌을 받으며 이번엔 고개를 상하로 끄덕였다.

"그래, 바로 이게 마약이야. 코카인이라는……, 네가 가져오는 물건이 바로 이거야. 볼리비아에서 들여와서 중간 상인을 거쳐 나같이 미친년의 손에까지 들어오는 거지."

"그걸 먹으면 어떻게 되는데?"

"그건 먹는 게 아냐. 코로 흡입하는 거지. 그래야 뇌로 직접 들어가서 금방 효과가 나거든."

"그 효과가 뭐냐니까?"

진수는 호기심에 긴장감까지 느껴졌다.

"그걸 어떻게 표현하니? 흡입해 봐야 아는 거지……, 하늘을 나는 기분이라고 할까? 아니면 지옥 가장 아래편으로 떨어지는 기분이랄까? 뭐 그런 기분이지. 어쨌든 이걸 하면 온 신경이 희미해지는 가운데서도 하고자 하는 일은 끝내주게 할 수 있지. 가령 섹스를 하기 전에 마시면 상대방을 죽여주는 거야."

진수는 수많은 질문이 입안을 맴돌았지만 더 이상 입을 열지 않았다. 루씨아를 품안에 안으며 처음 여자를 알았을 때 느끼던 두려움이 엄습했다. 다이마루 공장에서 인부들을 통하여 자신이 이제껏 살아오던 세상과는 전혀 다른 세상의 이야기를 들었을 때 느꼈던 두려움이 밀려왔다. 종이 뭉터기를 허리춤에 채워주며 조심하라고 이르던 라우라 아줌마의 떨리는 음성이 상기됐다.

"어때, 좀 빼줄 수 있겠니? 대가는 충분히 치러 줄게."

"그게……, 그렇게 쉬운 일은 아닐 것 같은데……."

진수는 입장이 난처해졌다.

"너무 어렵게 생각하지 마. 배달하기 전에 손톱 만큼씩만 빼내도 큰 돈이 될 수 있어. 그리고 설령 네가 조금씩 빼내는 걸 안다고 해도 그 사람들 아무 말 못해. 만일 이게 발각되는 날이면 너 나 할 것 없이 다 감방행이거든."

“여하튼 한번 생각이나 해볼게.”

진수는 끌라우디아의 집요한 요구에서 일단 벗어나야겠다는 생각으로 둘러댔다.

“너. 한번 해볼래?”

진수의 얼버무리는 모습을 보던 끌라우디아가 비닐봉지를 가리키며 물었다.

“한번 해보고 마음에 들면 조금씩 빼서 복용도 하고, 팔기도 하면 좋잖아?”

끌라우디아의 말에 진수는 고개를 설레설레 흔들었다. 작년에 급우들이 담배를 피워보라고 권하던 때와는 뭔가 상황이 다른 것을 알 수 있었다.

“그러지 말고, 한번 해봐. 이걸 하고 여자를 품에 안으면 그년은 절대로 딴 남자 품에 못 간다구. 너 애인 없니? 한번 실험 해보면 될 거 아냐.”

끌라우디아는 어느새 분말가루를 손바닥에 담더니 침대 맡의 종이를 한 손으로 둘둘 말아 콧구멍과 손바닥을 연결해 킁킁 들이마셨다. 곧이어 멍청히 바라보는 진수의 콧구멍에도 종이가 들어갔다.

몇 번 킁킁댄 진수는 아무런 느낌이 없는 것 같았다. 별것도 아니라는 생각이 들었다. 잠시 후, 기분이 좀 좋아지는 듯 했으나 그 외에 별 감정이 일지는 않았다. 그런 진수에게 끌라우디아가 파고들었다. 좀 전의 섹스로 피곤하던 몸이 불끈 일어났다. 진수는 정체를 알 수 없는 곳에서 솟아나는 힘으로 끌라우디아를 안았다. 그녀의 몸에 자신의 몸을 들여 밀고 영웅이 된 기분이 되었다.

“너, 요즘 무슨 고민이 있니?” 진수를 요모조모 살펴보던 라우라 아줌마가 걱정스런 말투로 물었다.

“아뇨. 고민은 무슨 고민이 있겠어요?”

진수는 도둑질하다 들킨 양 제 방으로 뛰다시피 들어갔다.

“저 녀석 아무래도 뭔가 이상한데……..”

라우라 아줌마의 중얼거리는 소리가 진수의 귀에 합성처럼 들려왔다.

"휴."

방에 들어온 진수는 일단 방문을 걸어 잠근 후 침대에 걸터앉아 한숨을 내쉬었다. 끌라우디아를 만난 이후, 진수의 고민은 이만저만이 아니었다. 이제껏 듣던 바와는 달리 마약을 한 번 복용하기는 했으나, 또 하고 싶다는 생각이 들지는 않았다. 하지만, 자신이 전달해 온 물건이 마약이라는 사실을 알게 되면서 두려움에 몸 둘 바를 몰랐다. 뭔가 이상하다고 생각은 했었지만 그게 마약일 줄은 꿈에도 생각하지 못했던 것이다. 이 일이 발각 되는 날이면 진수는 어떤 상황에 처할지 알 수 없었다. 그렇다고 유일한 돈벌이를 하루아침에 그만둘 수도 없는 입장이었다.

"차라리 몰랐던 것이 더 마음 편했을 텐데……. 나같이 어린놈이 술집엔 왜 가서……."

루씨아의 일로 기분이 좋지 않아 화풀이로 술집에 갔던 것이 실수였다. 아무 것도 모르고 돈만 벌면 좋았을 것을 이제 모든 것을 알고 나니 무거운 바위가 가슴을 짓누르는 느낌이었다.

"엄마, 아빠는 어떻게 살고 있을까?"

진수는 갑자기 집으로 돌아가고픈 생각이 일었다 이 상황에서 자신에게 가장 안전한 장소는 아빠, 엄마가 있는 집밖에 없다는 생각이 들었다. 차라리 아빠의 주먹세례를 받는 것이 편할 것 같았다. 엄마, 아빠가 관심을 가져주지 않아도 상관없었다. 어차피 이제 외로움에는 이골이 난 상태 아닌가. 외로움과 괴로움을 피해 달아나다 보니, 더 큰 고난과 고독이 엄습하고 있음을 깨닫게 됐다.

"근데, 엄마, 아빠는 왜 날 찾지 않지?"

여기에 생각이 이르니 서운한 마음이 들었다. 아무리 죽을 잘못을 저질렀다 해도, 한 달이 넘도록 장남이 집에 들어가지 않는데 찾아보지도 않는 부모의 처사가 못마땅했다.

“지금쯤 찾아온다면 못 이기는 척하고 들어갈 텐데…….”

진수는 자기 발로 집에 들어갈 수는 없다고 생각했다. 그것은 아빠의 주먹이 무서워서가 아니었다. 엄마의 잔소리가 듣기 싫은 것은 더더욱 아니었다. 그렇다고 ‘벼룩이도 낯짝이 있지’ 하는 따위의 양심 때문도 아니었다.

진수는 자신이 이 상황에 이르게 된 데에는 아빠, 엄마의 책임도 크다고 생각했다. 그 책임을 서로 통감하고 잘못된 부분이 고쳐져야만 자기가 집에 들어가서도 정상적인 생활을 할 수 있겠다는 생각이었다. 그런데 자신의 발로 집에 들어간다면 아빠, 엄마는 틀림없이 많은 조건들을 제시하며 자신의 행동거지를 통제할 것이 틀림없다. 엄마, 아빠가 자신을 찾아 나서지 않는 것은 그렇게 하기 위해서일 것이다. 진수는 그 통제 속에서 살만한 자신이 없었다.

“그래, 어차피 엎질러진 물이니 어쩔 수 없지. 이러다가 언젠가 아빠, 엄마가 찾아오면 그때, 못 이기는 척 하고 따라나서자.”

생각은 이렇게 했지만 온 몸을 엄습하는 두려움은 견디기 어려웠다. 누군가와 대화라도 나누면 마음이 좀 편해질 것 같았으나 그럴만한 사람도 없었다.

“루씨아를 만나러 갈까? 루씨아와 마음을 터놓고 이야기해 보면 좋은 답이 나올 수도 있을 텐데…….”

그러나 진수는 고개를 설레설레 흔들었다. 그렇지 않아도 자신과의 관계를 분명히 하지 못하는 루씨아에게 이런 이야기를 한다면 그녀가 결별을 선언하고 나올 지도 모르는 일이었다.

“어찌됐건 지금 나에게 유일한 희망이 있다면 그것은 루씨아와의 관계 아닌가? 그런데 만일 그녀마저 잃는다면 나는 의지할 곳이 전혀 없는 것이다.”

사방을 둘러봐도 진수의 딱한 사정을 이해하고 함께 걱정해줄 사람은 없었다. 집에서는 아빠, 엄마가 이번 기회에 부모의 뜻대로 움직이겠다는 아들의 항복을 받아내기 위해 벼르고 있을 것이다. 라우라 아줌마는 진수가 물건을 잘 전달하고 있는지 나름대로 눈을 번득이며 주시하고 있을 것이다. 리까르도는 이젠 속지 않는다고 씩씩대고 있음이 틀림없다. 끌라우디아는 진수가 전달할 물건 이외에 진수에게 관심을 가질 이유가 없다.

"그런데 루씨아는?"

루씨아는 이해할 수가 없다. 나를 사랑하고 있는 것인지, 아니면 그저 심심풀이의 대상으로 여기는 건지 도무지 감을 잡을 수가 없다. 뜨거워져 몸부림 칠 때는 그만한 사랑이 없는 듯하다가도 몸만 식으면 냉기가 돌 듯 냉정해지는 그녀의 정체를 알 수 없다. 그것이 아르헨티나 여자들의 본성인지는 알 수 없지만 한국 여성들과 틀린 것만은 분명하다. 루씨아에게 하소연이라도 하면 좋겠는데 그녀의 마음을 알 수 없으니 어쩔 도리가 없다.

"이걸 두고 사면초가(四面楚歌)라고 하는가?"

진수는 답답한 마음에 애꿎은 담배만 피워대며 방을 이리저리 오간다.

"아무래도 안 되겠다. 뭔가 해결책을 찾아야 해."

진수는 옷을 갈아입고, 하숙집을 나섰다.

"뭐라고? 너, 다시 한 번 이야기해 봐."

진수의 말을 듣던 루씨아는 눈이 휘둥그레졌다. 그 얼굴이 하숙집을 나와 곧바로 호세 쎄 빠스로 간 진수를 맞이할 때 보이던 놀란 모습과는 비교가 되지 않는다.

이미 밤이 깊었으므로 진수는 루씨아의 집에 발도 들이지 못하고 떠밀리다시피 도심지로 나왔다. 제법 분위기 있는 CONFITERIA(찻집)에 앉을 때까지 두 사람은 입을 열지 않았다. 진수는 루씨아에게 모든 걸 털어놓겠다는 마음으로 오기는 했지만 어떻게 이야기를 시작해야 좋을지 몰라 눈치만 살피고 있었다. 루씨아도 나름대로 진수의 방문의 이유를 머릿속에서 계산하려는 양 아무런 말이 없었다.

찻집 이층에 남녀 커플을 위하여 따로 마련된 으슥한 장소에 앉아 웨이터에게 음료수를 주문하고도 한참이 지난 뒤에야 진수가 어렵게 입을 열었다. 비틀즈의 "SHE LOVES YOU"가 쿵쾅대며 찻집을 메워 대화를 나누기가 곤란했다. 하지만, 진수는 시끄러운 가운데서도 목소리를 높이지는 않았다.

"너에게 내가 어떻게 해야 하는지 묻지는 않겠어. 다만, 누군가와 이야기라도 해야 속이 시원할 것 같아서 이렇게 늦은 시간에 찾아온 거야."

진수는 주위의 눈치를 살펴가며 조심스럽게 이야기했다.

"근데. 넌 그게 마약이라는 걸 어떻게 알았니? 라우라가 너에게 이야기 해주지도 않았다면서……."

루씨아의 이 질문에 진수는 숨이 탁 막혔다. 다행이 루씨아는 대답을 기다리지 않았다.

"어쨌든 이건 보통문제가 아니야. 너 이유를 막론하고 오늘 그 집을 나오도록 해. 당장 그 일에서 손 떼지 않으면 안 돼. 이게 발각되는 날이면 살아남기 어려워. 그렇지 않아도 군인들이 좌익계 사람들을 하루에도 수백 명씩 쥐도 새도 모르게 처치한다는 소문이 파다한데, 너 같은 애송이 마약 운송꾼을 처치하는 건 식은 죽 먹기야."

엉덩이를 들먹이며 소곤대는 루씨아의 충고에 진수는 눈물이 날 지경이었다.

'그래, 역시 루씨아는 이 세상에서 유일한 내 편이야.'

자신에 대한 루씨아의 사랑을 확인한 것에 대단한 만족감이 느껴졌다.

"지금 당장 하숙집에서 나오면 어딜 가라는 거야?"

자신에 대한 루씨아의 사랑을 확인한 것은 좋았지만 앞날에 대한 걱정이 사라진 것은 아니었다.

"집에 들어가면 되잖아."

루씨아가 눈살을 찌푸렸다.

“지금 이 상황에서 집에 어떻게 들어가라는 거니? 난 집에 들어가면 이제 내 부모의 자식이 아니야. 그 순간부터 난 부모들의 노예가 되는 거라구. 너도 그걸 잘 알거 아니야?”

“네 심정 이해해. 하지만, 넌 지금 군인들에 의해서 황천객이 될 가능성이 많은 상황이야. 그런 어려운 상황에서 네가 안전할 수 있는 곳이 집밖에 더 있겠어? 사실 그동안 너에게 이런 이야기는 꺼렸는데 넌 아직 세상을 혼자 힘으로 헤쳐 나가기는 어린 나이야. 경험도 부족하고……, 계속 이렇게 살다간 누군가에 이용당하고 네 신세를 망칠 수도 있어. 가출해 있는 동안 좋은 경험들 쌓았다고 생각하고 이제 집으로 들어가는 게 좋을 것 같아.”

루씨아의 말은 논리적이고 합리적이었다. 상황에 따라 기분 내키는 대로 행동하는 진수와는 뭔가 다른 데가 있었다. 진수는 그녀의 말이 옳다고 생각했다. 아니 그녀의 논리적인 말에 반박할 말이 없었다. 그러나 당장 집으로 들어가겠다고 결정 내리기에는 또 다른 두려움이 있었다. 확고한 자신이 서질 않았다.

“내가 집에 들어간다면 우리 부모들은 너와 만나는 것도 허락지 않을 텐데…….”

“그건 차후의 문제야. 우선 네 안전을 찾는 것이 급선무(急先務)야. 너 마약밀매라는 것이 얼마나 중죄인 지 알기나 하니? 그건 네가 생각하는 것보다 더 무서운 일이지. 지금 너는 거기서 헤어나야 해.”

“너와 다시는 못 만나도?”

진수는 안타까워 어쩔 줄 모르는 루씨아의 모습이 너무도 고맙고 아름다워 보였다. 그런 루씨아를 다시는 못 만나게 될 가능성이 있다는 것은 말도 안 된다고 생각했다,

“진수. 너는 어떻게 세상 모든 걸 그렇게 극단적으로 생각하니? 나와 만나자마자 결혼 이야기를 하고, 그 사실이 부모들에게 발각이 났다고 집을

뛰쳐나오고, 돈 벌겠다고 마약에 손대고……, 그뿐인가? 나와 두어 번의 섹스 뒤에 동거 이야기를 꺼내고, 이젠 집에 들어가면 나와 아주 못 만난다고 생각하고, 넌 모든 것을 너무 극단적으로 생각하는 성질이야. 모든 것을 극단적으로 너무 성급하게 결정하는 것 같아. 너희 나라 사람들을 상대해 보지 않아서 모르겠지만, 너의 모습을 보면 꼬레아노들은 다 그렇지 않은가 하는 의구심이 들어.”

진수는 아무런 대답을 하지 않은 채 루씨아의 말을 곱씹어 본다. 자신을 비롯한 한국인들이 극단적이고 성급하다는 루씨아의 말은 틀리지 않았다. 하지만 만사태평인 성격을 가진 아르헨티나 사람들이 좋은 것만도 아니다. 모든 일은 TRANQUILO(느긋이)로 생각하고 행동에 옮기는 그들은 답답하다. 그래서 나라꼴이 이 모양이라고 한국 어른들은 이야기하지 않던가. 차라리 만사 화끈하고 분명한 한인이 이들보다 월등하다고 그들은 말하지 않았던가.

“진수. 네가 집에 들어간다고 나랑 만나지 못한다는 법은 없어.”

루씨아는 가타부타 말이 없는 진수의 손을 잡으며 이야기를 이어나갔다. 그 손이 따스했다.

“물론 처음엔 너희 부모들이 네 행동에 제재를 가하겠지. 하지만, 그것도 잠깐일 뿐, 시간이 흐르면 너를 이해할 거야. 또 설사 이해하지 못한다 해도 네가 항상 그들의 노예처럼 묶여살게 되지는 않아. 모든 것들을 세월이 해결해 준다는 느긋한 마음으로 우선 집에 들어가도록 해. 그리고 상황을 봐 가면서 또 만나면 되잖아. 사랑을 항상 얼굴을 맞대고 있어야 하는 것으로 생각하지 마.”

“하지만, 오랫동안 만나지 못하게 된다면 넌 남자가 그리워서 다른 남자 사귀게 될 지도 모르잖아?”

진수는 쉽게 뜨거워지는 루씨아의 육체가 미덥지가 못했다. 자기와 쉽게 몸을 섞었듯이 다른 남자와 그 짓을 안 한다는 보장이 없었다. 하지만 루씨아는 그런 진수의 물음에 말 같지도 않다는 듯 대꾸도 하지 않았다.

참으로 아르헨티나 여자들은 이상한 사람들이다. 한국 여자들 같으면 육체를 허락한 남자가 자신을 믿지 못한다면 난리가 날 텐데……, 이들은 아무렇지도 않은 듯 태연하다. 그만큼 자신은 결백하다는 뜻일까? 아니면, 이성 관계에 여자가 갖고 있는 권리 주장을 분명히 하는 사람들이기 때문일까?

"어때. 다른 남자 사귀지 않고 날 기다려 줄 수 있겠어?"

루씨아의 대답이 없자, 진수는 안타까운 심정으로 묻는다.

"진수. 넌 참 대책이 없는 아이구나. 너 지금 그런 걸 따질 만큼 한가하니? 그리고 네 이야기를 듣다보면, 꼭 나를 남자 없이는 못사는 미친년 취급하는데, 이제 그만해 둬. 그리고 너 한 가지 명심할 게 있는데, 난 네 애인이지만, 너에게 속박된 노비(奴婢)는 아냐. 그 선(線)을 분명히 하지 않으면 앞으로 우리가 사귀는데 지장이 많을 거야."

"그렇지만……, 난 세상에 태어나서 처음으로 너라는 여자를 이성으로 사랑하고 있는 거야. 그만큼 네 문제는 내게 심각한 거라구. 널 잃는다면 난 삶의 의욕이 없어. 루씨아, 넌 그걸 이해 못하니?"

루씨아는 진수의 말에 대답 없이 찻집의 천장만 쳐다봤다. 진수는 루씨아의 대답을 기다리며 그녀를 잡은 손에 힘을 더했다.

"진수. 그 이야기는 다음에 만났을 때 하자. 넌 나이도 어리지만, 아직 아르헨티나에 대해서 아는 것도 부족한 것 같아. 특히 아르헨띠노(아르헨티나 사람)에 관해서는 이해하지 못하는 부분이 많아. 그걸 내가 일일이 설명할 수는 없어. 또 내가 아무리 설명해도 하루아침에 네가 이 나라 사람들의 성격을 이해할 순 없어. 그러니까 시간이 흐르면 내가 하는 이야기를 자연적으로 이해할 수 있는 상황을 만들자구. 지금은 내가 무슨 이야기를 해도, 네가 원하는 답을 찾아내기가 어려울 거야. 그러니 우선 네 안전을 위해서 집에 들어가는 일부터 의논하자구."

루씨아의 말에 진수는 더 이상 보채지 않았다. 그녀와 이야기하고 있노라면 서로의 주장이 엇갈릴 때가 많았다. 그것은 그녀의 말대로 아직 진수가 아르헨티나 사람들에 관하여 모르는 부분이 너무도 많기 때문일 수도 있는 일이다. 그러니 시간을 두고 한 가지, 한 가지 해결해 나가는 방법도 좋을 듯 했다. 이렇게 생각되는 것 자체도 자신이 루씨아를 통하여 아르헨티나 사람처럼 변화해 가는 하나의 과정인지도 모른다고 생각했다.

그날 두 사람은 호세 쎄 빠스의 역 부근 ALBERGUE TRANSITORIO(러브호텔)에서 하룻밤을 보냈다. 이미 늦은 시간이었으므로 호텔을 구한다는 것도 불가능한 일이었고, 설령 방을 구한다 해도 미성년자인 진수를 거절할 것이 분명했다. 반면에 러브호텔은 동행하는 이성(異性)만 있다면, 굳이 신분증을 요구하지 않고 들여보내 주는 곳이기에 그곳을 택한 것이다.

진수는 루씨아의 의견을 받아들이기로 마음먹었다. 자신의 앞날에 대하여 딱히 대책이 있었던 것도 아니고, 냉철히 생각해 보면 루씨아의 말이 이치에 어긋남이 없었다. 그래서 일단 그녀의 말대로 하루를 호텔에서 보내고, 이튿날 아침이면 자취집에 가서 옷가지와 저축한 돈을 가지고 집으로 들어가기로 한 것이다.

난생 처음 들어가 본 러브호텔은 진수를 황홀하게 만들었다. 건물 외부는 빨간 색 등이 시선을 자극하는 외에는 다른 건물들과 별다른 것이 없어 보였다. 하지만, 방 내부의 치장은 남녀가 뜨거워지지 않고는 견딜 수 없는 분위기였다. 스피커를 통해 나오는 호세 루이스 빼랄레스(스페인 가수)의 구수한 목소리의 노래도 그랬지만, 버튼만 누르면 온갖 조명이 바뀌는 것이 진수의 마음을 들뜨게 했다.

천장과 침대를 둘러싼 벽돌에 부착되어 있는 대형 거울들이 실오라기 하나 걸치지 않은 남녀가 사랑 행위 하는 모습을 적나라하게 비춰 줄 것은 상상만 해도 긴장되는 일이었다. 두 사람이 마구 뒹굴어도 될 만큼 큼직한 더블 침대의 머리맡에는 재떨이와 함께 사탕 몇 개가 놓여 있었다. 그 침대 오른편엔 투명 유리가 샤워실과 방의 경계선 역할을 하고 있었다.

"아이, 피곤해. 한숨 자야겠어."

진수의 들뜬 마음과는 달리, 루씨아는 방에 들어서기가 무섭게 침대에 누웠다.

"아니, 이런 곳에 와서 잠을 자겠다는 거야?"

진수가 누워있는 루씨아에게 덤비듯 뛰어오른다.

"진수, 너 정말 철없는 아이구나. 지금 상황에서 섹스가 생각나니?"

루씨아는 한심하다는 듯이 혀를 끌끌 찬다.

"아니, 꼭 그런 것은 아니지만, 분위기가 너무 좋다보니까……."

머쓱해진 진수가 변명을 했다. 말은 그렇게 하면서도 그의 손은 루씨아의 젖무덤을 더듬고 있었다.

"NO ME EXITES!(날 흥분시키지 말아) 젖가슴을 누비는 진수의 손을 밀어내며 루씨아가 몸을 비틀었다. 그 비튼 몸을 진수는 또 한 번 올라탔다.

"나 지금 꽃 손님을 거른 지가 열흘이 지났어. 그게 무슨 뜻인지 알기나 하니?"

진수의 몸을 밀어내며 내뱉는 루씨아의 말에 진수는 심장이 멎는 듯 했다. 그건 임신했다는 뜻 아닌가. 루씨아가 내 아이를 배고 있다는 뜻 아닌가.

"너, 그걸 왜 지금에야 이야기하는 거야? 왜 진작 이야기하지 않았어."

진수는 자리에서 벌떡 일어나 루씨아의 얼굴을 빤히 쳐다봤다.

"이 상황에서 어떻게 해야 하나? 기뻐해야 하나, 아니면 슬퍼해야 하는 걸까?"

진수는 갑작스런 루씨아의 말에 어쩔 바를 몰라했다.

"이야기하면 뭐해. 네가 처해 있는 입장이 그 모양인데. 그리고 너와 의논해야 무슨 뾰족한 대책이 서겠니?"

"그래도 무슨 대책을 세워야 할 것 아냐? 이렇게 가만있을 수는 없잖아."

진수는 루씨아의 태연자약한 모습이 이해되지 않았다. 아무리 아르헨티나 사람들이 느긋하다고 해도, 이런 급박한 일에도 저렇듯 태연할 수 있을까 하는 의구심이 들었다.

"대책은 무슨 대책이야. 아직 확실한 건 모르겠지만, 진짜 임신이 된 거면 아이를 낳아야지. 너에게 책임지라고 하지는 않을 테니까 걱정하지 마."

"너, 무슨 소릴 그렇게 하니? 내가 그렇게 무책임한 놈 같아 보여? 루씨아. 그러지 말고 우리 PENSION 하나 얻어서 같이 살도록 하자. 이제 이 년만 지나면 나도 성인(成人)이 되니까, 그때까지만 어떻게 넘겨보면 될 거 아냐?"

진수는 다른 때보다 상당히 흥분하고 있는 자신을 발견하며 생각나는 대로 지껄였다.

"진수. 이제 그 얘기 그만하고, 한숨 자고 내일 집에 들어갈 궁리나 해."

흥분 상태의 진수와는 달리 루씨아의 언행은 차분하고 냉정했다. 마치 두 사람의 이야기가 아닌, 다른 사람의 이야기를 하는 듯한 모습이었다.

"루씨아. 이건 나에게는 상당히 중요한 문제야. 그렇게 느긋하게 대처할 문제가 아니라구. 우린 뭔가 다른 방법을 찾아보자구."

진수의 말투는 어느새 사정 조가 되었다.

"진수. 지금 우리의 상황에선 어떤 대책도 찾을 수 없어."

루씨아가 자리에서 일어나 앉으며 계속 차분한 어조로 이야기해 나갔다.

"지금 상황에선 그냥 시간이 해결해 주도록 놔두는 수밖에 없는 거야. 너는 경험이 없어서 뭘 몰랐다고는 하지만, 나는 너와 콘돔을 사용하지 않고 섹스를 할 때 임신할 가능성이 있다는 걸 잘 알고 있었어. 그런 걸 알면서도 이렇게 된 건 어느 정도 각오는 돼 있었다는 거야. 그렇다고 그걸 빌미로 너와 동거하겠다는 생각은 아니었어. 그저 막연히 임신할 수도 있겠구나하고 생각한 것이 현실로 나타난 것뿐이야. 지금 상황에서 내가 할 수 있는 최선의 방법은 차분한 마음으로 시간이 흐르기를 기다리는 거야. 너 역시 그렇게 하는 게 최선의 방법일 거야. 시간이 흐르면 뭔가 어떻게든 되는 거, 그게 바로 우리의 삶이야.”

하숙집으로 돌아오는 진수의 발걸음이 무거웠다. 짐을 챙겨 집으로 들어가는 일도 그랬지만, 루씨아의 임신 사실은 상당히 충격적인 일이었다. 루씨아와 사귀면서 한 번도 진수의 뜻대로 뭔가를 결정한 일이 없었다. 루씨아의 임신 사실을 안 후, 진수는 동거를 요구했지만 그 뜻이 받아들여지지는 않았다. 진수는 여느 때와 마찬가지로 또 한 번 루씨아의 뜻을 받아들여야 했던 것이다.

“도대체 루씨아는 어떤 여잔가?”

진수는 그녀에 대하여 생각할수록 오리무중에 빠져드는 느낌이었다. 자신을 대하는 루씨아의 태도도 이해할 수 없었지만 그녀의 사고방식 하나하나가 진수를 당황케 했다. 그럼에도 불구하고 결국은 그녀의 말을 따르게 되는 자신이 이상하게 여겨졌다.

“이제 앞으로 내 삶은 어떻게 전개되어 가려나?”

루씨아의 일도 그렇고 앞으로 집에 들어가 어떤 모습으로 자신이 살아가게 될 지도 암담하기만 했다. 집에 들어가면 아빠, 엄마는 공부를 계속할 것을 강요할 것이고, 자신의 행동거지를 일일이 ‘간섭하고 통제할 것’이 틀림없었다.

루씨아를 만나는 것을 허락한다는 것은 있을 수 없는 일일 것이다. 이런 일들을 견디기 어려워 집을 뛰쳐나왔는데, 이제 신변에 위험을 느끼고 들어가는 것이니, 그 뜻을 따를 수밖에 없는 입장에 처한 것이다.

하지만, 어찌 생각하면 루씨아의 그런 제안을 큰 반발 없이 받아들인 것은 자신의 현명한 처사였다는 생각도 들었다. 가출한 뒤 자신이 보아온 모든 것들이 무섭고 괴로운 것들이었다. 다이마루 공장의 인부들의 언행도 그렇고, 자신을 끔찍이 생각해주는 모습으로 위장하고 마약을 운송케 한 라우라 아줌마도 그렇다. 끌라우디아 같은 창녀와의 섹스는 진수 나이 또래 아이들이 그렇게도 선망하는 일이지만, 막상 경험해 보니 무시

무시한 일이 아닐 수 없었다. 그것은 비단 그녀를 통해서 자신이 마약을 운송하고 있다는 사실을 알아서만은 아니다. 그 생활 속에 있는 혼돈이 사람을 삽시간에 망쳐버릴 수도 있다고 생각했기 때문이다.

"그래, 집에 들어가서 한번 부모들이 원하는 대로 해보자. 뭐 못할 것도 없잖은가?"

진수는 두려운 가운데서도 다시 시작하는 새로운 삶에 대한 기대감도 있었다. 이제는 좀 더 잘해 나갈 수도 있겠다는 자신도 있었다. 아니, 루씨아와의 장래를 위하여 이 모든 것들을 잘해 나가야만 했다. 그것이 루씨아와 일치하는 유일한 생각인지도 모른다.

"어! 저게 뭐지?"

이런 저런 생각을 하며 하숙집에 가까이 이른 진수는 하숙집 길거리의 어수선함에 당황했다. 길에는 군용 트럭이 한 대 서 있었고, 그 옆에 3대의 PATRULLERO(경찰차)가 파란불을 반짝이며 아무렇게나 주차되어 있었다. 길에 흩어져 있는 군인들과 경찰들은 오가는 사람들과 심각한 얼굴로 대화를 나누고 있는 것이, 분명 신분증을 요구하고 있는 듯 했다. 진수는 아무래도 예감이 좋지 않아 일단 하숙집에 들어가기를 포기하고 발걸음을 돌렸다.

"DOCUMENTO(영주권) 좀 보여 주실까요?"

발걸음을 돌리는 진수 앞에는 어느새 군인이 서서 경례를 하고 있었다. 왼 손에는 총구가 진수를 향한 기관단총에 들려 있었다.

"예? 아! 예."

진수는 허겁지겁 주머니를 뒤져 CEDULA(신분증)를 꺼내 보여줬다.

"음……, 이 동네는 위험한 지역이니 다른 곳으로 돌아가도록 해."

신분증을 앞뒤로 훑어보던 군인은 좀 전의 존대어를 하대(下待)로 바꾸어 명령하듯 이야기했다.

진수는 신분증을 받아들고는 뒤도 돌아보지 않고 하숙집 반대 방향으로 발걸음을 재촉했다. 무슨 일인지는 알 수 없었지만 일단 그 자리를 피하지 않으면 안 될 것 같았다.

공원에서 두어 시간을 때운 진수는 조심스러운 마음으로 다시 하숙집을 향했다. 자꾸만 이상한 일들을 보게 되는 것이 두려워지면서 집에 빨리 들어가야겠다는 생각이 굳어졌다. 집에 들어가기 위해선 그동안 저축한 돈을 가져나와야 했다.

좀 전과는 달리 하숙집 앞은 어수선하지 않았다. 군용 트럭도 가고 없었고 경찰차들도 모습을 감추었다. 얼마되지 않는 행인들의 모습도 예전과 별다름이 없었다.

"아침 이른 시간부터 무슨 일이었을까?"

진수는 궁금해지는 마음으로 하숙집 앞에 섰다.

"CLAUSURADO"(폐쇄 지역)

하숙집 문에는 하얀 종이에 빨간 글씨를 쓴 폐쇄 문구가 여기저기 붙어 있었다. 순간 진수는 몸이 얼어붙는 듯한 느낌이었다.

"아니, 어떻게 된 거야? CLAUSURADO라니? 그럼 혹시 라우라 아줌마가 잡혀들어 간 건가?"

이렇게 생각하고 있을 때 누군가 진수의 어깨에 손을 얹었다. 진수가 깜짝 놀라며 뒤를 돌아보니 아까 진수를 검문했던 그 군인이 언제 나타났는지 굳은 얼굴로 서 있었다.

"아니. 너 아까 그 아이잖아? 너 여기서 뭐하는 거야?"

"……."

진수는 아무 대답도 못하고 벌린 입을 닫지 못했다.

"아무래도 수상한데……, 너 잠깐 나랑 있도록 해."

진수보다 많아야 서너 살 연상일 군인의 말투는 이미 한참 아랫사람 다루듯 했다. 진수는 아무런 대꾸도 못하고 사시나무 떨 듯 부들부들 떨고 있었다. 잠시 후, 하숙집 앞으로 경찰차가 한 대 지나가자 군인이 호각을 불며 급히 세웠다.

"이 아이 조사 좀 해야겠습니다. 아까 이 앞을 지나다가 나에게 불심검문을 받았는데, 지금은 마약 문제로 모두 잡혀 들어간 PENSION 앞에서 서성거리고 있었습니다. 뭔가 연관돼 있는 것 같으니 일단 연행해 주십시오."

"수고했습니다. 10분 간격으로 이곳을 지날 테니 그때마다 수상한 사람이 있으면 불러 주세요."

운전하던 경찰은 고마움을 표하고 그 옆에 앉아있던 경찰은 곧바로 차에서 내려 진수에게 다가오더니 뒷문을 열고 진수의 팔을 꺾고 난폭하게 밀어 넣었다.

"왜 이러세요? 난 아무 잘못이 없단 말예요."

그때야 자신이 연행된다는 사실을 깨달은 진수는 두려움에 울부짖으며 항의를 했다.

"글쎄, 잘못이 있는지 없는지는 경찰서에 가보면 곧 알게 되는 거야."

진수의 옆에 자리 잡은 경찰은 조소(嘲笑)를 띠며 진수의 뒤통수 머리채를 휘어잡고 의자 밑으로 눌러버렸다.

진수가 연행된 경찰서에는 몇몇 아는 얼굴들이 경찰들과 책상 하나를 마주 놓고 심문을 받고 있었다. 그들은 하숙집에서 방을 얻어 살던 사람들이었는데, 하나같이 두 팔을 벌리고 어깨를 들썩들썩하며 자신을 변명하는데 여념이 없었다.

"난 아무 것도 몰랐단 말이에요. 왜 우리같이 가난한 사람들을 이렇게 잡아놓고 마약 운운하는 거예요."

변명하는 사람들 가운데 라우라 아줌마는 보이지 않았다. 담배 연기가 가득찬 방에는 심문을 받고 있는 사람들과 그들의 말을 타자로 옮기느라 눈을 번득이는 경찰들이 전부였다. 이따금 군인이 한두 사람 드나들고, 서류 뭉치를 든 경찰이 바삐 들어와 책상에 서류를 던져버리고 나갈 뿐, 진수에게 눈길을 주는 사람은 없었다.

"헤이! 꼬레아노. 너도 잡혔구나. 너 여기 와서 얘기 좀 해줘라. 글쎄 이 사람들이 우리가 마약을 운송했다는데 그게 말이나 되니?"

진수를 데리고 들어 온 경찰이 누군가에게 진수를 인계하려는 듯 두리번거리고 있는 와중에 진술을 하던 옆방 아저씨가 그를 발견하고 손을 번쩍 들며 외쳤다. 그 외침에 심문을 받던 사람들의 시선이 진수에게 몰렸다. 진수는 아무런 대답도 못하고 멍한 얼굴로 떨고 서 있을 뿐이었다.

잠시 후 진수는 긴 복도를 지난 곳에 위치한 골방에 가두어졌다. 앉을만한 의자 하나 없는 시멘트 바닥의 손바닥만한 방이었다. 밖에서 웅성이는 소리. 머리를 맴도는 수많은 생각. 진수는 자꾸만 두려워지는 마음을 가라앉히고자 방 한 켠에 쪼그리고 앉아 담배를 한 대 피워 물었다.

잠시 후, 철커덕하는 소리와 함께 골방의 문이 열렸다. 진수는 쪼그리고 앉은 채, 문 쪽으로 시선을 돌렸다. 거기에는 라우라 아줌마가 초췌한 얼굴로 보호 경찰과 함께 서 있었다.

"이 녀석 맞나?"

경찰이 라우라 아줌마에게 묻자, 그녀는 고개를 아래위로 끄덕이는 것으로 대답을 대신했다. 철문은 또 한 번 철커덕 소리를 내며 잠겼다.

어느덧 어둠이 내린 듯 복도에 켜지는 불빛이 자그만 창문을 통하여 들어올 때까지 진수는 물 한 모금 마시지 못한 채 갇혀 있었다. 처음에는 심문을 받을 것이 두려워 복도에 발자국 소리만 들려도 몸을 움츠렸는데, 오랜 시간이 흐르자 누군가 들어와 주기라도 했으면 하는 마음이었다. 하지만, 진수의 이런 바람과는 달리, 발자국 소리는 진수의 방으로 오는 듯 가까워졌다가는 곧 멀어져가곤 했다.

"나를 여기 가두어 놨다는 사실을 잊은 건 아닐까?"

진수는 허기진 배를 움켜쥐고 이러다가 아사(餓死)해 버려도 아무도 모를 것 같은 불안감이 엄습했다.

얼마의 시간이 흘렀을까. 이미 밤이 깊었는지 고요해진 복도에서 누군가 두런두런 이야기를 나누는 소리가 들렸다. 진수는 시멘트 바닥에 쪼그리고 잠시 잠이 들었다가 그 소리에 눈을 번쩍 떴다. 청각이 온통 그들의 목소리에 집중됐다.

"저 꼬레아노는 어떻게 할 거야?"

"글쎄, 미성년자니까 모레 아침이면 여길 나가게 되겠지."

엿듣는 진수의 귀가 솔깃해졌다.

"혐의가 분명한데 그냥 내보낸다는 거야?"

"법이 그러니 어떻게 하나? 부모들의 거처를 조사하고 있으니까, 그들만 나타난다면 인계해야 해. 모르긴 해도 내일쯤이면 거처가 확인되고 모레 아침이면 풀려나게 될 거야."

진수는 희망이 솟아오르는 것을 느끼며 기쁨의 환호성이라도 지르고픈 충동을 받았다.

"하지만 그냥 내보낸다는 건 말이 안 되잖아. 아무리 미성년자라고 하지만 마약 운송책을 맡았던 놈인데……."

진수는 자꾸만 꼬투리를 잡는 목소리의 주인공이 죽이고 싶도록 미워졌다.

"저 녀석만 가만히 있으면 곧 풀려날 수 있을 텐데, 왜 그렇게 잔말이 많은 거야."

이런 생각에 골이 났다.

"지금 군인들이 원하는 건 좌익분자들이야. 그들이 색출되면 쥐도 새도 모르게 처치해 버리곤 하지만, 그 외 범죄자들은 그들의 안중에도 없는 거야. 그래서 법대로 처리하라는 지시만 내려온 거지. 지금 정권은 그들이 잡았으니 하라는 대로 할 수밖에 없어. 법대로 하면 그 녀석은 부모에게 인계돼야 하는 거고……."

"법을 이렇게 거지 같이 만들어 놨으니 나라가 이 꼴이지. 어쨌든 앞으로 마약 문제가 상당히 심각해질 것 같은데, 우리는 그 운송을 맡았던 새끼를 풀어줘야 하는 입장이 됐으니, 참 더러운 세상이구만. 그래서 저런 새끼들 풀어주기 전에 다 박살을 내 버려야 해.”

“쉿! 그런 말 함부로 하는 거 아냐. 누가 들으면 어떡하려구. 자, 말은 그만하고 행동이나 옮기자구.”

두 사람의 대화는 끊기고, 발자국 소리가 나더니 곧이어 진수가 있는 방과는 거리가 있는 듯한 방의 철문이 씨익하며 열리는 소리가 났다. 얼마 지나지 않아 사람의 비명소리가 멀찍이 들려왔다. 하지만 진수는 그 소리에 개의치 않았다. 모레 아침이면 풀려난다는 희망에 배고픔도 두려움도 잊혀졌다.

“이제 풀려나면 정말 열심히 살아야지 루씨아와의 약속대로 공부도 잘하고 부모님 말씀도 잘 들어야지, 그러면 부모님들도 루씨아와의 만남을 허락할 거야. 루씨아는 똑똑한 여자니까 그동안 태어날 아기와 잘 꾸려나갈 거야. 빨리 월반(越班)해서 중학교만 끝나면 루씨아와 결혼해서 그때쯤이면 꽤나 커 있을 아기와 행복하게 살아야지…….”

전날 물 한 모금 주지 않던 경찰서에서 이튿날 아침엔 SOPA(수프) 한 그릇과 빵 한 조각을 들여왔다. 허기와 희망이 엇갈리는 가운데 밤잠을 설친 진수는 빵조각으로 수프가 담긴 그릇을 훑어나가며 배를 채웠다. 그날도 하루 종일 간단한 식사를 들여보내는 것 외에는 철문이 열리지 않았다. 하지만 진수는 외롭지도 두렵지도 않았다. 이제 내일 아침이면 부모들이 찾아올 것이다. 부모들이 찾아오기만 하면 자신은 이 악몽에서 헤어나게 되는 것이다.

“이 놈의 나라. 다 거지 같은 줄 알았더니 법 하나만큼은 끝내주는구나.”

진수는 자신이 이 지경에서 헤어날 수 있는 것이 현지법 때문이라던 그 사람의 목소리를 떠올리며 기분 좋게 웃었다. 모르긴 몰라도 한국에서 이런 일이 있었다면 자신은 소년원 신세를 면치 못했을 것이라는 생각이 들었다. 그러니 현지법이 미성년자는 범죄자라 해도 이틀 이상은 구류할 수 없게 되었다는 것이 자신에게는 퍽이나 다행스런 일이었다. 아르헨티나의 굵직굵직한 사건들에 청소년이 항시 개입되는 이유를 이제야 할 수 있을 듯했다.

"하지만, 나는 법이 어찌 됐던 간에 이 지긋지긋한 곳에서 벗어나기만 하면 이제부터는 새 삶을 사는 거야. 내가 어쩌다 이 신세가 됐는지……. 한국에서 하던 것처럼 열심히 공부하면 다시는 이런 꼴이 되지는 않을 거야. 이제 불만불평 말고 내 할 일만 잘하자. 부모들이 어찌하던 간에 참고 지내자. 아빠, 엄마가 아무리 내게 관심을 주지 않는다 해도, 이 상황보다 더 나쁜 상황이 내게 닥치지는 않을 것 아닌가."

골방에 갇힌 진수는 내일이면 이곳을 떠난다는 희망에 젖어 그리 지루하지 않게 밤을 맞았다. 차가운 시멘트 바닥에서 잠을 청하기가 그리 쉬운 일은 아니었지만, 이 밤만 지나면 집으로 돌아간다는 생각으로 복도에 켜지는 불빛이 창문으로 들어오기가 무섭게 진수는 잠을 청하려 노력했다. 몸은 몹시 피곤했지만 역시 잠은 오지 않았다. 이런 저런 생각이 뇌를 스치며, 몸은 내려앉기만 하는데 정신은 오히려 맑아지기만 한다.

진수의 골방 문이 삐꺽이 열린 것은 진수가 어느덧 깊은 잠이 빠져들고 있을 때였다. 문소리에 진수는 부시시 눈을 뜨니 아직 해는 오르지는 않은 듯 했다.

"벌써 출감시키려는 걸까?"

진수는 잠결에 이렇게 생각하며 천천히 몸을 일으켰다. 진수의 앞으로 서너 명의 사람들이 천천히 걸어오고 있었다.

"욱."

일어나려던 진수는 누군가의 구둣발에 옆구리를 채이며 옆으로 나 뒹굴었다. 이를 신호로 진수에게 몰려든 사람들의 발길질이 진수에게 쏟아졌다.

"얼굴 조심하라구. 얼굴 잘못 건드려 상처라도 나면 우리 입장 곤란해져."

옆구리와 허벅지등 온몸에 마구 발길질을 하면서 그 중 한 명이 나직이 속삭였다.

"괜찮아. 이런 동양인 개새끼 하나 처치한다고 어떻게 될 건 없어."

말은 이렇게 되받으면서도 얼굴에 발길질을 하지는 않았다.

"살살 해줘. 이 새끼도 어떻게 보면 그 개 같은 년한테 당한 불쌍한 피라민데……. 그저 나가서 다시는 이런 데 손댈 생각하지 못하게끔만 손봐주면 돼."

그들은 이미 이런 구타에 익숙해진 사람들인지 발과 입을 따로 돌리며 발길질을 계속했다.

"그럼. 살살해야지. 라우라 그년처럼 쑤셔줄 구멍이 있는 것도 아니고……, 늙은 년 구멍이라서 냄새는 왜 그렇게 나는지. 그년한테 서비스한 거나 아닌지 모르겠어."

말은 살살한다고 했지만, 그들의 발길질에 진수는 숨도 쉴 수가 없었다. 구둣발이 급소만 노리는지 매섭게 진수의 몸을 구타해 왔다. 진수는 아파할 사이도 없이 빨리 잘못을 빌어야겠다고 생각했다. 이러다가 맞아 죽을 것 같았다. 내장이 모두 파열되어 살아도 병신이 될 것 같았다. 허벅지 뼈가 으스러져 걷지도 못하는 병신이 될 것 같았다.

"쎄뇨르(아저씨). 제가 잘못했어요. 용서해 주세요."

진수가 얼굴을 들고 두 손을 모으는데, 세찬 발길이 뒤통수에 와 닿았다. 갑자기 정신이 몽롱해지며 어두운 방안이 밝아지는 느낌이 들었다. 발길질을 멈추지 않으며 지껄이는 사람들의 소리가 점점 멀어져 갔다. 몽롱해지는 정신을 가다듬으려 할수록 그 소리는 더 멀어져 갔다.

"이게 죽음이구나."

진수는 갑자기 죽음에 대한 두려움이 느껴지면서 온 몸이 저려오는 것을 느꼈다.

"이봐, 정신 차려. 이제 출감해야지."

진수는 누군가 흔들어 깨우는 통에 정신을 차리려 애썼다. 온몸이 욱신

거리는 아픔도 견디기 어려운데 정신마저 혼미하니 짜증이 났다. 겨우 몸을 일으켜 나가보니, 아빠와 엄마가 무슨 종이엔가 싸인을 하고 있는 모습이 보였다. 아빠는 몹시 화난 모습인데 비하여 엄마는 수심에 차 안절부절못하는 얼굴이었다.

"아니, 진수야. 너 어떻게 된 거니?"

싸인을 마친 엄마가 진수를 발견하자, 달려들 듯 진수 앞으로 다가왔다. 눈에는 어느덧 눈물이 잔뜩 고여 있었다. 그 뒤로 아빠가 잔뜩 화난 표정으로 진수를 잡아먹을 듯 걸어오고 있었다. 진수는 무슨 말이라도 하고 싶었으나 정신이 혼미해 입을 열 수가 없었다.

입만 뻥끗 열었다가 곧 포기하고 눈을 내리깔고는 눈물만 주르르 흘렸다.

"너 왜이래. 무슨 일이 있었던 거야?"

엄마는 계속 안타까운 표정으로 물었다.

"일은 무슨 일이야. 못된 놈의 새끼. 잘못하고 미안하니까 아무 말 못하는 거지."

아빠가 푸- 하고 얼굴을 돌리며 한숨을 내쉰다.

"아니에요. 얘 뭔가 이상해요. 진수 너 어떻게 된 거야? 말 좀 해봐."

"아, 조용히 좀하고 일단 집에 갑시다. 집에 가서 이야기를 듣든 때려죽이든 해야지, 여기서 무슨 말을 하라는 거요."

아빠의 말대로 세 사람은 일단 택시를 잡아타고 집으로 향했다. 택시 뒷좌석에 엄마와 함께 탄 진수는 무슨 말인가 하긴 해야겠는데 자꾸만 정신이 희미해 입을 열 수가 없었다. 창밖엔 부에노스 아이레스의 아침이 환히 밝아오고 있었다. 가오나 대로(大路) 양 옆으로 들어서 있는 고옥(古屋)들이 오늘따라 진수의 마음에 찡하니 와 닿았다. 진수는 차창으로 들어오는 여름 바람이 차갑게 느껴졌다. 몸이 으스스 떨려왔다. 손을 올려 차창을 닫으려 했지만 힘이 닿지 않았다.

"진수야. 무슨 말 좀 해봐라. 도대체 무슨 일이 있었던 거야?"

진수를 부추긴 자세로 앉아있는 엄마가 계속 말을 걸어왔지만, 진수는 정신이 몽롱하고 온 몸에 힘이 빠져 대답을 할 수가 없었다. 경찰서에서 무슨 힘으로 택시타는 곳까지 나왔는지 진수 자신도 알 수가 없었다.

"얘, 아무래도 안 되겠어요. 병원에 가야겠어요. SEÑOR AL HOSPITAL (아저씨. 병원으로)"

엄마는 아빠와 택시 기사를 번갈아 보며 외쳤다.

"그러게 내가 뭐라 그랬어요. 애 있는 곳 알았을 때 찾아가자고 그랬잖아요. 애 버릇 고치겠다고 한 달이나 나뒀다가 이게 뭐에요. 이러다가 애 죽이는 거나 아닌지 모르겠네."

아빠를 탓하는 엄마의 목소리가 진수의 귀에서 점점 멀어져 가고 있었다.

진수는 자꾸만 희미해지는 정신을 차리려던 노력을 포기했다. 정신이 희미해져 갈수록 마음이 더 편해져 가는 것을 느꼈다.

"아빠, 엄마. 내가 잘못했어요."

부모를 원망하던 마음이 용서를 비는 마음으로 변했다. 부모의 잘못이 있다면 하나도 남김없이 용서하고픈 생각이 일었다. 지난 3년의 이민생활에 부모로부터 철저하게 버림받았던 것이, 얼마 전까지 그랬던 것처럼, 그리 서운하게 생각되지 않았다.

루씨아의 아름다운 얼굴이 떠올라졌다. 태어날 아기의 모습이 상상 속에서 예쁘게 웃었다. 하지만, 그들을 다시는 못 만날 수도 있다는 사실이 그리 서글프지는 않았다. 그저 하나의 아름다운 꿈으로 영원히 간직하고 싶었다. 그러한 생각이 진수를 편하게 한다.

고통이 멀어져 간다. 마음의 고통도 몸의 아픔도 부스러기 하나 남기지 않고 어디론가 훌훌 날아가 버린다. 그리곤 이제껏 느끼지 못했던 평안함이 찾아온다. 하늘을 오르듯이 가벼운 평안함이……

(『로스안데스문학』 통권2호, 1997)

나 같은 변호사에게 금요일 오후는 한가하다 못해 따분한 날이다.

해결해야 할 일이 없는 건 아니지만, 토요일엔 법원이 문을 열지 않기에 할 일들을 월요일까지 미루기에 적합한 날이다. 무슨 사건을 맡기든지 '빨리 빨리'를 외치는 한국인 손님들도 금요일이 되면 다그치는 일이 드물다. 그래서 금요일 오후는 한가했다.

그렇다고 한가한 시간을 적절히 보낼만한 특별한 계획이 있는 것은 아니다. 그저 빈둥거리다 보면 퇴근 시간이 되고 그렇게 주말이 시작되는 것이다.

난 내 사무실에 박혀 주말을 계획하고 있었다. 주말 계획이라야 '어느 골프장으로 가느냐'만 결정하면 된다.

새벽의 맑은 공기, 지저귀는 새소리, 끝없이 펼쳐진 푸른 잔디…….

골프장을 거닐 때마다 '천국이 바로 이런 곳이 아니겠는가'라는 생각을 한다. 그 천국에 가기 위해서 나는 또 한 번 신문을 펼쳐들고 날씨를 확인하고 있었다. 천국에도 비가 쏟아지면 갈 수 없으니까…….

전화벨이 울린 것은 바로 그때였다.

"올라"(여보세요).

비서 미스 장이 전화 받는 목소리를 들으며 '내일 골프 약속이 돼 있는 친구 가운데 하나려니' 생각했다.

'어떤 녀석인지 에스뻬란사(희망_ 골프장으로 가자고 해야겠구만' 이렇게 생각하며 전화가 연결되기를 기다렸다. 신문에서 눈을 떼지 못한 채.

"이 변호사님. 친구 빠멜라라는데요."

"응. 빠멜라?…… 뭐! 빠멜라?"

나는 순간적으로 자리에서 벌떡 일어섰다.

'빠멜라? 아니 도대체 이게 얼마만인가? 어떻게 부에노스 아이레스까지 왔지? 지난 수년간 어떤 모습으로 변해 있을까?' 머릿속에 갖가지 질문들을 떠올리며 허둥대는 몸짓으로 전화기를 잡았다.

"빠블로! 나야. 빠멜라……, 너 나 보고 싶었니?"

이제 사십대 줄에 들어선 빠멜라지만 목소리는 여전히 사춘기 시절의 그 목소리였다. 세월이 흐르며 헤어지고 만나고 또 헤어지고 또 만나도 변하지 않는 목소리였다.

아무리 다급한 상황이라도 '나 보고 싶었어?'로 시작되는 전화 내용도 옛날과 변함이 없다. 그러다 만나면 나의 이쪽저쪽 뺨에 키스를 퍼부어대며 포옹하고 또 포옹하는 그 모습도 여전할까?

"당연히 보고 싶었지. 그런데 어디 있는 거야. 라마르께? 아니면 부에노스 아이레스에 올라온 거야?"

이 질문을 하며 내 머릿속에는 리오 네그로 주의 초엘레 초엘과 라마르께 시의 농장이 그림처럼 떠올랐다.

부에노스 아이레스에서 1000km의 거리, 우리 식으로 2500여리에 있는 리오 네그로 주의 초엘레 초엘. 그곳에서 20km 떨어진 곳에 위치한 라마르께. 35년 전 아르헨티나에 이민 온 한국인들이 처음으로 정착한 곳.

33년 전 나의 부모님들이 8살 난 나와 5살 난 동생 영섭이를 데리고 이민 생활을 시작했던 곳.

그곳은 내 기억에서 희미한 모국보다도 더 귀중한 마음의 고향이다.

"응. 여기 부에노스 아이레스야. 일 때문에 올라왔어. 너의 애무도 좀 받아야겠고……."

빠멜라의 대화는 예전과 같이 유머 감각을 잃지 않았다.

"아니……, 또 했으면 어때? 옛날 애인과 좀 즐기겠다는데……."

"여전하군. 정말 애무 좀 해주겠다면 기겁을 해서 도망갈 거면서."

"호호호, 그런데 마르셀라는 잘 있어? 그리고 누구더라 페데리꼬던가, 아들 말이야. 잘 크고 있지?"

"응, 잘 있어. 내 처는 내가 골프에 미쳐 있는 게 불만이긴 하지만 말이야."

"뭐 하나에 미치면 눈에 보이는 게 없는 건 여전하군. 이제 마누라 생각도 좀 해. 마르셀라는 얼마나 따분하겠어. 일주일 내내 기다리던 주말에 남편은 골프나 치러 다니고……."

"됐어, 됐어. 이제 설교 그만하고 어디 있는지 말이나 해. 지금 당장 찾으러 갈게."

빠멜라는 레꼴레따 공원 근처의 호텔에 머물고 있노라고 했다.

난 '빠멜라와 만나야겠기에 좀 늦어지겠노라'고 아내에게 전화를 걸고 내일의 골프 계획도 잊은 채 퇴근을 서둘렀다.

라마르께와 초엘레 초엘의 초등학교와 중학교에서 한국 학생들은 '머리가 좋은 아이들'로 통했다. 그건 한국 아이들의 학교 성적이 좋다는 것을 뜻했다.

20여명의 한국 학생들의 성적이 모두 좋지는 않았다. 그러나 공부를 잘하는 2~3명의 학생들이 워낙 뛰어난 성적을 보였으므로 한국 학생들은 머리가 좋다는 평을 받게 된 것이다. 나는 그 2~3명의 학생들 가운데 속했다.

그래서 국경일 기념식 때마다 최고 성적의 졸업학년 학생들에게 주어지는 국기 기수가 되는 영광을 한국인으로는 처음으로 누리기도 했다.

이렇게 성적이 좋은 한국 학생들에게는 꼭 선두를 다투는 아르헨티나 학생이 있게 마련이다. 그리고 남녀 공학일 경우 그 경쟁의 대상자는 여학생인 경우가 대부분이다.

나와 함께 초등학교 때부터 대학에 들어가기 전까지 학교 최고 성적을 다투던 아이가 바로 빠멜라였다.

경쟁자들 간에 서로가 서로를 피곤하게 하는 일이 많지만 빠멜라는 그렇지 않았다. 빠멜라는 나의 좋은 친구이자 좋은 동반자였다.

"힘들지?" 빠멜라는 하굣길 버스 속에서 내 옆에 앉아 이렇게 묻곤 했다.

"괜찮아"

나는 이따금 쏟아지는 우박과 서리 때문에 일 년 과일농사를 한순간에 망쳐버릴 우려로 걱정과 한숨이 끊일 날이 없는 부모님들의 모습을 보는 것이 정말 힘들었다.

그 걱정 때문인지 아버지가 언제나 술에 만취되어 집에 돌아오는 것 때문에 정말 힘들었다.

그런 아버지에게 대들다가 매를 맞는 어머니를 위로 하느라고 정말 힘들었다.

그런 날이면 뒷마당에 나와 별이 가득한 하늘을 바라보며 '그래, 열심히 공부해서 라마르께의 황무지를 옥토로 만들어 놓은 한인 이민자들처럼 이 고생을 행복으로 만들어보자'고 다짐했다. 그런 나의 입장을 가장 잘 이해해 주고 함께 고통을 나눠줘야 할 한국 친구들이, 되레 공부를 잘 한다는 이유로 나를 괴롭힐 때 나는 정말 힘들었다.

빠멜라는 그런 나의 고통을 잘 알고 있었다. 버스에 타면 '힘들지?' 하면 나는 '괜찮다'고 대답하곤 했다.

하굣길 버스 속에서 빠멜라와 대화를 나누는 시간이 나에게는 행복을 느끼는 순간이기도 했다.

라마르께 농장과 초엘레 초엘 중학교를 연결해 주는 정기 노선버스는 없었다. 오직 시청에서 2~30km를 통학하는 학생들을 위하여 등하교 시간에 초엘레 초엘에서 라마르께를 거쳐 뽀모나시까지 연결하는 버스를 운영하고 있었다. 버스는 30km가 넘는 고속도로를 달리며 통학생들을 고속도로 변에서 태우기도 하고 내려주기도 했다.

빠멜라는 나에게 '이유섭'이 발음하기가 힘들다며 '빠블로'라는 아르헨티나 식 이름을 지어 주었다.

우리는 고속도로 변에 끝없이 펼쳐지는 사과밭을 바라보며 함께 꿈을 키워나가기도 했다.

경쟁자이며 단짝이기도 한 우리는 아이들의 놀림감이 되기도 했다.

아르헨티나 아이들은 심통이 나면 '빠블로와 빠멜라는 서로 사랑한대요,

라라라라’라고 노래하며 버스가 뒤집힐 정도로 소란을 피우곤 했다. 그러면 한국 아이들은 ‘한국아이와 아르헨티나 아이가 서로 사랑한대요, 라라라라’라며 부채질을 했다. 우리의 얼굴은 농장의 토마토처럼 빨개졌다.

중학교 3학년 때의 일이었다.

그날 수학 선생이 결근하여 학생들이 〈진실과 결과 게임〉을 하기 위하여 모였다.

책걸상을 치우고 둥그렇게 둘러앉아 병을 돌려 꼭지가 가리키는 사람이 진실과 결과 중에 한 가지를 선택하는 게임을 했다.

진실을 선택하는 사람은 “너는 누구를 좋아하느냐?”는 질문에 답해야 했고, 결과를 선택하는 사람은 ‘누구에게 운 베소(뺨에 뺨을 대는 아르헨티나 식 키스)를 하라’는 명령에 따라야 한다.

이 게임은 선생이 결근하면 으레 즐겼는데 빠멜라와 나는 좋아하지 않았다. 그런데 그날은 함께 게임을 하는 자리에 앉게 됐다.

게임 도중, 진실을 택한 빠멜라에게는 ‘빠블로를 정말 좋아 하느냐?’는 질문을 했다. 항상 여유만만하던 빠멜라가 얼굴이 빨개진 채로 고개를 아래위로 끄덕였다. 길게 기른 그녀의 금발이 물결치는 듯했다. 그 큰 두 눈이 무엇에 놀란 양, 더욱 커졌다.

결과를 택한 나에게는 ‘빠멜라에게 운 베소를 하라’는 명령이 떨어졌다. 운 베소야 매일 인사로 하는 것이기에 ‘못할 것도 없다’는 생각으로 빠멜라를 향하고 있는데 누군가 ‘삐끼또(입과 입을 맞대는 키스)를 하라’고 소리 질렀다. 반 모두가 웅성대기 시작하더니 ‘삐끼또 해라, 라라라라’라며 합창이 시작됐다.

우리들은 안 된다고 우겼으나 발을 구르며 다그치는 소란은 그칠 줄 몰랐다. 누군가 뒤에서 힘껏 등을 떠밀었다. 나는 엉거주춤한 자세로 빠멜라에게 다가갔다.

빠멜라는 부끄러움에 두 눈을 살며시 감은 채 입술을 잔뜩 오므리고 있었다. 하지만 그 오므림마저 기다림으로 느껴졌다.

입술과 입술은 살며시 포개졌다.

오므렸던 입술이 풀렸다. 촉촉함이 느껴졌다. 빠멜라의 입술은 달콤했고 어찔한 나는 쓰러질 뻔했다.

"빠블로, 이게 몇 년 만이야? 너무 보고 싶었어."

빠멜라는 호텔 로비에서 나를 만나자 뺨을 부비고 포옹하다가 또 다시 뺨을 부비고 어쩔 줄 몰라 했다. 사람들은 동양 남자와 서양 여자가 하고 있는 포옹을 신기한 듯 쳐다보았다.

우리는 레꼴레따 공원의 〈까페 델 라 빠익스〉에 마주 앉았다. 레꼴레따 공원은 부에노스 아이레스의 밤 문화를 즐기는 사람들로 서서히 채워지고 있었다.

밤 8시, 아직은 이른 시간이기에 사람이 많지는 않았다.

서너 사람이 팔을 벌려야 안겨지는 고무나무 둘레에 만들어 놓은 벤치가 비어 있었다. 200년 전 레꼴레또라는 형제가 심었다는 이 고무나무 가지 아래에 있는 벤치에선 밤이 으슥해지면 연인들이 앉아 정열적인 키를 나눈다. 그 키스를 나누는 옆 벤치에서는 걸인들이 잠자리를 마련하느라 거적을 펼친다.

그 벤치 옆에는 호모들이 즐겨 찾는 찻집이 있다.

공원 맞은 편에는 에바 뻬론이 잠들어 있는 레꼴레따 공동묘지가 있다. 묘지를 관장하는 성당이 있고, 이백 년 된 성당 옆에는 레꼴레따 박물관이 있다.

죽음과 삶이 도무지 어울릴 것 같지 않은 이 풍경이 같은 곳에 있다.

내가 빠멜라와 함께 차를 마시는 것도 어울리는 모습은 아닐 것이다. 그 어울리지 않음 때문에 우리는 이토록 헤어져 있어야 했을 것이다. 하지만 어울리지 않는 가운데서도 레꼴레따 공원이 아름다운 야경을 연출하듯, 우리의 사랑도 영원한가 보다.

“그때 생각나니?”

“뭐가?”

“우리 처음 키스 했을 때.”

빠멜라가 웃었다. 나도 따라 웃었다.

‘진실과 결과’ 게임 이후로 빠멜라와 나는 서먹서먹해졌다.

우리는 예전과 같이 함께 버스를 탔고 이야기도 나누었지만, 빠멜라가 스스럼 없이 내 손을 잡는다던가 나를 포옹하는 일은 없어졌다. 나도 빠멜라를 만나면 그녀의 입술을 자꾸 쳐다보게 됐고, 그녀의 볼록한 가슴과 잘룩한 허리의 곡선이 자꾸만 눈에 들어왔다.

그러다가 4학년이 되면서 우리는 같이 버스를 안타게 되었다.

빠멜라는 아버지가 자동차를 사 주었고, 나는 버스를 이용하거나 그해 과일 가격이 폭등하는 바람에 자동차를 구입한 아버지가 태워다주곤 했기 때문이었다.

그러던 어느 날 문제가 생겼다.

학교로 데리러 오겠다던 아버지가 무슨 일이 생겼는지 오시지 않는 것이었다. 아버지와의 약속 때문에 하루에 한번 지나가는 버스도 놓쳐버린 상태였다. 엎친 데 덮친다고 비까지 부슬부슬 내리고 있었다. 아무리 기다려도 오시지 않는 아버지를 원망하며 고속도로를 따라 터벅터벅 걸어가는데 누가 차를 세우더니 클랙션을 누르는 것이었다.

“어이! 빠블로. 웬일이야? 라마르께까지 걸어갈 참인가?”

빠멜라의 아버지 돈 살바또리가 라마르께 농장까지 태워다 준 이튿날 빠멜라가 내 옆으로 다가왔다.

“바보같이 태워 달라잖고. 그리고 난 왜 너를 태워다 줄 생각을 못했을까. 어차피 가는 길인데. 미안해서 어떻게 하지?”

빠멜라의 눈시울이 젖어왔다. 그날 난 빠멜라의 차로 농장까지 올 수 있었다.

“고마워. 차우(잘가)”

그때까지 서로의 뺨을 대며 운 베소를 하던 우리의 입이 어떻게 맞추어졌는지 아직도 모르겠다. 그때 처음으로 키스가 입술만 나누는 것이 아님을 알았다.

우리는 중학교 졸업과 함께 이별을 했다.

빠멜라는 네우껜시로 나는 부에노스 아이레스로 제각기 유학의 길을 떠나야 했기 때문이다.

“사람은 큰물에서 놀아야 하는 거다.”

아버지는 내가 장차 성공하기 위해서는 부에노스 아이레스에서 공부를 계속해야 한다고 했다. 아버지는 내가 법대를 졸업하여 변호사가 되기만 하면 무조건 성공하는 것이라고 했다.

“우리 가족이 이민 온 것도 다 너희 잘 되라고 택한 길이야. 우리가 뭣 땜에 이 고생을 하겠냐. 한국에 있었으면 밥걱정 없이 살았을 텐데……. 우리가 뭣 땜에 이 황무지에 와서 손에 피가 나도록 땅을 개간하고 흙벽돌 집에 살면서 이 고생을 해. 다 너희를 위해서 그러는 거다. 그러니 너희는 내가 말하는 대로만 해. 하나는 변호사, 하나는 의사가 돼서 돈 왕창 벌어서 떵떵거리며 살면 되는 거야.”

술 취한 아버지는 우리 형제를 앉혀 놓고 연설을 하곤 했다.

“인생은 누구를 위해 살아가느냐가 중요하지.”

빠멜라의 아버지 돈 살바또리는 아사도(숯불갈비)를 구우며 아버지의 뜻을 전하는 나에게 이야기 했다.

“나만을 위하여 살아가는 사람은 평생을 나만 보며 살아가지. 그래서 늘 주위 사람들로 인해서 상처를 받지, 하지만 인생은 ‘나’가 모두가 아니다. 우리는 ‘너’와 ‘우리’를 볼 줄 알아야 해. ‘너’와 ‘우리’를 보며 살아가는 사람은 늘 보람을 느끼며 살 수 있는 거야.”

웬일인지 빠멜라 아버지의 말은 내 귀에 들어오지 않았다.

얼마 후, 나는 한인들을 대상으로 돈을 벌고, 명예도 얻을 수 있는 변호사가 되기 위하여 부에노스 아이레스로 떠났다. 빠멜라는 변호사가 되어 아르헨티나를 위하여 뭔가를 하겠다는 꿈을 품고 네우껜 주로 떠났다.

헤어지기 며칠 전 빠멜라와 나는 하루 종일 농장 길을 거닐었다. 두 손을 꼭 잡은 채…….

"빠블로. 넌 꿈이 뭐야?"

"꿈? 변호사가 되는 거지. 돈 많이 벌어 너와 결혼해서 행복하게 살아야지. 너는?"

"난 두 가지 꿈이 있어. 하나는 너와 정말 멋진 사랑을 나누고 싶어. 그리고 또 하나는 정치를 하고 싶어. 초엘레 초엘 시장도 되고 리오네그로 주지사도 되고 싶어. 가능하다면 대통령도 되고. 이렇게 아르헨티나의 주인이 되고 싶어. 너도 될 수 있다고 생각해."

빠멜라의 말을 들은 나는 좀 황당한 느낌을 받았다. '이 나라의 주인이 되겠다니…….' 그게 가능한 일인가. 한국인 이민자의 아들로서 이탈리아인 이민자의 딸로서 그게 가능하다는 말인가.

"너야 아르헨티나에서 태어난 아르헨티나 국민이니까 가능하겠지."

나는 황당한 마음속에 감추어진 부끄러움을 발견하며 변명처럼 이야기했다.

"아니야. 너도 과정을 중요시 여기며 준비해 나가면 가능해. 꼭 네가 모든 것을 이루어야 한다는 법은 없잖아. 네가 닦아 놓은 길을 네 자녀가, 또는 다른 한국 사람들이 갈 수도 있잖아. 다만……, 너의 꿈의 초점이 어디에 맞추어져 있는가에 따라서 결과는 다르겠지만 말이야. 하지만 너의 그 꿈도 난 존중해."

이별의 아쉬움으로 농장 길을 거닐다 보니 해가 뉘엿뉘엿 기울기 시작했다. 더 늦기 전에 집으로 돌아갈 여행 차비를 해야 했다.

그때, 우리는 누가 먼저랄 것도 없이 서로를 부둥켜 안았다. 그리고 자두나무 아래로 엉켜진 채 쓰러졌다 그리고 우리는 여자와 남자의 몸이 서로 다르다는 것을 체험했다. 나는 빠멜라의 가슴, 그녀의 목덜미, 그녀의 얼굴이 매우 뜨겁다는 사실을 알았다.

우리는 남자와 여자가 하나 된다는 것이 무엇인지 알았다. 한 몸이 되는 순간, 천사의 얼굴이 사람의 얼굴에 나타난다는 것도 알았다.

"빠블로, 나야 빠멜라. 나 보고 싶었어?"

라마르께 농장에서 헤어진 후 처음으로 빠멜라의 전화를 받은 건 대학교 2학년이 끝날 무렵인 1980년 10월의 일이었다.

"빠멜라 너 어떻게 된 거야? 작년 방학에 라마르께에 내려갔을 때 널 만나려고 얼마나 애 썼는데……, 도대체 어디에 있었던 거야?"

"그건 차차 말하기로 하고……, 너 나 좀 도와줘야겠어."

빠멜라의 목소리는 축 늘어져 있었다.

"왜 그래? 무슨 일이야?"

"전화로 이야기 하기는 곤란하고 너 네우껜으로 내려 올 수 없니?"

"알았어. 네우껜 어디야. 당장 내려갈게."

사실 난 네우껜으로 내려갈 수 있는 입장이 아니었다. 그건 네우껜이 부에노스 아이레스에서 1300km의 거리에 있기 때문만은 아니었다. 연말고사를 눈앞에 두고 있었다.

대학교에서 과목을 따지 못한다면 지난 6개월의 공부는 도로아미타불이다.

아르헨티나 사람들은 '또 한 해 하면 어떠냐'고 할 일이지만, 농장에서 부모님들이 올려주는 돈으로 공부하는 나로서는 한 해라도 빨리 졸업해야 할 입장이었다.

하지만 빠멜라와 통화 직후 나는 주섬주섬 짐을 싸고 있었다. 빠멜라의 일을 놓고 가능성과 불가능성을 저울질한다는 것은 있을 수 없는 일이므로…….

빠멜라의 일이 바로 내 일이므로……..

빠멜라는 네우껜 대학에 있지 않았다. 자취방에도 있지 않았다.

빠멜라는 네우껜 시에서 약 20km 떨어진 깜뽀(시골)의 다 쓰러져가는 집의 뒤 마당 창고에 마치 형무소에 갇힌 죄수처럼 기거하고 있었다. 그런 모습을 하고도 방에 들어서는 나를 보자 두 팔을 활짝 벌리며 다가왔다.

"빠블로. 너무 보고 싶었어. 너도 나 보고 싶었지?"

그녀는 입을 맞추고 팔짝팔짝 뛰다가 다시 입을 맞추며 나를 반겼다.

"빠멜라. 너 도대체 어떻게 된 거야? 이게 무슨 꼴이냐구."

빠멜라는 1976년 3월 무력 쿠데타로 집권한 군정이 어떻게 나라를 좀먹고 있는지를 설명했다. 비델라와 비올라, 갈띠에리로 이어지고 있는 군정 대통령들이 어떻게 인권을 유린하고 있는지를 설명했다. 군정을 반대 한다는 이유 하나 때문에 벌써 3만 명에 가까운 사람들이 실종됐다고 했다. 이들은 어느 날 팔콘 자동차에 실려가 온갖 고문을 당하고 여성들은 강간당하며 가족과 재산을 빼앗긴 채 죽임을 당하고 있다고 했다.

군인들은 민심이 떠나고 경제가 파탄지경에 이르는 등 정치적 위기에 몰리자 150년 전 영국에게 빼앗긴 말비나스(포클랜드) 섬에서 전쟁을 일으킬 기회를 노리고 있다고 역설했다.

"그거 무슨 상관이야. 그게 너랑 무슨 상관이냐구. 넌 공부만 열심히 하면 되잖아. 너에게는 꿈이 있잖아. 그 꿈을 이루려면 무난히 대학을 마쳐야 할 것 아냐."

"……."

빠멜라는 대답하지 않았다. 나는 너무 내 세계에 빠져 있었다.

아버지가 한국에서 만들어 놨던 그 세계, 아르헨티나로 그대로 가져 온 세계, 그리고 자식에게까지 그대로 전수해 준 그 세계에서 나는 벗어나지 못하고 있었다. 그 세계에서는 빠멜라의 말을 이해하기 어려웠다. 그 가치관으로는 빠멜라를 이해하기 어려웠다.

"어쨌든, 너 나 좀 도와줘야겠어. 나 지금 조사 대상이 되어 있는 형편이거든."

빠멜라는 약 한 달간, 내 아버지의 농장에 은신해 있어야겠다고 했다. 방학이 시작되면 아무래도 조사가 완화될 것이고, 그때야 돈 살바또리의 농장에 들어가서 살 수 있을 것이라고 했다.

"그 이후는?"

나의 물음에 빠멜라는 '이 쎄라 로 께 쎄라'(어떻게 되겠지)라며 어깨를 으쓱했다.

"안 돼." 아버지는 단호했다.

"너 그 아이랑 친하게 지내는 건 옛날부터 알고 있다. 그때는 어렸을 때니 그러려니 했지만, 이젠 집안에까지 들여놓겠다는 거냐? 그건 안 될 일이야. 너는 한국 여자랑 결혼해야 해."

아버지는 '아니 공부하는 놈이 왜 기별도 없이 내려온 거야'라며 야단쳤다.

나는 계속되는 데모로 2, 3일 수업이 없기에 내려왔다고 둘러대어 일단 아버지를 진정시켰다. 하지만 빠멜라에게 일이 생겨서 약 한 달간 아버지 농장에 있게 해야겠다고 하자 아버지는 또 다시 노발대발했다.

아버지의 반대 이유는 단순했다. 아들이 아르헨티나 여자와 결혼해서는 안 된다는 것이다.

"아버지. 누가 빠멜라와 결혼한데요?"

난 이렇게 둘러댈 수밖에 없었다.

"그 아이랑 초등학교 때부터 학교생활 같이한 거 잘 아시잖아요. 그래서 우리는 서로 돕는 친구일 뿐이에요. 정 의심스러우시면 꼭 한국여자 만나서 결혼하겠다고 약속드릴게요."

아버지는 이 말에 빠멜라를 농장에 한 달간 은닉시키는데 동의했다. 그리고 세월이 흐르며 그녀와 결혼하지 않겠다던 나의 약속은 지켜졌다.

하지만 빠멜라를 피신시키기 위하여 그녀와 라마르게 농장에 머물던 3일간의 기간은 우리의 신혼여행이었다.

우리는 아버지가 과수원에 나가시기만 하면 3년 전, 이별을 앞두고 서로의 몸을 처음으로 알았던 그 순간을 재현하고 또 재현했다.

1982년 4월 빠멜라의 예견대로 말비나스 전쟁이 터졌다. 이 전쟁은 2개월 만에 아르헨티나의 항복으로 끝났다. 전쟁이 끝남과 동시에 그렇지 않아도 어려웠던 아르헨티나의 경제는 파탄의 지경에 이르렀다.

부모님들은 농장을 버리다시피 정리하고 부에노스 아이레스로 거주지를 옮겼다. 10여년의 고생 끝에 빈털터리가 되어 부에노스 아이레스로 올라와 시내 사글세 집에 자리 잡고 봉제업을 시작했다.

우리 가족에게는 비극이었던 말비나스 전쟁은 빠멜라에게는 구원의 손길이었다. 말비나스 전쟁과 경제파탄으로 국민들의 원성이 날로 높아졌다. 그러자 군정의 마지막 대통령 비뇨네는 민정으로의 정권 이양을 약속했다. 이러면서 군정의 좌익계 탄압은 힘을 잃기 시작했고, 도피행각을 벌이던 빠멜라는 복학하여 학업과 정치활동을 재개할 수 있었다.

그렇게 세월이 흘러 나는 대학을 졸업하고 변호사 자격증을 취득했다.

그날, 아버지와 어머니는 너무 기뻐 목 놓아 울었다.

"그래, 이제 된 거야. 아니, 이제 너의 동생이 의사만 되면 다 된 거야. 이제 우리는 떵떵거리며 살 수 있는 거야. 이제 어떤 놈이 우리를 무시해. 어떤 놈이 우릴 깔봐. 다 된 거야. 다 이룬 거야."

난 주위사람들 보기에 창피스러웠지만, 아무런 말도 하지 않았다. 지난 십 수 년의 고생을 자식 잘되기만 바라며 참아 온 부모님들의 마음에 얼마나 한이 맺혀 있겠는가.

그리고……, 그 부모님의 뜻을 이룬 나는 또 얼마나 자랑스러운가.

이후 나는 한 날 한 시도 빠멜라를 잊은 때가 없었다. 그러나 변호사 개업을 하고 손님이 제법 많아 돈벌이도 잘되면서 멀리 있는 그녀를 만날 여유가 없었다.

"유섭아. 우리 손주는 언제 보냐?"

아버지의 이 질문 한마디에 나는 선이라는 것을 보게 됐고, 곧바로 결혼을 했다.

빠멜라에 대한 죄책감도 없이……, 아무 생각도 없이……. 당연히 그러는 것인 줄 알고. 아들도 낳고 그렇게 세월이 흘렀다.

먼 훗날 만난 빠멜라는 리오네그로 주의 라마르께 시의원이 되어 있었다.

"그래, 훌륭해. 시의원이라……."

중얼거리는 나를 빠멜라는 눈물어린 눈으로 바라보고 있었다.

"우리는 한 번도 약속을 하지는 않았지만……."

빠멜라는 이미 결혼을 하여 아이를 낳았다는 나의 말에 한참 만에 입을 열었다.

"그래도 사랑은 기다림이라 했는데. 기다리면 언젠가는 자연적으로 함께 가정을 이루고 살 줄 알았는데……. 이렇게 되니 뭔가 좀 이상하다."

빠멜라의 넋두리에 나는 좀 의아한 기분이 됐다.

"빠멜라, 난 지금도 너에 대한 감정에 조금도 변함이 없어."

"그건. 나도 마찬가지야." 빠멜라가 대답했다.

"그러면 된 거 아냐?"

"그럴 수도 있겠지."

빠멜라의 시선은 내 사무실의 창밖 쪽으로 돌려져 있었다.

"우리는 어차피 다른 길을 가는 사람들이야. 나는 아버지의 뜻을 따라 삶의 안위를 구했고, 너는 또 다른 뜻을 세우고 정치의 길을 가고……."

빠멜라는 고개를 나에게 돌리지 않은 채 끄떡였다. 그러나 동감의 뜻은 아닌 듯했다. 하기사, 나 자신도 왜 사랑하는 빠멜라를 생각하면서도 아무런 거부감 없이 아버지의 뜻대로 한국여자와 결혼을 하고, 또 아이까지 낳기에 이르렀는지 알 수 없었으니, 그 이유를 애써 설명하는 나의 말을 빠멜라가 이해하기도 쉽지 않았을 것이다.

그리고 우리는 더 이상 아무 말도 하지 않았다. 서로를 원하는 간절한 눈길로 바라보기만 했다. 우리의 무언은 부에노스 아이레스를 떠나는 빠멜라를 국내 비행장까지 배웅하면서도 계속 이어졌다.

빠멜라가 출구를 빠져나가기 전, 누가 먼저랄 것도 없이 우리는 와락 엉켰다.

그리고 매우 달콤한, 매우 씁쓸한, 매우 정열적인, 매우 슬픈……, 그런 키스를 오랜 시간 나눴다.

까페 델 라 빠익스에서 빠멜라를 알아보는 사람은 없었다. 리오네그로 주의 라마르께 시장이 동양인과 정답게 대화를 나누고 있으리라고 상상하는 사람은 없었다.

우리는 창밖의 아름다운 야경은 안중에도 없다는 듯 서로의 얼굴을 뚫어지게 바라보고 있었다. 때론 웃으며, 때론 눈시울을 적시며 지난 이야기를, 지금의 이야기를 나누었다.

"결혼을 할 계획이 없니?"

난 그녀가 끝까지 결혼하지 않고 내게 남아주기를 바라는 이기심을 감추며 물었다.

"앞으로 리오네그로 주지사에 출마한다면서 미혼의 신분으로 당선에 지장되는 거 아냐?"

"그런 건 상관없어."

빠멜라는 자신의 앞날에 대한 이야기가 나오자 자신있게 대답했다.

"난 나를 위해서 정치하지 않아. 정말 국민들을 위하여, 나라를 위하여 헌신하는 마음으로 일할 뿐이야. 그게 나에게 주어진 사명이라고 생각하고 내 일에 충실할 뿐이야. 결과에 연연하지는 않아."

빠멜라의 입에서 예전과 변함없는 말들이 쏟아져 나왔다.

"너와 나의 부모들은 이민자들이지. 이 땅을 정복하러 온 사람들이지.

어느 이민자들이나 그 땅에서 자신의 안위함만을 추구해서는 그 땅을 정복한 예가 없어. 그저 손님으로 살다가 손님으로 남거나 또는 어디론가 더 좋은 세상을 찾아 떠날 뿐이지.”

나의 가슴에 비수를 꽂는 말들이었다.

“우리는 이 땅을 정복해야 해. 정복하는 것은 우리 자신이 이 땅의 주인이 된다는 거지. 우리가 주인이 되지 못한다면 우리의 자녀들이 이 땅의 주인이 되도록 길을 열어주는 역할이라도 해야 되는 거야. 그래서 나는 결과에 연연하지 않아. 그저 이 땅의 주인이 되는 과정에 충실할 뿐이지.”

그녀의 장황한 연설이 서로를 사랑스럽게 바라보고만 있던 좀 전의 분위기를 어색하게 만들었다.

우리는 마치 약속이라도 한 것처럼 창밖을 내다보았다. 창밖에는 언제 보아도 아름다운 레꼴레따 공원의 야경이 한껏 펼쳐지고 있었다.

“그리고 결혼은……. 결혼은 계획에 없어. 난 너 하나면 만족해. 너를 사랑하는 이 마음이면 만족해.”

빠멜라가 묵고 있는 호텔 앞까지 바래다주면서 내 머릿속에는 많은 생각들이 부산하게 움직이고 있었다.

이민의 의미가 무엇인가. 이민 1.5세인 내가 변호사가 됐다는 것의 의미는 무엇인가. 자녀를 갖고 부유한 삶을 살고 있다는 것의 의미는 무엇인가. 내일 골프 약속의 의미는 무엇인가. 내 삶의 의미는 무엇인가.

그리고……, 이 땅을 정복한다는 것의 의미는 무엇인가.

호텔 앞에서 또 한 번의 오랜 이별을 앞 둔 빠멜라와 나는 누가 먼저랄 것도 없이 뜨겁게 포옹했다.

(『로스안데스문학』 통권6호, 2002)

"내가 부에노스 아이레스 중학교 입학시험을 준비하고 있거든……."

마리아나는 안경 너머로 나를 바라보며 조심스레 입을 열었다.

"그런데?"

마리아나의 입시 준비가 나와 무슨 상관이란 말인가?

"너도 중학교 입학을 준비해야 하잖아."

"그래야지."

대답은 하면서도 마리아나의 의중을 짚을 수 없어 생각이 허공을 맴돌고 있었다.

어느덧 아르헨티나에 이민 온 지도 1년이 넘었다. 가까스로 배운 까스떼자노로 초등학교 졸업을 눈앞에 놓고 있었다. 어거지 졸업이었다. 그런데 중학교 진학은 어떡한단 말인가.

1970년대에 아르헨티나 중학교는 일부를 제외하고 입학시험을 치러야 들어갈 수 있었다. 이민 초년병인 내 까스떼자노 실력으로 중학교 시험에 합격한다는 것은 그야말로 언감생심이다. 그렇다고 비싼 월사금을 내야 하는 사립학교에 들어갈 수도 없는 형편이고. 시험을 치지 않아도 되는 비제로(빈민촌에 사는 사람)들이 다니는 학교에 들어가기에는 자존심이 허락지 않았다.

"그런 건 네가 알아서 해라. 우리가 말을 아냐, 길을 아냐?"

부모에게 의논을 드리면 대답은 항상 이랬다. 하긴 틀린 말도 아니었다.

월남전쟁이 미국의 패배로 기울어져 가던 때에, 한국에는 북한이 언제 남침을 감행할 지 모른다는 불안감이 팽배해 있었다. 6.25사변을 겪어본 부모로서 또 전쟁을 겪는다는 것은 견디기 어려운 노릇이었을 것이다. 어린 자녀들에게 전쟁의 참상을 겪게 한다는 것은 생각만 해도 끔찍했을 것이다. 그래서 급히 찾아온 나라. 그 나라가 세상에서 가장 안전하다는 아르헨티나이다.

그곳에서 새로 시작한 이민생활은 눈물의 연속이었다. 2000여명의 교민들이 살고 있다고는 하지만, 저마다 제 살기에 바빠 새로운 이민자들을 도와줄 여유가 없었다. 그래도 새로운 이민자들은 선배 이민자들의 도움을 구걸하며 근근이 살아가야 했다.

그렇게 살아가기에 바쁜 부모님들에게, 말도 글도 길도 모르는 부모님들에게 중학교 진학을 의논해서 어쩌자는 건가. 전쟁의 위험에서 벗어나게 해준 것만 해도 고마울 따름인데. 먹을 것이 풍부한 나라에 오게 된 것만 해도 얼마나 다행인데…….

나는 귀동냥으로 플로레스 기차역 옆에 월사금을 내지 않는 꽤나 좋은 국립 중학교가 있다는 것을 알았다. 그리고 그 학교에 진학하기로 마음먹었다. 문제는 입학시험을 치러야 한다는 건데, 이제 가까스로 의사표현 정도밖에 못하는 까스떼자노 실력으로 시험을 치른다면 떨어질 것은 불을 보듯 뻔한 일이다.

마리아나가 누구에게도 이야기하지 못한 내 고민을 어떻게 감지했는지 정말 모를 일이다.

"그래서 말인데, 내가 받고 있는 과외를 함께 받아보면 어떨까? 물론, 돈은 내지 않아도 돼. 과외 선생님이 함께 공부해도 좋다고 했어."

마리아나는 대답을 기다리지도 않고 코 밑으로 떨어지는 안경을 바로잡으며 자기 책상으로 발걸음을 옮겼다.

흰색 교복이 무거워 보이는 자그마한 체구의 마리아나. 금발이 그 작은 체구를 내리누르듯 힘들어 보이는 발걸음의 마리아나. 굵은 안경테에 가려진 파란 눈과 두툼한 입술이 전혀 조화를 이루지 못하는 못난이 마리아나.

같은 반 동무들은 마리아나와 나의 대화에는 별 관심이 없는 듯, 삼삼오오로 모여 히히덕거리고 있었다.

어느 날 갑자기 학교에 나타난 눈이 찢어진 아이. 까스떼자노를 몰라 꿀 먹은 벙어리처럼 주위를 두리번거리기만 하는 아이. 처음에는 호기심으로 다가오는 아이들도 있었지만, 호기심이 시들해지면서 학우들 가운데 나에게 관심을 갖는 아이는 없었다.

마리아나도 급우들의 관심을 끌지 못하기는 마찬가지였다. 못생긴 얼굴 때문일까. 마리아나는 늘 혼자였다. 아이들이 마리아나에게 말을 붙이는 일도 적었고, 마리아나가 아이들을 찾는 일도 없었다. 나도 이따금 그녀와 일상적인 대화만 나눌 뿐이었다.

그러던 어느 날 마리아나는 내가 가지고 있는 가장 어려운 문제의 해결책을 들고 나에게 다가온 것이다.

"너 마리아나와 매일 학교 끝난 뒤에 어디를 다니는 거야?"

2교시가 끝나고 쉬는 시간에 구스따보와 마르셀로, 모니까, 엘리자벳이 나를 둘러싸고 따지듯 물었다.

"그런 건 왜 물어?"

나에게 관심조차 없던 아이들이 갑자기 몰려와 따지듯 물어 보는 것에 기분이 언짢아진 내가 되물었다.

"너 조심해라. 마리아나 엄마는 뿌따(창녀)야. 그런 엄마를 둔 아이와 사귀는 건 좋지 않아."

"……."

"마리아나 엄마는 구스따보의 아버지를 빼앗은 여자야."

엘리자벳이 목소리를 높였다. 구스따보의 얼굴을 보니 마치 더러운 것을 본 듯 찌푸려져 있었다.

아이들은 구스따보의 엄마와 마리아나의 엄마는 사촌지간이라고 했다. 그런데 마리아나를 낳고 남편과 이혼한 마리아나의 엄마가 형부인 구스따보의 아버지와 그렇고 그런 사이가 되면서 구스따보의 가정을 파탄지경으로 몰아넣었다는 것이다.

"그게 나랑 무슨 상관이야? 난 마리아나와 사귀는 게 아냐. 과외 공부를 함께 하는 것뿐이라고……."

나는 내 목소리가 높아지고 있다는 것을 느끼며, 주위를 둘러 마리아나를 찾았다. 마리아나는 교실 구석 한 켠에 앉아 책을 읽고 있었다. 하지만 우리의 이야기를 다 듣고 있는 것이 분명했다.

아이들에게 반발하는 나의 머릿속에는 마리아나 엄마의 모습이 떠올랐다.

마리아나의 엄마는 어린 내가 봐도 그 아름다움에 심장이 멎을 만한 미인이다. 30을 조금 넘겼을까. 금발에 매혹적인 얼굴. 늘 블라우스의 단추는 서너 개를 풀고 다녔다. 단추 너머로 뽀얀 가슴이 튀어나올 것만 같았다. 블라우스의 단추만 아니다. 청바지의 단추도 늘 풀고 있었다. 그 사이로 이따금 비집고 나오는 살결이 신비하게 느껴지리만치 고왔다.

마리아나 엄마는 마리아나처럼 말이 없었다. 고뇌가 가득 찬 듯한 얼굴로, 그래서 더욱 매혹적인 얼굴로 마떼(아르헨티나의 티 종류) 병을 들고 이리저리 방을 거닐었다.

"과자 줄까?", "빵 먹을래?"

이 말이 전부였다.

"창녀 같은 여자의 딸과 상대한다는 것은 있을 수 없는 일이야. 네가 모르고 그랬다는 건 할 수 없지만, 이제 알았으니 넌 마리아나를 만나면 안 돼."

아이들이 명령하듯 내게 말했다.

"보자보자 하니까."

나는 벌떡 자리에서 일어났다. 아이들이 주춤했다. 아르헨티나에 동양인이 많이 살고 있지 않던 시절, 아르헨티나 사람들은 동양인을 보면 "하뽀네스"(일본인)라고 했고 하뽀네스는 까라떼(가라데)를 한다고 두려워했다.

"명준! 그만해!"

마리아나가 자리를 박차고 일어나 내게로 뛰어오며 소리쳤다. 그녀가 다가오자 아이들은 슬금슬금 자리를 피했다.

마리아나는 손을 잡아 이끌어 내 책상에 앉혔다. 그리고는 아무 말도 없이 돌아섰다.

"마리아나."

내가 다급히 불렀다. 뭔가 얘기를 해보라는 뜻이었다.

"아무 얘기도 필요 없어. 너 혼자 생각해."

의미도 모를 말을 남기고 마리아나는 자기의 책상으로 향했다.

"도대체 너희들 왜 이러는 거냐?"

담임선생님은 아이들을 향해서 매우 곤혹스러운 표정을 지으며 따지듯 물었다.

"학교생활이란 서로 돕는 것인데 너희들은 지금 마리아나와 명준이를 따돌리고 있잖아. 특히 까스떼자노도 잘 못하는 명준이를 도와주기는커녕 되레 공동수업을 거부해서 학과 점수를 따는 데도 지장을 주고 있잖아."

내가 마리아나와 과외 공부를 하지 말라는 아이들의 요구를 거절한 뒤, 반 아이들은 나를 따돌리기 시작했다. 특히 4, 5명씩 짝지어 해야 하는 공동수업을 거부하는 바람에 숙제를 못해 점수를 딸 수가 없었다.

선생님이 아이들을 타이르고 징계도 했지만, 돌아서 버린 반 아이들의 마음은 돌려지지 않았다.

난 너무 힘들었다. 마리아나가 미소로 나의 힘이 되어주기는 했지만, 그것으로는 부족했다. 점수를 따지 못한다는 것은 나에게 아무 의미가 없었다. 쉬는 시간에 나와 놀아주는 아이가 없어진 것도 견딜 만했다. 그러나 내가 좋아하는 체육 시간에 나와 한편이 될 아이가 없어서 축구도, 배구도, 핸드볼도 할 수 없는 게 견디기 어려웠다. 나와 마리아나만 교실에 덩그러니 놓인 채, 아이들이 수군거리는 것은 더욱 견디기 어려웠다.

"마리아나. 아이들과 화해를 하면 어떨까?"

마리아나의 집으로 가는 버스 속에서 내가 넌지시 물었다.

"화해라니?"

마리아나가 차창 밖을 내다보며 되물었다. 차창 밖에는 가로수 잎들이 푸르름을 주렁주렁 매달고 초여름 바람에 일렁이고 있었다.

"사실, 네 엄마의 일은 네 잘못이 아니잖아. 그런데 아이들이 너를 따돌리는 건, 네가 그 아이들의 생각에 동조하지 않기 때문인 것 같은데……."

"그래서? 그래서, 아이들의 말에 동조하고 편안하게 학교생활을 하자는 거야?"

"꼭 그런 건 아니지만……."

"이봐, 명준아. 잘 들어봐. 난 엄마가 정당하다고 얘기하고 싶지는 않아. 그러나 그건 엄마와 구스따보 아빠의 문제야. 두 사람이 사랑을 하고 있는 거라구. 그러니 두 사람이 해결할 문제라구. 또 그 누구도 두 사람을 정죄할 자격은 아무에게도 없어. 그리고……, 그리고 나는 엄마를 사랑해. 사랑하는 것은 지켜보는 거야."

평소 말이 없던 마리아나는 나를 향하여 열변을 토해냈다.

"사람들은 엄마를 향해서 도덕의 잣대를 들여대고 마구 휘두르고 있지. 그런 사람들의 내부를 들여다보면 엄마와 다를 것이 전혀 없는 사람들인데도 말이야. 어쩌면 그들이 엄마를 향해서 칼을 휘두르는 것은 자신의 못남을 감추고자 하는 몸부림인지도 몰아."

난 눈을 꿈뻑거렸다.

"넌 화해를 하고 싶으면 해. 네 의지는 자유니까."

마리아나가 내 생각을 읽기라도 한 듯이 중얼거렸다.

똑같이 열세 살 생일을 눈앞에 두고 있는 마리아나와 나는 도무지 넘어설 수 없는 생각의 차이가 있었다.

마리아나와 대화를 나눈 며칠 뒤부터 나는 더 이상 마리아나의 집에 가지 않았다. 과외 공부도 중간에서 포기하게 됐다. 그 대가로 구스따보를 비롯한 아이들에게 입학시험 지도를 받았다. 학교생활도 아주 편안해졌다. 아이들이 관심을 가져주니 예전에 느끼던 소외감도 사라지고, 얼마 남지는 않았지만 학교생활이 재미있게 느껴졌다.

그렇다고 마리아나에 대한 죄책감이 없었던 것은 아니다. 나는 이따금 눈을 흘끔거리며 교실 한 구석에서 책을 읽고 있는 마리아나를 바라봤다. 그러다가 눈이라도 마주치면 나는 얼른 고개를 돌렸다. 마리아나는 인상을 찌푸리지 않았다. 잔잔한 미소로 나를 바라보다가 다시 고개를 숙이고 책을 읽었다.

학교 강당은 학생들과 학부모들로 가득했다. 졸업생들 명단을 든 선생님들이 분주하게 자기 반 학생들을 찾아다녔다. 아이들은 삼삼오오 모여 떠들어대고 있었다. 부모들은 서로 대화를 나누기도 하고, 무척 더워진 날씨를 탓하며 졸업식순이 적힌 종이를 집어 부채질을 하고 있기도 했다.

나의 부모님들은 당연히 그곳에 없었다. 나에게 관심이 없는 게 아니라 일 때문이다. 그렇게 이민생활에 적응해 나가야 했을 것이다. 나는 부모님이 학교 강당에 없는 줄 뻔히 알면서도 괜시리 두리번거리며 부모님을 찾고 있었다. 그때 강당 한견에서 졸업식순이 적힌 종이를 접어 부채질을 하고 있는 마리아나 엄마의 모습이 눈에 들어왔다. 얼른 고개를 돌렸다. 그러다가 다시 바라봤다. 인사를 하는 것이 예의일 것이라 생각했기 때문이다.

"안녕하세요. 오랜만이네요."

"오! 명준, 오랜만이네."

마리아나 엄마는 허리를 굽혀 나의 뺨에 키스해 주며 밝게 웃었다.

"그래, 졸업을 축하한다. 그리고 입학시험에도 붙었다는 얘기 들었다. 장하구나, 아직 완벽한 의사표현도 힘들 텐데……."

속삭이듯 이야기하는 마리아나 엄마의 목소리를 들으며 눈물이 왈칵 쏟아졌다.

"죄송해요."

난 그동안 마리아나에 대한 죄책감은 있었지만, 내 결정을 후회해 보지는 않았다. 상황이 그렇지 않은가. 할 수 없는 일 아닌가. 마리아나가 나의 딱한 사정을 생각해 주고, 그것 때문에 과외 공부를 주선해 주었다고 해서 꼭 내가 마리아나의 생각에 동조해야 한다는 법은 없지 않은가.

그런데 마리아나 엄마의 앞에서 나는 눈물을 흘리고 있었다. 순간적으로 감정이 복받치자, 나는 순간적으로 내 잘못을 깨닫고 있었다. 그 순간 적인 것이 지나면 곧 모든 것을 잊으리라. 죄책감까지도…….

"마리아나 편에 네 이야기는 들었다. 하지만 미안할 것 없어. 마리아나는 말을 몰라 고생하는 네가 중학교 입학시험을 잘 치르게 하기 위해서 과외 공부를 함께 하기로 결정했던 거야. 어쨌든 시험에 합격했으니 고마운 일이지."

나는 용서를 받았다는 생각에 또 한 번 코끝이 찡해 왔다.

"마리아나는 내가 낳았지만, 저 아이를 정말 내가 낳았나 하는 생각이 들 정도로 특별한 아이야. 그 아이의 생각과 행동을 이해하는 것은 정말 어려운 일이지. 세월이 흐르며 엄마인 나도 그 생각과 행동이 맞구나 하는 것을 느끼게 되는 걸 보면 정말 이상한 일이야. 그러니 네가 마리아나를 이해한다는 건 지금으로서는 불가능한 일이겠지."

마리아나 엄마는 의미모를 말을 중얼거렸다. 그때 마리아나가 곁으로 다가오는 것이 보였다.

"졸업을 축하해. 그리고 부에노스 아이레스 중학교에 입학하게 된 것을 축하해."

수개월 만에 마리아나에게 말을 걸며 나는 몹시 겸연쩍어했다.

"그래. 너도 중학교 들어가게 돼 기쁘다."

"미안해."

나는 또 한 번 순간적인 감정에 동요돼, 정말 미안한 건지도 모르면서 사과를 했다. 마리아나는 대답을 하지 않고 미소를 머금은 채 나를 바라보고 있었다. 미소 짓는 마리아나와 그녀의 엄마의 뺨에 키스로 인사를 하고 뒤돌아섰다. 그리고는 또 다시 마리아나와의 모든 걸 잊고 졸업생들이 서

있는 줄로 향했다.

마리아나를 다시 만나게 된 건 5년이 지난 뒤의 일이다.

중학교 졸업반에 있어야 할 나는 두 번에 걸쳐 유급하며 3학년에 머물러 있었다. 까스떼자노가 달려 공부에 취미를 못 붙이기도 했지만, 그보다 중학교에 올라가니 공부보다 재미있는 일들이 너무도 많았다.

이따금 급우들과 수업을 빼먹고 영화를 보러 갔고, 밤이면 볼리체(춤장)에 가서 몸을 흔들었다. 그러다가 운이 좋으면 마음이 맞는 여자아이를 만나 섹스를 즐겼다.

1970년대 말, 아르헨티나 청소년들 사이에는 '체또'와 '스톤'이라는 그룹이 유행처럼 번지고 있었다. '스톤'은 영국계 그룹 사운드 롤링스톤을 추종하는 그룹이었는데, 나는 롤링스톤보다는 비틀즈를 선호하는 '체또' 그룹의 아이들과 어울리게 됐다.

체또들은 빠출리(짙은 냄새가 나는 향수)를 몸에 바르고, 말보로나 빠리씨엔(독한 담배의 한 종류)을 피우며, 걸을 때 신발 밑바닥을 땅에 질질 끌고 다니며 20~30명이 PAMPER NIC 빵집에 둥지를 틀고 몰려다녔다. 그러다가 체브로헤 빵집에 둥지를 틀고 있는 스톤 아이들과 패싸움을 벌이기도 했다. 나는 한국에서 배운 태권도 실력을 발휘하여 체또 그룹에서 꽤 인기가 높았다.

체또들 가운데는 여자아이들도 있었는데, 이들은 여자이기를 포기한 것처럼 행동했다. 남자아이들과 똑같은 행동, 즉 빠출리를 바르고, 말보로나 빠리씨엔 담배를 즐겼다. 그녀들은 싸움판에 끼기도 했고 섹스도 매우 개방적으로 받아들였다.

내 그룹에 속해 있던 여자아이 가운데 마리엘라는 섹스를 즐기는 아이였다.

어느 날 마리엘라와 나를 비롯한 네 명의 남자아이들이 밤에 거리를 거닐고 있었다. 군정 시절, 12시가 넘은 시간의 부에노스 아이레스 밤거리는 한산했다.

"마리엘라 너 섹스하고 싶냐?"

우리 그룹의 대장격인 가브리엘이 장난기섞인 목소리로 물었다.

"맘대로……."

15살의 마리엘라는 태연하게 대답했다.

"따라와."

가브리엘은 한마디 내뱉고 버스 정류장 옆의 짓다만 건물가로 들어갔다. 마리엘라는 가브리엘을 따랐다.

"너희들은 여기서 망봐."

가브리엘은 마리엘라를 벽에 기대 세워두고 그녀의 치마를 올렸다. 치마 아래에는 아무 것도 없었다. 바지춤을 내린 가브리엘은 장난기 어린 눈으로 우리를 흘끔흘끔하며 일을 치르기 시작했다. 마리엘라의 두 팔이 가브리엘의 엉덩이를 휘어감고 있었다.

"명준, 다음은 네 차례야."

일을 끝낸 가브리엘이 바지 지퍼를 올리며 나에게 머릿짓을 했다.

"다음은 네 차례라고……, 빨리 해. 보기보다 먹음직스러우니까."

나는 엉거주춤 마리엘라가 있는 곳으로 다가갔다. 단추가 열린 블라우스, 올려진 치마 사이로 보이는 허벅지, 그곳에서 흘러내리고 있는 체액……. 나는 끓어오르는 욕정으로 마리엘라에게 달려들었다.

다음 차례는 아리엘, 리노……, 이렇게 우리는 마리엘라의 몸속에다 우리의 정액을 쏟아 부었다. 잠시 후 옷매무새를 고친 마리엘라가 우리가 있는 곳으로 나왔다. 마리엘라의 눈에는 덩그러니 눈물이 고여 있었다.

마리엘라와의 사건이 있은 며칠 뒤였다.

그날 이후, 내 마음에는 뭔가 찜찜한 구석이 생겼다. 나는 플로레스 공원을 혼자 거닐며 지는 낙엽을 밟는 버릇이 생겼다.

"워이. 워이."

어느 할아버지의 외침에 고개를 돌렸다. 많은 사람들이 낄낄대며 웃고 있었다. 그곳을 향해서 할아버지가 몽둥이를 들고 소리치고 있었다. 그곳에는 발정 난 암캐 한 마리가 뒤뚱거리며 거닐고 있었다. 그 뒤에 열 마리는 족히 넘어 보이는 수캐들이 뒤쫓고 있었다. 이미 교미를 끝낸 한 마리의 수캐가 물러가자 십 수 마리의 수캐 가운데 한 마리가 제 차례가 왔다는 양 암캐의 뒤를 향해 돌진했다.

"워이. 워이. 뿌따(창녀)같은 개. 더러운 년. 더러운 개새끼들."

할아버지는 개의 무리를 향해 막대기를 마구 휘둘렀다. 누군가 가져온 뜨거운 물을 개들에게 뿌리려고 달음질쳤다.

물벼락을 맞은 암캐는 깨갱대며 쫓기었지만, 곧 언제 그랬냐는 듯 뒤를 돌아보며 수캐들을 유혹했다. 수캐들은 할아버지의 몽둥이 세례에도 아랑곳 않고 침을 질질 흘리며 암캐의 뒤를 따랐다.

헤쳐진 블라우스 위로 가슴을 내어놓고 우리를 받아들이던 마리엘라의 얼굴이 떠올랐다. 그 가슴에 얼굴을 쳐 박고 혀를 내밀던 내 모습이 떠올랐다. 그 가슴에서 흘러나오는 타인의 타액 냄새가 후각을 찌르던 일이 떠올랐다. 마리엘라의 몸으로 기어들어가던 내 남성이 느끼던 끈적이던 액체의 흐물거림이 슬프게 상기됐다. '욱'하고 구역질이 일어났다.

"쟤는 못 보던 얼굴인데……."

플로레스 공원의 일을 생각하며 PAMPER NIC 탁자에 울적하게 앉아 있던 내 귀에 가브리엘의 목소리가 들렸다. 나도 모르게 고개를 돌렸다.

"어!"

내 입에서 탄성이 흘러나왔다. 가브리엘이 가리킨 그곳에는 마리아나가 앉을 자리를 찾아 두리번거리고 있었다.

5년이라는 세월이 흘렀지만 마리아나의 금발은 여전했고 자그마한 체구도 그대로였다. 파란 눈도 여전히 굵은 안경테로 가리어져 있었다. 예전하고 달라졌다면 그렇게도 조화를 이루지 못하던 굵은 입술과 안경테에 가려진 파란 눈이 예쁘게 조화를 이루고 있었다.

"마리아나!"

나는 자리를 박차고 일어났다.

"명준 낌!"

그녀는 첫 눈에 나를 알아봤다.

"참 이상한 일이야."

우리는 시간가는 줄 모르고 이야기를 나누었다. 마리아나는 엄마가 잘 계시다는 소식, 학교 도서관이 수리 중이라 공부할 자리를 물색하다 이곳에 들렀다는 이야기 외에 별다른 이야기가 없었다.

나는 하고픈 말이 많았다. 그동안 엄마, 아빠가 옷가게를 차려 제법 돈을 벌었다는 얘기. 그래서 이민생활도 안정을 찾았다는 얘기. 공부는 잘 못하지만 이제는 친구가 많이 생겼다는 말. 그 친구들은 체또라는 이야기. 주머니에 용돈도 넉넉하고 여자 친구도 많이 있다는 이야기. 몇 시간이나 나 혼자 떠들어댔다. 마리아나는 예전처럼 잔잔한 미소로 내 말을 듣고 있었다.

"그런데, 이상한 일이야."

나는 이상하다는 말을 되풀이 했다. 며칠 전 있었던 마리엘라와의 사건을 이야기했다. 그 사건이 있은 후, 내 마음에 뭔가 풀리지 않는 수수께끼가 생겼다고 했다. 그리고 오늘 보았던 플로레스 공원의 발정 난 암캐와 수캐들의 이야기를 했다. 그러면서 서글퍼진 마음에 대한 해답을 마리아나가 가지고 있으리라고 생각하던 중이라고도 말했다. 그러던 차에 이렇게 우연히 너를 다시 만나게 됐다고 했다.

"사람은 육체만 있는 게 아니지."

잔잔한 미소로 귀를 기울이던 마리아나가 조용히 입을 열었다.

"그런데 사람들은 육체의 만족만을 위해서 살아가고 있어."

마리아나의 말은 늘 이해하기 어려웠다. 그러나 그날 내 귀는 그녀의 말에 쫑긋 세워졌다. 뭔가 마음속에서 일어나는 혼란에 대한 해결책을 들을 것 같아서였다.

"문제는 그 쾌락은 찰나라는 거야. 쾌락이 끝나면 허무만 남는 거야. 그 허무는 감정이고 느낌이야. 이성이라 하고 혼(魂)이라고도 하지. 사람들이 자신을 컨트롤 할 수 있는 한계가 바로 거기까지야. 육체의 만족과 이성의 조절의 사이를 오가며 고뇌하는 것이 인간이야. 명준이 네가 지금 느끼고 있는 건, 육체의 쾌락을 끊임없이 추구하다가 갑자기 찾아오게 된 혼의 공허함에 당황하는 거야. 그 당황함이 혼란을 주고 있는 거지."

"그럼 어떻게 해야 하는 거야?"

나는 진지하게 물었다.

"영혼을 관리해야 해. 영혼은 육체처럼 보이지도 않고, 혼처럼 느껴지지도 않아서 관리가 소홀해지기 쉬워. 그런데 우리가 영혼을 관리하지 않으면 인생은 아무런 의미가 없어. 그냥 그렇게 고뇌하며 살다가 가는 거야. 그럴 때 관리되지 못한 영혼은 파멸에 이르는 것이지. 영혼을 관리하면 마음에는 평안이 찾아오게 돼. 그 평안은 지니고 살다가 죽어도 사라지지 않는 그런 평안이야. 그런데 많은 사람들이 영혼의 문제를 잘 다루려 하지 않아. 그래서 논쟁만 하다가 서로 분쟁하고, 갈등하고, 미워하고, 증오하면서 사는 거지."

여태까지 들어보지 못한 이야기였다.

"그럼 영혼은 어떻게 관리하는데?"

"다 버려야 해. 죽여야 해. 절대적인 존재 앞에 모든 것을 내려놓고 새롭게 태어나야 해. 그러나 네 힘으로는 안 돼. 절대적인 존재에게 그 힘을 빌어야 해."

"그렇게 되면 무슨 일이 일어나는데?"

끊임없이 질문이 이어졌다.

"그러면 마음에 한없는 평안과 사랑이 밀려들어오지. 그 사랑을 갖게 되면 영원한 평안에 거하게 되는 거야."

마리아나의 얼굴이 환히 빛났다.

"야! 명준이 아냐? 너 정말 오랜만이다."

가브리엘은 PAMPER NIC으로 들어서는 나를 반겼다.

마리아나와 재회한 후, 나는 체또들과의 만남을 삼갔다. 마리아나가 들려준 이야기들을 소화시키는 과정을 거쳤다고 할까. 육체의 쾌락을 잠시 멀리하고 내 삶에 대하여 진지하게 생각해 보는 시간들을 가져봤던 것이다.

마리아나의 말들이 쉽게 이해되지는 않았지만 내 마음을 흔들어놓은 것만은 분명했다.

그렇게 흔들림 가운데 있다가 정리가 필요하면 마리아나에게 전화를 걸었다.

"나 좀 만나줘야겠어."

전화를 받으면 마리아나는 즉시 달려 나왔다. 그리고 나의 혼동을 하나하나 정리해 주었다. 마리아나를 보면서 나의 새로운 삶이 시작됐다. 그리고 이제 사랑이 무엇인지 알 것 같았다.

그녀도 나를 사랑하고 있는 것이 분명했다. 초등학교 시절 나의 중학교 입학시험을 걱정해주던 마리아나. 배신하고 떠났던 나를 5년 만에 만나 한마디도 지난 잘못에 대해 언급 하지 않으면서 변함없이 나에게 관심을 쏟아주는 마리아나. 그녀는 나를 사랑하고 있는 것이 분명했다.

"마리아나. 너에게 키스해도 될까?"

레꼴레따 공원의 벤취에 앉아 불쑥 내가 입을 열었다. 그날은 그녀와 벤취에 앉은 순간부터 온통 그녀를 갖고 싶다는 것에 내 생각이 집중되어 있었다. 그러나 마리아나는 체또 그룹의 여자아이들과 달랐다. 그토록 청순하고 아름다운 마리아나에게 단도직입적으로 섹스를 요구한다는 것은 있을 수 없는 일이었다. 그래서 그녀를 갖고 싶다는 욕망이, 그래서는 안 된다는 이성과 다투느라고 내 몸은 그녀를 만난 순간부터 부들부들 떨고 있었다.

"……."

마리아나는 조용히 눈을 감았다. 마리아나의 두툼한 입술에 내 입술을 포갰다. 아주 조심스럽게 혀를 들이밀었다.

"안 돼."

키스의 달콤함이 끈적끈적한 타액과 함께 끓어오르는 욕망으로 변해갈 때, 나는 마리아나의 블라우스 안을 헤집고 있었다. 마리아나는 내 손을 뿌리쳤다.

"왜 안 된다는 거야?"

난 달아오르는 몸으로 대들었다.

"안 돼. 이건 욕망의 결합이야. 욕망의 결합은 파멸뿐이야. 언젠가 사랑의 결합이 될 때, 그때까지 기다려야 해."

"마리아나 난 너를 사랑해. 난 너를 만나고 변했어. 그러면 됐잖아. 그런데 뭐가 안 된다는 거야."

"체또 여자아이들과의 섹스를 청산하고 이제는 마리아나라는 순진한 여자하고 섹스를 즐기고 싶다 이건가? 그건 똑같은 욕망 아닌가?"

"……."

"변한다는 건, 지금과는 다른 길을 간다는 거야. 지금까지 육체의 욕망을 위해 살아왔다면 이제부터 영혼을 가다듬으면서 살아간다는 거야. 지금까지 하기 쉬운 일을 하고 살아왔다면 지금부터는 하기 어려운 일을 하는 거야. 지금까지 가기 쉬운 길을 가고 있었다면 이제부터 가기 어려운 길을 가는 거야. 그게 희생이지. 희생이 없는 사랑은 사랑이 아니지. 그저 사랑을 빙자해서 육체의 욕심을 채우고 또 다른 욕심을 찾아서 헤매는 것은 사랑이 아니지."

"그래도 내가 변했다면……. 너를 위해서 변했다면, 무슨 대가가 있어야 하는 거야."

“넌 나를 위해서 변해야 하는 게 아냐. 너 자신을 위해서 변해야 하는 거야.”

그날 난 아무 것도 얻지 못한 채 빈손으로 돌아왔다. 한번 되살아난 욕정은 나를 괴롭히기 시작했다.

“그래. 네가 아니라도 많아. 체또 그룹에 다시 나가기만 하면 거기에는 가랑이를 한껏 벌리고 나를 기다리는 년들이 많단 말이야.”

육체를 탐할 수 없는 마리아나는 별로 매력이 없었다. 두툼한 입술, 파란 눈, 긴 금발, 큰 가슴……, 그게 다 무슨 소용이란 말인가. 그것을 가질 수 없는데…….

이래서 오랜만에 되돌아 온 PUMPER NIC에서 나를 보고 반기는 가브리엘을 보면서 결국 내가 있어야 할 곳은 이곳이구나 했다.

“야! 명준. 너 어디서 뭘 하고 있었던 거냐?”

가브리엘은 과장된 몸짓으로 나를 반겼다.

“응. 미안해. 그동안 몸이 아파서…….”

난 건성으로 대답하며 주위를 둘러보았다. 내가 찾는 것, 원하는 것들이 변함없이 제자리에 있는가를 확인해 보고 싶었다. 체또 그룹 아이들이 킬킬대고 있었고 그들은 손을 흔들며 반가움을 표현했다. 여자아이들은 입을 오므려 키스하는 흉내를 내며 미소를 지었다.

“그런데…….”

가브리엘은 심각한 표정으로 입을 열었다.

“스톤 녀석들과 며칠 뒤에 한 판 붙을 일이 생겼어.”

“왜 도전을 해왔나?”

“응. 이번에는 좀 큰 싸움이 될 것 같아. 우리 체또 쪽에서 자기네 여자를 건드렸다나. 마르셀 녀석이 아이들 몇 명과 스톤 쪽 여자아이를 납치해서 돌림방을 놓았어. 미친 녀석……. 하지만 어쩌겠어. 이미 벌어진 일인데. 무기는 총만 빼고 무엇이든지. 시간은 한 쪽이 항복할 때까지야.”

오랜만에 찾아온 둥지에는 할 일이 기다리고 있었다. 그곳에는 내가 그토록 원하던 쾌락 이외에도 미움과 증오를 불태우며 서로가 서로를 물고 뜯는 싸움이 있었다.

"그래서 말인데……."

나는 그가 무엇을 말하려 하는지 알고 있었다. 큰 싸움을 하기 전에 꼭 치르는 의식이 있다. 그건 싸움에 대한 대가였다.

"모레 밤에 마르셀로 집으로 와. 정말 그럴 듯한 향연이 벌어질 테니까."

그렇게 치러진 향연은 정말 근사했다.

부모들이 유럽 여행 중인 마르셀로의 집은 쾌락의 천국이었다. 30명이 넘는 아이들이 모여 벌린 술자리는 맥주로 시작하여 비노(포도주), 끄리아도레스(아르헨티나 산 위스키)까지 산더미처럼 쌓였다. 술기운이 오르자 몇 명의 여자아이들이 음악을 틀어놓더니 춤을 추기 시작했다. 나도 춤을 추려고 자리에서 일어나려니까, 가브리엘이 팔을 휘둘러 나오지 못하도록 제지했다. 엉거주춤 서 있으려니까 눈을 껌뻑이며 가만히 있어보라는 신호를 보내왔다.

"아니!"

나는 깜짝 놀랐다. 음악에 맞춰 몸을 흔들던 여자애들이 하나 둘 옷을 벗기 시작했다. 그러니까 스트립쇼를 시작한 것이다.

"이제 아무나 맘에 드는 아이 골라잡아서 방으로 데려가. 다 준비해 났으니. 너무 더럽히지는 말고, 여러 명이 순서를 기다리니까."

나는 갑자기 플로레스 공원의 암캐가 생각났다. 그 뒤를 쫓던 수캐들이 생각났다.

나는 손에 잡히는 대로 알몸이 된 여자아이 하나를 끌고 마르셀로 방으로 갔다.

"아직 화가 풀리지 않은 거야?"

마리아나의 전화를 받은 나는 마지못해서 약속 장소로 나갔다. 마지못해 나갔다는 건, 우선 죄책감 때문이었다. 밤의 향연을 끝낸 뒤에 죄책감이 엄습해 왔다. 그건 암캐를 뒤쫓는 수캐들을 보면서 느끼던 불결함과는 다른 것이었다.

또 하나의 이유는 끓어오르는 욕망의 불을 끌 수 있었다는 만족감 때문이었다. 마리아나는 그 만족감을 줄 수 없었다. 아니, 주기를 원하지 않았다. 그래서 난 다른 곳에서 육체의 만족을 찾았던 것이다. 그것을 그녀에게 보여주고 싶었다. 그래서 나에게 있는 죄책감에 대한 책임이 마리아나에게도 있다는 것을 주장하고 싶었다.

마지못해 마리아나를 만난 나의 표정이 밝을 리 없었다. 그게 마리아나에게는 화난 모습으로 비추어졌나보다.

"아니. 화는 무슨……."

나는 말꼬리를 흐렸다.

"어디선가 대리 만족을 얻었다는 뜻이군."

마리아나는 금방 내 마음을 읽었다. 나는 갑자기 부끄러워지는 것을 느꼈다.

"바보 같기는……."

어떤 상황에서도 항상 나에게 미소를 짓던 마리아나의 얼굴이 그날은 몹시 일그러졌다.

"그래도 모르겠어? 언제까지 육체의 만족만을 위해서 살 거야. 순간을 못 참아서 영원한 파멸의 길을 갈 거냐고."

처음 보는 마리아나의 화난 표정. 분노가 가득한 목소리 앞에 나는 몸둘 바를 몰랐다.

"그렇게 질투가 나면 네 몸을 허락해 주지 그래. 나의 필요를 채워달란 말이야."

나는 변명처럼 둘러댔다.

"명준아, 우리는 진정한 자유를 추구하며 살아야 해. 그 길만이 너와 내가 영원히 사는 길이야. 그러기 위해서는 희생이 뒤따르는 법이지. 그 희생 가운데 가장 어려운 것이 뭔지 아니? 그건 고독이야. 눈물이 펑펑 쏟아지는 그런 고독 말이야. 거기에 이르러야 진리를 가지고 있는 분을 만날 수 있어. 그 분을 만나지 않고는 우리의 영혼은 자유스러워질 수 없어. 난 너를 사랑해. 그 사랑으로 너에게 줄 수 있는 건, 너의 육체의 만족이 아냐. 영혼의 만족을 주고 싶은 거야.”

마리아나가 테가 굵은 안경을 벗었다. 눈물이 고인 파란 눈이 아름다운 빛을 비치고 있었다.

“그런데 너는 혼자 있으면 꼭 죽을 것만 같은 두려움 때문에 그 고독을 피하고 있어. 그 두려움을 버려. 그건 아무 것도 아냐. 그리고 내 말을 들어봐. 네 마음을 지배하고 있는 것을, 모든 부패한 것들을 과감히 버려보라고.”

마리아나의 말을 아직은 모두 깨달을 수 없었으나 너무 간절한 그녀의 말에, 특히 나를 사랑한다는 그 말에, 나는 감동하고 있었다.

“그래, 네게로 돌아올게. 하지만 하루만 기다려줘. 해야 할 일이 하나 남아있어.”

난 내일의 싸움을 끝으로 체또의 삶을 정리하겠다고 결심했다.

“그게 무슨 일인지는 모르겠지만…….”

마리아나는 고개를 흔들며 말했다.

“정리는 과감하게 하는 거야. ‘끝’이라고 말하면 거기서 ‘끝’인 거야. 뒤 돌아보다가는 소금기둥이 되어버리는 거지. 소돔과 고모라가 망할 때 뒤를 돌아보던 롯의 아내처럼.”

“그래도…….”

나는 말끝을 흐렸다. 대가를 이미 받은 일 아닌가. 그래서 그 싸움만 끝나면 새로운 삶을 살겠노라고 이야기했다. 마리아나의 뜻대로…….

“그건 중요한 게 아냐. 아무 것도 아닌 거야. 네 자신이 중요하다고 하며 스스로를 속박하고 있는 것뿐이지. 이 세상 사람들이 중요하다고 생각하고 목을 매달고 있는 것들 가운데 정말 중요한 건 아무 것도 없어.”

“그래도 하루만 기다려 줘. 나에게는 너무 중요한 일이야.”

“너의 의지에 맡기겠어. 그러나 잘 생각해 봐. 네가 사는 길이 어디에 있는지를……. 하지만 네가 그곳에 가면 나에게 돌아오는 길은 멀어질 거야.”

나는 마리아나를 힘껏 포옹했다. 마리아나도 두 팔을 내 등 뒤로 휘감아 어루만져 주었다. 그리고 머리를 들어 나에게 속삭였다.

“명준, 너를 사랑해.”

그녀의 입에서 나오는 말이 따스하게 느껴졌다. 그 따스함에 영원히 안주하고 싶었다.

“이 녀석들 왜 이렇게 안 나오는 거야? 약속 시간이 넘었잖아.”

가브리엘이 오른손 주먹으로 왼손바닥을 탁탁 치며 신경질을 냈다.

“명준이 태권도 실력에 대한 소문을 듣고 겁을 집어먹은 거 아냐?”

마르셀로가 나를 바라보며 미소를 지었다.

새벽 4시의 차까부꼬 공원. 한 겨울의 해가 뜨려면 아직 두 시간은 족히 지나야 한다. 부에노스 아이레스의 겨울밤을 즐긴 시민들은 모두 깊은 잠에 빠져 있고, 공원에는 우리 패거리들 외에는 사람의 그림자도 보이지 않았다.

참 이상한 일이었다. 보통 싸움판이 벌어지면 양쪽에서 적어도 30분 전에는 약속 장소에 나온다. 그래서 서로 욕설도 주고받고 신경전을 벌이다가 정확히 약속 시간이 되면 붙게 되는 것이다. 그런데 차까부꼬 공원은 적막의 극치였다. 30분 전에 나온 우리들끼리 주고받는 몇 마디가 허공을 울릴 뿐, 스톤들은 보이지 않을 뿐 아니라 기척 하나 없었다.

“그만 가자. 시간이 너무 지났어. 이 녀석들 안 나올 것이 분명해.”

약속 시간이 30분이 지나자 가브리엘이 퇴거를 지시했다.

“참 이상한 일이야. 안 나올 녀석들이 아닌데…….”

가브리엘과 우리 일행은 머리를 갸우뚱하며 몹시 당황하고 있었다.

"차라리 잘 된 일인지도 몰라."

나는 가브리엘과 한 걸음 떨어져 걸으며 생각했다. 어차피 오늘 일을 마치면 난 체또 생활을 정리하리라고 결심한 상태였다. 마리아나의 얘기가 맞다. 그녀의 말대로 살아가는 것이 진정한 행복을 찾는 일일 것이다. 그녀의 말이라면 믿고 따를 수 있을 것이다. 앞으로 나를 사랑하는 마리아나와 결혼도 하고, 아이도 낳고, 또 마리아나가 말하는 '영혼을 가다듬는 일'도 하면서 영원한 행복을 찾아나서는 것이다. 그러기 위해서는 오늘 일을 거쳐야 했다. 마리아나는 오늘 가지 말라고 당부했다. 그런데 가기는 했지만 싸움은 하지 않았으니, 내 할 일은 하고도 마리아나의 부탁은 거절하지 않은 셈이 된 것이다.

"뭐. 들은 정보 좀 없냐?"

아침 9시 우리는 학교를 빼먹고 PAMPER NIC에 모였다. 가브리엘은 새벽의 일이 영 마음에 걸리는지 자리에 앉자마자 마르셀로를 다그쳤다.

"기제르모에게 알아보라고 일러 놨으니까. 좀 기다려 보면 무슨 소식이 있을 거야."

나는 메디아 루나(아르헨티나 빵의 한 종류)와 까페 꼰 레체(우유를 섞은 커피)를 마시며 슬슬 작별을 준비하고 있었다. 아이들에게 이곳을 떠난다는 이야기를 할 필요는 없다. 그저 마지막으로 보는 얼굴이니 인사나 해 두어야겠다 마음먹었다.

"참 이상한 일이네."

아침을 마치고 아이들과 작별 인사를 시작하려는데, 기제르모가 우리가 앉아있는 곳으로 다가오며 고개를 갸우뚱 했다.

"지금 스똔 녀석들은 항상 모이던 체브로헤 빵집에 모여 있지 않아. 이상하잖아. 싸움터에도 안 나오고, 항상 모이던 곳에서도 보이지 않고……."

기제르모의 말을 들으며 나는 인사를 계속하고 있었다. 어차피 끝난 일 아닌가. 이제는 다시 도전을 받는다고 해도 나와는 상관없는 일 아닌가.

"그런데 말이야……."

기제르모는 또 한 번 고개를 갸우뚱하며 알 수 없다는 표정을 지었다.

"그쪽에서 들리는 말로는 우리 쪽 여자아이 하나를 붙잡았다는 거야. 그래서 그 아이에게 마르셀로가 저쪽 여자애에게 했던 그대로 하면 되니까, 싸움터에 나갈 필요가 없다고 했다는 거야."

"뭐? 그 여자아이가 누구야? 왜 그런 이야기를 지금에서야 하는 거야?"

가브리엘이 화들짝 놀라며 물었다.

"걱정할 필요 없어. 가브리엘. 다 확인해 봤어. 그런데 우리 쪽 여자애들 모두 무사해. 그쪽 아이들에게 잡혀 가거나, 해를 당한 아이는 하나도 없어. 그러니 안심해."

나는 한 귀로 들으며, 작별 인사를 계속하고 있었다. 내게는 이미 끝난 일이었다.

"이름도 처음 들어본 것 같은데……."

기제르모는 계속 고개를 갸우뚱거리고 있었다.

"마리아나……, 라고 하던가."

"뭐. 마리아나라고?"

나는 인사를 하다말고 기제르모에게 달려가 그의 두 팔을 붙잡았다.

"왜 이래, 명준. 진정하라고, 아는 아이야?"

"도대체 어디서 그 이야기를 들은 거야? 빨리 말해."

"그냥 체브로헤 빵집에 있던 아이들이 하는 소리를 들은 거야. 걔네들도 스톤 그룹 아이들이 아니어서 들은 소문을 지껄이고 있었고."

나는 기제르모의 이야기가 끝나기도 전에 PUMPER NIC을 뛰쳐나갔다.

"지금은 부재중입니다. 메시지를 남겨 주세요."

마리아나의 집에는 전화가 연결되지 않았다.

"네 이름이 마리아나냐?"

어둠이 짙게 깔린 방에서 무척이나 덩치가 큰 녀석이 마리아나를 닦달
했다. 그 옆에는 열 명이 넘어 보이는 사내 녀석들이 히죽이고 있었다. 마
리아나는 아무 대답도 하지 않았다. 머리를 들고 가만히 녀석을 바라 볼
뿐이었다.

"네가 요즘 새로이 체또 그룹에 가입했다는 이야기는 들었다. 정말 그
런가?"

마리아나는 역시 대답하지 않았다.

"체또 그룹의 마르셀로라는 녀석이 우리 스톤의 여자아이에게 한 짓을
들어 알고 있겠지?"

"……"

"역시 대답을 하지 않는군. 그러나 대답은 필요 없어. 우리가 너에게 할
일은 단 한 가지뿐이니까. 이봐. 준비들 해라."

녀석은 입고 있던 가죽조끼를 벗어던졌다. 이윽고 윗도리도 벗었다. 근
육질로 단단히 뭉쳐있는 상체가 드러났다.

"이제는 네 차례야."

마리아나에게 다가간 녀석은 두 손으로 마리아나의 블라우스를 잡더니
포악스럽게 찢어버렸다. 그 충격에 마리아나의 굵은 테의 안경이 코 밑으
로 흘렀다.

"음. 예쁜 눈을 가졌군."

녀석은 과장된 몸짓으로 마리아나의 몸을 유린하기 시작했다. 마리아나
는 저항하지 않았다. 고통스러운 표정을 지으며 참아내고 있었다.

"자. 다음 차례 나와."

녀석은 일을 마치자, 만족한 미소를 지으며 마리아나의 몸에서 내려왔다.
마리아나는 꼼짝도 하지 않은 채, 고통스러운 표정으로 견뎌내고 있었다.

한 명, 또 한 명……. 열 명이 넘는 녀석들이 마리아나의 몸을 마구 유린
하고 있을 때, 그 모습을 보는 나는 꼼짝할 수가 없었다. 두려움이 아니었

다. 마리아나를 구해야겠다는 생각을 하면서도 몸이 움직여주지를 않았
다. 그렇게 안타까워하고 있는 동안 마지막 놈이 마리아나의 몸에서 떨어
져 일어나는 모습이 보였다. 그런데 어쩐 일인가. 마리아나는 더 이상 움
직이지를 않았다. 기절을 했다. 그러다가 더 자세히 보니 기절한 것이 아
니었다. 마리아나는 죽어 있었다.

"안 돼."

다급히 소리치자 이상하게 내 몸은 자유스러워졌다. 움직일 수가 있었
다. 마리아나가 누워있는 곳으로 뛰어들었다. 그런데 마리아나는 사라지
고 흥건히 땀만 젖은 담요가 손에 잡혔다.

"나를 위해서 마리아나가 희생됐다니, 그건 말도 안 돼. 아니지. 그건
꿈이었지. 꿈과 생시는 다르다고 하지 않았는가. 그런데 방정맞게 마리아
나에게 무슨 일이 있다고 생각하다니."

나는 어젯밤의 꿈과 생시를 오락가락하며 혼자 중얼댔다. 그러다가 자
리를 박차고 일어났다. 그리고 마리아나의 안부를 알아보기 위하여 부에
노스 아이레스 중학교로 가는 버스에 몸을 실었다.

싸움 약속이 파기된 이후, 스톤 녀석들은 체브로헤 빵집에서 자취를 감
추고 말았다. 마리아나 집 전화는 메시지를 남겨달라는 자동응답기가 앵
무새처럼 되뇌이고 있었다. 찾아간 마리아나의 집에는 아무리 초인종을
눌러도 문을 열어주는 사람이 없었다. 이제 마리아나의 거취를 알 길은
부에노스 아이레스 중학교로 가는 길밖에 없었다.

"우리는 학생들의 신상정보에 대하여 외부인에게 알려줄 수 없습니다."

매우 깐깐하게 생긴 서무실 직원은 마리아나에 대해서 묻는 나의 물음
을 단호히 차단했다.

"나는 외부인이 아니란 말예요. 저는 마리아나의 노비오(애인)란 말예요."

나는 통 사정을 했으나 대답은 매 한가지였다.

"그러면 생사여부라도 알려줄 수 없나요?"

다급해진 내가 목소리를 높였다.

"참. 이 학생. 정말 이상하군. 멀쩡한 사람이 죽었다니……."

혼잣말처럼 중얼거리는 대답에 내 마음이 어느 정도 안정이 됐다.

"그럼, 살아있다는 거네요."

"……."

서무부 직원은 더 이상 입을 열지 않았다. 나는 마리아나가 살아있다는 막연한 희망이 생긴 것에 자위하며 학교를 나섰다.

마리아나를 찾기 위한 나의 행보는 수개월이 지난 후에 막을 내렸다.

처음 몇 주간은 학업을 포기하고 그녀의 학교 앞에서 마냥 기다리기만 했다. 그러나 마리아나는 나타나지 않았다. 그러다가 마리아나 또래로 보이는 학생들을 마구잡이로 붙들고 마리아나를 아느냐고 물었다. 개중에 몇 아이가 고개를 끄덕였다.

"마리아나가 어떻게 됐는지 아나?"

나의 물음에 대답은 중구난방이었다. 마리아나가 좌익활동을 하다가 군정에 끌려 간 이후 소식이 끊겼다고도 했고, 스페인으로 엄마와 함께 급히 이민을 떠났다고도 했다. 어떤 아이는 마리아나가 어느 날, 혼수상태로 발견되었는데, 몇 주가 지나도 깨어나지 못했다는 말을 들었다고도 했다.

"죽었을 거야. 아니 죽었어."

어떤 아이는 아주 심각한 표정을 지으며 아무리 생각해도 마리아나가 죽은 것이 틀림없다고 했다. 아니면 그 아이가 갑자기 학교에 나오지 않을 리가 없다는 것이었다.

"네가 죽은 것을 봤어. 봤느냐구."

"아니, 하지만 마리아나가 평소 이런 말을 자주했어. '친구를 위해 목숨을 바치는 것보다 더 큰 사랑은 없다'고. 그러면서 자기는 목숨을 걸고라도 구해야 할 친구가 있다는 거야. 그 아이가 누군지도 왜 그 아이를 구해야 하는 건지도 모르겠지만, 마리아나가 갑자기 나타나지 않은 걸 보면 그 아이를 위해서 죽은 것이 분명해."

"말도 안 돼."

옆에 있던 아이가 말을 막았다.

"마리아나는 이상주의자야. 항상 구름 위에 떠다니듯 이상한 말만 했지. 틀린 말은 아니지만. 그건 그 아이의 이상일 뿐이었어. 현실에는 도무지 나타날 수 없는 그런 이야기들이지. 마리아나는 스페인으로 이민 간 것이 분명해. 거기에 삼촌이 산다고 했어. 언젠가는 스페인에서 공부를 계속해야 한다고 했어. 갑자기 기회가 있어서 스페인으로 이민 갔다는 말이 맞아."

나는 두 아이의 언쟁을 뒤로 한 채 발걸음을 돌렸다. 그리고 이제는 마리아나를 찾는 것을 포기해야겠다는 생각을 했다. 그녀를 찾기보다는 마음에 영원히 간직하는 것이 현명하다고 생각했다. 그것이 마리아나의 뜻일 것이라는 생각이 들었다. 그러다보면 언젠가 마리아나를 만날 날이 있을 것이라는 확신이 생겼다.

마리아나를 찾는 일조차 내 힘으로 할 수 없는 내가, 무엇을 할 수 있단 말인가.

집으로 돌아가기 위하여 버스를 탔다. 차표를 끊어주기 위하여 내 쪽으로 몸을 돌린 버스 운전기사의 목에서 뭔가 반짝이는 것이 눈에 들어왔다. 그것을 본 순간 울음이 왈칵 쏟아져서 그 자리에 주저앉아 엉엉 울어버렸다.

(『로스안데스문학』 통권7호, 2003)

　먼지로 분칠한 희뿌연 미루나무, 하얀 신작로 끝에 매달린 파란 하늘엔 언제나 먼 구름 한 점, 그림 같은 녹색 들판을 이리저리 구불거리면 나타나는 낮은 산 밑에 포근한 마을. 평지처럼 내달리던 산자락이 똬리를 틀 듯 감싸 안은 그래서 뱀골이라고도 불리던 고향. "흐음" 산이 두 번 변하고도 4년여 만에 찾아가는 고향 길, 가슴 깊은 곳에서 터질 듯한 고뇌의 한숨을 황인수는 신음처럼 토해낸다.

　창문을 내렸다. 갈피를 잡을 수 없는 한 움큼 바람이 차가웠다.

　자동차는 어느덧 공항 정문을 들어서고 있었다. 빽빽한 차량 행렬, 북새통을 피해 녀석은 멀찍이 차를 대놓고 빠른 동작으로 가방을 내린다. 입가에 흐르는 녀석의 웃음이 싫지가 않다. 가방을 들어보니 제법 묵직하다. 문득 딸아이의 얼굴이 스친다.

　"이럴 때 엄마가 계셨으면 좋았을 텐데……."

　말꼬리를 흐리던 딸아이가 흘끔 눈치를 살피며 황인수를 바라보았다.

　"거기 가시면 정말 계실 때가 있어요?"

　벌써 몇 번을 고쳐 묻던 딸아이의 시선이 곱지가 않다. 할 일 없이 황인수는 담배를 꺼내 물었다. 죽은 제어미를 꼭 빼닮았다는 것 말고도 목소리며, 행동이나, 걸음걸이까지도 아내를 닮은 딸아이를 바라볼 때마다 황인수는 죽은 아내의 환생을 보는 것만 같아 황망한 마음에 눈을 떼곤 하였다. 제 의사와는 관계없이 제 어미 품에 안겨 시작한 이민생활이고 보니 그저 막연하게나마 한국에서 태어난 한국 사람이라는 것과 달리 찾아야할 고향 같은 것은 기억에서조차 없는 딸아이는, 생긴 모양만 다를 뿐이지 생각이나 행동이 이곳 현지인과 조금도 다를 바 없었다. 다행스러운 것은 그나마 우리말을 할 줄 안다는 것과 밥과 김치에 길들어진 식생활 문화를 버리지 않는다는 점이다. 그리고 이제는 죽은 제어미의 몫까지 맡아 친정애비의 수발까지 거들어주는 처지이고 보니 황인수로서는 고마움에 앞서 사위와 딸아이 보기가 여간 민망한 것이 아니었다. 아내가 없는 썰렁한 살림을 차고앉은 딸네 식구들로 인해 얼마간의 위안을 찾을 수 있지만 차츰 할 일 없는 무능한 노인으로 전락되고 마는 자신의 신세에 전율마저 느끼고 있었다. 한파처럼 밀어닥친 오랜 불황의 늪에서 가닥을 잡지 못하고 허둥대는 딸아이와 사위에겐 이나마 지금의 생활이 퍽 다행한 일이라 느껴진다.

많지 않은 장사밑천에 옷가게를 벌려 꾸려가기란 요즘의 정황으론 쉽지 않은 터에 작은 아파트와 살림 세간까지 정리하고 들어앉은 딸네 식구들의 여유로움이 꽤나 유유자적해 보인다. 죽은 제 어미에게서 손 벌려 갖다 쓴 돈도 제법 되는 줄 알지만 도무지 말이 없다. 그런 것은 다 차치하고라도 벌써 몇 해째 소식 한자 없는 제 오라비에 대해선 일언반구 운도 떼지 않는 딸아이가 때로는 야속타 못해 밉기조차 한 것은 요즘의 심사만이 아니었다. 허기사 걱정한다고 될 일도 아니었다. 그렇지만 피를 나눈 제 혈육인데 어쩜 이럴 수 있을까 하고 생각이 드는 것은 황인수 혼자만의 생각일 뿐이었다. 그러나 무심한 녀석의 행위를 생각하면 이젠 없는 자식이려니 치다가도 분통에 앞서 녀석의 안위가 날아갈수록 애틋해지는 건 그것 역시 황인수 혼자만의 몫이었다. 가방을 챙겨주던 딸아이가 웃음까지 지으며 흰 봉투를 내민다.

"이건 뭐냐?"

"우리 디아나 아빠가 주는 거예요. 아버지, 용돈하래요."

"뭐허러 그런 걱정을 혀, 쓸데없시."

대답은 그렇게 하면서도 왠지 딸아이의 말투가 오늘따라 서운하게 들려온다. 딸아이는 늘 제 남편을 다른 사람 앞에서 부를 때는 우리라는 말과 이제 세 살배기 자신의 딸 이름을 꼭 함께 넣어서 부르는 것이었다. 그렇게 함으로 그들은 보이지 않는 사랑을 확인하며 살아가는 것 같았다. 하지만 애비인 황인수의 앞에서조차 그럴 때는 어쩐지 싫다 못해 온몸에 소름이 돋는 기분이었다. 딸자식의 이름도 허구 많은 중에 하필이면 이 나라의 표기법을 사용하는 것도 마땅찮은 일이었다. 생각을 할수록 마음이 무거워 오는 것 그것 역시 어쩔 수 없는 우직한 황인수 혼자만의 어눌한 생각일 뿐이었다. 생각지도 않았던 딸아이와 사위의 선심에 내심 당황하는 쪽은 황인수 자신이었다.

처음에는 뭣 때문에 가려느냐, 만날 사람도 없지 않느냐, 그리고 수십 년이 지난 지금 찾아간다고 누가 반가워하겠느냐, 온갖 회유와 설득을 늘어놓던 딸아이가 황인수의 단호한 결심을 보고는 언제 그랬느냐는 듯이 비행기 표에 여비까지 얹어 준다. 내심 젊은 아이들의 약삭빠른 계산놀음이 무엇을 뜻하는지 찜찜한 마음이 앞선다. 지난 이십여 년을 한 눈 한번 팔지 않고 허튼 돈 한 푼 쓸 겨를 없이 오직 일속에만 묻혀 살아온 생활이고 보니 황인수로서도 딸아이의 빠른 계산법을 대강은 짐작했던 것이다. 그러고 생각하니 죽은 아내와도 남들은 다하는 여름 바캉스 여행은 고사하고 어디 가까운 공원벤치에조차 앉아본 기억 없이 살아온 세월이 가슴을 점점이 물들이고 있었다. 자꾸만 움츠려드는 생각을 떨쳐내며 황인수는 또 담배를 꺼내 문다.

"몸에 좋지 않은 담배를 뭐 하러 자꾸 피우세요. 우리 디아나 아빠도 담배를 피우지 않잖아요, 아버지! 그리고 디아나에게도 좋지 않아요."

웃음까지 머금은 그럴 듯한 딸아이의 힐책이 생전에 귀가 따갑도록 들어본 아내의 억양이 주는 느낌과는 도무지 다르다는 생각에 공연히 짜증스러워진다. 부글부글 끓어오르는 성화를 간신히 억누르며 황인수는 신경질적으로 담배를 비벼 끈다.

"아, 차가 왔네요. 아버지! 우리 디아나 아빠가 공항까지 같이 가면 좋은데, 그이 하는 일이 매일 그러니 이해하세요. 오늘도 원단가게 들리고 봉제 집 들리고 바쁘대요."

가방을 들고 일어서는 딸아이의 흐늘거리는 변명이 가슴에 틀어박혀 떠날 줄 모른다. 무어라 알맞은 답변을 해야겠다고 생각하며 궁색한 머리를 들고 황인수도 따라 일어선다. 생각 같아선 은근히 치미는 부아를 터트려 한바탕 퍼부어주고 싶지만 그럴 용기가 생기지 않는다.

"그리고 아버지! 공항에 가시면 여행사 직원이 안내를 잘 해줄 거예요. 돌아오시는 날짜 잊지 마시고요."

타이르는 듯한 딸아이의 세심한 배려가 온몸을 슬금슬금 간질이듯 못 견디게 한다. 특별히 주문할 말이 있을 것 같지 않아 그냥 차에 오른다. 딸아이의 무심한 표정이 길게 여운을 남기며 뒷머리 채를 당기고 있었다.

아르헨티나 에세이사 국제공항 역시 생각으로만 그려보던 공항대합실은 복잡하기 그지없다. 더욱이 사람들로 인하여 붐비는 화려한 열기는 숨이 막힐 것처럼 답답하였다. 황인수는 자신의 초라한 모습을 돌아보며 머쓱함에 담배를 뒤적이다 서둘러 화장실 문을 밀고 들어선다. 양복이 주는 구속감 탓인지 이마에 솟는 땀방울이 이내 목 주위를 타고 흐른다. 유행이 한참 지난 곤색 양복에 붉은 꽃무늬 넥타이가 참으로 어울리지 않는다는 생각이 든다. 조여 맨 와이셔츠 깃 사이로 코끼리 등 거죽 같이 쭈글거리는 주름이 꺼칠하다 못해 흉측스럽게 느껴진다. 얼른 넥타이를 풀어 가방에 쑤셔 넣고는 황당한 늙은이의 초췌한 모습에서 도망치듯 튀어나온다.

인종 전시장을 방불하듯 공항대합실은 수많은 인파로 들끓고 있었다. 갑자기 머리가 피잉 돌 것처럼 현기증이 일어나며 극심한 구토증이 솟구쳤다. 딸아이와 사위가 한없이 원망스러워진다. 난생 처음 타는 비행기 여행인데, 공항까진 나와서 이모저모 출국준비를 도와줄 것이라 믿었는데 겨우 레미스(자가용 택시)나 불러주고 여행사 직원을 내보내 준다니……, 그래도 설마 어떻게 되겠거니 막연히 생각한 자신의 처사가 무척이나 당혹스러워진다. 이민 생활이 길었다곤 하지만 알파벳 읽기도 빈곤한 처지가 아닌가. 거기에다 변함없는 촌사람 그대로 자신을 지키고 살아왔으니, 따지고 보면 모든 탓이 황인수 자신에게 있음을 확연히 깨닫는다.

"황 선생님이세요? 저, 여행사에서 나왔습니다."

다가오는 젊은 녀석의 수작에 십년감수라도 한 듯 안도의 숨을 내쉰다.

"자, 가시죠."

환한 웃음과 함께 성큼성큼한 걸음걸이가 꼭 녀석을 닮았다는 생각에 그만 애써 도리질을 해본다. 유창한 스페인어에 넘치게 넉살까지 부리는 녀석의 옆에서 황인수는 오랜 만에 상큼함을 맛본다.

출국수속을 끝내고 나서는 황인수에게 손을 흔들며 환한 웃음을 잃지 않는 녀석이 싫지 않음은 오랜 이민생활 덕인가. 같은 피부색을 가진 젊은 사람들이 간혹 눈에 뜨인다. 왁자한 소란이 기내 한 쪽에서 소용돌이처럼 일어난다. 알아들을 수 있는 분명한 우리말인데도 싫다 못해 짜증스럽다. 오금이 저리도록 날아오는 파랗고 노란 주위의 눈화살이 엉뚱하게도 황인수의 온몸을 핥듯 떠나지 않는다. 체념의 눈을 질끈 감는다. 잠시 후 소란은 사라지고 조용한 음악과 함께 기내에는 안온함이 넘쳐 나왔다.

황인수는 내리감은 눈을 뜰 줄 모른다. 몇 날 며칠을 설레이며 잠을 설친 탓인지 피곤함이 온몸을 짓누르고 있었지만 꽉찬 머릿속을 헤집는 황인수의 눈자위는 어느덧 차츰 붉게 물들여오고 있었다.

"복살머리 라군……."

잔뜩 원망에 젖은 안쓰러운 푸념이 가늘게 터져 나왔다.

여전히 산자락을 뒤덮은 복사꽃과 철쭉이 한창이던 그 해 늦은 봄, 이웃 마을에 살던 아내는 큰 모퉁이 하나를 머리에 이고 대강은 알 수 있는 몇몇 사람에 이끌려 시집을 오게 되었다. 부엌에 빚어놓은 농주를 걸러내던 어머니의 신명난 손길과, 귓가에 곰실대던 마을사람들의 짓궂은 농지거리, 애써 자리를 참아내던 황인수의 곁에서, 아내는 자꾸만 소리 없이 눈물을 찍어내고 있었다. 깊은 한과 설움을 눈물로 찍어내던 아내의 등을 토닥이며 훔쳐내던 어머니의 굵은 눈물, 젊은 시절 혼자되시어 온갖 고통과 유혹에서 청상을 지켜 오신 어머니, 가난의 설움도 설움이려니와 애비 없는 자식의 욕됨에 더 가슴 졸였을 한의 응어리들을 한 겹 한 겹 벗겨내듯 기쁨과 회환의 뜨거운 눈물을 쏟아붓고 계셨다. '소쩍-둥 소쩍-둥' 그날따라 저무는 산마을의 어둠 속에서 구슬프게 들려오던 소쩍새의 울음은 황인수의 가슴 속을 온통 점점이 물들이고 있었다.

서른이 가깝도록 중매 한 번 없는 가난한 과부의 농사꾼 자식을 바라보며 훔치던 비통의 눈물을 떨치고, 어머니는 이 마을 저 마을 처녀가 있는 곳이면 어디든 쫓아다니셨다. 해질녘이면 돌아와 깊은 한숨을 짓는 어머니의 청승, 그럴 때마다 황인수는 어두운 밤하늘을 맥없이 올려다보곤 하였다.

"엄니! 나 장가안들믄 돼잖유, 낼부털랑은 나댕기지 마슈, 그리구 이렇게 찢어지게 가난한 촌툼한티 누가 시집을 온대유?"

자신의 체념을 섞어 항변을 뱉듯이 쏟아놓고는 황인수는 이내 돌아서서 후회의 고통에서 진저리를 쳐댔었다.

"아이구야! 그런 소리하는 벱이 아녀, 산 입에 거미줄 치는 거 봤냐, 우리라구 뭐 평생 이렇게 살겠냐……."

도무지 헤어날 것 같지 않은 뿌리 깊은 가난의 질곡에서 언제나 희망을 놓지 않으시는 어머니의 황당한 믿음은 모진 삶의 숙명에서도 늘 어머니를 올곧게 하였다. 그럴 적마다 얼굴조차 본 일 없는 아버지에 대한 분노가 울컥 치미는 것은 비단 오늘만의 일은 아니었다.

그러던 어느 날, 만면에 희색을 가득히 돌아오신 어머니께서 손뼉이라도 치실 듯 수선을 떠셨다.

"이야! 인수야! 인저는 됐구먼, 죽은 니아부지가 돌보셨는개벼, 저녀메 황골사는 샥신디, 즈이 할무니하구 둘이만 산디야, 착하고 일 잘헌다구 온 동네가 다 아는구먼 그려."

기쁨인지, 슬픔인지, 섞어 내쉬는 어머니의 한숨을 가슴으로 들으며 문을 나섰다.

“워디 갈려구?”

“엄니! 나 민식이성네 댕겨 올께유.”

시린 그믐달을 향해 공연히 삽살개가 짖어대고 있었다. 봄이라곤 하지만 아직도 산골의 밤바람은 몹시 차다.

“성님! 나유.”

얕은 싸릿문을 밀친다.

빨갛게 새어나오는 촉수 약한 불빛이 환해지며 굵직한 만식의 음성이 반긴다. 나이도 일곱이나 위이면서 언제나 자상한 형님처럼 황인수의 일이라면 좋은 일이든 궂은일이든 가리지 않고 애를 써주었다. 타고난 천성이 착하고 힘도 좋아 씨름판마다 휩쓰는 장사이기도 하다. 자손이 귀한 집이라 위로 시집간 누이가 하나 있을 뿐 노부모를 모시고 벌써 몇 해 전에 장가도 들어 아들만 둘을 낳아 그럭저럭 살림을 꾸려가기엔 별 부족함이 없는 터였다.

“왔으믄 들어오지 않구 뭐혀!”

“야.”

벌써 아랫목에 듬성듬성 이 빠진 두레반 밥상을 펴는 만식의 손이 재빠르다. 이미 한쪽 구석에 곤히 잠들어 있는 아이들을 내려다보며 황인수는 건성으로 말을 붙였다.

“벌써 잠든개뷰.”

“출출하던 참인디 마침 잘 왔구면”

둘이만 마주했다면 한두 잔으로 끝날 자리가 아님을 잘 아는 만식의 처가 칠바랜 누런 큰 주전자를 받쳐 들고 들어섰다. 사기대접이 철철 넘치는 막걸리 잔을 숨 돌릴 새도 없이 벌컥벌컥 비우는 황인수를 바라보며 만식이 궁금한듯 다져 물었다.

“뭔일 생겼냐?”

“일은유…….”

연거푸 잔을 들이킨 탓인지 벌겋게 상기된 황인수의 눈자위가 붉게 물들고 있었다.

"성님! 나, 장가 가유."

불쑥 던지는 듯한 표정 없는 황인수를 바라보던 만식이 고함치듯 소리를 질러댔다.

"뭐여? 너, 시방 뭐랬냐? 장가든다구?"

만식의 얼굴에서도 가장 볼품 있는 큰 왕방울 눈가에는 벌써 그렁그렁 이슬이 고이고 있었다.

"차암 잘됐다아, 인저 느 엄니 한시름 놓으셨구먼 그려."

갑작스런 소동에 부엌에서 잔일을 마치던 만식의 처 역시 문을 밀고 들어와 상머리에 바싹 끼어든다.

"증말 잘 됐네유."

내일처럼 기뻐하는 민식 내외의 마음씀씀이에 황인수도 콧날이 찡해 옴을 술잔으로 달랬다.

"근디 걱정유, 울엄니 밥허구 빨래하는 건 덜어드렸는디, 이 살림에 군입하나 느는 게 어딘디……."

"아따 걱정두 팔자구먼, 색시 굶겨 죽일까봐 그려?"

"야?"

만식의 너스레가 온 방안에 피어나고 있었다. 신문으로 덕지덕지 도배한 삶의 냄새, 풋풋한 흙냄새가 풍겨오고 있었다. 촉수 약한 등 밑에 희끄무레 드러난 가난한 풍요, 훈훈한 그 밤의 열기는 다시 오지 않을 것처럼 아쉽게 흐르고 있었다.

이튿날부터 어머니의 행보는 무척이나 바빠지셨다. 고통을 쪼개어 감추어 논 어머니의 꼬깃꼬깃한 삶이 아낌없이 새로운 살림으로 바뀌어갔다. 지금을 준비해 오신 어머니의 인고의 세월 그날도 긴 여정에서 돌아오신 피곤한 모습으로 나른한 흥분감마저 드러내신 어머니는 어둑한 저녁하늘을 멀거니 바라보고 계셨다.

"인저는 어지간히 됐는가부다, 그래두 장만할 게 택두읎시 모잘르지만 우리살림에 이만하믄 안 되겠냐? 모냥 같은 건 안 채리기루 했으니께……."

유난히 음푹 패인 어머니의 눈자위가 처량히 흔들렸다. 일렁이는 물결의 파장만큼 가슴을 채워내는 또 하나의 아픔, 황인수는 아무 말도 할 수 없었다.

허리 한 번 마음껏 펼 수 없는 산마을의 하루는 짧고도 지루했다. 땅거미가 어둑어둑 내리는 산마을, 옅은 어둠의 색깔로 하나 둘씩 오르는 저녁 연기의 향연, 산자락을 휘감아 내리는 골안개의 그윽함.

산마을의 하루는 안식처럼 젖어오는 평화 속에 그렇게 또 저물어가고 있었다. 밥상을 물리고도 한참을 분주하던 아내가 겨우 허리를 펼 때면 밤은 어느덧 으슥하였다. 안쓰러운 황인수의 시선에 빙긋이 웃음으로 답하는 아내는 스물 셋의 나이답지 않게 오랜 풍상을 겪어온 탓인가, 날이 갈수록 은은한 삶의 깊이를 더해 주고 있었다.

9살의 어린 나이에 6.25 참극의 희생양이 된 아내, 철수하는 인민군들이 무차별 난사에 어머니와 동생의 참혹한 죽음과, 한 무리 속에 어울려 끌려가던 아버지의 참담한 뒷모습, 할머니의 치마폭에 숨어서 눈물마저 삼켜야 했던 지독한 삶과 죽음의 공포, 도무지 알 길 없었던 황당함은 그 후 아내의 말을 잊게 하였다. 슬픔 같은 것이 있는지조차도 모르게 살아온 아내의 삶이, 외할머니와 살며 싸워낸 숱한 역경에서 아내는 특유의 강인함을 키워낸다. 도시 감정이라곤 일궈낼 것 같지 않았던 아내도 차츰 새로운 가정의 테두리 속으로 몰두하게 되면서 어린 시절의 악몽에서도 헤어나고 있었다.

잃었던 웃음도 찾아갔으며 고단한 밤이 되어도 시어머니와 마주앉아 도란도란 이야기꽃으로 행복을 가꾸어내고 있었다. 황인수 역시도 가슴으로 차오르는 지긋한 만족감에 자신을 내맡기고 있었다.

어머니의 은근한 바람이어서인지 아내의 배도 때를 맞춘 듯 불러왔다. 이제야 고생껏 살아온 보람을 찾았다며 어머니는 눈에 눈물까지 글썽이셨다. 벌써부터 떡두꺼비 같은 손주를 안아든 기쁨으로 온 동네에 늘어지게 자랑까지 끝내신 어머니는 춤이라도 추실 듯 기뻐하였다.

"해두해두 끝없는 일이니께 쉬엄쉬엄 혀랴, 그리고 몸생각두 혀야지."

어머니의 만류에도 아랑곳없던 아내는 어느 날, 배를 끌어안으며 어머니와 함께 허둥지둥 문밖을 나섰다. 무슨 일이냐고 따라나서는 황인수에게, 어머니는 별 일 아니니 사내는 이런 일 상관 말라시며 서둘러 나가셨다. 뒷간에 흥건한 검붉은 핏자국, 조바심에 애태우던 유난히 길었던 하루, 어둑한 저녁이 되어서야 어머니는 휘적휘적 걸어 들어오셨다. 한 걸음 뒤로 고개를 떨구고 들어오는 아내의 백지장처럼 창백한 얼굴, 황인수는 가슴이 덜컥 무너짐을 아프게 느끼고 있었다.

"어떻게 된거유, 엄니!"

무슨 큰 죄라도 지은 마냥 안절부절 못하시던 어머니는 힘없이 방문을 당기셨다.

"어여덜 들어가자."

이불을 감싸안듯 쓰러지는 아내의 등이 몹시 들썩였다.

"다, 내 죄여! 이년이 죄가 많아서 그런가 부다, 내가 오두방정만 안떨었어두……. 니가 무슨 잘못이 있겄냐."

아무런 말도 나오지 않았다. 보약은커녕 하루세끼 풀칠도 근근한터에 일속에 묻혀 사는 아내이고 보니 자식인들 온전히 배겨나랴 싶었다. 와락 문을 열고 마당에 내려섰다. 한 자락 스치는 바람이 차가웠다. 팔을 벌리면 곧 쏟아져 내릴 것 같은 별들의 영롱함이 깊은 가을밤을 수놓고 있었다.

아내의 유산이 가져온 황인수의 상처는 아물 줄 모르게 깊어만 갔다. 오랜 침통의 시간을 걸러낸 체념만이 길게 흐르고 있었고, 별로 나아질 것 같지 않은 살림살이에 아내는 다시 입덧을 시작하였다.

　어머니는 이번엔 작정을 하셨는지 뒤꼍 장독대에 정한수와 촛불을 밝히고 밤마다 치성을 드리기 시작하셨다. 어머니의 정성이 하늘에 닿았음인지 늦은 가을이 채 가기 전에 아내는 몸을 풀었다. 새끼줄에 빨간 고추를 섞어 금줄을 엮던 어머니의 함박 기쁨을 바라보며 황인수도 참으로 오랜만에 벅찬 희열을 가슴 가득히 느끼고 있었다.

　"이름두 받어 놨구먼, 만식이 아부지가 그러는디, 쇠처럼 단단히 오래 살게 〈수철〉이라구 하랴." 입을 다물지 못하시는 어머니의 기쁨, 부족한 영양 탓인지 아이는 빼빼 말랐으면서도, 어머니의 지극한 보살핌으로 큰 탈 없이 그럭저럭 잘 자라주었다.

　해가 바뀌는 자연의 순리는 힘겨운 삶 속에서도 끊임없이 이어졌다. 허리를 편 황인수의 눈에 흐릿하게 다가오는 불길함, 둘째 아이를 가진 만삭의 아내가 뒤뚱이며 논두렁에 턱까지 찬 가쁜 숨을 토해내며 울부짖자, 벌써 황인수는 내달음치기 시작하였다. '쭐꺽 쭐꺽' 성가신 고무신을 팽개치고 내닫는 황인수의 머릿속은 이미 제정신이 아니었다. 벌써 여러 날 전부터 어머니의 병세가 심심찮음을 느끼고 있던 터였다. 아내가 가끔씩 읍내에 나가 지어오는 약도 별 효험이 없이 어머니의 병세는 더욱 깊어만 가고 있었다. 음식이라곤 삼키지도 못하는 어머니의 병세에 속수무책일 수밖에 없던 가난한 주변머리, 한 번은 만식이 비료 값과 농약 값에서 제하고 떼어낸 돈을 들고 와 병원에라도 모시자 했을 때도 어머니는 듣지 않으셨다. 이젠 그나마 약봉지까지 멀리하시는 어머니, 당신이 가야 할 길을 이미 알고 계신 어머니, 남겨줄 가난의 유난에 더욱 아파하신 어머니, 황인수의 가슴은 미어지고 있었다. 어찌 알았는지 달려오는 만식과 함께 싸릿문을 밀쳤다. 자지러지는 아이의 울음이 요란하다.

　"엄니!"

　왈칵 문을 당기는 황인수의 손이 몹시 떨리고 있었다. 비릿한 냄새가 물씬 끼쳐왔다. 점점이 쏟아놓은 어머니의 진한 고통이 검붉게 방바닥에 흥건하였다. 기도하듯 앞무릎을 포갠 채 머리를 묻은 어머니의 등골이 힘없이 처져 있었다.

"엄니!"

황인수의 울부짖음을 뒤로한 채 이미 만식은 어머니를 들쳐 업고 문을 박차고 있었다. 큰길까지는 남자의 잰걸음으로도 10여분은 족히 걸리는 거리였다. 정신없이 달리는 만식의 등에서 어머니는 소리 없이 다가오는 죽음의 사신을 맞이하고 있었다. 얼마를 달렸을까, 벌써 큰길까지 나와 신작로를 내닫는 만식의 발걸음이 이미 몹시 지쳐 보인다. 내친김에 읍내까지 뛸 양으로 연거푸 가쁜 숨을 몰아쉬는 만식의 곁에서 황인수는 자꾸만 뒤를 돌아본다. 헐떡이는 숨결 따라 뽀오얀 신작로가 자꾸만 멀어져 갔다. 6월의 초여름 태양빛이 폭포처럼 뜨겁게 쏟아졌다. 하루에 두 번밖에 오가지 않는 버스인지라 행여 이따금씩 지나는 트럭이라도 애타게 기대를 걸 밖에는 방법이 없다. 이윽고 흙먼지를 일으키며 달려오는 화물 삼륜차, 황인수는 쓰러지듯 튕겨나갔다. 드디어 차가 멎고 운전기사의 도움으로 황인수는 앞좌석에 어머니를 부둥켜안았다. 흘끗 뒤에 올라앉은 만식의 몸이 땀과 피에 젖어 후줄근하다. 어머니의 앞섶까지 흥건한 피가 황인수의 가슴까지 적시고 있었다. 차가 덜컹거릴 때마다 어머니는 검붉은 피를 뭉클뭉클 쏟아내셨다.

"엄니! 정신 채러유, 야? 엄니!"

절규에 가까운 몸부림을 쳐보지만 여전히 어머니는 눈을 꼬옥 감은 채 깨어나실 줄 몰랐다. 피를 말리는 절박한 시간이 흐른 뒤에 자동차는 읍내의 작은 병원 간판을 찾아낼 수 있었다. 급박한 상황 속에서도 만식이 운전사에게 고맙다는 말을 잊지 않으며 연신 고개를 조아린다. 진한 소독 냄새가 화악 달려들 듯 풍겨왔다. 문을 박차듯 밀고 들어오는 행색에 놀란 눈으로 바라보는 진찰실 안의 시선들이 불쾌해 보인다.

"빨리유, 울 엄니 좀 살려줘유!"

애원하듯 부르짖는 황인수에게 간호원이 재빨리 침대로 안내한다. 환자인 듯한 중년의 부인이 못 볼 것이라도 본 듯 한쪽으로 물러나 앉는다. 귀찮은 표정으로 다가온 의사의 느린 손길이 짜증스럽도록 더디다. 음푹 패인 어머니의 눈을 까집어보고 청진기를 앞가슴에 꾹꾹 눌러보던 의사는 말도 없이 돌아서서 손을 씻는다. 만져선 안 될 부정한 것이라도 만진 양 비눗물에 씻고 또 씻어낸다. 불쑥 만식이 고함을 질러댔다.

"말줌 혀봐유, 선상님! 답답혀 죽겄네."

무표정한 얼굴을 돌리는 금테안경 위의 넓은 이마가 번들거리며 빛난다.

"이미 숨을 거두었습니다. 어떻게 이 지경까지……."

"안돼유!"

단발마처럼 터지는 비명 같은 외침이 공허한 메아리 되어 황인수의 귓전을 때려내고 있었다. 눈앞이 아득해온다. 실 끊긴 연처럼 너풀대듯 황인수는 풀썩 쓰러져 버렸다. 목구멍 깊이 매달린 다음 말들이 자꾸만 가슴속으로 쌓여갔다. 만식의 부축으로 이미 식어버린 어머니의 가슴에 얼굴을 묻는다. 간호원이 건네준 종이를 펼쳐들며 만식의 손이 부르르 떨리고 있었다.

〈사망 진단서와 처치비〉

"도둑눔덜, 인수야! 나, 요기 금방 댕겨올 테니께 기댈려."

이미 눈두덩이 벌겋게 달아오른 만식이 울음을 삼키며 휘잉 나가버린다.

깊은 혼미 속을 아물아물 헤매던 황인수는 점점 깊은 나락으로 떨어져 갔다. 이제야 겨우 알 듯 했다. 지난 몇 년 동안 썩어가는 육신의 고통보다 긴 가난의 설움을 더 아파했을 어머니의 고통이 비수처럼 황인수의 가슴을 사정없이 후벼 파고 있었다. 꾹꾹 눌러 퍼주던 아들의 밥그릇 위로 또 한 술을 얹어주시던 어머니, 당신의 허술한 밥그릇을 한 손마저 꼭 받쳐드시며 당치 않는 변명을 늘어놓으시던 어머니.

"늙으믄 소화가 안 되는 벱이여"

그리고 소다를 한 숟갈 수북이 떠 물에 헹구어내시곤 서둘러 방문을 나
서시던 어머니, 언제나 목이 메던 밥상머리에서의 실랑이, 누가 평화라고
했던가. 올 추수만 끝내면 꼭 어머니의 보약이라도 한재 지어드리자며 아
내와 맺은 굳은 약속이 매번 허물어질 때마다 느끼던 허탈감, 가슴을 찢어
내는 아픔, 그 아픈 가슴에 황인수는 거침없이 쾅쾅 못질을 해대고 있었다.
　언제 왔는지 만식의 굵은 음성이 들려온다.
"자, 여기 돈 받으슈."
통명스럽게 계산을 마친 만식의 우직한 손이 황인수를 부추겼다.
"아줌니! 인저 가셔야쥬."
　생전에 대하듯이 눈물을 머금은 어머니의 시신을 곱게 안아들고 만식이
성큼성큼 문을 나선다. 용케도 만식이 미리 준비해 둔 화물 용달차가 마을
어귀까지 왔을 때는 어느덧 해는 뒷산마루에 걸려 죽음처럼 넘어가고 있
었다. 다시는 떠오르지 않을 것처럼 아내의 통곡, 온 마을 사람들의 눈물
의 전송을 받으며 어머니는 늘 아끼시던 흰 옥양목 치마저고리를 곱게 차
려 입으시고 만식의 눈물로 올려주는 만석의 저승 밥을 잡수신 뒤, 난생
처음으로 부자라도 되신 양 평안한 얼굴로 한 많은 세상을 떠나가셨다.
　앞산 양지쪽에 모신 어머니의 봉분도 채 마르기전 아내는 둘째인 딸아
이를 순산하였다. 어머니의 죽음이 가져다준 깊은 충격 속에 헤매던 황인
수에겐 또 다른 고통이 되어 가슴을 짓누르고 있었다. 가난밖에는 물려줄
수 없는 운명, 아무리 벗으려 해도 벗을 수 없는 가난의 멍에는 숙명의
틀 안에 황인수를 가두고 있었다. 그렇기에 이곳은 이미 약속의 땅이 아니
었다.
　황인수의 예사롭지 않은 빈번한 나들이는 어느새 온 마을 사람들의 근
심어린 입방아에서 떠날 줄 몰랐다. 종일을 방에 누워 있는가 하면, 때로
는 아침 일찍 문밖을 나서면 어두운 밤에나 들어오고 그것도 모자라 며칠
씩 집을 비우기까지 하였다. 그날도 어두운 저녁이 되어서야 돌아온 황인

수에게 저녁상을 차리던 아내가 조심스레 눈치를 살피며 다가왔다. 조금도 변할 줄 모르는 밥상 위의 끈질김에 황인수는 아내를 돌아보았다. 이젠 시골여편네의 확고한 위치에서 편편해 가는 아내의 얼굴 위로 무심한 평화가 흐르고 있었다.

"저기, 수철 아부지! 종우 아부지가 좀 댕겨가래유."

"만식이 성이?"

수저를 들다말고 생각에 잠기던 황인수는 일어섰다. 더 이상 말을 붙여볼 겨를 없이 방문을 나서는 황인수의 등 뒤에서 아내는 꺼지듯 깊은 한숨을 내쉬고 있었다. 만식의 표정이 매우 무거워 보인다. 쳐다보는 눈빛마저 예사롭지가 않다.

"왜그래유, 성님!"

"몰러서 묻는 겨?"

심문하듯 다그치는 만식의 서슬이 예전 같지 않음에 황인수는 비장한 각오라도 한 듯 자리를 고쳐 앉았다.

"성님한테 뭘 숨기겠슈……. 나, 여기 뜰거유."

잠시 침묵이 흘렀다. 차츰 일그러지던 만식의 표정이 굳어지며 눈자위가 가늘게 떨리고 있었다.

"어디, 대처라두 간단 말여?"

묵직이 내뱉는 낙담에 가까운 만식의 소리가 고적한 산울림처럼 울려왔다. 뒷통수라도 얻어맞은 듯 아연한 표정이다. 이어 무거운 한숨이 흘러나왔다. 말없이 눈을 감은 만식의 얼굴위로 질척한 고뇌의 그림자가 덮여가고 있었다.

〈아르헨티나 농업이민 모집〉 광고의 작은 문안을 읽어보지 않아도 대강은 짐작이갈 큰 활자에 질려버린 만식이 할 말을 잃는다. 말려야 된다고 생각하면서도 말린다고 될 일이 아님을 누구보다 잘 아는 만식이 아니던가. 긴 침묵이 흐르고 있었다. 목구멍 깊이 박힌 가시의 아픔처럼 두 사람의 가슴으로 이어지는 뜨거움만이 그 밤을 채우고 있었다.

황인수의 깊게 드리워진 수심의 그림자를 힐끔거리던 아내가 조용히 눈치를 살핀다.

"무슨 일이래유? 수철아부지, 말줌 혀봐유 야!"

"여기 뜨야혀."

"야? 뜨다뉴, 어딜유?"

뜻밖의 청천벽력에 그만 넋이 나간 듯 아내는 할 말을 못 잇는다. 세상 떠난 어머니에 대한 못다 한 효도 때문이려니, 그리고 참담한 가난을 벗을 길 없이 저리도 속상해 하는 줄 알았던 아내에겐 너무도 큰 생각 밖의 사건일 수밖에 없었다.

"안 돼유, 여길 떠나 어떻게 살라구유."

애원에 가까운 아내는 거의 울부짖고 있었다.

"이렇게 살다가 뒈지구 싶으믄 맘대루 혀!"

와락 문을 밀쳐낸다. 그믐밤의 그윽한 빛이 시리도록 가슴에 젖어오고 있었다. 그 후 며칠이 지난 뒤 하얀 서류뭉치에 꾹꾹 도장을 물러주던 황인수의 손끝이 가늘게 떨리고 있었다. 훌쩍이며 바라보던 아내의 하염없는 시선, 누렇게 물든 논과 밭, 초가위의 탐스런 박이 가을을 더욱 영글게 하던 그날, 황인수는 삶의 터전이자, 생의 뿌리를 뭉텅 잘라내는 아픔에 치를 떨고 있었다. 논 세마지기에 덜그렁한 초가 한 채, 서울양반이니까 이렇게 후하게 쳐준다고 자기의 공이나 되는 양 으스대던 복덕방 영감님의 흐드러진 너스레가 파란 가을하늘로 흩어지고 있었다. 코끝을 간질이는 기름 냄새가 만식의 온 집안을 넉넉히 덮고 있었다. 특별히 걸러낸 맑은 술과 좀처럼 대하기 어려운 기름진 안주, 풍성한 식탁에 반해 방안의 공기는 무겁기만 하였다. 한쪽으로 비껴 앉은 만식의 처가 벌겋게 부어오른 눈두덩을 찍어낸다.

"누가 죽기라도 한기여, 왜 짜구 그려, 재수읍게."

만식의 시선을 흩트리며 자신에게 하듯 서먹한 공기를 갈라냈다.

"배를 타구 한참을 간다면서, 꽤나 고생이 될 텐디……."

"다, 각오했슈. 고생이야 타구난 놈 아뉴?"

만식의 처가 한쪽 구석의 보퉁이를 가리킨다.

"이건 인절민디, 배안에서 먹으믄 좋을 것 같아서 째끔 장만했서유."

고개를 꺾은 만식의 처가 더 이상 자리를 참지 못하고 휘잉 문밖을 나서고 있었다. 머리를 묻은 황인수의 가슴 한 구석이 조금씩 조금씩 뻐엉 뚫려가고 있었다. 종지에 담긴 맑은 술이 아른아른 찰랑거리고 있었다.

드디어 마을사람들의 부러운 시선을 받으며 떠나는 날, 윤기없는 꺼칠한 얼굴들의 글썽한 배웅과 맞잡은 손을 놓을 줄 모르는 투박한 정에 황인수는 말도 채 잇지 못하고 뜨거운 눈물을 한없이 흘려냈다.

"성님! 나, 꼭 다시 올꺼유, 증말유."

황인수의 두 어깨를 감싸 안은 만식도 굵은 눈물을 뿌려내고 있었다. 마을 어귀까지 따라나서며 전송하던 마을사람들을 아내는 일일이 가슴에 담아 넣듯 돌아보고 또 돌아보며 눈물을 훔쳐내고 있었다. 이렇듯 황인수는 눈물도 많았고 한도 많았던 고향을 떠나왔다.

얼마나 시간이 흘렀을까, 눈앞이 뜨거움을 느낀다. 얼른 매무새를 고치며 깊은 꿈속에서 깨어난 듯 주위를 둘러보았다. 아랑곳없는 무심한 아늑함이 기내를 채우고 있었다. 밀물 같은 불안감이 서서히 밀려왔다. 절해고도에 내버려진 막막함이 가슴을 후벼내고 있었다.

L.A에서 바꿔 탄 기내의 표정은 사뭇 달라 보인다. 얼굴마다 흐르는 한국인들의 데면데면한 평화, 같은 이민살이인데도 당당한 그들의 모습은 잘사는 나라에서 살아가기 때문일까.

눈을 감았다.

또 하나의 아픔이 스쳐왔다. 벌써 다섯 해가 지났나 보다. 녀석은 떠나갔다. 제 어미의 가슴에 못질을 해대고, 미국이라는 더 넓고 풍족한 나라에서 잘 살아보겠다고. 녀석은 항상 불만으로 가득 차 있었다. 허구한 날 나가서 싸움질에, 갖은 행패를 제 어미의 속을 무던히도 썩였다. 녀석이 그렇게 된 데에는 녀석의 탓만은 아니었다.

국민학교 입학하면서부터 녀석은 변화의 늪에서 허우적대고 있었다. 아이들의 극심한 모멸감과 차별을 받아내지 못하고 녀석은 싸움질로 극복하기 시작하였다. 두들겨 패고, 또 얻어맞는 녀석을 붙들고 아내는 울기도 많이 했었다. 거의 한 달에 서너 번을 학교에 쫓아가 짧은 말로 손짓 발짓까지 섞어가며 통사정을 해야만 했다.

급기야는 전학이라는 구실로 이 학교 저 학교 옮겨 다니며 겨우 초등학교 7학년을 마칠 수 있었다. 중학교 진학은 애초부터 포기한 녀석이었다. 황인수와 아내의 못 배운 한 때문에 억지로 진학은 했으나 팔자에 없는 복을 꿈꾸었는지 녀석은 끝내 중도에 학교를 그만두었다. 그렇게 또 하나의 한을 가슴에 심어준 녀석은 황인수와 아내의 밖으로 늘 떠나있었다. 울화와 속이 뒤집어지던 어느 날 녀석은 온 집안을 발칵 뒤엎더니 느닷없이 멕시코행 비행기에 올랐다.

서럽게 울어대는 아내 곁에서 황인수의 그해 여름은 유난히도 뜨거웠고 힘이 들었다. 조바심에 애태우던 어느 날, 인편에 무사히 도착했다는 안부와 함께 보내온 미제 화장품 세트를 받아들고 아내는 몇 날을 눈물로 지새웠다. 그것이 녀석의 제 어미에 대한 처음이자 마지막 효도가 되고 말았다. 그리고 작년 이맘쯤 숨이 넘어가는 그 순간까지 녀석의 이름을 부르다 눈도 채 감지 못한 아내는…….

감미롭게 흐르던 선율이 끊기며 기내 방송에서 김포공항 도착을 알려준다. 시계를 들여다본다. 오전 11시가 조금 넘은 시간이다. 떠나올 때의 시간이 지금의 한국시간과 분초도 틀리지 않는다니 신기하기만 하다. 지구 반 바퀴에서 살아온 세월이 새삼 길게 느껴진다. 드디어 파란 물빛 날개를 접는 대한항공의 굉음이 활주로에 미끄러지며 거대한 몸뚱이를 사뿐히 공항청사에 들이민다. 술렁이는 혼잡함에 가슴마저 조여 왔다. 하나같이 활기참을 넘어서 쫓기는 듯한 모습들이다. 공연히 숨이 막혀왔다. 하늘은 온통 희뿌연 회색빛이었다. 금방이라도 비가 쏟아질 것만 같았다. 수많은 인파 속을 헤쳐 나온 자신이 꿈같게만 느껴진다. 후텁한 바람이 스쳐 지나갔다. 흐릿한 눈망울로 새로운 세상이 들어왔다. 전혀 낯선 어느 외국의 풍경, 그러나 귓가에 들리는 건 우리말이었다. 빈곤한 생각으로 택시를 기다렸다. 한참을 기다려 택시에 올랐다. 흥정이 끝나고 나서야 차가 움직인다. 아주 천천히 차창 밖에서도 전혀 낯선 세상이 펼쳐지고 있었다. 황인수는 깊은 혼돈 속으로 한없이 빨려들고 있었다.

거북이걸음으로 도착한 서울역, 떠밀리는 인파에 발걸음이 몹시 휘청였다. 원색의 물결이 일렁였다. 화려한 색감이 주는 숨 막힘, 황인수와는 전혀 다른 세상에서 살아가는 사람들. 황인수는 어느새 윗저고리를 벗어들고 흐르는 땀을 닦아내고 있었다. 어렵스레 물어물어 받아 쥔 열차표, 장항선 개찰구 앞에 선 황인수의 가슴은 두방망이질 하듯 자꾸만 쿵쿵 뛰고 있었다. 잘 조화된 색감이 주는 세련미 덕인지 열차 안은 아늑하였다. 조용한 재잘거림의 처녀 아이들, 이젠 풍요밖에는 거둘 것이 없는 듯한 늙은이들에 이르기까지 어수선하지 않은 평화가 흐르고 있었다. 그런데 문득 왜 허전한 생각이 드는 걸까, 황인수는 쭈글대는 눈꺼풀을 내리깔았다. 항상 와글대는 혼잡함으로 열차 안은 아수라장을 이루고 있었다. 착 가라앉은 목소리가 아나운서를 뺨치게 시선을 끌면, 입에 거품이 일도록 열심인 상품 선전에도 사는 사람보단 듣는 사람이 더 많았던 시절, 통로를 가득 메운 사람들을 헤집으며 땅콩에 캬라멜, 줄줄이 꿴 사과, 삶은 계란 꾸러미로 빈곤한 창자를 유혹하며 통로를 누벼도 군침을 삼키던 무관심, 차창 밖의 풍경에 더 관심이 많았던 가난했던 삶들이 아련해 온다. 그래도 용의주도하게 집에서 싸온 도시락을 용기 있게 펼쳐들던 아낙네의 투박한 손끝에 어울리지 않는 빨간 매니큐어의 어설픈 조화, 특별한 관계가 아니라도 소탈한 정담으로 목적지까지 몇 시간을 참아내던 끈기, 더디 가는 열차의 속도만큼이나 바쁠 것이 없었던 사람들의 여유로움, 잘 빚어낸 조형물이 아름답기로 어찌 이보다 아름다울까. 아무리해도 변화할 수 없는 아둔한 고집스러움에 황인수는 맥이 빠져가는 자신을 돌아보았다. 흩뿌리던 빗줄기가 제법 굵게 차창을 때리고 있었다. 한 시간 남짓 만에 내린 목적지, 다시 또 버스를 타야만 된다. 시계를 들여다본다. 비는 더욱 세차게 뿌리고 있었다. 아무리 둘러봐도 기억에 있었던 버스주차장은 간곳이 없다. 낭패감에 서성이고 있는 황인수의 앞으로 택시가 들이밀 듯 급정거를 한다.

"저어, 음봉까지 갑시다."

감회가 새롭게 솟구쳤다. 단 하루도 잊어본 적 없이 가슴에 담고 살았던 지난 세월이 빗물 스미듯 일렁이며 가슴을 마구 적시고 있었다. 10여 분이나 채 되었을까 빗속을 내달리던 택시가 갑자기 정거한다. 머뭇대는 황인수를 돌아보며 택시기사가 뜨악한 소리를 질러댔다.

"다 왔습니다."

"야? 다오다니 더 가얄텐디, 여기가 음봉이란 말유, 기사양반?"

택시로도 30분은 족히 가야할 것이라고 믿고 있던 황인수의 생각으로는 도저히 감이 잡히질 않는다. 하는 수 없이 운전기사의 성화에 못 이겨 빗길에 내려섰다. 아무리 둘러봐도 잘못 내린 것이 틀림없다. 젊은 기사 녀석이 원망스러웠다. 가까스로 정신을 차리며 혹시나 하는 생각에 눈을 들어 천천히 곰씹듯 산자락을 살폈다. 뭉텅 잘려나간 산허리 말고는 비슷하다는 생각에 그만 정신이 아찔해 온다. 정신 나간 사람처럼 허둥대며 지나는 사람마다 다그쳐 물었다. 한결같은 대답과 함께 이상히 바라보는 낯선 표정들, 이젠 말조차 나오지 않는다. 여전히 비는 그칠 줄을 모른다. 자꾸만 머릿속이 헝클어지고 있다. 이곳은 도시였다. 분명한 것은 이곳이 황인수가 살아왔던 옛날의 고향 산마을 뱀골이었던 것이다.

그렇게 도시 한가운데 황인수는 내팽겨져 있었다. 소스라치듯 머리칼이 쭈뼛 일어섰다. 어머니, 그렇다면 어머니는……. 산허리 쪽을 향해 내달았다. 차츰 다리에 힘이 빠져갔다. 빗발은 아직도 세차기만 하다. 잘려나간 산허리 사이를 곧게 뻗은 아스팔트가 끝이 없다. 마구 둔갑해 버린 분명코 있어야할 어머니의 자리, 거대한 괴물에 의해 사정없이 자리바꿈한 흉물스런 위용으로 다가오는 ○○제지 건물, 황인수는 그만 아연실색할 수밖에 없었다. 눈앞이 흐려왔다.

하늘을 찔러댈 듯 높이 솟은 굴뚝, 꾸역꾸역 뿜어대는 검은 연기, 온몸을 스멀대며 뼛속까지 파고드는 검은 빗줄기, 황인수는 흐물흐물 녹아내리는 자신을 이미 돌아보지 않고 있었다. 모든 것이 한순간에 처절히 무너진 뒤였다. 방향 없는 발길을 터덕였다. 작정이 서진 않았지만 만식이 성님부터 찾아야 했다. 역시 불안감을 떨쳐낼 수가 없다. 단 몇 시간 만에 얻은 엄청난 현실은 황인수를 더욱 작게 쪼그려 들게 만들었다. 여러 집을 보이는 간판마다 밀고 들어갔지만 어쭙잖은 황인수의 설명에 귀찮은 듯 모두들 고개를 흔들어 댔다. 벌써 여러 시간을 비를 맞고 헤맨 끝이라 몰골은 말이 아니다. 기진맥진한 몸을 끌고 식당 간판 문을 찾아 들어섰다. 종일을 물 한 모금 대지 않았던 터라 시장기가 스멀거니 일었다. 이런 상황에도 어김없이 찾아오는 삶의 현장, 식도에 음식을 채워 넣는 일과 배설하지 않으면 살아날 수 없는 생명의 순환이 지금처럼 욕돼 보인 적이 없다.

황인수는 깊은 자멸감으로 소주잔을 비워갔다. 식당 안은 비교적 한산한 편이었다. 마셔낸 소주 탓인지 차갑고 허한 몸이 훈훈히 데워지고 있었다. 나른한 취기마저 올라왔다.

빗소리는 이젠 거의 들리지가 않았다. 퉁퉁한 식당 여주인이 한가한지 공연히 식당 안을 어슬렁거렸다. 자괴감으로 황인수는 그녀를 불러 수작을 부렸다. 별 관심 없이 듣던 그녀가 고개를 흔들며 돌아서다 생각난 듯 편편한 얼굴을 다시 돌렸다.

"혹시 우리 아줌마가 알지도 모르겠네, 아줌마!"

물 묻은 손을 털어내며 중년을 훨씬 넘긴 듯한 여인이 무심한 표정으로 어슬렁거리며 다가왔다. 황인수는 간절한 마음으로 열심히 설명을 하였다. 고개를 갸우뚱하던 그녀가 혼잣말처럼 중얼거렸다.

"그 영감님 말인가?"

"아는 사람이에요 아줌마!"

식당 여주인이 옆에서 거든다. 긴장하는 황인수의 눈빛이 애원에 가까웠다.

"아. 왜 동수 할아부지라구 주정뱅이 영감님 있잖아유."

"아! 그 노인네……."

이젠 더 들어볼 것이 없다. 황인수는 벌써 가슴이 뜨겁게 달아오르고 있었다. 자리를 박차며 일어섰다.

"어디유? 거기가."

친절한 주방 아주머니의 손짓 안내에 고맙다는 인사를 수도 없이 뇌까리며 내달았다.

제지공장 쪽으로 가다 구멍가게 옆의 파란 대문 집을 황인수는 쉽게 찾을 수 있었다. 떨려오는 흥분으로 초인종도 없는 대문을 두드렸다. 조용한 불안감이 밀려왔다. 잠시 후 슬리퍼 끄는 소리와 함께 젊은 여인이 상큼한 얼굴을 내밀었다.

"누굴 찾아 오셨어요?"

"저어, 김만식 씨라구……."

목소리가 자꾸 안으로 기어들었다. 잠시 생각하던 젊은 여인이 말을 받았다.

"아! 안 집 할아버지요, 이리 들어오세요."

허공을 밟듯이 발걸음은 몹시 휘청였다. 잠시 숨을 몰아쉬던 황인수는 그녀의 안내로 낮은 담장 끝의 미닫이 방문 앞에 섰다. 작은 쪽마루 위의 가지런한 고무신 한 켤레가 쓸쓸해 보였다.

“할아버지! 손님 오셨어요.”

할 일을 마친 그녀가 슬리퍼 소리도 요란하게 돌아나갔다. 잠시 뜸을 들이더니 방문이 열렸다.

“누구여!”

초점 잃은 눈망울이 두리번거리며 쏟아져 나온다. 찬찬히 꿰뚫어 가는 황인수의 눈가엔 어느새 물기가 배어나왔다. 윤기 없이 쭈글거리는 깊은 주름, 이미 백발이 되어버린 넓은 그의 얼굴에 유난히 큰 왕방울 눈, 긴 세월을 초췌히 늙어버린 만식의 살아 있음이 황인수의 가슴을 뭉클뭉클 휘젓고 있었다.

“누굴 찾으시우?”

도무지 모르는 사람인 듯 표정 없이 만식이 바라본다.

“성님! 저유, 인수유, 황인수라구유.”

울음을 참듯 느끼는 목소리가 떨려나왔다.

“뭐여! 누구라구? 인수…… 자네가 증말 인수란 말요?”

잠시 침묵이 스치는 듯 했다. 어눌한 몸을 일으킨 만식의 얼굴이 경련이라도 일 듯 씰룩인다.

“맞구먼, 증말 인수로구먼 그려.”

거머쥐듯 맞잡은 두 사람의 손길이 무척 뜨거웠다. 한참을 말을 잇지 못하고 울먹이는 황인수에게 젖은 눈을 닦아내며 만식이 중얼거렸다.

“이게 꿈은 아니겄지, 시방.”

꼭 24년만의 해후였다. 몽매에도 잊지 못하던 고향의 첫 밤, 이미 몸도 마음도 다 늙어버린 초췌한 두 늙은이의 만남, 쌓인 한도 많았고 가슴에 쌓아둔 응어리들도 많았으련만 만식과 황인수는 그저 말이 없다. 흐릿한 눈망울에 켜켜이 드리워진 삶의 아픔들을 확인하듯 그렇게 둘은 오래도록 마주하고 있었다. 황인수의 가슴에는 문득 한 무리의 안개꽃 송이가 피어오르고 있었다. 복사꽃도 피어났다. 봄철 산등성이를 온통 덮어버리는 진

달래, 철쭉, 시리게 피어났던 가을날의 박꽃도, 가슴에서 녹아나던 소쩍새의 울음도, 하염없던 시린 달밤도, 그렇게 고향의 모든 것이 가슴 속에서 다시 살아나고 있었다. 뜨거운 눈물이 주름진 얼굴 위로 흘러내렸다. 결코 설움이 아닌 기쁨의 눈물이 황인수의 가슴을 채우고 있었다. 눈물샘이라도 열렸는지 만식의 눈에도 해맑은 수정 같은 이슬이 초롱초롱 맺히고 있었다. 여름밤의 후텁한 바람이 두 사람의 열기를 식혀내듯 열린 창을 넘나들고 있었다.

언제 일어났는지 만식이 부지런한 아침을 맞고 있었다. 방안의 모습도 어제와는 딴판이다. 어수선한 낡은 옷가지들도 벽마다 촘촘히 박아놓은 못 위에 얌전히 걸려 있고, 낡은 머리장 위로도 철철이 이불이 개어져 있었다. 벌써 방걸레질도 한 차례 한 듯 반들거렸다.

그러나 여전히 퀴퀴한 곰팡이 냄새는 가실 줄 몰랐다. 반듯한 낡은 사진틀이 눈에 들어왔다. 황인수가 보아도 알만한 몇 분 노인들이 옛날을 이야기하는 듯하다. 그리고 한쪽으로 번듯한 사각모자를 눌러쓴 건장한 두 얼굴에서 아픈 삶의 무게는 또 왜일까, 이제 살만큼 산 경륜에서 오는 느낌일까, 서둘러 눈을 떼었다. 한쪽 구석에 얌전히 뚜껑 덮인 사기요강, 어제 밤도 만식은 밤새 해수기침 때문에 연신 가래를 뱉어내었다. 지푸듯한 하늘은 사람의 마음마저 어둡게 이끌고 있었다. 어제 보았던 제지공장의 높은 굴뚝이 눈앞에 어른거렸다. 지금도 대문을 나서면 바라보일 그 위용, 부르르 진저리가 처진다. 만식이 아침 밥상을 들고 들어선다. 황인수의 의아한 눈빛을 살피고는 만식은 겸연쩍은 웃음을 흘려냈다.

“어여, 들기나 혀, 셋돈대신 얻어먹는 밥이니께 걱정안혀두 되여, 언제나 이짓거릴 관둘라는지······.”

흐린 날씨만큼 아침부터 괜히 마음이 무거워 왔다. 뜨는 둥 마는 둥한 밥상을 물리고 만식이 자리를 고쳐 앉는다.

“둘러봤어?”

“……야.”

“자네가 본대로여…….”

만식의 얼굴 위로 곤혹의 그림자가 드리워진다.

“그러니께 그게 말여, 십오륙 년은 족히 됐는가벼, 온통 이 촌구석이 벌컥 뒤집어질 때가…… 도시계획인지 뭔지에 그때 덜 다덜 떴지…….”

목줄이 불거지도록 만식이 센 기침을 몇 번 울거내더니 가래를 사기요강에 탁 뱉아내곤 뚜껑을 닫는다.

“종이 맨드는 공장이 바루 느엄니가 기시던 자리여, 임자 찾어 가라구 멧번이나 신문에 냈디야. 근지, 웬날, 임자읍는 모라구 군청눔덜이 몰려와서는.”

“됐슈, 그만유!”

눈앞으로 부연 안개가 피어올랐다. 만식이 자기 죄라도 되는 양 어쩔 줄 몰라 한다. 모든 것을 버리고 떠난 고향이었다. 흐르는 세월만큼 변화의 폭도 큰 것인 걸, 황인수 자신만 그 자리에서 맴돌고 살아온 것이다. 어차피 변하기 위해서 떠난 것이 아니었나. 그런데 이제 와서 누굴 탓할 수 있으랴. 그것도 수십여 년이 지난 지금에 창자를 에어내는 아픔이 온 전신을 몰아쳤다. 지그시 눈을 감은 만식도 황인수의 고통의 굴레에서 함께 숨가쁜 유회를 하고 있었다. 황인수가 작정을 마친 모습으로 고개를 꺾어 세웠다. 그 어디하나 볼품없는 얼굴로 숙연한 그림이 채색되어지고 있었다.

“저기, 성님! 나, 군청엘줌 갔다왔으믄 하는디…”

잠시 생각하던 만식이 엉덩이를 털고 일어섰다.

“그려, 가봄세.”

대문을 나서며부터 황인수는 제지공장 쪽은 눈도 주지 않은 채 앞만 보고 걸었다.

“장마가 빨리 가야지, 원.”

건들거리는 만식의 소리가 귓가에서 처연히 부서져갔다. 지나는 택시를 잡았다. 눈을 꼭 감고 있는 황인수의 곁에서 만식은 가슴을 무겁게 내리누르는 공연한 압박감을 숨 가쁘게 느끼고 있었다. 지은 지 얼마 되지 않은 듯 청사 안은 밝고 산뜻했다. 오래지 않아 담당직원을 만나 만식이 열심히 설명을 한다. 고개를 끄덕이던 직원이 돌아서서 커다란 캐비닛을 열고 열심히 뒤적인다. 초조함으로 짧은 시간이 길게 느껴졌다. 잠시 후 직원은 두꺼운 서류철을 가지고 의자를 당기며 앉았다. 한 장 한 장 서류가 펼쳐진다. 자손 잘못 둔 고혼의 영령들이 서류철 속에서 두 번의 죽음을 맞고 아우성치는 듯하여 황인수는 얼른 고개를 돌렸다.

"아! 여기 있구먼."

분묘이장 공고를 냈던 적나라한 근거들과 빛바랜 흑백 사진 2장, 글썽한 눈을 비비며 들여다본다. 파묘전의 사진과 또 한 장의 사진, 그 속엔 실의에 젖은 만식의 모습도 여러 사람들과 어우러져 있었다. 그리고……, 황인수는 눈을 감았다. 엄숙한 표정까지 지어가며 직원은 다음말까지 잊지 않았다.

"도에서 합동 위령 제사를 드린 뒤 함께 처리……."

벌써 저만큼 발길을 앞서나가는 황인수를 만식이 허겁지겁 따라 나선다. 흐렸던 하늘에선 어느새 비가 흩뿌리고 있었다. 추적이는 빗길에서 빗물인지 눈물인지를 훔쳐내는 황인수의 곁에서 만식은 묵묵히 말이 없다. 만식이 무거운 발걸음을 터덕이며 황인수를 어둡게 바라보았다.

"괜찮유, 성님! 인저는 다 잊기루 했슈. 인저 와서 지가 이런다구 무슨 소용이 있겠슈? 지하루 내려가신 엄니가 다시 살어오실거두 아닌디, 그러구 보니께 지가 한 일이 너무 읎슈, 울엄니한테 말유. 참으루 복이라군 읎는분유. 사실 때나 돌아가셔서두 말유. 사람은 누구나 한줌 흙밖에 안 되는디, 썩어 읎서질 것엔 인전 마음 안 쓸거구먼유…… 그래두 울엄니 아직두 지 가슴에 살어기시니께유……."

빗물인지 눈물인지를 또 한 번 훔쳐내는 황인수의 곁에서 만식은 말없이 무거운 발걸음을 내딛고 있었다. 그리고 허한 가슴으로 부대끼는 황량한 바람소리를 만식은 숨죽여 듣고 있었다. 꺼져가는 촛불의 조용한 일렁임이 두 사람의 가슴을 가득 채워갔다. 여전히 비는 멈추지 않고 흩뿌리고 있었다. 빗속에서 만식은 그르릉 올라오는 가래를 한 모금 가득 카악 뱉어냈다. 멀지않은 곳에 공중목욕탕 간판이 시야에 들어왔다. 둘은 누가 먼저랄 것도 없이 문을 밀고 들어섰다.

"자네두 이제 보니 많이 늙었구먼."

후줄근한 서로의 나신을 비춰보며 두 사람은 서로 쓸쓸히 웃었다. 오랜 악몽의 때라도 벗겨내듯 황인수는 씻고 또 씻어내고 있었다. 목욕탕을 나와 식사와 함께 곁들인 반주에 얼근해진 두 사람은 한낮이 훨씬 지나서야 만식의 집으로 돌아올 수 있었다. 경황없이 몰아닥친 어제 오늘이 피곤했던지 만식은 깊은 오수에 빠져든다.

황인수는 아직 만식의 근황에 대하여 알 길이 없었다. 세상을 살만큼 살아온 느낌으로 꿰뚫고 있었을 뿐, 그 느낌은 어쩌면 사실과 조금도 바를 바가 없으리라 믿어졌다. 그렇기에 더는 묻고 싶지가 않았다. 만식도 마찬가지였으리라. 비록 수십 년이 지난 세월에도 만식은 조금도 변함이 없었다. 오히려 변했다면 황인수 쪽이 보이지 않는 변화 속에 살아왔는지 모른다. 예전에는 그저 서로의 눈빛만 보아도 속마음까지 읽어내던 두 사람이었으니, 이제와 미주알고주알 털어놓고 물어본들 서로의 마음만 우울할 뿐이란 걸 만식은 이미 알고 있는 듯했다. 그렇기에 이십 몇 년이 지나 후줄근히 돌아온 황인수에게 궁금한 것이 왜 없으랴만 구린 입 하나 떼지 않는 민식의 깊고 넓은 마음 씀씀이 새삼 황인수의 가슴 속을 푸근히 채우고 있었다. 돌아보니 만식이 꿈이라도 꾸는지 어린아이처럼 벌쭉벌쭉 웃고 있었다. 기분 좋게 불알을 긁적이며 깊은 평화의 시간을 즐기고 있었다. 아직도 밖에선 빗발이 흩뿌리고 있었다.

새삼 죽은 아내가 그리워졌다. 죽는 날까지 그리워했던 고향, 고향에 가서 뼈를 묻을 거라고 늘상 입버릇처럼 외우던 아내의 처량한 모습이 떠올라 황인수를 괴롭혔다. 이민이랍시고 낯설고 물선 지구 반대쪽의 가장 먼 나라, 가난이 싫어 무작정 도착한 부에노스 아이레스 항구, 끝없는 고생의 연속, 아내는 잘도 참아 주었다. 타고난 운명이 고생 줄을 쥐고 태어난 것이라도 되는 양 군입 한 번 뗄 사이 없이 밤을 낮 삼아 일속에 묻혀 살았다. 제품 집 삯일부터 아내는 돈이 될 만한 것이면 안 해본 일이 없었다. 황인수와 아내의 지독스런 삶으로 약간의 돈이 손에 쥐여졌다. 그때까지 살았던 창고 같은 살이에서 조금 형편이 나아진 판자살이로 옮겨오면서도 아내는 부자라도 된 듯이 기쁨의 눈물까지 흘렸다.

  그렇게 죽는 날까지 일속에 묻혀 살았던 간절한 아내의 소망, 자식들 다 출가시켜 여의고 나면 우리 두 늙은이 고향땅에 가서 여생을 보내자는 소박했던 꿈, 그러나 그 꿈은 아내의 소망에도 불구하고 그렇게 찾아와 주지 않았다. 과정 없는 삶이 있을 수 있을까. 고생 끝에 겨우 미싱 두 대로 시작된 제품업. 그럭저럭 살며 모아가며 꿈같은 세월을 흘려보내고 있을 무렵, 불청객처럼 찾아오는 사건, 큰 녀석의 비행 청소년기, 그런 중에서도 착실히 모아 내 집까지 장만할 수 있었다. 그럴수록 고삐를 늦추지 않고 밟아댄 미싱, 그래서 호사다마라 했던가. 좀처럼 없던 아니 거의 없었던, 집안을 잠깐 비운 어느 날, 빈집털이범들이 휩쓸고 지나간 집안의 황폐함. 아내는 혼절하였고 아수라장이 된 집안에서 억장이 무너지는 고통으로 자칫하면 목숨마저 포기할 뻔했던 이민살이……. 그래도 살아야 했었다. 죽을 수 없었기에. 작년 이맘쯤, 아내는 그날도 평소와 다름없이 재봉틀을 밟고 있었다. 형편이 예전 같지 않아 이제는 볼리비아 일꾼들도 몇몇을 부리는 처지였는데도, 아내는 고향, 오직 고향에의 꿈을 이루기 위해 한 장이라도 더 박을 욕심에 미싱에 앉아 쓰러졌다. 병원에 이송되어 만 하루, 부릅뜬 눈으로 한을 다 삭여내지도 못한 채 아내는 가난하고 불행했던 생을 마감하면서 외쳤었다.

“저기. 수철아부지……, 우리 수철이줌……, 고향에 가야 돼유. 여기서 죽을 순 읍슈, 고향에…….”

자글자글 주름진 눈자위로 물기가 배어오더니 이내 뺨을 타고 흐르는 눈물은 어느덧 입언저리를 적시고 있었다. 언제 깨어났는지 만식이 기척을 해댄다. 황인수의 젖은 눈을 바라보던 만식이 하염없는 시선을 밖으로 던졌다. 끄응 꺼져가는 한숨이 터져 나왔다.

빗발 속으로 두 사람은 시선만 서성일 뿐 말이 없었다. 가슴으로만 쌓여오는 지난 세월의 이야기, 아니 이제 남은 마지막 삶의 이야기, 폭풍우 몰아치는 늘 어두운 겨울바다였다. 칠흑 같은 어둠의 저쪽 하늘로 균열하는 하늘의 포효, 힘이 다한 삶의 그루터기를 앙상히 부여잡은 가슴을 저며오는 아픈 삶의 무게, 자꾸만 작아갔다.

초라한 모습으로 숨도 크게 쉬지 못하고, 다가오는 거대한 파도에 거역할 수 없는 몸을 내맡겼다. 몸이 뜨고 있었다. 만식도 그리고 황인수도. 엄청난 변화였다. 소용돌이에 휘말리듯 정신을 차릴 수 없었던 며칠이 꿈같이 흘러갔다. 헝클어진 머릿속으로 몰아치던 황당한 현실, 황인수는 참담히 무너져버린 자신을 돌아보고 있었다. 이제 돌이킬 수 없는 현실 앞에서 더는 주저할 수가 없었다. 가슴이 아파왔다. 이제는 떠나야만 된다.

“저어, 성님! 인저는 가야 돼유.”

말없이 눈을 감은 만식의 얼굴 근육이 가늘게 떨리고 있었다.

“꼭 가야만 되는겨? 그려……, 갈 사람은 가야지…….”

자조 섞인 만식의 목소리가 착 가라앉아 황인수의 가슴 밑바닥을 훑어내고 있었다.

“언제 떠날건디?”

“낼 유.”

“……”

무거운 침묵만이 흘러갔다. 허공에 시선을 모은 채 황인수가 푸른 담배

연기를 고즈넉이 뿜어냈다. 읊조리듯 황인수가 시선도 흩트리지 않고 중얼거렸다.

“저어, 성님! 내 꿈이 뭐였는지 몰르쥬?”

갑작스런 황인수의 소리에 가늠이 안 되는 표정으로 만식이 돌아본다.

“글씨…….”

“성님! 난 말유, 용사가 되는 거였슈, 용감한 용사말유. 옛날에두 그랬구, 지금두 그렇지만 말유…….”

“……”

“그 옛날에도 난, 그 꿈으로 살어온 걸유, 용사가 돼서 울엄니한티 떳떳하구 장한아들이구 싶었쥬. 남덜한티두 의젓하구 용기 있는 용사가 되구 싶었슈.”

어느덧 황인수의 눈망울은 활활 타오르고 있었다. 그리고 그의 모습은 어느새 정말 용사라도 된 것처럼 힘찬 기운마저 번져 나왔다. 끝도 없이 넓은 황야를 말을 타고 짓쳐나가는 용사, 거칠 것 없는 사나이의 기백으로 세상을 호령하는 용사, 황인수의 귓가엔 어느덧 둥-둥 진군의 북소리가 들려왔다. 와-와 우렁찬 함성 속에서 황인수는 늘 고구려의 용사였었다. 북만주까지 내달리던 말발굽, 뽀오얀 흙먼지 속에도 지칠 줄 모르는 기백으로 흔들어대던 깃발의 펄럭임, 늠름히 세상을 짓쳐나가는 장한 용사, 그래서 황인수는 늘 고구려 용사이고 싶었다. 그리고 가슴 속에선 언제나 힘찬 고구려의 북소리가 울려왔다.

“근디, 인저야 알었슈. 난 절대루 용사가 아니었슈. 인저보니께 용사는 바루 성님이셨슈. 여태까지 고향을 지켜낸 그 흔들리지 않는 떳떳한 용사가 바루 성님이었다구유. 야, 성님이 용사였슈, 성님은 아주 장한 용사구먼유.”

이제 할 일을 다 마친 듯한 황인수의 얼굴엔 은은한 안도감과 함께 환희의 기쁨마저 번져 나왔다. 만식은 조용히 눈을 감은 채였다.

이미 퇴행을 서두르는 만식의 눈물샘에선 뜻 모를 맑은 눈물이 흘러넘쳤다. 이튿날도 하늘은 희끗희끗하였다. 점점이 들어난 파란 하늘빛이 안타까웠다. 우중충한 회색 비구름이 한 떼 몰려가고 있었다. 빈 가방을 챙겨들고 일어서는 황인수를 만식이 물끄러미 바라보고 있었다. 으스스한 한기를 만식은 가슴에 한껏 채우고 있었다. 황인수는 약간의 여비만 남기고 한 움큼 푸른 지폐를 뿌리치는 만식의 손에 쥐어줬다. 요 며칠 사이에 만식은 더욱 쇠잔해 보였다. 걸음마저 휘청이는 듯하였다. 멀거니 바라보는 만식의 눈에서 문득 해맑은 이슬의 영롱함이 별빛처럼 빛나고 있었다. 차창 밖으로 만식의 모습이 조금씩 조금씩 멀어갔다. 가물대던 만식의 모습이 시야에서 사라지자 황인수는 고개를 묻었다. 흐릿한 눈앞으로 모락모락 안개꽃 송이가 한 아름 피어오르고 있었다.

(『문학안데스문학』 창간호, 1996)

리바다비아 6700번지 번화가를 조금 지나 우측으로 꺾어 돌아보면 블랑꼬라는 낡은 카페 집이 눈에 들어온다.

풍경처럼 대롱거리는 작은 입간판은 잔뜩 멋을 살려 고풍스러운 분위기를 고집했지만 먼지와 때에 절어 원래의 멋에서는 한참이나 비껴나 있었다. 지나는 시선마다 외면당한 채 쇠잔의 길을 재촉하는 듯해 보였다. 활짝 열린 문밖으론 침침한 어둠이 어슬어슬 기어 나와 오후의 도시 속으로 묻혀가고 있었다.

아직은 이른 시간 탓인지 아무리 기웃거려도 빈 테이블만 가지런할 뿐 후끈한 열기만이 홀 안을 가득 메우고 있을 뿐이었다. 턱까지 찬 열 덩어리가 온몸을 마구 비집고 있었다. 도망치듯 열린 창가 쪽으로 자리를 잡았다. 천장에서 쉼없이 삐걱이는 낡은 선풍기의 소음과 창밖으로 지나는 차량들의 검은 매연이 한여름 오후를 더욱 짜증스럽게 만들고 있었다. 이미 젖어버린 손수건을 가슴에 쑤셔 박듯 훔쳐내고는 빈 콜라 잔에 마지막 남은 얼음 조각을 입에 물고 달그락 거렸다.

흰 가운까지 단정히 받쳐 입은 배불뚝이 종업원이 공연히 눈앞을 어슬렁거렸다. 무료한 시간과 흔적 없는 자취들을 쓸어 담듯 그가 둔중한 몸짓으로 비대한 허리를 흔들어댔다. 시계를 들여다보았다. 약속 시간이 30분을 넘기고 있었다. 종업원을 불러 콜라 한 잔을 더 주문하였다. 보기만 해도 더워 보이는 그가 의기양양하게 얼음을 채운 콜라 잔을 가져다 놓고는 손바람을 활활 부치며 돌아섰다. 돌아서는 그의 엉덩이가 춤을 추듯 몹시 흔들렸다. 도저히 느긋할 수 없는 초조감이 온몸을 감싸고 있었다. 본시 약속시간 따윈 잘 지키지 않는 친구였지만 그래도 6년여만의 만남인데…….

약간은 긴장된 마음으로 약속을 준비했지만 차츰 시간에 떠밀리어 솟구치는 울화는 잠재울 길이 없었다.

"리바다비아……, 6700대, 블랑꼬 카페집……, 으─음, 거기서 보자구."

마지못해 수화기에서 흐르던 그 친구의 목소리가 귓전을 아슴아슴 맴돌고 있었다……

그해, 가을이었다.

공항에까지 전송 나온 그 친구는 소리 없이 헐헐거리는 웃음을 공항 대합실 안에 쏟아내고 있었다. 그의 시선 한쪽으로 비껴나던 빈정거림, 차라리 안보고 떠났으면 했는데. 전송 나온 친지들 틈에서 그는 유난히도 수선을 떨어댔다.

"아르헨티나라고 했지? 음, 기회가 되면 내 한번 들르지."

매사를 쉽게 가져가는 그의 호방함, 그의 빈 소리가 공허한 메아리 되어 공항 대합실 안에 어지럽게 흩어지고 있었다.

그날 공항 밖으로 가을비가 한참이나 추적이고 있었는데, 박주영, 그는 나의 오랜 친구이다.

한 동네에서 같이 자랐다는 것 말고도 국민학교에서 중학교와 고등학교를 내리 줄 동창으로 인연을 맺어왔으니 말이다. 그것도 작은 시골도 아닌 서울에서의 인연이고 보니 인연치고는 보통은 넘을 성 싶다.

당시 적지 않은 중소기업체를 운영하던 그의 아버지 덕으로 제법 널찍한 이층 양옥에서 쏟아지는 그들의 웃음소리를 나는 아주 가까이에서 들으며 살아 왔다.

그의 집에서 바로 내려다보이는 겨우 판자를 면한 야트막한 기와집 살이.

철도청 공무원이셨던 아버지, 박봉의 삶에도 용케 짜증을 삭이시던 어머니, 위로 형과 누이 그리고 막내의 풍요를 전혀 살아보지 못한 나, 이렇게 다섯 식구의 삶이 그의 눈에 비쳐진다는 것이 내게는 참을 수 없는 치욕이었지만, 그 또한 어찌해 볼 도리가 없었던 게 나의 현실이었다.

그렇게 그는 언제나 내 위에서 나를 내려다보고 있었다. 구겨진 나의 감성 따윈 아랑곳없이 그는 늘 나에게는 특별한 배려를 아끼지 않았다.

아무리 먹어대도 소화에는 자신이 있었던 시절이었으니 늘 부족한 위장의 빈곤함을 채워주는 몫은 모두가 그 친구의 부담이었다.

입구에 들어서면서부터 돈을 맡기고 먹어대는 계산법이니 난들 별 도리
는 없었지만 아무튼 그는 나의 환심 안에서 물질의 위대함을 깨우쳐 주듯
방종의 자유를 한껏 즐기고 있었다.

자기 만족도에 상대를 꿰맞추어 가는 그의 편편한 이성을 지켜보며 헛
헛한 가슴을 쓸어내던 나의 성숙기.

그렇게 그는 사춘기의 나의 자존심에 큰 배려를 베풀고 있었다. 그 친구
와는 지척에서 살아오면서도 나는 그의 집을 방문해 본 적이 없었다. 그
친구 역시 그 점은 나를 생각해서인지 우리 집 대문 앞에 서 본 적이 없었
다. 그리고는 2층 그의 창에서 나를 내려다보며 불러대는 것이었다.

"어이! 홍 조웅."

그것도 내가 고개를 내밀고 올려다볼 때까지 계속해서 내 이름을 불러
대는 것이었다. 그는 내 이름을 부를 때면 무척 신이나 보였다. 이름만 부
르는 것이 아니었고 꼭 성까지 함께 부르는 것이었다. 받침이 모두 이응으
로 끝나는 내 이름을 이름 첫 자의 받침은 늘 빼고 불렀다.

발음상의 어려움도 있었지만 '종웅'을 '조웅'으로 부를 때는 왠지 조롱당
하고 있다는 생각에 피가 거꾸로 솟을 지경이었다. 느슨한 내 감정을 비틀
어대던 그는 언제나 그렇게 나를 맴돌고 있었다.

흐르는 세월이 약일고 했던가. 그 친구와 나는 많이 자라있었다. 유치한
우월감의 경쟁이 아닌 조금은 심각한 인생에 대해서도 제법 진지한 토론
을 할 때도 있었다. 아무튼 나는 예전의 감정으로 그를 대하지 않았고, 그
역시 나에게는 꽤 진지하려고 노력하였다.

졸업을 코앞에 두고 치른 대입 예비고사 성적 발표날 나는 합격통지서
를 받아들고 대학에라도 합격한 듯 기뻐하였다. 그날 나는 처음으로 어머
니의 얼굴에서 스산한 어둠의 그림자를 찾아 볼 수 있었다. 이젠 정년을
바라보는 직장인데도 여전히 열심이신 아버지, 이미 대학에 다니고 있는

형과 누이, 이제는 어떻게 더 쪼개볼 수 없는 박봉의 그루터기에서 어머니는 내게 처음으로 한숨을 몰아쉬셨다.

그날 저녁 우리가족 모두는 나 때문에 가족회의라는 것을 열게 되었다. 토론 없는 회의는 나를 무한한 나락으로 밀어 넣고 있었다.

이윽고 비장한 결심을 선포하시는 아버지의 초췌한 모습에 우리가족 모두는 없는 자의 설움에 진저리를 칠 수밖에 없었다.

난생 처음으로 결정권을 받아 쥔 빈곤한 자부심, 가슴 한쪽이 뻥 뚫리는 황량함이 온몸을 휘감고 있었다.

형과 누이가 위로의 말을 해왔다.

"내년이면 내가 졸업하니 조금만 참고 기다려라."

"그래, 미안하다 웅아! 내년에 가면 되지 않니, 응?"

이미 결정한 나의 길이었다. 결코 뒤돌아보아선 안 된다고 나는 매섭게 나를 추스르고 있었다. 나 스스로는 올려다보지 않던 그 친구의 2층 방을 올려다보았다. 불이 꺼져 있었고 어쩐지 음산한 기운마저 감돌고 있었다.

하급직이었지만 공무원 채용시험에 무난히 합격한 나는 얼마간의 교육을 이수하고 집에서도 한참 떨어진 동사무소에 근무발령을 받게 되었다.

여전히 말씀이 없으신 아버지, 기쁨인지 설움인지 훌쩍이시는 어머니, 힘차게 내 손을 흔들며 활짝 웃던 형, 쓸쓸히 미소 짓던 누이, 나는 그들의 걱정을 덜어주듯 바보 같은 웃음을 헤프게 웃어주었다. 그리고도 모자라 그 친구와 흡사한 헐헐웃음을 한참이나 흉내를 냈었다.

어둠이 채 가시지 않은 새벽녘에 나와 버스를 두 번이나 갈아타야 되는 직장이고 보니 자연히 다른 것엔 신경 쓸 겨를이 없었다.

그렇게 조금은 고지식하고 주변머리 없는 나의 행보는 이민을 결심하기까지 흔들림 없이 이어졌다. 직장 일에 매달려 여념이 없던 추운 겨울날이었다. 또 해가 바뀌는 공연한 아쉬움으로 퇴근을 서두르던 늦은 오후, 그 친구는 느닷없이 내 앞에 나타났다. 헐헐거리며 다가오는 그의 가슴에서 반짝이던 대학배지, 바람처럼 들려오던 소문으론 그는 아직도 재수 중이라 했는데 다짜고짜 그가 이끄는 대로 나는 소주집과 맥주집을 정신없이 이끌려 다녔다. 그리고 나는 정신없이 퍼 마셨다. 몽롱한 시선을 흘려내며 그가 내게 말했다.

"어이, 홍 조웅! 세상은 말야, 진실하게 산다고 누가 알아주질 않아. 물론 너야 예외겠지만……, 적당히 꿰맞추며 살아갈 줄 아는 지혜가 필요한 거야. 알아들어?"

으시시 온몸이 떨려왔다. 오한처럼 스며드는 황량한 기운이 온몸 구석구석을 사정없이 휘젓고 있었다.

자꾸 술잔을 비워냈다. 아득아득 멀어가는 혼돈의 늪에서 나는 차츰 정신을 잃어가고 있었다.

요란한 전화벨 소리에 눈을 뜬 건 한낮이 가까워오는 삼월 중순이었다. 봄이라곤 하지만 안간힘을 다한 꽃샘추위의 만만찮은 매서운 바람이 창문을 마구 두드리고 있었다.

더 이상 자리보전은 글렀다는 생각에 아쉬운 기지개를 늘어지게 할 때였다.

"얘, 마리아! 아빠 깨워서 전화 받으시라고 해."

아내의 바쁜 목소리가 끝나기 무섭게 통탕거리며 벌써 방문 손잡이를 잡아 비트는 서슬에 꿰던 셔츠 차림으로 나는 방문을 열고 나섰다.

엊그제 국민학교에 갓 입학한 딸아이의 요즘은 무척 신이 나 있었다. 학교에 나가 새로운 친구들과 어울리는 일, 도무지 화를 낼 것 같지 않은 선생님, 거실 열 개를 더 합쳐 놓은 것 같은 넓은 교실, 아무리 뛰어도 끝이 없을 것 같은 운동장, 모든 것이 즐겁고 신나는 일 뿐이었다. 이제는 다섯 살짜리 동생에게도 제법 언니 행세를 톡톡히 해내고 있었으니 말이다.

"누구야 일요일에."

심드렁한 표정으로 수화기를 가져가는 나에게 아내는 부엌에서 모습도 보이지 않은 채 뜨악한 소리를 질러댔다.

“야, 왜 오파상한다는 당신친구 있잖아요, 박주영씨라고.”

수화기를 집어들던 손이 나도 모르게 멈춰서고 있었다. 대뇌에서 행동까지의 전달이 이렇게 빠를 수가 있을까. 머릿속에 확실하게 들어앉은 그의 감정은 도저히 지워질 수 없는 것일까.

수화기에서 카랑카랑 울리는 그의 음성은 여전히 자신에 넘쳐 있었다.

“어이, 홍 조옹! 오랜만이야. 여태껏 구들장을 짊어지고 있냐? 이런 한심한……. 야! 그러지 말고 오늘 저녁이나 같이하자구. 나올 때 너의 와이프하고 애들도 데리고 나와. 음, 장소는 리버사이드 호텔 양식부 8시야. 잊지말라구.”

찰칵…….

매사가 이런 식이었다. 이제는 화도 나지 않는다.

“무슨 일이에요?”

물 묻은 손으로 아내가 말참견을 해왔다.

“뭐, 별일 아니야.”

대답은 그렇게 했지만 여간 고민스럽지가 않았다. 갈피가 서지 않는 머릿속이 어수선하였다. 흘끔거리던 아내가 이번엔 걱정스레 물어왔다.

“미라아빠, 무슨 일인데 그래요?”

큰 결심이라도 하듯 나는 숨까지 몰아쉬었다.

“저어, 저녁 약속이야. 그 친구가 우릴 초대했어. 호텔 양식집으로.”

나쁜 일을 하다 들킨 것처럼 나는 애써 표정을 바꿔가며 짐짓 큰 소리로 웃음까지 지어보였다.

활짝 표정까지 바꾸며 아내가 호들갑을 떨어댔다.

“어머나! 우리식구 다요? 거긴 꽤나 비쌀 텐데 그치요?”

호텔 양식집이라는 말에 아내는 뛸 듯이 좋아하였다.

어린아이처럼 좋아하는 아내를 보고 있자니 공연히 심사가 뒤틀려 왔다.

그런 나의 감정과는 무관한 듯 아내는 벌써부터 옷장을 뒤적이고 있었다.

거울 앞에 서서 우아한 표정 만들기와 근사한 저녁식사의 꿈에 온통 오후의 시간을 내몰고 있었다.

그리고 생각하니 아내가 손꼽아 기다리던 결혼기념일이 코앞에 다가와 있었다.

군생활을 마치고 복직한 후 어머니의 성화에 맞선을 볼 무렵, 빈약한 나의 인생 생활기록부를 들춰보고는 모두들 등을 돌렸을 때 나는 지금의 아내를 만났다.

모기업의 간부사원이었던 매형의 주선으로 이루어진 만남에서 우리는 서로 싫지 않음을 느꼈다.

세상을 착하고 성실하게 살아가자는 도덕의 규범에도 일치를 보았다. 그렇게 해서 시작한 결혼생활, 아내는 열심히 살아주었다.

두 딸아이의 좋은 엄마, 좋은 아내가 되기에도 별 부족함이 없었다. 그런 아내에게서 나는 늘 국화향 같은 은은한 향내를 느낄 수 있었다.

"아니, 당신 여태껏 뭐하세요? 빨리 준비하지 않구요."

이미 치장을 서두른 아내가 딸아이들의 매무새를 살펴주고 있었다.

검은 물방울무늬가 톡톡 튀는 산뜻한 흰 원피스를 입은 큰딸아이가 활짝 웃고 있었다. 단정히 빗질한 머리 위에선 검은 물방울무늬의 나비가 하늘거리고 있었다. 작은 딸아이 역시 제 언니와 똑같은 차림으로 공연히 벙긋대며 들떠 있었다. 아마 큰아이 입학식 때 작은아이의 성화에 못 이겨 선택한 아내의 배려였으리라.

내키지 않는 걸음으로 아직은 싸늘한 냉기가 옷깃을 후려내는 길을 나섰다.

아이들은 나비처럼 팔랑팔랑 춤을 추었고 아내는 뾰족구두 소리를 유난스레 또각또각 길바닥에 뿌려대고 있었다.

택시를 내려 호텔 정문 앞에서 멈칫거리는 나의 행동에 아내는 의아스러운 눈길을 보내왔다.

원래 시간 개념에 대해선 무관한 친구이기에 낭패감이 머리를 들쑤시고 올라왔다.

식당 한 쪽에 자리를 잡고 주위를 둘러봐도 역시 그 친구는 보이지 않는다. 아이들의 투정이 여간 아니다. 웨이터 아저씨가 왔는데도 왜 식사주문을 하지 않느냐, 언제까지 이렇게 기다려야 하느냐, 아이들의 영악함이란 때로는 피곤한 법인가보다. 아내의 조용한 설득에도 아이들의 기분은 별로 나아져 보이지 않는다.

약속시간이 한참 지난 뒤 그 친구는 헐헐웃음을 흘리며 나타났다. 그의 처와 두 아들도 함께 참으로 긴 시간이 흐르고 있었다. 그 친구의 취향으로 주문한 식사에 열중하면서도 빨리 자리를 비우고 싶은 생각만이 간절하였다.

초면의 자리도 아니면서 데면데면한 표정으로 아이들의 식사시중을 들어주고 있는 그의 처, 익숙지 않은 식사법에 곤욕을 치러내는 아이들 때문에 우아한 분위기를 도저히 펼쳐낼 수 없는 나의 아내, 그녀는 당혹함으로 차츰 얼굴까지 붉게 물들어가고 있었다.

관심 없는 표정으로 그들의 분위기에만 열심인 일그러진 지성미, 문득 딸아이들의 머리위로 검은 물방울무늬의 두 마리 나비가 고즈넉한 날갯짓을 힘겹게 흐늘거리고 있었다.

오후 내내 가꾸어온 우아한 저녁식사의 꿈에서 깨어난 아내의 눈망울이 조용히 흔들려왔다.

두툼한 지갑에서 빳빳한 지폐를 한참이나 세어내던 그 친구가 또 다시 헐헐웃음을 흘려냈다.

"나 좀 어디 한군데 들를 데가 있거든, 오늘 식사 괜찮았지? 그럼 나중에 또 보자구."

호텔을 나와 회색 그랜저 승용차에 올라탄 그 친구가 가볍게 손을 흔들었다.

이미 어둠이 짙게 내려앉은 황홀한 강남의 하늘에선 시린 그믐의 뿌연 빛이 을씨년스럽게 쏟아지고 있었다. 그날 이후로 아내는 말이 없었다.

원래 적은 말수인데다 웃음기까지 가신 그녀의 얼굴에서는 세상을 오래 살아낸 듯한 골 깊은 삶의 그림자가 깊게 드리워갔다. 그보다는 지금껏 살아온 삶의 방식에 깊은 회의를 느끼고 있는 지도 몰랐다.

빠듯이 꾸려가는 삶의 언저리에서 언제나 주위에서 몰아치던 바람을 아내는 막아내기가 힘겨웠는지도 모른다.

인정할 수밖에 없는 현실의 무게가 새삼 나를 자괴의 깊은 늪으로 끌어가고 있었다. 달라질 것 없는 나의 삶이 그렇게 또 단조롭게 흘러갔다.

그날따라 늦은 귀가였지만 아내는 늘 그래왔던 것처럼 조용히 나를 기다리고 있었다. 자못 심각한 표정으로 정색까지 한 그녀로부터 나는 처음으로 이민이라는 소리를 들었다. 우리 삶의 조목조목을 들춰가며 펼쳐내는 그녀의 이민의 당위성 앞에 나는 반론도 못 편 채 끄-응 꺼져가는 깊은 신음소리를 토해내고 말았다. 굳어있던 가슴 한쪽으로 변화의 파장이 조용히 번져왔다. 아내는 이미 알아볼 것은 다 알아보고 난 뒤였다. 여행사에 근무하는 그녀의 사촌 형부를 통해 이민에 대한 모든 것을 꿰뚫고 있었다.

“우리에겐 남미의 아르헨티나가 가장 어울릴 것 같아요. 당신도 한 번 더 알아보세요.”

단순하지만은 않은 나의 성격이 이민이라는 말에 왜 그렇게 빨리 순응해버렸는지 지금 생각해도 놀라운 일이었다. 아니 놀랍다기보다는 내 잠재의식의 한쪽에서 열망해 온 변화의 바람 때문이었는지도 모른다. 아무튼 마음을 결정하고 난 우리의 생활은 몰라보게 달라져 갔다. 전에 없던 활기나 미지에의 개척의 꿈과 그리고 막연하나마 못다 한 꿈을 이루어낼 것 같은 부푼 기대감이 가슴을 꽈악 채우고 있었다.

드디어 비자를 받아 쥐고는 몸도 마음도 무척 바빠졌다. 평소에 잘 찾아보지 못한 친지들과 친구들을 만나보는 것도 큰일이었다. 그 중에서도 어머니의 애절함은 나를 잠시 휘청이게 하였다. 오래 전에 아버지를 떠나보내신 후 형님 집으로 거처를 옮기신 어머니, 막내인 나에겐 그저 애틋함으로 눈물을 아끼지 않으시던 어머니, 나는 이민의 구실로 늙으신 어머니의 가슴에 깊은 못을 박아야했다.

바쁜 며칠을 남겨두고 어느 친구에게서 들은 이야기,

"주영이 그 자식 요즘 헤매고 있나봐, 제법 잘 나가더니……."

어찌됐건 나에게 이민의 동기를 부여해 준 그 친구의 안위는 바람처럼 그때까지도 내 주위를 맴돌고 있었다.

어둠에 젖어가는 부에노스 아이레스의 밤은 오후와는 달리 활기를 띠어가고 있었다. 조금 전과는 다르게 빈자리들이 사람들로 채워져 가고 있었다. 시계를 들여다보았다. 약속시간이 두 시간이나 지나버렸다.

종업원을 불러 콜라 석 잔 값을 치르고 도망치듯 카페집을 나섰다. 아직도 무더운 열기는 가실 줄 모르고 있었다. 왠지 모를 서글픔 같은 것이 밀려왔다. 끝내 약속장소에 나타나주지 않은 그 친구의 행위 때문만은 아닌 공연스레 지구 반 바퀴를 돌아온 인생살이의 아픔 같은 것들이 혼란스럽게 가슴을 쥐어뜯고 있었다.

공중전화 부스를 조금 망설이다가 그냥 걸었다. 아무 것도 생각하고 싶지가 않았다. 몸속 구석구석에 감추어 있었던 알 수 없는 기운들이 뜨겁게 목구멍 깊숙이에서 솟구치고 있었다.

슈퍼에 들려 비노(와인) 몇 병을 사들고 택시를 잡았다. 후끈한 어둠의 도시 속으로 택시는 빨려가듯 스쳐나갔다. 휘황찬 네온의 물결이 어지러이 차창을 흔들었다.

행운을 움켜쥐려 늘어선 가난한 마음들이 빙고장 앞을 가득 메우며 내 시야를 빗겨가고 있었다. 사람 사는 곳은 어디든 같은 것인가. 허망이 휘둘리어진 가슴에 물큰거리고 있었다. '부르륵 부르륵' 미싱일에 열심이었던 아내가 고개를 들고 빤히 올려다보았다. 화장기 없는 그녀의 얼굴이 부연 형광빛에 누르퉁퉁해 보인다. 풀썩풀썩 피어오르고 있는 먼지, 그녀의 머리 위론 어느새 눈꽃 같은 먼지송이들이 뭉게뭉게 피어있었다. 문득 아내의 머리 위로 함초롬한 국화의 떨기들이 풀풀이 흩날리고 있었다. 언제나 은은했던 그녀의 향은 오간 데 없이 영락없는 여편네의 질펀한 몰골이 가슴을 지긋이 눌러왔다.

하던 일을 계속하며 아내가 머리도 안 들고 물어왔다.

"저녁은요?"

다른 궁금한 일도 있어 물어볼 법 한데도 아내는 관심 밖이란 듯이 미싱만 열심히 밟아대고 있었다. 가슴이 답답해 왔다. 아직도 알 수 없는 몸속의 기운들이 온몸을 휘젓고 있었다. 황급한 구급차의 사이렌 소리가 아주 가까이에서 어둠의 저쪽으로 바쁘게 사라져갔다. 무심한 내 밖으로……

수화기에서 울려나오던 그 친구의 목소리는 예전 같지 않게 어쩐지 풀죽은 소리였다.

"야, 홍 조웅! 나야, 나. 그래, 어떻게 지내고 있어? 그곳 생활이 어떠냐구? 아마 곧 만나게 될 거야……. 또 연락할게."

느닷없는 그의 전화를 받고 나는 한참이나 혼란을 겪어야 했다. 그가 온다니 어쩐지 헛소리만은 아닌 듯했다. 몇 차례 전화를 받았던 나는 그의 입국일자를 은근히 설레며 기다렸다.

에세이사 국제공항을 빠져나온 그의 가족과 함께 그는 예의 헐헐웃음을 이곳 아르헨티나 땅에 마구 쏟아내고 있었다. 역시 그 친구는 남다른 데가 있었다. 이민 짐을 던져놓기가 무섭게 그의 행보는 무척이나 빨랐다. 이민 1년을 먼저 살아낸 나보다도 무슨 일이든 앞서 나갔다.

여전한 그의 오만함은 오히려 서울에서보다 더 고삐가 풀려있어 보였다. 대략은 내가 알고 있은 서울에서의 마지막 그의 형태가 그에겐 불편했던지 그는 내게서 차츰 멀어져갔다. 그가 피워내고 있는 연기 밖에서 늘 침묵할 수밖에 없었던 어느 날 그는 나에게 결별을 선언해 왔다.

"어차피 이민이란 개척해야 되는 거 아냐? 내 길과 네 길이 같을 순 없잖아. 이제부턴 서로 무관하게 독자적으로 살자구. 인생은 역시 남남끼리 어울려 사는 게 묘미가 있거든. 안 그래?"

그리고는 이해할 수 없는 한 달 남짓의 생활비를 나에게 내밀었다. 나는 그때 처음으로 그에게 분노하고 말았다. 철저한 갚음, 물질우선주의의 변치 않는 그의 이성, 나는 지금껏 참아온 그에 대한 감정을 송두리째 터트리듯 길길이 날뛰었다.

아내의 필사적인 매달림으로 나는 그 자리를 간신히 지켜낼 수 있었다. 그렇게 지나버린 6년여 외면의 살이에도 늘 마음 한 구석을 찜찜하게 만들었던 그 친구가 세월이 가면서도 잊히지 않는 것은 왜일까. 걸러질 수 없는 그 친구와의 감정의 찌꺼기는 오래도록 나를 괴롭히고 있었다. 망설이던 끝에 용기를 냈다.

이곳저곳을 수소문한 끝에 그 친구의 전화번호를 알아낼 수 있었다. 아직도 못마땅한 표정을 감추지 않는 아내를 무시한 채 용기를 내고 수화기를 들었다. 긴장감으로 가슴까지 떨려왔다. 감정을 바닥에 드리운 채로 힘없는 그의 목소리가 흘러나왔다. 만나고 싶다는 단순한 나의 제의에 그도 순순히 응해 왔다. 아주 힘든 목소리로.

"리바다비아 6700대, 카페 집……."

그리고 그는 약속 장소에 나타나지 않은 것이다.

수명을 다해가는 라디오의 마지막 발악인 듯 찢어지는 광란의 음악소리에 눈을 뜬건 아침 8시가 훨씬 지난 시간이었다. 어제 밤에 마셔댄 비노의 양이 과했던 듯 싶다. 머릿속이 제각각으로 분열하며 으깨지고 있었다. 기계의 소음과 볼륨 높은 음악이 빚어내는 이민살이의 아침은 소란으로 시작되고 있었다.

부산한 소용돌이 속에도 차분히 일손을 맞춰나가는 아내의 손길이 남달라 보인다. 제 어미와 함께 한 몫을 단단히 해내고 있는 딸아이들의 분주

함도 여간 아니다. 국민학교와 중학교에 다니고 있는 딸아이들도 여름 방학을 송두리째 어른들의 이민살이에 함께 쏟아 붓고 있었다.

이따금씩 안쓰럽다는 생각만으로는 보상할 수 없음을 지금에야 느낀 것은 아니었는데, 괜스레 이 아침에 뒤틀려오는 심사는 무엇이란 말인가.

마셔낸 비노 탓인지 늘상 고민스럽던 변기통에서의 쥐어짜던 고통이 모처럼 후련함으로 색다른 감흥을 불러왔다. 그래도 미진한 배를 끌어안으며 나도 퍼뜩 삶의 자리로 돌아가고 있었다.

연말 대목을 앞둔 도매상들의 경쟁을 치열하다 못해 마치 전쟁을 치루어내고 있는 느낌이다. 덩달아 나 같은 봉제업을 하는 사람들이야말로 몸도 마음도 어찌해 볼 수 없는 바쁜 시절이니, 인접국인 볼리비아에서 일을 찾아 철새처럼 흘러드는 그들을 먹이고 재우는 일마저도 요즘 같으면 만만찮은 터이기에 아내는 더욱 지악을 떨어대고 있었다.

잣대 없이 무작정 덤비는 의류소매상을 2년여 만에 빈 몸으로 털고 나오던 날, 하늘이 무너지는 황당함에 나와 아내는 할 말을 잊었다.

마음만 앞선 이민의 꿈에 앞 뒤 분별없이 내닫던 회환의 몫은 엄청난 무게로 짓눌러왔다.

실마리를 찾지 못해 애태우던 고통의 세월 그 중에는 박주영 그 친구와의 두꺼운 감정의 부스러기들이 가슴 밑바닥에 웅크리고 있었지만, 아무튼 이대로 절망만 하고 있을 수는 없었다.

그나마 아내의 품위를 겨우 지탱해 준 결혼예물을 처분하고 돌아서며 아내는 많은 눈물을 쏟아냈다. 의지할 곳 없는 빈 껍질의 모습으로 그녀는 한없이 쪼글대고 있었다.

침잠의 깊은 늪으로 가라앉아 가는 변변찮은 내 의식의 구석에서 꿈틀대는 불구의 삶.

겨우 장만한 봉제미싱 두 대, 한숨을 흘릴 겨를도 없이 나와 아내는 밟아댔다. 완제품보다는 불량품이 더 많았던 시절.

눈물의 빵을 떼어보지 않은 사람은……. 어쩌구 하던 고상한 철인의 인생의 의미도 생각할 겨를이 없었다.

한치 앞도 생각할 수 없는 그저 먹고 살아야겠기에 나와 아내는 밤을 낮 삼아 밟고 또 밟아댔다.

노력의 덕인지 차츰 단골 거래처도 생겨갔고 볼리비아 일꾼들의 머리수도 나날이 새로운 사람들로 채워져 갔다.

나중에는 식당 겸 거실로 쓰던 공간이 우리의 안방차지가 될 수밖에 없었다. 해내고 있다는 자긍심, 힘들지만 어려운 줄 모르게 살아야할 이민이었다.

뿌리 없이 부유하는 이방인답게 적당히 허둥대야만 되었고…….

미국으로의 재이민, 이곳의 사람들은 그것을 삼민이라고 불렀다. 오랜 경제 불황의 늪에서 사람들은 재이민으로 탈출을 시도하고 있었다. 떳떳이 여권에 도장 박아 하늘을 가듯 떠나는 사람, 죽음의 사선이라도 넘듯 멕시코를 경유한 일명 담치기로 많은 사람들이 희망의 나라로 떠나갔다.

남아 사는 사람들의 가슴으로 산산하게 몰아치던 바람을 모른 척하며 누군가 쓸쓸히 뱉어내던 말이 떠올랐다.

“역마살이 끼지 않고서야 이곳까지든 왔겠어. 이놈, 저놈, 잡놈들이 몰려와서 사는 것이 이민이야. 어느 놈이던 이민 올 때 합격판정 받고 온 놈 있으면 나와 보라고 해.”

바람처럼 스쳐갔던 예전의 이야기가 이민을 살아갈수록 피부에 진득히 곰실거리는 것은 왜일까. 그들이 가꾸어온 이민의 텃밭에서 그들은 한결같은 목소리를 높이고 있었다. 그리고 언제부터인지 나도 그들과 함께 하지 않으면 설 수 없는 나의 이민의 자리를 쓸쓸히 돌아보아야 했다.

반만년 농경문화의 유산을 박차고 과감히 떠듦으로 자리바꿈한 그들의 진취성, 다시 끼리끼리 모여 사는 원래의 문화성으로 회귀할 수밖에 없는 삶. 그래 우리는 모두 한민족이니까…….

벌써 이틀이 지나고 있었다. 그 친구를 까페집에서 기다리다 돌아온 지가 아직도 가슴 한 쪽에 앙금처럼 가라앉아 있는 감정의 찌꺼기가 은근히 머리로 들어왔다.

달력 끝머리에 휘갈겨 적어 놓은 그의 전화번호를 한참동안 노려보았다.

잊었던 상처를 살금살금 매만지는 듯한 신호음이 길게 여운을 끌고 있었다.

한참이 지난 뒤 그녀의 낭랑한 목소리가 고상히 흘러나왔다. 하는 수 없이 나도 수화기를 입에 바짝 가져갔다.

"안녕하세요."

"네, 안녕하세요."

"저, 미라아빠 홍종웅입니다……."

"어머나!"

긴장 뒤의 안도감으로 맥 풀린 한숨마저 터져 나왔다. 뒤이어 지나치게 호들갑스러운 그녀의 목소리가 수화기를 타고 귓전에서 뿔뿔이 흩어졌다. 한참을 반색하던 그의 처가 갑자기 울음을 터뜨렸다. 감정의 높낮이를 마음대로 조절하는 그녀의 섬세함이 마뜩찮게 가슴을 후려냈다.

뒤이어 지푸라기라도 감아쥘 듯한 절박감이 나의 온몸을 감싸고 있었다.

한동안 감정을 추스르는지 말을 끊었던 그녀가 이번에는 침착한 어조로 또박또박 말을 이어갔다.

오래 전부터 그 친구는 몸이 몰라보게 쇠약해 갔다는 것과 그러면서도 병원 문턱은 절대로 넘지 않겠다고 고집을 부렸다는 것, 그리고 며칠 전부터는 헛소리까지 자주 했다는 이야기, 그러다가 피까지 토하고 쓰러져 구급차에 실려 갔다는 그녀의 황망한 이야기가 내 귓전을 쾅쾅 두드리며 부서져갔다.

머릿속이 자꾸만 텅 비어갔다.

"병원이 어딥니까? 언제 그렇게 됐어요?"

두서없이 내뱉는 나의 목소리가 자꾸 커져갔다.

"훼르난데스 병원 2010호에요. 그저께 오후쯤……."

힘없이 웅얼대던 그 친구의 목소리가 귓가에서 맴돌며 떠나지 않았다. 헛소리까지 했다는데……. 그러면서도 그 친구는 정말 나를 만나려 했을까. 정리되지 않는 머릿속이 온통 혼란스러웠다.

옷에 달라붙은 실밥을 뜯어내던 아내가 이번엔 관심을 가지고 물어왔다.

"무슨 일이래요?"

"글쎄, 병원에 실려 갔다니……."

나는 더 이상 말을 하지 않았다.

아내도 더는 묻지 않았다. 왠지 불길한 징후를 함께 느꼈기 때문일까. 답답함에 문밖을 나와 잠시 서성였다. 별빛이 유난히 초롱대고 있었다.

'내일도 꽤나 덥겠는 걸…….'

아무튼 밤은 더디 새고 있었다.

아침부터 쏟아내는 태양의 횡포는 온 도시의 거죽을 사정없이 짓이겨대고 있었다.

훼르난데스 국립 무료병원 2층 2010호실 앞에 선 나의 가슴은 알 수 없는 긴장감과 불안함으로 마구 떨리고 있었다.

콧속에 축축이 배어가는 소독내의 싸함이 오장을 뒤틀어대고 있었다.

긴 숨을 한 모금 길게 뱉으며 노크를 하였다. 아무 기척도 들리지 않는다. 불안함보다는 슬며시 걱정이 앞서고 있었다.

조용히 문을 밀었다. 문밖에서의 느글거림은 차라리 아무 것도 아니었다. 특유의 소독내와 어우러져 사람이 피워내는 악취는 심한 구토증을 불러왔다.

솟구치는 토악질을 겨우겨우 누르며 간신히 둘러봐도 그 친구의 모습은 간 곳이 없다.

돌아서며 빠르게 병실 문 손잡이를 움켜쥐었다. 느낌일까 발걸음을 채

떼기 전 욹아 채듯 뒷덜미를 당겨내는 시선, 나는 고개를 홱 꺾어 돌아보았다.

창가 쪽으로 붙어선 침대 위에서 쏟아지는 형형한 눈빛에 나는 그만 붙박인 듯 꼼짝을 할 수가 없었다.

다물어지지 않는 입으로 길게 신음이 터지고 있었다. 아니, 그건 차라리 비명에 가까운 소리였다. 나를 올려다보는 그의 모습은 이미 사람의 모습이 아니었다.

한여름인데도 길게 자란 그의 머리칼, 뼈에 가죽을 씌워놓은 살아 있는 미이라, 박주영, 그 친구를 나는 아주 가까이에서 들여다보고 있었다.

툭 불거진 광대뼈와 우물처럼 꺼져버린 퀭한 그의 눈자위에서 쏘아내던 증오의 섬뜩한 기운, 나는 그만 못 볼 것이라도 본 양 등골이 오싹 얼어붙는 한기를 느꼈다.

나는 나도 모르게 고개를 돌리고 말았다. 그저 황당함에 할 말도 잊었고 아무 생각도 떠오르지 않았다.

그가 꽉 다문 입을 겨우 풀어 뜻 모를 웃음을 흘려냈다. 반가움일까, 아니면 어색한 자기변명의 웃음일까.

공연히 화가 치밀어 올라왔다. 이 지경까지 되도록 살아내야 했던 그의 살이가 밉도록 아프게 다가왔다. 어떻게 이럴 수가 아무리 머리를 쥐어짜봐도 이해가 되지 않았다.

그가 뼈만 남은 앙상한 손마디를 겨우 흔들며 입을 달싹였다.

"이젠, 가!"

바닥에 구겨진 자신의 참혹함을 보이기 싫었는지 그 특유의 자존심을 이 상황에도 그는 여지없이 발휘하고 있었다.

더운 날씨에도 문을 열어놓을 수 없는 그의 병실에선 지독한 악취와 후텁한 열기, 그리고 음울한 기운이 함께 온 방안을 뒤덮고 있었다.

그의 아내가 모습을 나타낸 것은 한참 시간이 지난 뒤였다. 6년여 만인데도 그녀는 옛 모습 그대로 별로 달라져 보이지 않았다. 어젯밤 전화 속에서 울부짖던 그녀의 모습은 이미 아니었다.

간편히 차려입은 그녀의 발랄한 얼굴에 흐드러지게 흐르는 화장기, 참고 있었던 구역질이 다시 치솟고 있었다.

폐부 깊이 뭉클거리던 한숨을 길게 뱉어냈다.

그녀는 나를 대하는 태도에도 예전과는 많이 달라 있었다.

갑갑한 마음으로 병실을 나섰다. 병실복도를 가득 메운 음산한 기운들이 목을 조이는 듯하여 나는 보폭을 빨리 해 병원을 나서고 말았다.

어수선한 머릿속이 무척 혼란스러웠다. 무겁게 짓눌러 오는 아픈 삶의 무게, 왜, 이민을 살아가야만 할까, 지구 맨 끝 쪽에서 문화와 관습과 환경이 서로 상반된 남의 나라, 은근한 차별과 멸시, 심한 이질감에 몸살을 해오면서도 누구 말대로 자신의 타고난 역맛살의 대가쯤으로 알고 있는 것은 아닐까.

동양의 작은 나라 꼬레아, 남과 북이 나눔질한 대형사고가 잦은 나라, 대통령을 했던 사람들도 감옥을 갈 수 있는 법치의 나라 그리고 최루가스 연기가 자욱한 나라, 그들의 느물대던 상식 앞에 우리는 얼마나 떳떳했을까.

병원을 나와 한참을 걷고 있었다.

뜨겁게 쏟아지는 햇빛 그 속에서 그들은 옷을 벗고 있었다. 의식 없이 도시의 한복판에서 공원이든 어디든 공간만 있으면 그들은 태양 앞에 드러눕는다. 겨우 치부만 가린 일광욕, 아니, 그건 그들의 살 태우기 미학이었다. 청동 구리 빛의 아름다움을 추구하기 위한.

곤색 나들이 단벌 윗저고리를 벗어 팔에 꿰었다. 흥건히 젖어버린 남방 셔츠를 들추어내고 더운 바람 한 움큼이 훑고 있었다.

내 의식의 밑바닥에 두툼히 깔린 그 친구의 영상들 왜 새삼 이렇게 되살아나는지.

그 친구는 분명 죽어가고 있었다. 왜? 죽으려고 작정이라도 했단 말인가, 그렇지 않고서야…….

아내가 건네준 깨알처럼 내 갈긴 거래장부를 들고 나서긴 했지만 여전히 자신이 서질 않았다. 나도 모르는 사이 아내 주도형이 되어 버린 나의 이민살이는 아내에 의해 착실히 길들여지고 있었다. 어미 손이 약손이듯이 아내가 주물러대는 손길 따라 믿고 따라 줄밖엔 별 재간이 없는 이민, 물론 서로 돕고 살아간다는 큰 의미를 달고 있었지만 아무튼 하루 24시간도 모자라 얼굴을 맞대고 살아내야 하는 아내에게선 양파껍질 같은 상큼함보다는 질척이는 삶의 구리한 냄새가 느껴졌다.

그래도 신선치는 않지만 푸근한 안식 속에 잠길 수밖에 없는 나의 좁아터진 행동반경에 새삼 가슴이 답답해 왔다.

어쨌거나 나선 길이니 한 몫은 해야만 되었다.

거래처 몇 집을 거쳤다. 장사가 안 된다고 울상을 짓는 그들 앞에서 번번이 돌아서 나올 수밖에 없었던 나의 주변머리.

어둠을 재촉하는 고즈넉한 태양이 도시의 회색빛 건물 속으로 가라앉고 있었다.

철시를 서두르는 거리에 쫓겨난 미아처럼 나는 공연히 방황하고 있었다.

안타깝던 송년의 움츠림은 꿈이었다. 무더운 짜증 속에 해가 바뀌고 있었다. 깜빡 의식을 놓아 버렸던가.

코앞까지 다가와 어깨를 움켜내는 뜻밖에 반가움 이민 와서 사귄 몇 안 되는 사람 중의 하나 반가움을 마음껏 표현할 수 있는 또 하나의 친구가 흐린 실루엣으로 내 앞을 막아섰다. 무척 반가웠다. 나와 같은 봉제업을 착실히 해서 모은 돈으로 이젠 제법 그럴 듯한 의류상을 운영하는 그에게선 언제나 싫지 않은 신선함이 느껴졌다.

교포사회에서 일어나는 웬만한 일이면 줄줄이 꿰고 있어 그는 정보장으로도 통하고 있었다.

누가 먼저랄 것도 없이 그와 나는 가까운 교포식당 문을 들어섰다. 화풀이처럼 마셔낸 소주의 덕으로 몸도 마음도 자꾸 꺼져갔다. 모처럼의 자리에 정보장 그는 한없는 넉살과 너스레를 풀어놓고 있었다.

꺼져가는 의식의 한편에서 누군가가 나를 노려보며 다가서고 있었다. 길게 풀어헤친 머리칼, 호물호물 녹아내리는 얼굴을 쓸어내며 그가 히죽 입을 벌리며 헐헐웃음을 흘려냈다.

악, 소리는 삼켰지만 모든 세포조직이 얼어붙고 있었다. 머리를 세차게 흔들어댔다.

한잔 더 고집하는 정보장을 팽개치듯 식당 문을 나섰다.

여름밤의 열기를 걸러내는 상큼한 한 줄기 바람이 시원하였다. 취기에 눅눅히 젖어버린 머릿속으로 박주영 그 친구가 들어와 앉고 있었다. 유보해 두려했던 그와의 기억들이 모조리 살아와 나를 괴롭히고 있었다.

얼마나 잤을까. 아직도 몽롱한 혼미 속에서 꿈결처럼 들려오는 전화벨 소리에 억지 눈을 떴다. 쏟아지는 눈까풀의 무게가 한없이 온몸을 짓누르고 있었다.

아직도 희뿌연 어둠이 채 가시지 않은 새벽녘, 야습처럼 섬뜩해 달려드는 불길함이 가슴을 갉아대고 있었다. 몇 차례 신호음이 다급하게 이어졌다.

수화기를 가져가는 손끝이 가늘게 떨려왔다. 아무소리도 들리지 않았다. 그저 악을 쓰는 소리밖에는 나는 수화기를 내동댕이치고 반사적으로 튕겨 일어섰다.

선듯한 새벽공기가 뿌연 어둠을 가르고 있었다. 온몸의 기운이 목젖 아래로 꺼져가고 있었고 발목을 낚아챈 듯한 죽음의 그림자에 진저리를 쳤다.

흐읍, 새벽공기 한 움큼을 가슴에 울궈내어 길게 토해 버렸다. 지금 나는 어디로 가는 걸까. 허둥대는 발걸음이 몹시 휘청였다.

황금빛살 어둠의 껍질을 벗겨내는 도시의 일출이 황홀한 용트림을 하고 있었다.

길가의 가로수들도 태양맞이의 채비에 여념이 없었고 그런데 내 친구는 죽어가고 있었다. 아니, 벌써 죽었는지도 모른다.

병실 복도가 길게 다가왔다. 아무리 해도 닿을 수 없는 먼 길처럼 2010호 병실 앞에 쪼그리고 흐느끼는 그의 처, 그녀를 본 순간 나는 아무 것도 할 수가 없었다.

모든 것이 정지되고 있었다. 생각이나 육신의 몸놀림마저 용케도 버티고 있던 기운이 소멸의 터널로 깊이깊이 떨어져갔다.

으스스한 냉기가 빙산의 거대한 틀 속에 나를 가두고 있었다.

소리를 질러야 했다. 무슨 소리든 악을 쓰든, 울부짖든, 목이 터져라 소리쳐야 했는데, 이미 사그라진 기운은 소멸을 다했는지 좀처럼 깨어나지 않고 있었다.

흰 가운까지 걸치고 죽음의 심판관처럼 병실 문을 밀고 나서는 세 사람. 이전엔 나와 같은 줄 알았던 그 사람들, 그러나 이젠 전혀 낯선 이방인으로 뚜벅이며 마치 저승사자의 모습으로 다가왔다.

나는 그들을 밀치듯 병실 문을 왈칵 열었다. 하얀 시트에 덮여있는 그의 죽음, 오만과 오욕으로 살아왔던 그의 생. 이 왜소한 그의 빈 껍질 밖으로 스멀스멀 한 점 자취도 없이 스러지고 있었다.

가슴이 터지고 있었다. 머릿속도 텅 비어갔고 더러움으로 꽉 차 있을 나의 육신이 갈가리 찢기고 으깨지고 있었다.

그리고 나는 아무것도 아니었다. 모든 것이 빈 껍질 속에서 겨우 흐느적이고 있을 뿐이었다.

망연히 그의 죽음을 내려다 볼 수밖에 없었던 어처구니……, 지금의 내겐 분명 무슨 일이 일어났는데…….

모든 것은 빠르게 진행되어 갔다. 이미 죽음을 맞은 사람은 결코 사람일 수가 없었다.

한 줌 흙으로 돌아가기 위한 그의 황홀한 45년 여정은 아주 빈곤한 수순을 밟아가고 있었다.

그 남편에 그 아내였을까. 그녀의 행보 또한 남다른 데가 있었다. 그녀가 다니던 교회의 목사와 장례절차를 마치고 붉게 상기된 얼굴로 그녀는 내게 다가왔다.

"화장해서 한국에 가지고 갈 거예요."

나는 아무 말도 하지 않았다. 아직도 허구와 허무 사이에서 혼란만 거듭하는 머릿속이 어수선하였다. 밖으로는 벌써 장의차가 대기 중이었다.

여전히 태양은 온 도시에 뜨거운 열기를 폭포처럼 쏟아 붓고 있었다.

매캐한 연기가 하늘하늘 피어오르고 있었다. 목구멍을 싸아 후려내는 향의 내음, 붉은 꽃잎처럼 할할대며 녹여내는 촛불의 일렁임, 짙은 회색 양복으로 말쑥이 단장한 그 친구가 평소와는 달리 지극히 평안한 얼굴로 마지막 준비를 서두르고 있었다.

바다 속 같은 고요와 흰 조화의 향이 빚어내는 석별의 향연, 나는 잠시 그 속으로 빨려들 듯 취해갔다. 돌아오지 못할 길을 떠나며 그 친구가 헐헐웃음을 내게 흘렸고 나는 그를 지켜보며 가슴을 말아 쥐고 가쁜 숨만 토해냈다. 그렇게 그 친구와 나는 맴돌며 바라보다 돌아서는 운우의 춤을 추었다. 밖으로는 벌써 어둠이 내리고 있었다.

이승에서의 마지막 밤을 맞는 그에게 평소 알고 지냈던 조문행렬은 썰렁함을 겨우 면하고 있었다.

아비의 죽음을 의연히 지키고 있는 그의 두 아들과 조문객이 올 때마다 못다한 정이 솟구치는지 그녀는 가만히 훌쩍였다.

조용한 소용돌이인가. 조문객 중에는 몇몇 여인들도 끼어 있었다. 황당함에 흘려내는 그들의 눈물, 확인 사살이라도 거침없이 해낼 것 같은 그들의 눈빛, 이해할 수 없는 사실들이 꼬리를 물며 머릿속을 들쑤시고 있었다.

그의 아내를 돌아보았다. 시선을 바닥에 깐 채로 그녀는 아예 눈을 감고 있었다. 아직도 새벽은 멀기만 한데. "전능하신 아버지 하나님, 오늘 세상을 떠난 박주영 성도에게 천당 문을 열어주시어 그로 하여금 평화의 안식에 들게 해 주시옵소서. 그리하여 여기 남아있는 그의 가족들에게도 아버지 하나님의 축복 속에 살게 해 주시고……."

그리고 그들은 큰소리로 찬송가를 부르기 시작하였다. "……며치루 며치루 요단강 건너가 만나리……."

그리고는 그 친구를 천국에 보내고 온 사신처럼 영험한 목사는 웃음까지 지어가며 유족들을 위로했다.

"천당에 갔으니 걱정 말고 앞으론 열심히 살아야해……."

그녀가 대답하였다.

"예, 믿습니다."

검은 세단을 타고 그는 떠나고 있었다. 보무도 당당히 오랜 세월 맴돌던 나의 곁에서도 영원히 떠나고 있었다.

도시를 가로지르는 철길을 건너고, 울퉁불퉁한 돌길엔 덜컹이며 지나고, 신호등 앞에선 잠시 멈칫하더니 다시 또 길을 따라 앞서고 있었다.

이승의 마지막 문턱까지 거침없이 달려온 그 친구는 이제는 자신의 흔적조차도 용납 안할 것처럼 장렬한 산화를 서두르고 있었다. 티 한 점 남김없이 여한 없는 그는 막무가내였지만 운구의 행렬은 초라하기 그지없었다. 슬픔을 두껍게 바른 침통함으로 행렬은 삐걱거리고 있었다. 오싹한 한기가 모두를 휘감고 있었다. 근접하기 싫은 묵직한 회빛색 건물과 더러움을 살라버린 정화의 높은 굴뚝 부르르 진저리가 쳐졌다.

그래도 갈 수밖에 없는 그 길을 찬송의 위로가 따르고 있었다. 악마의 아가리처럼 그르렁대며 육중이 들려 올라가는 이승의 마지막 문, 그 친구만이 갈 수 있는 마지막 문 앞에서 나는 그동안 참아냈던 울음을 터뜨렸다. 온몸이 마구 헝클어지고 있었다. 이젠 영원히 떠나는 나의 친구 박주영, 기억 속에선 얼마나 또 나를 헐헐대며 맴돌려는지.

숙연한 배웅을 마치고 다시 이민의 삶으로 돌아서는 바쁜 걸음들, 나는 뒤돌아보았다. 온갖 삶의 찌꺼기를 모두 버리고 비상하는 영혼의 작은 새,

그는 영원히 나의 곁을 떠나고 있었다.

'친구여! 부디 안녕히…….'

그녀의 변이는 놀라운 것이었다. 졸였던 가슴을 펴듯 한숨까지 몰아쉬는 그녀의 눈가엔 어느새 질척한 삶의 그림자가 번져가고 있었다. 알 수 없는 것이 사람의 마음이라 했던가. 괜스레 가슴이 답답해왔다. 눈가에 매달린 피곤이 한꺼번에 몰아쳐왔다. 돌아서는 발걸음마저도 휘청이고 있었다.

집에 돌아온 나는 샤워꼭지에 매달렸다. 씻고 또 씻어내도 어딘가에 진득이 남아있을 죽음의 그림자 때문에 몸서리를 쳐대며 그리고는 독한 술을 병째로 목구멍에 털어 부었다.

후끈한 열기가 온몸을 휘젓고 있었지만 정신은 아직도 말짱하게 고집을 피우고 있었다. 그리고 나는 아내를 안았다. 감각 신경을 상실한 것일까, 전혀 느낌이 오지 않았다.

머릿속으로 스산한 바람이 스치고 있었다. 무섭게 파고드는 외로움에 갓난아이처럼 나는 아내의 가슴에서 할딱이고 있었다.

눈을 떠보니 아침이었다. 달라진 것은 아무것도 없었다.

여전히 태양은 나의 집 담장 끝에 걸려있었고 바삐 돌아가는 기계의 소음과 의미 없이 가슴을 후려내는 볼륨 높은 라틴음악, 바쁜 몸짓들, 삶은 그렇게 변함없이 이어지고 있었다.

한바탕 홍역을 치러낸 요 며칠이 꿈길처럼 희미하게 살아왔다. 맨 처음, 병원에서 나를 바라보던 그 친구의 눈빛, 한 줌의 재밖엔 안 될 그 친구의 유골을 그냥 묘원에 남겨둔 채로 돌아서던 그녀의 호늘거림, 자꾸만 뒤를 돌아보던 그 친구의 두 아들, 얽힌 실타래를 들여다보듯 막막했던 나의 주변머리, 모두가 다른 눈빛들이 나를 혼미 속으로 밀어 넣고 있었다.

판에 박은 듯한 며칠이 그냥 흘러갔다. 딸아이가 건네준 수화기에서 나는 또다시 그녀를 대할 수 있었다. 그녀는 벌써 모든 것을 정리하고 가방을 꾸리는 중이라 했다. 그녀의 목소리는 생기가 넘쳐 났고 전에 없던 수

다까지 적당히 떨어댔다. 새로운 인생의 설계에도 여념이 없어 보였다. 귀국일자를 말해 왔다.

'찰칵' 들고 있던 수화기를 나는 내동댕이치듯 던져버렸다.

박살이 날줄 알았던 수화기에선 다행히도 무심한 신호음이 길게 가슴을 후비고 있었다.

음산한 날씨였다. 공항을 들어서며 추적이던 빗발은 잠시 후 우레까지 동반한 폭우로 변해버렸다. 빗속에 차를 내린 그녀가 다가왔다. 화장기 짙은 그녀의 매무새가 어딘지 모르게 어색해 보였다. 파마로 머리를 뒤틀어 요란한 멋을 살려냈지만 몰라보게 수척해진 얼굴과 눈자위마저 푹 꺼져 있어 나는 공연한 죄스러움에 고개를 돌리고 말았다.

그녀는 검은 색 가죽가방을 품에 안고 있었다. 그의 유골인 듯했다. 출국 수속을 마친 그녀가 돌아서며 활짝 웃었다. 그녀의 눈꼬리에 짐승의 발톱자국처럼 깊은 골이 찌익 그어지고 있었다.

왜 이럴까, 지독한 편견이었다. 이래선 안 되는데…….

거센 빗발은 조금도 누그러지지 않고 있었다. 밖의 습한 기온과 에어컨의 위력으로 공항 대합실은 으스스 한기가 느껴졌다. 그의 둘째 아이가 추운 듯 몸을 움츠려댔다. 지극한 모성이 지나칠 리 없었다. 그녀가 얼른 다가가 가방의 지퍼를 찌익 찢어 터진 배를 갈라내듯 양피가죽 털옷을 꺼내 아이들을 걸쳐주고 있었다.

순간 감전처럼 달라붙어 온몸의 세포를 쭈뼛이게 하는 충격 아! 그때까지 숨죽이던 나의 이성은 정신없이 버둥거리고 있었다. 목소리까지 떨려 나왔다.

"저어, 그 친군 어디 있습니까? 유골 말입니다."

"아, 예, 이민가방 속에 넣었어요. 들고 다니기가 불편해서요. 그것도 오늘 아침에 몇 시간이나 기다려 겨우 찾아갖고 나온 걸요."

"……"

목이 타고 있었다. 극심한 갈증이 온몸의 수분을 사정없이 핥고 있었다.

이리 쓸리고 저리 쓸리며 화물칸으로 사라지던 그녀의 살이들, 한쪽 어딘가에 틀어박혀 철저한 한 줌의 먼지이기를 고집하는 그 친구의 헐헐웃음이 안타까이 나를 이끌고 있었다.

출국장으로 오르는 에스컬레이터에서 그녀가 돌아서며 몇몇 출영객에게 깍듯한 인사를 하였다.

"그동안 고마웠어요. 안녕히 계세요."

차라리 눈을 감고 있을 걸, 나는 그때 꼭 보지 않아도 될 것을 보고 말았다. 그 친구의 두 아들 중 큰아이가 제 아비와 똑같은 헐헐웃음을 조금도 틀리지 않게 연출해 내고 있는 것을 나는 넋 놓고 바라볼 수밖에 없었다.

바람까지 합세한 폭우의 기세는 조금도 꺾이지 않고 있었다.

몸도 마음도 푹 젖고 싶은 한여름의 오후였다.

그의 가족들이 떠난 지도 몇 달이 지나버렸다. 여전히 시간은 멈춤 없이 흘러갔고 시간 속에 내맡긴 나의 이민살이도 변함없이 흘러갔다.

아직도 검부러기처럼 피어오르는 그 친구의 가족들의 잔해는 여전히 내 가슴에 남아 맴돌고 있을 뿐이었다.

어느새 계절이 바뀌어 있었다. 가을의 문턱이 낮게 성큼 들어앉은 3월 하순의 스산함이 발밑에 와삭이는 낙엽처럼 처량하였다.

바쁜 삶을 핑계대어 그 친구의 일도 차츰 잊어가고 있었다. 그래서 인간은 망각의 동물이라 했던가. 변화에 의해 편리해질 수 있는 만물의 영장.

정보장이라고 불리는 그에게서 전화를 받은 것은 엊그제의 일이었다. 허튼 너스레를 한껏 떨어대던 그가 뜻밖의 야유회를 제의해 왔다.

"사람하구는 집에 틀어박혀 궁상좀 그만 떨고 우리 가까운 곳에 가서 가족끼리 하루 좀 쉬자구. 참, 나 이번에 새차를 뽑았거던. 베스타로 말야. 일요일에 내가 집으로 갈 테니 준비하고 있으라구, 그럼."

억양은 달랐지만 전해오는 어감은 그렇지가 않았다. 잊으려했던 기억들이 다시 살아나고 있었다. 한 마리 작은 새…….

아주 가까이 느껴지는 그 친구의 숨결이 뒷덜미를 누르고 있었다. 나는 떨쳐내듯 고개를 세차게 흔들어 버렸다.

이민의 향수를 달래기엔 그래도 흘러간 옛 노래인가. 성능 좋은 스피커에서 울려나오는 귀에 익은 대중가요의 친근함이 모처럼의 나들이에 느긋한 풍요를 부르고 있었다.

모처럼의 일탈이 가져오는 일종의 해방감일까. 긴장감이 풀린 느슨함으로 인해 아내의 구김이 펴지고 있었다. 나는 달리는 창밖으로 시선을 던졌다. 가슴에 쌓여있던 잡다한 찌꺼기들이 빠져나가고 있었다.

나는 푸른 대기 한 움큼을 입에 물고 음미하듯 천천히 씹어냈다.

적당한 숲을 찾아 우리 모두는 자연의 정취 속으로 취해갔다. 고기를 굽고 준비해 온 음식들을 펼쳐놓으며 쏟아내는 함박웃음, 켜켜이 쌓인 이민의 애증을 풀어내는 삶의 지혜를 우리는 자연 속에서 깨닫고 있었다.

숲엔 냄새가 있었다. 초록빛의 신선한 냄새, 숲이 주는 살아 있는 삶의 냄새, 아! 위대한 자연의 냄새. 나는 그 속으로 몰두하듯 취해가고 있었다.

그가 잔이 넘치도록 술을 따랐다. 이미 그의 눈가도 벌겋게 달아 있었다.

"아니, 이렇게 마시고 운전을 제대로 할 수 있겠어?"

걱정을 섞어 지나는 말로 내가 물었다.

"별 걱정을. 마음 푹 놓고 마시기나 하라구. 그건 그렇고 요즘 무슨 고민 있어? 안색이 왜 그래?"

"고민은 좀 피곤한 게지."

"무슨 일이 있었던 건 아니구?"

"일은 응, 참 친구가 죽었거든."

"친구, 누군데?"

집요하다 싶을 정도로 그는 물고 늘어졌다.

무엇이든 다 알아야 직성이 풀리는 그의 성격이고 보니 어쩔 도리가 없었다. 내가 말을 꺼내기도 전에 그가 아는 체를 하였다.

"가만있자, 그럼······."

"왜, 아는 사람이야?"

이번엔 내가 호기심을 가지고 그를 바라보았다. 말을 끊어 술잔을 가져가는 그의 표정이 사뭇 달라 보인다. 부쩍 호기심이 치솟고 있었다.

"혹시 그 친구 박주영이라고 하는 사람 아냐?"

"그래······."

대답은 얼버무렸지만 옥죄어오는 긴장감을 떨쳐낼 수가 없었다.

그가 주위를 살피듯 휘둘러보았다. 나도 덩달아 그의 시선을 따라갔다.

이젠 제법 나이티를 벗어가는 딸아이들이 그의 딸과 함께 담소에 열중하고 있는 것이 바라보였다.

한쪽 나무 그늘 밑에선 남편들 흉이라도 보는지 아내와 그의 처가 깔깔대며 열심히 쌓인 스트레스를 풀어내고 있었다.

다시 술잔을 들어 목을 축이며 그가 입을 달싹였다.

"별로 좋은 소린 아닌데, 내가 알고 있는 것만 이야기할게. 이번에 시다(에이즈)로 죽은 그 친구 여러 사람 못살게 했다는군 그래, 그리구."

"잠깐!"

고함처럼 그의 말을 잘라냈지만 그 다음 말은 이어지지 않았다.

큰 소리에 아내와 그녀가 이쪽을 돌아보았다. 그리고는 별일 아니란 듯 다시 그녀들은 이야기에 빠져갔다.

"정······, 정말이야 그게?"

더 이상은 말을 할 수 없었다.

목젖 아래로 한없이 꺼져가는 무수한 언어의 조각들이 오장을 갉고 있었다.

"아니, 여태껏 몰랐단 말야? 교민사회가 짜르르한 걸······. 그리고 그 친구 때문에 몇 사람 거덜 났다더군. 원단장사 한답시고 꽤나 설쳐대더니만……."

눈앞이 아찔해 왔다. 그간의 정황들이 다시 살아나 머릿속을 꽉 채우고 있었다.

고개를 떨군 채 시선을 피해 훌쩍이던 그녀, 공항에서의 퀭한 눈빛, 두껍게 바른 짙은 화장기. 그럼 그녀는……, 부르르 진저리가 쳐졌다.

한참 술에 달아버린 그가 아랑곳없는 표정으로 다시 말을 이어갔다.

"세상에 못 믿을게 기집이라더니 그 여잔 몇 해 전부터 바람이 났다는 거야. 그것도 새파랗게 젊은 놈하고 말야. 흥, 아마 그 여잔 제 서방 놈이 그 병인 줄도 몰랐을 걸. 아마 모르긴 몰라도……."

"그만! 제발……."

눈을 감았다. 무수한 별들이 튀고 있었다. 그리고는 아무 소리도 들리지 않았다. 꺼져버린 의식 속으로 한줄기 바람이 밀고 들어와 자리를 잡고 있었다.

(『로스안데스문학』 통권2호, 1997)

우리 가게의 종업원(현지인) 크리스티나와 에밀리아가 도둑으로 행세한다는 얘기는, 단골손님들 사이에서는 이미 파다하게 소문이 퍼진 채 오랫동안 묵인되어 왔는데, 유독 완규 씨와 나만 모르고 지냈던 모양이다.

김승현 씨네는 우리 가게의 건너편에서 어린이용 의류만을 취급하는 〈프리마베라(봄)〉라는 가게를 경영하고 있다. 그 가게의 종업원(현지인) 마리는 도둑이라는 얘기만 들어도 치를 떨면서 저주하는데, 마리의 아버지가 도둑들에게서 누명을 뒤집어 써, 몇 년 동안 억울한 옥살이를 해냈기 때문이라고.

오늘 아침, 우리 가게의 단골손님이 〈프리마베라〉에 들러서 오팍스럽게 쏟아 놓은 얘기에 마리는 자신도 모르게 비분강개했었다고 한다.

크리스티나가 착의실에서 말하기를, 따로 원하는 옷이 있으면 주인 몰래 반값에 넘겨주겠다고 유혹하더라는 것이다.

〈쳇, 내가 남자를 하나 얻어서 용돈을 타내 가지고 제값 주고 옷을 사 입으면 사 입었지 치사하게 도둑질한 옷은 안 입겠다! 꽤 민망했을 거야. 한마디로 딱 잘라 거절했으니까.〉

의분이 치솟은 마리는 즉시 김승현 씨 부인에게 대책을 의논하였고, 김승현 씨 부인은 부랴부랴 우리 가게로 전화를 해 온 것이다.

김승현 씨 부인도 그렇지, 그렇게 서둘러 전화를 했으면 사실대로 얘기해주면 간단할 것을 웬 시치미인 것일까?

"잠깐 틈을 내어 좀 와 보실래요? 급히 의논할 일이 있는데."

"무슨 일이신데요? 전화로 얘기하시면 안 될까요?"

"글쎄, 전화로 말하기는 좀 곤란한 일이 돼 놔서."

김승현 씨네와는 별로 친근한 사이도 아니고, 이렇다하게 거리낄 일도 없는데 무슨 일일까? 그리고 서로 바쁜 처지인 줄 잘 알면서 왜 날더러 오라는 것일까? 그쪽에서 찾아오면 될 텐데.

고개를 갸웃거리다가 하는 수 없이 완규 씨에게 가게를 맡겨 놓고, 길 건너편의 〈프리마베라〉에 간 나는 기절할 정도로 놀랄 수밖에.

친절하고 영리해서 매상고에 큰 일익(一翼)을 안겨주던 크리스티나가 도둑이라니. 그리고 에밀리아는 우리 가게 건너편 건물의 뽀르떼로(관리인)와 짜고 물건을 수도 없이 빼돌려 왔다는 얘기를 듣게 되자, 도대체 말문이 막혀 잠시 동안 멍한 채 서 있었을 정도였다.

"설마? 그럴 리가 없어요. 너무나 믿어 온 애들이거든요."

나의 부정적인 반응을 그들은 퍽 재미있어 했고, 거의 딱하다는 마음까지 그들의 표정에 나타나 있었다.

진정해. 그럴 수도 있어. 하지만 한 번이라도 의심 비슷한 걸 해봤어야 그들의 말을 믿을 수 있지 않을까?

김승현 씨 부인은 나를 좀 더 각성시키려는지 더욱 강하게 따지듯이 말한다.

"세뇨라, 이것도 아셔야 돼요. 크리스티나는 손님들한테 옷나부랭이나 슬쩍슬쩍 팔아대는 좀도둑이지만, 에밀리아라는 애는, 세뇨라와 세뇰이 부재중일 때 옷을 보따리 보따리 빼냈답니다. 세뇨라네 가게에서 마주 보이는 건물, 그러니까 우리 옆 건물의 뽀르떼로와 미리 내통이 돼 있어서, 주인들이 외출했다는 손짓만 보내면 우리 옆 건물의 뽀르떼로가 재빨리 달려가 옷 보따리를 들어 내 간다는군요. 에밀리아는 세뇨라네 가게에서 1년 동안 빼돌린 옷들을 팔아 자동차까지 구입했다는데, 이래도 믿기지 않으세요?"

도저히 납득이 안가는 얼굴로 엉거주춤 서 있는 내가 가엾게 생각됐는지 마리는 매우 적극적으로 나서며 자기가 손님으로 가장하여 사실인가의 여부를 당장에 확인시켜 보겠다고 얘기한다. 우선 예행연습삼아 지금 곧 다녀오겠다면서 그 일의 허락을 청하자, 아주 재미있는 일을 구경하는 사람처럼 함박웃음까지 활짝 피워내면서 빨리 다녀오라고 성화를 부리는 김승현 씨 부인.

데 딸 빨로 딸 아스띠쟈(그 나무에 그 가지)라는 아르헨티나 격언은 이런 때를 위해서 만들어졌을 테지.

마리는 입고 있던 유니폼을 벗고 나서 상의를 걸치고 핸드백까지 매더니 총총한 걸음으로 걸어나가면서 내게 다짐과 같은 말까지 남겨둔다.

"먼저 좀도둑부터 없앱시다. 에밀리아라는 큰 도둑은 다음 날로 미루자구요."

서로 바쁘게 살다 보니까 별로 왕래할 일은 없었지만, 같은 동족이라서 길에서 만나게 되면 눈인사 정도는 나눴었다. 그런 김승현 씨 부인과 마냥 무료하게 기다리고 있는 것도 쑥스러워져 뭔가 할 말을 찾는 중인데 그녀도 마찬가지 생각을 했던지 먼저 말을 건네온다.

"요즈음 장사가 어떠냐고 묻는 건 대단한 실례에 속한다죠? 실례되는 질문이기는 하지만, 어떠세요?"

어딘가 질린 듯한 나의 기분을 그녀가 읽어냈을까?

"왜요? 내 물음이 너무 직선적이었어요?"

그녀는 예의 그 함박꽃 같은 밝은 웃음을 다시 한 번 피워내고 있었다.

"그럭저럭. 작년만은 못해도 견딜만 해요."

"우린 이럴 줄 알고 작년에 비해 물건을 절반가량만 구입해 놓는 방식을 선택했어요. 매상이 줄어 든 건 아닐지라도 불경기가 확실하고 이익도 적은데 물건 욕심만 부리다가는 실패하는 지름길로 떠나는 게 아닌가 싶어서요. 장사가 이렇게 곤두박질 친 게 다 누구 탓인 줄 아세요?"

그녀는 내 대답은 아예 기다릴 필요도 없다는 듯 곧장 다음 말을 잇는다.

"우리 한국 사람들이 이렇게 만들었죠. 한국에서 질기고 좋은 천 들여다 너도 나도 옷을 만들어 놓으니 10년을 입어도 끄떡없지 않겠어요? 닳기를 하나, 색이 바래기를 하나, 거기다 값은 좀 헐해요?"

어쩌면 저렇게 당당하고 야무질까? 나는 속으로 감탄하면서 양념처럼 한마디 해둔다.

"지불할 물건 값이 많지 않으면 그게 바로 버는 거라고들 그러던데요?"

잠시 침묵하며 무료하게 앉아 있는데, 그녀가 다시 함박웃음을 입가에 피워올리며 다음 말을 건네온다.

"그 집 세뇰은 가게에 계세요?"

"네, 나보다 그 사람이 가게를 더 꼼꼼하게 잘 봐요."

"어머! 우리하고 정 반대네. 우리 그이는요. 가게에 십 분도 못 있는 성질이예요. 가게를 지키고 있자면 좀부터 쑤시는지 하루에도 열두 번씩 들락날락을 일삼는답니다. 우리 그이가 가게에 있게 되면 오히려 방해가 되고 불안해요. 그래서 되도록 밖으로 밀어내지요. 도매상에 물건하러 보내면 어떤 줄 아세요? 도매상에서 잘 나가는 옷이라고만 하면 아무 옷이나 들고 와서 어떨 땐 그 옷들이 고스란히 재고가 된답니다. 우리 그이 요즘엔 골프에 미쳐서 난리 바가지예요."

그녀는 강한 표현이 저절로 나온 게 쑥스럽다는 듯 목을 약간 움츠렸다 펴는 동작을 한다.

행여 안 그랬기를 바라는 마음에 금이 좍악 갈라지는 느낌이 드는 게, 마리가 지나치게 의기양양한 모습으로 돌아 온 것이다.

물건을 살 것처럼 몇 벌의 옷을 입어 봤는데, 크리스티나가 넌지시 해냈다는 얘기는 나를 멈칫, 뭔가 기필코 생각해 내야 하는 사람처럼 눈을 깜박이게 만들었다.

〈무슨 옷이 필요한지 미리 얘기하면 어떤 옷이든 반값에 줄 수 있어. 그 대신 주인 모르게 하는 거야. 지금은 세뇰이 있으니까 곤란해. 저 세뇰의 눈을 봤어? 우리가 보기에는 잘 안 보일 것 같지? 근데 안 그래. 눈이 큰 우리보다 더 재빠르게 구른다니까. 있지? 시에고(장님)들이 안 보이는 눈 대신에 감각기관이 정상인보다 뛰어나게 발달된 것하고 같은 이치인지도 몰라. 되도록 세뇨라 있을 때가 좋아. 세뇰은 매일 오후 4시면 아이를 데리러 유치원에 가니까 그 시간이 괜찮아. 세뇨라는 뭐든 건성이야. 어딘가 모자랄 정도로 사람이 좋은 대신에, 나사가 한두 개 모자란다고 보면 틀림없어.〉

나는 갑자기 실성한 사람처럼 웃기 시작했다. 얼마나 한참을 웃어댔던지 눈가에 눈물이 글썽일 정도였다. 너무도 격렬하게, 참아보려고 애쓰면서 웃어대서인지 명치끝이 저려왔다.

어쩌면 그렇게 정확하게 파악했을까, 그런 수긍이 생겨나서 그토록 웃어 버린 것 같다. 너무 웃어서 눈가에 맺힌 눈물방울을 찍어내며 마리와 D데이를 정한다.

"내일 오후 2시쯤이면 어떨까?"

자신없는 나를 힐책하듯, 미심쩍은 눈빛으로 바라보면서 마리는 단호하게 강조한다.

"어짜피 세뇨이 없는 시간이라야 하니까 4시에서 4시 반이어야 해요. 만약을 위해 내가 지불하려고 하는 이 지폐를 꼬삐아(복사)해 놓으세요. 독한 애들은 증거를 없애기 위해 지폐를 순식간에 삼켜버리거든요. 일단 옷을 사고 그 가게를 나올 때 내 가방을 압수하면서 그 애에게 지불한 지폐도 금세 빼앗아야 증거가 확보된다는 걸 꼭 명심하세요. 아셨죠?"

마음이 약해서도 그렇지만, 크리스티나 말마따나 나사가 한두 개 모자란 편인 나는 지폐를 복사하는 일까지는 삼간다.

어떤 계기에서든 누군가를 함정에 빠트리는 계획에 가깝다는 사실도 그다지 편안한 기분이 아닌데다가, 이런 일을 도모한다는 자체도 그다지 유쾌하지는 않아서 찝찝한 느낌이었다. 또한 나중에 이 일이 확대되었을 때, 지폐를 복사하면서까지 사람을 궁지로 몰아 세웠다고 덤터기라도 씌워질까봐 미연에 방지하려는 마음도 섞여있었다.

김승현 씨 부인과 마리에게 여러 가지로 고맙다는 인사를 하고 가게로 돌아오다가, 〈프리마베라〉의 옆 건물을 의식적으로 지켜보면서 문제의 뻔르떼로를 유심히 쳐다보게 되었다. 공교롭게도 우리 가게를 주시하고 있던 그 뽀르떼로는 유니폼을 입은 자세로 내게 손을 들어 보이더니 능청맞게 인사까지 하고 있었다.

누구를 질책하는 성격이 못 되는 나는 오히려 내 쪽에서 당황하다가 실수하여 앞으로 넘어질 뻔하였다.

나는 왜 철저한 현실주의가 못 되는 것일까? 그런 의아심으로 자신을 질책하며 스스로 생각해도 불안전한 걸음을 옮기게 된다.

가게 앞 버스 정거장 앞에는 현지인들이 입에 하품을 물거나 진열장을 기웃거리기도 하면서 버스를 기다리고 있었다.

완규 씨에게는 아무 얘기도 못하고 만다. 나 혼자 해결해도 될 일이라는 판단이 생겨서도 그랬지만, 가게 일에다 공부까지 해내야 하는 복잡한 그의 머리를, 구태여 이런 하찮은 일에 신경쓰게 할 필요는 없겠다는 염려에서였다. 그리고 완규 씨는 솔직하기가 매일매일의 날씨와 같아서 춥고, 더웁고, 비오고, 바람불고가 확실한 사람이다.

증거도 찾아내기 전에 종업원 애들을 당장 그만두게 할 정도로 맺고 끊는 게 분명한 사람이 바로 완규 씨인 것이다.

김승현 씨네서 왜 오라더냐고 묻는 완규 씨. 그에게 되도록 거짓으로 말하기 싫어서 나중에 기회 닿는 대로 자세한 얘기를 하겠노라고만 해둔다.

전날부터 진정되지 않은 상태로 두근거리는 마음의 콩당거림을 어쩌지 못해, 어제 마리가 치밀하게 건네 준 진정제를 꺼내어 한 알 삼킨다.

도저히 맨 정신으로 해낼 것 같지 않게 몸과 마음이 따로 움직인다고 할까?

마리의 다짐대로 한 사람씩 해결을 보기 위해 에밀리아를 온세지역의 도매상에 보낸다. 마침 깔사 종류의 색깔이 몇 가지. 잘나가는 색으로만 모자랐었다. 완규 씨는 찬기를 데리러 유치원에 간 뒤였다.

크리스티나를 불러 한국에 있는 동생한테 편지를 쓸 테니까 손님이 오면 알아서 판매해라, 그렇게 지시하고 정말 편지를 쓰기 시작한다.

마리가 전혀 딴 사람처럼 요란스레 꾸미고 일부러인 듯 큼직한 핸드백까지 어깨에 맨 채 경중경중한 모습으로 나타난다. 나는 편지를 쓰는 중간중간 눈으로 그녀들을 쫓고 있었다. 신경이 다른 곳에 가 있어서 편지를 쓴다기보다 글자 하나하나를 엮어내고 있었다.

마리는 여러 벌의 옷을 입어 보느라 시간을 끄는 눈치더니 구입할 옷을 결정했다면서 값을 지불하기 위해 카운터로 다가 왔는데 살포시 웃음까지 띠고 있었다. 착의실의 나무기둥에 기대어 손님이 어서 가주기만을 바라는 크리스티나의 기대와는 상관없이, 마리는 내게 카운터 뒷켠에 장식해 놓은 옷들을 지적하며 값을 묻기도 하면서 뜸을 들인다. 내게 어떻게든 용기를 낼 수 있는 짬을 주려는 의도인 것 같다. 어서 진행하라는 뜻으로 두어 번 윙크까지 보내오는데, 막상 나서지도 못하면서 꿈지럭대고만 있는 나. 마음속으로는 소리가 터지는 데 입 밖으로 나와주지 않는 이 답답함이라니.

뭘 망설여! 하지만 어떻게 가방을 뺏지? 내 마음속에서 갈등이 서로 줄다리기를 하고 있을 즈음, 이윽고 크리스티나에게서 조바심과 같은 초조로운 빛이 역력하게 내 비치는 게, 그럴 때 크리스티나에게서 발견되는 좋지 못한 습관. 엄지손가락의 손톱을 깨물어 뜯는 그녀의 버릇이 시작된 것이다. 그녀의 그런 습관에는 신물이 날만큼 익숙한 터였다.

마리의 잘 다듬어진, 매우 익숙해져 보이는 저 천연스러움은 상상외로 꾸밈이 없어보여 일순간의 질식감까지 몰고 왔다. 마리는 여형사가 아닐까? 나는 혼자서 반문해 보고 있었다.

능수능란한 마리의 기질은 가방이 수상하니까 잠깐 열어 봐 줄 수 없겠느냐고, 거의 쩔쩔매며 묻고 있는 내 말더듬이 같은 부탁 끝에 비로소 발휘되었다.

"안돼요, 세뇨라. 당신이 무슨 이유로 내 가방을 보자고 그러는 거죠?"

마리는 겁먹은 얼굴로 가방을 잔뜩 움켜쥐더니 몸을 약간 움츠리기까지 한다. 문득, 꼭 이래야 하는가 라는 회의감이 생겨나 다 집어치우고 싶어진다. 나는 잠시나마 죄책감의 풍랑에 이리저리 시달리고 있었다.

나를 숨막히게 한 것은 무엇보다 나 자신이 연극에는 지나치게 서툴다는 점이었다. 다급히 만류하고 나서는 크리스티나.

"아줌마!"

크리스티나의 한국말은 거의 수준급이다.

이쁘다, 미안해요, 많이 팔았어요, 감사합니다. 웬만큼 짧은 한국말을 구사해 내는 건, 크리스티나에게 취미처럼 즐거운 일이 된다.

언젠가 외출하는 완규 씨를 급히 부르는데, 내 목소리를 못 듣고 계속 걸어가니까 크리스티나가 대신해서 한국말로 크게 부른 일도 있다.

〈왕큐 씨, 여보!〉

크리스티나는 한 발짝 선뜻 나서더니, 조급하면서도 침착을 가장한 음성으로 참견하며 나선다.

"놔둬요, 아줌마. 이 세뇨리따는 내가 보증하지만 절대로 수상하지 않아요. 믿어도 돼요."

"일단은 수상한 구석이 있어서 그러니까, 크리스티나 너는 가만히 있어."

나는 그제야 용기가 좀 솟는다. 마리를 향해 채근한다.

"정말 문제가 없다면 가방 안을 떳떳하게 보여주면 그만 아닌가요?"

약간의 큰 소리가 섞인 내 말에 연극배우 못지않은 연기를 서슴없이 해내던 마리는 결국 울음까지 섞으며 더듬거린다.

가방에서 블라우스를 두 장 꺼내는데 일부러인 듯 길게 늘어뜨리며 꺼내고 있다.

"내가 아닙니다. 저 애가 그랬어요. 난 그럴 생각이 결코 없었는데, 저 애가 이 블루사(브라우스)를 반값에 주겠다고 꼬였어요."

마리는 내게서 크리스티나에게로 시선을 옮기며 원망 섞인 말들을 주르르르 쏟아낸다.

“나 어떻게 하지? 너 때문에 도둑으로 몰렸잖아. 네가 책임져야 돼.”

울음 섞인 목소리에서 어느새 반항하는 목소리로 탈바꿈하며 마리는 블라우스 두 장을 내게 건넨다. 이제 다시 내 차례인가? 나는 벌써부터 왼손이 떨리려고 한다. 언젠가처럼 손이 떨리면서 말까지 안 나오는 증세가 생기면 큰일인데…….

나는 용기에 용기를 다해 소리친다. 그런데 그 소리친다는 형편이 내가 듣기에도 모기소리처럼 웅웅거리고 있다. 내가 듣기에도 탄식처럼 들리는 나의 큰소리.

“세상에, 크리스티나. 너를 믿고 온통 다 맡겼었는데 어떻게 된 거지? 그동안 나를 얼마나 많이 속여 온 거니?”

“세뇨라 리!”

크리스티나는 그랬다. 입장이 곤란하면 아줌마에서 세뇨라 리라는 호칭으로 바꾸는 습성이 있었다.

“이번이 처음이었어요. 자, 여기 블루사 값 모두 있어요. 전부 다 내 놓으면 되지요? 장난삼아 그랬으니 용서해 주세요. 다시는 이런 일이 없을 거예요.”

그녀의 목소리는 평소와 달리 착 가라앉아 있었다. 자연스럽지 못한 그녀의 목소리가 오히려 나를 불안하게 만들었다. 몇 번인가 마리와 눈이 마주쳤는데 새파란 눈동자가 수심 깊은 강물처럼 선연했다.

진 바지의 뒷주머니에서 선선히 돈을 꺼내 놓으며 당치도 않은 변명을 늘어놓는 크리스티나를 바라보자니 왠지 섬칫하다고까지 생각되면서 당혹감마저 앞선다. 황당한 마음을 어디서부터 걷잡을까 궁리하게 되는데, 모르는 사이에 마음이 의외로 차분해져 있었다. 웬일인지 화가 나지 않고 이 일의 대책만을 생각하는 중이었다.

평소에 낭비를 즐기다 못해 지나치게 희떱던 마리의 생활 태도가 불현듯 떠올랐다. 그래, 뭐든 헤펐어. 어머니날에는 내가 무슨 제 엄마라고 18K 귀걸이까지 선물해 줘 나를 당황하게 만들었었지. 보통 때에 마리는 꽃게와 같았다. 노출이 심한 화려한 색조의 옷치장을 좋아했고, 눈동자가 튀어나올 것처럼 커다란 눈을 재빠르게 깜박이며, 이상하게도 옆으로 걷기를 잘해서 춤추는 연습이라도 하는 거냐고 여러 번 물었던 적이 있었다. 뭔가 켕기는 게 있어 그렇게 옆으로 걸었던가 보았다.

전화의 번호판을 눌러 경찰을 부른다.

나는 그런 동작을 천천히, 그리고 망연한 기분으로 해낸다. 왜냐하면 그 짧은 순간에 비교적 담담한 심정으로, 도대체 지금 어떻게 해야 되는지를 생각해 보면서 치르려고 했기 때문이다.

잘못 건드리면 복잡한 노동법에 걸려서 도둑이라는 누명을 씌웠다는 뒤집기 재판을 받을 수도 있는 문제라서 침착하게, 경찰이 도착되었을 때 해 낼 말들을 머릿속에서 점검하고 또 점검한다. 마리와 크리스티나, 그리고 나는 마치 구조를 기다리고 있는 난파선의 승객처럼 몹시 지친 모습에다 서로 다른 생각들을 품고 있는 듯, 모두 제각각의 표정 속에 잠겨 있다.

위키토키를 손에 든 두 명의 경찰이 10분도 안 되어 도착한다. 아르헨티나의 경찰들은 어떤 경우에도 정식 영장 없이는 개인의 영업장소에 함부로 드나들지 못한다는 기존의 법칙을 준수하려고 그러는지 진열장이 시작되는 입구에서부터 양해를 구하고 들어선다.

경찰들은 섬뜩하리만큼 무표정인데다 침묵이 고여있는 듯한 냉소적인 얼굴을 갖추고 있었다.

마리의 진지함에 가까운 설명을 듣고 난 경찰들은 석고처럼 딱딱하던 표정을 풀고, 설득력이 담긴 얼굴로 드디어 지금부터라는 듯 천천히 입을 뗀다. 가제는 게 편이라고, 어디까지나 크리스티나를 두둔하는 언질까지 서슴없이 해낸다.

"실수는 당신들이 했습니다. 무엇보다 기회를 제공했기 때문이지요. 젊은이들이 절도를 저지르는 건 대부분, 기성세대들이 제대로 관리하지 못하고 빈틈을 보였던 불찰로 인하여 생겨납니다. 당신이 세뇨리따를 정식으로 고발하겠습니까?"

그럴 마음이 애초부터 없었으므로 전보를 치고 가게를 그만두게 하는 선에서 마무리 짓고 싶다고 담담하게 얘기한다. 적어도 경찰들에게까지 나사가 한두 개 모자란다는 인상을 주기는 싫다. 예리한 통렬함보다 부드러운 침착함으로 대치시켜 대답한다.

증인으로 나서 주기 위해 옆에 서 있던 마리는, 나를 바라 볼 때는 불만이 이만저만이 아니라는 표정을, 경찰과 크리스티나를 바라볼 때는 매우 객관적인 피해자의 입장을 표명하고 있음이 너무나 역력하다.

하필이면 그때 완규 씨와 찬기가 돌아오다니. 나는 완규 씨와 찬기가 놀라게 될까 봐 심장이 두근거리다 못해 다시 손까지 떨리려고 한다.

평소에는 무슨 일이든 제일 먼저 알리고 싶은 사람을 꼽으라면 단연 완규 씨였다. 그게 바로 사랑이 아닐까? 성당의 청년회에서 만나 그와 결혼하면서, 그를 만나게 해 준 하느님께 매번 감사하는 마음으로 살아왔다.

내 행동반경에는 오직 완규 씨 밖에 없다. 완규 씨는 나와 평등을 원하는데, 나는 그를 존경하는 위치에 올려놓고 그 이외의 어느 누구에게도 자리를 매기지 않는 셈이다. 우리의 가정생활이 원만하다는 것은 내가 완규 씨를 함부로 여기지 않고, 오히려 조심스럽게 대하게 되는 그 어떤 보이지 않는 힘에 있는 듯 싶다. 완규 씨의 그런 모든 장점은, 내게는 없는, 강한 의지력까지 생겨나게 할 정도로 든든한 울타리 역할을 해왔다.

서른 두 살의 완규 씨는 야간대학에 다니고 있다. 그는 대학에서 강의를 받다가 감동받은 얘기는 꼭 잊지 않고 내게 전달해 주는데, 자세히 가르쳐 주려고 애쓰는 스승처럼 진지하기까지 하다.

〈혜영아〉

완규 씨는 나를 부를 때 그토록 살가운 호칭을 때때로 사용한다.

〈오늘 이런 걸 배웠어. 지구 이쪽과 저쪽의 반대 현상에 대해서인데, 말하자면 달이 있잖아? 그러니까 상현달과 하현달이 말이야. 현 위치와 자세가 반대하는 거야. 그리고 수돗물을 틀면 하수구로 빠져나가는 물의 흐름이, 이 나라는 시계방향으로 휘돌면서 빠져나가는데 한국은 그 반대라고 오늘 강의 시간에 교수가 그러더라구.〉

우리는 그 밤에 평소 연구해 낸 논문을 서로 견주어 발표하듯, 한국과 아르헨티나의 반대 현상에 대해서 빨리 알아맞히기 퀴즈처럼 열심히 캐냈었다. 숫자를 셀 때 한국은 손을 쫙 편 채 엄지부터 세지만, 아르헨티나는 주먹을 쥔 뒤 새끼손가락부터, 행주나 걸레를 손으로 쥐어 짤 때 한국은 두 손의 안으로 짜내지만 이곳은 두 손의 밖으로. 코를 닦을 때 한국은 콧등에서 아래로 닦지만 이곳에서는 위로. 결혼식과 생일 등 모든 잔치는 밤에. 이 나라의 개미는 먹을 걸 머리에 이고 간다는데 나중에 그 점을 확실히 알아두자고까지 얘기했다. 많은 반대 현상에 비해 걸을 때 거꾸로 걷지 않는 게 너무도 이상하네? 우리는 잘 어울리는 한 쌍의 커플이라는 걸 강조라도 하듯 둘이서 통쾌하고 즐겁게 웃어 댔었다. 되도록 크리스티나의 일을 완규 씨에게 알리고 싶지 않았는데…….

완규 씨는 이상하리만큼 듬직하게 경위를 듣더니, 맹물에 조약돌 삶아 먹은 것 같은 무덤덤한 얼굴로, 같이 가서 전보를 치고 오면 되겠네, 그 한마디만을 넌지시 해 낼 뿐이다. 그의 냉철함에 새삼 놀라고 말았다. 완규 씨에게 저런 구석도 있었던가? 완규 씨는 어느 사이 경찰들과 악수를 나누면서 수고가 많다고 격려의 말까지 아끼지 않더니, 그들이 유쾌한 음성을 남기고 떠나갈 수 있도록 원활한 상대를 해내고 있다. 완규 씨의 그런 수완에 감탄이 생기지 않을 수 없었다. 커피 값도 뜯기지 않고 경찰들을 웃으며 보낼 수 있는 재간 말이다.

만약 제 때에 전보를 치지 않을 경우, 무단해고를 당했다는 고소를 당하는 수도 있기 때문에, 그 점을 미리 다져두려고 크리스티나와 우편국까지 동행하게 된다. 어떤 면에서는 비참한 생각이 들 수도 있겠다 싶어, 일체의 추궁을 삼가고 우편국까지의 몇 백 미터를 줄곧 같은 걸음나비와 같은 보조로 걷게 되었다.

나는 크리스티나와 같이 걸으면서도 머리와 몸통이 붙어있는 샴쌍둥이처럼 기묘한 감정에 휩싸였다. 또한 일종의 자책감까지도 느낄 수 있었다.

마음으로 뿐 아니라 겉으로도 수없이, 같이 일하는 종업원들을 제2의 가족이라고 자중심을 일삼아왔다. 그런데 이런 정도의 실수조차 덮어주지 못하는 내 자신이 과연 앞으로도 제2의 가족 어쩌구를 찾을 수 있을 것인가 하는 자책이었다. 완규 씨와 찬기가 제1의 가족이라면, 종업원들은 제2의 가족이라고 생각하면서 힘닿는 대로 보살피고 챙겨주려는 마음까지도 없지 않았었다.

어떤 면으로는 하루 종일 같이 지내는 시간의 진폭이, 제1의 가족보다 제2의 가족과 더 많은 편이었다.

걸어가는 내내 크리스티나는 냥냥한 음성으로 여러 차례 불필요한 말들을 꺼내고 또 꺼냈다.

"아줌마, 이 가게의 진열장 좀 보세요. 읖(Ufff=와)! 꽤 유치하네."

동양과 서양의 차이는 놀라는 소리와 짐승의 울음소리까지 달리 표현되고, 그런 데서도 차이점이 발견된다.

가령 고양이의 울음은 우리 한국이 야옹야옹인 대신에 저들은 미아우, 미아우(Miau, miau)이다. 개 짖는 소리는 우아우, 우아우(Huau, huau).

"읖(Ufff). 저 비싼 가격 좀 봐! 엄청 비싸다. 그치요? 그러니까 손님이 적지."

저 애는 이중인격자인가? 이럴 때 저런 엉뚱한 얼굴로 저토록 태연자약해도 되는가? 아니면 긴장을 감춘 허황됨일까? 나는 점차적으로 낯설어져 가는 크리스티나를 점점 똑바로 바라보기 힘들어졌고, 나도 모르게 얼굴 근육이 긴장되고 위축될까봐 그 점을 불안하게 여기는 중이었다.

언제였던가?

아침에 화장기 없고 우울한 얼굴로 나타난 크리스티나는, 엄마가 교통사고로 허리를 다쳐 병원에 입원해 있는데 간호할 사람이 없다면서, 사흘 동안 휴가를 내줬으면 고맙겠다고 요청해 왔다. 어렵고 민망한 표정을 지으며 청하기에 하는 수 없이 그러라고 허락해줬다. 사흘이 지난 뒤 나타난 크리스티나에게 엄마의 병세는 어떠냐고 묻자, 여전히 병원에 누워 거동조차 못하고 있다며 울적하고 괴로운 표정을 나타냈다. 계리사를 만나러 가, 찬기의 유치원이 끝나는 시간에나 돌아오는 완규 씨와 상의해서 병문안을 가야 되는 게 아닐까? 아니면 크리스티나에게 과일이라도 사서 보낼까? 그런저런 생각으로 한참을 골몰했었는데 점심나절에 크리스티나의 엄마가 멀쩡한 몸으로 나타나는 일이 생겨버렸다.

외출할 일이 있어 저녁 늦게나 돌아올 계획인데, 딸이 열쇠를 안 들고 출근한 걸 발견했으므로 서둘러 전해주러 왔다고 했다. 교통사고는 어떻게 된 일이냐고 묻는 건 그야말로 모자란 질문 같아서 애써 참았다. 크리스티나는 눈을 동그랗게 뜨고 강렬한 눈빛을 띤 채 특유의 꼿꼿게 걸음으로 한 발짝 한 발짝 옆으로 걷더니 나를 똑바로 쳐다보기 시작했다. 서양 사람들은 참 이상도 하지. 동양과 여러 가지로 반대인 게 많다지만 하필이면 그 점까지 반대였다. 한국 사람은 잘못을 저지르면 대부분 몸 둘 바를 모르고 당황하거나 얼굴이 붉어지는 게 상례인데, 이 나라 사람들은 오히려 나를 좀 자세히 봐 달라는 듯 뚫어지게 쳐다보는 것까지 반대이니, 눈싸움에서야 단연코 지는 도리 밖에 없다. 그 강렬한 시선의 불손함을 어떻게 이겨낼 수 있을 것인가? 크리스티나는 단지 엄지손가락의 손톱을 깨물을 따름이었다.

언젠가는 이런 일도 겪었다.

크리스티나와 에밀리아가 서로 짠 것처럼 결근을 한 날이라서, 완규 씨와 둘이서 쩔쩔 매면서 손님들을 상대하느라, 종업원들의 필요성을 새삼

재확인해 본 날이었다.

완규 씨가 유치원에 찬기를 데리러 간 사이에 두 명의 청년이 들어왔다.

마약에 취했다가 깨어난 지 얼마 안 된 상태처럼, 눈동자가 훼훼 풀려 있었다. 디아 델 빠드레(아버지날)에 대비해서 남성용 의류들까지 넉넉하게 구비해 뒀다.

나는 그 두 명의 현지인 청년이 도둑이라고는 상상도 못해낸 터여서 친절하게도 이 옷 저 옷을 내보여줬다. 그러는 사이에 한 청년은 미리 들고 온 커다란 자루와 많은 양의 옷들을 똘똘똘 말아서 착의실 안에 감춰 둔 모양이었다. 옷을 고르던 다른 청년이 스웨터와 조끼를 고르고 나더니 날씨가 추우니까 착의실 안에서 껴입고 가겠다고 했다. 그러라고 해놓고 무심코 옷이 걸려 있던 진열대를 봤는데, 신상품으로 빽빽하던 진열대가 그야말로 휑뎅그레 비어 있었다.

아침까지 걸려 있던 진열대의 상품들이 도대체 어떻게 된 걸까? 고개를 이리저리 갸우뚱 해 보고, 그러고도 한참이나 지난 뒤에야 감이 잡히는 정도인 나는 서둘러 착의실에 다가가 살짝 커튼을 들췄다. 착의실에 같이 들어갔던 두 청년은 커다란 자루에 신상품들을 구겨 넣으면서 소근대는 중이었다.

빼꼼하게 젖혀진 커튼을 머리에 인 것 같은 형상을 하고 기절할 것처럼 놀란 헬쑥한 얼굴에다 커다래진 눈동자.

착의실 거울에 비친 나의 그런 모습이 유령을 만난 사람처럼 너무 놀란 표정이어서 나는 오히려 내 모습에 놀라워했다.

두 청년은 의당 그래왔던 다른 도둑들처럼 시치미를 뚝 떼거나 값을 치르면 그만 아니냐고 하던가, 그것도 아니면 다음에 사겠다고 하면서 천천히 절대로 뛰는 법 없이 스르르 빠져 나가야 원칙일 텐데, 그런데 오히려 놀란 내 모습에 그들이 더 놀라버리는 사태가 발생했다.

〈세뇨라, 괜찮으세요? 정신 차리세요. 진정하셔야 합니다. 훔친 의류들

은 모두 다 두고 갈 테니 제발 정신을 좀 차리십시오.〉

서 있는 자리에서 꼼짝도 못하고 손과 팔을 덜덜 떨기 시작하는 나를 달래느라 그들은 꽁지 빠진 새처럼 후줄근한, 그러나 겨우 맨 정신으로 돌아온 얼굴들이었다.

나는 떨리는 손과 팔을 진정시키려고 아무리 애를 써도 잘되지 않았다.

두 청년들은 나를 우선 카운터에 눕히고 물을 한 컵 먹이기도 하고 떨고 있는 손과 팔을 주루르기까지 하면서 법석을 떨었다.

그때 완규 씨가 찬기를 데리고 돌아왔다. 어린 찬기도 찬기인데다 완규 씨한테 이런 꼴을 절대로 보이고 싶지 않은데…….

그런데도 떨리는 내 손과 팔은 나중에는 끙끙대는 숨결까지 유도하였고, 어쩐 셈인지 한마디의 말조차도 나와 주지 않았다. 완규 씨는 조심스럽게 나의 팔을 쓰다듬으면서 측은한 눈길로 내려다보다가, 카운터 밑의 상자에서 담요를 꺼내 덮어주면서 찬기가 놀랄까 봐 먼저 그 애를 설득시키는 중이었다.

〈찬기야, 놀라지마. 엄마가 병이 났구나. 굉장히 춥고 떨리나봐.〉

두 청년이 완규 씨에게 권유했다. 우선 엠브란스를 부르라고.

완규 씨가 엠브란스를 부르고 5분도 안 되어 엠브란스가 도착될 때까지도 나는 두 청년이 도둑이라는 걸 완규 씨에게 지적해 주는 제스처를 사용하지 않았다. 옷을 훔쳐간 결과도 아닌 데다 완규 씨에게 험한 사람들을 상대하지 못하게 하려는 내 나름대로의 배려에서였다.

엠브란스가 도착되어 의료팀들이 가게 안으로 들어오자, 이웃 사람들이 구경삼아 몰려들기 시작했는데, 아무도 가게 안으로 못 들어오도록 남자 간호원이 문 앞을 지켰다.

두 청년은 그때에야 여유롭게 빠져 나갔다. 물론 빈손이었다.

혈압도 재보고, 맥박도 짚어보고, 청진기도 대 보던 의료팀은 뭔가에 갑작스런 쇼크를 받아 생겨난 "아따께 네르비오(신경발작) 증세"라는 진단을 내렸다. 적절한 치료를 받고 손과 팔의 떨림이 멈추고 나서, 나한테 자세한 설명을 듣고 난 의료팀 중의 한 의사가 웃음에 찬 충고를 남겨놓고 떠났다.

〈세뇨라, 이다음부터는 도둑을 만나면 옷 걱정은 그만 두십시오. 당신의 손과 팔이 떨리지 않도록, 그 점을 걱정하십시오.〉

그때부터 완규 씨는 가끔 나를 놀려댄다.

〈찬기엄마, 당신 그 소리를 꿍꿍대면서 손발을 덜덜 떠는 신경질 한 번 더 봤으면 재밌겠다. 그 경황 중에도 나를 위한 배려를 아끼지 않으려고 애쓰고 애썼다지? 대단한 현모양처야. 바보같으면서도 대견해.〉

우편국에 도착해서 전보신청을 하는 중에도 크리스티나는 지치는 구석도 없이 계속 떠들어댄다.

"아줌마, 저기 두 번째 책상에 앉아 있는 우편국 직원 있지요? 누구냐면요? 바로 우리 이웃에 살고 있는 내 초등학교 동창생이에요."

나는 세상을 향해 막 걸음마를 시작하기라도 한 것처럼, 천천히 걸음을 옮겨 크리스티나가 작성하고 있는 전보문을 눈으로 더듬거리며 읽어나갔다.

"개인 사정에 의하여 당신의 가게에서 더 이상 일할 수 없음을 통보합니다. 크리스티나 부오노."

가게로 돌아 와 한달 치 월급을 고스란히 건네주고 그 애와 헤어지는 인사를 하자, 크리스티나는 어린애처럼 칭얼거린다고 밖에 생각되지 않는 기이한 울음을 터트리기 시작했다.

"세뇨라 리. 내가 알고 지내던 아르헨티노는 물론이고, 내가 일해 오던 한국인들 중에 당신들이 가장 좋은 사람들이었어요. 그런데 나는 왜 그 은공도 모르고 이렇게 나쁜 사람이 됐을까요? 아줌마, 제발 부탁이에요. 다시 일하게 해 주세요. 네? 월급은 절반이라도 상관없어요. 아뇨, 당신들게 고마움을 갚기 위해서 몇 달 동안 무보수로 일하겠어요. 네?"

크리스티나는 결국 어리광을 섞으며 웃기까지 했다.

"아줌마, 나를 좋아하는 단골들이 떨어져 나갈 걸 생각이나 해 보셨어요?"

"크리스티나, 그 점에 대해서는 네가 걱정하지 않아도 좋을 것 같구나. 나로썬 더 이상 어쩔 수 없어. 빠른 시일 내에 좋은 직장을 구할 수 있기를 바란다. 성실하게 살도록 해."

더는 견딜 수 없었던지 크리스티나는 다시 칭얼거리듯 울면서, 그러나 천천히 나갔다.

이목구비가 뚜렷한 윤곽을 지녔기 마련인 현지인 치고는 그다지 잘생기지는 않은 편인데도 크리스티나의 미소는 단연 돋보였다.

웃는 모습이 그렇게도 예뻤었기 때문에 나는 가끔 크리스티나를 부를 때 손 리사(미소)라고 부르기도 했었다.

그토록 아름다운 미소의 소유자였고 그렇듯이 착해 보였는데…….

내게는 뜻밖의 형태로 바뀌어진 크리스티나가 아니라, 미소가 고운 크리스티나로만 남아있기를 바라는 마음이 간절할 지경이었다.

나는 참고 기다려오기라도 한 것처럼 느닷없이 어떤 격정에 사로잡혔다.

그것은 크리스티나를 생각할 때마다 불확실한 상태로 늘 나를 따라다닐 게 뻔한 연민이었다.

제2의 가족이었던 한 사람의 종업원을 곱게까지는 아니더라도 서로 앙금이 가라앉지 않게 다독여주며 떠나보내려던 내 작은 계획은 여지없이 무산되고 말았다. 내가 이민을 왔고, 옷 가게를 하고 있고, 제2의 가족인 종업원을 해고시켰다는 사실 세상에 그것만큼 속상한 일은 없을 것처럼 나는 속을 끓이며 심란해 했다.

울적함과 피로가 한꺼번에 몰려 왔다.

때마침 돌아온 에밀리아에게 가게를 맡기고, 찬기와 완규 씨에게 얘기한 뒤 이층의 데뽀시또(창고)에 올라가 야외용 침대를 펴고 눕는다. 피곤과 결탁한 졸음이 덮고 있는 담요보다 더 무겁게 온 몸을 짓누르고 있었다.

얼마나 시간이 지났을까? 완규 씨가 가볍게 내 뺨을 두드리다가, 가게

문을 닫을 시간이라면서 조심스레 깨우는 기척을 느꼈는데, 그 순간 몸 위에 덮고 있던 담요를 느닷없이 확 젖히는 듯한 오싹한 추위가 오스스 엄습해 옴을 감지했다.

완규 씨에게 걱정을 끼칠까 염려되어 꼿꼿한 태도로 가게에 내려간다.

저녁 어스름이 그물처럼 거리에 내려와 있었다.

에밀리아는 과연 큰 도둑이었다.

어제 에밀리아가 아베쟈네다에 간 사이에, 크리스티나가 속임수를 쓰다가 들켜서 해고시켰다고 설명하자, 에밀리아는 눈 하나 깜짝 안 하면서께 라스띠마(유감이군요)를 여러 번이나 거듭해 냈다.

기특한 일은 크리스티나가 가게를 그만두고 나가는 과정에서도 그랬지만, 에밀리아까지도 서로 헐뜯거나, 비방하거나, 누가 더 많이 훔쳤다는 얘기를 삼가고 있었다는 사실이다.

더군다나 에밀리아는 먼서 선수를 치는 작전을 펴내고 있었다.

혼자서는 판매가 벅차니까 빨리 다른 종업원을 구해야 되지 않겠냐면서 진열장에 광고문을 붙이잔다.

"세 네세시따 벤데도라(여자 판매사원을 구함)."

진열장에 대학노트 한 장 크기의 광고문을 붙이자마자 그야말로 장사진을 치며 연속적으로 몰려드는 구직자들.

실업률의 현장을 직접 들여다보는 느낌이다.

모니카라는 이름을 가진 28세의 여자로 결정된다.

금발의 간박한 차림새. 나이가 듬직한 데다 또랑또랑 야무져 보여, 일주일 동안의 수습기간을 정해 놓고 채용결정의 가부는 그 뒤에 알려주기로 하고 얘기를 끝낸다. 모니카를 구하면서 우선 어깨에 지나친 무게로 얹혀 있던 하나의 짐 덩어리를 내려놓게 된 기분이다.

모니카는 판매, 정리정돈, 심부름, 예의 그 어느 것도 나무랄 일이 없이 척척이다. 발랄한 성격의 에밀리아와 좋은 대조를 이루면서도 금세 친숙해진 모양이다.

자, 이제 에밀리아를 어떻게 해야 하나?

은행에 간다고 얘기하고 밖으로 나간 뒤 김승현 씨 가게에서 지켜볼까? 그런 다음 문제의 뽀르떼로가 옷 보따리를 들고 나갈 때 현장을 덮쳐야 할까?

나는 예민하게 머리를 회전시켜 보고 있었다. 내가 예민해 있는 반면 에밀리아는 느긋하기 이를 데 없었다. 어쩌면 그녀가 느긋해 보일만큼 내가 예민해진 건지도 모른다.

완규 씨는 일을 복잡하게 꾸미지 말라고 한다. 솔직하게 터놓고 얘기한 뒤에 서로 서로 절충하거나, 다시는 그러지 말라고 타이르고 되도록 그냥 데리고 있으라고까지 한다. 단골손님들이 새로운 종업원을 낯설어 할 일도 문제지만 당장에 해고시키면 그 애의 생계문제도 심각한 일이 아니겠 냐면서 오히려 두둔까지 한다.

지난 번 크리스티나가 그만 뒀을 때, 크리스티나의 단골들이 크리스티나만 찾으면서, 어떤 고객은 그만 뒀다니까 두말도 하지 않고 그냥 되돌아 나가는 사태까지 생겼었다.

그리고 몇 년 동안 정들었던 크리스티나를 재빠르게 해고시키고 나서, 내내 마음이 편치 않아 하는 나를 참 어쩔 수 없다는 듯이 지긋이 바라다 보던 완규 씨였다.

사실 나는 단식을 마악 끝낸 사람처럼 비틀거리지만 않았지 허정허정 몹시 허탈스러워 했다.

에밀리아의 문제를 앞에 놓고 이럴까 저럴까 고심하고 있는 나에게 완규 씨는 설득처럼 긴 얘기를 풀어내기까지 했다.

"종업원들의 절도행위는 그들에게만 심각한 게 아니야. 주인 쪽에서도 유념하고 깨달아야 될 중요한 과제라고 생각 돼. 아르헨티노들로 구성된 종업원들의 눈에는, 하루의 매상액이 모두 주인인 한국인들의 착복으로 비춰질 염려가 다분하지. 가게 세와 공과금, 계리사 비용이나 종업원들의 월급으로 나가는 모든 가스또(경비)는 뒷전이고, 그들은 오로지 당장 눈에 비쳐지는 금액, 자신들의 월급과는 비교도 안 되는 큰 액수가 수도 없이 오고 간다는 사실이 거창하게 받아들여지는 걸 거야. 있는 놈들 옷 정도 빼돌린들 무슨 대수냐고 가볍게 여기는지도 모르지. 영수증도 제대로 끊어주지 않으면서, 나라에 바쳐야 할 세금을 포탈하는 너희들은 더 큰 도둑이라고 속으로 떳떳해 하는지도 모르겠고. 아무튼 우리는 그 애들 앞에서 좀 더 검소하게 생활하고, 더 가족처럼 지내야 할 거야. 당신 말대로 그들은 우리와 지내는 시간이 너무 많아서 우리의 제2의 가족이고, 우리의 가게는 그 애들과의 제2의 가정인 점을 이제라도 인정하고 넘어가자구. 그리고 우리 착각하지 맙시다. 그 애들에게 잘해 주는 게 어떤 면으로 잘 해 주는 것인지의 착각 말이야. 우리가 종업원들과 가족처럼 지내왔다고 자부해 온 그 소탈한 이면에는 문제를 일으킬 요인을 제공해 온 작은 원인들이 감춰져 있었을 거야. 우리가 베풀어 온 잔정이라는 게 그 애들한테는 나약함으로 비춰왔지 않나 싶거든.”

나도 완규 씨의 그 설득에는 동감이지만, 뭐라고 딱 꼬집어낼 수 없는 이상한 징조의 예감이 느껴졌다. 절대적으로 신뢰하면서 맡길 때는 못 느끼던 예감이었다. 에밀리아가 점심식사를 하러 외출했을 때, 현지인 계리사 후안 마누엘에게 전화를 한다. 새로 들어온 종업원을 블랑꼬로 쓰는 일도 상의할 겸 만났으면 한다고 얘기하자 계리사 후안 마누엘은 선선히 응한다.

완규 씨가 찬기를 데리러 유치원에 가기 전에 가게를 지킬 수 있는 오후 2시 반으로 정한다.

가게에서는 종업원들이 듣게 되는 일이 기정사실인 것 같아, 가게 근처의 모퉁이에 있는 까페떼리아에서 만나기로 한다.

현관의 유리문에 기대서서 우리 가게를 지켜보다가, 내게 손을 들어 인사하고 있는 문제의 뽀르떼로를 쳐다보자니, 이루 말할 수 없는 신랄한 기분이 솟구친다.

"네? 에밀리오가 임신이라구요?"

나는 계리사 후안 마누엘의 설명에 그렇게 놀라며 묻게 된다.

"그렇습니다. 세뇨라 리와 전화를 끝내자마자, 당신의 종업원 에밀리아가 제게 전화를 했더군요. 아마 점심식사를 하러 나와서 걸었지 않았나 싶습니다. 주인이 자기를 해고하려는 기미가 보이는데 자기는 지금 임신 4개월째니까 어떻게 대응해야 이길 수 있느냐고 묻더군요. 도둑질하는 종업원. 당연히 해고해도 지장이 안 생기는 권리가 주어져 있습니다. 문제는 임산부라는 사실을 내세우면서 에밀리아 쪽에서 걸고넘어질 경우를 생각해야겠습니다. 이 문제를 법정으로까지 끌고 가기 이전에, 서로 원만한 선에서 합의를 보는 방향으로 중재를 하는 일이 저의 임무겠지요. 걱정 마십시오. 노력해 보겠습니다."

"부탁드립니다. 수고가 많으시겠어요."

계리사 후안 마누엘과 헤어져 가게에 돌아오니까 귀청이 따갑도록 음악 소리가 시끄럽다.

아세 깔로르. 아세 깔로르(덥다, 더워. 덥다, 더워.)

별 희한한 노래가사도 다 있지.

한껏 높인 라디오의 볼륨. 가장 최신곡인 듯 싶은 저속한 유행가가 꽥꽥 소리를 지르며 하루에도 몇 번이고 흘러나온다.

처음엔 귀가 따갑다고 강제적으로 꺼버렸는데 음악 없이는 한시도 살 수 없다고, 무료한 것보다는 흥겨운 분위기가 즐겁게 일할 수 있는 기분을 유발시킨다면서, 오리가 꿱꿱거리는 것 같은 발악과 같은 괴성을 하루 종일 계속해서 틀어댄다. 몇 년 전에는 리까르도 몬타네르라는 가수가 데하메 죠라르(나를 울게 내버려 달라)하고 하루 종일 애원하는 목소리로 절규하더니, 또 얼마 전에는 온 종일 운, 도스, 뜨레스 하고 숫자를 부르짖 듯

읊어대는 또 다른 가수였다.

에밀리아는 걸어 다닐 때는 물론, 청소하다가, 손님한테 옷을 팔 때까지도 랩이나 디스코를 추어 대는데, 어떤 때는 손님까지 합세하여 같이 추어 댄다. 그럴 경우 그들은 무언가를 망각하고도 더불어 기쁨의 극치를 공유하고 있는 것처럼 환희로워 보인다.

정신을 차리고도 정신 잃기 딱 좋은 세상에 저 흐느적거리는 태도라니, 괜스레 혼자 민망하게 여겨져 씁쓸하게 웃고야 만다.

기이한 것은 보통 때는 잊고 지내다가도 기분이 별로 유쾌하지 못할 때만은 음악소리가 지독하게 크게 들린다는 사실이다.

그렇게 시도 때도 모르고 춤을 추어댈 때부터 알아 봤지. 열여덟에 도둑질이라니, 게다가 임신까지.

이웃 가게의 종업원인 클라우디오와 눈이 맞아 연애 중이라고 자랑삼아 떠들면서 임신만 되면 가게를 그만 두고 결혼하리라고 날마다 큰 소리였었다.

"미래의 남편이 될 클라우디오가 말했어요. 비록 가진 것이 많지 않지만 아이를 어느 정도 키울 때까지는 일도 하지 말고 가정과 아이에게만 충실하라고요."

"그래? 참 좋은 생각이구나."

그렇게 긍정적인 대답을 해냈던 일이 불과 얼마 되지 않았었다.

이튿날, 에밀리아는 예고도 없이 오후 시간에 나타나더니 임신 4개월이라는 진단서를 터억 내밀었다. 선입관 때문인지 배까지 내밀고 있는 것 같았다.

"축하한다."

진심이었다. 나는 이 세상의 모든 생명에 대해서는 돌 틈을 비집고 살아가는 잡초까지도 소중하게 생각하는 성질머리를 지녔으므로 그 축하는 당연한 일이다.

부끄럽기는커녕 오히려 떳떳하게 배까지 내밀며 자랑스러워하는 에밀리아의 탕탕한 성격이 매우 돋보이다 못해 눈부시다는 생각까지 든다.

5개월 치의 월급을 보상금으로 요구하는 에밀리아와 2개월을 보상하겠다고 나서는 나 사이에 계리사 후안 마누엘의 중재가 효과를 나타내어 3개월로 절충된다.

에밀리아에게 너는 도둑이었다는 얘기는 아예 꺼내지도 않고 함구하고 만다. 모르는 척 덮어 주는 게 서로의 상처를 감싸는 것 같아서다. 다시 종업원을 구한다.

차분해 보이는 홀리에따. 모니카와 의기상통해 보인다.

때 맞춰 김승현 씨 부인이 찾아와 툴툴거린다.

"내가 분석해 보건대 세뇨라는 종업원들을 너무 인격적으로 대해주는 것 같아요! 재들은요. 주종 관계를 분명히 해야 무서워하고 조심하고 그래요. 세뇨라처럼 그렇게 매사에 인간적인 것만을 생각하다가는 종업원들 기강을 도리어 버려놓게 된다구요."

그렇게 투덜대던 김승현 씨 부인이 갑작스레 활기찬 얼굴로 변한다.

"세뇨라! 요즘 저 건너편의 뽀르떼로가 안 보인다는 생각 안 드세요? 에밀리아가 이 가게에서 일할 때는 하루 종일 이 가게만 쳐다봤거든요."

나는 말 그대로 뽀르떼로가 안 보이는 건너편 건물의 현관을 찬찬히 바라보면서 주섬주섬 묻게 된다.

"글쎄요. 관심있게 바라본 건 아니지만 잘 안보였던 것 같기도 하고, 지금도 안 보이는군요. 직장을 그만 뒀어요?"

"에밀리아가 그만 두고 났을 때 있지요? 내가 그 건물에 쫓아가서 한바탕 혼내줬거든요. 다시 또 이 가게를 바라보거나 옷보따리를 빼낼 생각을 한다면 그때는 두말도 필요 없이 경찰을 부르겠다, 그래서 너를 잡아가게 만들 테다. 그랬더니 그 날로 자취를 조심하고 있어요. 어디로 직장을 옮긴 건 아니구요. 자라처럼 일하죠. 현관 저쪽의 엘리베이터 옆 탁자에 앉아서 일을 보다가도 나만 보면 목이 쑥 들어간다구요”

쓸쓸히 웃는 나에 비해 김승현 씨 부인의 웃음은 호쾌하다 못해 시원하다.

김승현 씨 부인은 단단히 벼르고 온 사람처럼 난데없이 노동법을 들추고 있다.

“난 이 나라의 노동법이 세계에서 가장 우수한 조직력으로 구성되었다고 칭찬하는 마음을 갖고 있었어요. 다른 나라의 노동법이 가진 자들의 입장에 편승하여 만들어진 데 비해, 이 나라의 노동법은 없는 이들을 대변하는 좋은 조건을 갖추고 있다고 갈채를 보내는 심정이었는데, 그런데 그게 아니더라구요. 그게 나쁜 쪽으로만 악용되어가고 있더라니까요. 출퇴근 한 시간 전후에 종업원이 교통사고라도 당하면 어떻게 되는 줄 아세요? 가해차량의 보험회사에서 적절한 손해배상이 지급되는 데도, 사용자 측인 가게의 주인까지도 보상을 치러야 한다니 기가 막혀 넋까지 나가려고 해요. 이 집은 그래도 원만히 해결을 봤지만, 잘못되어 임신 중인 아이라도 걸리게 돼 봐요. 출산 전후의 휴가는 기본이고, 의사의 처방만 있으면 1년이라도 놀고먹으면서 월급을 타낼 수 있는 게 이 나라의 노동법이랍니다. 거기다 출산 수당에다 이것저것 베풀어야 하는 혜택이란 게 끝을 모르거든요, 잘못 돼도 한참 잘못 됐어요. 세뇨라는 그 큰 도둑을 그래도 운 좋게 쫓아낸 셈이지만 도대체 책임 의식이나 사명감, 그런 점들이 두루두루 결여됐다는 생각 안 들어요?”

모니카는, 김승현 씨 부인에게 뭐든 대접하려고 냉장고에서 포도를 꺼내는 나를 보더니 마실 것은 무엇으로 준비할까를 다소곳이 묻는다.

아무거나 주면 되지 귀찮게 뭘, 캐묻느냐고 통박을 주는 김승현 씨 부인을 모니카는 거의 가엾다는 표정으로 내려다본다. 나는 웃으면서 눈치를 보낸다. 적당히 대접해, 그런 암시를 섞어서. 모니카는 김승현 씨 부인과 내게 커피를 내 온다. 나는 모니카를 향해 고맙다는 인사를 잊지 않는다.

“찬기 엄마!”

크리스티나와 에밀리아의 일로 김승현 씨 부인과는 제법 가까운 사이로 변모되었다.

나는 김승현 씨 부인의 단순한 성격을 편안하면서도 좋게 받아들이던 중이었다.

"찬기 엄마는, 가만히 보면 종업원들에게 지나치게 잘하더라. 지난 번 도둑질한 애들처럼 때 늦은 배신감 안 가지려거든 의심하고 조심도 하고 그러세요. 여름불도 쬐고 나면 섭섭하다더니, 쟤들한테 더 당하지 못해 아쉽고 섭섭해요? 쟤들 있잖아요. 잘해줘 봤자예요. 그때 뿐이더라구요. 주인이야 어떻게 되는 즈네들 챙길 것만 소중하게 거두는 애들이에요. 정신 좀 차리세요. 더 당해서, 당한다는 일에 관록이라도 붙기를 바라는 거예요?"

나는 묵묵부답 웃기만 한다. 그러다가 뒤늦게 맞아요, 하고 대답한다. 나의 그 대답은 지나치게 간결해서, 나는 그녀의 말에 많은 공감을 느꼈었다고 한마디쯤 더 첨가하려다가 결국 아무 말도 못하고 다시 싱그레 웃게 된다.

커피를 다 마신 김승현 씨 부인은 느긋하고 넉넉한 얼굴로 돌아간다.

뒷모습이 씩씩하고 당당하다.

뒷목이 뻐근하고 거북하다.

제2의 가족인 종업원들에게 관하여, 완규 씨 아닌 다른 사람에게서 설득을 당하는 건 이런 식의 경직을 가져오는구나.

목안까지 칼칼해진다.

모니카를 시켜서 가져온 한 잔의 냉수로 갈증을 가라앉히며, 어둠이 진군해 오고 있는 거리를 내려다본다.

찬기를 집으로 데려다 두고, 가게 문을 닫아 준 뒤 대학으로 향하기 위해 들어선 완규 씨가 아끼지 않고 농담 한마디를 건넨다.

"혜영 씨! 냉수 먹고 속차릴 일 있었습니까?"

등교하기 위해 대학으로 떠나면서 완규 씨는 자동차로 나를 집 앞에 내려준다.

차에서 내리면서 그에게 저녁 식사는 든든하게 들었느냐고 묻는다.

저녁 식사도 잘 먹었고, 공부도 잘하고 오겠다고 또박또박 어린이처럼 대답해서 나는 잔잔하게 웃음을 터트린다.

완규 씨가 탄 자동차가 큰 길 저쪽으로 멀어지자, 나는 등을 돌려 집안으로 들어선다. 혼자서 동화책을 들여다보던 찬기가 두 팔을 벌린 채 달려들며 반긴다. 찬기를 가볍게 포옹하면서 깨닫는다. 마치 내 한 몫의 자신지책(資身之策)에 골똘해 오기라도 한 것처럼 그동안 아이에게 너무 소홀해 왔지 않았나 하는 회한이 밀려든다.

부엌으로 가 찬기가 좋아하는 스파게티를 준비한다.

어떤 이유에서든, 내 나라를 떠나와 외국에 얹혀 지내는 생활이라는 것은 끈기를 가지고 시도해야 하는 암벽 등반처럼 불투명함과 두려움의 반복일 수도 있다.

막연하면서도 명백했던 지금까지의 행정(行程)은 그나마 안락한 날들의 지속이었을지도 모른다.

요즈음 나는 모든 사물이 동떨어져 보이면서 매사가 신산(辛酸)하게 여겨진다.

그래서 속으로 다짐처럼 외칠 때가 있다.

융화, 공생공존(共生共存), 가족, 제2의 가족

(『로스안데스문학』 통권3호, 1998)

　열흘 만에 찾은 빈집 앞에 닿자, 마치 열흘만큼의 방황을 끝내고 돌아온 방랑자처럼 고달픈 가운데서도 안도의 한숨이 내쉬어진다.

　자식처럼 애틋한 집. 이 빈 집에 찾아 올 때마다 새삼스러울 정도로 그렇게 감상적인 기분이 든다. 하지만 오늘따라 그 감회가 이상하리만치 마음에 켕긴다. 누가 뒤에서 잡아끄는 것처럼 머리끝이 쭈뼛하게 솟는 느낌까지 들고.

　울타리가 낮은 앞정원을 지나면서 봄이 닥치면 잔디를 더 좀 보태어 심으리라고 작정하며 현관문에 열쇠를 꽂는데 안으로 다른 열쇠가 꽂혀 있어 반밖에 안 들어간다. 참 기이한 일도 다 있구나 싶어져 고개를 숙여 살펴보니 두 개의 자물청이 모두 다른 걸로 바뀌어져 있다. 이게 도대체 어떻게 될 일일까. 앞정원을 되돌아나가 편지함에 적힌 주소를 찬찬히 확인해 본다.

　모론 3234(Moron 3234). 외우기도 쉽게 두 번째부터 일련번호로 이어지는 이 주소가 분명한데. 대문도, 정원의 작은 나무들도, 그리고 지붕의 단청색 기와까지. 가만 있자. 아르헨티나 사람들은 개성이 강해서 절대로 똑같은 집을 짓지 않는다고 들었고, 여태까지 똑같은 집을 본 적도 없는데, 예전에 없던 집이 같은 번호를 가지고 열흘 만에 생겨날 리는 없을 테고, 내 집에 누가 살고 있으며 누가 열쇠까지 갈아 끼웠다는 말인가. 다시 앞정원을 지나 현관에 다가가 초인종을 힘껏 눌러본다. 그리고 다시금 꼼꼼하게 자물청을 들여다본다. 분명 조금 전까지 꽂혀 있던 열쇠가 감쪽같이 없다. 자신의 정신 상태를 의심해 보다가 뒤돌아나가 여러 번 낮은 대문과 정원을 재확인하면서 제발 안에서 아무도 나와 주지 않기를 바라는 심정으로까지 변하게 된다. 구둣발 소리에 섞여 부스럭거리며 움직이는 소리까지 들리더니 작은 확대경을 통해 밖을 살피는 인기척이 나고 있다. 가능하면 잘 보이도록 확대경 앞에서 조금 떨어져 서 준다.

“끼에네스(Quienes=누구십니까?)”

현지인의 말소리다.

“누구냐구? 그건 내가 묻고 싶은 말이오, 끼에네스 우스뗏?(당신은 누구십니까?) 당신들 도대체 누구시오?”

전혀 상상하지 못했던 일에 놀란 나머지 한국말과 서반아어가 뒤죽박죽 섞여 나온다. 소리치는 이쪽의 물음에 비해 너무나도 태연자약한 상대편은 문도 열지 않고 계속하여 확대경만을 주시하며 의외로 당당한 대답만을 보내온다.

“우리는 이 집에 세 들어 온 사람들입니다.”

잠시 동안 정신이 아득해지면서 누구를 의심해야 하는가 고심(苦心)하는 중에 불현듯 사위가 떠올려진다. 사위였을까. 나 모르게 이 집을 세놓은 사람이 정녕 사위였을까? 침착하게 목소리를 가다듬어 이번에야 말로 점잖게 물어본다.

“주인이 누군데, 누가 세를 났습니까?”

“우리와 잘 아는 사람, 세놀 오스발도라고 하죠.”

“오슬발도? 오스발도? 오스발도?”

아른헨티나 사회에 오스발도라는 이름이 흔하게 널려있다는 건 익히 알고 있었지만, 아는 사람 중에 오스발도라는 이름을 가진 현지인은 아무리 정신을 차려 떠올려 봐도 절대로 없다.

“이것들 보시오. 이 집 주인은 나요. 뭔가 잘못 돼도 크게 잘못된 것 같소. 내가 이 집의 진짜 주인이란 말이요. 당신들은 아마 사기를 당한 것 같은데 빨리들 이 집에서 나가 주시오. 당장에, 경찰을 불러오기 전에 어서들 집을 비우란 말이요.”

세를 들었다고 외치던 사람은 부인인 듯한 여자와 서로 상의하는 모양인지 잠시 수군대는 소리만 들려온다. 그러더니 곧 이어 자랑스럽게까지 여겨지는 대답이 진득거리며 달라붙는다.

"좋습니다. 그렇게 하십시오. 차라리 경찰에 신고하시는 게 낫겠습니다."

무엇이 그들을 저토록 떳떳한 입장으로 대답게 만들었는가. 주인의 허락도 없이 남의 집에 쳐들어 온 불한당과 같은 사람들이 어떻게 저렇게 정정당당한 태도일 수 있는 것일까. 터지려는 분통을 가까스로 억누르면서 완강하게 걸음을 옮긴다. 이거야말로 만패불청(萬覇不聽)이로군. 온 몸에서 기운이 빠져나가는 듯 눈앞이 아찔한데다 자신도 모르게 허둥대고 있음이 저절로 느껴진다.

그 집을 어떻게 장만했는데, 얼마나 고달프게 일해서 구입한 집인데, 그렇게 힘들여 구입한 집을 솔개 까치집 빼앗듯 차지해 버리다니. 발길을 돌려 다시 현관문으로 다가가 묻게 된다.

"그렇다면 이럴 경우 집 주인인 나는 어떻게 대처해야 합니까?"

그건 사실 그들에게 묻는 게 아니고, 그저 자신에게 반문하는 형편이나 마찬가지였다. 그래도 여하튼 그들은 대답을 빠뜨리지는 않았다. 지나치리만큼 친절한 음성이었다.

"마음대로 하십시오. 가장 현명한 방법을 찾으시면 되겠지요. 법대로 하시던지, 어쨌든 저희는 더 이상 할 말이 없습니다."

유태인들로 형성된 의류도매상가 아베쟈네다(Avellaneda) 지역이 한국인들로부터 급진적인 속도로 빠르게 잠식되어지면서 한국인 경영의 상점들은 3백여 개로 불어나기 시작했다.

두뇌 회전이 재빠른 한인들은 서둘러 아베쟈네다 지역에 살림터를 장만하기 시작했다. 그런 붐에 편승해서 살고 있는 집을 놔두고 여유 있게 다른 집을 한 채 장만해 뒀었는데, 그 집을 비워둔 데서 일의 발단이 생긴 것 같다. 문제가 된 집은 나중에 상가가 번져나갈 경우를 계산한 하나의 포석이었다. 그러나 한국처럼 부동산 경기가 급속도로 진전되는 사회가 아닌 이곳에서는 그런 일이 어느 세월에 가능해 질지 까마득히 멀게 느껴졌고, 경기가 주춤해진 의류업의 전반적인 침체 때문에 멀찌감치 5년에서

10년을 바라다보아야 제대로 된 상가가 형성될까 말까하는 미심쩍은 예감만 잡초처럼 자라나고 있었다. 그런 부정적인 측면 때문에, 빈집을 팔겠다고 간판까지 내달았다가 아무래도 현재 살고 있는 집을 파는 게 그나마 수월할 것 같아서 매물로 내놓았었다. 그러나 의외로 빠르다싶게 현지인에게 매매가 이루어지게 되었다.

아르헨티나의 모든 부동산 소유자는 매매나 구입, 그리고 대차(貸借)를 원할 경우, 인모빌리아리아(Inmobiliaria=부동산 소개소)에 찾아가서 가격을 정한 뒤 해당 부동산 소개소의 이름이 붙은 판매 간판만을 걸어놓게 되어 있다. 물론 개인적으로 간판을 손수 만들어 주인이 직접 판매를 원한다고 해도 상관은 없지만…….

이제는 팔지 않기로 했고, 간판을 걸어두기로 약속했던 기간이 6개월이 지났으므로 판매를 취소하겠다는 연락을 하고 간판을 떼어낸 지 며칠이 지난날, 거의 1년을 비워뒀기에 페인트라도 칠하고 이사를 하겠다고 마음먹고 페인트 공과 견적까지 뽑아뒀었다. 페인트를 칠하기 전 미리 대청소라도 해둬야겠다는 심정으로 열흘 만에 빈집을 찾아갔는데, 그런데 참으로 예상치도 못했던 놀라운 일에 부딪치게 된 것이다. 나중에 안 사실이지만 간판이 달려있는 주택이나 건물을 침입하게 되면 큰 코 다치는 법적인 강경책이 세워져 있기 때문에 그렇게 간판이 떼어지기만을 노린다는 것이다.

어려운 일을 맞닥뜨릴 때마다 왜 한국을 떠나왔던가 하는 깊은 후회감이 강물처럼 밀어닥치면, 한국 땅은 좁으니까 라고 핑계와 같은 방파제가 만들어지게 된다. 뚜렷한 이유라고는 없이, 너무나 간단하게 내 나라를 떠나 온 게 아닌가 싶다. 동생의 사돈 쪽 친척이 이민 브로커였는데, 그의 감언이설에 쉽게 빠져들었고 간단없이 수속을 밟은 셈이다. 멀쩡한 집을 헐값에 팔아넘기고는, 비행기 값에다 뭐다하고 길에 뿌려댄 건 말할 것도 없고, 브로커가 툭하면 손을 내밀면서 이민 짐 통관비, 영주권 수속비, 어쩌구 하면서 매번 다른 명목을 붙여 떼어내 간 금액만도 적지는 않다. 무슨 대단한 영화를 보겠다고 태어나 반평생을 살아온 테두리를 벗어나 왔던지. 헛 욕심이었을까, 역마살이었을까, 누군가의 말처럼 팔자가 드센 사람만이 이민을 오는 것인가.

넓은 평수의 괜찮은 집을 하루라도 빨리 떠나오기 위해 느닷없이 헐값에 팔아버리고 기껏해야 제품공장, 그것도 기계를 직접 작동시키며 발놀림과 손놀림에 온 신경을 집중해야 하는 한심한 신세가 됐으니.

고국에 있는 동생들은 팔고 온 우리 집을 지나칠 때마다, 형님이 이 집을 안 팔고 가셨더라면 지금은 백만 불짜리인데 하고 한탄을 해댄다질 않던가.

일 생각만 하면 밤을 낮 삼아 밟아대는 미싱과 오바록의 모터소리가 귀청을 두드린다. 드룩, 드르르륵, 드륵, 드르르륵. 몸 속의 맥박처럼 이미 습관이 되어버렸고 신체의 한 부분처럼 여겨지는 소리. 그 난리와 같은 굿거리장단 틈바구니에서 하루하루 지내다가, 일요일이나 국경일 등의 휴일이 닥치면 도리어 귀가 멍멍해지면서 청각이 휴식을 시기하고 있는 느낌이 스멀스멀 피어나고는 했다.

이럴 때 아들애가 있으면 좀 좋을까. 미국으로 재이민을 떠난 지 벌써 1년. 더 좀 잘 살아보겠다고 제 가솔을 이끌고 간단하게 짐을 꾸려 훌쩍 떠나갔지만 그곳에서의 생활도 썩 크게 나아지지는 않은 눈치다.

UBA(부에노스 아이레스 국립대학)의 경영학과를 졸업하고, 월급생활은 적성에도 안 맞고 도무지 욕심에 차지 않는다면서 닥치는 대로 새로운 일을 시도해 보던 아들.

구두 수선소, 세탁소, 채소 가게, 이것저것 손대보다가 소매 옷가게를 차려 그런대로 괜찮아지는가 싶더니 어느 날 난데없이 떠나겠다고 나섰었다. 부모도 모르게, 비밀리에 수속해 놓은 미국 비자가 떨어지고 나서의 일이었다.

그런 중요한 일을 사전에 일언반구의 상의조차 없이 저지르다니, 너는 도대체 부모를 허수아비로 밖에 생각하지 않느냐, 그렇게 야단쳤을 때에 아들이 한 말은 너무나 근사해서 책망하려던 말이 일순에 막히고 말았었다.

조금이라도 젊을 때 더 큰 물에서 헤엄쳐 보겠노라고.

네가 물고기냐? 더 큰 물에서 헤엄치게. 그렇게 야단치는 말을 퍼부으려다가 자신도 모르게 꿀꺽 삼키고 말았었지. 풍찬노숙보다 더 뼈저린 쓰라림. 이민 온 것을 후회할 때마다 견질리는 이 심정을 어디에 가서 털어놓을 것인가.

사위를 부를까. 단 손발에 어떻게든지 잘 살아보려고 이리 뛰고 저리 뛰는 사람을. 게다가 딸아이는 산달이 가까워서 가게 일도 돕지 못하는 형편에 있다.

사위는 참 이상하였다. 본래의 성질이 풀풀해서일까. 밀가루 장사하면 바람이 불고, 소금 장사하면 비가 온다더니, 하는 일마다 실패를 거울삼고 있었다.

나염이 유행이라고 해서 나염기계를 들여놓아 일을 시작했다 싶으면 자수가 유행하게 되어 투자한 금액을 하루아침에 꾸려 없애고, 성급하게 다시 까베사(cabeza=자동수기계의 머리) 열 개짜리 기계를 할부로 들여놓기에 이른다. 까베사 열 개짜리 자동 수기계가 금액이나 작아야 말이지. 딱 10만불을 웃도는 기계를 배짱도 좋게 2만불 정도만 디밀어 들여놓고는, 그 할부금 붓기에 꽁지 빠진 닭처럼 좌불안석인 것이다. 한 우물을 파야 한다. 일생에 두 번의 운이 닥친다는데 그저 한 우물을 파야 두 번 아니라 한 번이라도 그 운을 붙잡지 않겠느냐고, 이 일 저 일의 뒤통수만 보게 되니까 제발 진중하라고 입이 닳도록 일러뒀건만 대답은 고분고분 쉽게 해내는데 수긍하는 마음과 태도는 앞에 있을 때뿐이고, 언제나 그칠 줄 모르고 일만 저지른다. 머리회전이 빨라도 너무 빠르다. 세상만사 어디 머리회전만 갖고 되는 일이 얼마나 되던가. 한마디로 겉똑똑이인 셈이지. 일이 터지고 나면 꼭 딸아이가 나서서 부랴부랴 이 돈 저 돈 글어대어 터진 곳을 메워나가곤 한다. 그러는 딸아이가 안돼 보여 처음 몇 번인가는 뒷수습에 쓰라고 목돈을 내어준 적도 있었다. 그러나 그야말로 구멍 난 항아리에 물붓기와 같아서 이제와선 모르는 척 내버려둔다. 딸아이가 대견한 건 사위가 여러 차례 일을 저질러 궁지에 몰릴지라도 절대로 사위에게 대놓고 원망을 하지 않는다는 점이다.

언제나 풋바심에 미련을 두어 오그랑장사에 이골이 난 사위라지만 풀풀한가 하면 억지가 센 성질머리 때문에 어느 때고 한 번은 성공을 하겠지 싶어서 묵묵히 지켜보는 중이다. 아직은 젊어 한창인 나이이니까.

친구들, 친목회 회원들, 노인정의 바둑 친구들, 모든 가까운 이들을 차례차례 떠올려 봐도 하나같이 폐를 끼치고 싶지 않다는 각오만 다짐처럼 다져진다. 무엇보다도 이런 처지에 놓여진 자신이 몹시 창피하다는 생각까지 든다.

월세를, 또는 전세를 놓으라고 여러 사람의 권고가 있었지만 내 나름대로의 계획이 있었다. 아는 이에게 빌려준 돈이 돌아오면 빈 집을 증축하여 가게를 두세 개 정도 만들어 볼 심산이었다.

까짓 이 나라 언어쯤 어떻게 두루뭉실 엮어낼 수 있지 않을까. 이민 경력이 20년이나 됐는데.

내킨 김에 관할 경찰서를 찾아간다. 담당자는 친절하게도 마음고생이 많겠다고 위로까지 아끼지 않으면서 고소장을 정식으로 꾸미겠느냐고 귀를 종긋하게 세우며 묻고 있다. 이 말 저 말 꺼내어 맞춰내는 짧으면서 뒤죽박죽인 나의 서반아어 실력에 신경이 바짝 긴장되는 모양이다. 물론 정식으로 꾸며야만 그들을 제대로 쫓아낼 것 아니냐고 자신 있게 대답하는 나를 빤히 쳐다보던 그 담당자는 뭔가 알고 있는 듯한 묘한 웃음을 터뜨리면 잘 생각해서 결정하라고 매우 심상치 않은 권유까지 해대는 것이었다.

"아무렴요. 내가 기필코 정식으로 법적 절차를 밟아서 그들을 정정당당하게 내몰고야 말겠습니다."

젠장맞을, 그 정식 서류라는 게 구식의 타이프를 타악 탁 두들기면서
골치 아프도록 시끄럽게 굴며 시간을 끌더니 결국은 황소 제 이불 뜯어
먹기가 될 줄이야.

나중에 법적인 수속이 진행되는 과정에서 안 일이지만 그럴 땐 그저 경
찰을 두어 명 매수하여 무조건 총을 들이밀고 쫓아내는 게 가장 손쉬운
해결책이라고 했다. 정식으로 수속을 진행시키노라면 재판이 시작되고 끝
나가는 과정이 무려 2년에서 5년까지 걸리는데, 재판이 완결될 때까지 빈
집을 차지한 무법자들을 쫓아내는 방법은 전무(全無)하다는 얘기였다. 2년
에서 5년이라는 시일을 아무 대가도 지불하지 않고, 그것도 월세 한 번
안내면서 살아내려고 그런 일들을 감행한다고 한다.

교민회와 경험자들을 찾아다니며 동분서주 뛰어다니다가, 사위를 대동
하고 혹시나 하는 마음으로 빈 집, 아니지, 빼앗긴 집으로 찾아간 날은 더
욱 기막힌 일이 기다리고 있었다.

집을 세 얻을 때 작성했다는 가짜문서까지 버젓하게 준비해 놓고 뚝하
니 시치미를 떼고 있는 모습이라니.

보조 잠금장치의 고리쇠를 고정시킨 채 빼꼼하게 열려있는 문 사이로.
마치 선심이라도 쓰는 것처럼 친절하게 설명하며 건네주는 카피된 월세
계약서 사본은 기막힌 내 심정을 비웃기라도 하듯이 깔끔하고 정결해서
눈까지 부셨다. 그 인쇄물을 두 손에 움켜쥐고 한껏 찢어발기고 싶었지만
참고 참는다. 만약을 위해서, 절대로 변호사의 허락 없이 아무런 분풀이도
해서는 안 되리라고. 그럴 경우 뒷일만 곤란해질 뿐이라고 간곡하게 충고하
는 사위의 은근하고 작은 속삭임 때문에 한참 동안 그 종이들을 하염없이
바라보게 되었다. 손끝이 떨리고 있는지 서류가 춤추듯 흔들리고 있었다.

"찢어보셔야 다시 만들 텐데요, 장인님. 더군다나 화낸다고 들어먹을 인
물들이 아니지 않습니까. 재들은 아마 전문 사기단의 일원이거나 마피아
의 일당일 겁니다. 틀림없이 경찰이나 정치하는 애들도 한 둘은 끼어 있을

테지요."

사위의 소근거림을 제치고 그들을 향해 질책 비슷한 걸 퍼붓게 된다.

"당신들은 이 집이 내게 얼마나 소중한지 알고나 있습니까?"

"그럼요. 물론이지요. 우린 당신의 그 감정을 너무나 잘 압니다. 집에 대한 소중함이라면 분명 당신보다 우리가 더 확실하게 고달팠던 사람들이니까요."

이런 기분을 뭐라고 해야 할까. 말문이 막힌다고 해야 하나, 아니면 할 말을 잃었다고 해야 하는 걸까. 그런데 이상한 것은 그들과 마주치면, 집은 우리 집이 아니라 그들의 집이라도 되는 듯한 착각 같은 게 앞을 가로막는다는 사실이다. 그럴 정도로 그들은 떳떳하고 당차 보이는 반면, 나와 사위는 비굴할 정도로 잔뜩 주눅까지 들게 되는 형상이다. 그들의 그 강력한 주장에는 어떤 억지 같은 기미라도 묻어나야 했는데, 그런데 도리어 자신만만하게까지 비쳐지고 있었다. 자칫 잘못하다간 그들이 이미 여러 번 나타내고 있는 뻔뻔함에 기름까지 발라주는 꼴이 되겠구나. 어쩔 수 없이, 그리고 마지못하여 전세계약서 사본을 힘없이 돌려주고 만다. 그걸 받아드는 상대편의 곰처럼 털이 부스스 일어나 있는 팔뚝에 강한 혐오감을 느끼면서 그제서야 맡을 수 있었던 향수냄새에 아스라한 질식감이 엄습해 온다. 남의 집, 그것도 외국인의 집을 빼앗아 살고 있는 비양심적인 사람이 누구에게 잘 보이기 위해, 그 누구에게 향긋함을 전달하려고 향수 나부랭이나 부려대는 것일까.

조금이나마 열려진 현관문의 보조 잠금장치를 닫으면서 해 낸 그 현지인의 마지막 언질은 정신 바짝 차리지 않으면 기절하기 딱 알맞은 경고성 발언에 가까웠다. 놀라운 것은, 협박이 내포된 으름장이 아니라 언죽번죽한 넉살 쪽에 가까웠다는 것이다.

"더 이상 당신들을 몰레스따르(Molestar=귀찮게 하다)하고 싶지 않은데 어쩌면 좋겠습니까? 우리 가족 역시 당신들에게서 불필요한 정신적 피해를 입고 싶지 않으니까 모든 일을 정식 서류와 격식을 갖추어 절차를 밟으시고, 만약 우리 집을 방문해야 할 경우에도 미리 전화로 연락하고 오셨으면 합니다. 우리 집이 예전에 당신들의 소유였었다면 전화번호 정도는 이미 알고 계실 것 아닙니까?”

경악한 나머지 잘 기억이 안 나지만 대강 그런 의도의 말들을 들었던 것 같다. 우리 집? 저희들 집이라고? 이런 적반하장이 어디 있는가, 누가 누구를 귀찮게 하고 있으며 누가 누구를 걱정해 주는 것인지 한참 오리무중하고 알쏭한 생각에 빠져 쉽사리 온전한 기분을 되찾을 길이 없었다. 가슴속이 뜨거운 물을 급히 들여 마셨을 때처럼 심하게 따끔거렸다. 내가 이러다가 자칫 돌아버리는 건 아닐까. 별안간에 이 무슨 속량이란 말인가. 화급한 이쪽의 심경에 비해 느긋한 상대편의 자세는 나무랄 데 없는 수준급의 여탈(與奪)에 가깝다. 상대는 본인이 얼마나 착취적인지 알지 못할 만큼 착취적이다. 억장이 무너진다는 게 이런 것일까. 지구가 흔들리고 있는 느낌이다. 모든 사물에 어지럼증을 느낀다. 아니면 내 정신이 흔들리는 것일까.

막막한 심정을 꾹꾹 눌러 앉히고 교포 중에 같은 일을 당했었다는 몇몇 경험자를 찾아 나선다. 혼자서 해결해 보겠다는 사위를 달래서 가게로 되돌려 보내고 난 후였다.

시일을 끌고 싶지 않아 상대편의 요구대로 아예 5천 달러를 쥐어주고 초장에 내몰았다는 사람, 그 즉시 경찰을 대동하고 총으로 공포를 쏘며 협박하자 간단히 비워주더라고 의기양양해 하는 사람, 4년이 가깝도록 재판이 안 끝나고 있다는 사람. 그런 경우를 당한 교포는 대략 다섯 집이었다. 참고가 될 만한 일은 가스세, 전기세, 수도세, 전화세의 고지서를 주소 변경하여 그러저러한 문화혜택을 일시에 끊어버리는 조치를 취하라는 얘기였다. 곧장 망설임 없이 그런 일들을 착수하기에 이르렀다.

뻬론 대통령의 영부인 에비타의 전성기였다던가. 무주택자들이 빈집에 침범한 뒤, 전기나 수도의 공과금을 석 달 이상 지불한 영수증을 시청에 첨부하게 되면 그 집을 차지할 수 있는 자격을 부여했기 때문에, 집 없는 서민들이 다투어 빈 집을 차지한 데서 그렇게 기상천외한 사례가 비일비 재하게 발생했었다는 것이다.

이곳저곳 알아봐야 이렇다 할 뚜렷한 방법이 따로 마련되어 있는 형편 도 아니어서 결국 한국인 변호사를 찾는다. 바쁜 주위사람 누구에게도 민 폐를 끼치기 싫었고, 우선은 전문용어에서 지고 들어갈까가 염려되어 한 국인 2세의 김경효 변호사를 선임하고 그 일을 맡겨둔다. 아들이 가까이 있었으면 만사 제쳐놓고 뛰어다녔을 텐데, 그런 아쉬움이 생겨 아들의 존 재가 새삼스럽게 그리워진다. 하기는 아들이 통역한다고 나서봐야 중요한 얘기는 다 잘라버리고 제 판단으로만 말해버릴 것이다. 내게는 중요한 얘 기들이 아들에게는 쓸데없는 군소리로 묵살되곤 했었다.

여유를 갖춘 천천히가 국민성이라는 아르헨티노들의 습성이 나라의 행 정까지도 느리게 만드는 것일까. 한국인 2세이고 나이가 덜 찬 변호사라서 일의 추진이 서투른 것은 아닐까. 아니면 변호사가 어린 나이로 이민 와서 아르헨티노들의 생활습성을 있는 그대로 답습한 것인지는 불투명하지만 일의 진전이 전혀 보이지 않고 있다. 구렁이가 담을 넘는다 해도 이보다는 수만 번 빠른 속도가 되리라. 내 이름으로 된 집문서가 어엿하고, 집을 구 입했던 부동산 소개소의 서류와 공증인이 수속해 준 도면용지까지 엄연하 게 갖춘 판국에 내 집을 꿰차고 들어온 현지인을 물리치기가 이렇게도 요 원하다니. 내 몫의 집을 하루아침에 약탈당하고 몇 년이 걸릴지도 모르는 세월을 그야말로 여유를 가지고 기다려야 한다는 것이다. 이거야말로 백 년하청이 아니고 무엇이란 말인가. 잔디밭에서 바늘찾기 같다고 해야 할 지. 차라리 없었던 집으로라도 접어놓지 않는다면 생병이라도 날 것 같아 불안전한 마음을 생판 억지지로 다독어 놓게 된다.

새벽에, 잠에서 깨어 이 생각 저 생각에 몸을 뒤척이고 있는데 전화벨

소리가 울린다. 아들의 전화일 것이다. 이른 아침에 전화하지 말아라. 가슴이 철렁 내려앉는다. 멀리 떠나 있는 너희에게 무슨 일이 생긴 것인가 나쁜 예감을 품게 된다. 그렇게 누누이 일러뒀건만 새벽같이 일어나 일터로 나가야 하는 저희들 형편 때문인지 저희들 편리한 대로만 행동한다. 그렇게 편한 걸 찾는 주제에 미국 땅에서 어찌 살고 있는지 모르겠다. 낮에는 전화할 시간은커녕 죽을 시간도 없노라고.

"아버지, 미국이라는 곳은 쉴 새 없이 움직이는 커다란 기계와 비교할 수 있습니다. 저는 그 기계에 딸려있는 수많은 톱니바퀴의 작은 나사에 불과하죠. 나사 하나가 없으면 그 큰 기계가 작동할 수 없게 되고 전부 올스톱된다고 상상해 보세요. 그래서 저는 끊임없이 움직일 수밖에 없는 입장인데 어떤 가능성이 보이기 시작합니다. 우선 제일 기분 좋은 건 만지는 지폐가 전부 달러라는 사실입니다. 생필품의 구색이 모두 미제 투성이라는 점이 약간은 맥 빠지는 기분이긴 하지만……. 아버지, 우리는 휴지도 미제를 씁니다."

아들의 편지를 읽으면서 허허 하고 웃음부터 나왔었다. 못난 녀석. 한국이나 이 나라의 휴지가 나쁜 것도 아닌데 그것 때문에 재이민을 떠난 것처럼 굴다니.

국제전화는 유별나게 투투거리는 소리를 내다가 발신음이 토닥거리며 튀어나오는가 하면 갑자기 사람 목소리가 끊겨서 들리기도 한다. 거실에서 아내가 받는 모양이다.

"그래, 미국이 좋긴 좋은 나라구나. 부모가 곤경에 빠진 걸 그렇게도 금세 알아챌 수 있다니. 내가 유서방한테 연락하지 말라고 신신당부했는데, 그런데 꼭 연락하지 않으면 큰일 난다는 말로 잘못 알아들은 것 아니냐? 그래, 잘 있다. 네 처랑 아이들도 건강하지? 별 거 아닌가 보더라. 변호사야 샀지. 한국인 변호사는 불리할 수밖에 없다고? 벌써 한국인 변호사를 결정했나 보던데, 내가 아냐. 아버지가 유서방하고 상의해서 한 일이지.

뭐? 금방 찾기는 틀렸다고? 네가 시방 미국 땅에 앉아서 그걸 워찌 아는 겨? 눈에 안 뵈는 일이라고 말을 함부로 해도 되는감?"

아내는 다급했던지 충청도 사투리가 마구 튀어나온다. 젊을 땐 멀쩡하게 표준말을 쓰던 사람이 당황할 때 보면 고향 사투리를 자랑스러워 보일 정도로 강하게 사용한다. 어떤 때, 의견이 안 맞아 서로 다투다가, 워쩔 겨? 하고 대드는 걸 보면 참 가관이다.

"나는 잘 참는다. 그런데 아버지가 걱정인겨. 혈압까지 높은 양반이 행여나 풀썩 쓰러질까 겁난다. 왜 이러남? 바쁜 세상에 산담시러 뭣 땜에 경비 써가며 온다는 건지 모르겠네. 기다려라, 아버지 바꿀게."

아들은 인사도 없이 다짜고짜 따지고부터 든다.

"아버지, 제가 뭐라고 했습니까? 그런 집 사시려거든 제가 하고 싶은 일에나 투자를 하시라고 여러 번 말씀을 드렸었지요?"

"모처럼 전화하더니 애비한테 인사도 없이 다짜고짜 따지기부터 할 셈이냐?"

"얘기가 그렇다는 거지요. 아버지, 안녕하세요?"

"안녕 못하다."

"그것 보세요. 안녕 못하신 걸 제가 훤히 알고 있는데 어떻게 태연하게 인사부터 나오겠어요?"

"에이, 그만두자. 어서 끊어라. 전화 값 많이 나올라. 네가 온다고 빨리 해결될 일도 아닌 것 같으니까 일부러 찾아 올 필요는 없다. 부지런히 살아라. 젊음은 한 때야."

계속해서 말을 이으려는 아들을 나무라며 서둘러 전화를 끊었지만, 아들의 음성을 듣고 나니 일의 해결이 원만해지기라도 한 것처럼 마음 한 구석이 든든하게 차오른다. 멀리 떠나 있지만 아들을 떠올리면 이상하게도 편안해지면서 훈훈하고 후련한 기분까지 솟아오름을 어쩌지 못하겠다.

아들은 적어도 자질구레한 걱정 따위는 안하고 산다. 그 애가 중학교

1학년 때였나. 나라에 가뭄이 든 것조차 모르고 오로지 제품일에만 전념하던 우리 내외는, 어느 날 비가 억수처럼 쏟아지길래 우리와 고리처럼 맞물린 관계에 있는 의류매상의 매상에 지장이 있겠다고 걱정하는 말을 딸애와 주고받았었다. 그런데 아들이 난데없이 크게 화를 내는 것이었다. 지금까지 4개월 동안 나라에 비가 안와서 깜뽀(농장)에서는 농작물들이 말라버려 40억불이 파산된다고 하는 어려운 판국에 있는데 고작 그런 걱정을 하느냐면서 쏟아지고 있는 비에 대해서 반가운 친구라도 대하듯 좋아하는 것이었다. 딸아이와 우리 내외는 일하다가 서로 쳐다보고 어이없어 하며 겉으로 웃지도 못했는데, 그러나 결국 참지 못하고 박장대소 웃고야 말았다.

되돌아보면 이 나라에 이주해 와서는 내내 어려운 일에 휘말리거나 굵직굵직한 사건에 겹쳐서 살아왔던 것 같다. 신(神)에게서 받은 숙제 하나를 마쳤다 싶으면 또 다른 일, 그리고 또 다른 사건, 연이어 터지고 말던 새로운 일과 새로운 사건들. 한 때는 5인조 강도가 주로 한국인의 집만 골라 가면서 약탈하는 일까지 있었다. 그것도 새벽에, 그리고 비오는 날로 골라서 지붕을 타고 쳐 들어와 비장의 달러 뭉치가 나올 때까지 폭력과 협박을 일삼는다고 했다. 그 일로 인하여 교민사회는 공포시대의 도가니로 휘몰이 당하는 형세이기도 했었다.

그런저런 여러 어려움들이야 그런대로 견딜만했지만 80년대 초에 닥쳤던, 대대적인 평가절하의 '달러파동'은 평생 잊으려야 잊을 수가 없을 것이다. 그 시절에는 한 달에 몇 백 달러 가지고도 생활비를 해결할 수 있었는데, 피땀 흘려서, 그야말로 땅을 일구는 심정으로 일해 왔다고 해야 할 편물업에서 손을 떼고 모든 기계를 팔아서 구메구메 저축해 둔 금액까지 합하니까 5만 달러였다. 괜찮은 조건의 주택을 구입할 수 있었는데도 은행에 맡겼더니 이자가 엄청났다. 그런 식으로 가다가는 머잖아 1만 달러가 더 불어나겠다는 희망에 부풀어 흐뭇했는데, 하루아침에 평가절하가 단행되어 몇 달 동안 늘어난 이자 8천5백 불을 합친 5만8천5백 달러가 급히 은행에서 찾아왔을 때는 5천8백5십 달러라는 말도 안 되는 숫자로 변해 있었다.

그 나마의 금액도 장사진을 친 줄에 일찍 서 있었기 망정이지 '은행저축 봉쇄령'이 내렸을 때는 입이 딱 벌어져서 다물기조차 힘들었을 정도였다.

그 아찔했던 심정은 이제 와서 새삼 표현하기조차 두렵다. 말비나스(일명 포클랜드)전쟁 때, 다시 대폭적인 평가절하가 시행되고 그럴 듯하게 잘 생긴 주택을 헐값에 구입하게 되면서 그 일을 만회할 수 있었지만, 대부분의 교포들이 그런저런 파동을 겪어내는 데 지쳐서, 더 이상 바랄 게 없다고 제 3국인 미국이나 캐나다 등의 나라로 재이민을 떠나가기 시작했다. 그런 와중에서도 그저 덜 발달된 이런 나라가 우리네 이민자들에게는 견디기 쉬운 법이지. 무엇보다 떠돌이별처럼 살고 싶지 않았고, 잔생이 보배라는 옛말까지 실감났었다. 그때 놀라고 나서 그 뒤로는 절대 은행에 저축하지 않았고, 틈틈이 모아 새로 사 놓은 집이 이번에 이렇게 된 것이다. 은행도 믿을 게 못되고 오로지 땅에 묻어두는 게 상책이다 싶었는데…….

편물을 그만두고 오바록과 미싱을 들여와 제품업을 시작하고 나서, 볼리비아 기술자들을 고용하느라 얼마나 많은 애로를 겪었던가. 월급을 탔다하면 사흘씩 빠지는 그들. 한 달 동안 어렵게 일해서 벌어낸 월급을 사흘 동안에 거의 다 소비한다고 해도 과언이 아닌 그 애들을 보면 안타깝기 이를 데 없었다. 사흘 동안 안 나올 때의 구실은 언제나 틀에 박힌 것처럼 똑같았다. 볼리비아에 있는 아버지가 갑자기 세상을 떠났다는 핑계와 영주권을 갖추지 않고 시내에 나갔다가 불심검문에 걸려 구류를 살다왔다는 변명이 가장 흔하게 써먹는 그들의 단골수법이었다.

그래서인지 옷 소매상을 경영하는 교포들의 얘기를 들어보면 시내 중심지보다 빈민들이 살고 있는 서민층 지역이 장사하는 데에 그나마 편하다는 중론이다. 좀 가졌다 싶은 중상류층 사람들은 옷의 품질에 대해서 꼬치꼬치 따지면서 색상의 배합에 대해서까지 지나치게 까다로움을 피우는 반면에, 서민층들은 돌발적이고 충동적인 구매를 즐긴다고 한다.

그러나 그들은 되레 한국인들을 우습게 여긴다. 개미와 같이 일을 좋아하지만 초식동물처럼 푸성귀만 먹어대며 무덤에 한 발을 걸친 사람들처럼 무지막지하게 일만을 좋아하는 인종이라고 한참 아래의 어린애들 바라보듯 내려다본다고나 할까.

그처럼 서로 경쟁하듯, 마치 월급을 빨리 써버리기 위해 일하는 사람들처럼 사흘씩 축을 내는 기술자들 때문에 납품기일에 맞추느라 숱하게 밤샘을 해댔다. 아무리 바빠도 바늘허리 매어 쓰지 못한다지만, 바늘허리를 매지 못하는 시간을 잠자는 시간에서 축내어 대신 일했다. 밤새도록 일을 하고 나서 조간신문을 집기 위해 마당으로 나가면 자신도 모르게 한숨 비슷한 심호흡을 해내며 새벽녘의 신선한 공기를, 마치 각성제나 되는 것처럼 새로운 각오로 들여 마시고는 했다.

딸아이가 결혼하기 전에는 꼼바지런한 그 애의 힘이 매우 컸다. 신통하게도 학교 다니는 틈틈이, 집안일과 제품 일을 돕고자 애썼다. 부끄러운 사실이지만 이민 초창기에 편물을 짜는 일을 직업으로 삼았을 때는 해사기의 실 감는 일은 단연 그 애의 몫이었다.

실패에 손이 닿지 않아 의자를 놓고 연신 오르락 내리락을 반복하면서 감아내는 실로 편물을 짜냈고, 제품업에 손대면서는 미싱에 앉을 때 발판에 발이 닿지 않아 제 어미의 하이힐을 신고 미싱과 오바록을 번갈아 옮겨 앉으며 일을 해냈다. 벽에는 공부해야 할 종이를 붙여놓고 웅얼웅얼 외우면서 일과 공부를 병행하더니 원하던 치과대학에 들어가서 학위를 따내고 보란 듯이 치과의가 되었다. 딸아이는 천성적으로 강한 인내심을 지니고 있는 모양이다. 지금도 그때 일을 떠올리는 걸 보면 한 번도 힘들다고 생각해 본 적이 없었고, 오히려 일하면서 공부를 해낼 수 있었다는 자부심까지 갖고 있는 기특한 아이다. 그렇게 성격이 괜찮은 아이지만 웬일인지 끝도 없이 일 속에 묻혀 살고 있다.

아보가도(Abogadd=변호사) 김경효 사무실.

엘리베이터를 이용하여 도착한 변호사 사무실의 문 앞에서 잠시 호흡을 가다듬는다. 여러 차례 드나들었으나 이렇다 할 진전이 전혀 보이지 않아 아예 기대를 물리쳐 놓았지만, 행여 오늘은 어떤 좋은 소식이 닿아있지나 않을까 하는 그런 긴실(緊實)한 기대감도 도저히 저버릴 수가 없다. 두어 번 노크하자 비서가 변호사의 방까지 안내한다. 젊고 파릇파릇한 변호사의 얼굴을 바라볼 때마다 짧은 불안감이 섬광처럼 스치듯 지나가는 걸 감지하게 된다. 경험도 부족한, 아들과 같은 또래의 젊은이를, 단지 서반어가 딸린다는 이유와 주위 사람들에게 해를 끼치기 싫다는 이유만으로 이런 중요한 일을 대행하도록 맡기다니. 그것은 역시 짧은 연륜의 개업의라서 손님이 한산한, 딸이 경영하는 치과의 경우와 다를 게 하나도 없다는 인식만 새록새록 커지고 있다.

"아저씨, 제가 열심히 계속적으로 일하고 있습니다. 그래도 계속적으로 많이 기다리셔야 합니다. 아저씨께서 신고하신 서류가 이제야 겨우 법원에 도착되었고, 점차적인 절차가 계속적으로 한 계단씩 오르고 있는 중입니다."

한국어에 자신이 안 서는 것일까. 변호사는 계속적이라는 표현을 지나칠 정도로 자주 사용하고 있었다.

"그 계속적이라고 강조하는 기간이 언제까지 계속될 것 같습니까?"

계속적이라고 흉내 내어 비난처럼 들리지나 않았을지. 절대로 비꼴 기분은 아니었는데······.

"그거야 지금은 단정하기 어렵지요. 제가 계속적으로 그 일의 진전을 위해 열심히 일하고 있습니다. 하지만 법원 자체 내에서의 진척이 제자리걸음을 하고 있는 형편이라서요. 어느 정도의 기일까지는 계속적으로 정신적인 고통을 인내하셔야 되리라고 사료됩니다."

다시 계속적이라는 표현에다 헛기침까지 적당히 섞어가며 차근차근 설명하는 변호사의 저 불명료한 태도는 무성의인가. 아니면 은근한 저력을 나타내는 현지인들의 특성이 뜨랑킬로(Tranquilo=여유로움)와 같은 맥락이라도 된다는 얘길까. 등에 든든한 배경이라도 갖춘 사람처럼 의외로 당당하면서 여유만만한 변호사를 보노라면, 상식화되어 습관이 되고만 현지인 대다수의 생활신조인 뜨랑킬로를 질릴 정도로 열심히 지켜본 느낌이다.

빈집을 차지한 불한당들과 맞닥뜨려도 이렇게까지 비참하지는 않았는데 왜 젊은 나이의 한국인 변호사만 바라보면 억울하고 답답한 심정이 되는 것일까. 각주구검(刻舟求劍)의 형편에 놓인 거나 아닐런지. 계속적으로 참고 기다리는 수밖에 별다른 도리는 없다는 변호사의 변명에 가까운 설명에 풀이 죽어 힘겹게 발길을 돌리려는데 뭔가 중요한 일을 잊은 사람처럼, 무엇인지도 모르는 소중한 것을 잃고 난 사람처럼 마음이 몹시 뒤숭숭해진다.

최근의 현지 신문을 번역했다는 '주택무단침입자처벌에 관한 법'이라는 종이를 카피해서 건네주는 변호사를 뒤로 하고 택시를 타고 나서 한숨까지 섞으며 천천히 읽기 시작한다.

…… 확실하고 선명한 방지책이 마련되지 못한 관계로 날로 병폐화 되면서 심각한 사회문제로 발전되고 있는 주택무단침입자들의 만행은 왜 그칠 날이 없는가.

대통령 메넴은 '주택무단침입자들'에 관한 강제 철거령과 엄중한 처벌을 수반하는 강경책을 시도하려고 대통령 법령을 계획했으나 온건주의파들의 극심한 반대에 밀려 예외 없는 난관에 봉착되고 말았다.

이 법령에 치우칠 경우 정치생명에 지장을 초래할 수밖에 없다는 추종자들의 타산이 받아들여져 물거품처럼 무산되고야 만 것이다.

이에 편승한 하원은 형법 개정안을 상정하여 '주택무단침입 및 처벌과 부동산에 관한 법'의 틀을 맞춘 후 형법 181조의 세부조항을 개정한다는 안건까지 제시해 놓았다. 상원이 이 법을 통과시킬 경우, 소유권자와의 합법적인 절차나 거주 허락서를 갖추지 못했을 시에는, 다른 주택을 침입하거나 거주, 또는 가건물을 형성시키는 자에게 징역 1개월에서 1년까지의 형을 선고할 수 있게 된다. 또한 주거 침입을 선동하거나 소유자의 합법적인 거주 허락서를 갖추지 못한 점이 확인될 경우에는 판사가 무단침입자의 철거를 명령해서 소유권자에게 권리를 즉각 돌려주게 된다.

소유자의 거주 허락서를 위조하거나 위조 계약서를 제시하고 위조 서류를 제출하는 자는 2년에서 3년까지의 징역형에 처해진다.

주택무단침입이라는 해약은 하루 이틀 있어 온 일이 아니었고, 이를 대처해 나가는 일조차 막대한 시일과 복잡한 법망을 거쳐야 하기 때문에 날로 심각해지는 사회문제로 돌출되고 있다.

개인은 물론이고 정부 소유지까지도 침범당하는 사례가 허다해서, 이러한 문제들을 미연에 방지하려는 움직임의 한 방편으로 형법개정을 논한 것으로 주목된다. 과연 이 법이 국법으로 결정되어 실효를 거둘 때에 무단침입자들의 철거시일이 얼마만큼 축소될 지는 아직 미지수라고 판단된다.

다시는 이런 불상사가 일어나지 않도록 각자가 소유하고 있는 부동산의 관리를 더욱 강화해야 하겠지만 정부가 얼마나 강력한 울타리를 세워 줄지도 그 결과가 기대되는 바이다.(LA NACION지의 사설에서 인용)

꿈이라는 건 정말 맞는 것일까.

요즘 들어 온갖 헤아릴 수 없는 꿈들을 자주 꾸는데, 머리에 이가 득시글거리거나, 아니면 도둑을 쫓으며 낭패를 보다가 깨어나게 되는 꿈들이다. 빈집 문제 같은 심상치 않은 일들을 겪어서 그런 꿈들을 꾸게 되는 것일 게다.

도대체 어떤 인간들이 이와 같이 뒤숭숭한 곤경을 당하게 만든 것인지, 그 뻔뻔한 얼굴이나 제대로 봐두려고 아침 일찍 집을 나서서 빼앗긴 집의 건너편에 숨듯이 지켜서 본다.

구레나룻을 붉으죽죽한 색깔로 뒤집어 쓴 부엉이 같은 중년의 현지인이 유치원에 데려다주기 위해서인 듯 아이를 뒷자리에 앉힌 채 자동차를 몰고 스르륵 사라진다.

저런! 전기를 끊는 조치를 해뒀는데 어떻게 다시 전기를 끌어 당겼을까. 하기야 남의 집까지 쳐들어 온 작자들이니까 전기 정도 다시 끌어들이기는 식은 스프 떠먹기보다 더 간단할 수도 있겠지. 어느새 차고 문까지 자동으로 바꿔 놓았는지, 차 유리창으로 팔을 내밀어 리모컨트롤을 누르던 장면이 생각할수록 괘씸하고 분하다. 발깍거리는 부아를 애써 가라앉히려고 공연히 험험하며 헛기침까지 해 본다.

날강도가 따로 없다더니, 그런 심보로 자식 데리고 잘도 살아가는구나. 옳지, 내가 내일 아침에 저런 허술한 틈을 이용하여 집안으로 쳐들어가 절대로 못 나가겠다고 마당에 드러누워 버려 보리라. 그렇게 순간적인 착상을 해내다가 이내 포기하고 만다.

호시탐탐 기회를 엿보다가 남의 집에 벼락같이 침입해 온 작자들이 무슨 짓인들 못해낼까 싶은 게 어떤 텀터기라도 씌워지지 않는다는 보장이 없다. 사위가 그러지 않던가. 놈들은 마피아나 경찰과 연결돼 있을 지도 모르겠다고. 엉뚱한 일에 힘을 소모시켜서는 안 되지. 비록 하대 명령이기는 해도 법적으로 이길 승산이 얼마든지 있는데 구태여 하잘 데 없는 일에 시간과 정신을 낭비할 필요는 없을 것 같아 천천히 발길을 돌린다.

터벅터벅 집에 닿자, 박옹(朴翁)의 전화가 왔었다고 한다. 이민와서 알게 된 사이지만 막역지우의 편한 사람이다. 그 전갈을 들으니까 박옹과 악수를 나눈 뒤처럼 손에 따뜻한 온기가 느껴진다. 요즘 노인정에 왜 안 나타느냐를 묻기 위해서 전화했을 것이다. 내가 이런 처지에 몰린 사정을 안다면 놀라겠지. 이 일을 노인정에 나가서 털어놓아야 감 놔라, 배도 놓아라, 사과까지 놓아야 한다고들 시끄럽게만 굴 것이고 조금도 도움이 못 되리라는 건 불을 보듯 뻔한 일이다. 그저 쓸쓸하고 팍팍한 심정만 꾸역꾸역 가슴을 메울 듯 북받쳐 오르겠지. 옛말이란 게 하나도 그르지는 않은 모양이다. 늙으면 애 된다더니 툭하면 서글퍼지는 심사도 그렇고 무엇보다 예전에는 입에도 대지 않던 사탕이나 군것질이 차츰 입에 당기는 점도 어떤 면으로는 서글픈 일이 된다.

인체의 신비로움은 무한해서 나이가 들면 당분이 필요해져 그렇다고는 해도, 정신을 가다듬으려 하면 간단없는 잡념과 섭섭함이 떼 지어 몰려드는 것만 보아도 그렇고, 매사에 툭하면 좌절감부터 앞장 서는 이 삭막한 감상만 봐도 이게 바로 나이든 징조가 아니고 무어란 말인가.

거슬러 보면 산다는 건 조생모몰(朝生暮沒)의 하루살이와 별반 다를 게 없다는 실감에 빠지게 된다. 그러자니 문득 춥다. 부에노스 아이레스의 겨울은 영하로 내려가지 않는데도 뼛속까지 시린 것 같은 강한 서늘함을 지녔다지만 예삿일로 여겼었는데 느닷없이 춥게 느껴진다. 남극에서부터 밀려드는 한랭한 기온이라서 그렇다던가. 갑작스레 앞을 가로막는 귀살쩍은 추위를 제치고 섭심하는 마음을 가까스로 붙들게 된다.

교포 일간지 M일보를 뒤적이는데 '교포동정란'에 김경효 변호사라고 써 있는 글자가 눈에 띈다.

현지인 사외에 한국인들의 이미지(Image)를 좋은 쪽으로 부각시키기 위해 채널 11의 '발길 닿는 대로'라는 프로에 출연하리라고 예고돼 있다. '발길 닿는대로'는 시청자들이 궁금하게 여기는 특수지역이나 특정인들을 발굴해 내는 르뽀 형식의 프로다.

살고 있던 집은, 그 집을 구입했던 현지인에게 정해진 날짜를 지켜주려고 급히 전셋집을 구해서 이사를 단행하였다. 다섯 달이 지났는데도 빼앗긴 집의 문제는 요지부동 제자리걸음만을 반복하고 있으며 해결될 낌새라고는 손톱만큼도 보이지 않고 있다. 그저 5년이 지나도록 기다리고 기다려야 하는 방법만이 최선의 길이 될 모양이다.

로마에 가면 로마의 법을 따르라더니 아르헨티나에 살고 있으니 아르헨티나의 법을 따르는 수밖에 이렇다 할 대책이 없어 보인다. 일의 마무리가 될 때까지 5년이 지나가기를 잊고 지내는 도리 외에 달리 뾰족한 수도 없으리라는 단정이 체념과 함께 저절로 생겨난다.

김경효 변호사가 출연한다는 '발길 닿는 대로'의 프로가 방영되는 오후 3시에 맞춰 TV를 켠다.

카메라를 멘 탐방기자가 창연한 저녁 어스름에 뒷모습을 보이며 동양인들을 찾아나서는 데서 타이틀이 아웃 포우커스로 흐려지더니 점차적으로 뚜렷해지고 있다.

'보증수표'라는 닉네임을 갖고 있는 일본인들의 화훼농장이 맨 먼저 소개되고, 두 번째는 중국인들이 나와 무술시합과 요리경연 대회를 보여주는 장면으로 바뀌지다가, 마지막 무렵에 김경효 변호사가 사무실의 탁자에 손을 얹고 인터뷰하는 장면으로 채워진다. 탐방기자의 모습은 보이지 않고 목소리만 들려온다.

"아르헨티나 태생입니까? 아니면 몇 살에 이민을 오게 되었는지 말씀해 주십시오."

"제가 세 살이던 때 부모님을 따라 아르헨티나에 이주해 왔습니다. 처음 공항에 내렸을 때, 너무 울어대는 저로 인하여 부모님께서 무척 애를 태우셨어요. 우리가 살던 집으로 가자고 울었는데 모든 낯선 것들이 두렵다는 생각도 들었고, 무엇보다 견디기 어려웠던 것은 한국에서 떠나올 때 겨울 옷을 입고 비행기를 탔는데 이곳에 내려 보니 찌는 듯한 여름 더위가 온 놈에 각다귀 떼처럼 달려드는 것이었어요."

"세 살 때 기억을 잊지 않으셨습니까?"

"물론이죠. 두 살 때 기억도 조금은 생상합니다. 이상해요. 사람의 머리라는 게 말입니다. 제 형은 판단력이 발달된 머리의 소유자인데 비해 저는 기억하고 외우는 일에 익숙한 머리를 갖고 있거든요."

"아르헨티나에 이주하게 된 구체적인 이유는 어떤 것이었습니까?"

"저희 아버님은 베트남에 있는 미국인 회사였던 PE & E의 화공엔지니어로 취직해서 4년 동안 일하고 한국에 돌아가 결혼했으며 저희 형제를 두셨습니다. 아버님은 한국생활에 답답함을 느끼셨다고 합니다. 다시 제2의 베트남 같은 곳을 찾아왔다고나 할까요. 이루 헤아릴 수 없는 고생을 했습니다. 무엇보다 아버지께서 원래의 기술자로 취직될 수 없다는 일이 가장 힘드셨다고 합니다. 교포 중의 어느 브로커에게 이용당하여 그나마 집 팔아 온 자금까지 다 날리고 판자촌에서부터 시작하여 안 해본 일이 없을 정도로 열심히 살았습니다. 우유를 절약하기 위해 물을 타서 마셨을 정도로 몹시 절약하면서 살았습니다. 이제 더 이상 고국타령을 하지 않아도 될 만큼 저희는 아르헨티나에 적응한 셈이고 나름대로의 성공도 거뒀다고 생각합니다. 저희 부모님은 형이 계리사를, 제가 변호사를 택하여 그 직책을 충실히 이행하고 있는 지금까지도 잡화상의 일손을 놓지 않고 계십니다. 남의 나라에 얹혀살면서 하루하루를 충직한 일꾼처럼 살아가는 일이 그나마 이민자의 도리에 합당하다고 생각하고 계십니다. 부모님의 그런 생활방식에 잔뼈가 굵어온 저희 형제는, 토요일이 되면 가능한 한 친구들과의 모임이나 아내나 아이들과의 시간도 제쳐 놓고 부모님의 잡화상 일을 거들어 드립니다. 저희 형제가 잡화상 일을 도와드릴 때면 부모님께서는 음성부터가 쾌청합니다."

"가장 이루고 싶은 일은 어떤 것입니까? 그러니까 현재 갖고 있는 직업 안에서의 희망이라고 할까요?"

"언어가 제대로 소통되지 않고, 외국인이라는 입장 때문에 억울한 일을 당하거나 도외시되고 있는 어른 세대들의 고통을 성의껏 보고하고 변호나는 일에 최선을 바치려고 합니다. 아르헨티나 특유의 거북이 행정 때문에 한국인 교포들이 불이익을 당한 나머지 안절부절 못하는 모습을 지켜볼 때마다 심란하고 착잡한 기분이 되어 아무 일도 손에 안 잡힐 지경입니다. 이런 심증을 결코 내색하지 않고 되도록 여유를 갖고 대처해 나가려는 저의 인내심이 제 동족들에게는 우유부단하게까지 비쳐지는 형편입니다. 한국에서는 나름대로 지식인 층에 있었고 좋은 환경에서 지냈던 그들이지만, 이 나라의 법을 제대로 소화해 내지 못하는 데다 엉뚱한 쪽으로 받아들여 모든 일에 있어서 성급한 추진만을 서두르게 되죠. 그런 나머지 오히려 일의 진척을 가로막는 결과를 가져오게 됩니다. 뒤늦게야 저를 찾아와 꺼이꺼이 울기까지 할 때는 제 입장에서는 기필코 강해져야 하리라고 굳은 다짐과 각오까지 하게 되지만, 그러나 어쩌겠습니까? 이 나라의 행정이 워낙 바쁠 게 없고 여유만만한 것을."

"끝으로 한국인들의 삶에 대한 자세라고 할까, 생활신조로 여기는 교훈적인 얘기가 있으면 들어볼까요?"

카메라는 한인타운(일명 백구촌)의 분주하고 활발한 움직임에 포우커스를 맞추고 있었고, 김경효 변호사는 나레이터처럼 목소리만 들려주고 있다.

"저희 어머니는 저희 형제가 성실한 자세로 공부할 수 있도록 매사를 바른 자세로 대하셨습니다. 저희가 벗어놓은 신발, 식탁 위의 수저, 그것들이 비뚤어져 있지나 않은 지 바쁜 이민생활 속에서도 꼼꼼하게 챙기고 조심에 조심을 다하셨습니다. 모든 사물의 불균형이 가져다 줄 수 있는 불안정을 미리 제거시켰다고나 할까요. 저희 형제와 아내들은 아이들이 신발을 아르헨티노처럼, 잠자리에 들기 전까지는 벗지 않아도 된다고 가르칩니다. 물론 신발이나 식탁의 수저를 제대로 놓지만, 아르헨티노와 다름없이, 음식물을 입 다물고 소리 내지 않고 먹는 일에 더 치중하는 편입니다. 이래저래 제 아이들은 바쁩니다. 언어, 문화, 정서 등등 뭐든 두 가지씩 섭렵해야 하거든요. 저희 아이들은 아르헨티나에서 태어났으므로 아르헨티나 국적을 갖춘 아르헨티노입니다만, 제 부모세대처럼 자질구레한 일에 미신처럼 집착시키지 않을 계획입니다. 세상 이치가 균형과 안정으로만 이룩되지 않았다는 걸 아이들 스스로 깨닫게 하렵니다. 지나친 경쟁과 상업성에만 눈을 치떠야 했던 우리 이민 1세들의 애환을 뛰어넘어 잔잔한 세상살이에도 시야를 넓히는 이민 3세가 형성되도록 교육시키려고 합니다. 이제야말로 세상을 있는 그대로 받아들이고 현지인 사회와의 동화를 주선해야겠죠."

리모컨트롤을 누르고 공장으로 나가려는데, 미싱의 실이 끊어졌다는 걸 알리려고 아내가 방으로 들어선다. 아내는 돋보기를 쓰고도 미싱의 바늘 귀가 잘 안 보여서 어쩌다 실이라도 끊어지게 되면 꼭 내 손을 빌리는 셈이다. 현지인 미싱사에게 실 꿰는 일을 부탁하게 되면 때는 바로 지금이다 하고 능장을 부리거나, 커다랗게 켜 놓은 레디오의 음악에 맞춰 노래를 따라 부르며 설쳐댄다. 그런 저런 이유로 미싱의 실 꿰는 일은 내가 도맡아 놓고 있다.

"돌아갑시다, 우리."

단호하고 결연한 음성으로 그렇게 말하는 나를 아내는 뜬금없다는 표정으로 멍하니 올려다 본다.

"날 보슈! 자다가 봉창 뜯으슈? 돌아가다니요. 저 세상으로요?"

아내는 아무런 기미도 못 알아챘는지 궁금증부터 앞서는 얼굴로 묻고 있다.

"충현 엄마, 저 세상보다 먼저 돌아가야 할 곳이 있어요. 우리나라로 말이오."

아내는 그야말로 자다가 봉창 뜯는 듯한 낯빛으로 변한다.

"저쪽 집은 일단 사위한테 위임해 놓고, 일이 잘 풀려서 그 집을 찾게 되면 그나마 고맙게 여기고 사위가 하는 일에 자본으로 사용하도록 내줍시다. 딸아이가 저 고생인 것도 따지고 보면 다 뒷자본이 든든치 못한 탓일 게요. 이 나라에 와서 일하여 생긴 집이니까 이 나라에 유용하도록 그거나마 남기고 떠나는 거요. 지난 번 집 판 것하고 주머니밑천 합치면, 그리고 기계들을 처분하면 설마 우리가 살만한 집 한 채하고 밭뙈기 하나 안 생기겠소? 갑시다. 그래, 돌아갑시다. 이만하면 됐어요. 이 땅은 우리에게 언제까지나 낯설기만 했소. 누구나 장단점이 있는 것처럼 어느 나라나 사람 사는 곳은 매 한 가지요. 지지고, 볶고. 내 나라도 남의 나라도 좋은 점 나쁜 점을 모두 갖추고 있다고 보면 틀림없어요. 그럴 바에야 아예 내 나라에 가서 남은 여생을 보내잔 말이오. 따지고 보자면 이 나라처럼 편하고 좋은 나라도 드물 거요. 여러 면으로 축복을 잔뜩 받은 땅이 바로 이 나라요. 그런들 무슨 소용이오? 우린 죽을 때가지 끊임없이 일에 파묻혀 지낼 수밖에 도리가 없는 걸. 남의 나라라는 인식이 언제까지나 잠재돼 있어 마치 형벌처럼 잠시도 편하게 지낼 처지가 못 되는 것을. 일감이 없으면 불안해지면서 온 몸이 안 아픈 데가 없이 쑤시던 걸. 이만하면 됐다 하고 손 툭툭 털고 살아지지도 않고. 절대로 이 나라 사람처럼 뜨랑킬로를 누릴만한 성질머리도 애초에 지니지 못한 것을. 아니지, 그런저런 이유는 그다지 중요한 이유랄 수도 없겠소. 우린 돌아가야 해요. 오직 돌아가고 싶다는 것. 그게 가장 큰 이유가 아니겠소?"

오래 전부터 차근차근 준비해 왔던 것처럼, 신기하게도 말이 술술 잘도 엮어져 나온다. 이렇게 고국으로 되돌아가기 위해, 있는 고생 없는 고생을 모조리 참아온 것은 아닐까. 날짐승이 비상(飛翔)을 준비하려고 깃을 갈듯이.

20년 동안 그 말을 기다려왔던 사람처럼 아내의 얼굴이 예전에 없던 밝은 기색으로 환하게 피어난다. 참으로 얼마나 오랫동안 환하고 밝은 웃음을 유예시킨 채 살아왔을까. 마치 기계나 되는 것처럼 드르륵 드르륵 쉴 새 없이 진동하며.

아내의 그 환한 표정을 놓칠세라 미싱의 바늘귀에 실 꿰는 일도 잊어버리고 유심히, 그리고 자세하게 아내를 살피게 된다. 김경효 변호사, 또한 아르헨티노들의 습성을 답습하기라도 한 것처럼 계속적으로, 그리고 여유를 갖춘 느긋함으로.

(『로스안데스문학』 통권4호, 1999)

※ 이 단편은 본국 문예지 『한국소설(98년 봄호)』에 게재됐던 작품임을 밝힙니다.

가게와 작업실 사이에 설치된 매직글라스(바깥쪽은 거울이고 안쪽에서는 유리처럼 비쳐 보이는 특수 거울)에 길을 건너오고 있는 동조의 모습이 비친다. 길 맞은편에 아름드리 도토리나무들의 무성한 잎새들 위로 창백한 빛으로 낮달이 걸려 있었다.

경중거리며 가게로 들어선 동조는 곧장 작업실로 다가왔다. 그리고 언제나처럼 커튼을 격파하는 시늉을 먼저 해낸 뒤, 그제야 옆으로 밀치며 들어서고 있었다. 쫑긋하는 긴장감과 반가움을 반반씩 섞으며 유진은 짧게 물었다.

"됐니?"

고개를 천천히 가로젓는 동조의 표정은 착잡하기가 더할 나위 없다.

"저런!"

반쯤 놀라는 유진의 앞쪽 의자에 앉으며, 동조는 심각함에서 속히 벗어나려는 듯 새삼 얼굴을 밝게 폈다.

"그 학교는 면접을 별나게 봤어요. 가톨릭 재단이라 그런지는 몰라도……. 뭐랄까? 심리학적이라고 해야 될까요?"

"넌 그럼 성빈이가 시험 칠 때까지 내내 기다렸다 온 거야?"

"그 애는 예민 덩어리 그 자체로도 양이 안 차는지 이고지고 그렇게 다니거든요. 모자와 배낭을요."

"이건 뭐, 선생님의 은혜가 따로 없구나."

성빈이 필기시험을 치르는 도중에 부교장이 동조에게 면담을 요청했었다. 로만칼라를 한 사제였다. 부교장은 표정부터 이미 성빈을 받아들이지 않으려는 낌새에 물들어 있었다. 복도의 벤치에 앉아 책을 읽으며 기다리던 동조는 부교장을 따라서 교무실로 들어갔다. 동조에게 의자를 권하면서 부교장은 매우 난처한 기색이 완연한 얼굴로 말했다. 교장이 외국 출장에서 돌아오면 확실한 결정이 나겠지만, 벌써부터 불가능이 훤히 보인다는 것이었다.

"왜? 이유가 뭐야?"

유진은 마치 동조의 잘못이라도 되는 것처럼 따지고 있었다. 잠시 어떤 감정에 사로잡히다가 겨우 대답을 찾아냈다는 듯, 동조는 지나치게 또박거리는 말투로 꺼냈다.

"면접 시간에 말입니다. 모자를 벗는 게 어떤가 라고 떠봤는데 계속 쓰고 있겠다고 버텼다는군요. 의자에 앉을 때조차 길게 다리를 뻗고 눕듯이 앉았다는 거구요."

"세상에! 모자 정도는 네가 알아서 미리 벗게 하지 그랬니?"

"그쯤이야 기본이라서 난 미처 거기까지 신경을 못 썼던 거지요. 내가 그랬어요. 얼마나 불안하고 긴장됐으면 그랬겠느냐, 동요(動搖)하는 거다, 그 애 나름대로 불안을 감추려는 어떤 방편에 불과한 거니까 편견은 버리자, 그 아이를 이 학교에서 받아주지 않는다면 우리는 한 아이를 영원히 내치는 죄악을 범하게 되는 거다 라고……."

"아이구, 정작 로만칼라는 네가 달아야겠구나."

"어머니, 아시죠? 성빈이 부모한테는 이런 얘기 절대로 비밀인 거."

유진은 짓궂은 얼굴이 된다. 그리고 시치미를 뚝 떼며 느릿느릿 대답한다.

"모·르·겠·는·데!"

그러나 금세 다짐처럼 말을 바꿔야 했다.

"모르지만 알아둘 게."

동조는 곰곰 생각에 잠긴다.

성빈은 여태까지 다뤄온 문제아들과는 질적으로 다르다. 그 애를 맡은 지가 이제 두 달이니까, 시일을 좀 잡아야 하리라. 여덟 과목을 가져간 애가 어디 한둘이었던가. 경욱이는 자그마치 4년을 낙제하고 내게 와서 1년 만에 졸업을 했잖은가. 하지만 경욱이는 시험 때만이라도 바짝 점수를 올리려고 덤볐었는데…….

“필기는 어땠니?”

“기대하기 힘들어요. 딱 한 문제였는데도……. 아, 어머니도 한 번 풀어 보실래요? 아주 간단한 문제거든요.”

동조의 얼굴에서 생기 같은 게 빛났다.

“하여간에, 넌! 나를 중학생과 비교하고 싶어서 아주 안달이 났구나.”

“잘 들으세요. 문제! 이 세상에는 동물이 많은가, 새가 많은가?”

“에게! 그게 시험 문제야? 너무 쉽다! 성빈인 어떻게 된 애가 그것도 못 맞췄니?”

“그럼 지금부터 내 위대하신 어머니께서 정답이라는 걸 얘기해 보시겠습니다.”

“근데 왜 난 네가 나를 높게 말하면 떨어질 것만 같은 기분이 들지? 에이, 떨어지기 전에 빨리 말해야지. 정답! 이 세상에는 새보다 동물이 훨씬 많다.”

“왜요? 좀 더 치밀하게!”

“넌 가끔 나를 네 학생인 줄 알고 가르치려들어서 탈이더라. 새보다는 동물이 많으니까 많은 거지 뭘.”

“그 정도로는 부실하죠. 이래야 정답이 돼요. 새도 동물이다, 그러나 모든 동물이 새는 아니다.”

유진은 억울하다는 듯 볼멘소리로 투덜거린다.

“무슨 시험문제가 그러니? 열심히 공부한 학생들 맥 빠지겠다.”

“괜찮아요. 어차피 성빈이나 어머니는 죽어라고 공부할 학생들이 아니니까.”

“어? 이상도 하지! 장미 가시를 왜 하필 아들한테 던지고 싶어질까?”

유진은 다듬고 있던 장미의 가시달린 잎들을 동조의 발치에 팽개치듯 던졌다. 동조는 그러는 유진을 가볍게 밀어낸다.

“비키세요. 장미 역시 내가 잘 다듬을 걸요. 어머니는 그저 가시에나 찔리라면 선수시니까.”

“놀릴래?”

“내가요? 나는 어머니나 성빈이처럼 정답에 약한 사람들은 절대 놀리지 않아요.”

현지인 고객이 가게 안으로 들어서는 게 매직글라스에 비친다. 유진은 마악 웃기 시작한 동조를 한 번 흘겨주고 서둘러 가게로 나가 인사부터 한다. 매우 상냥하게.

“부에노스 디아스(Buenos dias=좋은 아침입니다.).”

리빙의 대형 거울을 연신 쳐다보면서 골프의 스윙 연습을 하던 정화는, 성빈이 가방을 메고 2층에서 내려오자 잠깐 돌아보며 말했다.

“신띠아(Cintia)가 빵을 굽는 모양이던데, 먹고 가.”

“싫어요. 제발 부탁인데요, 생각하는 척 좀 그만 하시죠.”

“애 좀 봐! 넌 누굴 닮아서 그렇게 엉뚱하니?”

“둘 다 닮았어요. 나쁜 것만……. 빨리 돈이나 줘요.”

“또? 용돈 타간 지가 며칠이나 됐다고?”

“꼭 사야 할 게 있는데 모자라요. 엄마나 아빠가 나한테 잘 해줄 게 뭐 있어요? 돈이나 잘 주면 되죠.”

“너 계속 그런 식으로 나오면 용돈을 반으로 줄인다!”

“그렇게는 안 될 걸요. 엄마는 나를 돈으로밖에 컨트롤 못하니까…….”

“나쁜 녀석. 내가, 아침이니까 참는 거다.”

골프채를 든 채 안방으로 가서 돈을 꺼내다 주면서 정화는 잊지 않고 채근한다.

“늦을라. 학교 안의 끼오스꼬(kiosco=매점)에서 뭐라도 사먹고.”

아무런 대답도 없이 휑하니 나가버리는 성빈을 물끄러미 바라보다가, 정화는 다시 골프의 스윙 연습에 몰입하기 시작한다.

매직글라스에 정화의 모습이 비친다.

“어서 와.”

유진은 사뿐히 커튼을 젖혀준다.

“어머나, 언니넨 쉴 새 없이 일이 많네? 부럽다!”

“봐줘라. 너희 의류 도매상처럼 한철에 몇 만 달러씩은 떨어져야 일할 맛이 나지 않겠니?”

“아서, 언니. 언니는 이 일이 너무나 잘 어울리는 사람이야. 그걸로 행복한 거 아니겠어?”

“왜 아냐? 네 말은 항상 맞지.”

“어째 꼬이는 기분이다! 그나저나 동조는?”

“곧 나오겠지. 성빈이네 학교에서 호출을 했다며? 얘, 충고하는 건 싫지만, 성빈이 좀 자주 껴안아주고 그래라. 내 생각엔 걔가 몹시 외로운 것 같아.”

“언니는! 다 자란 애를 쟁글쟁글하게 왜 안아주래? 제까짓 게 무슨 외롭기까지? 학교에, 과외에, 그리고 컴퓨터에⋯⋯. 도대체 외로울 시간이라고는 없는 애가 바로 성빈이야. 내가 외롭다면 또 모를까. 아! 외롭지 않을 사람이 또 하나 있겠다. 내 앞에⋯⋯. 젠장, 언닌 하여간에! 살면서 걱정이라는 걸 해본 일 있어? 고민말야, 고민!”

“방금도 잠깐 고민에 빠져 있었는걸.”

한국학교 6학년에 다니는 남자아이가 이른 아침 유진에게 전화를 했었다. 애인 줄 거니까 오전 10시 반까지 6학년 교실로 30페소 가격의 라모(ramo=꽃다발)를 배달해 달라는 얘기였다. 교실에 와서 성기현을 찾으면 된다면서 말이다.

“그래서?”

“이 사실을 학교 당국에 허락을 맡은 뒤에 배달해야 되나, 아니면 아이의 인격을 존중해서 살짝 해야 되나를 지금 고민하던 중이었어.”

유진은 벽시계를 올려다보며 아직은 시간의 여유가 많이 남아 있음을 알고 안심하는 표정이다.

"걱정 마, 언니. 현지인 선생님들한테는 그런 게 아무런 문젯거리가 안 돼. 한국 선생님들이 담당하는 오후라면 또 모를까. 아마 박수를 쳐주는 건 기본이고 환호까지 지를 걸. 못 봤어? 이 나라의 어떤 기자들은 대통령의 어깨에 팔을 터억 올리고 대담하는 거. 애들은 알아. 권위와 공경은 어떤 때 필요한지를……. 근데 동조가 오긴 오겠지?"

가게 쪽을 내다보던 시선을 정화에게 옮기며 유진은 풀풀 웃는다.

"쟤도 아무튼 양반되기는 싫은가 봐."

매직글라스에 동조가 비치고 있었다. 정화가 와 있다고 생각해선지 동조는 커튼을 조심스럽게 밀치면서 들어선다.

"꼬모(como=뭐라고요)? 성빈이는 오늘 아침 7시에 정확하게 학교를 향해 집을 나섰다구요."

정화는 성빈의 담임인 호세(Jose) 선생을 향해 질책하듯 말을 쏘아붙였다. 목소리가 거의 뒤집혀져 있었다.

"유감스럽지만, 이런 일은 그동안 여러 차례 있어 왔죠."

"그럴 리가……."

놀라 커다래진 눈길을 어디다 둘지 몰라 정화는 잠시 두리번거렸다.

"우리로서는 오랜 심사숙고 끝에 어쩔 도리 없이 내린 결정이기도 합니다. 학교 당국이 세 명의 한국학생들을 다른 학교로 옮겨달라고 통보를 내리게 된 결정적 사유란 이렇습니다."

그 세 학생은 수업 시간에조차 한국말만 주고받기를 즐겼다는 것이다. 학교에서는 까스떼쟈노(castellano=서반아어)를 사용하라고 여러 번 경고를 내렸지만 전혀 지켜지지 않았고, 초등학교 4학년 수준이면 알아들을 수 있는 약간의 어려운 단어가 나와도 세 학생들은 제대로 이해들을 못해 서로를 쳐다보며 우물쭈물 대기가 일쑤였다고도 했다.

정화는 그런 소리는 지겹도록 많이 들었다는 얼굴로 담임선생 호세를 당당하게 바라보았다. 웬일인지 격하던 얼굴이 많이 부드러워져 있었다.

"이 나라 말은 천천히 깨우쳐도 상관없어요. 남편과 나는 성빈이에게 모국어를 더 많이 심어줄 계획이거든요. 그리고 우리 한국학교는 이 나라 교육계에서도 크게 인정해 주는 최신식 첨단시설을 갖춘 우수한 사립학교입니다. 한국어·영어·서반아어를 병행해서 가르치는 매우 훌륭한 교육재단이기도 하구요."

"아무리 그렇단들, 당신들은 이 나라에 살고 있으므로 이 나라 언어에 더 신경을 쓰는 게 가장 바람직한 처사 아닐까요?"

동조의 표정이 일순 단호해진다.

"네, 선생님. 지당하신 말씀입니다. 하지만 어린 나이에 세 가지 언어를 터득해야 하는 우리 이민 자녀들의 고충도 조금은 살펴주신다면 고맙겠습니다만……."

"끌라로(claro=물론이죠). 그러나 반 아이들 전체가 아르헨티노(argentino=아르헨티나 사람)들이라는 조건과 환경 속에서 알아듣지도 못하는 동양어로 쏼라쏼라 떠든다고 생각해 보십시오."

학교 당국은 물론이고 급우들조차 이미 오래 전부터 고개를 절레절레 흔들어왔다. 게다가 그 애들은 공부에 흥미를 잃어서인지 출석은 하더라도 셋이 몰려 앉아 휴대폰으로 게임에만 몰두해 있다. 그것도 수업 중에…. 셋 다 모자는 줄곧 쓰고 있고…….

우리, 입장을 바꿔놓고 생각하자. 우리 아르헨티노들이 한국에 있는 중학교 교실에 앉아 줄창 서반아어로만 떠든다고 상상해 보라. 우린 이래봬도 양반이다 라는 표정을 못 버리면서 호세 선생은 드디어 마무리 단계에 도달했다는 듯 비장한 어조로 툭 내던지듯 말했다.

"우린 이미 그 학생들은 버려진 자식들 취급을 해 왔습니다. 그런 연유로 보호자를 오시라고 했구요."

뜨악하고 얼띤 표정으로 앉은자리에서 발딱 일어서는 정화를 만류하며 다시 동조가 나섰다. 동조는 가능한 한 눈썹을 바짝 치켜 올렸다.

"네? 어떻게든 이 나라에 적응하려는 어린 제자들을 버린 자식 취급을 하셨다구요? 그건 일종의 직무유기 아닙니까? 방치도 되구요. 어떤 면으로는 인종 차별이기도 하군요. 그동안 그 애들이 가엾지도 않으셨다는 말씀입니까?"

"우리는 수차례의 경고를 내렸었지만 전혀 개선될 기미가 보이질 않았습니다. 아마 지금쯤 근처의 오락실을 학교삼아 앉아들 있을 겁니다. 열심히 한국말만 쏼라쏼라 주고받으면서……."

누구라도 무마하고 싶은 듯 정화가 끼어들었다.

"장담 같지만, 성빈이의 그런 반항은 머잖아 그칠 거예요. 성빈인 한국 학교에서 현지 과정인 오전반은 물론이고, 한국 과정인 오후반에서까지 전교 수석을 했던 아이거든요. 아시겠어요?"

"아, 그렇습니까?"

호세 선생은 아주 애매하게 그렇게 말했다. 그러던 호세 선생은 어깨를 잠깐 고양이처럼 들어 올렸다 내리더니, 두 손바닥까지 기묘하게 치켜 올렸다가 다시 내렸다.

새로 옮겨야 할 산 라파엘(San Rafael) 중학교의 정식 시험날, 그 학교에 일찌감치 도착하게 된 동조와 성빈은 교장실 앞 복도에 서서 조용조용 얘기를 주고받았다.

"성빈아, 오늘은 네 모자를 내가 맡을 테니까, 넌 시험이나 잘 치러. 부탁인데 길게 앉지 말고."

"왜요? 전번에 부교장이 한마디 했어요? 도대체 내 모자가 시험과 무슨 상관이래요?"

"아니, 내가 유리창으로 봤는데 그게 말이다, 점수를 깎일 수도 있겠다 싶었어."

"이딴 놈의 학교, 안 다니면 어때서요. 나중에 옷가게 해서 돈만 많이 벌면 돼요. 이 세상은 돈이면 다 해결된다구요."

"넌 세상을 참 일찍도 터득했구나. 그래도 일단 공부는 해두지 그러니?"

"치이, 명호네 형은 초등학교도 졸업을 못했는데 돈만 잘 벌더라."

"명호네 형은 동생들 가르치려고 총대 메고 나선 사람이고. 공부도 때가 있어, 임마."

성빈은 의외로 진지해진다.

"선생님, 공부는 왜 해야 하는데요?"

"공부란, 임마. 쉬우면 아무나 할 수 있어. 아무나 할 수 없는 걸 열심히 해내는 것, 그게 바로 공부의 매력이야."

공부, 공부! 하고 성빈은 반항하듯 소리쳤다.

공부, 공부! 동조도 놀리는 되받았다.

"너의 그 철딱서니 없는 반항은 정말 이해가 안 된다. 도무지 속수무책이고. 도대체 이유가 뭐야?"

"이유가 많은 게 이유죠. 걱정되세요?"

"어떤 사람들은 멀리 가보고 나서야 그 길이 멀다는 걸 알게 되지."

"솔직히 얘기해 보세요. 선생님도 나처럼 어렸을 땐 공부가 싫었지요?"

"아니, 공부가 제일 쉬웠어. 난 제일 자신 없는 일이 공부를 멀리하는 거였거든."

"이거 아세요? 우리 아빠하고 같은 말을 잘 한다는 거. 우리 아빠가 두 번째로 잘 하는 말은 뭘 것 같아요?"

"나는 중학교 때, 시험을 보면 언제나 백 점이었다."

"세 번째는?"

"나는 네 나이에 네 시간씩 자고 일하면서 공부했어도 언제나 1등이었고."

"우와! 잘도 아시네요."

"그건 내 얘기이기도 하니까. 그 다음엔 네가 하려는 얘기도 내가 대신 해볼까?"

동조가 볼을 잔뜩 오므리며 투정처럼 흉내를 냈다.

"나와 친하지도 않은 아빠가 어쩌다, 정말 어쩌다가 날 만나면 그런 식으로 자랑만 해대서 난 스트레스 엄청 받는다구요."

성빈이 고개를 외로 꼬며 푸우 하고 김빠지는 듯한 소리를 내더니 헤헤 웃었다.

"선생님, 과외는 어땠어요?"

"과외? 그런 걸 왜 하냐? 난 부모가 아무리 부자라고 해도 과외 같은 건 안 한다. 돈 낭비에, 시간 낭비까지."

아이고, 아이고…… 성빈은 반격할 말이 쉽게 떠오르지 않자, 머리를 여러 번 흔들어댔다.

"선생님은 죽었다 깨어나도 나처럼은 될 수 없겠죠?"

"난 너처럼 될 수 없지만, 넌 나처럼 될 확률이 무진장 많지. 결국 나 공부밖에 못 해낸 사람이지만, 넌 맘만 먹으면 두 가지를 다 할 수 있는 용감한 사람이 되는 거고."

"공부 말고 또 하나? 그게 뭐죠?"

"방랑. 세상을 향해 떠도는 작은 김삿갓이야, 넌."

동조는 잠시 상념에 잠긴다. 여섯 살 때, 부모 따라 이민 와서 처음 유치원에 들어갔을 때의 그 막막함이라니. 화장실에 가고 싶다, 물 마셔도 되느냐 라는 꼭 필요한 말만 급히 외워 가지고 유치원에 들어섰을 때의 그 두려움이란……

부모는 고작 학부형 회의 때나 출입이 가능했으므로 부모가 곁에 없고, 말이라고는 하나도 안 통하는 들오리 떼들 같은 갈색 머리들과의 그 긴 터널 같던 하루하루를 엄마가 빠르게 극복시켰었다.

엄마는 교문 옆 벤치에 앉아 반나절 동안 책을 읽으며 동조에게 엄마가 아주 가까운 곳에 존재하고 있다는 사실을 가슴 뿌듯하게 암시해 주고 있었던 것이다.

“난 힘겨워요. 가끔은 살리다(출구)도 찾아야 하고.”

“우리 모두가 네 그 힘겨움을 덜어주려 하고 있어.”

“어쨌거나 난, 그럴 수만 있다면 선생님을 한 번 분해하고 싶어요. 어떻게 그렇게 척척박사인지.”

“너도 네 엄마를 진정으로 사랑해 봐라. 공부 아니라 박사라도 딸 수 있을 테니까.”

“내가 엄마를 사랑하지 않는 것 같아요? 난 엄마가 맨날 골프에 빠져 있어도 그 점까지 이해한다구요.”

“설익은 이해겠지. 골프는 좋게 생각해둬. 고맙게…….”

“고맙게요?”

“그래, 우리 교민들은 전반적으로 일 중독에 걸려 있어. 그런데 토요일 오후나 일요일에 운동 삼아 산책할 수 있는 기회를 골프가 해결해 준다! 참 좋잖아? 근사하고. 그렇지? 이 이상 얼마나 더 고마울까?”

아이구, 아이구. 성빈은 다시 할 말을 못 찾고 몹시 기막혀 하더니 서 있던 자리에서 잠시 허둥대기까지 한다.

“쉬잇, 부교장이 온다. 성빈아, 너무 긴장하지 말고. 알았지?”

“지금은 알았어요. 조금 뒤엔 모르게 되겠지만.”

부교장이 교장인 듯한 사람을 에스코트하면서 교장실 쪽으로 걸어오고 있다. 교장 역시 로만칼라였다.

매직글라스에 가게로 들어서는 동조의 모습이 비친다. 유진은 동조가 평소에 하던 흉내를 내며 커튼을 쫙악 내려치고 난 뒤 재빨리 옆으로 밀쳐 준다.

“바쁘냐? 어미라는 사람은 발렌타인데이인지 발로탄데이인지를 준비하느라 무진장 바쁘거든!”

동조는 태연자약한 음성으로 경고하듯 말한다.

“어머니, 당분간 절 내버려두시는 게 여러 모로 이로우실 걸요. 저 요즘 성빈이 때문에 쌈닭이 됐거든요."

"쌈닭? 암탉만 안 되면 된다. 이왕이면 이겨라!"

"아이쿠, 도대체 어머니하고는 게임이 안 된다니까."

동조는 더 이상 할 말이 없는지 입술을 꽈악 문 채 고개를 여러 번 흔들었다.

"성빈이는?"

"기다려 봐야죠. 세끄레따리아(seretatia=사무원)가 연락을 줄 거예요. 가게 전화번호를 놓고 왔으니까……. 받아두세요."

"친절해야겠지?"

"아이쿠."

질린다는 표정으로 껄껄대며 웃는 동조에게 유진도 덩달아 웃어준다.

매직글라스에 고객의 모습이 비친다. 커튼을 밀치고 가게로 나가는 유진에게 한국인 여중생이 인사한다. 당당하고 발랄하며 여물기가 차돌과 같다.

"아줌마, 꽃 한 마리 주세요."

이럴 때 동족인 고객에게 웃어버리면, 그리고 한 송이라고 고쳐 말해주면 나름대로 민망할까 싶어, 유진은 시치미 뚝 떼고 묻는다.

"꼬문(comun=보통)으로 할까요, 에스뻬시알(especial=특별)하게 해 드릴까요?"

"비싼 한 마리로요."

유진은 장미 한 송이에 특별한 포장을 하며 내내 웃는 게 아니라 내내 안 웃으려 애쓴다. 얼마 전, 한국 청년이 와서 장미 백 송이를 장미 백 장에 얼마냐고, 마치 의류 도매상에서 옷을 백 장 사고팔 때처럼 물었을 때도 의연하게 안 웃었는데 그까짓 장미 한 마리 갖고 웃을소냐, 그러면서.

지난 해였던가? 경욱이라는 과외 학생이 동조와 작업실 한 쪽에서 한국어 낱말풀이를 할 때는 참 대단했었지.

동조: 조폭이라는 단어를 풀면?

경욱: 조폭? 조용히 폭발하다.

동조: 감정은?

경욱: 감나무가 정말로 서있다.

동조: 장난하냐? 아니면 진짜로 그렇게 알고 있는 거야?

경욱: 장난요? 나는 지금 머리를 쥐어짜며 대답하는 건데…….

유진은 그때 옆구리로 터져 나오려는 발작적인 웃음을 억누르느라 왼손으로 옆구리 근처를 꽈악 움켜쥐었었다. 어쩐지 개운치 않은 눈물부터 글썽거리게 되는 웃음이었다.

어느 일요일에 동조 친구들에게 잡채를 대접했을 때는 또 어쨌던가.

인우: 야, 잡초다!

용수: 아냐, 유리 국수야, 임마. 봐! 유리처럼 비치잖아?

고객이 장미 한 마리를 들고 떠나가자, 동조는 웃음의 꼬리를 슬며시 감추며 10분만 쉬겠다고 유진에게, 정말 양해답게 조심을 다하며 양해를 구하고 있다. 때는 지금이다, 그렇게 유진은 반격을 가한다.

"넌 젊지? 근데 왜 넌 맨날 쉰다는 소리를 입에 붙이고 사니, 엉?"

"어머니도 공부 안 하려는 애들 공부 한 번 시켜보세요."

"나도, 공부가 싫은 지 대학을 안 마치고 있는 아들 한 마리를 두고 있단다."

"난 공부는 계속 하고 있어요. 졸업을 미루고 있을 뿐이죠."

"왜? 무엇 때문에?"

"성빈이만 낙제를 면하면……."

너무나 어처구니없었는지 나머지 피식 웃어버리는 유진.

"잊었니? 넌 지난해에도 경욱이만 어쩌고 그랬었다는 사실을. 그것뿐인

줄 아니? 부모가 별거하던 국현이에 대해서는 또 어땠니? 엄마와 떨어져
지내는 그 애를 어떻게 나까지 그만두느냐 그랬던 애야, 넌.”

“잊을 수가 없죠. 어머니로선 잊어주시지 그러세요? 성빈이까지만.”

“잊어야겠지.”

유진은 눈을 질끈 감는다. 애꿎게도 사업차 한국에 나가 있는 남편과
전화로 나눈 대화가 떠오른다. 동조를 묻자, 거짓말을 하기는 어쩐지 싫어
서 도 닦고 있나봐요, 그렇게 간단하게 대답했었다. 그 말이 공부를 열심히
하고 있다는 얘긴 줄 알고 남편은 안심하면서 금세 다른 얘기를 꺼냈었다.

처음 이민 오던 해에 동조를 유치원에 넣었을 때의 그 공포에 가까운
두려움은 참……. 그야말로 유리창을 통해서 아주 잠깐만 보라는 허락을
받았었지. 그렇게 잠깐 동안 들여다본 교실 안의 광경이란 경악, 그 자체
였다. 15명 정도의 남녀 원생들이 마구 뒤섞여 여러 가지 장난감을 갖고
놀고 있었다. 두 사람의 보모는 출석부 같은 걸 정리하고 있었고.

하지만 동조는 교실 한 켠에 벌서는 아이처럼 오도카니 서서 다른 애들
의 노는 모습을 슬프도록 구경만 하고 있었다. 그런 동조를 보모도 원생들
도 전혀 의식하지 않고 있었다. 마치 살아 있는 조각품이라도 된다는 듯
이, 오랜 세월 그렇게 서 있어서 그 존재를 잊었다는 듯. 유진은 당장에
짐을 싸서 한국으로 돌아가야 한다고 남편을 들볶았다. 들들들…….

동조가 오도카니 서 있던 모습은 너무나 확연하게 각인되어 막상 그 장
면이 떠오르기만 해도 유진은 눈물이 피잉 돌기 시작하는 것이었다. 이미
가슴 언저리가 두근대기도 하고 서그럭거리기도 했다. 유진은 글썽대는
눈물을 애써 감추느라 급히 가게로 나가 스프레이로 양란들을 향해 물을
뿌려댔다. 세차고 세차게.

이번에도 딱 한 문제인 시험 답안을 성빈은 망쳐도 보통 망쳐놓은 게
아니었다.

문제: 지금 당장 머리에 떠오르는 생각을 두 줄 이내로, 되도록 짧게 적어라.

답: 학교가 폭발했으면 좋겠다. 선생님들도 모두 죽어버렸으면 좋겠고.

교장과의 면담이 떠오르자 동조는 끄응 하고 등에 진 짐을 내려놓듯이 앓는 소리를 풀어놓으며 여러 번 몸을 뒤척였다.

"말 잘 듣고, 공부 잘하고, 그런 학생만 골라가며 편입시킨다면 그게 무슨 가톨릭주의이고 가톨릭 재단이라고 할 수 있겠습니까? 문제아일수록 선도하고 이끌어야 하는 게 제대로 된 교육이념이고 진정한 가톨릭 정신 아니던가요?"

교장은 피식 웃었다. 그러나 깔아뭉개는 것 같은 웃음은 결코 아니다. 어딘지 모르게 애석해 하는 구석이 보인다. 이때다. 붙들어야 한다. 무슨 일이라도 예외는 있는 법이니까.

"자르시면 안 된다는 건 저보다 당신이 더 아실 겁니다. 한 번이라도 좋습니다. 기회를 주세요. 아직은 영글지 못했어요. 울타리가 필요합니다. 교장 선생님 앞에서 잘난 척하기는 싫습니다만, 모비딕에서였던가요? '우리가 모두 서로 손을 잡는 것이 곧 신앙'이라고. 부탁입니다. 성빈이의 손을 좀 잡아주십시오."

"생각해 봅시다. 일단은 교사들하고 회의를 한 뒤, 가능하면 일주일 안으로 연락을 드리도록 하지요."

교장의 목소리에 선한 목자의 열정이 그나마 되살아나고 있었다. 힘껏 움켜잡는 교장의 손아귀를 벗어나 복도로 나섰다. 징이 박히지 않았는데도 텅 빈 학교 전체에 반향하는 것처럼 동조의 구두 소리가 따각거리며 크게 울렸다. 교정 한가운데에서 모자를 쓰고, 등에는 가방, 손에는 휴대폰을 든 성빈이 신발 끝으로 땅바닥을 하염없이 문지르고 있었다.

"언니, 언니, 언니!"

자동차에서 내린 정화는 자동차 키를 딸그락거리며 뛰듯이 작업실 안으로 들어섰다.

그런데 다시 절박하게 부르짖고 있었다.

"언니, 언니, 언니!"

"애, 넌 오늘 같은 말을 세 번식 겹쳐서 하기로 아예 작정하고 온 거니?"

뭐에 쫓기는 게 아니라, 무언가를 기필코 붙잡고 싶어 하는 심정이 얼굴 전체에 역력하게 스며있는 정화는 발까지 동동 구르며, 그 이름만 떠올려도 눈물이 난다는 듯 눈물까지 후두두둑 떨어뜨리기 시작했다.

"성빈이가, 성빈이가…… . 언니, 성빈이가…… ."

회전의자에 정화를 앉히며 유진은 가슴이 철렁했지만 이내 여유를 되찾으며 말했다.

"그래, 너한테 무슨 일이 생겼다면 성빈이 일밖에 더 있겠니?"

정화는 눈을 여러 차례 깜박이다가 가쁜 숨을 고르느라 그러는지 불현듯 두 손을 꼬옥 움켜쥐었다. 정화는 그러한 자신을 의식해선지 여러 번 손을 펴기도 했다.

"새벽에 깐차(cancha=골프장)로 막 떠나려는데 신띠아(Cintia)가 차고까지 쫓아왔어. 성빈이를 깨우려니까 없더래. 글쎄, 성빈이가 또 집을 나갔지 뭐야. 금고의 돈이 3만 불쯤 비는 거 보니까 그것까지 들고 나갔나 봐. 그 악동들 세 명이서."

"정화야, 우리 침착하자. 아이는 찾아오면 돼."

"어떻게, 어떻게?"

"너 많이 발전했다. 같은 단어가 두 번으로 줄었잖아?"

언니의 그 여유만만이란 하는 표정으로 정화가 유진을 찌르듯이 올려다보았다.

"넌 동조에게 공연히 과외비를 지불하니?"

"우리 이민 와서 알게 된 사이인데 근데 언닌 무슨 빌어먹을 맘씨가 그따위로 넓어?"

"우리가 지금 그런 걸 따질 때니? 애, 넌 어서 가서 그 밭이나 뚝딱 매고 와(골프 친다는 말의 속어)!"

“아무리, 이런 기분으로 무슨 밭을 맬까. 난 하루 속히 성빈일 찾아야
해. 성빈이 없으면 죽은 목숨이야, 난.”

“찾자. 우린 찾아낼 거야.”

“어디서? 남한의 스물여덟 배나 넓다는 이 나라의 어디에 가서?”

“그것도 동조가 알아서 할 거고.”

“언닌 외아들인 동조를 그렇게 마구 부려먹어도 괜찮아?”

“난 그 애를 외아들로 생각해 본 적이 한 번도 없어. 야, 개똥아! 그렇게
불러줄 때는 많지만.”

“안녕하세요? 뚜꾸만(Tucuman)에 있는 패션 꼬레아(Corea)죠? 저는 우
바(UBA=부에노스 아이레스 대학)에 다니는 하동조라고 합니다. 제가 과외
를 맡고 있는 학생이 오늘 새벽에 집을 나가서요. 네, 가출입니다. 죄송하
지만 혹시 그곳의 당구장이나 피시방 같은 곳에 낯선 중학생들 세 명이
있으면 제게 연락 좀 주실 수 있을까요?”

한인록을 뒤지며 지방 도시의 전화번호를 신중하게 훑고 있던 동조는
흠, 흠, 두어 번 목소리까지 가다듬으며 다시 전화의 번호판을 누른다.

새벽 꽃시장에 다녀온 날은 현지인 종업원이 시간제로 와서 일한다. 냉
장고에 있는 물통의 물을 전부 갈고 버릴 꽃은 버리고 새 꽃으로 대체해
내고. 전화벨이 울린다.

이 시간에? 혼자 중얼거리며 벽시계를 올려다본다. 7시다. 성빈이 일이
떠올라 재빨리 수화기를 들자, 문득 비장감 같은 게 솟는다.

“안녕하세요? 여긴 바이아 블랑까(Bahia Blanca)라는 지방 도시인데요.
하동조 씨 계십니까?”

“네, 제 아들아이인데요. 혹시 가출한 아이들 때문에?”

상대방의 목소리가 잘 안 들리자 유진은 스피커폰을 누른다. 얼버무리
는 것처럼 들리던 목소리가 마이크처럼 울리며 작업실 안을 가득 채울 기
세다.

"중학생 셋이 오토바이를 타고서 당구장이다, 극장이다, 그렇게 몰려다니는 걸 제가 일일이 확인했습니다. 정말 아드님 말대로, 셋 다 모자에 모칠라(mochila=배낭)를 줄기차게 이고지고 다니더군요. 묵고 있는 호텔까지 파악해 뒀으니까 빨리들 내려오시죠. 이러다 다른 도시로 튀면 낭패 아닙니까?"

"네, 정말 감사합니다. 수고가 많으셨어요."

"이게 어디 남의 일입니까? 다 우리의 자식들 일이고 이민 온 죄와 벌이지요."

"네, 그런 것 같아요. 감사합니다. 곧 제 아들을 보내겠습니다. 그럼……."

유진은 다급히 스피커폰을 누르고 순간적인 갈등을 겪는다. 정화에게 먼저 전화를 해야 할지, 아니면 동조에게 먼저 해야 될지를. 하지만 찰나적으로 깨닫는다. 정화의 번호를 누르고 있는 자신을.

점퍼의 모자를 둘러쓰고 일부러 선글라스를 낀 해 당구장에 들어선다. 성빈은 그 일당들과 게임을 하던 중이었는데 마침 성빈이 큐를 잡고, 공을 때리기 위해 몸을 90도 각도로 잔뜩 엎드리고 있었다. 두어 번의 헛기침을 한 뒤 그들에게 다가가 성빈을 의미심장하게 쏘아본다.

그때껏 까스떼쟈노(castellano=서반아어)로만 쑹얼대던 그들은 동조를 일본인으로 알았는지 금세 한국말로 바꾼다. 셋 다 모자는 챙을 뒤로 한 채 쓰고 있다.

성빈이 얼떨떨한 음성으로 소리친다.

"어? 근데 어디서 봤더라? 저 얼굴을……. 저 웃음은?"

매우 천천히, 모자와 선글라스를 벗으며 동조는 쿡쿡 웃었다.

"동조……, 선생님!"

성빈이 온 방을 휘저을 정도로 큰소리를 내며 당구채를 쿵! 하고 떨어뜨렸다. 성빈의 두 친구는 허둥지둥이 지나쳐 갈팡질팡이라는 춤을 춘다.

성빈은 넋이 나간 얼굴로 중얼거렸다.

"귀신이네!"

"이제야 알았냐? 내가 귀신이란 걸. 넌 임마, 달려봤자 굼벵이야. 가자. 오늘은 늦었으니까 일단 호텔에서 지내고 내일이나 떠나게 될 거야."

성빈의 친구가 멈칫대면서, 그러나 간청했다. 묘하게 일렁이는 음성으로.

"선생님, 우린 오토바이를 세 대나 빌렸어요. 당장에 돌려주고 와야 할 것 같은데……."

"왜 그렇게 조금만 빌렸냐? 한 사람이 두 대씩은 빌렸어야지."

성빈의 다른 친구가 약간 어리광을 섞으며 말했다.

"에이, 선생님도. 지금 농담하시는 것 같은데요?"

"같은 게 아니라 농담이다."

세 대의 오토바이가 다른 도시로 떠나기 위해 국도로 달려오고 있었다. 동조는 자동차를 옆으로 대어 1차선인 국도를 차단해 놓는다.

무서울 정도의 속력으로 힘차게 달려오던 오토바이 세 대는 가까스로 동조의 자동차 옆에 급정거를 했다. 차에서 내리며 동조가 외쳤다.

"아직도 실감이 안 나냐? 내가 귀신이라는 게……."

"그게 아니라, 저어……."

"아, 일단은 각자 지니고 있는 자금들을 압수하겠다!"

주춤주춤 미적대다가 성빈은 허리에서 전대를 풀어낸다.

"너희도!"

동조는 성빈의 친구들에게도 다그친다.

"우린 성빈이가 뭐든 책임지고 준비한다길래……."

성빈의 친구는 아주 애매하게 그렇게 말했다.

"대단한 우정도 다 있지!"

성빈의 친구들을 시켜서 헤아려본 자금은 많이 줄어 있었다. 2만 2천 달러에서 약간 모자랐다. 눈이 둥그레지는 동조를 보며 성빈의 눈이 화등 잔만해진다.

"얼마 못 썼어요. 길에 나앉은 거지에게 백 달러도 줘보고……. 내일부터 신나게 써볼 작정이었거든요."

"8천 달러가 얼마 못 쓴 거냐? 네놈들은 그저 거지 신세를 못 면할 정도로 고생이라는 걸 좀 해봐야 되는 건데……."

탄성처럼 성빈이 소리친다.

"어떻게 아셨어요? 우리가 제일 해보고 싶은 일이 거지라는 걸."

"그런 건 왜 하고 싶은데?"

성빈과 두 친구들이 동시에 합창처럼 대답했다. 꽤나 명쾌하게…….

"자유롭잖아요!"

"네놈들의 허세는 참. 그걸 바로 허영이라고 하는 거야. 차라리 성공한 사람들을 부러워하면 소탈해 보인다고나 해주지. 녀석들! 별 다섯 개짜리 호텔에, 오토바이로도 부족하여 거지가 부럽다?"

동조를 따돌린 일은 정말 멋졌다는 듯, 택시에서 내린 성빈 일행은 광장에서 서로 악수를 주고받으며 환희 작작 기뻐 날뛴다. 동조가 베갯머리에 두고 자던 가방에서 꺼내온 전대를 허리에 찬 뒤 만족스레 두들기며 성빈은 노래처럼 읊어댄다.

"으하하, 오늘은 어째 시작부터 이렇게 근사할까?"

세상모르고 낄낄대고 있는 그들을 향해 다가간 동조는 이번엔 오히려 선글라스를 천천히 써 보이고 있다. 감전이라도 당한 것처럼 웃음까지도 일시에 멎는 그들. 웃음이 멈췄다가 실룩거리기까지 하던 세 사람은 두려움이 몸 구석구석을 헤집고 있는지 사뭇 움찔대기까지 한다.

"선생님, 우린 분명 고속터미널로 갈 거라고 프런트에 누누이 흘려놓았는데, 그런데 어떻게 아셨어요?"

"너와의 아헤드레스(ajedrez=서양장기)에서 난 아직 몇 개쯤 떼어 주고 두는 것 같은데……. 아니던가?"

성빈의 두 친구를 부에노스 아이레스행 기차에 실려 보내고 동조는 성빈과 함께 호텔로 향한다. 호텔에는 이미 정화가 도착해 있었다. 성빈을 보자 정화는 앉은자리에서 우뚝 섰다. 성빈은 먼저 정화를 쳐다보다가 다시 동조를 쳐다보고, 그리고 다시 정화를 쳐다보았다. 성빈을 껴안던 정화는 눈물을 연신 닦으며 울다웃다를 반복한다.

"미안해, 성빈아. 맹세하는데, 이제 골프도 안 칠게."

"마미(mami=엄마), 골프는 고맙게 생각하기로 마음을 바꿨어요."

"고맙게? 무슨 얘기인지는 모르지만 여하튼 나도 고맙다. 가자, 아빠한테."

"알았어요. 간다구요. 난 이제 갈 데라고는 집밖에 없다구요. 저 악착같은 동조 선생님 때문에……. 부탁인데, 엄마. 올라가는 대로 다른 선생으로 바꿔줘요."

"그러자. 그럼 동조 선생을 먼저 보내버리고 우린 비행기 타고 갈까?"

"싫어요. 나를 악랄하게 쫓아다닌 벌로 이 기회에 고생 좀 시켜야 되는데……. 우릴 기차역에 내려주고 혼자 가라고 해요. 엄마와 나는 기차 타고 가고."

"기차? 싫어, 얘. 기차역 근처는 가기도 싫고 역전이라는 말만 들어도 소름 돋아 난."

"난 기차가 좋으니까 엄마가 나한테 지는 수밖에 없어요."

"성빈아, 기차역이 왜 좋은 거니?"

"어디론가 떠날 수 있는 살리다(출구)니까."

"다행이구나. 대부분의 사람들은 출구조차 없다고 생각하면서 살거든."

기차도, 기차역도 싫다는 정화와, 기차와 기차역이어야 된다는 성빈을 중재하여 역과 역 사이의 철로에 내려놓고, 다음 역이 시작되는 철로 근처에서 합류하기로 하고 동조는 자동차를 서서히 출발시킨다.

1년 전 성빈이 가출했을 때, 태언은 성빈이 있을 만한 곳을 다 휘젓고 다니고, 정화는 태언만 보면 어서 성빈이를 찾아내라고 뭐든 집어던지며 울부짖을 즈음에, 부에노스 아이레스의 근교인 띠그레(Tigre) 지역 경찰서에서 전화가 왔었다. 기찻길을 터벅터벅 걷고 있는 성빈을 경찰이 불심검문을 했고 가출했다고 너무나 솔직히 털어놨다는 성빈.

"이틀 동안 걷고 지치지도 않았냐? 발 아팠겠다. 성당에서 1년에 한 번씩 루한(Lujan)으로 도보 순례를 하는 걸로 부족했구나. 자그마치 55킬로미터나 되잖아. 루한 성당은……."

성빈의 눈치를 살피며 비참해 보일 정도의 비굴한 웃음까지 웃어가며 태언은 그렇게 다정하게 나왔었다. 미쳤냐? 죽일 놈, 그렇게 막말만 터지려고 했고 두들겨 패주고 싶은 마음까지 꾹꾹 누르느라 태언의 얼굴은 붉으락푸르락이 매순간 나타나고는 했다.

"불만이 뭔지 얘기해 봐. 때때로 부모란 자식에게 어떻게 해야 잘해 주는 건지를 제대로 파악하지 못할 때가 많으니까."

성빈은 초등학교 저학년까지 아빠를 새아빠라고만 여겼었다. 무뚝뚝도 그렇지만, 외아들인 성빈을 한 번이라도 안아준 적이 있기를 하나, 하다못해 머리도 한 번 쓰다듬어준 적이 없었다. 바쁘고 바빠서 밥까지도 바쁘게 먹는 부모들은 저녁은 물론이고 아침에조차 만날 기회라고는 없었다.

저녁이 되면 현지인 식모가 다음날 학교 가는 데 지장이 있다고 꼭 부모가 돌아오기도 전에 일찍 재워줬다. 토요일과 일요일은 골프다, 교회 봉사다 하면서 오히려 평일보다 더 바쁘던 부모들.

성빈은 그렇게 여러 해를 거쳐온 자신의 처지가 〈우리 읍내〉라는 연극의 작은 에밀리에 비교되었다. 아무도 관심을 가져주지 않았고 오로지 에밀리 곁을 서둘러 스쳐갈 뿐이었던 가족들. 이젠 그만 데려가 달라고, 사람들은 더 이상 서로를 바라보지 않는다며 신에게 돌아가는 에밀리.

"성빈아."

대답은 안 하고, 천천히 걷고 있는 정화와 같은 걸음나비로 걸으며 성빈은 정화를 흘낏 바라봤다. 그러는 성빈을 굳이 쳐다보는 일 없이 정화는 느릿느릿 걸으며 허심탄회하게 묻는다.

"넌 아빠와 내가 어떻게 해주길 바라니?"

"엄마나 아빠에 대한 불만이 아니라는 걸 엄마도 잘 아시잖아요. 학교다니기가 정말 힘들었어요. 막말로, 아침마다 지옥에 발을 내딛는 기분이었다구요. 엄마나 아빠는 한국학교 다니다 이 나라 중학교를 다녀본 일이 없으니 알 게 뭐예요. 이 나라 말은 턱없이 딸리고 반 애들은 우리 셋을 동물원의 원숭이처럼 멀뚱멀뚱 구경했어요. 가장 견딜 수 없었던 건, 겉으로 드러내지 않고 퍼부어대는 인종 차별이었죠. 지금도 마찬가지지만 걔들은 우리 이름조차 절대로 부를 필요를 못 느끼는 것 같았어요. 치노(chino=중국인)라고 싸잡아서 불러버리면 간단했으니까요."

"생각하기 나름 아닐까? 동조 역시 반애들한테 치노라고 마냥 불렸다더라. 하지만 동조는 그걸 놀림이라고 단정하지 않고 애칭에 가까운 별명이라고 마음을 바꿔서 받아들였대. 결국 동조는 메호르 알룸노(mejor alumno=인기 급우)상까지 거머쥐게 되었고."

"동조, 동조! 아예 기념비를 세우지 그러세요?"

"너를 동조와 비교하는 게 아냐. 매사를 좋은 쪽으로 받아들이자는 거지."

"엄마, 가슴에 손을 얹지 않아도 좋으니까, 엄마는 대체 나하고 같은 식탁에서 밥을 몇 번이나 먹었는지, 한 번이라도 그 문제에 대해 헤아려 본 일이 있으세요? 생일날조차도 난, 나는……. 덜렁 큰 케이크를 앞에 두고 혼자 촛불을 껐죠."

"맞아. 그렇기는 했어. 하지만 우린 너무나 바쁜 생활을 해 왔고 그 점은 너도 인정하고 이해했잖아."

"엄마, 이런 얘기 아세요? 가끔은 동조 선생님이 좋은 얘기 하나씩을 훈화처럼 들려주거든요."

소년은 밤새 진땀을 흘리며 몹시 앓고 있는 말을 지켜보면서 어쩔 줄 몰라 애를 태웠다. 마침 집에는 어른들이 아무도 계시지 않았으므로, 소년이 말에게 해줄 수 있는 일이라고는 시원한 물을 먹이는 것밖에 없었다. 소년의 지극한 간호에도 말의 병세는 나아지는 기색이 안 보였다.

다음날 아침 할아버지가 돌아왔을 때, 말은 이미 탈진한 상태에 이르러 있었다. 소년에게서 자초지종을 들은 할아버지는 깜짝 놀라며 말했다.

"말이 아플 때 찬물을 먹인다는 게 얼마나 치명적인지 몰랐단 말이냐?"

"네, 정말 몰랐어요. 하지만 할아버지 제가 얼마나 말을 사랑하는데요?"

잠시 말문을 열지 않다가 할아버지가 탄식처럼 말했다.

"얘야, 누군가를 사랑한다는 것은 어떻게 사랑하는지를 아는 것이란다."

설움이 북받쳐 오르는지 정화의 목소리는 알아들을 수 없을 만큼 가냘 팠다.

"아무튼 넌 좋겠다. 나름대로 행복한 거야, 너는……. 난 네가 부러워. 집이라도 나갈 수가 있으니."

성빈은 정화를 다시 흘낏 보다가 순간적으로 놀라며 소리쳤다.

"엄마도 집을 나가고 싶은 적이 있어요?"

새삼스럽게 빰빠(Pampa=대평원)를 둘러보면서 정화는 둥근 지구의 가장 중심부에 두 사람만이 서 있는 듯한 느낌에 잠긴다. 중천에 떠 있는 햇빛이 성빈의 얼굴에 비쳐 그야말로 경이로운 경지를 드러내주고 있다. 들판은 그렇게 광활할 수가 없었다. 정화는 울꺽거리는 목소리로 힘겹게 말했다. 스스로도 듣기 어려울 정도의 작은 목소리였다.

"그래, 엄청 많이."

"도대체……. 상상이 안 돼요."

"난들 네가 집을 나가는 일을 상상이나 했겠니? 상상 밖의 일이라는 게 바로 그런 걸 거야."

"어떤 때였어요?"

"이민 초기에, 엘라도(helado=아이스크림) 장사할 때."

"난 그럼 엄마를 닮은 건가요? 왜 그랬는데요?"

"네 아빠가 나를 호되게 다그치고는 했단다. 날카로운 화살을 벼리듯이. 아빠의 그런, 일에 대한 열정 때문에 우린 경제적으로는 이렇게 성공했지만……. 온세(Once)역 앞에 있는 현지인 식당 한 구석에 자그마한 자리를 세내어 우린 그때 엘라도 장사를 시작했었지."

"내가 태어났었어요?"

"너를 임신 중이었어."

"아, 그래서 나는 기차역을 그렇게나 좋아하는 거군요. 엄마가 그때 기차역에서 태교를 해서……."

정화의 얼굴에 언뜻 미소가 스쳤다.

아르헨티나에 이민이라고 오니까 수중에 5백 달러밖에 안 남아 있었다. 태언은 내로라하던 운동권 학생이었기 때문에 한국에서는 기를 펴고 살기가 힘들 거라고 단정했었다. 목적 없이 떠나온 이민이 아니라는 듯 태언은 닥치는 일마나 모두 목적이었고 수단이었다.

"역 앞이라 우리의 작은 가게 앞으로 수많은 사람들이 오갔어. 장사는 그런대로 잘 됐지. 그해에는 어느 장사든지 잘 됐단다. 문제는 아빠한테 있었어. 아니, 나한테 있었을까? 아빠는 어떤 일에든 정열을 담뿍 쏟는 사람이잖니. 서울대를 졸업한 네 아빠가 거리에서 '엘라도, 엘라도!' 그렇게 외치는 것도 나로서는 창피하고 속상하는 일이었는데, 아빠는 내게도 그걸 강요했단다. 행인들을 향해 좀 더 크게 외치라고 말야. 그 일로 아빠와 난 참 많이 다퉜어. 아마 일생 동안 다툴 걸 그때 한꺼번에 몰아서 다퉜을 거야. 부끄럽고 난처해서 모기 소리처럼 작게 부르짖는 내게 아빠는 보란 듯이 외쳤지. 엘라도, 엘라도! 아빠가 매몰찰 때는 엘라도를 한마디, 한마디 끊어서 가르칠 때야. 엘, 라, 도! 라고 힘껏 끊으며 말할 때. 그때껏 나는 체면을 차리는 데만 익숙했었기 때문에……."

"바스따(basta=이제 그만)! 바스따!"

성빈은 순간적으로 무릎을 꿇고 철길에 주저앉으며 두 팔로 얼굴을 감싼 채 점차적으로 울먹였다.

"이제 난 더 이상 엘라도를 외치지 않아도 될 만큼 성공이라는 걸 했단다. 그런데 넌, 너는……."

정화도 무릎을 꿇듯 주저앉았다.

가까운 곳에서 기적 소리가 울려왔다.

꼼짝없이 엎드려 있던 성빈이 정화의 손목을 잡으며 일으켜 세우려 했다.

"기차가 와요. 옆으로 피해야 해요."

옛 일을 추상(追想)하느라 멍한 시선으로 앉아 있는 정화를 겨우 일으켜 세우며 성빈은 풀 섶으로 이끌었다. 엷은 구름에 가린 햇빛이 고즈넉한 분위기를 자아내고 있었다.

기차는 기적을 빠앙! 울리며, 정다워서 매우 보기 좋다고, 영원히 정답기를 바란다고 그렇게 격려하는 것 같은 소리를 남기고 차츰 멀어졌다.

바람이 풀밭을 지나는 소리가 우수수 정겨운 소리를 냈다. 찰랑찰랑, 도란도란 흐르는 강물이 가까워지자 성빈은 찹찹하게 모자를 벗더니, 힘껏 강 가운데를 향해 던져버렸다. 그리고 정화를 도탑게 바라보았다.

그제야 성빈이 옆에 있음을 깨달은 것처럼 정화는 환한 웃음을 웃으며 성빈을 향해 다정한 눈길을 보냈다.

"이제는 안 떠날게요."

"언젠가는 떠나지 않을 거라는 걸 난 오래 전부터 알고 있었어."

앞쪽에서 세찬 바람이 불어와 나들나들한 풀잎들을 이리저리 흔들어댔다.

양 포켓에 두 손을 찌른 채, 고개를 이리저리 흔들며 몸의 모든 지체가 각각 따로 생각에 잠긴 것 같은 걸음으로 성빈이 걸어온다. 표연한 빛이 가득 서린 정화는 성빈과 몇 걸을 뒤떨어져 걸어오고 있다. 두 사람의 그 비장한 걸음걸이를 보자, 동조의 가슴은 쿵쿵 뛰었다.

천천히 자동차에서 내려 한 손을 들고 신호를 보내던 동조는 두 사람의 울연한 분위기에 불현듯 시선을 비켰다. 조수석으로 오르고 있는 성빈과 뒷좌석에 오르는 정화. 문득 고개를 돌려 옆자리의 성빈을 살펴봤다. 그의 일부인 뭔가가 빠져 있었다.

"모자! 성빈아, 모자는?"

"멀리 보냈어요. 시도 때도 없이 살리다(출구)만을 꿈꾸는 내 방황까지도 함께."

"알았어, 알았다구. 정말 고맙다. 너의 그 지칠 줄 모르던 일탈(逸脫)은 부디 옛일이 되었기를 바란다. 미처 그 얘기를 못했는데, 너 학교에 편입이 됐어. 그 가톨릭 학교 말야."

묵묵부답 아무런 내색이 없는 성빈에게 동조는 힘주어 말을 잇는다.

"어떻게든 중학교 5학년을 졸업해. 그런 뒤 넌 대학을 한국으로 가는 거야. 네가 그렇게도 좋아하는 한국말만 하면서. 네 친구들도 모두 한국 사람만 있는 곳에서……."

"또 시작이세요? 학교, 학교! 엄마, 이제야말로 선생님을 혼자 보내버려요."

"미안해서 어쩌지? 이제 내 쪽에서 그렇게는 못하겠는 걸. 네 집으로 들어가는 너를 보고 난 후에라야 나는 내 어머니에게 면목이라는 게 서거든."

"그래요. 영원히 혼자 잘났으니까요."

"성빈아, 머리 좀 양쪽으로 흔들어볼래?"

영문을 몰라 하며 성빈은 마지못해 머리를 두어 번 흔든다.

"어? 머리가 돌아가긴 돌아가는구나. 근데 왜 내가 흔들어보라고 해야 겨우 돌아가지? 것 봐! 그래서 난 아직도 한참이나 너의 사부노릇을 해야 된다구."

새삼스럽게 광장을 둘러보며 동조는 느닷없이 박수를 친다.

"네게 보내는 거야. 알아? 네 진정한 살리다(출구)는 이제야 열린 거야. 새롭게."

장난스레 동조를 바라보던 성빈은 몹시 쑥스러운 듯 모자의 챙을 잡다가 모자가 없음을 불현듯 깨닫고 두 손을 머리에 얹었다. 그리고 차창을 눈부신 듯 바라보았다. 천천히 차에서 내려서던 성빈은 동조를 향해 박수를 치기 시작했다. 민첩하면서도 정겹게…….

"아시죠? 기립 박수예요."

삐루루루루루루! 가까운 곳에서 들새가 겨우 생각난 것 같은 소리로 노래를 시작했다.

(『로스안데스문학』 통권9호, 2005)

화원이 가까워진 거리로 접어들었을 때, 가방을 메고 아치랑아치랑 걸어오는 미루를 발견한다. 송효는 움찟 놀라며 계속 비가 내릴 것인지를 가늠하기 위해 급히 하늘을 올려다본다. 이슬비가 내리고 있는 휑뎅그렁한 허공은 엷은 잿빛을 띠고 아늑하게 펼쳐져 있다.

어디나 나지막한 도시. 부에노스 아이레스는 도대체 높은 데라고는 없다. 센트로(중심부)에 위치한 빌딩들도 대체적으로 나지막해서 언제나 다소곳하면서도 고즈넉한 분위기를 자아내고는 했다.

미루는 비가 내리는 날이면 아무 데서나 넋두리를 쏟아내는 가벼운 우울증을 앓고 있다. 다행히도 하늘은 연기 같은 회색 구름들이 한켠으로 쏠리듯 비키면서 점차 맑아지고 있었다.

제발 아무 일 없기를 바라지만 송효의 그런 마음을 꿰뚫어본 사람처럼 미루는 가던 길을 우뚝 멈췄다. 그리고 허리를 앞으로 한 번 푸욱 꺾는가 싶더니, 고개를 아슬아슬하게 뒤로 젖히며 타르랑 타르랑 무쇠 부딪치는 소리로 힘껏 외쳐대고 있었다.

"엄마, 나는 한국에서 살기를 원한다구요!"

임금님 귀는 당나귀 귀라고 부르짖은 이발사가 깊은 산속의 동굴을 선택한 대신, 미루는 넓고 넓은 세상으로도 부족하여 높고 높은 하늘을 향해 오페라의 비극적인 주인공처럼 처절하게 외쳐대는 것이었다. 그 몸짓은 바람을 버텨내는 작고 가냘픈 나무가 되어 격렬하면서도 위태롭게 펄럭였다.

그렇게 서너 번 외치고 나면 미루의 병은 일시적인 치유를 맞는 것 같았다. 마치 비에 갇혀 간절하게 빛을 원하는 듯한 절규. 거리를 지나던 행인들과 건물 안의 사람들이 우르르 몰려나와 미루의 부르짖음을 송효처럼 가슴 아파하는 표정으로 지켜보고 있었다.

그럴 때 미루에게 가까이 간들 아무런 도움도 못 된다는 걸 송효는 잘 안다. 그렇게 넋두리를 해야만 미루의 마음속에 쌓인 불만이 발산된다고도 했으므로 송효는 한참을 그 자리에 우두커니 서 있었다.

현지인들은 그런 때 결코 구경하는 자세가 아니라 같이 아파하는 자세를 고수한다. 언젠가 크리스마스 대축일이었던가. 송효는 남편과 함께 '기적의 성당'에 갔었다. 그 성당은 유서 깊고 전통 있는, 널리 이름난 곳이라서 1년 내내 순례객들의 발길이 끊이지 않는다.

정신이 온전치 못한 중년 여인이 강론을 펼치고 있는 사제의 바로 앞쪽에 서서 마치 스튜어디스처럼 진지한 동작을 취하고 있었다. 여인은 어쩌면 스튜어디스 출신이었는지도 모른다. 사제의 강론은 기장의 아나운스 정도로 여기는지도 모르겠고……. 하지만 커다랗고 장엄한 성당 안을 꽉 메운 순례자들 중의 그 누구도 결코 소곤거리거나 분심 생긴다는 얼굴이 아니었다. 오로지 미사에만 충실한 그 자비의 물결이라니…….

영성체 시간에는 또 어쨌던가. 첫 영성체 과정을 치르지 않았기 때문에 자격 미달인 어린이가 성체를 나눠주고 있는 사제에게 다가가 영성체를 원했다. 짧게 생각을 가다듬던 사제는 성큼성큼 성체실에 다녀와 아직 축성되지 않은 밀떡을 아이의 입안에 넣어주는 것이었다.

그것은 마치 사탕가게에서 버찌씨를 낸 아이에게 사탕가게 할아버지가 한 아름의 사탕을 가져가게 하고, 거스름돈까지 주어 보낸 교과서적인 얘기처럼 감동적이었다.

화원이 바라다 보이는 길을 지나는데, 찰렛(별장식)층의 주택 앞에 앉아 있던 한 쌍의 현지인 중 청년 쪽이 후닥닥 일어서며 "안녀시오?"라고 한국말 인사를 건네온다. 줄임말 같은 인사다. 송효도 또박또박 대답해준다. 한국 사람과 친한 청년일 것이다. 연인 앞에서 한 번쯤 한국말을 과시하고 싶었으리라. 청년의 연인이 손등으로 콧잔등을 밀어 올리며 웃었다. 흥미

있다는 제스처였다.

땅이 넓고 지하자원이 풍부해서인지 매사에 여유만만한 사람들. 그들, 현지인들. 유수는 가끔 의문을 갖는다. 왜 그들은 바쁘면 더 천천히 일하는가를…….

'자기들이 무슨 나폴레옹이라고…….'

매사에 여유만만인데다 끄덕하면 뜨랑킬러(여유럽게)만 부르짖는 그들을 대할 때마다 남편은 그렇게 투덜댔다. 아마 나폴레옹이 어느 전투에 나가려고 갑옷을 입히는 부하에게 했다는 말을 기억하고 그러는 것이리라.

"바쁘다. 천천히 입혀라."

이민 와서 30년 동안 도대체 바삐 사는 사람도, 바삐 뛰는 사람도 못 보았으니까. 그야말로 여유작작이 아닐 수 없다. 도둑조차 뒤로 걷듯이 천천히 걷는다. 비록 잡히면 시치미부터 뗄지라도. 그 시치미에 대해서 너무나도 잘 대변해 주는 얘기가 있다.

송효의 아들 동후가 어느 날 모처럼 버스를 탔는데, 소매치기의 손이 동후의 호주머니로 슬며시 들어오더라는 것이다. 주머니 안으로 들어온 소매치기의 손을 탁 치며 "볼시죠 미오(내 주머니야)!"라고 소리쳤다는 동후. 그러자 재빠르게 손을 빼며 되돌려주는 소매치기의 여유만만한 대답.

"아, 뻰사바 께 에스또 에라 미 볼시죠(아, 나는 내 주머니인 줄 알았죠)."

자전거를 개조시킨 작은 오토바이가 툴툴대면서 송효를 지나친다. 바퀴 옆켠에 한국말로 '순찰'이라고 씌어 있다. 한인타운 주변에는 날강도들이 극성이 극에 달해 있다. 한인타운회에서는 따로 봉급을 주면서 현지인 사설 경찰들을 고용했다. 결국 그들이 한인들의 보안관 역할을 하기에 이른 것이다.

그 강도들에게도 지켜야 할 법도가 있었다고 한다. 노약자나 연약한 여인들, 특히 미인들은 그들의 표적에서 제외됐었는데 마약의 힘이 법도를 흐려놓았다는 것 같았다.

역행하여 그들은 한국 여인들의 핸드백만을 노린다. 그런 면에서 보면 한국인들처럼 여유만만한 민족도 드물다. 철저하고 확실한 방책보다는 안이함을 더 선호한다. 몸에 현금을 지니지 않으려는 노력에 앞서 털리지 않았으면 하는 요행까지 핸드백과 호주머니에 조마조마 넣고 다니는 것이다.

'한국의 거리'로 이름 지어진 꼬레아(corea)와 꾸라빨리구에의 교차로를 지나려는데, 수많은 인파의 한켠이 와해되는 듯한 느낌에 일순 놀라게 된다.

'아차! 길을 돌아서 가야 한다는 사실을 잊고 말았구나.'

인력 시장. 고용주가 될 만한 한국인이 나타났다 싶으면 방파제 한구석이 무너지듯 와르르르 밀어닥치는 그들, 출신국이 인접국인 그들에게 잠시나마 일자리의 희망을 안겨줬다는 사실을 부끄럽게 여기며 송효는 사과하는 의미에서, 우연히 지나던 길이었음을 부득불 밝힌다. 그들의 한국말 수준은 수준급이다.

"아윰마(아줌마)! 나 오바록 잘 해요."

"아윰마, 무까마(가정부) 필요해요?"

"아윰마, 아윰마, 아윰마!"

화원의 문을 열고 창문의 블라인드와 옆마당으로 통하는 문까지 활짝 열어둔다. 가게와 작업장 사이에 설치된 커튼도 양쪽으로 힘껏 열어젖힌다. 커튼이 열리기를 기다렸다는 듯 송효의 하루가 시작된다.

화분에 물을 주고 저면 관수를 필요로 하는 동양란들은 네모난 물통에 뿌리가 잠기도록 담그고 착생란들은 분무기로 물을 뿌려준다.

양란들은 참 대단하다. 겨울에 어느 정도 춥고 배고픈 기간을 겪어낸 양란만이 이듬해 가장 오래 견디면서 화려한 꽃무리를 이루어내는 것이다.

30대의 현지인 여인이 가게 안으로 들어선다. 며칠 전 벤자민을 사 갔었는데 똑같은 게 필요해서 다시 왔다고 한다.

"당신네들은 똑같은 물건을 끔찍할 정도로 싫어하던데, 웬일이세요?"

"나는 동생과 일란성 쌍둥이거든요. 나는 그렇지 않은데 동생은 뭐든 나와 같은 걸 원해요. 어젯밤 우리 집에 놀러온 동생이 하나만 샀다고 몹시 속상해 하면서 냉큼 빼앗아 갔답니다. 결국은 내가 같은 걸 원하게 된 셈인가요?"

포장해 준 벤자민을 옆구리에 낀 채 값을 치르고 나서도 여인은 여전히 쌍둥이론을 계속하려고 든다. 그러는 여인에게 잔잔한 미소를 지으며 송효는 앞치마를 야무지게 고쳐 입는다. 송효가 바쁠 거라고 여겼는지 여인은 선뜻 돌아간다. 현지인들의 수다는 시작은 있는데, 끝도 있기는 있다.

단골인 현지인 여인이 들어선다. 엊그제 버스 안에서 송효를 봤다고 한다. 사람이 무척 많아서 한참 망설이다가, 겨우 아는 체를 했는데도 그토록 모른 척 할 수가 있는 거냐고 원망에 가까운 항의를 거침없이 쏟아내고 있다.

"버스요? 유감스럽게도 나는 근래 몇 년 동안 버스 탈 일이 없었는데요. 아마 우리 동족을 나로 착각하신 듯 싶군요."

송효가 그렇게 말하자 여인은 과장스러우면서도 못미더운 얼굴로 연신 놀라고 있다.

"그럴 리가, 그렇게도 똑같았는데요."

"나도 처음엔 당신들을 구별하지 못해서 자주 혼동을 일으켰었어요. 그 얼굴이 그 얼굴 같다는 혼란 때문에요."

풀썩 웃으면서도 여인은 도저히 납득이 안 된다는 듯 고개를 흔들고 또 흔든다. 그제야 생각이 났다는 듯 여인은 방충제를 찾는다. 돌아가면서도 계속 고개를 흔들며 가는 여인에게 송효는 차우! 하고 인사한다.

냉장고에서 우유를 꺼낸다. 천천히 마시고 있는데 '누구나야'가 들어선다. 친구의 아들 주영이다. '누구세요'를 '누구나야'라고 표현해서 붙여진 별명이다. 아르헨티나에서 태어난 터수로는 한국말을 제법 하는데도 가끔, 너무도 사심 없이 웃음보를 터뜨리게 만든다. 오늘도 마찬가지이다.

여자 친구에게 주려고 꽃을 예약하러 왔다는데 송효로서는 고객이니까, 그리고 어른이 다 됐으니까 하는 심정으로 존댓말을 하니 저도 존댓말이다. 중간쯤에는 이럴 필요가 있나, 그래도 친구의 아들인데 싶어서 반말을 하니까 저도 태연자약 반말이다.

이상한 느낌이 들어 다시 존댓말을 해보니까, 다시 존댓말 대답이……. 어? 어떻게 된 거지 싶은 마음이 들어 다시 반말을 하니까 역시 반말. 기이한 말을 꾹꾹 참으면서 웃음을 참으니까 저도 웃음을 참느라 쩔쩔맨다. 다음날 첫 시간에 배달해 달라면서 주영이 돌아간 뒤에도 송효는 입가에 맴도는 웃음을 쉽게 거둬들일 수 없었다.

누군가 문을 살짝 밀며 들어온다.

"미루야."

송효는 미루를 부르면서 잠시 시선을 비켜 창밖을 응시한다. 언제 그랬었냐는 듯 화창하면서도 푸른빛 알갱이가 부유하듯 쏟아지고 있었다. 햇살들은 서로 뒤엉켜 엷은 빛으로 물들고 있다. 날씨가 화창하면 미루의 정신도 화창한 건 기정사실이니까 송효는 저절로 반색하게 된다.

"잘 왔다, 미루야."

"안녕하셨어요? 동후는요?"

"2층에 있어. 불러줄게."

송효가 인터폰을 누르려는데 미루가 만류한다.

"나중에요. 돌아갈 때 만나겠어요. 크레푸스꿀로가 더 필요해서요. 흐린 날과 저녁나절부터 피는 그 꽃이 너무도 신기해요. 이상하게 친근감이 들고요. 우리나라가 낮일 때 피니까요."

"그랬니?"

"근데요, 만약에 그 꽃을 한국으로 가져가면 잘 자랄까요? 여기서처럼 다른 꽃들이 모두 잠드는 시간에 저 혼자 피는 건 아니겠지요?”

송효는 잠시 생각하는 표정을 짓다가 빠르게 대답한다.

“마찬가지가 아닐까?”

공연히 난처한 느낌이 들자, 송효는 인터폰을 길게 두 번 누른다. 누가 동후를 찾아왔다는 신호다. 가게로 내려온 동후는 밝은 음성으로 하하 웃더니, 미루와 서로 뺨을 대는 인사를 한다. 미루는 동후에게서 한 발자국 떨어지다가 지그시 살펴보는 시늉을 하며, 어째 좀 말라 보인다고 말한다.

“살이 붙었으면 정상이 아니지. 책장을 넘길 때마다 마르는 소리가 들리는 걸.”

그러던 동후는 미루에게서 한 발자국 떨어지더니, 지그시 살펴보는 흉내를 내며 묻는다.

“넌 어때? 디자인 공부 잘 되고 있어?”

“잘될 게 뭐야. 몰데(옷본)만 보면 골치부터 아픈데…….”

두 사람은 혼성 듀엣처럼 화음을 이루며 웃더니, 앞서거니 뒤서거니 하면서 정원으로 나간다. 등나무 아래 벤치에 앉아서 다정하게 얘기를 나누는 그들을 흐뭇해하며 바라보다가 송효는 솜에 물을 적셔 동양란의 잎들을 일일이 닦아주기 시작한다.

쌓인 얘기를 어느 정도 주고받았는지 미루가 앞장서고 동후가 뒤따라 들어선다. 서로 뺨을 대는 인사를 하고 동후는 다시 2층으로 올라간다. 미루의 얼굴은 약간 지쳐보이면서도 어딘지 모르게 홀가분해 있다.

“잘 지냈니?”

몇 시간 전에 하늘 한 번 쳐다본 뒤, 땅 쪽으로 허리를 굽혔다가 다시 하늘을 향해 절규하던 미루를 전혀 못 본 것처럼 태연자약 묻는다.

“네.”

“지난번에 사갔던 크레푸스꿀로는 어쩌고?”

“잘 크고 있어요. 마치 측정계를 지닌 것처럼 흐리고 어두운 때만을 용케도 알아내면서요."

미루가 하필이면 어스름꽃을 좋아하게 된 게 어떤 의미심장한 뜻이라도 내포된 듯 여겨져 송효는 애잔한 마음을 품게 된다.

어스름이 살풋 내리는 저녁나절에, 다른 꽃들은 서서히 봉오리로 돌아가는 시간을 택해 어스름꽃은 그제야 투레질하듯 투르르르 피어난다. 형형색색의 하루살이들이 옹기종기 모여 앉은 형상이면서 작은, 너무 작아서 좁쌀 크기밖에 안 되는 그 꽃들은 동틀 무렵에야 봉오리로 맺힌다. 얄포름한 꽃, 윤기가 도는 잎사귀.

"저어, 한 가지 여쭐 게 있어요. 왜 우리집 흑매화와 자까부꼬 공원의 흑매화는 다르지요? 꽃이 피는 시기도, 잎의 빛깔도요."

"환경 탓이지. 자까부꼬 공원은 아무래도 미루네 집보다는 춥겠지? 햇빛은 더 많이 쏟아지겠고."

미루는 그제야 알았다는 듯 고개를 여러 번 끄덕인다.

어스름꽃을 포장해주면서 송효는 잔잔한 소국도 한 단 포장해 준다. 미루의 얼굴은 보이지 않는 희망 하나를 찾아낸 것처럼 어느덧 생기가 돈아 있다. 고맙다면서 꾸벅 인사하고 미루는 사붓사붓 돌아간다. 송효는 미루의 뒷모습을 보면서 고개를 여러 번 흔든다.

내일 시에스타(점심나절의 낮잠) 시간에는 뒷마당의 고추나무에서 고춧잎을 좀 따둬야겠다고 생각한다. 살짝 데쳐 나물을 해주면 남편도 동후도 참 좋아하기 때문이다. 토양의 신비도 신비지만 벌의 활동도 무시하지 못하는 게, 한국 고추의 씨를 뿌리고 가을에 씨를 받아둔 뒤 이듬해 봄에 뿌려보면 고추 모양은 피망처럼 커져 있고 맵기는 더 맵지만 고소하다. 단, 한국 고유의 맛이 사라지고 한국 고추와 아르헨티나 고추의 단점만을 접종시킨 결과를 가져온다.

겉으로는 똑같아 보이는데도 냉이와 쑥은 물론이고 모든 야채의 크기와

향기의 차이가 현저하게 두드러진다. 한국 종류가 훨씬 작으면서도 야무지고 당차며 제대로 된 맛을 내는 것이다.

남편의 대학 선배인 박교종 씨가 꽤 무거워 보이는 보따리를 자동차에서 내리고 있다. 서둘러 밖으로 나간 송효는 공손하게 맞는다. 땅이 무너질까 걱정인 사람처럼, 전혀 균형이 맞지 않는 발걸음으로 멈칫거리며 들어서는 박교종 씨.

그의 머리는 구겨진 수세미처럼 부스스 헝클어져 있어 매우 스산한 느낌을 갖게 한다. 그의 옷자락도 스산하기는 마찬가지이다. 마치 바람에 날리는 갈대처럼.

"후배는 어디 갔습니까?"

"라 쁠라따에 있는 일본인 농장에 갔어요. 오후엔 돌아오는데요."

호주에 있는 아들네와 합류하므로 곧 재이민을 떠난다는 얘기를, 마치 암 선고나 받은 사람처럼 어렵사리 끄집어내고 있다. 송효가 독서를 즐기는 것 같아서 들고 왔다면서 책 보따리를 다탁 옆에 기대어놓는다.

"30년을 정들인 이 나라를 떠나려니 참 착잡하더군요. 자식들이 여러 나라에 흩어져 있어 미국이고 어디고 모두 다녀봤지만, 그저 사람살기는 이 나라 이상 가는 데가 없어요. 인종 차별도 없고, 인심도 후하고……."

송효는 냉장고에서 샴페인과 아몬드를 꺼내어 대접한다. 병마개를 밀어 올릴 때의 신중함과는 달리, 연거푸 마셔대고 있는 박교종 씨의 입술이 처참하게 찌그러져 있다. 평소에 아끼던 무언가를 상실한 것 같은 얼굴을 한 채, 박교종 씨는 그리도 황망스레 돌아간다.

송효는 훌훌 잡념을 털어내듯 잽싸게 몸을 움직여, 작지만 결코 만만치 않은 존재인 선인장 화분들을 정리하기 시작한다. 선인장들은 잎과 줄기 전체가 수분덩어리라고 해도 과언이 아닐 정도로 수분의 저장량이 많기 때문에 구태여 물을 자주 줄 필요는 없으나 되도록 흙의 상태를 봐가며 그래도 가끔은 물을 줘야 한다. 숙였던 몸을 일으키면서, 홍콩야자의 가지에 머리를 부딪쳐 깜짝 놀랐으나 이내 웃고 만다.

10년도 넘은 홍콩야자를 분갈이하다가 소스라치게 놀란 적이 있다. 사람의 키를 넘는 홍콩야자였고, 화분도 제법 큼직해서 따로 분갈이하지 않고 매번 새로운 흙만을 보충해 왔었다. 얼마 전 모처럼 마음먹고 쏟아본 홍콩야자의 바닥에는 달걀만한 돌들이 흙의 품안에 알처럼 안겨 있었다.

처음 홍콩야자를 구입했을 당시였을 것이다. 판매용이 아니라 장식용으로 두기 위해 일부러 커다란 화분에 옮기며, 물의 흡수와 배수를 원활히 하라는 의미에서 화분 밑에 바둑알 크기의 조약돌들을 열서너 개쯤 깔아뒀었다. 그런데 10년 동안 조약돌들은 부화되기 위해 암탉이 품고 있는 덩저리 큰 달걀무리를 이루고 숙수그레 성장해 있었던 것이다.

멀리서 공이 튀는 소리와 골을 외쳐대는 환호 소리가 착 가라앉은 주위의 공기를 부드럽게 퍼뜨리고 있다. 계절은 가을인데 영하로 내려가지 않는 날씨 덕택인지 뜰에는 4계절이 공존하고 있다.

알레그리아(서양 봉숭아)는 1년 내내 피고지고를 거듭하느라, 알레그리아(환희)라는 그 이름과 걸맞게 1년 내내 함박웃음을 터뜨린다. 더욱이 1년으로는 부족하다고 여러해살이를 해낸다.

두 쌍의 현지인 부부가 동시에 들어선다. 처음엔 일행인가 했었다. 한 발 먼저 들어온 부부가 기웃기웃 정원을 구경하니까, 나중 들어온 부부가 선뜻 청목과 잎새란을 포장해 달란다.

그러자 한 발 먼저 들어온 부부 중의 여인 쪽이 몸을 홱 돌리며 께 에두까다(교양이라고는) 그런다. 나중에 들어온 여인이, 당신은 좀 더 구경하는 중인 줄 알았다고 사과하는데 먼저 들어온 여인의 기세가 의외로 만만치가 않다.

송효는 침착하게 인터폰을 누르고 먼저 들어온 여인에게 사과한다. 급히 내려온 동후가 나중 부부에게 청목과 잎새란을 포장해준다. 그들에게 번갈아가며 상냥함을 베푸는 건 송효의 차지다. 두 쌍의 부부들은 서로 짧고 겸연쩍은 사과를 주고받은 뒤, 앞서거니 뒤서거니 돌아간다.

서양 여자들을 보면, 그녀들이 참 대단하다는 생각이 든다. 그녀들은 항상 남편들과 함께 외출하고 언제나 함께 행동한다. 그야말로 함께, 함께, 함께다. 옷이건 꽃이건 일일이 상의해서 구입하는 건 물론이고 색조의 배합에 대해서까지 묻기를 즐긴다.

그래서 종교 단체의 봉사나 학교의 학부모 회의를 빼면, 대낮이건 밤이건 주부들끼리 몰려다니는 일은 드문 게 아니라 아예 없는 셈이다. 산책도 쇼핑도 혼자이기를 고집하는 송효로서는 부자유스럽고 불편부당한 일로만 여겨질 수밖에.

계단을 몇 개인가 오르는 중인 동후를 보며 송효는 혼잣말처럼 중얼거린다.

"이 나라 사람들도 점점 변해가는구나. 느긋하라면 세계에서 첫째를 꼽던 이들이 아무 일에나 저렇게 싸우려드는 걸 보면……."

"어머니 잘못은 아니었으니까, 신경 쓰지 않으셔도 돼요. 근데 어머니, 마르타의 가을 휴가는 언제 끝나죠?"

"왜? 모레는 나올 거야."

"마르타가 안 나오는 날은 시간제 일꾼이라도 부르시지 그러세요? 그러다가 병이라도 나시면……."

"괜찮아. 난 일할 때도 내가 나한테 눈치봐가며 해내잖니?"

동후는 계단에서 다시 내려온다.

"사실은……."

송효는 무슨 일인가 눈으로 묻는다.

"서서 할 얘기는 못 돼요. 잠깐 앉으세요."

두 사람은 다탁을 사이에 두고 마주앉는다.

“미루 있지요? 며칠 있으면 한국으로 간다는군요.”

“다니러?”

동후는 고개를 천천히 흔들며 짧게 말한다.

“영구 귀국.”

“난데없이 왜?”

“난데없이는 아니죠. 미루는 진작에 한국으로 갔어야 할 애였어요. 아니면 이민 같은 걸 오지 말았어야 했고.”

“그앤 다 큰 게 웬 감수성이 그리도 넘쳐난다니? 모두들 잘 견디고 잘 적응하잖아. 한국? 좋지, 내 나라고, 내 동족들이 살고, 날마다가 아니라 매시간 이방인 노릇 안 해도 되고. 매시간이 아니라 시도 때도 없이 한국 생각하는 일은 절대로 없을 테고……”

“그럼 어머니까지 나라가 좁으니, 한 사람이라도 나와 주는 게 애국이라고 생각하시는 건 아니시죠? 아니면 팔자가 드센 사람만이 이민을 온다고 체념하시는 쪽이세요?”

“둘 다 일리가 있는 얘기일 거야. 그럼 미루네는 모두 철수하는 거니?”

“아뇨. 미루 혼자요.”

“저런!”

유수는 감탄하듯 놀라며 소리친다.

“이런 말해도 되는지 모르겠구나. 하지만 그 애가 말이다, 가족과 떨어져서 한국 어딘가를 비 맞고 쏘다니면서 엄마, 나는 가족과 함께 아르헨티나에 살고 싶어요 라고 소리 지르는 일이 또다시 생기는 건 아니겠지?”

“어머니도 참, 설마요. 미루의 병은 한국을 떠나서, 한국에 돌아가고 싶어서 생긴 거잖아요. 가족과의 오랜 의논 끝에 오늘에야 결정이 났나 봐요.”

“그래, 제발 한국에 가서는 그런 병도 앓지 말고 잘 지냈으면 좋겠다.”

동후는 어디를 바라보는지 모르는 눈빛을 띤 채, 천천히 계단을 오르기 시작한다. 계단을 거의 다 오른 동후를 향해 유수는 의아스럽게 묻는다.

"근데 네 얘기는 뭔가 중요한 대목이 빠진 느낌이구나. 안 그러니?"

동후는 돌아서서 계단의 난간을 잡으며 말한다.

"어머니, 어떤 상상을 하고 계신지는 알겠는데요. 여러 차례 얘기했지요? 이 나라의 대학교가 여자를 사귀면서까지 마칠 수 있게는 안 돼 있다구요. 내 목적은 지금 연애가 아니라 오로지 생화학이라는 산을 정복하는 겁니다. 아시죠?"

송효의 대답을 들을 필요도 없다는 듯 동후는 다시 제 방으로 올라간다.

언젠가 남편과 진지하게 나누던 얘기를 송효는 떠올려본다.

"당신은 어떻게 생각해? 동후하고 미루 말이야. 만약에, 나중에 둘이 결혼한다고 나오면 당신은 어떻게 할 건데?"

"당신은요?"

"이런! 내가 먼저 물었다구."

"그건 당신이 먼저 상상한 거니까, 당신이 먼저 대답하세요."

"난 반대야. 아무리 미루가 유전은 아니고 일종의 우울 증세에 시달리고 있다고는 해도, 난 하나밖에 없는 우리 동후에게 그런 결혼은 안 시킬 거야."

"미루가 언제 동후하고 결혼하겠다고 그랬었나요?"

"그럼 당신은 그런 생각을 한 번도 안 해봤단 얘기야?"

"뭐하러요? 왜 그런 일을 미리 상상하고 그래요? 난 동후의 인격을 믿어요. 만약에 동후가 원한다면 그러라고 할 정도로."

"어련할까. 동후가 세 살 때부터 그 애를 인격적으로 믿는다, 그랬던 사람이잖아. 당신은……."

"동후는 어쩌면 미루가 지닌 핸디캡 때문에, 그래서 더 그 애를 사랑하는지도 몰라요. 뭐든 돕고 싶어서……."

"아이쿠! 매사에 천연덕스러운 당신의 그 낙관론 때문에 내가 두 손을 다 든다구."

송효는 벽시계를 올려다본다. 오후 8시. 문 닫을 시각이다. 한국 교민들의 여러 가지 잔치나 행사가 없는 날은 오늘처럼 쉬엄쉬엄 일한다. 화원이 한인타운의 중심부에 위치해 있어선지 많은 지인들의 방문을 받는다.

대부분 한인타운에 나올 일이 있길래, 송효와 얘기하다 가려고 일부러 한 시간이나 일찍 나왔다는 이들이 많은 것이다. 어쩌겠는가. 그들의 외로움이 뒤통수를 보이는데. 그들의 고민이 은연중에 옆구리에서 빠져나오는데……. 그들의 자랑조차 파드득대며 날개를 펼치는데…….

진열장의 블라인드를 천천히 내린다. 가게와 작업실 사이의 커튼도 서서히 여미듯 닫는다. 유수는 어둠 속에 우두커니 서있다. 한동안 그렇게 서있다.

(맹하린소설집 『세탁부』, 월간문학출판부, 2006)

¹² 어디서나 펄럭이는 그 깃발 _맹하린

워글워글, 돠르르르

많은 양의 물이 끓어대는 소리가 이럴까, 아니면 수도라도 터진 것일까. 어떤 소음 때문에 잠결에 깨어난 숙현은 몇 가지 의문들을 떠올리며 잰걸음으로 거실로 간다. 형광등의 스위치를 올리자 전기가 나가 있었는데, 벽시계는 희부윰한 속에서 유난히 두근거리는 듯한 큰 소리를 내며 새벽 3시를 가리키는 중이었다.

문을 열고 들어선 부엌은 순간 온수기의 온기로 인하여 전체적으로 따사로웠고 수도꼭지는 이상하게도 이상이 없었다. 빨래방을 겸하고 있는 발코니의 문을 열자, 빨래방도 발코니도 전혀 아무렇지가 않았다. 하지만 뭐가 잡아끄는 듯한 소요가 느껴졌기에 다급히 발길을 옮겨 정원 쪽을 내려다보다가 숙현은 화들짝 놀라고 만다. 워글대며 북적대는 소리의 진원지가 바로 그곳이었던 것이다.

장마에 젖은 등꽃 열매처럼 은은한 빛을 띤 가로등의 불빛을 받아가며 적요로운 가운데 흙탕물 같은 검은 물굽이가 아파트의 인도를 가득 메운 채 흘러가고 있었다. 착각이었을까, 하늘엔 많은 별들이 쏟아질 듯 박혀 있다. 습관처럼 오른손을 눈가에 가져갔지만 잠들기 전에 안경을 벗었었다는 사실을 깨달은 숙현은 물굽이를 좀 더 자세히 보려고 시신경을 미간에 잔뜩 모은다.

(저런!)

숙현은 재빨리 주저앉으며 숨기듯 몸을 움츠렸다.

그것은 흙탕물의 흐름이 아니라 많은 수의 군인들이 소리 없이 행군하는 광경이었던 것이다. 분명한 것은 숙현이 안경을 벗었기 때문에 그 광경이 흙탕물로 보인 게 아니라 어둠 속에서 그 움직임이 연신 굽이쳤기에 그렇게 보였던 것이다.

(흙탕물이라고 해도 놀랄 일인데 군대의 물결이라니.)

거실까지 기다시피 되돌아온 숙현은 여전히 기는 자세로 안방으로 뛰어
간다. 침대 위에 잠들어 있는 서진을 깨우기 위해서다. 숙현은 서진의 어
깨를 살살 흔든다.

"태욱 아빠, 놀라지 말고 눈 좀 떠볼래요?"

서진은 눈도 뜨지 않고 놀라지도 않으면서 대답한다.

"왜 그래? 아직 새벽인 것 같은데."

숙현은 누가 듣기라도 하는 것처럼 서진의 귀에 대고 나직하게 속삭인다.

있잖아요, 하고 숙현은 조바심이 새어드는 투로 말했다.

"대체 무슨 일이죠? 아파트 마당으로 군인들이 빼곡하게 지나가고 있어
요. 어서 좀 와 봐요."

숙현은 서진의 손을 잡아당기듯 일으킨다.

"군인? 군인이라니, 군인이 왜?"

벌떡 일어난 서진은 입술을 약간 떨면서 얼떨떨한 음성으로 왼손을 잡
아준 숙현의 손을 오른손으로 포개어 잡았다.

"그러니까 놀라지 말라고 내가 미리 귀띔을 했는데……."

여전히 소곤대며 발콘으로 들어선 숙현은 그때껏 붙잡고 있던 서진의
손을 좀 세게 끌어당기며 강제로 앉히는 시늉을 한다. 발코니의 벽에 숨듯
이 무릎을 꿇은 두 사람은 얼굴이 아니라 거의 눈만 내놓은 상태로 한참
동안 정원을 내려다보았다.

군인들의 행군은 한결같이 이어지고 있었다. 그들 앞으로 펼쳐져 있는
흐릿한 어둠보다 군인들의 여일한 행군은 형광 빛 가로등 때문에 매우 흐
릿하면서도 창백한 빛을 띠고 있었다. 두 사람의 두근대는 심장 속에서
울려 퍼지듯 군인들의 발소리는 계속 기묘한 소리를 내고 있었다. 숙현의
목소리가 나직하게 기어들었다.

"왜 저럴까요?"

서진은 목에 뭐가 걸린 듯한 소리를 내며 더듬듯 대답했다.

"글쎄, 범인들을 색출하러 나온 것 같지는 않고……."

서진의 말이 차츰 기운을 되찾았다.

"지금은 군정시대야. 문제는 우리가 멋모르고 흘러 들어온 이 시우다델라 아파트는 아파트라기보다는 아파치라는 거고."

그의 탄식 사이를 헤집고 나온 한숨이 안개처럼 피어올랐다.

이윽고 군인들의 행군이 끝나는 기미가 보이자, 두 사람은 약속이라도 한 것처럼 재빠르게 부엌과 거실을 지나 테라스로 달려간다. 테라스에서는 군인들을 다시 볼 수도 있었기 때문이다. 군인들은 누도 1동과 따라 1동이 서 있는 아파트 초입 쪽으로 차츰 멀어져가고 있었다. 깜빡 잊었다는 듯 느닷없이 몸을 돌려 작은 방으로 들어선 숙현은 세상모르고 잠들어 있는 아이들의 이불을 다독여주고 다시 테라스로 가 서진의 옆에 바짝 다가앉는다.

"당신, 괜찮아요?"

숙현은 서진의 옆모습을 살피며 걱정스레 물었다. 서진이 숙현의 어깨에 오른 팔을 얹으며 잘못을 저지른 아이처럼 눈을 내리깐 채 대답했다.

"지금 막 괜찮으려는 중이야."

그는 이미 말을 많이 했다는 듯 금세 입을 다물었다. 숙현은 자신의 어깨에 얹혀진 서진의 손을 여러 번 다독였다. 마치 인생 자체가 얹혀진 그런 느낌이었으므로……. 숙현은 조심스레 묻는다.

"우리 이 기회에 돌아갈까요? 한국으로."

서진은 고개를 완강하게 저었다.

"아니, 이왕 나선 길인데……. 중간에 포기하기는 싫어. 애들에게 가치 없는 사람으로 보일 테고. 우린 애들에게 우주 그 자체야. 그런 우리가 흔들리면 되겠어?"

초등학교 1학년인 태욱과 유치원생인 태경을 미끄로(스쿨버스)에 태워 등교시킨 뒤 두 사람은 싸르미엔또 호텔 동창인 경주네로 가기 위한 채비를 서두른다. 군인들은 6시쯤 이미 철수를 했었다. 서진이 사는 누도 9동과 경주네가 사는 띠라 8동은 3분도 안 걸리는 아주 가까운 곳에 위치해 있다. 아센소르(승강기)에서 내려 현관문을 나서다가 그들은 황망스레 걸어오는 찬석과 영선을 마주치게 된다. 서진은 금이 가서 찢기는 듯한 목소리로 더듬더듬 말했다.

"그러잖아도 지금 송형 집으로 가는 길이었는데……."

경악하기 일보직전이 아니라 경악으로 아침을 맞은 표정의 찬석은 그만두고라도, 영선은 겉으로 종종걸음만 치지 않았을 뿐 아침 내내 종종걸음을 치고 난 얼굴이 완연했다.

"이놈의 아파트는 다 좋은데 가끔 전화가 불통이어서 말이야."

찬석은 그렇게 투덜거리는 걸로 대답을 대신했다. 전화가 정상일 때도 그들은 툭하면 서로 오갔다. 전화를 주고받는 것만으로는 뭔가가 턱없이 부족했던 것이다. 전기는 물론이고 전화조차 군인들이 일부러 차단시켜 놓았을 확률이 많았다.

서진의 아파트로 올라온 그들은 누가 시킨 것도 아닌데 평소처럼 소파에 앉지 않고 다탁 주위에 방석을 깐 채 바짝 둘러앉는다. 긴실함이 넘쳐 음성조차 은밀한 가운데 언제나처럼 찬석이 서두를 꺼낸다.

찬석은 늘 오른손으로 입 주위를 쓸어내리며 얘기를 시작하는 버릇이 있다.

"새벽에 낙엽 밟는 소리가 들려서 깨어났어. 전기가 나갔더라고. 무심코 창문의 커튼을 밀치다가 기절할 것처럼 놀랐지 뭔가. 우주인들이 하강한 줄 알았다니까. 잽싸게 커튼을 내리면서야 깨달았어. 군대구나. 영주권!"

말하는 찬석의 얼굴이 흥분으로 붉어진 반면 서진의 얼굴은 순식간에 창백해졌다.

"불법 체류자들을 색출하러 나온 게 틀림없었어. 훈련을 제대로 받은 특수부대가 확실했고 낙엽 밟는 소리만 빼면 정말 완벽한 진군이었다니까."

인류의 죄악을 심판하는 역병처럼 군인들이 일주일 간격으로, 그것도 새벽에 점차적으로 훑듯이 인구조사를 하는 건 그다지 문제될 일은 아니었다. 그러나 영주권이 없는 가장을 연행해서 초청장이 파라과이 케이스면 파라과이로, 볼리비아 케이스는 볼리비아로 추방한다는 데에 문제는 있었다. 시우다델라 아파트에 거주하는 180여 가구의 600여 한국 교민들은 서둘러 자치회를 만들었다. 하지만 군정 하에서는 이렇다 할 해결책이 따로 없었다. 초청장이 아르헨티나 케이스인 한국인은 10%도 되지 않았다.

자고나면 따라 몇 동의 누가 추방되었다는 소식이 자치회를 통해 발 빠르게 전달되었다. 말 그대로 속수무책이었다.

따라 3동의 206호에 사는 H씨는 가장만을 추방한다는 사실에 착안하여 엉뚱한 일을 꾀했다. 새벽에 군인들이 1층부터 조사해 올라오는 기미가 엿보이기 시작할 때 난데없이 부인을 시켜 냉장고의 음식물을 모두 찬장으로 옮기게 한 것이다. 그리고 서둘러 그 안에 숨었다. 아르헨티나의 냉장고는 성인 남자가 들어가고도 남을 만큼 컸다. 기묘한 발상의 대가인 소름 끼치는 추위를 동반한 숨박질이었다.

H씨의 집에 들이닥친 군인들은 가장인 H씨가 지방으로(비록 냉장고 안이긴 했지만) 여행을 떠났다는 설명을 듣더니 19세인 H씨의 장남을 대신 연행해 가기에 이르렀다. 여자는 15세, 남자는 18세에 성인식을 치르는, 그것도 거창하게 치르는 아르헨티나의 풍습은 거저 있는 게 아니었다. 순간적인 기지가 더 큰 화를 부른 잔꾀였다는 걸 알고 가슴을 친 H씨는 곧장 군당으로 찾아갔다. 아들 대신 추방당하는 일을 자처한 것이다. 그 비보는 공기처럼 순환되어 곳곳에 전달되었다. 그렇게 추방당한 이들은 일주일도 안 되어 모두 되돌아 왔다. 일단은 아르헨티나와 인접해 있는 파라과이 강에서 배를 타고 월경(越境)을 한다. 그리고 고속버스에 몸을 실은 뒤 밤낮을 달려 결국은 시우다델라 아파트로 돌아오는 것이다. 명색이 아파트인 아파치로.

뻬론 대통령이 가난한 사람들을 위해 지어 무상으로 나눠준 시우다델라 아파트에 한국인들이 하나 둘 모여들기 시작한 것은 불과 몇 년 전 일이다. 한국인들에게도 현지인에게도 거액의 돈이 오고 간 뒤에 주인이 바뀌는 것이다. 고급 아파트와 다름없었고 가난한 이들과 이웃하며 산다는 것만 빼놓고는 불편한 게 별로 없었다.

이사하고 나서야 알았다. 현지인들은 그 아파트를 FUERTE APACHE(강력한 위험지구)라고 부른다는 걸. 그래도 상관없었다. 한국인이 많다는 것만으로도 큰 위안이 됐으므로.

오늘도 두 사람은 아이들을 등교시키고 다섯 블록 떨어진 곳에 위치한 알마센(식품점)은 현지인 종업원들에게 알아서 장사하라고 팽개쳐 두고 경주네 아파트로 서둘러 출근(?)한다. 그렇게 되면 지난밤 자치회에 참석했을 찬석에게서 어떤 괜찮은 소식을 들을 수 있지 않을까 하는 기대감에서다.

가면서 서진은 콧노래를 흥얼댔다. 최근 들어 서진은 허밍으로 자주 노래를 흥얼거렸다는 사실을 문득 깨닫게 된 숙현이 불쑥 묻는다.

"당신에게 그런 면도 있었어요? 기분이 좋은 것처럼 계속 휘파람 아니면 콧노래잖아요?"

"몰랐구나. 나는 기분이 엉망일 때면 저절로 휘파람 아니면 콧노래가 나온다는 걸."

"정말? 근데 왜 난 여태 그걸 몰랐을까요?"

"당신을 만난 후 지금까지 한 번도 기분이 엉망일 때가 없었으니까."

"칭찬인가요? 아니면 비난?"

"둘 다!"

두 사람은 아주 모처럼 웃는 사람들처럼 매우 조심스럽게 웃다가 결국 합창처럼 웃었다.

평소에 청소를 안 하면 큰일이라도 나는 것처럼, 그리고 마치 쓰레질이라도 하려고 태어난 사람처럼 쓸고 닦아서 먼지라고는 찾아보기 어렵던 찬석의 집은 엉망으로 어지럽혀 있었다. 그 집은 언제나 어디나 윤이 났다. 영선은 항상 뭔가를 들고 닦았는데 그건 행주 아니면 걸레였다. 하지만 영주권 때문에 집안을 치울 기분이 전혀 아니었던 모양이다.

서진의 집도 그런 면에서 보면 마찬가지였다. 날마다 그들의 기분처럼 어수선하게 흐트러져 있기 마련이었다. 흡사 영주권이라는 귀중품을 찾느라 마구 들쑤셔 놓은 집안처럼…….

찬석은 이렇다 할 좋은 소식을 제시하지는 못하면서, 언제나처럼 이민살이의 곤경에 처할 때마다 습관처럼 꺼내는 '태극기 사건'을 설파하기 시작했다. 그것은 고달픈 일이 생길 때마다 일종의 병치레처럼 치르는 특이한 의식이 아닐 수 없었다. 아니, 어쩌면 그것이 찬석의 이민생활에 대비한 토대였을까. 찬석이 진정 힘들 때는 이북에서 부모 따라 피난을 떠나오던 얘기가 화제로 떠올랐으므로 군대가 조사 나온 것하며 영주권, 추방, 그런 일들은 그다지 엄청난 문제는 아니라는 뜻을 내포한 것이기는 했다.

두 사람은 찬석의 태극기 사건을 백 번까지는 아니더라도 무려 열댓 번도 넘게 들었을 것이다. 기이한 것은 서진도 숙현도 찬석의 '태극기 사건'을 한 번도 못 들어 본 것 같은 진지한 자세로 듣고 또 들어낸다는 사실이다.

— 파라과이 케이스인 우리는 파라과이의 수도 아순시온에 도착하자마자 심한 낭패감을 맛보았어. 명색이 수도라는 아순시온은 끝에서 끝이 걸어서 한 나절도 안 될 정도로 작더란 말이지. 마치 드넓은 땅을 소유한 나라라서 이민지로 선택했다는 듯 나는 말로는 다 표현할 수 없을 정도로 실망이 컸어. 그때 내가 가장 괴로웠던 건, 집사람이 전혀 비아냥거리는 표정이 아닌 얼굴로 계속 묻고 감탄하던 말이었지. 여보, 여기가 정말 천국이야? 아, 천국이 이렇게 생겼구나!

세 사람은 모처럼 웃는 사람들처럼 멈칫대며 웃었다. 어쩐지 눈물이 괴어서 숙현은 살며시 눈꼬리에 손을 갖다 댔다. 이슬처럼 눈가에 물기가 있었다.

─ 교민의 대부분이 보따리 장사를 하더란 말이지. 그들은 파라과이인들의 집집마다 찾아다니며 문 앞에서 벨도 못 누르고 손뼉을 쳐 주인을 불러낸다네. 그리고는 보따리를 풀어 상품인 옷을 보여주며 장사를 시작하는 거야. 그것도 대부분 할부판매였어. 그러니까 2년 전의 일이었으니까 1976년 3월 초였지. 계절은 늦봄이라는데 웬 파리모기는 그리도 많고 덥기는 왜 또 그리도 덥던지…….

결국 찬석의 가족은 한국인 빠뻴장사(종이장사=이민 브로커)와 줄이 닿아 파라과이와 아르헨티나가 인접해 있는 강을 도강하기로 결정했다. 첫째 한국인이 더 많고 여러 여건이 더 갖춰진 진짜 천국이 바로 아르헨티나라고 해서.

배에서 내려 아르헨티나 땅 뽀사다 시에 도착한 후, 택시로 터미널까지 찾아가 부에노스 아이레스행 고속버스에 올랐다. 안도의 숨이 내쉬기를 기다렸다는 듯 곧바로 국경수비대가 고속버스에 올라타더니 검문부터 실시하는 것이었다. 유일한 동양인이었던 찬석의 가족만이 영주권이 없었다. 그들은 찬석의 가족을 짐과 함께 강한 지시를 곁들이며 하차시켰다. 하차만 시켰더라면 좋았겠지만 찬석과 영선을 고속버스의 옆구리에 두 손을 짚고 서 있게까지 만들었다. 대장을 제외한 졸병들은 찬석과 영선을 향해 장총을 들고 대치한 상태였고.

이민을 떠나올 때, 연탄집게 말고는 모두 있는 나라라고 브로커는 수차례 강조하고 강조했었다. 그리하여 지니고 있던 살림살이들 모두 헐값에 팔거나 친척들에게 나눠주고 꼭 필요하다 싶은 걸로만 새로 장만한 셈이다. 그렇게 최소한도로 줄여서 꾸린 이민 가방이었지만 그 안에는 가위도 있었고 부엌칼, 도끼, 그리고 호미까지 있었다. 걸고넘어지자면 그런 게 모두 위험 도구였다. 이목구비가 닥터 지바고의 주인공 오마 샤리프처럼 생긴 대장은 부하들을 시켜 짐부터 조사하라고 명령했다. 평소에도 하찮은 일에까지 놀라기를 잘하는 영선은 졸도하기 일보직전이었다. 찬혁은 눈을 질끈 감았다 떴다. 아마 그것은 그가 곤경에 처할 때마다 나타내는 가장 다급한 태도일 것이다. 이내 정신을 차린 찬혁은 버스에 짚고 있던 두 팔 사이로 짐을 조사하는 과정을 자세히 훔쳐보기 시작했다. 영선은 쓰러지지 않으려고 애쓰는 게 아니라 죽지 않으려고 애쓰는 중인 사람처럼 점점 사색이 되어갔다.

그때였다. 가방 안에서 보석함이 삐져나온 것은. 정작 졸병이 조심스럽게 연 보석함에서 나온 것은 놀랍게도 보석이 아니라 차곡차곡 접힌 대형 태극기였다.

"운 모멘또(잠깐만)!"

대장은 이미 펼쳐진 태극기를 보자마자 낮게 소리쳤다. 그 낮은 음성이 더욱 두렵게 느껴져 영선은 잠시 몸이 휘청거렸을 지경이었다. 문득 고개를 외면하자니 동녘으로 해가 뜨고 있었고 하늘이 매우 슬프게, 거기다 몹시 곱다는 느낌까지 들었다.

"태극기!"

대장이 발음도 정확하게 그렇게 외쳤다. 버스를 향해 두 손을 짚고 서 있던 찬혁은 영문 모를 그 외침에 놀라 그때껏 숙였던 고개를 재빨리 똑바로 세웠다. 대장은 찬혁과 영선에게 원상복귀를 지시하고 일단 버스부터 보내버렸다. 그리고 찬혁에게 다가온 대장은 무언가 비밀스러운 일을 말할 때처럼 어느 정도 가량은 음성으로 나왔다.

"이 '반데라 나시오날(국기)'을……,"

그렇게 말하던 대장은 잠시 쉬었다가 곧 재빠르고 나직하게 말을 이었다.

"내게 선물할 수 있는가?"

찬혁은 잠시 뜸을 들였다. 광장에 남아 있는 사람이라고 해야 대장의 부하들뿐이었는데, 그들 모두 찬혁의 대답을 기다리는 듯 여겨졌다. 손에 뭐가 묻은 것도 아닌데 자꾸만 손을 털어 내던 찬혁은 고개 먼저 설레설레

저었다. 대장의 부탁에 찬성하는 것도 반대하는 것도 곤혹스럽기는 마찬가지였다. 어쩔 수 없지만 대답한다. 강건함을 숨긴 채.

"매우 죄송한 일이군요. 하지만 안 되겠는데요. 아시겠지만 이건 우리나라 국기랍니다. 거기다, 이민지에서 제 자식들에게 내 나라를 수시로 상기시켜 주기 위해서 가져온 보석보다 더한 귀중품이기 때문입니다."

대장은 무슨 까닭인지 잠시 침묵을 지키며 서 있다가 불쑥 물었다.

"당신들의 행선지는 어디인가?"

찬혁은 마치 모르는 길을 묻는 어른 앞에서 쩔쩔매는 아이처럼 일순 뒤숭숭한 기분에 얽히었다. 찬혁이 미처 못 알아들은 걸로 알았는지 대장은 다시 짧게 물었다.

"들리지 않는가? 당신들의 목적지가 어디인지 묻고 있다."

찬혁은 빨리 대답하지 않으면 큰일 날 것처럼 잽싸게, 그리고 관등성명을 대는 군인과 같은 어조로 씩씩하게 대답했다.

"네! 수도 부에노스 아이레스, 그곳으로 갑니다!"

대답이 그렇게 나오기를 기다렸다는 듯 대장은 흔쾌하게 다시 물었다.

"그렇다면 당신은 한국인 김한상을 아는가?"

문득 망설이던 찬혁은 서둘러, 그리고 놀랍도록 환희에 찬 음성으로 소리쳤다.

"어떻게 아셨죠? 우리가 지금 그분을 찾아 부에노스 아이레스로 가는 중이라는 걸."

물론 거짓이었다.

(김한상이라는 이름도 김한상이 뭐하는 사람인지도 알바 아니다. 하지만 이 대장이 곧 그 사람의 신상파악을 해줄 테지.)

흠흠 하며 감격한 얼굴로 대장은 자신의 목소리에서 흥분을 배제하며 침착하게 말을 꺼냈다.

"내가 사관생도였을 때, 프로페소르 김한상(김한상 교수)은 우리에게 태권도를 가르치던 교관이었다. 그는 태권도를 가르칠 때마다 강당의 정면 벽에 태극기와 아르헨티나 국기를 나란히 걸어 놓고 양국의 국가를 부르게 한 뒤에야 비로소 교습을 시작했지."

대장은 잠시 한국말로 애국가를 흥얼댔다.

"동해물과 백두산이 마르고 닳도록……. 그때 나는 태극기가 몹시도 갖고 싶었다. 소원 중의 첫 번째였을 정도였다. 나는 그분을 엄청나게 존경한 나머지, 그리고 태권도를 너무나 선망해서, 태극기 하나를 갖는 게 가장 첫 번째의 소원이라고 프로페소르 김한상에게 누누이 간청했었다. 그렇지만 그 시절엔 태극기 구하기가 생각처럼 쉽지만은 않았던가 보았다."

찬혁은 그만 정신 나간 얼굴로 아무 말도 못하고 앉는다. 영선은 소리도 없이 눈물을 펑펑 흘리고 있다. 기가 막힌 것은 그제야 아이들이 눈에 띄었다는 사실이다. 따로 분리되어 제 부모만을 유심히 지켜보던 아이들.

찬혁은 오른손으로 입 주위를 여러 차례 번갈아가며 쓸어내렸다.

그 대목에 이르렀을 때마다 숙현은 매번 눈물이 글썽여졌다. 숙현은 아르헨티나라는 틀에는 일단 부어졌으나 전혀 새로운 사람으로 찍혀져 내지지 못하고 있는 자신에 대해서 여러 번 절망하고 실망하기를 거듭했었다. 아침마다 집안에서는 전혀 못 느끼다가도 아파트 현관을 나설 때부터는 이방인이라는 인식에 수없이 놀라던 나날들. 아침에 집을 나설 때마다 일터로 일하러 가는 게 아니라 내 나라와 이 나라를 비교하려고, 이 나라가 아니라 내 나라 생각을 더 많이 하려고 집을 나서는 기분이 들 정도로 하루 종일 한국에 있을 때를 견주고나 떠올리거나 그랬었다.

찬혁은 자신의 음성이 격앙에 차 있는 것도 모른 채 말을 이었다.

"그건 정말 예삿일이 아니었어. 태극기가 내 수호천사였다니, 나와 내 가족의 인생이 이렇게나 예비돼 있었다니. 알지? 이런 일은 늘 벌어지는 게 아니라는 걸."

이윽고 찬혁은 태극기 사건을 마무리하고 있다.

"일이 참 수월하게 풀렸다고 겨우 마음을 놓았을 때, 그 대장은 뜬금없이 내가 선물하기로 허락한 태극기에 내 휘르마(서명)를 요구하며 떼를 쓰기 시작했어. 그러면 안 되는 줄 잘 알면서, 나는 가족과 그 관문을 무사히 통과하고자 그 태극기에 서명을 하고야 말았지. 물론 소형 태극기가 하나 더 준비돼 있었던 탓이기도 했지만. 그때 난 그러지 않으려고 했는데도 손이 몹시 떨리고 있음을 알았어. 대장에게 건네는 태극기가 물결치듯 살아 숨쉬는 느낌을 받았거든."

영선은 이 부분에 이르면 느닷없이 걸레질을 한바탕 한다.

"대장은 다짐처럼 덧붙였어. '지금부터 당신이 이 도시를 떠나 부에노스아이레스에 도착될 때까지 거치게 되는 검문소가 전부 일곱 개입니다. 그 일곱 개의 검문소마다 모두 연락을 해 두겠습니다. 당신 가족을 특별 대우하여 무사통과 시키도록."

이제 영선은 걸레를 옆으로 치우고 똑바로 앉는다.

"정말이더라니까. 진짜 도착하는 검문소마다 특별대우였고 무사통과였다네. 참 대단하지? 한국에서 태어난 이 소인은 태극기의 소중함을 아는 데에 41년이나 걸렸는데, 대장인 그 대인은 사관학교 때부터 태극기의 위력을 깨우쳤고 그토록 오랫동안 선망까지 했었다니."

이 대목에 닿으면 찬혁의 막내인 동성이 실실 웃으며 한마디 짚고 넘어간다.

"인생무상!"

괄목할 만한 일은 찬혁 내외도 서진 내외도 동성이 얄밉다거나 애어른 같다는 생각이 안 들고 판소리할 때 고수가 장단 맞추는 정도로 생각하며 그럭저럭 웃어넘기고는 했다.

그물은 점점 좁혀져 왔다. 특별히 봉쇄선이 있는 건 아니었다.

군인들이 곧 봉쇄선이었으니까.

어제 아침 따라 6동과 누도 5동이 조사를 받았고, 많은 한국인 영주권 미소지자들이 연행되었고 많은 가장들이 파라과이나 칠레나 볼리비아로 추방되었다. 찬혁은 날마다 갈망의 노래를 읊조렸다.

"영주권 신청서만 있었으면, 누가 영주권만 빌려준다 해도 이렇게 지옥 같지는 않을 것을……."

한국 정부에서 외국여행이나 이주자들에게 1인당 2500달러만 지니고 나갈 수 있도록 강하게 통제를 했기 때문에 찬혁은 5인가족 할당량 10,000달러와 약간의 꿍쳐둔 금액이 재산의 전부였다.

주위 사람 모두 200달러나 500달러를 수중에 지닌 채 아르헨티나에 도착했다는 사람이 대부분이었다. 영주권을 암암리에 신청할 경우 일인당 2500달러였다. 찬혁은 그렇게라도 영주권을 신청해 놓고 봐야겠다는 뜻을 어느 정도 굳혀 가고 있었다. 하지만 아르헨티나 관청의 수속 창구는 거북이걸음만 돼도 괜찮겠는데, 담배 피우고 커피 마시고 잡담까지 나누는 개구리 행정이었다. 집중해서 헤엄치다가도 언제 어디로 튈지 모르는…….

찬혁은 자주 투덜거렸다.

"이 놈의 나라는 도무지 바쁜 걸 모르는 나라여서 탈이더라. 바쁘지만 여유 있게 일하자가 마냥 몸에 배었다니까."

흥미 있는 것은, 찬혁은 얼굴에 영주권 문제만을 떠올리는 사람처럼 보이는 반면 서진은 계속 떠오르는 영주권에 대한 걱정을 자신의 표정에서 연신 지우고 있는 것처럼 보였다는 사실이다.

인구조사의 여파는 커다랗게 용솟음치며 수시로 밀려왔다.

미리 약속이나 한 것처럼 다시 서진의 아파트에 모인 그들은 어떻게 해서 백구촌에 찾아가게 되었는지를 추억하기 시작했다. 언제나처럼 찬혁이 좌중을 이끌었다. 미간을 잔뜩 좁힌 채.

창밖엔 비가 내리기 시작하고 있었다. 숙현은 창가로 다가가 차갑게 떨어지면서 나직나직 속삭이는 빗소리에 잠시 귀를 기울이다가 창문을 닫고 자리로 돌아왔다.

"태극기 사건을 겪고 부에노스 아이레스에 도착하자, 우리는 택시를 탔지. 한국인들이 많이 사는 곳으로 데려다 달라고 했더니 백구촌(109번 버스 종점. 한국인들의 밀집지역이 근접해 있었으므로 그렇게 불려졌다.)에 내려 주더군."

찬혁은 예외 없이 오른손을 올려 자신의 입 주위를 여러 차례 쓸어내렸다.

"한국 식당이 하나 둘 있고가 아니라 전혀 없고, 한국 식품점도 전무하고, 단지 소하(메주콩)를 이용하여 콩나물을 키워 파는 알마센(식료품점)이 하나 있을 뿐이더라구. 우리가 맨 처음 들어간 곳이 스웨터 공장을 운영하는 한국인 집이었어. 한국 음식 먹은 지 일주일 정도 지났다고 하자 콩나물 무침과 양배추로 만든 김치가 반찬의 전부인 식탁을 차려내 주더군. 우리에겐 정말 푸짐한, 그랬어. 진수성찬이 따로 없었어. 치즈 냄새와 노린내가 물씬 풍기는 기다란 빵과 토마토소스를 듬뿍 넣은 스파게티와 소금구이 고기만을 사먹다가 모처럼 한국 음식을 대했으니 어땠겠어."

찬혁은 잠시 말을 끊는다. 이쯤에서 언제나 눈물을 흘리고야 말던 영선을 위해 이야기를 계속할 것인가 말 것인가 망설이고 있는 것이다. 하지만 찬혁은 굳이 영선을 바라보지도 않고 얘기를 계속한다. 영선은 기다렸다는 듯 옷소매를 당겨 눈물을 찍어내기 시작했다.

기분전환이라거나 심기일전 같은 게 필요했을 것이다. 찬혁과 서진의 가족은 '훌리오 아 로까' 공원으로 소풍을 떠난다. 일부러 도시락을 준비했는데 가장 한국적인 것으로만 마련해 간 셈이다. 일요일이었다.

점심식사를 그럴 듯하게 끝마친 찬혁과 서진 내외는 꼭 거쳐야 되는 순서처럼 또 다시 마주앉아 얘기를 펼치기 시작한다.

공원을 빙 둘러싸고 있는 길 건너편에는 수초가 아름답게 우거진 강이 있었다. 물위로 오리들이 유유히 떼지어 다녔다.

"그때, 강형네도 우리처럼 파라과이에서 아르헨티나로 밀입국을 했다고 그랬지?"

　찬혁처럼 뱃장 좋게 가족만 떠나온 밀입국이 아니었다. 파라과이에서 구한 한국인 브로커가 함께였다. 그 브로커는 툭하면 이유를 달았는데, 그것은 급행료를 요구하기 위해서였다. 거리를 지키는 경찰만 발견해도, 파라과이인들의 주식인 만디오까(카사어바)밭이 펼쳐진 황토 길에서 마주치게 되는 군인만 보아도 그 브로커는 일부러가 아닌 것처럼, 뭔가를 항의하려고 그러는 것처럼 당당하게 다가갔다. 그리고 경찰이나 군인에게 먼저 말을 걸고는 곧장 서진의 가족에게 돌아와 운을 떼기 시작하는 것이었다. 저들이 공연히 트집을 잡기 때문에 뇌물을 바치지 않으면 통과가 어렵다는 명목이었다. 그러던 브로커는 정작 뽀사다 시에 닿은 뒤, 서진의 가족을 고속버스에 태우자마자 줄행랑 쳐 사라지고 말았다. 이제 내 알바 아니라는 표정이 역력한 얼굴을 잠깐 동안이나마 비치며…….

　과묵한 편인데도 그 무렵의 서진은 자주 한탄을 터트렸다.

　"내 나라가 아니고 내 정서가 아닌 땅이라선지 참 고달프다, 고달파."

　사실 아르헨티나는 그들에게 유배지나 다름없었다. 이민 수속이다, 비행기 값이다, 정착비다해서 있는 재산을 꽤 축내고 다시 한국으로 되돌아갈 수는 없었다. 하지만 뭐든 새롭다는 의미에서 이민생활은 그들을 도취시켰다. 다분이 중독성이 내포된 도취였다. 찬혁은 아무하고나 사귀려고 들었다. 서진은 누구하고나 사귀지 않으려고 했고. 찬혁은 능력만 있으면 어느 나라나 천국이라고 생각했고, 서진은 가족만 있으면 어느 나라나 천국일 수밖에 없다고 여겼다.

　찬혁은 청년 시절에 한국에서 꽤 이름을 날리던 프로 권투선수였다. 그래서인지 가끔은 권투나 권투선수 얘기를 자주 꺼낸다.

　"서양의 어느 권투선수가 말했어. '권투선수는 수많은 사람들의 격려와 환호와 갈채를 받으며 링 위에 오르지만 정작 싸울 때는 혼자다, 의자까지 빼앗긴 채 혼자서 고군분투하며 싸워야 한다.'라고. 그런 의미에서 나는 언제 어디서나 권투선수를 못 벗어나고 있다네. 언제나 혼자였고, 언제나 충분히 외로웠다고 봐야 할 거야."

"서진이 농담처럼 불쑥 말한다."

"송형이 권투를 왜 그만 뒀는지 난 다 알 것 같아요."

"왜 그만 뒀을 것 같아?"

"뻔하지 않습니까? 맞기 싫어서였겠죠."

"땡! 틀렸습니다. 나, 권투선수 송찬혁은 상대방 선수를 진정 때리기가 싫었습니다! 정말 그랬어. 어느 날 갑자기 권투가 싫어진 게 아니라, 어느 날 갑자기 때리기가 싫어졌다네."

그들은 처음에 연고자가 없다는 사실을 가지고 서로 연고자가 되어주며 공유할 수 있었는데, 최근에는 영주권이 없다는 사실 때문에 더할 나위 없이 끈끈한 공유를 할 수 있었다.

"강형네와 우리는 연고자 없는 사람들이 으레 정거장처럼 거치게 되는 싸르미엔또 호텔에 묵게 되면서 알게 되었지. 말이 호텔이었지 여인숙 수준이었어. 우리의 안내로 백구촌에 가서 소찬이지만 진수성찬으로 알고 사먹던 한국음식 기억나? 감자와 근대를 숭숭 썰어 넣은 된장국에 홍당무로 담근 열무김치였던가?"

찬혁은 저절로 입맛이 도는지 침을 꿀꺽 삼켰다.

"처음 만난 날, 우리가 악수를 나누는데 강형이 내게 뭐랬는줄 알아? 송형은 이민을 왜 오셨습니까? 고생이라고는 모르는 분 같아 뵈는데요."

"그때 송형은 내게 뭐라고 했는지 잊지 않았겠죠? 그날 송형은 내게 말했어요. 강형은 이민 체질이 아닌 것 같은데, 라고……."

"그래 정말 그랬어."

까르나발의 열기가 서서히 달구어지고 있는 거리에는 아구아(물)라고 소리치며 물이 든 풍선을 던지는 젊은이들로 축제 분위기였다. 아구아. 부에노스 아이레스에 도착되어 가장 인상 깊게 각인된 언어다. 물을 채운

색색의 주먹만한 풍선을 던지며 즐겁게 환호하던 그 부르짖음은 숙현의 기억 속에 환영처럼 아름다운 시의 여운으로 남아있다.

연고자가 없던 찬혁과 서진의 가족들이 맨 처음 묵게 된 싸르미엔토 호텔에서의 나날들은 음식 때문에 오는 고생이 이만저만이 아니었다. 한국인이 경영하는 그 호텔은 잠만 잘 수 있었을 뿐, 취사문제를 해결할 수 있는 시설도 규칙도 전혀 안 돼 있었다. 숙현이 이민 가방에 넣어온 새로 개발했다는 전기 프라이팬에 두 집 가족 모여 호텔의 주인이나 보이들 몰래 열심히 계란만 삶아먹던 삶은 계란처럼 너무나 팍팍하던 일상들. 날마다 매식하던 고기나 식빵이나 버터, 그리고 우유에서는 왜 그리도 노린내가 풀풀 피어나던지……. 찬혁과 서진은 가장이라는 넥타이를 목에 두르긴 했으나 가족을 이끌고 낯선 나라로 떠나온 책임감의 부피만큼 연고자 없는 서러움이 가장의 넥타이보다 더 답답하게 그들의 목을 조여 댔을 것이다.

백구촌에 가도 한국식당이라고는 없었다.

사실 그 무렵의 찬혁과 서진에게는 앞으로 낯선 나라에서 어떤 일을 해야 하는가라는 문제는 거의 뒷전이었다. 우선적으로 한국음식을 찾아내는 일이 가장 큰 관건이었다. 백구촌에서 미싱 수선을 직업으로 갖고 있던 N씨 내외였다. 며칠 동안 한국음식을 못 먹었다는 찬혁의 설명을 딱하게 여겨 생전 처음 보는 안남미 비슷한 커다란 알갱이의 쌀로 천천히 밥을 지어 내놓은 이들은…….

한국 쌀보다 곱절이나 큰 그 쌀은 일단 10분 정도 담갔다 지어야만 제대로 뜸이 들었다. 감자와 근대를 숭덩숭덩 썰어 넣은 된장국과 홍당무로 담근 열무김치가 반찬의 전부인 식탁이었다. 그때 맛본 한국음식의 해후는 평생 동안 결코 잊지 못할 것이다. 아르헨티나가 천국이라는 말이 분명 맞는 것 같았다. N씨 내외가 나이든 천사처럼 보였으니까.

기이한 것은 허겁지겁이 아니라 뭔가를 생각하면서 매우 심각한 기분으로 대하게 되던 식탁이었다. 음식을 들고 있던 모두를 항미롭게 바라보던 동성이 싱그레 웃으며 결국 한마디 던졌다.

"인생무상!"

"그래, 인생무상이다!" 경주가 따지듯 쏘아대다가 한탄처럼 말을 이었다.

"넌 언제 어른이 될래?"

"어른이라니? 난 이제 겨우 열 살이야."

"제발 부탁이야. 무슨 주술처럼 인생무상 좀 그만 지껄여라. 그 말 때문에 앞으로의 내 인생이 정말 무상의 연속이 될까봐 겁이 나."

동성이 도저히 못 참겠는지 퍼붓듯이 대답했다.

"무슨 천국이 먹을 것도 제대로 못 먹냐? 많이도 안 바란다, 밥하고 김치만 있으면 좋겠어."

마당에 목백일홍과 감나무와 앵두는 물론이고 여러 정원수와 아치형 대문에 걸린 줄 장미, 그리고 잔디밭까지 갖추었던 그럴 듯한 양옥을 헐값에 처분하고 천국이라는 나라에 닿아 일주일 만에 고작 밥 한 끼 가지고 감격이라니…….

평소에 보채는 게 뭔지도 모르던 서진의 애들이 자꾸만 '우리 상도동 집'으로 가자고 칭얼대던 일도 참 쓸쓸한 대목 중의 하나다.

웬만한 일에 쓰다달다 말이 없는 편인 서진이 아이들에게 해낸 다짐은 이랬다.

"그래, 언젠가는 가자. 그런데 이왕 왔으니 한 번 살아보고 가는 거야. 알았지?"

아이들조차 이민지에 대해서 몹시 부정적이었다. 한국에서는 보름달만 봐 왔다는 듯 어느 초저녁 하늘에 떠 있는 갈고리달을 보고 태욱이 빈정대듯 말했다.

"엄마, 이 나라는 왜 달이 깨졌어요?"

숙현이 달의 변화에 대해서 설명하자 태욱이 볼멘소리로 대답했다.

"그래도 나는 우리나라가 좋은데……."

태경도 덩달아 대답했다.

"나도, 엄마. 우린 이 나라가 싫은 건 아니에요. 우리나라가 좋다는 거지요."

태욱이 다짐처럼 덧붙였다.

"엄마, 우리 이사 갈 때는 한국으로 가요."

모처럼 맘 잡고 알마센으로 일하러 나갈 때나 저녁에 퇴근하여 집으로 돌아 올 때, 숙현은 자기도 모르게 발길을 빠르게 걷는데 비해 서진은 일부러 뒤처지듯 천천히 걸을 때가 있다. 그 간격이 점점 멀어져 숙현이 가던 길을 여러 차례 멈출 정도로. 서진은 그만큼 심각하고 심난했던 모양이었다. 그는 자주 투덜댔다.

"이민 병은 이민지에 도착하여 음식고생을 할 때 비로소 치유된다더니, 치유가 되긴 된 건가?"

찬혁의 말은 계속된다.

"한국정부의 외환관리 방침 때문에 강형이나 나나 제대로 된 이민 자본을 가져온 것도 아닐뿐더러 집도 거저 떠넘기다시피 팔아 치웠잖아. 그리고 천국이 따로 없다는 브로커의 말에 현혹되어, 연탄집게만 빼면 다 있다는 말이, 사실은 연탄집게 말고는 뭐든 다 필요한 현실에 맞닥뜨려질 않나."

어느새 자전거를 반납하고 돌아온 동성이 진작부터 그 자리에 앉아 있던 사람과 결코 다름없이 불쑥 맞장구를 친다.

"인생무상!"

숙현은 생각한다. 그럴 때마다 왜 동성이 밉지가 않은지를……

동성과 서진의 애들은 이번엔 자전거가 아니라, 개울에서 토끼만한 쥐를 봤노라고 떠들면서 우르르 개울 쪽으로 뛰어간다.

그물은 더 가까워진 게 아니라 어느덧 덮쳐왔다. 찬혁이 사는 아파트 따라는 길기만한 2층이지만, 서진의 아파트는 높기만한 12층이었다. 어쨌거나 우선은 찬혁의 아파트였다. 왜 하필 꼭두새벽일까.

찬혁은 밤이면 밤마다 잠을 설쳤다. 그물이 덮치기 시작한 날부터 내내.
이불이 무슨 커다란 샌드백이라도 되는 것처럼 수도 없이 이불을 손으
로 밀쳐냈다. 그리고 다시 연습한다는 듯 곧장 끌어당겨 덮기를 밤을 세워
가며 반복했다. 그리고 그렇게 밀어낸 이불을 한 라운드가 끝날 때마다
두르는 타월처럼 수도 없이 끌어당겨 덮기를 밤을 세워가며 계속했고.
참 죽을 맛이었다. 권투를 할 때 역시 그랬다. 시합이 끝날 때마다 더욱
이 승리를 쟁취한 후에는 심각함의 강도가 엄청날 정도로 컸다. 죽고 싶은
마음이 파도처럼 밀려왔었다. 누군가를 흠씬 죽지 않을 만큼 패고만 자신
이 죽고 싶도록 싫었다. 그런 까닭이었다. 권투를 그만 두게 된 연유가 이
민을 떠나오게 된 이유라는 게……

영주권 수속은 이민청 직원과 내통된 한국인 브로커에게 착수금으로 이
미 3천 달러를 건네 준 상태였다. 며칠만 있으면 신청서를 손에 쥘 수 있다
고 브로커가 누누이 다짐에 다짐을, 하고 또 했다. 아무리 군대 아니라 특
수부대의 사령관이 들이닥쳐도 신청서만 있으면 무사통과가 되는 게 이
나라의 법이라는 말까지 잊지 않으면서. 하지만 찬혁은 그 며칠이 자꾸만
맘에 걸렸다. 그리하여 지난밤에도 다음날 새벽에 연행돼 갈 일에 대비하
기까지 했다. 이민 가방에서 겨울 잠바를 꺼내어 침대 옆에 둔 건 물론이
고 내의까지 미리 껴입어 둔 것이다. 이제 겨우 가을이라지만 봄 여름 가
을 겨울이 한국처럼 뚜렷하지 않고 여름에서 겨울, 겨울에서 여름으로 건
너뛰는 기후도 기후지만 영하로 내려가지 않고 눈도 내리지 않는 부에노
스 아이레스의 겨울은 도대체가 기분만 으스스할 뿐이다.

언제나의 D데이처럼 낙엽 밟는 소리가 시작되었다. 그런데 그 애간장을
들쑤셔대는 낙엽 밟는 소리는 그만 찬혁의 아파트 근처에서 딱 멈춰지는
게 아닌가. 찬혁은 다급히 형광등의 스위치를 올리다가 기절할 정도로 놀
랐다. 전기가 나가지 않은 것이다. 자신의 얼굴이 순식간에 핼쑥해지는 느
낌이어서 찬혁은 두 손으로 얼굴을 여러 번 훑었다. 얼굴은 이미 얼음장처

럼 차가워져 있었다.

"그렇다면?"

찬혁은 그렇게 혼자 중얼대며 창으로 다가가 커튼을 살며시 젖히고 밖을 내다보았다. 군인들의 일부가 누도 8동을 향해 질서정연하게 다가가고 있었고 일부는 따라 8동을 향해 씩씩한 걸음걸이로 접근해 오고 있었다. 더 많은 수는 정원에 남아서 경계태세를 취하고 있고.

찬혁은 홍수로 폐허가 된 땅에 망연자실 남겨진 것만 같았다. 하지만 절망을 이기고 마치 수렁처럼 계속 빠져드는 땅을 헤쳐 나오듯 두 팔을 휘이휘이 저으며 비칠비칠 걸어가 가족마다 깨운다. 그들은 다투어 세수를 하고 식탁에 둘러앉았지만 경주가 준비한 빵과 커피에는 아무도 손을 대지 않았다.

그물이 좁혀져 온다고 여겨서인지 영선은 어느 날부터인가 예전처럼 청소하는 일을 게을리 하지 않았기 때문인지 집안은 다시 먼지 하나 찾아볼 수 없게 깨끗했다. 동성이 기어이 한마디 하려는 기미가 엿보이자 경주가 손사래 치며 말린다.

"동성아, 너의 그 어쩌구저쩌구를 다 뺀 덧없다는 말은 항상 적절했고 너무나 타당했고 어떤 면으로는 슬프면서 재미있기까지 했어. 하지만 지금은 아냐. 오늘은 결코 아니라구."

"이게 아니면 그럼 어떤 게 인생무상인데?"

동성은 그야말로 톡 쏘아주며 의자에서 벌떡 일어섰다. 찬혁이 그만들두라는 표정으로 두 사람을 쏘듯이 쳐다보면서 고개를 두어 번 흔들었을 때 문가에 기척이 느껴졌다. 똑.똑.똑, 어정쩡 일어서던 그들은 누가 시킨 것도 아닌데 리빙으로 나와 벽 쪽으로 주욱 섰다. 도어 노커를 두들기던 짧은 소란은 곧장 초인종 소리로 이어진다. 영선은 가슴이 철렁하는지 아이구머니나! 하고 지나치게 반응하면서 오른손을 가슴에 얹었다. 눈을 있는 대로 커다랗게 떴던 찬혁이 짐짓 문을 열라는 눈짓을 하자 동훈이 꼭 튕겨나가는 것처럼 날렵하게 현관문으로 뛰어갔다.

"끼에네스(누구세요)?"

의외로 낭랑한 음성이다.

"센소(인구조사)."

놀라지 말라는 듯 지극히 차분한 목소리였다. 동훈은 쇠로 된 빗장을 풀고, 열쇠를 침착하게 따고 문까지도 매우 선선하게 열었다. 거의 활짝 열어젖힌 것이다. 여러 명의 군인들이 구둣발로 리빙에 들어선다. 맨 나중에, 자기의 걸음걸이를 헤아리듯이 뚜벅뚜벅 들어선 대장은 벽에 등을 대고 주욱 늘어선 찬혁의 가족을 휘 둘러보며 더 있으면 더 나와야 한다고 지시한다.

"에스따모스 또도스 아끼(여기에 다 있습니다)."

동훈이 그렇게 대답한다. 찬혁이 모두 의자에 앉기를 권유했으나 대장과 서류를 든 대위만이 소파에 앉는다. 여섯 명의 군인들은 경계태세를 풀지 않은 채 문간으로 가서 섰다. 찬혁은 몸만 대장 앞에 앉아 있을 뿐 눈에 보이지 않는 벽에 양손을 짚고 서 있기라도 한 것처럼 앉은자리가 꽤나 탐탁치가 않았다.

아니지, 마치 권투시합을 시작하기 일보 직전과 같이 몹시도 초조하고 불안한 상태였다고 봐야 할 것이다. 그들은 외국인에겐 군인이 아니라 신사처럼 행동하기 마련이었는데도.

거침없이, 곧장 조사가 시작된다.

"아르헨티나에 언제 도착했습니까?"

찬혁은 덫에 걸린 짐승처럼 두려운 눈빛을 띤 채 토막토막 끊기는 음성으로 대답했다. 입술과 입술 사이에 전류가 흐르는 것처럼 입은 물론이고 턱까지 덜덜 떨리기 시작했다. 찬혁은 차마 대장을 올려다 볼 수는 없어서 눈을 잔뜩 내려 깔며 대응했다.

"1.9.7.6.년 3.월.초.입.니.다."

"아르헨티나 케이스입니까?"

찬혁은 번란에서 잠시나마 벗어나려고 우선 침부터 삼킨 뒤 대답했다.

"라라과이, 아니 파라과이입니다. 네. 그 나라 케이스입니다."

더듬거리는 것도 아니고 혼동하는 것도 아닌 찬혁의 대답에 대장은 짧게 웃었다.

흡사 대장의 웃음이 거미줄처럼 찬혁을 옭아맨 것처럼 그는 이상하게 움츠린 매우 작은 모습이 되었다. 드디어 사로잡힌 밀입국자처럼 말이다. 그런데도 불구하고 찬혁은 부르르 진저리를 치며 몸을 꼿꼿이 펴고 음성에 활기까지 불어넣었다.

"아르헨티나가 어쩐지 좋았습니다. 그래서 파라과이에 도착하자마자 곧장 이 나라로 온 것입니다."

"영주권은?"

질문을 계속하고 있는 대장의 목소리는 거의 질책처럼, 또는 힐난과 같이도 느껴졌다. 옆으로 돌아보자 가련한 영선의 얼굴은 송장이나 다름없이 변해 있었으며 그 눈은 몹시도 질려 있었다. 찬혁은 잠시 숨을 고른 뒤 신중을 다해 대답했다.

"지금 신청 중입니다."

"신청서는?"

(젠장, 이렇게 말할 수도 없고 저렇게 말할 수도 없으니, 이거야 원.)

찬혁은 양미간에 오른손을 대고 잠시 현기증이 사라지기를 기다렸다.

"며칠 있으면 나올 겁니다. 이건 정말입니다. 확인하셔도 됩니다."

죄책감이 스며 있어서인지 자신도 모르게 혀를 깨물고 난 후처럼 아픔이 배인 대답이었다. 찬혁은 고개를 두어 번 흔들었다. 우연이었을까, 대장도 고개를 두어 번 흔들었다. 하지만 대장은 역습하듯 신랄하게 추궁했다.

"참 기이한 일도 다 있군요. 파라과이 케이스는 영주권을 신청할 수 없는데 사면령이 발동되기 전에는 말입니다. 법이 그렇게 되어있는데, 이게 대체 무슨 일이죠? 이건 결코 간과할 수 없는 일인 것 같지 않습니까?”

대장은 찬혁에게인지 스스로에게인지 그렇게 반문했다. 찬혁은 불현듯 깨달았다. 신청서를 손에 쥐기 전에는 영주권을 수속 중이라는 얘기를 그 누구에게도 발설해서는 안 된다고 브로커가 신신당부하던 사실을. 느닷없는 일은 아니었지만 손마디가 다 저릿저릿 해 왔다. 찬혁은 그 순간 등산을 하다 낙오자가 되어 산속을 헤매는 사람처럼 끝 모를 절망감을 맛보았다. 대장은 약간 망설이는가 싶더니 이미 결정했다는 듯 거침없이 다음 질문을 토해냈다.

“밀입국은 어느 경로를 택했습니까?”

찬혁은 그 순간 창자가 이완되는 것 같아서 자기도 모르게 배를 꽈악 움켜쥐었다. 배를 움켜쥐고 있어서일까, 대답은 제대로 나왔다.

“포르모사 시로, 파라과이 강을 배로 건너서, 포르모사에 도착하여…….”

“포르모사? 지금 분명 포르모사라고 했습니까?”

대장은 그렇게 물었으면서도 고개를 두어 번 끄덕였다. 분명 어떤 생각의 실마리를 간신히 붙잡고 있는 표정이 역력했다. 눈에 티라도 들어간 것처럼 대장의 눈이 여러 차례 깜박였다. 영선은 손을 힘껏 마주 잡았다. 죽을 힘을 다해 꽉 붙잡고 있는데도 불구하고 손이 계속 떨렸으므로.

눈동자가 동그랗게 고정되는 듯 보이는 찬혁을 뚫어질 듯 지켜보던 대장은 이내 고개를 돌려 휘휘 거실을 살펴보았다. 대장의 시선이 뒤쪽 벽 가운데 군더더기 하나 없이 오롯하게 걸려 있는 소형 태극기에 꽂히듯 멈췄다.

“태극기!!!”

한국말로 그렇게 부르짖으며 대장은 뛰듯이 일어섰다. 서류를 작성하던 대위도 덩달아 일어섰다.

“태극기?”

대장의 한국말에 놀란 찬혁은 태극기?라고 어정쩡하게 반문한 나머지 엉거주춤 일어났다. 자칫 쓰러질 염려가 있어 왼 손으로 소파를 가까스로 붙잡으면서.

찬혁은 거의 전율을 느꼈다. 역광을 받은 대장의 얼굴이 2년 전의 아득한 기억 속에서 줌-업되어 나타난 것이다. 그였다. 바로 그 대장이었다. 찬혁은 벽에 걸린 소형 태극기가 물결처럼 출렁이는 느낌이 들었으므로 팔을 쭉 뻗어 오른손을 창 쪽으로 내밀었다. 바람이 부는지를 알아보기 위해서였다. 하지만 창문은 닫힌 채였고 커튼조차 그대로였다.

(내가 왜 이러는 것일까, 정신이 어떻게 된 게 아닐까.)

가족들은 흡사 돌이 된 듯 움직일 줄 몰랐다. 대장과 찬혁의 얼굴에 가뭄으로 갈라진 땅에 빗물이 쏟아지듯 점차적으로 희열이 번지고 있었다.

"비슷한 사람인 줄 알았는데 바로 태극기, 당신?"

대장이 두 팔을 벌리며 찬혁을 껴안는다.

"올라, 아미고(여어, 친구)!"

"딴또 띠엠뽀, 헤네랄(오랜만입니다, 대장님)!"

찬혁은 감격하여 어쩔 줄 모른다. 영선은 더 좀 벽 쪽으로 몸을 옮겨 벽에 어깨를 기댄 채 소리도 안내고 눈물을 펑펑 쏟고 있다.

동성은 작게 중얼대고야 만다.

"그래. 누나 말이 맞아, 오늘은 아냐. 절대로 아냐."

잠시 서로 떨어진 대장과 찬혁은 다시 한 번 껴안고 나서 소파에 마주 앉는다. 서류를 든 대위도 금세 따라 앉는다.

"세상엔 정말 놀라운 일이 많이 일어나는군요. 자녀들이 그동안 몰라보게 커버려서 더 못 알아 봤습니다."

찬혁은 생뚱맞게 투덜댔다.

"또 태극기를 달라고 오신 건 아니겠지요?"

대장은 점차적으로 퍼져나가는 것 같은 쾌소를 터뜨리며 상쾌하게 말했다.

"사양하겠어요. 이번엔 휘르마(서명)도 안 해줄 것 같으니까요. 그리고 다른 나라 국기를 존중할 줄 아는 사람은 하나만 있어도 만족할 줄을 안답 니다. 아시겠어요?"

찬혁은 지금의 자신과 그 당시의 자신 사이에 스며있는 연관성을 겨우 찾아낸 듯 감격적으로 말했다.

"낯이 익다는 느낌은 있었어요. 그러나 전 아직껏 서양 사람들이 모두 엇비슷하게 잘 생겼다는 인식 사이를 헤매고 있는 형편이라서……. 그리고 그 먼데서 이곳까지 오시리라고는 상상도 못했던 일이라……."

"우리 국경수비대는……." 거기까지 말하다가 대장은 금세 말을 바꿨다.

"단지 군부의 명령에 의해서 내 작전지에 조사를 나왔을 따름입니다. 그 일이 결국 이렇게 당신과 해후하게 만들었지만."

마치 대장의 설명이 그를 두둔하기라도 한 것처럼 찬혁은 뜬금없는 위 안을 느꼈다. 하지만 찬혁의 눈에 서서히 눈물이 고였다.

"나는 결국 추방되겠지요?"

이목구비가 조각처럼 생긴 대장의 얼굴이 의연하게 빛났다. 대답을 기 다리는 순간이 터무니없이 길게 느껴졌다.

"설마, 당신이 누굽니까? 당신은 태극기인데. 아니, 태극기 그 자체인 데……."

찬혁은 어린애처럼 어리광스럽게 말했다.

"대장님은 조사는 많이 다니는데 참 엉뚱하세요. 마치 태극기를 찾아다 니는 것 같거든요."

"나는 태극기가 다치는 걸 원치 않아요."

"나요, 아니면 태극기요?"

"둘 다!"

찬혁의 목구멍에서 뭔가 치밀어 올랐다. 반사적으로 눈물 한 방울이 뚝 떨어져 볼을 타고 내렸다.

"물을 한 잔 마셔도 됩니까?"

그것은 질문이었지만 질문 같은 구석은 없었다. 한 사람은 대답을 기다리지도 않았고, 한 사람은 고개만을 끄덕였기 때문이다.

"더 마셔도 됩니까?"

"다 마셔도 됩니다."

두 사람은 같은 톤으로 껄껄 웃었다.

어젯밤 잠을 설치면서까지 끌려갈 걸 대비해 옷을 여러 벌 껴입은 탓도 있었지만 사실 찬혁은 그만큼 긴장했던 것이다. 심한 갈증을 해소하자, 커다란 한숨이 쉬어졌다.

"푸우!"

"아미고(친구), 놀랐습니까?"

"안 놀랐다면 거짓말이겠지요. 놀랐어요. 지금도 놀라는 중이고."

"우선은 나를 믿으세요."

"어떻게 당신을 믿고 싶지 않겠습니까?"

"인구조사에는 친구를 봐줘도 되지만, 영주권 조사에는 친구 아니라 가족도 봐주면 안 됩니다. 그저 조사하는 사람과 조사를 받는 사람만 있을 따름이죠. 나는 국경수비대 소속이기 때문에 많은 한국인을 조사해 왔습니다. 그들 중에 태극기를, 그것도 크고 작은 걸로 간직한 한국인은 참 드물었습니다. 당신은 조국은 물론이고 이 나라도 소중하게 여길 사람이라서 나는 오늘 당신을 눈감아주는 겁니다."

찬혁은 입을 벌린 채 한참이나 멍하니 앉아 있다가 겨우 말을 익힌 어린애처럼 더듬거리며 말했다.

"대장님은 내가 위기에 처해 있을 때면 꼭 나타나시는군요. 대장님은 사람을 곤경에서 구할 줄을 알고 계세요."

"내가 아닙니다. 당신의 태극기였죠."

그 말이 찬혁의 애국심에 불을 붙였다. 찬혁의 초췌한 얼굴에 서서히 홍조가 돌면서부터였다.

결국 찬혁은 서진 가족을 설득해서 급히 김한상 씨의 뒤채로 전세를 떠나도록 주선한다. 살고 있는 아파트는 그때껏 집을 못 구했던, 아르헨티나 케이스인 제천 집에게 판매한 상태다. 태권도 사범 김한상 씨를 찾아간 찬혁이 일을 그렇게 결정지은 것이다. 찬혁은 김한상 씨와 일면식도 없는 사이였지만 무조건 찾아가 '태극기 사건'을 얘기했더니 금세 마음을 허물더라는 것이었다.

"그럼 송형네가 이사 가야지 왜 하필 우리를……."

"나는 센소가 무사히 끝났잖아. 머잖아 신청서도 손에 쥘 것이고. 비록 비공식일망정……. 강형은 이제 일주일도 못 남았으니까 우선 피하고 봐야 해. 강형의 수난은 곧 나의 환난이기도 하거든."

찬혁은 예외 없이 어느 권투선수 얘기를 예로 든다.

"서양의 어느 권투선수가 말했어. '경험이란 대머리가 되었을 때 선물 받게 되는 빗과 같은 거'라고. 내 비록 센소는 무사히 치렀지만 그 경험을 빗으로 선물할 수는 없잖겠어. 거실 전체에 대형 태극기로 도배를 할지라도 그 대장이 꼭 나온다는 보장은 없어. 그리고 그런 조사는 안 할 수만 있으면 안 하는 게 최선이야. 기다리자, 우리. 사면령이 내릴 때까지."

찬혁의 연민이 서진에게 물결처럼 밀려왔다. 이 순간만큼은 영주권 문제가 햇볕에 녹아버리는 살얼음처럼 스러져 버리고 있었다. 신기하게도 두 사람은 완전히 평정을 회복한 듯했다. 찬혁은 어울리지 않게 점잔빼며 말했다.

"이건 시작에 불과한 지도 몰라. 우린 앞으로 우리나라가 아닌 남의 나라에서 훨씬 심각한 환경에 처할지도 모르고."

서진도 퍽 의젓하게 대답했다.

"무슨 걱정입니까? 우린 아직 젊은데, 우리에겐 언제든 돌아갈 수 있는 모국이 있는데, 그리고 무엇보다 우선 태극기가 있는데."

두 사람이 터뜨리는 탕탕한 웃음이 거실 안을 가득 메웠다.

이사하기 전날 새벽. 공교롭게도 서진이 사는 누도 9동으로 군인들이 밀어닥쳤다. 태극기를 존중하는 대장은 빠져 있었다. 혹시라도 그러기를 바란 건 아니었지만 행여나 하여 큼직한 태극기를 벽에 걸어 뒀는데도.

보무도 당당하게 젊은 대장과 그의 부하들이 들이닥쳤을 때의 막막함이라니. 긴장감으로 주위가 너무 조용해서 시계 소리가 유난히 커다랗게, 마치 시한폭탄처럼 공포스러운 존재로 느껴질 지경이었다.

서진은 결국 추방이었다. 서진과 숙현은 이미 묵계라도 한 것처럼 아무 말도 못했다. 오히려 서로 무슨 말이 나올까를 겁냈다.

추방은 비행기 편으로였다. 그건 분명 처량함이나 서글픔이 아니라 비장함을 돋우는 행로였다. 가족을 두고 혼자서 이웃나라인 파라과이로의 추방이었지만, 가족과 함께 추방당하지 않음을 서진은 차라리 잘된 일이라고 안도했다. 거기다 운이 좋으면 일주일 안으로 돌아올 수 있는 길이었다. 인접국으로의 추방이라는 게 참으로 싱거웠다. 어디 가서 도장을 찍거나 서명을 하는 것도 아니었고 국경이 삼엄한 것도 아니었다. 단지 서진이 마음에 수없이 도장을 찍었고 서진의 마음이 끝도 모르게 삼엄했을 따름이었다.

광활한 대지 위의 옥수수와 해바라기와 만디오까(카사어바)들이 모두다 경비병으로 보여서 그게 아주 크나큰 장벽이었다. 회오리바람이 사나운 기세로 옥수수 밭을 뒤흔들 때마다 군대의 진군소리처럼 여겨져 서진은 소스라치게 놀라곤 했다. 그랬다. 그건 분명 군인들의 소리였다. 그럴 때마다 서진은 가던 길을 멈추고 몸을 최소한도로 움츠렸다. 급기야 몸이라도 날아갈 것 같은 세찬 바람이었다. 서진은 문득 아득함을 느꼈다. 가족을 다시 만날 수 있을 지 불현듯 너무나도 불안했던 것이다.

"이건 떠나왔다기보다 돌아간다고 봐야 해."

서진은 자신을 납득시키려고 그렇게 혼자 중얼거렸다. 그때서야 깨달았다. 동족이며 일행인 종인과 지금껏 한마디의 말도 주고받지 않았다는 사실을. 마치 종인과 심하게 다투기라도 한 것처럼 시적시적 걷기에만 충실했던 것이다. 강가에 다다랐을 때, 서진은 기꺼이 몸을 돌려 파라과이 쪽을 뒤돌아보았다. 붉은 황토길이 하늘과 맞닿을 만큼 넓게 펼쳐져 있었고 구불구불한 길의 양켠으로 옥수수와 해바라기와 만디오까들이 서로 어깨를 비비며 빼곡하게 들어차 있었다. 문득 올려다 본 하늘엔 항적운이 곱고 선명하게 그려지는 중이었다.

맞은 편 강가에는 광야가 파랗게 가려져 있었다. 서진은 끊임없이 파고드는 울적함에 대항하려고 연달아 몸이 움츠려드는 걸 느끼고 연신 허리를 폈다. 들판 한쪽에서 누군가 내치는 것처럼 바람은 이리저리 휩쓸리고 있었다. 군살이 없고 깡마른 편인 서진은 그 바람에 휩쓸려 파라과이와 아르헨티나 양쪽 나라로 번갈아 가며 내동댕이쳐지는 느낌을 어쩌지 못했다. 오로지 굳세어질 대로 굳세어진 마음만이 아르헨티나 쪽을 힘껏 붙들었을 따름이었다. 서진은 강가로 다가갔다. 숙현과 아이들의 얼굴이 강물 위로 수없이 어른거렸다. 그는 의식적으로 가족을 생각하지 않으려고 노력했으나 거의 그렇지가 못했다. 그는 자신을 달랬다.

〈밀림은 내 앞을 가로막은 게 아니야. 내 뒤로 밀리고 있어. 그래서 밀림이야.〉

뱃전에서 앞자리에 앉은 종인이 파라과이 쪽을 바라보며 그제야 얘기를 시작했다. 서진은 더 이상 뒤를 돌아보지 않았다.

부에노스 아이레스로 향하는 고속버스에 몸을 싣자, 국토 중앙을 빠라나 강이 흐르고 기름진 대 평야가 펼쳐진 방대한 면적의 땅이 서진을 반기는 듯한 각별한 기분까지 들었다.

차창 밖은 속속들이 환하면서 투명하기까지 했다. 버글거리던 머릿속이 서서히 맑아지고 있었다.

꼭 필요한 살림살이까지 모두 다 없애고, 우여곡절 끝에 남의 나라에 도착하여 달랑 냉장고, 소파, TV, 그리고 부엌살림이라고는 식구 수대로 사들인 접시와 국그릇과 몇 개의 냄비가 전부인 이삿짐이었다. 그걸 어제 오후에 미리 김한상 씨 집으로 보냈다. 그리고 고작 2개의 작은 가방과 함께 소형 이삿짐 차에 오른 숙현은 한참 동안 누도 9동의 자신들이 살던 3층 A를 되돌아보았다. 이민을 오니까 아파트 같은 아파치에도 살아보고 군대라는 그물이 점점 좁혀져 오는 아슬아슬한 인구조사도 당해보고 아르헨티나 식으로 오후에 떠나는 이사까지 해보게 된 것이다.

시우다델라 지역이 이내 멀어지면서 전원 풍경이 나타났다.

급행열차가 도시를 향해 적막에 가까운 기적소리를 내며 별로 급하지도 않으면서 매우 아름다운 모습으로 지나갔다. 들판은 그렇게 광활할 수가 없었다. 하늘은 석양 속에서 물처럼 빛살을 출렁였다. 이삿짐 차는 냇가를 돌아 양켠으로 갈라선 포플러 숲길로 들어서기 시작했다. 가을이 지른 암갈색 톤으로 숲은 해거름 속에서 때늦은 꽃과 열매를 다다귀다다귀 매달고 있었다. 쌀쌀한 바람이 한 차례 불었고 가까운 곳에서 여러 마리의 귀뚜라미가 경합하듯 노래를 불러 제쳤다.

숲길이 끝나자 김한상 씨의 저택이 나타났다. 주위의 풍경이 너무 조용하고 애틋하여 마치 꿈속처럼 여겨졌다. 이삿짐 차에서 내리자 그들은 무겁지도 않은 카트를 끌며 김한상 씨의 집 쪽으로 다가갔다. 울창하면서도 어스름하고, 그리고 불빛이 환하며 따로 대문도 없는 정원 가운데서 어떤 손길이 그들의 향해 손짓하고 있었다.

그것은 그들이 날이 갈수록 수도 없이 위로 받아야 할, 매우 간절하고 호의적인 존재였다. 오랜 세월 기다렸다는 듯이 의연하게 깃대를 붙잡고 온몸을 흔들어 환호하며 그들을 반기고 있는 그들의 국기, 태극기였다.

그들은 기쁘게 다가갔다. 하늘 높이 아름답게 물결치는 태극기를 향하여. 그리고 중대한 의무를 이행하듯 오른손을 들어 가슴에 손을 얹고 우러러 보았다. 그들의 머릿속에서였을까? 애국가가 우렁차게 울려 퍼지기 시작했다. 그때였다. 김한상 씨 내외가 국기 하양식을 치르러 나왔다가 서진의 가족을 반기게 된 것은.

오디오에서 꽝꽝 울려 퍼지는 애국가도 '하느님이 보우하사 우리나라 만세'를 외치며 따라 나와 김한상 씨 내외와 함께 열렬한 환영을 해주고 있었다.

(『로스안데스문학』 통권13호, 2011)

갈색 실타래를 연상시키는 코팅 퍼머를 해서인지 여자의 얼굴은 빈틈이라고는 없이 야무져만 보인다. 하물며 목소리까지도 유리 조각이 갈라지듯 지그럭거린다.

"카드를 다시 한 번 보시겠어요? 이래 봬도 우린 비디오 대여점 10년의 경력이랍니다."

을라 앞으로 카드를 집어던지듯 밀치던 여자는 애꿎게도 책상을 몇 번 두들기기까지 한다. 여자가 두들기는 책상 소리가 우박처럼 두두둑거린다. 을라는 기분을 좀 바꿔보려고 맞은 편 책상 위에서 녹화되고 있는 텔레비전으로 시선을 옮긴다.

남자 주인공이 허우룩한 얼굴을 하늘로 향한 채 관목들이 가지런히 들어선 숲길을 시적시적 걷고 있다. 백뮤직인 〈Carmina Burana〉가 영화의 모브 신처럼 아우성치며 흘러나오고 있다. 그 장면을 넌지시 바라보다가 약간의 켕기는 마음을 어쩌지 못해 을라는 다시 황토물 같이 탁한 눈빛의 여자를 향해 애써 시선을 고정시킨다.

중요한 대목에 이르렀다고 생각되는지 여자의 어조는 어느새 꽹과리 소리처럼 쨍강거리고 있다. 산란스럽게 쌓여 있는 책상 위의 비디오테이프들을 정리하던 남자가, 하던 동작을 잠시 멈추고 흘깃 여자를 쳐다본다.

이 사람아, 고객한테 그런 식으로 소리를 지르면 어떻게 하나 하고 풀썩 놀라는 표정이다. 찔끔, 몸을 움츠리던 여자는 정곡을 찌르는 깜냥의 얼굴을 을라 쪽으로 들이대며 지나치게 툭툭한 목소리로 끊어내듯 말을 이었다.

"댁에, 아드님 두셨지요?"

을라는 좀 느닷없다는 생각을 하다가 그걸 회피하게 되면 결정적인 약점 같은 걸 잡힐 것만 같아 마지못해 대답을 해야 할 입장이다. 아무리 호감이 가는 사람이라도 누가 자식을 몇이나 뒀느냐고 물어오면 그게 그리 반갑지를 않은 게, 이래저래 1년 전에 세상을 떠난 작은아이 형석의 모습이 떠올려져 찰나를 능가하는 충격력이 가슴 한가운데를 비수처럼 잽싸게 지나가기 때문이다.

중학 5학년이던 형석은 졸업 여행에서 돌아오던 중이었다. 그 애를 데려오던 항서의 차는 푸른 신호가 떨어지자마자 출발하였고, 옆길에서 노란 신호만 믿고 속력을 다해 달려오던 트럭과 순식간에 추돌하였다. 항서는 멀쩡했으나 조수석의 형석이 목숨을 잃게 된 건 순간에 불과했다. 사건 후 1년간 항서는 궁지에 몰린 사람처럼 괴로워 야단이었다.

"짐이 좀 많더라도 택시를 타고 오게 내버려둘 걸 잘못했어. 그날 왜 나는 그 애를 뒷자리에 태우지 못했던가. 아니야, 당신이 마중 나가게 놔뒀어야 했어."

항서의 그런저런 만시지탄을 조금이라도 덜어주려고, 을라는 급류처럼 솟구치는 자신의 슬픔에 대해서는 의연함이라는 절충으로 댐을 쌓았다. 격정이 마치 음산하고 황량한 겨울 강처럼 그녀의 가슴에 물결쳐 올 때면 급히 닻을 올리고 좀 더 밝은 곳을 향해 서둘러 노를 저어 나갔고, 이미 잃은 건 형석이었지만 정작 항서까지 잃게 될까봐 을라는 거푸거푸 마음을 다잡아야 했다.

현지인 어느 노인이 새벽 4시쯤 차고에 들어선 아들을 도둑으로 오인하여 권총으로 사살한 사건이 있었다. 분가했던 그 아들은 회사에서 야근을 했고, 평소 지니고 다니던 열쇠를 이용하여 부모 집에서 잠을 좀 잔 뒤에 부인에게 돌아갈 작정이었다는 것 같았다. 잠깐 동안 자두려던 계획이 영원한 잠을 부르게 된 결과였다. 기사가 실린 그 신문들을 급히 쓰레기통에 구겨 넣으면서까지 항서의 자승자박을 풀어줬었다.

을라의 철저한 옹호를 의식하면서 항서의 일상은 점점 퇴잠을 일삼았다. 형석이 사고를 당하기 전의 항서는 분명 진취적인 사람이었다. 그럴 때의 항서는 자칫 만사를 초월한 사람으로 비쳐질 수도 있었지만, 좀 더 지그시 바라보노라면 죄책감의 편린으로 수없이 겹쳐진 거친 갑옷을 두르고 있음을 가까스로 알아챌 수 있었다.

을라에게 있어 형석을 먼저 보낸 일보다 더 중요하고 심각한 일은 없을 것이다. 을라는 매사에 당황하였다. 특히 집안을 치울 때면 더 그랬다. 무거운 줄 알고 든 물건이 의외로 가벼워서 아주 쉽게 넘어지고는 했다. 무슨 일이든 상상외로 무겁고 힘겹게 생각했던 것이다. '사태를 복잡하게 만드는 것은 간단한 일이지만, 사태를 간단하게 하는 일은 복잡하다.'는 머피의 법칙처럼.

결코 빌려간 일이 없는 비디오테이프를 분명히 빌려갔다고 강하게 몰아대는 여자의 억지 때문에 거듭 떠올려지는 형석을 굳이 밀쳐내야 하는 일은 고통 중의 고통이 아닐 수 없다. 푸른 와이셔츠에 감색 넥타이, 그리고 감색 교복을 입고 시도 때도 없이 나타나는 형석, 아니, 을라가 부른다고 해야 할까.

을라는 문득 생각난 것처럼 띄엄띄엄 입을 열었다.

"딸이 있어요."

그러면 그렇지, 하는 미소를 지으며 여자는 여전히 야슬거린다.

"아들은요? 아들은 안 두셨어요?"

을라는 그 여자를 보는 자신의 표정이 조금이라도 이지러져 있지 않기를 바라며 잠시 전전긍긍하게 된다. 을라는 일부러 힘주어 대답한다.

"딸도 좋으니까요."

지나치게 긴장해서인지 등줄기 근처가 몹시 울컥거린다.

"그렇다면 따님이 빌려간 게 확실하네요. 여기 좀 보세요. 3월 19일 외화 세 편, 그리고 〈서동요〉 8번부터 4개."

쾌청한 목소리에 상관없이 파르라한 여자의 얼굴에 비해 을라의 태도는 일종의 확신까지 갖고 있어서. 그 점 여자에게 대단히 미안하다는 생각까지 품게 된다. 등줄기 근처를 꽉 누르고 있던 왼손을 을라는 슬며시 놓는다.

어느덧 울컥거림이 멈춰 있었다.

항서가 한국에 나간 날짜를 얘기하면 간단할 것이다.

"남편은……."

잠시 입술이 달싹거리기 시작했지만, 이미 다른 말을 하려고 가로막는 여자의 기세에 을라는 그만 입을 다물게 된다.

"또 무슨 변명을 하실 건데요?"

까만 벽돌처럼 수북수북 쌓인 테이프들을 여러 대의 기계에 넣고 리와인드시키고 있던 남자가 휑하니 바람을 일으키며 밖으로 나간다. 그처럼 여러 번 해명했는데도 일은 더욱 애매해진 모양이다. 분명하게 파악해낼 수 없는 혼란을 가까스로 걷어내며 을라는 헛헛하게 웃었다.

"구태여 밝히고 싶진 않지만, 남편은 3월 15일 한국에 나갔어요. 딸아이는 한인타운에 나올 일이 없고."

해야 할 공부가 많아서, 한국 비디오에 흥미를 느낄 만큼 시간적 여유가 많지 않아서, 그런 말들을 모두 참는다. 비디오를 보는 일도 중독성이 있는 거라면서 툴툴거리다가도 제 아빠를 위해서 견뎌온 애라는 대목은 더더욱 밝히지 않는다.

"저는 딸아이를 믿고, 그가 빌려가지 않았다는 사실도 믿어요."

결국 을라에게서도 단호함이 나타난다. 이제 비디오를 빌리는 일에도 신중을 기해야 한다고 권유해야 할 판국이구나. 을라는 지금까지와는 달리 강한 거부감으로 자신의 얼굴이 굳어 있음을 스스로도 깨달을 수 있었다.

"안 되겠어요. 차라리 글씨를 쓴 분과 얘기하게 해주세요."

"글씨요, 글씬지 글쎈지. 아무튼 이건 우리 딸아이 글씨네요. 그 애는 지금 학교에 갔고, 분명한 사실은 우리 애는 그렇게 실수 하는 애가 아니라는 겁니다."

길면서도 커다란 을라의 눈동자가 냉정이 담긴 결단력으로 선명한 빛을 발산한다. 그리하여 또박또박 마무리를 짓기에 이른다.

"실수가 아닐 수도 있고 실수일지도 모르죠. 부탁드려요. 따님이 다른 한국 분과 착각할 수도 있는 문제니까 그 점을 좀 잘 살펴주신 뒤 그때 다시 얘기했으면 좋겠어요. 그런 뒤에 연락을 주세요.”

수도 부에노스 아이레스에서 귀국 상품점을 운영하는 교민은 두 집밖에 없으니까 크게 어려운 일도 아닐 것이다. 을라는 핸드백을 추스르며 문 쪽으로 몸을 돌린다.

“이거 보세요. 테이프 값을 변상할······.”

짐승이 싸울 때처럼 여자가 잔뜩 투그리는 자세일 때, 남자가 들어서면서 그나마 인사를 잊지 않는 을라에게 고개를 숙인다. 그리고 여자를 향해 눈을 질끈 감더니 두어 번 손사래까지 친다.

거리는 안개처럼 작은 입자의 가랑비가 내리고 있었다. 죠비스나(llovizna). 현지인들이 가랑비를 일컫는 말이다. 고개를 숙인 채 걷고 있는 을라의 팔을 누군가 가볍게 붙잡는다. 한국인 성당의 김 마리앙즈 수녀다.

“무슨 생각을 그렇게나 골똘히 해요? 여러 번 불렀는데도 못 듣고······.”

“안녕하세요, 수녀님?”

착잡하던 마음을 친밀로 바꾸려니 부득불 당혹감이 버성기듯 끼어 있다.

“부활 지내고 한 번 갈게요. 요즘은 병자 방문을 다니느라 바쁘거든요.”

“네, 그러세요?”

을라는 벌써 뒷모습을 보이며 바쁜 걸음을 내딛기 시작한 김 마리앙즈 수녀를 부르려고 짧게 손을 뻗었다가 이내 거두고 만다.

작년 부활 때, 김 마리앙즈 수녀는 중간 크기의 바구니에 색색의 부활 달걀을 여러 개 담고, 바구니 주위에는 녹두알 크기의 작으면서도 앙증맞은 마른 꽃들을 장식하여 을라에게 선물했었다.

을라는 마른 꽃 종류를 그다지 좋아하지 않는다. 하지만 언제나 근엄한 표정이었던 김 마리앙즈 수녀는 을라를 위로하려고 애쓰는 게 눈에 보일 정도로 진지했었다. 거기다가 울고 싶으면 실컷 울라고 말해준 유일한 위로자였고…….

을라는 그 점을 참 고맙고 특별하게 받아들였었다. 그래서 그 마른 꽃들을 뒷마당의 돈나물들이 밭을 이룬 둔덕진 장소에 꽂아 뒀었고, 세상에, 자연의 오묘함이라니. 비오는 날은 물론이고 구름 낀 날이나 저녁나절만 되면 그 마른 꽃들은 활짝 피어 있을 때의 말려진 운진(運盡)을 잊고, 또한 죽음조차 망각한 채 수줍게 얼굴을 감싸고 지난날의 봉오리로 돌아가는 것이다.

햇볕 쨍쨍한 날과 맑은 날씨의 아침이면 다시 본래의 모습대로 활짝 피어나, 언제 봉오리였었느냐는 새치름한 모습인 죽음의 만개로 환원된다. 뿌리조차 잃은 이미 허리가 잘린 바늘과 같은 몸매로 말이다.

회향병(懷鄕病)이 도지려 할 때마다 여러 가지 화초들을 가꾸며, 자연 속에는 무상의 선물과 격려가 수없이 맺고 피어 있음을 매번 터득했지만, 궂은 날과 저녁나절의 마른 꽃 앞에서는 숨이 다 멎는 기분이었다.

김 마리앙즈 수녀를 만나자마자 문득 마른 꽃의 절묘함이 떠올랐지만, 그만 부르려던 손을 슬며시 멈추고 만 것이다. 모자란 나한테나 그런 일들이 신비로운 것을, 하는 마음이 불쑥 솟았기 때문이다.

수돗가로 다가가 꼭지를 튼다. 나선형으로 소용돌이치는 물줄기를 바라보다가 겨우 할일을 찾은 사람처럼 을라는 수도꼭지를 잠근다.

86세인 모친을 만나러 항서는 한국에 나갔다. 을라도 서현도 비디오 관람을 그다지 즐기지 않는데 비해, 항서는 취미처럼 〈신비의 세계〉나 〈미니 시리즈〉같은 걸 보면서 툭하면 울었다.

어쩌다 거실에 뭔가를 가지러 들어갔다가 소파의 쿠션에 태아처럼 웅크린 자세로, 여읍여소한 반면에 울어서 눈이 붉어 있는 항소를 발견할 때면 을라는 서현을 불러 보여주며 우는 항서와는 다른 편처럼 웃어댔다.

아무리 그렇다 해도 항서와 을라의 생활은 항시 같은 접점에서 영위되고 있었다.

3월 15일, 한국에 가기 위해 에세이사 공항으로 나가면서 항서는 잊지 않고 당부했었다.

"〈태평세월〉에 테이프 갖다 주는 거 잊지 마. 돌아오면 계속 볼 테니까 카드는 없애지 말라 그러고."

항서가 어지럽히고 떠난 집안을 대강 치우기도 하고, 그가 없는 정적을 느긋이 여기며 지내다가, 시에스터(점심나절 낮잠) 시간을 택하여 〈태평세월〉에 갔었다. 들고 간 4개의 테이프 외에 생각지도 않은 테이프들이 여러 개나 더 적혀 있었다.

항서가 한국으로 떠나던 날, 을라가 자리를 비울 수 없다는 걸 잘 알고 있는 항서는 제부가 운전하는 자동차로 집을 나서며 손을 두어 번 흔들었다. 하지만 을라는 손을 마주 흔들지 않았다. 그렇게 되면 그를 다시는 못 볼 수도 있으리라는 심한 두려움에 휩싸였기 때문이다. 형석이 그랬다. 여행 간다면서 좋아라 손을 흔들며 떠난 형석도 한번 가더니 다시는 돌아오지 않았잖은가.

을라는 급히 가게 문을 밀치고 밖으로 나섰다. 그런 식으로 보내서는 안 된다는 생각은 꼭 돌아오겠다는 다짐을 받아줘야겠다는 결심까지 불러일으켰다. 을라는 서둘러 길에 나섰지만, 항서가 탄 자동차는 장난감처럼 작아지더니 금세 커브를 돌며 시야에서 사라졌다. 을라는 눈물을 말리느라 허공을 올려다보며 항서의 울먹울먹하던 모습을 애써 지웠다. 울적한 느낌이 을라의 가슴에 성에처럼 피어났다.

그 무렵의 항서는 툭하면 울먹였다. 왜 그런 항서와 마주치게 되면 의려지정(倚閭之情)의 간절함 같은 게 되살아나 동구 밖으로 후닥닥 달려가는 느낌인 것일까. 일찍이 갖추지 못한 모지락스러움까지 다부지게 피어나면서…….

항서는 모르는 것이다. 서로 슬프면서, 또는 더욱 슬프면서, 한 사람이라도 안 슬프려는 게 어떤 고통인지를. 항서가 그런 식으로 눈물을 비칠 때마다 을라는 되레 눈물주머니가 바짝 조여들도록 애썼다. 그의 눈물이 을라의 가슴을 조금조금 적셔대는 일이 없도록.

을라는 매우 차분하게 슬픔을 이겨낼 수 있는 당위성 같은 걸 찾아야 했고, 그것을 위해 노력하고 노력했다. 하지만 그 결심은 침잠과 고요, 그리고 강한 인내심으로 희석되어 있었다. 그리하여 항서는 날이 갈수록 짓무른 눈을 했고 을라는 그리도 태연하게 막 씻어낸 눈길에 익숙해져갔다.

을라보다는 늦게 이주해 왔지만 근교에 살고 있는 석라는 일요일이면 한인타운에 위치한 한국 성당에 다녀오다가 반드시 을라에게 들렀다. 을라의 고통을 누구보다도 잘 알고 있는 석라는 매번 을라를 다독였다.

"언니, 자연을 누구보다도 사랑하고 식물의 한 종류가 아닐까 여겨질 정도로 풀꽃 같은 성격의 언니가 죽음을 못 받아들인다는 것은 어불성설이 아닐 수 없어. 부탁인데 언니, 이제 그만 형부를 용서해 드려."

"용서? 그런 게 어딨어. 형부가 뭘 잘못한 게 아닌데. 나는 이제 지금까지와는 다르게 살고 싶을 뿐이야. 편하게."

"그건 결국 편하게 살고 있지 않다는 얘기도 돼."

"난 단지 무얼 앗겼다고 생각하고 싶지가 않다. 형석에 대한 내 결론은 이래. 그 애를 잃었다가 아니라 먼저 보냈다야. 분명한 건 난 네 형부처럼 가슴이 미어지게 살기는 싫어. 나는 나를 단련시켰어. 이렇게 되기까지는 형석의 죽음이 한몫을 단단히 했겠지. 어쩌면 난 사람들에게 얄밉게 보일 지도 모르겠구나. 너무나 태연해서, 너무나 안 슬퍼 보여서……."

을라는 입술을 깨물며 어느 날을 떠올렸다. 성당의 친구들과 〈알또 빨레르모〉라는 쇼핑센터에 갔는데, 예전에는 그리도 뭐든 예쁘게 보였던 안목이 아무것도 예쁘지 않게 보이는 무덤덤으로 변화되어 있음을 깨닫게 된 것이다.

"언니, 골프라도 다시 치면 어떨까? 난 궁금해. 왜 어느 날 갑자기 그만
둘 생각을 했는지가."

"어느 날 갑자기가 아니라는 건 네가 더 잘 알 텐데. 그 애가 떠나고 난
후 시들해진 모든 것들 중에서, 특히 내 골프채가 제일 먼저 주저앉았다고
보면 돼."

"그래도 참 아까워. 지금은 우리 교민들의 여성 골퍼가 백 명을 웃돈다
지만, 언니가 시작했을 때는 열 몇 명이었잖아."

"그런 게 뭐 그리 중요해. 지금 생각해 보면 난 별로 골프 체질도 못 되었던
것 같아. 시간낭비가 너무 크다는 생각 같은 게 수시로 들었고……. 어떤
면으로는 개미 쳇바퀴 도는 짓거리라는 기분까지도 뿌리칠 수가 없었거든."

"언니한테 그런 면이 없는 건 아니지. 한마디로 별종이지 뭐."

을라는 그 말에 머리가 어떻게 된 것처럼 웃음을 터뜨렸다. 석라는 별종
이라는 표현이 재미있어서 을라가 그렇게 웃어대는 줄 알 것이다.

아기들은 태어나서 8개월 전에는 표정 관리를 전혀 못한다고 한다. 아
기들이 아무한테나 벙긋벙긋 웃는 건 낯선 사람이 좋거나 기분이 그럴 듯
해서 웃는 게 아니라 너무나 낯설고 기분이 나쁜데, 막상 어떤 표정을 지
어야 할지 몰라서 그렇게 웃는 거라고.

을라는 세상에 태어난 8개월 전의 아기처럼 울어야 할지 웃어야 할지조
차 모르는 것일까.

고객들이 들어오는 소리를 감지하게 위해 달아놓은 풍경이 울리며 서현
이 들어선다. 뒤켠에 살림집이 딸려 있어 대학에서 돌아오면 서현은 을라
에게 먼저 인사한 뒤 안채로 간다. 거리에서부터 잊었던 비디오집의 일을
보고하듯 설명한다.

"엄마, 내가 몇 번이나 얘기했어? 누가 싸움을 걸 땐 참지 말고 싸워야
한댔잖아."

"넌 이제 내 친구가 아니라 아예 엄마를 할래? 그건 내 역할 같은데……"

형석이 그렇게 되고 나자 서현은 존댓말부터 없앴다.

"안 되겠어, 엄마. 난 이제 엄마에게 딸이 아니라 친구가 되는 게 낫겠어."

세 살 때부터 가르친 존댓말이었다. 그때껏 중요하던 모든 일들이 여줄가리처럼 대수롭지 않게 여겨지던 터라 을라는 쉽게 용납하고 말았었다.

"그리고 엄마, 아빠는 〈서동요〉라는 드라마를 한 번도 본 일이 없는데 8번부터 써 있었다면 답은 금방 나온 거 아니던가? 아이구, 우리 엄마. 그래도 그 아줌마보다는 한 수 위라고 속으로 웃으셨을 거야. 아니지. 겉으로도 조금은 웃으셨을 걸."

서현은 그런다. 언제나 미리 준비하고 있었던 것 같은 대답을 적절하게 끄집어내는 것이다.

양지가 들어선다. 양지는 을라의 집과 두 블록 떨어진 곳에 살고 있는 친구다.

양지는 매번 그렇게 찾아와 일상의 잔물결 같은 얘기들을 서리서리 펼쳐낸다. 이민살이에 대해서는 지치지도 않고 툴툴댈 때가 많지만.

"꼭 이런 식으로 살아야 돼? 이렇게 걷잡을 수 없이 바쁘려고 이민을 온 거야? 이런 각오로 한국에서 열심히 살았더라면 우린 지금쯤 아마 재벌이 됐을 거다."

"어쩌겠어. 우리가 재벌이 되려고 이민을 온 건 아니잖아? 우린 이제 살 만큼 살고 있고, 일이 좋아서 일하는 사람이고. 그럼 됐잖아?"

"그래, 그런 얘길 하게도 됐지. 넌 경쟁이 거의 없는 독과점 가게에다 한가할 때는 책 읽고 음악 듣고……. 내가 말은 안 하지만 샘이 나 죽겠는데 뭘."

"별걸 다 샘내고 있었구나. 내가 보기에 우리 이민자들은 세 부류야. 한국에 가면 아르헨티나가 그립고, 아르헨티나에 있으면 한국이 그립다는 사람이 있는가 하면, 아르헨티나에 있으면 아르헨티나가 낯설고, 한국에 있으면 한국이 낯설다는 사람도 있고, 또는 아르헨티나도 좋고, 한국도 좋다는 사람도 있고…….”

“그래, 너처럼 한국은 모국이라서 좋고, 이 나라는 제2의 고향이라 좋다는 사람도 있을 테고. 여름은 더워서 좋고, 겨울은 추워서 좋다는 너하고 내가 무슨 얘기를 하려고 했는지 모르겠다.”

“토라진 거니?”

“아니. 옳아졌다, 왜?”

“옳아져?”

“옳다, 옳구나, 하는 거 말이야.”

을라는 고개를 갸우뚱한다. 비꼬는 건가. 그뿐, 두 사람은 한번도 토라진 일도 싸운 일도 없다. 무엇인가 양지의 눈속에서 움직였다. 그것은 탄식의 연기 같은 것이었는지도 모른다.

그렇게 머물다 양지는 종종걸음을 치며 돌아간다. 그녀가 사라진 거리를 바라본다. 느티나무와 은백양의 낙엽들이 보도를 온통 뒤덮고 있었다.

오디오를 켠다. 쇼팽이다. 빠르고 산뜻한 멜로디는 종종걸음을 치는 새들이 되어 쪼르르르, 쏟아져 나온다. 을라는 벽에 기대 맞은편 벽에 걸린 〈세탁부〉를 올려다본다.

언젠가 석라와 프랑스 문화원에서 열리는 프랑스 대가전에 갔다가 〈세탁부〉라는 제목을 지닌 복제화를 한 점 샀었다. 〈세탁부〉는 빨래는 끝내고 창밖을 내다보는 여자를 투박한 손과 흰 상의, 그리고 검정색 통치마의 평범한 자락에서 삶의 곤핍함과 멜랑콜리가 짙게 배어나는 툴루즈 로트렉의 그림이다.

평소에 좀 지친다 싶을 때, 특히 자신의 마음이 묵정밭처럼 팍팍하면서도 어딘지 모르게 침잠되는 느낌일 때면, 을라는 여인의 강직해 보이는 팔과 휘어진 등의 굴곡 심한 자태에서 삶의 고달픈 단면을 감지해 내고는 했다.

성깃한 갈색 머리를 뒤로 묶은 〈세탁부〉를 바라보노라면 을라는 저절로 머리에 손을 올려 옆머리를 가지런히 뒤로 쓸어 넘기기까지 했다. 여인은

나무로 된 탁자 위에 마디 굵은 커다란 손을 얹고 창밖을 내다보고 있지
만, 을라는 우두커니 벽에 기대고 서서 그림 속의 창밖을 바라보는 것이
다. 〈세탁부〉의 창을 통하여 수많은 지난날의 창밖을 바라본다고나 할까.

이슬비는 어느새 그치고 하늘 한켠엔 상현달이 떠 있다. 둥근 현이 한국
과는 반대로 떠 있는 달이다. 지구의 반대편에 위치해 있어서인지 아르헨
티나는 한국과의 반대 현상이 숱하게 널려 있다.
계절도 반대, 밤과 낮도 반대. 한국 사람들은 컵이나 그릇을 깨면 재수
없다고 하지만, 아르헨티나 사람들은 액을 쳐부쉈다고 오히려 재수 있다
고 생각한다. 일일이 다 적을 수는 없지만 반대 현상은 부지기수였다. 을
라는 그럴 때마다 에스키모인들을 떠올린다고나 할까. 에스키모인들이 냉
장고를 사용하는 이유는 음식을 얼리지 않기 위해서라던가.

어떤 때, 억눌린 슬픔의 고드름이 커질 대로 커져서 가슴 언저리에 아릿
한 고통 같은 걸 느낄 때면 을라는 겉면에 〈세 살과 두 여섯 살〉이라고
쓴 녹음테이프를 듣는다. 형석과 서현이 어렸을 때, 조각놀이와 우주인 장
난감들을 갖고 놀면서 쉴 새 없이 두런거리던 순간을 그 애들이 눈치채지
않도록 녹음해둔 테이프다.
플라스틱 조각놀이가 상쾌하게 서로 맞닿으면서, 잘그랑거리는 소리에
섞인 아이들의 연약한 웃음과, 들을수록 그립고 아깝게 느껴지는 형석의
음성을 듣게 되면 가슴에 매달려 있던 고드름이 한탄처럼 녹아든다. 평소
에 그토록이나 아껴왔던 자식 하나가 을라의 품안에 자꾸만 고드름을 얼
리고 있었다.

중간문을 열고 서현이 나타난다. 손에는 모기향이 들려 있다.
"라디오에서 그러는데 엄마, 우루과이에서 모기떼가 나타났대."
"아직은 모르겠는데?"

"까삐딸(수도)은 아마 내일부터나 녀석들의 극성이 시작되겠지. 근데 엄마, 기제르모가 뭐랬는줄 알아?"

"기제르모? 아, 그 개그맨처럼 위트 있는 유대인?"

"기제르모가, 있잖아, 모기는 떼아뜨로를 무서워하니까 연극 구경이나 많이 하는 수밖에 없겠대."

"왜?"

"떼아뜨로는 박수를 많이 치는 곳이잖아."

을라는 하하 웃고, 을라의 웃는 모습을 보았으니 안심인 사람처럼 서현은 모기향을 서랍에 넣고 다시 안채로 간다. 가을이면 우루과이 모기떼는 사람을 물어도 꼭 우르르 몰려들면서 떼지어 물어낸다. 머잖아 겨울이 닥쳐옴을 알려주는 전령 부대처럼 매우 당당하면서 저돌적이다.

근교에서 농장을 경영하는 석라의 집에서 물리는 파라과이 모기는 더 대단하다. 왕파리만큼 큰 데다 한 번 물리면 벌에 쏘인 것처럼 따갑다가, 며칠이 지나면 살 속에서 모기의 유충들이 기어나오는 것이다.

풍경이 울린다. 양지가 들어선다.

"어서 와."

하루에 한 번이건 두 번이나 세 번일 때도 을라는 그렇게 그녀를 반겨왔다. 양지의 손에는 서너 가지의 떡 상자가 들려 있다.

"오늘따라 유난히 한국 생각이 나더라. 일하는 애가 밥 안치는 걸 보자니 은근히 울화통이 치밀고."

"그걸 어디 한두 번 본 거야? 하루 평균 한 끼는 봐왔던 거잖아?"

"그러게 말이야. 나도 참 못됐지. 기분에 따라서 좌지우지한다니까, 내가……."

현지인들은 한국인들이 즐기는 떡을 전혀 좋아하지 않는다. 한 번쯤 인사로 먹어는 주지만 두 번은 안 먹는다. 껌처럼 쫄깃거리고 징걸댄다는 것이다. 실제로 아르헨티나의 껌은 고무가 너무 많이 섞여 있어 지나치게 딱딱하면서도 질기다.

그들은 쌀로 밥을 지을 때도 촉촉하고 찰진 밥보다는 쌀의 낱알들이 서로 엉키지 않는, 하나하나가 독립된 밥알을 선호한다. 그래서 고급 쌀의 겉면에는 '잘 붙지 않는 쌀'이라는 광고문이 저 혼자 잘난 것처럼 도도하고 의젓하게 첨부되어 있게 마련이다.

그렇기 때문에 양지네 현지인 가정부는 스웨터 공장의 기술자들에게 밥을 해줄 경우, 다 지어진 밥알들을 소쿠리에 쏟아 물에 한 번 씻어낸다. 그리고 일부러 독립된 밥알갱이를 만든다. 아니면 생쌀을 기름에 볶은 뒤 밥을 해서 소금을 뿌리는 걸로 조리를 끝낼 때도 있고…… 지독한 개인주의의 표본인 그들의 인간관계와 더할 나위 없이 좋은 극치를 이룬다고나 할까.

"도대체 이 나라는 거지도, 청소부도 에티켓을 지켜대니까!"

"참 엉뚱하기도 하다. 난 그게 좋아 보이던데?"

"난 아냐. 그까짓 에티켓이라는 게 뭐니? 사실 그거 피곤한 거야. 정도 안 들고."

"아무튼 유별나. 순 한국적인 것만 선호하기로 작정한 것처럼."

양지는 잠시 〈세탁부〉를 뚫어질 듯 바라보다가 불쑥 말한다.

"에이그, 주제 파악도 못한 채 내가 이민은 왜 왔을까? 사는 게 이렇게 난투극 같을 수가 없어. 도대체 내게 고요라는 게 존재나 했었던가? 내가 생각해도 참 한심하다."

을라는 양지가 좀 투덜거리게 내버려둔다. 언젠가 양지가 그러다 돌아가고 난 뒤 서현에게 야단을 맞았기 때문이다.

"엄마, 아줌마는 의지할 데라고는 엄마밖에 없어서 그러는데 왜 일일이 고쳐주려고 들어?"

"응, 아줌마는 단지 외로워서 그러는 거니까. 엄마, 아줌마가 그럴 때 자세히 봤어? 꼭 저 〈세탁부〉 같아. 느닷없이 등도 휘어 보이고 그렇단 말이야.”

“그랬니? 난 모르겠던데.”

“그럴 때, 엄마는 〈세탁부〉를 지켜보는 사람 같고.”

을라는 새삼 양지와 〈세탁부〉를 번갈아가며 바라본다.

“아이구, 애들 돌아올 시간이다. 가봐야지.”

양지는 언제나처럼 종종거리며 돌아간다. 그녀는 언제나 천천히 들어와 뛰듯이 돌아가는 것이다.

을라는 뜨락을 돌아본다. 그제야 깨달았지만 어두워 있었다. 주위에 어스름이 서서히 물들어가고 있다. 습기찬 기운이 축축한 바람을 몰고 와 발밑에 맴돈다. 진열장의 장식등을 하나씩 켠다. 가게의 불빛이 새어나가 어슬핏하던 마당은 조금 일렁이거나 더욱 짙은 빛을 띠며 부분적으로 밝아지고 있다.

다시 〈세탁부〉의 창밖을 바라보는데 여자가 들어선다. 〈태평세월〉의 ……. 의외로 착잡하고 다소곳한 태도여서 을라는 다소 어정쩡하게 반긴다.

“어서 오세요.”

차가운 바람이 그녀를 휘감고 왔는지 오싹하고 선뜻한 기운이 느껴진다. 을라는 여자를 위하는 마음으로 샹들리에도 켜둔다. 여자는 어느새 벽의 중심부에 걸려 있는 십자가상을 향해 다소곳이 머리를 숙이고 있다. 마치 밀레의 〈만종〉에 나오는 여인처럼 진지하면서도 엄숙하기까지 하다.

한참을 그러는 난 여자의 얼굴을 밝고 환한 온화함으로는 미약했던지 평화롭기까지 하고. 여자의 판이해진 모습을 어찌 받아들일 것인지를 파악하느라 을라의 눈은 여러 차례 깜박인다. 여자는 꽤 뒤뚱거리며 서성댄다. 서먹서먹함이라는 감정이 도무지 주체할 수 없도록 무거운가 보다.

“앉으세요.”

“저어, 죄송해요. 딸애가 학교에서 돌아오자 냄편(여자는 그렇게 표현했다.)과 다른 카드를 대조해봤나 봐요. 딸애가 그만 다른 귀국 상품에서 빌려간 걸…….”

구태여 대답이 필요할 것 같지 않아, 을라는 매우 조심스럽게 웃음으로 답한다. 인터폰을 누르고 서현에게 녹차를 부탁한다. 서현이 들고 나온 녹차를 여자는 천천히 음미하듯 마시고 있다.

전화벨이 울린다. 안채로 가는 중인 서현이 받기 전에 을라가 수화기를 든다. 항서다. 그는 일상적인 질문들을 하다가 느닷없이 아르헨티나에 앵두나무가 있느냐고 묻는다.

“없어요. 근데 앵두나무는 왜요?”

“묘목을 한 그루 들고 갈까 해서. 괜찮겠지?”

“놔두세요. 당신이 무슨 문익점의 자손도 아닐 테고.”

그렇게 들여온 나무들이 울타리 둘레에 돌아가면서 우뚝우뚝 서있다. 마치 고국이라는 울타리를 둘러친 것처럼. 특히 대추나무는 볼 때마다 대견하고 든든하다. 몇몇 교포를 빼고는 없는 나무이므로. 예전 같았으면 순순히 그러라고 했을 것이다. 웬일인지 의아해 하면서 그는 조금 심각해져 있을까.

뉘엿뉘엿 지는 해를 볼 때마다 집이 그립다고, 어려서 살던 고향집, 그리고 내 나라에 돌아가고파 사는 게 서름서름 눈물겹고 낯설다고, 그래서 이제는 영구 귀국을 서두르게 된다고, 엊그제 하소연하던 양지가 불현듯 떠올려졌기 때문이다.

“아이들은 어떻게 할래? 뒤떨어진 공부와 환경의 적응, 그런 문제들이 끊임없이 돌출될 거야.”

“두고 갈 거야.”

“뭐어? 승표는 아직 대학도 들어가기 전인데?”

“이제야말로 부모 품에서 떨어질 나이가 됐는 걸.”

“너무 과장된 결단처럼 여겨지는구나.”

“아니, 결코 그렇지가 않아. 우린 이미 오래 전부터 유언장까지 작성해 됐을 걸."

"어떤 내용이었는지 안 봐도 알 것 같다. 가게 딸린 두 개의 집은 승혜와 승표에게 하나씩 남긴다! 우리가 죽으면 장기는 기증하고 화장해서 흔적을 남기지 말아라!"

"어머? 잘도 알아맞힌다. 정말 그랬어. 그랬더니 승표가 뭐랬는지 알아? 걸어 다니는 병원체처럼 맨날 앓으시더니 이리저리 떼 준다는 상상은 어떻게 하셨어요? 허구한 날, 배고픔조차 못 참으셔서 가족들보다 미리 몇 술 뜨고서야 기운을 차리셨잖아요. 그런데 웬 결정을 그렇게나 독하게 하셨대요? 무슨 일 있으신 거예요? 그렇게 추궁하지 않겠니?"

"정말 무슨 일이 있는 건 아니지?"

"일은 무슨 일, 승표 얘기처럼 지금껏 엄살만 부리고 살았으니까 이제라도 정신 좀 차리려고, 정말 이제 돌아갈래. 나이 들고 아프니까 그 결심이 아주 사무칠 정도야. 사실은 아이들도 데려갈 계획이었어. 그런데 아이들이 결사반대더라. 다시는 새로운 환경에다 자신들을 몰아넣지 않았으면 정말 고맙겠대. 아주 정색을 하더라. 새로운 땅으로 옮겨져 심한 몸살을 몇 십 년이 지나도록 앓고 있는, 그 당사자인 내가 그 애들의 고충을 나 몰라라 하면 정말 내가 나쁜 엄마가 되겠다 싶었어."

그렇게 말하던 양지는 당황하듯이 쩔쩔매면서 얼른 소매를 들어올렸다. 그리고 웃다가 울다가 그러면서 눈물을 여러 번이나 닦아냈다. 을라는 양지의 그런 결정이 하루 이틀에 마무리된 게 아니라는 걸 잘 안다. 그건 그야말로 일종의 투득이라는 걸.

누구는 재로 돌아가는 준비로도 모자라 장기까지 기증한다는데, 남의 나라에까지 와서 식물에 연연한 필요가 뭔가. 손님과 얘기 중이라면서 전화를 끝내자, 여자가 때는 지금이라고 생각되는지 자리에서 일어선다. 여자의 옷자락이 바람에 날리듯 펄럭이고 있다.

여자는 재차 고맙다, 미안하다를 반복하면서 탁자 위에 단감들이 촘촘하게 담긴 상자를 올려놓고 나간다.

바짝 쫓아온 어둠에게 자리를 비켜주려고 저뭇하던 저녁 기운은 연회색으로 물들고 있다. 을라는 다시 〈세탁부〉를 올려다본다. 이상하리만큼 초연한 태도로.

언제나 일하던 도중에 창밖을 바라보는 자세라고 여겼던 〈세탁부〉였는데, 을라처럼 하루를 잘 마쳤다는 뿌듯함과 휴식의 기쁨을 기대하고 있는 듯 여겨져 을라의 어깨조차 가뿐한 느낌이다.

휴식을 생각하려니 하품부터 터진다. 별로 일다운 일을 해낸 것 같지도 않은데 어딘지 모르게 고달픈 기운이 하품 끝에 맺혀 있다. 휘어진 등, 커다란 손, 굴곡 있는 표정이 아니더라도 〈세탁부〉와 함께 창밖을 바라보면서 하루하루를 주의 깊게 응시하리라. 다가오는 날들의 마중과 함께 지나간 날들의 결별까지도.

(맹하린소설집 『세탁부』, 월간문학출판부, 2006)

1. 아버지가 끌려가던 새벽에

눈꺼풀 위에 얹힌 겉잠을 털어내려고 침대 머리맡으로 손을 뻗어 시계를 집어들었을 때, 뭐라고 형언하기 어려운 아우성 같은 소리가 들려왔다. 의식이 바짝 긴장하며 예민한 반사 작용을 일으키는데, 그 소리는 아득하게 멀리 느껴지면서 다시 들리고 있었다.

시간은 새벽 다섯 시를 약간 벗어나 있었고, 창밖은 아직 어두웠다. 몇 년 전 강도 3의 지진이 일어났을 때, 근처의 12층 아파트 입주자 모두가 쏟아지듯이 계단으로 내려오던 소란스러움이 불현듯 떠올라서 재빨리 일어나 형 빠블로의 침대로 다가가 흔들어 깨웠다.

"빠블로, 이게 무슨 소리야? 좀 일어나 봐. 이상한 소리가 들린 것 같아."

엎어져서 자고 있던 형 빠블로는 고개를 부스스 들어 귀 기울이는가 싶더니, 아무 소리도 감이 잡히지 않는지 다시 잠들고자 베개에 머리를 기대면서 투덜거린다.

"아빠가 늦게까지 비디오를 보고 계실 거야. 틀림없이 낮에 여러 잔의 커피를 드셨을 게다. 넌 너무 잠귀가 밝아서 탈이야. 뭐든 대강 넘기면 안 되는 거냐?"

"아무튼 저 무신경은 알아줘야 돼."

혼자서 중얼거리며 다시 침대 쪽으로 돌아가는데, 이번에는 거실 쪽에서 두런두런 말소리가 들려왔다. 나는 잠옷 위에 가운을 걸치고 그 종잡을 수 없는 두런거림을 알아보기 위해 다시 잠들기 시작한 형 빠블로의 수면을 방해하지 않으려 발소리를 줄이며 복도로 나갔다. 먹빛 어둠에 물들어 있던 사위가 거실 쪽에서 새어나오는 불빛에 깨어 어슴프레 눈을 뜨고 있었다.

"어!"

잠은 완전히 깬 상태이지만 자다가 일어나서, 그것도 아버지가 비디오를 보고 계실 거라는 형 빠블로의 얘기를 수긍하는 마음으로 나와본 거실에 여러 사람이 몰려 있는 것을 보게 되자 얼떨떨해지면서 쉽게 분별을 갖추기 위해 바짝 신경을 세워 대비에 힘썼다.

여러 명의 사복 경찰에 둘러싸여 있던 아버지는 체념과 같은 표정에 갇혀서 시무룩한 기색으로 막 그들과 현관으로 나서다가 거실에 나타난 나를 발견하고는 소스라치게 놀라고 있었다.

아버지는 경찰이고, 밤중이나 새벽에 급히 나가는 일은 다반사여서 이상할 게 하나도 없지만, 그 석연찮은 표정이 문득 마음에 걸려 내 방으로 돌아가려던 발길을 우뚝 세웠다. 천천히 발걸음을 떼면서 사복 경찰과 같이라기보다 에워싸인 것처럼 보이는 아버지에게 다가갔다.

그럴 때는 모르는 척 비켜주는 게 경관을 아버지로 둔 아들로서의 도리라는 걸 익히 알고 있는 바니까 방관하기는 어렵지 않지만, 분명 뭔가가 있다는 섬광 같은 추측이 내 발목을 잡아당기다가 어깨를 밀어 아버지 쪽으로 등을 떠밀어대는 것이다. 하물며 평소에 아버지와 같이 다니던 낯익은 형사들이 아니잖은가.

"구스따보!"

거실 한켠에 그림자처럼 서 있던 엄마가 송연한 얼굴을 금세 여유만만하게 바꾸면서 나를 막고 나섰으며, 어서들 떠나라는 눈짓을 하자 그들은 민첩한 몸놀림으로 떠나갔다. 저벅저벅, 저벅저벅. 정원을 지나가는 아버지와 그들의 발걸음 소리는 불길한 전주곡이기라도 하듯 그 순간부터 우리 가족은 운명의 역행으로 인도되고 있었다.

아버지와 그들이 순식간에 떠나고, 졸지에 알지 못할 일에 휩싸인 나는 영문을 몰라 하며 엄마를 바라봤는데, 엄마는 썰렁하다면서 스웨터를 찾으러 안방으로 갔다. 우두커니 서서 정원을 바라보니 막 눈을 뜬 아침이 거기 있었다.

그때 비로소 불안에서 깨어나게 만든 것은 서서히 뒷걸음치던 어둠의 뒷자락이었다. 스웨터를 등으로 돌려 팔을 꿰며 나오던 엄마는 고개를 갸 웃 숙이며 나를 살폈다.

"얘야, 우선 좀 앉자. 빠블로는 아직 자고 있겠지?"

어깨를 감싸며 소파에 앉히듯 이끄는, 절박한 빛을 띤 엄마의 모습이 왠지 낯설어 보인다. 한 번도 그런 표정의 엄마를 본 일이 없다.

"무슨 일이시죠? 아버지가 뭘 잘못하셨는데요?"

내면에서 일고 있는 조바심을 애써 감추며 엄마를 주의 깊게 바라보았 다. 착잡한 기운이 몰려 있는 엄마의 몸짓은 어딘지 모르게 비장감이 깃들 어 있었다. 곧 울음이라도 쏟아질 것 같은 참담함을 스스로 의식했는지, 변화를 갖추기 위해 어깨를 곧게 펴 보이는 엄마가 무척 쓸쓸해 보인다.

"잠깐, 엄마. 힘들면 하지 않으셔도 상관없어요. 아버지의 일은 엄마 선 에서 해결하세요. 우리를 걱정하는 마음에서 불안해하실 필요는 없어요."

"그게 아니다. 어떻게든 피해서 지나가고 싶은 일이었는데, 이렇게 빨리 닥쳤구나. 일단 줄의 엄마한테 전화해라. 얼마 전에 부탁드린 얘기를 하실 때가 돼서 오늘 시간을 내주시기 바란다고."

"마미!"

나는 당황할 때마다 어린 시절의 호칭이 터져나오는데, 나도 모르게 소 리쳐 부르고 있었다.

"갑자기 이상한 말을 하고 그러세요? 더군다나 지금이 몇 신데, 이런 새벽 에 줄의 집에 전화를 하면 결례가 된다는 사실은 엄마가 더 잘 아실 텐데요."

나는 때에 어울리지 않게 웃음이 터져 나왔다.

"그래, 웃자. 지금 우리에게 필요한 건 웃음이니까."

"점점 이상한 말씀만 하시는군요. 혹시 아빠 때문에 어떻게 되신 거 아 녜요?"

나는 검지를 이마 쪽에다 대고 뱅그르르 돌리며 미친 사람을 나타내는 제스처를 썼다.

"어서 쥰의 엄마한테 전화하라니까. 쥰의 엄마가 이 얘기를 제대로 전달해주기로 얼마 전에 약속했단다. 그렇게 하지 않더라도 이 일은 크게 확대되어 머잖아 여론이 너희를 괴롭힐 게 틀림없어. 나는 너희가 그런 식으로 이 일에 접근하기를 원치 않아. 누구보다도 쥰의 엄마를 믿고 있고, 이 일을 회피하는 게 아니라 더 잘 이해시키기를 바라는 마음으로 그런 부탁을 해뒀으니까."

"무슨 일인지 참 답답하지만 알겠어요. 엄마가 하시라는 대로 따르겠어요. 하지만 지금은 너무 이른 것 같군요. 아직 해도 뜨지 않았는데."

"괜찮아. 나는 곧 변호사를 찾아 나서야겠다. 아침잠이 없는 쥰의 엄마는 지금쯤 깨어 있을 거야. 그리고 쥰의 아빠는 어젯밤에 바다낚시를 떠나셨겠지. 오늘이 토요일이잖아. 너희가 아침나절에 찾아뵐 거라고 말씀드려. 편하시도록 가게 근처에 있는 커피숍을 택해서 만나 뵙겠다고."

매우 완곡하고 단호한 태도여서 더 이상 어떻게 버텨볼 엄두도 못 낸 채 조심스럽게 전화를 걸었다. 쥰네 전화 발신음은 언제나 산뜻하고 이색적인 소리로 울린다. 한국산 전화기여서다. 쥰네 가정은 외계인이 사는 세계처럼 내게는 별다르고 신비롭게 느껴졌다.

내가 쥰을 알게 된 건 초등학교 1학년에 들어가서였고, 지금껏 12년을 같은 학교에 다니면서 친하게 지내왔다. 쥰은 세 살 때 이민 와서 완벽한 아르헨티노에 가깝다.

쥰의 아버니는 전형적인 치노처럼 길게 찢어진 아주 작은 눈, 그러니까 눈동자가 거의 안 보이며, 언제나 감은 것처럼 보이는 이상한 눈을 하고 있는 데다 과묵하기까지 해서 은근히 겁나지만, 쥰의 엄마는 염아한 자태를 지니고 있는 데다 다정하기까지 하다. 쥰의 엄마를 만날 때마다 레오나르도 다빈치의 이런 싯구가 연상된다.

자기의 갈 길을 어지럽히는 모래와 돌을
굴려가면서 흐르는 작은 냇물

실제로 중은 자기 엄마와 친구처럼 대화하는 친밀한 관계를 유지하고 있는데, 한 번도 부모의 말을 거역하거나 거스르는 행동을 하는 중을 본 일이 없다. 어렸을 때부터 절대로 공부하라는 소리를 들은 일이 없노라고. 중은 자기 모국어인 한국말도 곧잘 했는데, 누가 시킨 것도 아닌데 생각하고 느낄 때는 까스떼쟈노(서반아어)로 해낸다고 해서 웃은 일이 있다.

사실 중은 정씨를 일컫는데, 아무리 우리가 기를 쓰고 정씨라 발음하려 노력해도 어려운 노릇이라서 하는 수 없이 그렇게 부르고 있다. 초등학교 때 반애들이 중, 이렇게 부르면 중이 아니고 정이야 정, 그렇게 타이르듯 가르쳐주다가도 할 수 없구나, 너희들의 꼬부라진 혀로는 고칠 수가 없네, 그러면서 체념해 버렸었다.

2. 아르헨티나에 와서 알게 된 비밀 얘기

어제 낮에, 재승 엄마가 도라지 뿌리를 놓고 갔다. 여러 번 씨를 보내왔는데도, 번번이 싹이 나지 않아 고심하는 나를 가엾다는 듯 웃어주더니, 그 귀하고 아까운 뿌리에서 몇 뿌리 나눠 가져온 것이다. 아르헨티나에는 도라지란 식물 자체가 없기 때문에 이민자들에게 묻혀온 끝에 교포들의 집 정원이나 화분에 심겨져 있는 도라지를 보게 되면, 고국에라도 닿은 것처럼 반갑고 싱그러운 마음이 피어오르고는 했다.

은행이나 호두는 쉽게 싹을 틔워 몇 년 동안 끄떡없이 키워왔는데, 왜 도라지는 싹이 나지 않을까. 물을 지나치게 많이 준 거나 아닌지. 새벽에 일어나자마자 마당 한켠에 심으려 꽃삽으로 땅을 헤집으면서 이런저런 일상의 의구심까지 헤쳐 본다. 자인하는 점은 이주해 와서 친척처럼 지내왔던 사람들, 가깝다고 여겨왔던 친구들까지 최근에 와서 자꾸 소원하게 여겨지는 것이다.

몇 년 전에 교통사고로 열네 살 난 큰아들을 잃고 난 후, 묵상이나 조식과 희생에게 내 남아 있는 생애를 내주고자 했을 때부터 그런 현상이 생기지 않았을까. 기가 막힌 것은 최근 다리에 심한 경련이 자주 일어나 전기고문을 당하는 게 이렇지 싶게 느닷없는 통증을 여러 번 겪게 되어 병원에 갔었다.

의사는 신경성 경련이라면서 적당한 약을 처방해 줘서 처음엔 열심을 부려먹다가, 통증이 시작될 때마다 아편 중독자들이 서둘러 약을 찾는 것과 흡사하게 급히 약을 찾아먹는 걸로 진통을 대신하게 되었는데, 건강이 나빠지고 있다는 건 분명 어딘지 모르게 주눅 드는 기분을 갖게 하는 것이었다.

공교롭게도 며칠 동안 여러 사람, 여러 친구가 내가 하고 있는 선물 점에 다녀가게 되었다. 하지만 모두들 바쁘니까 가야지, 이젠 가야지, 그렇게 약속이나 해놓은 것처럼 성급한 채비를 서두르더니, 자기 할 얘기들만 잔뜩 늘어놓고 있어서 정작 내가 아프다는 얘기는 꺼내지도 못하고 말았다. 아아, 그만두자. 남의 얘기를 참을성 있게 들어주는 일도 묵상의 한 부분일 테니까. 확실한 것은 내 안에 내재해 있는 침잠에 비해 그들의 여유는 매우 생동적이다.

어떤 때, 저녁 식사를 끝내고 쉬다가 자동차로 40분쯤 거리에 떨어져 있는 조카네 집으로 남편과 불쑥 다니러 갈 때가 있다. 기이한 것은, 조카와 조카사위는 우리 내외를 만날 때마다 티격태격 말다툼을 해대는 것이다. 남편은 그들을 달래면서 그래, 네가 옳다. 그렇지, 자네 말이 맞고말고. 그렇게 위로하기에 바쁘게 되고, 결국 한두어 시간 정도 두 사람의 말도 안 되는 쌈박질을 지그시 바라보다가 돌아오곤 했다.

여러 번 계속 그런 일이 겹치자 내가 생각해낸 건 그들이 외로운 나머지 그 외로움을 어디다 풀고 싶고 삼촌네한테라도 하소연하듯 터뜨리는 게 아닌가, 그렇게까지 내 이해심은 뻗어나가고 있었다. 조카들의 부모들은 미국으로 재이민을 갔기 때문에 어느 면으로는 우리가 부모 대행을 하고 있는 셈이다. 그런 연유로 조카네에 가서도 내가 아프다는 얘기를 못하고 만다.

"엄마아-."

잠이 덜 깬 음성으로 아들애가 부르는데, 한 옥타브 끝을 올려서 부르는 걸 보니, 어디서 전화가 온 모양이다. 일에 열중하거나 어떤 생각에 빠져 있으면 전화 소리조차 못 듣는 탓에 아침잠을 곤히 자고 있는 아들을 깨도록 만들었나 보다.

이 새벽에 웬 전화일까. 가운 차림의 아이가 수화기를 들고 마당으로 성큼성큼 걸어 나온다. 희뿌연 새벽의 빛 사이를 걸어오는 모습이 흡사 아침 공기를 가르며 걷는 듯싶다.

"구스따보예요."

나는 머릿속에 감겨 있는 기억의 필름이 핑그르르 돌아가다가 얼마 전에 세뇨라 엘레나로부터 부탁받은 대목에서 딱 멈춰 서게 됨을 감지했다.

"저런, 이를 어쩌나. 큰일이 닥친 모양이구나."

"왜요, 무슨 사고가 났어요?"

아이는 상대방이 듣게 될까 봐 손으로 수화기를 막고 턱을 쳐들며 묻는 시늉까지 한다.

"쯧, 야단났구나."

나는 수화기를 받기 전에 손을 털어 흙을 닦아내면서 어떤 자세를 갖춰야 할지 잠시 갈피를 잡아본다.

Volvemas a las 10 hrs(10시에 돌아옵니다).

커피숍 〈Molino(풍차)〉에 가려고 유리문에 종이를 붙인 뒤 거리로 나선다. 모처럼 하는 외출이라서인지 거리도 사람도 가로수도 모두 다 신선하고 상쾌하게 느껴진다. 아침 9시부터 저녁 7시까지 가게에서 복닥거리다 보면 즐기던 산책조차 제대로 해낼 수가 없다.

이미 백 년 전에도 도시 계획을 세워 만들었다는 바둑판 모양으로 다져진 백 미터 길이의 네모난 거리들. 제2차 세계대전 때 세계에서 두 번째 부를 누리면서 돌 하나에 쇠고기 1킬로그램과 맞바꾸는 조건으로 외국에서 들여와 도로 공사를 해냈다는 손바닥 크기의 돌멩이들로 수 놓여진 아스팔트, 발걸음 한 너비에 소 한 마리씩의 값어치인 셈인가.

어떤 길은 은백양으로, 어떤 길은 오렌지나무로, 또 어떤 길은 백일홍이나 은행나무로 심어져 제각각의 운치를 펼치는 가로수들. 연둣빛으로 눈떠 생장의 채비를 차려입은 초여름의 설렘 같은 약동. 자동차로 대여섯 시간을 달려도 산은 볼 수 없고, 평야와 숲정이와 강으로 이어지는 이역의 땅.

커다란 대륙의 숨결이 무게 있게 들려오는 듯싶은 광활한 자연. 16시간을 달려가야 만날 수 있는 산의 지표에 피부병처럼 듬성듬성 조개껍데기로 된 화석이 박혀 있는 걸 보면서 아르헨티나는 태고에 넓고 깊은 바다였을 거라는 가이드의 말에 오싹 소름이 돋았었지.

지구의 반대편에 와서 거리를 걸을 때마다 네 살 아래인 동생을 생각한다. 언니는 참 냉정해. 편지나 전화를 할 때마다 빠뜨리지 않고 하는 얘기가 바로, 언니는 너무 냉정한 사람이야. 나이들 수록 자매는 서로 가깝게 살며 감싸주고 지내야 할 것 같은데, 도대체 왜 떠났는지 이해가 안 돼.

떠나서 행복해? 살맛나느냐구? 그렇게 닦달을 해오지만 행복·살맛, 그런 차원하고는 다른 것 같다. 내 나라가 좋다는 생각은 항상 하고 있지만, 이제 와서 모든 걸 정리하고 돌아간다는 것도 무리가 따르고, 무엇보다 이 나이에 짐을 싸서 돌아가는 큰 결단을 내리기가 쉽지 않다.

좁은 땅덩어리에 하나라도 나와 있어주는 게 그나마 애국하는 길이지. 언젠가 교포 한 분이 그처럼 자조하듯 얘기하는 걸 들은 일이 있지만, 글쎄 애국하고도 별로 가까워본 일이 없는 것 같다.

지난 해, 여러 해 만에 두 번째 고국 방문길에 나섰다가 깜짝 놀란 일이 있다. 길에서 보초를 서 있는 군경들, 그리고 대학생들을 바라보자 세월 모르고 삼켜버린 나이에 대한 새로운 깨달음을 갖게 되었다. 모르는 사이에 많은 날들이 흘러서 군경이나 대학생들이 한참이나 어려 보였고, 모두 아들 같은 나이로 생각되는 것이다. 어! 예전엔 저들이 내 또래였는데, 어느 사이에 이렇게 격이 생겼지. 자신도 알 수 없는 계에 닿아 도끼자루

썩는 줄 모르고 바둑을 두다가 옛 세상으로 돌아온 느낌이 아마 이랬겠지 싶었다.

유배 생활 같은 기분이 들 때면 주변의 도시들을 여행하면서 마음을 좀 바꿔본다고나 할까. 조귀를 서두를 나이는 이미 지나쳐 버린 모양이다. 누군가의 말처럼 인간이 지구상에 태어나서 산다는 것은 곧 지구에 휴가를 온 것을 의미한다고. 매번 공감하니까 나는 곧 물 위로 흘러가듯 유유히 살아간다. 잔잔한 시냇물이나 급류, 그 어느 물살에 휘말려도 운명처럼 헤쳐나가다 보면 결국 어느 날 죽음에 이르는 게 아닐까.

환한 대낮에 진지한 표정으로 해야 하는 얘기라서 밝은 장소보다 굳이 조명으로 외광을 차단하는 실내 장식을 해낸 커피숍을 택했지만, 안으로 들어서면서 역시 그럴 듯하다는 생각이 든다. 모소(mozo=보이)의 안내로 그들 형제가 미리 와 있는 별실에 안내 되자, 그들은 예의를 갖추기 위해서가 아니라 몸에 밴 예절로 앉은자리에서 일어서며 반갑게 웃는다.

포옹하며 서로 뺨을 대는 아르헨티나 고유의 인사를 나누고 앉으면서 아침에 전화할 때 나눈 인사를 다시 나누기도 쑥스러워 그만둔다. 편안하지 못한 가정에 부모님 안녕하시지, 그렇게 묻는 일이 나름대로는 불편해서였다.

"줖은 집에 있습니까?"

"그래, 마침 토요일이잖아. 너희가 거북해할까 봐 같이 나올까도 싶었지만 그 애는 아직 이 일에 대해 전혀 모르고 있고, 일단은 너희가 먼저 알아야 할 조심스런 얘기라 놔서."

두 사람은 무슨 말인지 짐작도 못하겠다는 표정으로, 비록 쌍둥이라고는 하지만, 어쩌면 저리 똑같을까 싶은 얼굴로 정색을 하고 나를 빤히 바라보았다. 두 아이의 똑같은 옷차림. 빠블로는 머리가 짧고 구스따보는 치렁치렁 길어서 땋아도 될 만큼 웨이브진 갈기머리인 데도 지독하게 닮아, 심각한 얘기를 꺼내기 전 우선 웃음부터 지을 수 있도록 마음의 여유가 생기고 있었다.

세뇨라 엘리나로부터 구스따보 형제의 출생에 관한 비밀을 듣게 됐을 때, 그 충격의 파장이 매우 커서 사실 웬만큼의 경이감까지 안게 되었지만, 만약을 대비하는 심정으로 짐짓 침착을 되찾았다. 가스꼰 부부는 구스따보 형제를 맞아들인 건 행운이었지만, 지내온 과정이나 지금껏 남아 있는 죄스런 감정은 눈에 보이지 않는, 때때로 결질리는 타박상 같은 상처였다고 실토했었다.

만약을 위해 복선으로 그 일을 밝힐 때는 이미 세뇰 가스꼰이 심상치 않은 여러 가지 조사를 당하는 중이었다고 걱정을 섞던 세뇨라 가스꼰. 나는 가스꼰 가족과 험난하고 곡진한 길을 같이 걸어오기라도 했던 것처럼, 그들의 지난날들을 헤아려야 하는 동행인이라도 되는 것처럼 혼란스런 의식의 소용돌이에 휘말렸으며, 다른 사람들의 인생에 너무 깊이 관여하는 건 아닌가 하는 자괴감까지 껴안곤 했다.

이상하게도 거절할 수가 없었다. 그래들을 제대로 보호하고 외풍 없이 키우기 위해 친척이나 친구들과도 담을 쌓아가며 살아왔다질 않은가. 나는 언제나 기구한 인생을 떠올렸다. 그래, 희생의 몫으로 받아들이자.

어디서부터 얘기를 펼쳐야 할지, 나는 중무장하고 나온 군인처럼 어깨가 버거워짐을 느낀다. 그리하여 이제 그들의 지나간 세월과 낯선, 그러나 여러 번 고민하면서 익숙하기에 이른 껄끔거리는 대면을 시작했다. 나는 절감했다. 과피(果皮)가 떨어져 나오는 개열(開裂)과 같은 자연 현상을.

3. 쌍둥이를 훔쳐 키운 아름다운 죄

1977년 2월. 경찰 경위 헤르만은 일명 '더러운 전쟁(Guerra sucia)'으로 불리던 군정 시절에 데모하는 학생들을 박해하던 요원의 하나였는데, 상부의 지시로 무료 병원 크루스로하(적십자병원)에 있는 지젤이라는 여대생이 출산한 쌍생아를, 고아원에 맡기라는 임무를 띠고 부하 순경 가스꼰과 출동한다.

군부하에서 독재 정권에 항거하며 민주화를 열망하던 데모를 하다가 군부와 비밀경찰에 납치된 산모 지젤은 쌍생아를 출산하자 이미 어디론가 옮겨져 의문의 실종자 리스트에 올려졌으며, 쌍생아를 차에 태워 고아원으로 향하던 경위 헤르만은 평소에 아이가 없어 고생하던 부하 가스꼰 부부에게 두 아이를 선물하고 싶은 순간적인 착상이 생겨 가스꼰과 상의하고 길에다 차를 세워 세뇨라 엘레나에게 전화를 걸게 한다.

결벽스러울 정도로 깔끔해서, 친척 아이들조차 싫어해 왔던 세뇨라 엘레나는 의외로 찬동한다. 가스꼰 내외는 빠블로와 구스따보를 그렇게 획득하였다. 군정이던 그 시절의 군대와 경찰의 위광은 하늘로 치솟을 듯 드높아서, 지젤의 두 아이를 인계인수하던 간호사 세실리아는 더 좋은 병원으로 영전되면서 묵계를 지키도록 철통같은 봉쇄 작전을 펴놓았다.

매듭의 실마리는 여러 번 양심의 가책에 시달려오던 간호사 세실리아가 17년이 지난 최근에 와서 '5월의 광장 어머니회'를 찾아간 데서 풀리게 되었다. '5월의 광장 어머니회', 일명 '더러운 전쟁'에서 희생된 실종자들의 어머니들로 구성된 '5월의 광장 어머니회'는 경찰 경위 헤르만 선에서 흔적이 없어진 쌍생아를 오랜 추적 끝에 찾아낸다. 어떤 면에서는 묻혀 있는 데서 발굴하듯 캐냈다고 할 수 있다.

'역사의 범죄자를 처벌하는데 불처벌이란 있을 수 없다.'는 국제 인권 조항을 만드는 데 지대한 공헌을 했고, 세계인권협회의 상까지 받아낸 '5월의 광장 어머니회'의 힘은 막강해서, 정식 고발장에 의해 경감 헤르만과 경위까지 오른 가스꼰이 구속되기에 이른다.

4. 낳은 부모와 키운 부모

쥴의 엄마는 잘 숙달된 카운셀러처럼 전혀 당황하는 일 없이 우리 형제의 출생에 관해서 지금껏 감춰져왔던 이야기를 매우 조리 있게 마무리 짓고 있었다. 하물며 갑자기 생각나지 않거나 어려운 말이 있을까를 염려하여 들고 온 〈한서 사전〉의 도움을 받으며 동사 변화까지 정확하게 구사하려는 모습은 진지하다 못해 감동적이었다.

감정과 절제와 절대로 서두르지 않는 차분한 음성은 최소한의 부드러움을 지녔으며, 심리적 안정감을 맘껏 조절할 수 있는 리모컨이라도 쥔 사람처럼 의연하게 스토리를 전개해 나갔고, 충격이나 경악과는 거리가 먼 분위기를 유도하였다. 그러나 막상 얘기를 다 듣고 났을 때의 납덩이 같은 무거운 압박감과 허탈스러움이 우리의 기분을 잠식시키고 있었다.

범죄의 냄새를 띠고 그늘진 모습으로 숨겨져 왔던 부모의 실루엣을 훔쳐보기라도 한 것처럼 지독한 불편이 수반되었다. 어떻게 제대로 받아들여야 할까. 점점 엄청나고 막막한 기분. 무엇보다 우리의 밝고 티없던 나날들이 비장의 날개를 펼치고 푸드득 날아가 버리는 비애감에서 헤어나기가 버겁기도 하였다.

그러나 우리에게 닥친 기막힌 충격보다 부모가 처해 있는 상황이 훨씬 심각함을 불현듯 깨달았으므로, 급히 귀가하고자 쥼의 엄마와 서둘러 헤어졌다. 쥼의 엄마는 헤어질 때조차 절대로 위로나 충고 같은 군더더기를 삼가고 단지 한마디만 덧붙였을 뿐이다.

"너희는 이제 청소년이 아니라 이미 성년기에 접어들었어. 나는 너희를 신뢰하니까 어떤 위로 같은 건 생략한다. 알겠지?"

"네, 걱정 마세요. 저희가 잘 알아서 해내겠습니다."

대답은 그렇게 그럴 듯하게 했지만, 불안한 조짐이 그 날렵한 입김으로 우리를 집어삼킬 듯이 덮쳐 왔고, 절박한 위기감에서 벗어나기가 쉽지 않을 것 같은 예감이 우리를 조여 왔다.

"다시 만나자(Hasta Luego)."

쥼의 엄마는 우리 형제에게 거수경례를 했다. 형 빠블로는 재미있어 하며 웃었지만, 나는 안다. 쥼의 엄마가 난처하거나 누군가의 잘못을 덮어주거나 계면쩍을 때 그런 인사를 대신한다는 사실을. 지하철의 표를 구입해 걸어오는 형 빠블로를 바라보니까, 마치 둔기로 한 대 얻어맞은 사람처럼 휘청거리고 있었다. 언제나 이럴 때의 형 노릇은 내 담당이다.

"빠블로, 정신 차릴 수 있겠어? 나 좀 바라봐."

"괜찮아. 엄마도 걱정이지만, 아버지 문제가 꽤 심각해질 것 같아서, 그걸 생각하고 있었어."

엄마는 형 빠블로가 일어나기도 전에 변호사를 만나러 나갔기 때문에, 그에게는 상상조차 못한 사건으로 받아들여졌을 것이다.

"이제야 세상이 제대로 보이는 기분이다. 정신이 바짝 나는 거야. 우린 참 멋모르고 잘도 살아왔지?"

"무슨 뜻인데?"

나는 형 빠블로가 어떤 생각을 하는지 궁금해지면서 나와 상반된 의식을 갖고 있으면 어떤 수습책을 써야 할까 하는 노파심이 앞서 그의 의도를 떠보았다.

"이런 속사정도 모르고 그동안 부모에게 꽤 무례하게 굴었던 셈이어서 그 점이 부끄럽다. 무엇보다 우리를 친자식 이상으로 키워준 부모를 배반해서는 안 되겠다는 뜻이야. 부모와 우리가 불가분의 관계에 있다는 걸 언제까지나 잊지 말고 지켜내자."

나는 서로 상통하는 생각을 해냈다는 사실에 대해서 결속을 다짐하는 약조라도 받아낸 것처럼 쾌재라도 부르고 싶은데, 문득 이럴 때가 아니지 않는가 라는 자책이 생겨, 단지 고개를 끄덕이며 급히 전동차의 티켓을 챙겨들었다.

지하도로 내려서는데, 마치 가파른 비탈길을 오르려는 발걸음처럼 내딛는 발길에 힘이 곧추세워졌다. 그리고 걸음새가 일정치 않았다. 그러나 계속 골똘한 생각 속으로만 빠져들어 갔다.

5. 형 빠블로는 형광등이야

그분들이 친부모가 아니지 않을까. 그런 느낌은 몇 번인가 가졌었다. 초등학교 3학년 때, 줌의 엄마가 한국에 다녀와서 2인용 전기밥솥을 선물

해준 적이 있다. 우리는 주식이 빵이나 육류·감자 등이기 때문에 쌀밥을 해먹을 기회가 별로 없고, 만약 쌀을 사용하게 되면 주식이 아니라 반찬이 된다. 즁의 집에 초대받았을 때 맛보았던 쌀밥의 촉촉하고 부드럽던 감촉에 대해서 엄마가 여러 번 탄복했기 때문에 아마 그런 선물을 받게 된 모양이다.

즁의 엄마가 설명해준 방법대로 쌀을 씻어 안치고 물을 전기밥솥에 표시되어 있는 금에 맞춰 부어 스위치를 누르던 엄마는 참 편리하다, 너무 좋다, 그렇게 감탄을 연발하면서 간장(slasa)을 사러 한국 식품점이 밀집해 있는 카라보보(Carabobo) 거리로 부지런히 떠났는데, 나는 밥이 다 됐을 때 자동으로 올라간다는 스위치가 콩을 올려놨을 경우에도 올라갈 수 있는지 시험해보고 싶어져서, 큼직한 강낭콩을 스위치 위에 얹어봤다.

결과적으로 그 콩이 튀어나가 자동으로 밥이 잘 되기를 바란 게 아니고 절대로 콩이 튀지 못하게 고정시킨 셈이어서, 2층 서재에서 형 빠블로와 숙제하다가 뭔가 타는 냄새가 집안 가득 진동하는구나 싶어 내려와 보니, 콩이 튀어주지 않고 계속 스위치를 누르고 있었으니, 쌀밥이 타버리는 사건은 당연하게 일어나고 있었다.

마침 간장을 사가지고 온 엄마는 남자처럼 허허 웃었다. 딱 한마디, 콩이 튀나 시험해봤니? 그렇게 반문했지만, 그저 허허 웃어넘겨서, 오히려 나를 혼내주는 상황보다 더 난처하게 만들었다. 내 마음 깊은 데서 의아심과 더불어 반감이 일어났다. 야단을 맞을 때는 맞아야 하는 게 아닌가. 어떤 면으로는 의도적으로 야단맞을 궁리를 치워내기라도 한 것처럼 기분이 별로 안 좋았다.

선물 받을 때의 만족해하고 감격하던 모습과 너그러운 아량을 보이는 모습이 오버랩 되면서 엄마는 매우 가식에 찬 사람이구나, 그렇게 섭섭해졌다. 만약 어느 정도 야단을 맞았다고 해도 혹시 부모가 아니지 않을까 하는 의아심을 품는 건 자명한 일이고, 정말 중요한 것은 딱 뚜렷하지는

않지만 뭔가 석연찮은 기분까지 들어서 서랍에서 호적등본을 뒤적여 의심
나는 부분이 없나 살펴봤지만 그런 건 없었다.

개운치 않은 그 일은 얼마 지나지 않아 잊고 말았다. 그만큼 부모는 우
리에게 편안함 그 자체였다. 형 빠블로와 나는 여러 면에서 달랐다. 아마
형 빠블로는 친부모 중 그 누군가의 거역, 그러니까 둔하고 무던한 마음
씀씀이를 고스란히 물려받았을 테고, 나 또한 그 중 한 분의 성격을 빼닮
은 탓에 즁의 엄마가 한 농담처럼 한국의 유행어에 깊이 절감한다고나 할
까. 쌍둥이도 세대 차이를 느낀다는 요즘 세상이라는.

형 빠블로가 둔한 건 아무튼 알아줘야 한다. 아버지의 동료인 에스테반
아저씨가 여러 번 이혼하고 서너 번 결혼까지 해서 자식들의 성씨가 세
가지로 다른 데 대해서, 왜 그 애들의 제각각이냐고 자못 의문을 갖기에
나는 참 어처구니없는 정으로 형 빠블로를 자세히 훔쳐본 적이 있다.

그럴 때 그 우직함을 의심해서는 안 되는 게, 그는 그만큼 욕심이 없고
집중력이 강해서 오로지 축구밖에 모르는 인물이라, 내가 그의 단순함을
부러워한 적이 많다. 적어도 나처럼 쓸데없는 잔걱정은 안 하고 살 게 아
닌가. 뭐든 남보다 더 많이 알고자 닥치는 대로 책을 읽고, 언제나 잡념에
묶여 사는 나에 비교하면서, 나는 자주 형 빠블로의 둔질한 격에 묘한 매
력을 느껴오던 터였다.

그가 잠들기 시작해서 두 시간 동안 잠 속으로 빠져들면 그 어떤 소음조
차 그를 절대로 깨울 수 없다는 걸 우리 가족은 여러 번 당해왔고, 그 점
언제까지나 미스터리로 남아 있다. 병적이지 않을까. 정식으로 치료를 받
아야 하는 건 아닌가. 그렇게 걱정을 들을 정도로 도가 심했는데, 만약 그
에게 집을 맡기고 열쇠를 들고 나가지 않았을 경우에는 곤욕을 치러내는
건 맡아놓은 당상이다.

즁의 가족과 외식을 하고 집에 가서 후식을 들기로 한 날은 어쨌던가.
그는 열흘 뒤로 닥친 합숙 훈련에 대비해 실컷 잠이나 자 둔다고 외식 장소

엔 빠졌는데, 우리가 집에 도착하자마자 유감스럽게도 정장의 새옷을 갈아입고 외출하느라 하나같이 열쇠를 빠뜨리고 나왔음을 뒤늦게 깨닫고 말았다.

나는 미리부터 재미있기 시작해서 내내 웃음이 터지려는 걸 참고 증과 사태의 진전을 주시하고 있었다. 엄마는 침착을 잃지 않기 위해 애쓰며, 그러나 조심스럽게 여러 번 벨을 울리며 혹시나 하는 마음으로 대문을 두드려대는 아버지에게 다가갔다.

"가스꼰! 빠블로가 깨어날 동안 근처의 빠에 가서 차와 후식을 들기로 해요. 그 애의 깜박잠은 무려 두 시간을 잡아야 해요."

증의 가족이 들을까 봐 조심하며 소곤거리는 엄마에게 설득되어 근처의 커피숍에 가서도 아버지는 전화를 걸기 위해 여러 번 카운터로 다가갔는데, 그렇게 전화를 해봐야 전쟁이 일어나서 폭탄이 터지거나, 깊은 잠에서 깨어나는 두 시간 뒤가 아니면 불가능하다는 걸 누구보다도 익히 알고 있는 아버지는, 내내 기막히고 분해하였다.

여느 때와 같은 레퍼토리로 얼마쯤 지난 뒤 집에 가서 벨을 울리면 전혀 딴 세상에 머물다 나타난 사람처럼 문을 열고 반문하면서, 오히려 열쇠를 들고 나가지 않은 우리를 탓할 건 불을 보듯 뻔하다. 같은 방을 쓰는 나는 얼마나 많이 당했던가.

피아노 교습을 받고 집에 돌아와 대문과 현관은 들고 나온 열쇠로 통과할 수 있었지만, 방문의 고리쇠를 걸어두고 잠들어 있는 방에 들어가려고, 순간적인 기지로 과일칼을 문 사이에 넣어 한꺼번에 기합을 넣으면서 힘껏 위로 올려 밀어낼 때도 있었다.

그렇게 들어가서 깨워봐야 소용없는 게, 대답만 겨우 하고 몸은 못 일어나면서 알았다고 하거나, 만약 일어났다 해도 앉아 졸면서 다시 누워버리면 끝나는데, 꼭 병들어 있는 닭의 조는 모습과 흡사하다. 한 번은 야단치는 아버지한테, 그래야 깊은 잠을 잘 수 있다면서 미안한 마음과 진지한 대답으로 다시는 그런 일이 없도록 하겠다더니, 계속 문을 잠가대는 그 이상한 고집은 참 죽을 맛이다.

어느 날은 참지 못한 아버지가 이웃집에서 공구를 빌려다가 셔터를 올리고 유리를 부순 뒤 집안으로 들어갔는데, 그렇게 와장창 깨지는 유리창 소리조차 못 듣고 곤하게 잠들어 있는 형 빠블로의 천진무구한 모습이라니.

6. 왜 당신이 이산가족을 만들어요?

구스따보 형제와 헤어지고 가게로 돌아오면서 어쩌다 이처럼 무덤덤한 사람이 돼버렸나 싶어 자신의 의식 구조를 유심히 헤아려본다. 다른 사람이 고통을 당할 때 내 일처럼 같이 아파줘야 하는 세상 이치에서 이건 너무 어긋나 있는 게 아닌가.

아들의 친한 친구이고, 아들처럼 친근감이 들던 청년들이 출생과 양육에 관해서 느닷없는 충격을 당하는 갈림길에 서 있는데, 나는 그저 이렇게 안이하고 정돈된 마음가짐이어도 되는가. 나이는 들대로 들어가지고 이 무슨 둥그러진 처사인가.

그럼 어째야 할까. 안 된다. 어떻게 도와줄까. 그렇게 나서서 이런저런 지시를 해야 하는 건 아니잖은가. 자의식의 분쟁이 서로 자리다툼을 한다. 성격상 아름다운 일이나 좋은 일을 칭찬하기도 어렵지만 고달프고 우울한 일들을 만나게 되면 오히려 말을 아끼게 된다.

왠지 의무의 말도 건네기가 겸연쩍고 마음속으로나 같이 아파준다고나 할까. 이런 무덤덤한 현상이 어느 날부터 점차적으로 시작되었다고 해야겠다. 청대콩처럼 풋풋하던 열네 살의 큰아들을 하루아침에 교통사고로 잃고 나서 나는 풀포기의 작은 잎새 하나 꺾을 수 없었다. 죽음이라는 불가항력에 대해서 말없는 저항을 한 게 아니라 작은 잡초 하나도 상처내거나 없애기가 두려웠었다.

토요일 오후마다 배워오던 꽃꽂이마저 그만두게 되었다. 수반에 꽃을 올리기 위해 어린 가지들을 자르는 일이 은근한 고문처럼 나를 괴롭혔다.

작은 곤충 하나 죽일 수 없었고, 이웃집에서 넘나드는 고양이조차 쫓아내기가 망설여졌다. 아아, 누군가의 영혼이 그것들에게 들어가 있을지도 모른다는 생각을 수없이 하고 수없는 후회를 했었다.

제나라의 관리가 강에 배를 띄우고 물놀이를 즐기는데 충직한 하인이 원숭이 어미에게서 새끼를 가로채 배에 태웠다. 강 위쪽으로 거슬러 올라가는 내내 어미원숭이는 꺼이꺼이 울며 언덕을 따라 올라왔는데, 물놀이가 끝났을 때 강기슭에 다다른 배에서 하인이 새끼를 돌려줬으나, 애간장이 탄 어미원숭이는 그 자리에서 죽어버렸다. 배를 갈라본 원숭이의 장(臟)은 토막토막 잘려 있었다는 얘기에서 연유된 '단장(斷腸)의 슬픔'이라는 고사를 절감하듯 기억해냈다.

길을 가다가, 미사를 드리다가, 여러 번 나의 신에게 무릎을 꿇고 싶은 심사였다. 네, 모든 것 다 잘못했습니다. 제가 모르는 일까지도 다 잘못했습니다. 그런 심정 말이다.

초저녁의 신선한 바람을 쐬기 위해 가게 앞에 나갔다가, 이웃 가게의 한국인 형제들이 권투하는 시늉을 하며 장난치는 걸 바라보고, 내 아이들이 그랬었던 날들을 떠올리며 금세 슬퍼져서 부리나케 가게로 돌아가 거울을 보며 울지 않으려고 계속 눈물을 닦아내면서, 그러나 울었다.

나이 40이 넘도록 시집살이를 하고 있던 친구는 나를 위로한다고 슬픔은 그래도 아름다움 쪽에 자리 잡고 있는 괴로움인 게라고, 마치 시라도 읊듯 감상에 젖은 갈쌍한 눈길로 얘기하면서…….

"요즘 새댁들은 '시'자 든 게 싫어서 시금치조차 안 먹는다더라. 나처럼 증오심이 자리한 각박함이 더 큰 고통이 아닐까."

그렇게 근사하게 단정했지만, 차라리 누구를 미워할 수 있는 몫이 낫겠다.

'이런 비애감에 젖어서 살 바에야 차라리 누구와 아등바등 다투면서 사는 게 편할 거야.'

그렇게 기만하기도 여러 번이었다. 누구에게 위로받기가 죽기보다 싫어서, 위장된 미소가 차라리 덜 부끄러울 게라는 입지를 세운 나는 외출할 때 좀 더 깔끔한, 되도록 초라하지 않은 옷으로 치장하려고 애썼다.

당분간 아무 곳도 나가지 않으려 작정했을 때의 내 작은아이는 어쨌는가. 외출할 때마다 이 옷, 저 옷 입어보던 내 평소의 습관을 눈여겨본 모양인 아이는, 서너 벌의 옷을 챙겨들고 와 나를 채근하였다.

"어떤 옷을 입으시겠어요? 가고 싶은 데 가시고 오라는 데마다 참석하세요. 밤에 혼자 남아있는 나를 염려해서 그러신다면 그건 괜한 걱정이에요. 나는 어리지만 믿음 때문에 혼자 있어도 무섭지 않아요. 나는 형이 하늘에 있다는 확신을 갖고 있으니까 외로운 것도 몰라요. 심심하지 않을까 그 점도 걱정하지 마세요. 형이 살아 있을 이전부터 나는 심심할 시간이 없어요. 할 일 없으면 책이나 텔레비전을 보면 돼요."

아이에 떠밀려 친구들의 모임이나 여러 잔치에 참석해가면서 11살 난 아들의 어디에 저토록 강인한 정신이 박혀 있었던가, 내심 내가 아이를 너무 애어른처럼 키운 건 아닌가, 자책하는 마음으로 돌이켜보았다. 그때부터 나는 회오리바람처럼 휘돌아다녔다. 그렇게 다녀봐야 별다른 후련한 구석도 없던 것을……

파동이 일정한 물 위에 떠 있는 것 같은 불안정감, 매우 웅크린 일상, 지나치게 절제된 희열이 내게 신경성 소화불량이라는 병을 가져왔다. 언제나 위 부위가 서그럭거렸고, 날마다의 여윈 잠으로 얼굴은 하루가 다르게 푸석거렸다.

그 무렵, 남편은 낚시에 온 정신을 빼앗기고 살았다. 물고기도 생명체인데 살생하는 일이 마음에 안 든다고 여러 번 반대를 하면, 남편은 어림없다는 듯 비웃고 나섰다.

"당신이 무슨 불교 신잔가? 예수도 바다에서 제자들에게 고기를 낚게 했는데, 십계명의 어디에 살생을 하지 말라고 써 있다는 거야? 살인하지 말라는 대목은 봤어도 나 원, 살생하지 말라는 조항은 본 일이 없네."

"강에서 자기 가족들과 살아가게 놔두지 그래요. 왜 당신이 이산가족을 만들어요?"

내가 탄식 비슷하게 한숨을 섞으면, 총알처럼 쏘아대는 남편의 변명은 너무 근사해서 나는 말을 잃고 멍한 표정으로 그의 대답을 듣게 된다.

"물고기들은 둔해도 너무 둔해, 이 사람아. 낚싯밥 따먹느라 바늘이 주둥이에 꿰인 채 도망간 지 몇 분도 못 돼 다시 먹이를 탐내어 목숨 걸고 달려드는 게 물고기야. 물고기도 생명이 있다느니 어쩌느니 인류학자 같은 소리로 나를 피곤하게 하는 건 좋지만, 내 솔직하게 얘기하는데 당신은 나한테 감사하면서 살아야 돼. 장대 같은 자식을 갑자기 잃고 나니까 세상만사 참 허무하다는 생각밖에 남는 게 없었어. 강가에 낚싯대 걸쳐놓고 내 시름을 멀리 멀리 흘려보내는 처절한 내 심정을 당신이 알기나 하는지 몰라."

꼭 티를 내면서 괴로워해야만 하는 사람처럼 남편은 투덜거렸다. 잊기 위해서 살아가는 남편의 고통과 잊지 않고 살아가려는 나의 대결과 같은 자세는 상반되게 달랐다. 밤중에 또는 새벽녘에 자다가 부스럭거리며 낚시 장비를 챙겨 서둘러 떠나는 남편을 바라보면서 묵묵히 주눅 들린 마음의 주름살을 펴기 위해 말없이 체념하는 지혜를 터득해 나갔다.

7. 떠나보내는 연습

갑자기 봇물 터지듯 쏟아지기 시작한 일들은 우리 형제를 강물에 떠밀어 넣어 허우적대는 형상으로 이끌었다. 판사가 비서를 통해서 건네준 서류의 지시대로 우리 형제는 여러 가지 검사를 받기 위해 나다녀야 했다.

공복 상태로 출두해서 이른 새벽마다 치러내는 종합 검사를 우리 형제에게 지치도록 유도하였다. 혈액 검사, 유전자 검사를 치러낼 때의 심정이란 비참, 그 자체였다고나 할까. 우리는 미성년이기 때문에 재판이 있을지라도 직접 참여하지는 않는다. 판사나 그의 비서에 의해서 상황 판단을 전달받거나 지시 사항을 들었다. 판사는 아주 훌륭하고 썩 그럴 듯한 체격

을 갖추고 있었고 말할 때는 목소리를 한 자락 깔듯이 낮은 목소리로 말했
는데, 마치 성난 짐승이 자기 경계에 대비해서 으르렁거리는 모양으로 비
교되었다.

형식적이고 예절을 잃지 않는 어휘들. 허허로운 감상을 안겨주는 권위
적인 언어들. 때때로 코를 찌르는 것처럼 불리한 처지에 놓인 우리의 형편
때문에 언제나 법을 내세우길 좋아하는 판사의 엉뚱한 명령에 할 수 없이
순종해야 할 때가 얼마나 많았던가.

엄마는 아버지의 일로 날마다 동분서주였다. 저녁 늦게야 돌아오는 엄
마와 우리 형제는 미리 약속이라도 한 것처럼 아버지의 일에 대해서는 일
언반구 없이 묵과를 고수했다. 틈나는 대로 엄마의 가사를 돕고 하루하루
를 숙제 해결하는 마음으로 지내고자 노력했다.

그러나 더 나은 일을 예감이라도 한 것일까. 엄마는 우리가 캠핑 떠날
때와 같이 특별한 음식을 장만해서 먹이고, 평소의 근검절약하던 습관을
잊었다는 듯이 여러 벌의 옷과 구두·운동화까지 구입하고 있었다.

나의 큰 기벽이랄 수 있는, 소리죽여 텔레비전을 켜놓고 라디오의 볼륨
을 크게 해서 한 번에 두 가지 효과를 취득하는, 그러니까 텔레비전으로는
축구 시합을 라디오로는 뉴스나 대담을 듣는 방법을 평소에 못견뎌했던
엄마였다.

"이것도 세대 차이니? 우리 때는 잠자면서 라디오를 켜놓고 잔다고 어른
들한테 큰 걱정을 들었는데, 이건 뭐 한 술이 아니라 두 술을 더 뜨는구나.
거기다 어떤 땐 책까지 읽더라. 이런 걸 누구한테 배운 거니?"

"중한테요."

그러던 엄마가 의외로 인정하고 나선 것이다.

"그래, 컴퓨터 시대에 살고 있는 너희에게 그 정도는 별로 어려운 문제
가 아닐 테지."

아버지 일로 엄마가 나약해지신 걸까. 엄마는 우리를 떠나보낼 연습을

하고 있었던 것이다. 운명은 우리를 예정하지 못한 곳으로 이끌어가고 있었다. 지금껏 그래왔지만, 뭔가 지속적인 모습으로.

8. 정이 들대로 들어버린 애들과 함께

세뇨라 엘레나를 방문하려고 전화를 걸면서 현지인들처럼 예의를 갖추고 산다는 게 꽤 불편하다고 생각해 왔었는데, 사실은 그럴 듯하게 편리한 방식이라는 생각이 스치듯 지나간다. 같은 한국 사람일 경우, 문득 생각나거나 갑자기 만나고 싶을 때 허물없이 불쑥 찾아가는 방문이 그런대로 인정스럽다고 여겨왔는데, 모르는 사이에 일일이 전화하고 시간에 초점을 맞추는 일이 습관화된 모양이다.

서양 사람들 나름대로의 양반 기질 앞에 맞닥뜨릴 때마다 동서양을 막론하고 내재해 있는 차등을 두고 싶어 하는 인간 기질에 여러 번 질식할 것처럼 놀란 일이 있다.

얼어 죽어도 겻불 아니 쬐고, 물에 빠져 죽어도 개헤엄 안친다는 게 동양의 양반 기질이라면, 음흉하고 깊기가 꼭 남미의 겨울 날씨와 같다. 영하로 내려가지 않는데도 뼛속까지 으스스하고 싶은 썰렁함이 바로 그들의 은근하고 끈기 있는 성격과 닮은 것처럼 생각되는 것이다.

아무리 바쁘고 급한 일이 생겨도 뜀박질 따위는 삼가는 그들. 서두르고 초조하게 사는 걸 부끄럽게 알고, 뛰거나 큰소리 내는 걸 큰 수치로 알며, 도망치는 도둑을 잡지 못할지언정 뛰기를 싫어하는 이들.

토요일에는 오전에만 선물가게를 열기 때문에 오후에 방문하기로 시간을 정하고, 누가 쫓아오기라도 하는 듯 급하고 바쁜 마음으로 부지런을 떨며 집안을 치운다. 이민 와서 자주 깨닫는 건 바쁜 이민 생활을 해내는 여인들은 모두 여장부(슈퍼우먼)에 가깝다는 점이다.

1주일 내내 일이나 작업에 매달려 지내다가 반휴(半休)의 토요일 오후부터 일요일 저녁까지는 밀린 빨래·청소·취미·신앙생활까지 빠뜨리지 않고 겸사겸사 해내는 것이다.

세뇨라 엘레나를 방문하여 포옹하면서 뺨에 뺨을 대는 인사를 할 때, 나는 놀랐으나 내색을 안했다. 그녀는 마른 나뭇등걸처럼 말라 있었다. 여전하게 청안의 모습을 잃지 않고 있었으나 어딘지 모르게 기진맥진한 태도였다.

"사과드릴 일이 있어요."

과일과 차를 내놓으면서 세뇨라 엘레나가 그렇게 말하자, 그녀가 내게 어떤 잘못을 갖고 있었던지, 그녀와 관계했던 지난 일들이 기억을 총동원하여 빠르고 짧게 반추해 본다. 걸리는 일이 없다.

"예전에 중의 형이 사고를 당했을 때의 일입니다. 그때 당신의 고통이 이처럼 대단했을 거라고는 상상도 못했을 뿐더러 사람은 언제나 죽는 거니까, 운명이니까, 사람의 힘으로 어쩔 수 없지. 그렇게 방관하는 마음은 아니었던가, 그 점 사과하고 싶어요. 물론 그 당신 나도 몹시 슬펐었고, 특히 어머니인 당신이 참 안돼 보였었지만, 이 정도였을 거라고는 상상도 못했어요. 당신이 이랬을 테지요?"

나는 웃었다. 아주 담담하게.

"아닙니다, 엘레나. 나는 요즈음 참 평화롭게 살아요. 내 주위 사람들은 이제 6년이나 지났으니까 내가 적당히 잊고 지내는 줄 알지만, 네, 많이 잊었을 수도 있어요. 그러나 분명히 말하고 싶은 것은 6년 동안 하루도 그 애를 위해 기도를 빠뜨린 일이 없다는 점입니다. 내가 그 애를 위해 해낼 수 있는 모성애는 그저 그 애의 영혼을 위해 기도하는 일이지요. 그리워하거나 보고 싶어 하는 일은 의식적으로 피했습니다. 임 떠난 사람을 그리워하다니, 그건 얼마나 어리석은 일입니까. 방법을 달리했을 뿐입니다. 살아생전에 만날 수 없는 곳으로 유학을 보냈다고 굳게 단정하는 것입니다. 친구들이 그 자녀들을 미국이나 한국으로 유학 보내고 나서 여러 가지 근심, 그러니까 끼니나 제대로 찾아 먹는가, 감기나 병을 앓는 건 아닐까 하는 자잘한 걱정들과 애자지정의 그리움으로 눈물을 글썽이는 걸

보게 되면서 나는 스스로를 다독였습니다. 그래, 가장 멀리 보낸 사람은 난데, 나는 그래도 잘 참는 엄마구나.”

세뇨라 엘레나가 흐느끼기 시작했다. 울지 않으려고 애쓰다가 결국 몸부림치며 울고 있었다. 나는 지난번 구스따보 형제와 출생에 관한 얘기를 나눌 때 아무런 위로를 주지 못한 걸 못내 미안하게 생각하고 있었으므로 일부러라도 말수를 늘린 셈이다.

큰애가 떠나고 나서부터 누구에게라도 나를 견주어보는 일을 하지 않았다. 특히 내 형편보다 못한 사람들과 비교해서 자기 위안을 받는 일은 절대로 삼갔다. 일종의 교만이나 탐애가 될 우려가 앞섰었기 때문에. 어떤 때, 꽤 가깝다고 생각했던 친구에게서까지 지독한 타인 의식을 뜯어보게 되었다. 찬찬히. 설마라는 심정으로……

교민 중의 어느 집에 우환이 있거나 젊은 나이로 세상을 떠나는 불상사를 겪게 되는 가정에 대해서, 흡사 어떤 죄에 대한 징계나 징벌이 빚어낸 결과처럼 단언하면서, 물론 나에 대해서 그렇게 말하는 건 결코 아니라고 심지까지 심어대는 상황에 처할 때마다 사람처럼 잔인한 동물도 없구나, 그렇게 절감했었다. 동물의 자절 현상은 인간의 정신세계에도 존재하지 않을까. 절망이나 위기의 시기를 끊어버리고 위해를 면하려고 다시 재생하는 정신력 말이다.

최근의 나는 희망도 절망도 가까이하지 않는다. 내가 애써 갖추려고 노력하는 자세는 어떤 일이든 받아들이려는 순응의 마음가짐이다. 시간은 밀물처럼 일정하게 밀려오지만 썰물처럼 여지없이 밀려나가기도 한다.

나는 다시 말을 아끼고 세뇨라 엘레나의 어려운 얘기들을 들어주고 같이 걱정하는 역할의 나로 돌아와 있었다.

“애석한 일은 아이들이 친족에게 돌아가야 한다는 법의 판결이 내렸습니다. 외가는 생존한 사람이 없고, 친부 쪽으로 할머니와 삼촌, 그리고 고모가 있다는 것 같아요. 긴박하게도 사흘 뒤로 결정됐어요. 일부터 내색하지 않고 애들을 보낼 준비를 했는데, 이렇게 사는 일이 지옥 같군요. 정이 들대로 들어버린 애들과 함께 있을 때마다 어떻게 떠나보낼 수 있을지 참 괴로워요. 나는 벌을 받는 걸까요?"

대답할 말을 잃은 나는 울고 싶었다. 그러나 울지 못했다.

9. 우리들의 뜻과는 상관없이

친족들이 산다는 할머니 집으로 들어가던 날. 마지못해, 그야말로 어쩔 수 없어서 친가로 들어가던 날은 왜 그렇게 떳떳하지 못하고, 모랫덩이들이 신발에 들어간 것처럼 발걸음이 푸석거리던지, 여러 가지 검사를 당하면서 마치 법이라는 무뢰한에게 포위라도 당한 것처럼 시키는 대로 해내면서, 우리의 의지와는 상관없이 무척 시달려왔는데도 판사의 호출을 받고 명령에 가까운 지시를 받자 난데없는 웃음부터 터져 나왔다.

"미쳤군."

자신에게 소리 없는 질책을 보냈지만, 그 웃음은 쉽사리 사라지지 않았다. 내 나름대로 분석해 보건대 너무 기가 막혀서 웃었던 모양이다.

"축하한다. 두 사람이 친족에게 돌아가게 된 걸. 지금 들어가서 간단히 짐을 싸도록 해라. 두 사람은 오늘부터 친족과 함께 살게 되었음을 기뻐해라."

"돌아간다구요?"

놀랍고 어처구니없는 반문으로 대답하는 내가 미처 이해하지 못했다고 생각하고 있는 모양이다. 판사는 강조하듯 뚜렷한 목소리로 명령했다.

"법에 의해서 두 사람을 친가에 보낸다."

"우리의 뜻과 상관없이, 우리와 아무런 상의도 없이 무조건 법이 우선입니까?"

형 빠블로가 더듬거리며 그러나 제대로 말한 것 같다. 판사는 사탄처럼 키로 밀을 까불듯 우리를 마음대로 다루더니 멋대로 요리하고 있었다. 그 잘난 법이라는 앞치마를 두르고……

"두 사람은 아직 미성년이다. 비록 다음 해에 성년이 되는 나이라 할지라도 두 사람을 범죄자의 집안에 그대로 방치해둘 수는 없다. 불법 양육은 살인이나 유괴 다음으로 중죄에 속한다는 사실을 그대들은 아는가. 물론 두 사람이 양부모 집에서 여러 해 살아와서 사실 양부모도 아니지만, 아무튼 그 집에서 정답게 살아와 쉽게 떠날 기분이 아닌 줄은 잘 알지만, 법은 사소한 애착이나 정 따위를 용납 못해. 알았나?"

우리의 운명은 아예 질긴 고리로 연결되어 풀릴 수 없는 모양인가. 우리와 엄마는 머잖아 만날 수 있겠거니, 그런 확신을 가지고 아쉽지만 헤어졌다.

할머니와 고모는 우리 형제를 안고, 서럽고 감격에 찬 소리로 울었는데, 우리는 상반되게도 아버지와 엄마를 생각해 내고 눈물이 글썽여졌다고 해야겠다. 낯선 혈육들, 낯선 환경에 날이 갈수록 익숙해지는 게 아니라 더욱더 생소해지면서 쉽게 돌아가지 못할 것 같은 절망감이 여러 차례 알 수 없는 불안감으로 뒤바뀌고 있었다.

그 예감은 적중했다. 여러 가지로 불편했다. 사고방식이나 습관이 매우 달랐다. 재산이 많고 적고의 비유가 아니다. 다행히 친족이 더 부유한 편이니까, 가난이 싫어서 되돌아가고 싶어한다는 그런 얄팍한 부담감은 없게 됐지만, 과묵한 부모에게서 자라다가 할머니의 끝도 없는 중얼거림은 인내심의 한계를 갖게 했고, 사실상 죄스러운 마음으로까지 몰고 갔다.

"너도 내 나이가 돼봐라. 오버코트 하나 걸치기도 무겁고, 물 한 병 들기도 짐스러울 때가 온다. 기억도 흐려지고, 셈도 밝지 못하고, 무엇보다 견디기 어려운 건 잊지 말아야지 다짐하면서, 그 자리에서 잊고야 마는 증상이 생기게 된다. 잘난 홍차 한 잔 마시겠다고 가스레인지를 잘 잠갔나 확인해보고 돌아서서 또 확인해보고, 다시 돌아서서 세 번째까지 확인하고 나서야 안심이 되는 이 건망증."

곰곰이 생각해내지 않으면 안 될 낯선 가족 관계와 새로운 학교로 옮긴 것처럼 편입된 환경의 어색한 혼돈. 무미건조한 일상. 가장 견디기 힘든 일은 양부모 손에서 자라온 사실이 아니라 낯이 익지 않은 친족에게 얹혀 지내야 한다는 점이다.

말을 꺼내기도 괴로운 또 다른 고달픔은 형 빠블로의 깜박잠을 이해하지 못하고 당장에 고치려 드는 점이다. 되도록이면 상처를 주지 않으려는 입장에서, 지나가는 말에 가깝게 넌지시 하는 얘기지만 듣기에 민망해서 몸 둘 바를 모를 때가 많다.

"교육을 잘못 받았구나. 잠버릇 하나 제대로 고쳐주지 못하고 망아지처럼 키우다니. 하기야 남의 아이들을 죄의식 한 점 없이 착취하는 인간들이 교육인들 제대로 시켰을까?"

차라리 우리를 나무라거나 탓하는 건 참을 수 있겠는데, 부모를 헐뜯고 깎아내리려는 의도에는 치욕감이 앞섰다. 낯선 혈육, 낯선 환경이 얼마나 껄끄럽고 얼마나 안절부절 갈피를 잡기 어려운 노릇인지 그들은 알려고 하지 않는다.

형 빠블로가 미안해서 쩔쩔매는 자세만 바라보아도 나는 울분이 목 안에서 꿀꺽 삼켜지는 기분이 들었고, 가까스로 그 집어삼킨 울분을 소화시키고자 애를 태우게 된다. 이웃 사람들이 할머니를 위로한다고 찾아와서 연신 합창하듯 디오스미오(Dios mio=세상에, 나의 신이여)를 중얼거리며, 원수의 음식을 나눠먹고 크다니. 그런 탄식을 보태줄 때도 괴롭기는 마찬가지이다.

혈족에 관해서는 중요한 관계라고 생각하고 할머니를 위시한 친족들에게 뭐라고 뚜렷하게 말할 수 없는 따뜻한 기류가 통한다는 것 인정하는데도, 왜 자꾸만 함정에 빠진 짐승처럼 나갈 길을 못 찾아 갈급증에서 헤맬까. 앞으로 나갈 길을 모색할 수 있는 희미한 광선조차 못 찾아낸 더듬이 달린 곤충처럼 왜 자꾸만 더듬거리며 방향을 찾고 있을까.

10. "잘 먹고 잘 살아라."

우리 형제의 앞날을 판사가 지고 있기라도 하다는 듯 우리는 판사의 손가락에 의해서 지시 당했고, 눈을 부라린 법이라는 청사진에 의해서 움직여야 했다. 법이라는 구조는 왜 하나같이 이기적이고 편파적일까.

누구나 자기 쪽을 두둔하기에 바쁘고 상대편을 나쁜 쪽으로 매도하기를 서슴지 않는다. 고리타분한 테두리와 각본된 기틀만을 요구하는 판사는 언제나 우리의 발언을 봉쇄하는 데만 급급했고, 법원도 더 이상 소득 없는 요청은 삼가라는 듯 오로지 명령으로만 일관했다.

낳지도 않은 자식들에 대한 엄마의 모성애는 새록새록 진한 그리움으로 다가왔다.

형 빠블로가 합숙 훈련을 하기 위해 클럽으로 떠난 날, 나는 용기를 내어 집을 찾아갔다. 거리의 집들을 끼고 자신의 긴 그림자를 이끌며 집으로 달리듯 찾아갔을 때, 새삼스럽게 엄마가 만들어주었던 아늑한 요람과 같은 둥지가 그토록 반가웠다.

언제나 드나들던 대문. 사시장철 푸르름을 유지하던 정원의 나무들. 거실에서 창문을 밝히고 있는 불빛만 바라보아도 가슴이 두근거리며 감개무량이었다. 부모가 지어준 둥지가 얼마나 안락한 보금자리였는지를 거푸거푸 깨달으면서 온몸을 작은 새처럼 웅크린 채 나를 맞고 있는 엄마를 바라보자 울음이 북받쳐 올랐지만, 내가 감상에 치우치면 엄마까지 흔들리게 될까 봐 구태의연하게 반가움을 표시했다.

강한 인내가 엄마의 얼굴 전체에 진한 화장이나 한 듯 깊게 배어 있었다. 크고 싶던 눈망울이 졸린 것처럼 잔잔해져 있음도 그걸 말해주었다. 예전의 엄마는 신비한 힘을 지니고 있었다. 어떤 위기감이나 위급 상황에 처할 때, 당황하는 일 없이 평소보다 몇 갑절 더 침착해지는 이상한 저력 말이다. 그 저력을 끄집어내듯이 엄마가 나를 다독여주었다.

"구스따보, 너희가 어떤 곳에 있어도 아버지나 나는 너희 곁에 있다고 여겨라. 우리 서로를 위해 대범하게 살자. 슬픔이나 고통에 아까운 세월을 빼앗겨서야 되겠니?"

우연이었을까, 아니면 공교롭다고 말해야 할까. 그때였다. 경찰과 판사의 비서가 도착한 것은…….

초저녁 어스름에, 어둠을 재촉이라도 하듯 갑자기 들이닥친 그들을 만나자마자 마음속에 먹장구름이 쫘악 덮쳐왔다. 엄마와 나 사이에 대각선을 이루고 얼쩡대고 있는 판사의 비서를 바라보면서 저 충직한 심부름꾼이 이번에는 어떤 일을 꾸미러 왔으며, 그 어떤 일 앞에 어떤 대답을 준비해야 할까 잠시 고심하고 있는 나를 발견한다. 판사의 명령은 우리 형제에게 있어 언제나 부정적이었기 때문에…….

"판사의 명령으로……."

또 그 지긋지긋한, 법에 의해서라는 어휘를 말의 서두에 걸쳐놓을 테지.

"법에 의해서 두 사람은 피고 가스꼰의 집에 드나들어서는 안 되며, 재판이 끝날 때까지 축구나 피아노도 중단하고……."

젠장, 애들 소꿉장난도 이렇게 유치하지는 않겠네. 그들과 대치하기에 이미 지쳐버린 엄마와 나는 한마디 저항조차 불필요한 소모 작전일 따름이어서 이미 서로 약속이라도 한 것처럼 순순히 따르고 있었다.

엄마와 포옹하고 꿋꿋이 헤어지면서 서서히, 다시는 그 땅을 밟아서는 안 된다는 최후통첩을 받아든 사람처럼 모든 낯익은 것들, 집안의, 그리고 집밖의 모든 사물을 눈에 넣듯이 흡수하면서 느린 걸음으로 집을 나섰다.

마지막으로 다시 한 번 뒤를 돌아볼까 하다가 그만둔다. 이미 짙어진 어둠이 지독한 자괴감에 젖어들고 있는 나를, 철저하게 감춰줄 채비라도 했다는 듯 휘장처럼 드리우기 시작했다. 이럴 때 화를 내는 건 얼마나 별 볼 일 없는 바보짓인가. 나는 자신을 달래고 있었다. 진정하자.

모기 보고 칼 빼기 하는 사람은 우리인가, 또는 그들인가. 어디로 갈까. 갈 데가 없는 것 같은 이 막막함. 적당한 휴식조차 취할 수 없을 것 같은 이 소외감.

지젤이라는 친모는 누군가. 왜 우리를 책임감 없이 잉태했는가. 왜 우리를 임신한 몸으로 민주화 운동에 휩쓸렸는가. 그 민주화 운동을 친부한테만 맡길 수는 없었을까. 친모도 먼 존재지만, 마르셀로라는 친부는 까마득하게 먼 존재여서 먼지보다 더 작은 부피로 다가온다.

"첨예분자인 실종 부모여! 당신들은 위대한 분들인가. 자식을 임신한 몸으로 민주화 운동에 몸을 바친 것은 우리의 존재와 소중함을 포기한 처사가 아닌지. 네, 압니다. 당신들이 정책·시국, 그런 어마어마한 테두리의 희생양이었다고 말하고 싶은 것을. 당신들의 목숨을 걸고 나선 책임감 없는 생산은 잊고 싶지만, 키워준 부모의 목숨을 걸고 나선 양육은 영원히 잊지 않을 것입니다."

길모퉁이에 공중전화가 보여서 그리고 다가간다. 엄마에게 전화하여 목소리로라도 위로를 주고 싶다. 짧은 신호음에 이어져 남자 목소리가 들려 잠시 의아해진다.

"올라(Hola=여보세요)?"

나는 분명히 전화가 잘못 걸린 걸로 착각하고 번호를 확인해 물어본다.

"4689-2929가 아닙니까?"

"무챠쵸(Muchacho=청년), 번호도 맞고 집도 틀림없는 그 집입니다. 그러나 전화도 금지 사항에 들어 있다는 걸 명심하십시오."

집 앞에서 보초를 서게 될 경찰의 목소리인 모양이다. 판사의 비서는 이미 그 목소리를 귀 익혀 들어왔으니까. 공중전화의 수화기를 힘껏 내팽개칠까 하다가 참는다. 오히려 영원히 붙여놓기라도 하듯 서서히 내려서 누르다가 힘겹게 놓는다.

욕은 이럴 때 써먹으라고 만들었겠지. 평소에 알고 있던 여러 욕들이 뒤범벅되어 터져나오려 했지만 그만둔다. 욕은 그 뜻 때문에 써먹는 게 아니라, 강하게 표현하고 싶은 인뗀션(intencion=취지나 의도)에 의해서 해대는 것일 테니까. 언젠가 줌이 가르쳐준 한국에서 가장 점잖은 것으로 친다는 욕을 누구에게랄 것 없이 던지듯 뱉어본다.

“잘 먹고 잘살아라!”

11. “제3의 부모를 물색 중에 있지.”

때를 기다렸다는 듯 드디어 매스컴이 떠들기 시작했다. 일제히 들고 일어나 우리 형제를 도마 위에 올려놓고 요리까지 하려 들었다. 쳇, 우리 형제를 요리하려는 사람은 판사만으로도 대만족인데, 현실은 강압적이고 야멸찬 모습으로 우리를 갑작스레 단련시키려 들었다. 부모는 나라를 건지려고 대항하다 목숨을 바쳤는데, 너희는 겨우 그 잘난 축구 아니면 피아노냐. 부모의 원수들 취미를 고스란히 살려서 뭘 어쩌겠다는 거냐. 혈통에 대해서 중요하게 생각하지 않고 요람에 맛 들여 안일에 빠져 있는 어린 양들, 간단없이 비판하고 용서에 대해서는 인색하게 굴기를 바라는 유식하고 잘난 어른들.

우리 형제가 부모 집으로 돌아갈 수 있도록 선처를 바란다고 요청하던 날, 판사는 우리가 친족에게서 떨어져 나오고 싶어 그러는 줄로 단단히 착각하고, 자신감 넘치는 태연한 얼굴로 우리를 설득시키려 들었다. 대단한 자신감으로 오만과 권위만을 일삼는 자여.

“그렇잖아도 제3의 부모를 물색 중에 있지. 아주 근사한 부모를 정해줄 계획이다.”

참 기발한 계획도 다 있군. 제3의 부모라고?

“환경이 아주 좋은, 최고의 상류층에서 고르는 중이다.”

상류층? 그 차가운 지식으로 목욕하고, 그 표리부동한 선린으로 향수를 뿌리며, 오만한 자신지책으로 머리를 빗고, 자긍과 편견으로 어깨를 넓히는, 언제나 최고만 찾는 사람들 말인가. 대부분의 깨인 사람들이라고 자부하는, 이름깨나 날린다는 지식인들이 누구나 안고 있던 안일함에서 깨어나 우리의 일을 신나하며 각자가 지니고 있는 잣대를 가지고 왈가왈부 논쟁을 한다는 사실은 우리를 시린 추위로 떨게 했다.

그 논쟁점의 동기가 호기심이나 동정심에서 기인했다고 여기면 우리는 더욱 춥고 떨린다. 그들은 우리가 '더러운 전쟁'에서 희생된 속죄양, 번제물, 불행한 쌍둥이, 뚜렷한 명분도 없이 양부모에게 돌아가려는 무책임한 청소년, 그런 극단적인 표현을 서슴지 않고 단정 지어 말하기를 좋아한다.

의각지세(衣角之勢)의 메사(Mesa=테이블)에 올려진 이런 운명이 우연일까 필연일까. 그런 갈등을 겪고 있는 우리의 곤혹쯤 아무런 상관없이 뭇지식인들은 우리 형제의 고난을 욕심껏 음미하며 만족스럽게 깨물어대고 있었다.

12. 더러운 전쟁으로 맺어진 양부모

"엄마아~~~."

길고 급하게 부르는 걸로 봐서 텔레비전에 중요한 뉴스가 나온 모양이다. 이런 때 여유를 갖고 뛰면 꼭 봐둬야 할 장면을 놓치게 마련이어서 애들처럼 겅정겅정 뛰어 홀에 도착한다. 남편은 다시 바다낚시를 떠났다. 아들과 저녁식사를 끝내고 설거지를 하던 중이어서 티슈를 꺼내 젖은 손을 대강 닦으며 소파에 앉아 텔레비전을 바라본다.

"〈화제의 인물〉 시간이에요. 구스따보와 빠블로가 출연했어요."

머릿속에 영감쟁이가 들어앉기라도 한 것처럼 매사에 침착한 아들은 모르는 사람이 나오기라도 했다는 듯 태연자약이다. 채널 11의 〈화제의 인물〉 사회자인 호세 루이스(Jose Luis)가 출연자들을 소개하는 사이에, 대부분 유명인들로 구성된 대담자들의 모습이 차례차례 비치면서 맨 나중에 구스따보와 빠블로가 클로즈업되어 나타난다.

대담 첫 시간에 세뇨라 엘레나와 통화를 시도한 방송국 측의 배려는 분명 성공한 듯 보인다. 터져 나오려는 울음을 참느라고 쇳가루가 목에 걸린 것 같은 칼칼한 음성으로 표현조차 절제하는 세뇨라 엘레나의 모습이 대담자들 근처에 설치된 대형 화면에 비치자, 빠블로는 연신 눈을 깜빡거리며 고개를 쳐들어 천장 한쪽을 응시하고 있다.

떨어지려는 눈물을 참느라 애쓰는 것 같다. 구스따보는 절대로 흔들리지 않을 것 같은 굳고 강한 눈길로 전혀 흐트러지는 기색 없이 다부지게 앉아 있다.

카메라는 잠시 사회학자 아리엘 쟈신(Ariel Yassin) 박사에게 고정된다. 사회자의 질문에 답변할 차례가 닥쳐서이다. 남미인 특유의 다혈질적인 얼굴과는 달리 날카롭고 다부진 인상인데, 그 이름으로 봐서 유대인 계통인 듯싶다.

군정 시절 실종된 대학생 부부의 쌍둥이 아들이 자신들의 혈연보다는 '더러운 전쟁'으로 맺어진 양부모와 살기를 원한다는 발언은 파괴당한 가정의 예리한 상처를 눈에 보는 듯합니다. 특히 이 사건은 특정 여론에 의해 실종 부부의 아들을 친족에게 되돌려 보낸다는 원칙 때문에 당사자들의 감정을 무시할 수는 없으며, 이들 형제의 감정 또한 법 우위에 있어서도 곤란하겠습니다.

이러한 형제의 갈등이 엿보이는 희망은 '더러운 전쟁'이 남긴 실종 사건의 잔학성을 경감시키기는커녕, 오히려 비극적 폭력으로 인하여 한 가족이 얼마나 큰 곤경을 당하는가를 확대시켜 보여주는 셈입니다.

쌍둥이 형제 사건을 인권주의에 반대하기 위한 전략으로 이용하는 것은 결코 정당한 일이 아니며, 가정의 권리라는 특권이 쌍둥이 형제의 의사도 존중하고, 이들 형제의 뜻을 살려 양부모에게 돌려보낼 가능성을 시사하고 있지만, 이들 청소년 형제가 양부모에 대한 애정을 명확하지 않은 방법으로 표현하고 있는 것도 애초부터 이 사건이 혼돈을 거듭하며 시작됐기 때문이라고 봅니다.

그 누가 강제된 친족의 사랑과 고문, 죽음으로 연관된 운명 중의 하나를 택할 수 있겠습니까. 거기다 제3의 부모까

지. 복잡한 요인들이 얽혀 있는 이번 사건은 일상적 판례로
서가 아니라 법을 시험해보는 특별한 경우로 다뤄져야 할
것입니다.

—〈Buenos Aires Herald〉의 '사설'에서 인용

구스따보와 빠블로는 미성년이기 때문에 공적인 발언을 못하게 돼 있어
서 변호사 뻬드로 오르떼가(Pedro Ortega)의 대담이 비쳐졌다.

"가장 중요한 것은 쌍둥이 형제가 누구한테서 자랐느냐가 아니고, 성인
이 다 된 지금에 이르기까지 얼마만큼 잘 보호되어 왔느냐는 사실인 것입
니다. 그들이 미성년이라는 올가미에 씌워 가볍게 취급하지 말아야 합니
다. 자식이 부모를 사살하고, 부모가 자식을 죽이는 작금에 있어 남의 아
이를 내 아이 이상으로 키우고, 양부모를 내 부모 이상으로 섬기는 이런
인간애가 남아 있기에 우리 사회가 아직껏 건전하게 유지되고 있으며, 밝
은 미래를 돈독하게 다져주는 디딤돌 구실을 하는 것이라 사료됩니다. 예
전의 핵심 세력들은 그동안 어떤 정치를 펴나갔었고 어떤 압제를 가해왔
는지 반성하는 계기로 여기고 각성할 때입니다. 이 형제의 운명은 누구의
조절에 의해서 움직여지는 게 아니라 정당한 인격체로 대우되어 그 방향
이 제시되어야 하리라고 단언합니다."

언론인 후안 까를로스 굴람(Juan Carlos Gulam)의 발언은 좌담회에 참
석한 모든 이를 숙연한 분위기로 이끌어가는 것 같았다.

"경찰 가스꼰은 그가 맹종했던 체제 아래서 정책을 유리하게 이용하여
쌍둥이 아들을 선점(先占) 취득(取得)했지만, 20년이 가깝도록 지금껏 나
타나지 않는 흔적 없는 무덤에 묻힌 실종자들의 희생에 대해서는 일말의
가책을 받아야 할 사람입니다. 실종자들의 죽음은 고난의 과거사로 장식
되어 역사의 격류 속으로 흘러갔지만, 그들의 잔상은 곳곳에 흩어져 있어
서 이 청소년들처럼 진한 후유증으로 남아 있습니다. 사라진 그들의 값진
죽음과 경찰 가스꼰의 구속은 상쇄될 수 있을까요. 군정이라는 암흑 시기

에 뒤따른 후유증이 불법 입양, 미성년 착취 등등의 위법 여부를 판가름하는 법의 심판과 맞물려 이들 청소년의 앞길이 어떤 방면으로 결정되고 인도되어 나갈지 그 귀추가 주목됩니다. 엄격하고 균등하게 적용되어야 하는 게 법률이라고는 하지만, 우리의 내일을 짊어질 젊은이들의 앞길도 제대로 인도돼야 하는 게 우리 기성세대들이 안고 있는 중요한 과제라고 사료됩니다.”

혈통에 관한 의학적 고찰, 실종자들의 실태 파악, 20년형을 선고받고 있는 세뇰 가스꼰의 향방과 범법 적용에 대한 유추 해석. 그런 여러 가지 문제들이 중점적으로 다뤄지다가 카메라는 매주 목요일 오후 3시 30분에 〈5월의 광장〉에 모여서 흰 보자기(실종된 자식들이 입었던 옷에서 잘라 이름을 새겨 만들어진)를 두르고 공원을 돌고 있는 ‘침묵의 시위’를 비추면서 절정을 이루고 있었다.

자식들이 실종될 당시에는 40대였던 ‘5월의 광장 어머니회’의 모습은 참으로 끈질긴 열성과 한 맺히고 빛바랜 세월을 딛고 일어난 60대 할머니들로 변모되어 있었다.

‘돈다’는 것은 ‘끝난다’는 의미를 내포하기 때문에 계속 앞으로 나아간다는 뜻을 나타내고자 기필코 ‘행진’이라고 내세우며 ‘침묵의 시위’를 계속하고 있는 이들. ‘5월의 광장 어머니회’는 계속 계속 돌면서 걷고 있었다. ‘침묵의 행진’을.

(맹하린소설집 『세탁부』, 월간문학출판부, 2006)

공항의 진입로 근처는 대낮처럼 밝았다. 쉴 새 없이 멈추고 떠나는 차량들과 바삐 움직이는 인파로 생동감이 넘쳐나 설렘과 같은 기분까지 안겨주었다. 로터리 한켠에 선인장들이 붉은 꽃줄기를 꼿꼿이 쳐들고 있었으며, 철늦게 피어난 화초들은 을씨년스런 모습으로 띄엄띄엄 앉아 있었다.

부에노스 아이레스의 겨울은 언제나 가을이라는 계절을 시샘하듯 제치고, 다급하고, 성급한 걸음으로 다가온다. 영하로 내려가지 않는 기후인데도 뼛속까지 스며드는 깊은 추위는 유별나다는 감이 든다.

아무리 여름이 얼마 전에 지나갔다고는 해도, 겨울날에 고운 자태로 피어 있는 짙은 홍색의 꽃떨기를 보게 되면 일종의 변절스러움까지 느끼게 만들었다. 그래서 날씨가 비교적 온화하고 악천후의 기온을 강팍하게 버텨낸 경험이 부족해서인지 나무의 재목들이 거의 쓸 만한 게 없다는 얘기를 언젠가 유대인 목재상에게서 들은 일이 있다. 잘 부스러지고 쉽게 꺾어져버리는 습성을 지녔다는 것이다.

대지는 어떤가. 평소에는 딱딱하게 굳어서 홍고집스런 데가 있다가도 비만 내리면 푸욱푹 빠지는 진흙이질 않던가. 그런 연유로 나무들이 수월하게 성장하는 반면에 뿌리가 깊숙이 뻗어나질 못하고, 그 뻗어남도 의외로 얄팍해서 웬만한 비에도 쉽사리 나둥그러지곤 했다.

이런 자연적인 조건을 아르헨티나의 경제와 대조해 보면서 미래는 흠칫 놀라고 만다. 심심풀이삼아 여러 번 흔들리고 일진일퇴를 거듭해도 살아냈던 나라에 대한 지나친 결례가 아닐까 싶어서이다.

활주로 쪽에서는 비행기가 폭파음 같은 굉음을 싣고 마악 떠오르고 있었다. 공항에 닿을 때마다 "우리는 만날 때에 떠날 것을 염려하는 것과 같이 떠날 때에 다시 만날 것을 믿는다."는 한용운의 시가 생각난다. "만나는 사람은 반드시 헤어질 운명에 있다."는 지나치게 쓸쓸한 말도……

출입문 근처에는 물건을 싣거나 내리는 일에 함빡 정신을 쏟고 있는 사람들로 붐볐다. 소탈한 본토 여인이 남편인 듯한 남자와 석별의 포옹을 나누고 있었다. 그 포즈에 애틋함이 깃들어 있어, 미래는 그만 눈물을 글썽이고 있는 자신을 깨달았다.

미국이나 캐나다로 재이민을 떠나는 지인들을 배웅하러 공항에 닿을 때마다 미래는 자신도 떠나고 싶다는 강한 충동에 사로잡혔었다. 그런데 결국 떠나게 되다니…….

"엄마, 아빠는? 왜 우리만 한국에 가요? 아빠는 나중에 우리한테 와요?"

아이들의 꾸준한 질문에 응, 그래 하고 건성건성 대답은 하면서도 미래는 파근파근한 음식을 삼켰을 때처럼 명치끝이 몹시 미어지는 느낌이다.

캐나다 항공기 회사의 수속 창구로 다가가 먼저 하물을 체크하고 출국 수속을 시작한다. 2층의 여권 창구에서 출국 허가를 받은 뒤 대기실의 소파에 앉을 때까지도 아이들은 혹시나 하고 뒤돌아보는 일을 중단하지 않고 있다.

그러는 아이들을 지그시 바라보면서 미래는 오래 전에 관람한 〈스모크〉라는 영화를 떠올리게 된다. 25년 전에 스키 여행을 떠난 젊은이가 알프스에서 눈사태를 만나 행방불명이 된다. 그 무렵에 아기였던 그의 아들이 청년이 되어 같은 장소로 스키를 타러 간다.

큼직한 바위 위에 올려둔 배낭에서 빵을 꺼내던 청년은 대경실색하게 된다. 바위 아래켠의 동굴 속에 자연적으로 냉동되어 완벽하게 보존된 시체를 발견하게 된 것이다. 자식보다 훨씬 젊지만 오래 전 실종되었던 청년의 아버지. 웨인 왕 감독은 그 영화를 통해 현재와 과거를 잇는 인간적 고뇌의 해탈을 표출하려고 했던 듯하다.

미래도 의식적으로 뒤를 한 번 돌아본다. 마치 험준한 산 하나를 가까스로 넘은 것처럼 한숨이 저절로 새어나온다. 미래는 잃었던 길을 다시 찾아낸 나그네처럼 겨우 힘을 내며 새삼 어깨를 추스른다.

“여보세요.”

수민은 꼭 ‘여보세요’를 방울소리처럼 또르르 굴리듯 부르는 습관을 갖고 있었다.

“다영 엄마, 어떻게 지냈어?”

미래의 음성은 반가운 나머지 한 옥타브쯤 올라간다.

“어떻게 지냈겠어? 냄편하고 직장이 같으니까 앉으면 싸운다구. 그런데 있잖아, 왜 하늘같이 높아보이던 냄편이 직장 동료로밖에 안 보이는 거니? 동료는 동료지. 같이 일하니까.”

하하하. 전에 없던 웃음을 웃는 미래에게 수민은 따지듯 투정한다.

“왜 웃는겨? 정들면 곤란햐.”

미래는 다시 쾌청하게 웃는다.

“저런, 내 정신 좀 봐! 신겸이네한테서 편지가 왔어. 전에 신겸이네 살던 집에 이사 온 현지인이 가져왔더라.”

“왜 다영이네에까지?”

“우리 집하고 제일 가깝잖아. 근데 있잖아, 편지 말야. 이민 오니까 편지가 왜 그리 반가운 건지?”

“잘됐다. 모처럼 다영 엄마도 볼 겸 내가 곧 그리고 갈게.”

오후에 초등학교에서 돌아오는 애들보다 일찍 돌아오려고 미래는 외출을 서두른다.

아이들보다 먼저 집에 닿으려고 서둘러 나오면서도 아쉬운 마음에 자꾸만 발걸음이 늦춰진다. 수민은 텃밭에서 거둔 깻잎과 고추꾸러미를 들고 버스 정류장까지 쫓아 나온다.

“오늘은 왜 버스 신세니? 자가용은 모셔두려고 샀구나? 자그마치 해라. 이고지고 가는 사람 여태 한 번도 못 본 것 같은데!”

아무 대답도 안 하고 웃기만 하다가 야채 꾸러미를 받아든 미래는 손을 흔들어주고 마침 도착한 버스에 오른다.

버스의 오른편에서 세 번째 자리에 앉는다. 넓은 면적에 비해 인구가 4천만이라는 아르헨티나에는 '교통지옥'이라는 말이 있기나 한지, 따로 시간을 내어 사전을 찾아봐야겠다고 작정할 정도로 버스 안은 언제나 한산하다.

유심히 밖을 내다보다가 성진이라는 발신인이 누구일지 궁금해지기 시작한다. 자신도 모르게 호기심이 앞서 접착 부분을 살살 뜯어보게 된다. 보고 나서 살짝 붙여놔야지, 그렇게 약간의 장난스러운 기분도 편지를 뜯어보는 일에 한 몫을 한다.

안녕하십니까? 성진입니다. 형님께 직접 전달되는 요행을 바라면서 이 편지를 씁니다. 그 나라는 국제 전화 요금이 말도 못하게 비쌉니까? 누님의 거처가 아직 확실하게 결정되지 못해서라는 건 익히 알지만 초조하고 불안한 마음 이루 표현할 길 없군요. 하루 속히 연락주시기 바랍니다. 신우네를 잘 부탁드립니다. 형님을 믿고 떠난 사람들입니다. 안녕히 계십시오. ―성진 올림

빙그르르. 갑자기 가슴이 서늘해지면서 약간의 어지럼증이 밀려온다. 미래는 일의 전말(顚末)을 분석하려고 편지 내용을 일일이 전개시켜 하나씩 뜯고 맞추어 본다. 가만, 그동안 뭐 의심나는 일은 없었는지 살펴봐야해. 깜박깜박, 눈이 깜박이는 걸 스스로도 깨달을 수 있을 정도로 여러 생각들이 온통 눈길에 집중됨을 느낀다.

오디오를 켜고 따끈한 물에 녹차를 탄다. 투박한 질그릇으로 된 찻잔에 담긴 물이 작은 찻수저의 녹잎에 서서히 잠식당하듯 녹빛으로 번져가는 모양을 미래는 무심코 바라본다. 노르웨이 무곡은 등을 토닥이며 마음을 진정시켜주는 촉매 작용을 일으켜주는 듯싶다.

미래는 아무 영문도 모르는 채 거대한 회오리바람에 휘몰리는 듯한 두

렵고도 위협적인 감상에 사로잡힌다. 평상복을 입고 일을 붙잡는다. 아침에 사다 절여 놓은 배추를 골고루 절여지도록 이리저리 뒤집어준다. 배추! 미래는 퍼뜩 놀라며 하던 동작을 잠시 멈춘다. 수수께끼를 풀어내듯 배추에서 한 가닥의 실마리를 찾아낸 셈이다.

항상 세준을 신뢰했었기 때문에 그 당시에는 간단히 묵살해버렸던 사실이, 지금에 와서는 지극히 의심스럽다 못해 절대로 믿어서는 안 되는 일물로까지 바뀌다니…….

거의 6개월 전쯤, 배추를 사러 한국 식품점이 밀집돼 있는 백구 지역에 갔었다. 식품점에서 세준의 대학 선배인 이창민 씨의 부인을 만났었다. 그 부인이 물었다.

"그 집도 누구 친척을 초청하시나 봐요?"

"그럴 리가요. 남의 나라에 얹혀사는 일은 우리로서 만족인걸요."

"어머? 내가 P여행사에서 그 집 아빠를 봤는데? 초청장을 작성하고 계시던데……."

"잘못 보셨을 거예요."

"이상하다. 사람 알아보는 내 기억력은 정평이 나 있는데……."

미래는 이창민 씨 집에 전화를 해본다. 꼭 하기 싫은 전화를 억지스럽게 해내는 것처럼 행동이 매우 굼뜨다. 신호음이 계속 이어지는 소리를 간신히 참으며 지금 무슨 상황에 빠진 건가를 스스로에게 묻고 있다. 아무도 없는 것일까? 그렇게 단정하고 마악 끊으려고 하자 겨우 받는다.

"아, 백세준 씨 세뇨라구나."

"네? 처음으로 한 전화인데 잘 알아맞추시네요."

미래는 어떻게 해야 되나 고심하면서 의문의 한 자락을 조심스레 펼친다.

"언젠가 우리 그이를 P여행사에서 만났었다고 하셨죠?"

"아니라면서요? 세뇨라가 아닐 거라고 그러니까 정말 아닌 줄 알았는데. 근데 왜요? 아, 이제 와서 그 일이 마음에 걸렸나 보다."

작년 망년회에 그 댁에서 맛본 겉절이가 정말 근사했었다, 언제 한 번 가르쳐달라, 그렇게 딴전을 피우던 미래는 고맙다, 다시 만나자 그러며 전화를 끝낸다. 천천히 수화기를 놓자, 몇 가지 의문덩어리들이 잽싸게 달려드는 기분이어서 잠시 그 주위를 서성대기 시작했다.

하지만 퍼뜩 생각난 것처럼 서재로 가서 세준의 소지품들을 조심조심 들춰본다. 평소에는 안 하던 일이지만 뭔가 낌새가 이상하다고 여겨지니까 꽤 떳떳해지는 기분이라니. 해가 바뀔 때마다 새것으로 옮겨 적고 나서도 버리기가 아까웠던지 차곡차곡 간직해둔 수첩들은 꽤 여러 권이었다. 있다'Woo'라고만 적혀 있는 유난히 시선을 끌게 되는 작은 글씨.

그 작은 글씨는 다른 사람이 못 보게 하려고 그렇게 작게 써놓은 게 아니라 꼭 발견되기를 바라는 것처럼 너무나도 작아서 도리어 더 확실하게 드러나고 있었다. 크기가 쥐벼룩만 하니까 자세히, 더욱 자세히 바라보게 되는 매우 매우 작은 글씨들.

마포구 합정동 818-835. 전화 00822-964-1423. 성진이라는 사람의 주소다. 아니, 동일하다고 해야 맞는 얘길까? 감춰졌던 윤곽이 약간이나마 드러난 셈인데 어찌하여 탄성이나 쾌재는 안 생기고 쟁정쟁정한 쇳소리 속에 주저앉아버린 느낌인 것일까.

아이들이 돌아왔는지 미끄로(micro=학교 버스)의 클랙슨 소리가 두어 번 길고 짧게 울린다. 제각각 지니고 다니는 열쇠로 대문을 열고 들어와서 다녀왔다고 인사하고 교복들을 벗느라 소란스런 두 아이. 간식을 들면서 두 아이는 잠시도 쉴 새 없이 학교에서 있었던 얘기들을 주고받고 있다. 3분의 2가 까스떼쟈노(caltellano=서반아어)여서 짧게 경고한다.

"집에서는 한국말!"

"네, 엄마. 그런데 우리도 모르는 사이에 이 나라 말만 나와요. 언젠가 말했지요? 우린 아무리 안 그럴 생각인데도 이 나라 말이 먼저 앞선다고."

"형, 엄마가 학교 다닐 때 수학을 싫어했다는 건 진짜 맞는 얘기 같아.

엄마는 분수를 읽을 때, 분자부터 읽지 않고 분모부터 읽더라니까.”

“한국은 분모부터 읽는다고 몇 번이나 말해야겠니?”

“신규야, 우린 이 나라에서 태어났으니까 한국에 대해서 아는 척하면 곤란하지. 너와 엄마가 그 문제 가지고 의견 충돌을 할 때면 난 〈걸리버 여행기〉가 생각나. 〈걸리버 여행기〉의 소인국 사람들이었던가? 계란을 먹을 때는 뾰쪽한 쪽을 깨뜨려서는 안 된다고 아주 강한 법률을 만든 게…….”

“녀석들.”

미래는 눈이 감기듯 웃고, 아이들은 까르륵거리며 웃어댄다. 또다시 까스떼쟈노로 얘기들이 오가고 있다. 언젠가는 그 종달새들의 지저귐 같은 재잘거림을 살며시 녹음해둔 적도 있다.

전화벨이 울린다. 세준의 전화다. 그는 하루에 두 번쯤 전화를 해온다. 마침 녹음된 음성을 들려주듯…….

난데, 별일 없지? 그렇게 간단히 묻고 마는 전화다. 어떤 때는 그러지 않고, 지금 여긴 소나기가 쏟아지고 있어, 그렇게 날씨 얘기를 꺼낼 때도 많다.

설마. 여긴 말짱한데요? 지금 여기는 우박이 내려. 밤송이처럼 커다래서 자동차의 천장이 얽었다고 옆 사무실 현지인이 울상이더군. 이상하네요. 여긴 아무렇지가 않은데……. 땅이 넓어서인지 그런 일들은 때때로 가능했다. 도시의 한 쪽에서는 비나 우박이 쏟아지는데 다른 쪽에서는 말짱한 일들이. 오늘도 같은 맥락이다.

“내일은 말야, 우라깐이 몰아칠 거라는데 미리 단속 좀 해둬. 옥상에 가서 날아갈 만한 화분들은 아래층으로 내려놓고.”

“당신이 그걸 어떻게 알았죠?”

“컴퓨터로 신문을 읽고 있었거든. 참, 오늘밤엔 고객하고 저녁 약속이 있어. 아마 11시가 넘어야 들어가게 될 거야. 피곤하면 당신 먼저 잘래?”

세준의 음성은 가장 다정했을 때조차 들은 일이 없을 정도로 정감이 넘쳐난다. 미래는 세준에게라기보다 도리어 스스로를 다독이듯이 나지막하게 중얼거렸다.

"저녁을 누구와 먹건 그게 무슨 상관이겠어요?"

미로(迷路)에 발을 내딛고 방향을 찾으려고 갈팡질팡하는 곤충처럼 막막하기 이를 데 없어 미래는 더듬거리며 수화기를 힘겹게 놓는다.

아침에 세준과 아이들이 사무실과 학교로 떠나자 미래는 어떻게 대처해야 할 것인지를 생각하느라 한참이나 망연하고 골똘한 상태로 앉아 있었다. 감탄할 만한 일은 지난밤에 놀라울 정도로 숙면을 취했다는 사실이다.

시계를 본다. 9시 15분. 갑자기 마음이 바빠진다. 지난밤, 12시가 넘어서 돌아온 세준에게 결코 내색하지 않으려고 평소보다 말을 더 많이 했었다. 사건의 윤곽이 드러날 때까지 아무런 눈치조차 들키면 안 되리라고 스스로에게 여러 차례 되뇌면서……. 견딜 수 있을 동안까지만 버텨보자는 본능 같은 게 이대로 참을 수는 없다, 절대로 참으면 안 된다고 하는 강한 충동을 일시에 숨죽이도록 유도하고 있었다.

에스끄리바니아(escribania=공증사무소)에 사무소에 전화를 넣는다. 겨울 방학에 아이들 한국어도 강화시킬 겸 고국에 다녀올 계획을 했었다. 미성년자가 외국에 여행할 경우, 여행증명과 보호자 승낙서가 필수다.

며칠 전에 그 일로 공증인 따라베에게 전화를 해두려고 작정하면서, 나중에 서류를 찾아올 때 같이 가서 서명을 하자는 얘기를 꺼냈을 때, 세준은 이상하리만큼 강하게 반대하며 말렸었다.

"왜 하필 유대인이야?"

"유대인이 어때서요? 유대인처럼 딱 부러지고 확실하게 일을 잘 하는 사람들도 드물던데. 그리고 우린 언제나 그런 일을 따라베한테 의뢰했었잖아요."

"안 돼. 작은 일 하나라도 내 동족에게 도움을 준다고 생각해. 왜 당신

친구의 남편도 있잖아?"

"너무 멀어서 그래요."

"아무튼 따라베에는 가지 마. 알겠어?'

세준은 그때 농담까지 아끼지 않았었다.

"그 후디오(judio=유대인)는 왜 하필 이름이 따라베지? 베짜라나 따라배하고 했어야 재미있는데. 그렇게 되면 베를 짜든지 배를 따든지가 될 거 아냐? 따라베가 뭐야, 따라베가!"

일이 이렇게 되니까 아이들과의 고국 여행은 기정사실로 굳혀지는 것 같다. 세준이 아무리 펄쩍 뛰었을지라도 모든 서류 작성에 있어 한국인보다 신속 정확한 따라베의 마력과 같은 일처리를 아무래도 포기할 수는 없다는 생각이 든다.

따라베는 마침 전화를 하려던 참이었다면서 약간의 여유도 주지 않고 따발총처럼 말을 따르륵거린다. 확인 전화인 걸로 착각하고, 좀 더 정확하고 알찬 설명을 곁들이고자 노력하는 모습이 전화선을 통해 저절로 전달되는 느낌이다.

"당신들이 구입한 주택의 문서 작성이 예정보다 빠르게 진행돼서 말입니다. 세뇰 세준 백(백세준 씨)께서는 빠를수록 좋다고 누누이 신신당부하셨지만 우리 사업의 기본 방침도 신속한 일처리 아닙니까?"

"세뇰 따라베(따라베 씨), 나는 남편의 일에 거의 관여를 안 하는 성격이거든요. 당신이 제 남편에게 직접 연락하시면 안 될까요?"

"띠에네 라손(tiene razon=일리 있는 말씀이죠). 세뇰 백께서도 그렇게 말씀하셨습니다. 미리 연락하느라 일부러 신경 쓰지 않아도 된다고 말입니다. 하지만 이렇게나 빠른 수속은 전에도 없었고, 앞으로도 없을 일이죠. 당신들은 참으로 대단한 수에르떼(suerte=행운)를 지닌 것 같습니다."

"네, 아주 대단한 수에르떼죠."

"아시겠지만 저쪽 집은 오랫동안 비어 있었기 때문에 전화가 끊겨 있었습니다. 오늘 오전에 저희 사무원이 서둘러 해결을 봤으니까 직접 확인해 보시지요. 그럼 세뇰 백에게 안부 전해주십시오.”

“운 모멘또(un momento=잠깐만요)!”

미래는 여행증명 등의 서류 신청을 부탁하면서 지급으로 요청한다.

백신겸: 초등학교 5학년, 11세
백신규: 초등학교 3학년, 9세
목적지: 꼬레아
방문 목적: 여행

어? 성진이라는 사람이 썼던 신우라는 이름과 형제나 되는 것처럼 돌림 자가 성립되는구나. 미래는 다짐하듯 짚고 넘어간다.

“저어, 저는 정말 남편의 일에 대해서 잘 모르는 편이라서요. 이번에 구입한 집문서라고만 하면 제 남편이 알아들을까요?”

“꼴롬브레스(Colombres) 79번지의 집문서가 완결됐다고 하시면 됩니다. 그럼…….”

미래는 너무나 생각이 깊어져 고개를 약간 옆으로 돌린 채 눈길은 앞쪽을 흘기듯이 바라보고, 머리는 생각이라는 것에 이끌린 나머지 매우 기묘한 표정이 되어 한동안 그렇게 넋이 빠져 서 있었다.

차고에서 차를 꺼내 꼴롬브레스 79번지를 향해 떠난다. 일방통행인 디 렉또리오(Directorio) 길에 들어서자 논스톱으로 계속 파란불이다. 루나 빠르크(Luna Park=달의 공원) 회관이 있는 거리를 지나면서 미래는 동화 속에 나오는 잠자는 도시에 도달한 듯한 착각에 빠진다. 커다란 도시의 광대무변에 비해 행인이 너무 적어 어딘지 모르게 비어 있는 도시를 지나는 느낌이다.

미래는 차의 방향을 돌린다. 복잡한 일을 만나면 항상 비켜가곤 하는 평소의 잠재의식이 과연 잠재의식답게 슬며시 발동한 모양이다. 전격적이라고 해야 할까. 차는 전혀 생각지도 않은 장소에 도착한다.

빠르게 레세르바 에꼴로히까. 이 뜻을 직역하자면 '사회 생태학이 예약된 공원'이지만, 의역하면 '자연 보호 공원'이 된다. 3백 50헥타르의 면적을 소유한 '자연 보호 공원'은 맨처음 해수욕장으로 이름을 날렸었다. 까삐딸에서 가장 아름다운 해수욕장으로 유명했던 이 지역은 한켠엔 강, 한켠엔 숲으로 구분되어 있고, 돌계단을 내려가면 치런치런한 강물이 출렁거린다.

자동차를 커다란 나무 밑에 세웠다. 공원 입구의 양편은 은백양 나무들이 얼룩무늬 옷을 두른 튼튼한 몸으로 파수병처럼 줄을 서있다. 땅이 넓은 지역이라고는 하지만 사무실이 공원 입구와 너무 멀리 떨어져 있다.

평일에는 조류 협회나 동식물 협회의 무료 안내를 기대할 수 없기 때문에 개인 가이드를 요청한다. 오후 1시 이후에나 가능하다는 대답이었다. 혼자서 다니겠다는 미래의 제안에 중년의 여사무원이 고개를 설레설레 흔들며 놀라고 있다.

"혼자는 위험해요. 이 공원에 가장 많이 분포돼 있는 게 비보라(살무사)거든요. 아, 마침 저기 젊은이들이 관광을 시작했군요. 그들을 따라가세요."

"아뇨. 나 때문에 그들에게 불편을 주기는 싫은데요."

"당신은 의외로 고집이 세군요. 그럼 지팡이와 호각을 드리겠어요. 비보라를 쫓는 데는 소리가 최고거든요. 위급할 때는 호각을 불면 주위에 있는 관광객들이 도울 겁니다."

빠라나 강과 라쁠라따 강이 불어나 바다처럼 광활해지면서 강물은 이곳에 흙과 모래를 날라 오고, 강어귀가 퇴적되면서 충적 평야를 형성하였다. 그렇게 이룩된 삼각주에 1970년대 초, 강한 우라깐이 불면서 각양각종의 식물들까지 씨앗을 품고 날아들었다. 씨앗들은 흡족할 만한 터를 다지고 뿌리를 내리고 싹을 틔우면서 이 광범위한 자연 공간에 구백 종류의 동물들까지 불러들이게 된 것이다.

도시 속의 밀림. 수많은 식물들, 2백 30종류가 넘는 척추동물, 8종의 포유동물, 2백 종류가 넘는 새 떼들, 작은 키를 이룬 천연림과 지평선을 바라볼 수 있는 널따란 강, 그리고 작고 아담한 호수들은 많은 종류의 수중 동물과 부표 식물, 부들, 그리고 억새풀과도 좋은 동반 관계를 누려오고 있었다.

맨 처음 닿은 지역은 물결이 완곡해 보이는 강변이었다. 강의 기스락이 햇빛의 간섭색으로 인하여 예리해 보이는 반면 물결은 완류에 가까웠다. 떼루떼루새들이 아침을 맞으러 나왔는지 떼 지어 몰려 있었다. 처연하고 궁색해보인 것은 선입관 때문일까. 짧은 웃도리를 걸치고 바지 살 돈이 없어 바지도 못 입은 쓸쓸하고 기다란 다리.

두 번째 왔을 때, 가이드를 맡았던 조류학자 다비드 박사는 떼루떼루새들이 강가에 몰려 있는 광경을 발견하고 그럴듯한 전래 동화를 하나 들려 줬었다.

어느 깜뽀에 돈(don=귀족) 비스까차(들쥐)와 도냐(귀족의 부인) 비스까차가 두 딸을 데리고 살았다. 궁전 같은 꾸에바(지하 동굴)가 그들의 집이었다. 돈 비스까차는 세리오(냉정한 사람)이고, 뜨라바하도르(부지런한 사람)이고, 아우라띠보(겸손한)한 사람이었다.

두 딸 비스까차들은 좋은 가정 교육은 물론이고, 학교에 다니며 교양미까지 갖추게 되었다. 여우와 푸마의 차이를 배웠으며, 끼르낀쵸(남미산 천갑산)와 뺄루도(다람쥐)의 성격까지 익혔다.

두 딸 비스까차들은 커갈수록 평소에 받은 교육과는 관계없이 옷치장과 뜬소문에만 관심이 쏠리게 됨을 어쩔 수 없었다. 부모가 해주는 옷은 뭐든 구식처럼 생각하였고, 어떻게 하든지 고급스러운 것과 첨단을 걷는 길만을 선호하게 된 것이다.

그러다 보니, 자연스럽게 총각 떼루떼루새들이 운영하는 고급 의상실에 자주 드나들게 되었다. 그 의상실에는 두 딸 비스까차들이 선망하는 모든 유행품과 최고급 상품들이 고루고루 구비되어 있었다.

하루는 총각 떼루떼루새들이 운영하는 가게의 물건들을 몽땅 싹쓸이하고 싶다는 원대한 포부를 품고 시찰을 나갔다. 총각 떼루떼루새들은 자세한 설명을 곁들이면서 친절과 최선을 다하는 열성을 보였다.

"오늘 가장 권유하고 싶은 상품은 단연 에스뿌미자(비단)로 된 파티복이죠. 색상이 현란한 반면, 거품처럼 부드러워 날아갈 듯 환상적인 작품이랍니다. 화려함과 우아함을 동시에 연출해주는 매우 고급품이라는 거, 잘 아시죠? 그밖에 세다(물비단)로 된 파자마(잠옷), 엷은 니트로 된 가운, 날수로 만든 손수건 등이 있습니다. 아, 무엇을 또 보여드릴까요?"

작은딸 비스까차는 원피스에 달 뿐띠쟈(레이스)에 대해 물었다.

"발렌시아나(스페인의 발렌사 지방) 산지의 엔까헤(레이스)가 들어와 있습니다만 유럽에서 직수입한 란다(레이스 장식)를 한 번 보실까요? 귀족들 사이에서 최고로 알아주는 상품이거든요."

"우리가 봤던 것 말고도 괜찮다 싶은 것들은 모두 포장해주세요. 계산은 우리 아빠가 하실 겁니다. 고객 명단의 제 아빠 앞으로 토탈(합계)만 적어놓으면 한꺼번에 지불을 하실 겁니다."

총각 떼루떼루새들은 신중하게 포장하면서 선전 역시 잊지 않았다.

"저의 상품들은 다른 가게에서 판매하는 것과는 질적으로 다릅니다."

궁궐 같은 집을 소유하고 있는 돈 비스까차를 존경하고 신용했던 총각 떼루떼루새들은 텅 비어 있는 가게를 다시 운영하려면, 두 딸 비스까차들이 휩쓸어간 물건 값을 당장 받아내야 할 판국이었다. 여러 날 찾아갔지만 날마다 따돌림을 받고 있다는 생각이 깊어지자, 총각 떼루떼루새들의 걱정은 식을 줄을 몰랐다.

하루는 우연하게도 빰빠(평원)에서 돈 비스까차를 만나게 되었다. 자초지종을 듣고 난 돈 비스까차는 금시초문이었다고, 그래서 딸들이 옷을 잘 입고 있었구나, 나한테는 재단을 배우는 곳에서 도와준 대가로 얻었다고 자랑하더니 라고 하면서 낭패감에 휩싸인 얼굴을 분노로 바꾸고 있었다.

"내 허락도 없이 일을 저지른 그 애들의 버릇을 고쳐주기 위해서라도 그 빚을 안 갚을 수도 있지만, 그러나 애비된 도리로 갚아는 주되, 시간이 좀 걸릴 것이다. 이제 내 딸들에겐 벌을 내릴 것이다. 신이 만들어준 원리 대로 기꺼이 데스누다르(벌거벗다)하게 만들 테다두란떼 디아스(햇빛이 있는 동안)에는 집에 가둬두고 밤에나 조금 나다니게 되겠지."

그 후부터는 엄마인 도냐 비스까차까지도 딸들이 못마땅한 나머지 욕하고 나무라기를 서슴지 않았다.

"신 베르구엔사스(염치없는 것들)!"

도냐 비스까차는 두 딸 비스까차에게 여태껏 시키지도 않던 집안일까지 시키기에 이르렀다. 이래저래 눈치를 보는 딸들을 향해 신 베르구엔사스 라고 야단치는 걸 잊지 않으면서……. 너희들은 좋은 말로는 교육이 안 되는 형편없는 것들이라는 꾸지람도 잊지 않은 건 물론이다.

지금껏 그 옷값을 아주 조금씩밖에 못 받고 있는 떼루떼루새들은 바지 살 돈도 없어, 깡뚱하게 짧은 윗도리만 걸치고 다니는 신세를 못 면하고 있다. 비스까차들은 낮에는 낯을 들고 다닐 수 없어 밤에만 나다닌다. 누구든 자기들을 안 본다는 사실을 알고 나서야 길에 나서게 되고, 언제든 흘깃흘깃 살피면서 말소리도 크게 내지 못하면서 마치 소문쟁이 노파처럼 소곤대며 걷는다.

지금도 비스까차들이 가장 두렵게 여기는 욕은 신 베르구엔사스라는 것. 그 욕만 듣게 되면 재빨리 꾸에바 속으로 사라지고 만다. 도대체 낯을 들고 다닐 수가 없다고 소곤대면서.

다음 관광지로 자리를 옮기는 청년들에게서 20보 정도 간격을 두고 걷는다. 사무실 직원의 주의대로 지팡이로 적당히 땅을 두들기며 걷게 되니까 불현듯 눈 뜬 장님이 된 기분이다.

미래는 이미 자연에 매료되어 왜 여기에 오게 됐는지도 잊고 있었다. 하지만 도린결의 삼림지대를 지날 때부터 미래의 머릿속은 수도승이 참선할 때 내거는 화두처럼 세준의 문제가 의식의 중심부를 간단없이 침범하고 있었다.

호수가 나타난다. 듬성듬성 떨어져 길게 서 있는 해오라기들의 기지개 켜질 듯한 여유. 바로 옆에 있는 호수엔 흑백조들이 몰려 있었다. 흰색이 완연한 백조보다 목 부분만 검은 흑백조들을 보게 되니까 더욱 돋보이고 더 희게 느껴진다. 모가지는 까만 비로드같고 주둥이는 꽃잎처럼 붉어서 마치 흑백조라는 꽃밭을 보는 느낌이다.

"까르삔떼로스(목수들)!"

청년들이 소리를 지르며 반가워하는 곳을 보니 딱따구리들이 나무들에 착 달라붙어 있다. 나무를 쪼아댄다고 해서 그런 이름이 붙었을까?

까르삔떼로스! 재미있는 이름은 그 외에도 많다. 목에 넥타이를 맨 것 같은 새를 꼬르바디따(넥타이)새. 제비나 참새와 비슷한 몸통을 가졌지만, 꼬리가 기다랗고 가위처럼 생겼다고 해서 디헤라(가위)새. 신기한 것은 가위새의 노랫소리가 좌악좌악 천 같은 걸 자르는 것처럼 들린다는 점이었다. 입이 뾰족해서 이름 지어진 뻬스까도르(고기잡이)새도 제법 그럴듯한 이름이다.

밀림지역을 지나가게 된다. 밀림지역에는 동물도 식물도 종류별로 무리 지어 있지 않고 마구 뒤섞여 있다. 마치 미래가 이 길에 들어설 것을 기다렸다는 듯 새들은 나뭇가지에서 날아오르며 일제히 지저귀었다. 그리고 다시 숲으로 내려앉았다. 차차에·까라까라(남미산 맹조)·까라오·이뻬까·시리리·새매·부엉이·비둘기·참새.

갈색 구이뇨(윙크새)의 날렵한 들창눈 같은 시선은 간지럽단 느낌까지 불러일으켰다. 도시의 꽉 짜인 틀 속에서 탁 트인 공간을 그리던 이들이 조깅하며 지나간다. 오리들이 웨죽웨죽 걷다가 잠시 멈추며 뛰어가는 사람들을 구경하듯 쳐다보고 있다. 동물들은 이곳에 오는 사람들이 단지 함께 있기 위해 온다는 점에 익숙해 있는듯싶다.

　사무실 여직원에게 지팡이와 호각을 돌려주고, 입구까지 두 블럭을 걸어 나오면서 느낀 건, 동물이나 식물이나 모두 환경에 적응하고 살아가도록 안배된 존재일 수밖에 없다는 관념이었다.
　새들, 파충류, 척추동물, 그리고 온갖 식물들까지도 적자생존과 자연도태의 원리에서 벗어날 수 없는, 보이지 않는 울타리와 관계에 얽히고설키며 살고 있다는 느낌. 하물며 사람의 관계라는 건 오죽할까. 지구를 반 바퀴나 돌아와서까지 인연과 관계에 얽매여야 하고…….

　자동차가 신호 대기 중일 때, 간판이 삐딱하게 걸려 있어 보는 사람으로 하여금 불안정한 느낌을 갖게 하는 보라색 빌딩을 무심코 바라본다. '살롱 대 레이노(Salon de Reino=왕국 회관)'라고 씌어 있다. 왕국 회관, 무엇일까? 뭔가 알아낼 수 있는 그 뭔가가 기필코 있었는데……. 그 옆에 씌어 있는 보조 간판을 보면서 아스라하게 놓치려는 한 가닥의 기억을 가까스로 붙잡는다.
　세준의 이종누나가 신혼 초에 방문하여 하던 푸념. 마침 시어머니는 잠시 자리를 비웠었다.
　"고생했지? 자식 이기는 부모 없다고 결국 져줄 걸 어쩌자고 지금까지 시일을 끄셨지? 근데 애 낳을 때가 다 됐다고 들었는데 날씬해선가? 전혀 표시가 안 나는데?"
　그때 마침 들어온 시어머니가 그녀를 소개했다.
　"우리 언니의 딸이다. 인사해라. 그리고 이쪽이 바로 이번에 결혼한 세준이 처야. 사돈어른께서는 K대학의 학장님이셔."
　"어머머? 나는 무슨 합판 회사의 딸이라고 들었는데……. 어쩌지? 내가 그만 다른 집 얘기를 착각하고 있었나 봐. 우리 왕국 회관에서 아주 큰

집회가 있어서 내가 그날 결혼식에 참석을 못했었거든. 정말 미안해.”

미래는 그 이종누나가 다른 집의 애기를 혼동해서 말한 걸로 쉽사리 웃어넘겼고 굳이 시어머니의 표정조차 살펴볼 필요를 못 느꼈었다.

늦은 저녁. 창문들이 덜컹대고 회오리바람이 쏴아 하는 세찬 소리를 내면서 이리저리 휩쓸리더니, 결국 폭우까지 동반한 우라깐이 휘몰아친다. 미래는 세상이 뒤바뀔 것처럼 어수선하고 뒤숭숭한 창밖의 소란을 허심탄회한 마음으로 지켜본다.

아이들은 다음날 학교에 보내려고 일찍 재워둔 상태이다. 그런 날씨의 변화에 아랑곳없이 세준은 소파에 기대어 신문을 뒤적이고 있다.

미래는 탁자의 중간쯤에 편지를 밀치듯 얹는다. 더 이상의 가식을 부리고 싶지 않아서, 뜯어본 채로 내놓은 편지의 겉봉만 보고도 세준의 안색이 달라지고 있다. 화다닥. 세준이 놀라 화다닥 거린다. 떨리려는 목소리를 눈치 채지 못하도록 입을 앙다물다가 미래는 띄엄띄엄 말을 꺼낸다.

“집문서가 다 됐다고 찾아가라고……. 따라베 사무실에서…….”

차마 세준을 바라볼 수가 없다. 도저히 그에게 눈길이 안 간다. 도대체 그를 용서할 수가 없다.

“신겸아.”

입장이 난처해지면 꼭 큰아이의 이름으로 미래를 부르는 세준.

“내가 다 말할게.”

태연한 세준의 음성이 미래의 고막 안에서 멈칫대며, 그러나 요동치고 있다. 세준은 미래를 바라보다가 이럴까 저럴까를 가늠하면서 가까스로 말을 꺼내고 있었다.

“나는 당신을 사랑했어.”

미래의 침묵은 그 어떤 대답 이상으로 커다란 질책이 된다.

“나를 부도덕하다고 욕하진 말아줘. 한때의 잘못이었어. 모르겠어. 예전의 내가 잘못된 건지, 아니면 지금인지. 아냐, 알 것도 같아. 그때였어.

아니, 지금일까?”

미래는 폭탄처럼 터지려는 분노의 심지를 애써 갈무리한다. 세준은 계속해서 말하지 않는다면 입이 잠가지기라도 할 것처럼, 다시 이 말, 저 말을 꺼내고 있다. 물컵의 바닥을 정말 바닥내려는 듯 미래는 단숨에 물을 들이켰다. 그리고 또박또박 말을 꺼냈다.

“낮에, 꼴롬브레스에 있는 그 집에 가볼 생각으로 집을 나섰어요. 그런데 가는 도중에, 이 나라 말 중에서 아주 적절한 말이 떠올라 좀 헤매고 다녔죠. 그리고 다시 이 집으로 돌아왔어요. 네, 이젠 우리 집이 아니라 이 집 말이에요. 아, 이 나라 말에 대해서 얘기하던 중이었죠? 무슨 말이었는 줄 아세요? 빠라 께(para que=무엇 때문에)?”

미래는 자조적인 웃음을 씨익 웃으며 결코 그 언어를 잊지 않으려는 듯 다시 한 번 천천히 말했다.

“빠라께?”

세준도 질 수 없는지 불쑥 말한다.

“당신, 왜 이래?”

“그건 내가 붇고 싶은 말이라구요. 정말 왜 이래요? 당신이 그 사람 맞아요?”

카랑카랑한 자신의 목소리가 전혀 귀에 익지 않아 미래는 작게 되뇌듯 다시 말한다.

“그 사람?”

“우린 서로를 이해해야 돼. 그리고……”

“난 당신을 다시는 이해하지 않을 거예요. 알겠어요?”

결국 미래는 냉정함을 잃고 앙칼지게 소리쳤다. 아아, 소리를 더 지를 수만 있다면 원이라는 게 없겠구나. 인내심이 어딘가로 달아나고 무진장 화가 치밀었다. 세준은 그럴 수 있는 사람이었다. 상대방이 화내도록 충분히 유도할 줄 아는 사람.

“당신은 나빠. 용서라거나 이해라는 게 절대로 안 어울리는 사람이지.”

“네, 난 그렇게 단순하지가 않아요. 그리고 난 완벽주의자구요.”

“당신은 그랬어. 난 그걸 미리 알아챘고, 항상 당신이 사라지는 것만 같아 하루하루가 불안했다구.”

“애초부터 내게 떳떳치가 않았겠죠.”

“당신은 항상 그런 식으로 만만치가 않아. 그런 점은 절대로 당신에게 이롭지가 못해. 알겠어?”

“몰라도 괜찮아요. 당장에 만만하다 안 하다를 결정할 만큼 나는 지금 한가롭지가 못하구요. 비열한 당신 때문에 난 지금 앞이 다 캄캄하다구요.”

세준은 또 다른 국면을 맞은 사람처럼 운명, 책임감, 그런 단어들을 하나둘 연결시키고 있다. 그러는 세준을 참지 못할 것도 없다고 생각하자 푸르르 날개를 펼치려던 반감이 다소곳하게 날개를 접고 있었다.

“부부란 격의가 없어야 하는데, 당신은 너무 격의만 차렸어. 알아?”

세준의 감정엔 아랑곳하지 않고 미래는 비난하는 투로 말했다.

“걱정 말아요. 이젠 격의에 대해서 신경 안 써도 될 테니까. 아무 말도 더 이상 하고 싶지 않지만, 그래도 몇 마디는 하겠어요. 이건 나에 대한 커다란 모욕이었어요. 하지만 참을 거예요. 덫에서, 아니 함정에서 헤어난 걸로 마음을 바꿨으니까요.”

미래는 더 이상 말하기가 싫어졌다.

‘그래, 우라깐과 같은 거였어. 내가 세상을 향해 걷고 있는 순례길에 나도 모르게 휩싸인, 너무나도 돌연한 우라깐. 곧 잠잠해질 거야. 결과적으로는 더욱 맑은 길을 맞이할 수 있는 악천후였겠고…….’

“당신을 어째야 할까?”

그건 사실 미래를 걱정해서 하는 말도 아니었다. 마치 드라이클리닝을 한 것 같은 창백한 얼굴로 안락의자에 골똘히 앉아 왼쪽 무릎에 팔을 괴고 앉아 있는 세준이, 처음 대하는 생면부지의 사람처럼 데면데면하게 낯설다.

미래는 자리를 털고 훌쩍 일어났다. 휑하고 바람을 일으키며 거실에서 빠져나오는데, 격쟁치는 소음이 마루를 밟는 걸음마다 타랑타랑 울리고 있었다.

아무한테도 연락하지 않고 수민에게만 전화한다.

"다영 엄마……."

다음 말을 연결시키지 못하고 있음을 감지한 수민은 재빨리 넘겨짚는다.

"신겸 엄마, 싸웠구나?"

어떤 때, 할 말이 없어 잠시 침묵하게 되면 수민은 꼭 그렇게 물어왔었다. 그런 뒤엔, 사람 사는 건 다 같더라. 하늘이 자로 재고 되로 달아서 준다잖아. 그러면서 자기를 비하시켜서라도 미래를 위로하려고 애썼다. 미래는 마음이 더할 나위 없이 허우룩해진 상태에서 다시 의사 전달을 시도해본다.

"다영 엄마, 나 애들하고 한국에 가."

"어머, 언제부터 간다간다 그러더니 잘됐다. 축하해."

막혀 있던 눈물샘이 봇물처럼 쏟아지기 시작해서 미래는 아무런 대답도 못한다. 부모 앞에서는 제발 이러지 말자. 미래는 자신을 달래다가 명령까지 한다.

'됐어. 그만해.'

"내 나라에 첨 나가게 되니까 말문부터 막히지? 너나없이 다 그렇더라니까. 내 나라가 최고야. 갔다 와서도 한 6개월은 향수병이 안 고쳐지더라. 이민 오니까 없는 애국심도 생겨나고……."

세게 치미는 격정을 겨우 조절하게 되자, 여느 때와 다름없는 목소리가 나온다. 평소의 카랑카랑한 음성보다 약간 톤이 낮아지기까지 한다.

"다영 엄마, 잘 있어. 건강하고. 항상, 정말 항상 고마웠어. 한국에 가는 대로 편지할게."

"우리 헤어져? 고작 한 달이면 돌아올 사람이 편지는 웬 편지래? 그리고 잘 있어는 뭐고 건강까지 하라는 건 또 뭐야? 참, 인사할 줄도 되게 모른다! 꼭 작별하는 기분이 들잖아?”

미래는 알고 있다. 편지는 보낼 수 있겠지만 자세한 얘기는 못하리라는 걸. 세월이 수민에게 무언가를 가르쳐줄 것이다.

(맹하린소설집 『세탁부』, 월간문학출판부, 2006)

다시 시계를 들여다봤다.

오후 한 시 사십 분. 시계를 보다보니 시계 밑에 땀이 차는 게 느껴진다.

'이십 분만 더 기다려 보자. 중국놈들은 도대체 시간 감각이 없어. 약속을 했으면 지켜야지 벌써 사십 분이 지났는데…….'

혼자 중얼거리며 짜증을 내보지만 현재로서는 기다리는 것 외에는 달리 방법이 없다. 놈들은 치밀해서 한 번도 자기들 전화번호를 알려준 적이 없고, 늘 카페 같은 곳에서 전화를 하거나 받곤 했다.

하나, 둘 휴가를 떠나는 사람들인지 레띠로 고속버스 정류장 주차장에는 여행가방을 들고 내리는 사람들이 이어졌다.

'이것만 넘겨주고는 저 사람들처럼 여행 가듯이 지긋지긋한 곳을 떠버리는 거야.'

별 생각 없이 그들을 넘겨보고 있을 때 누군가 손에 야외용 미니 콤포넌트를 들고 가는 게 보였다. S전자 제품이었다. 내가 팔던 것이었다. 지금 갖고 있는 물건들과는 전혀 다른 저 전자제품을 팔던 때가 떠올랐다.

"아니, 김 부장님 그게 무슨 말씀이세요? 철수라니요? 제가 지난주에 보낸 현지상황 보고서 검토 안하셨나요? 지금은 상황이 좋지 않지만 달러가 안정세로 접어들면 이제 우리 브랜드가 알려져 있기 때문에 다시 수요가 증가할 거라는 분석을 드렸잖습니까?"

"이봐, 박 대리. 봤어. 하지만 내가 된다 안 된다 우긴다고 되는 게 아닌 줄은 자네도 잘 알잖아?"

"물론 그렇지만 그래도 보고서를 받으며 아무 걱정하지 말라고 하신 건 무슨 말씀이셨습니까?"

"이 사람아 나도 하느라고 했어. 하지만 부사장님이 틀어버린 걸 어떡하란 말야? 사장님도 부사장님 의견에 동의하셨고 그렇게 결정을 했단 말야. 내가 할 수 있는 건 다 했어. 그리고 이미 내 손에서 떠났어. 나도 더는 어쩔 수 없다구. 그리고 자네도 그동안 고생했으니 돌아와 좀 쉬는 게 낫지 뭘 그래?"

"부장님 무슨 소리 하시는 겁니까? 제가 모르는 줄 아십니까? 쉬는 게 아니고 대기 발령 아닙니까? 그거 사실 그만두라는 얘기 아닙니까? 내가 왜 그만둬야 됩니까? 남들 다 마다하는 거 제 경력에 도움이 된다고 삼년만 잘해내면 승진에 도움 된다고 하신 분이 부장님 아닙니까? 그런데 이제 돌아가서 빈 책상이나 지키고 있다가 그만두라구요?"

"사람……. 아무튼 미안하지만 나는 더 이상 어쩔 수가 없네. 하지만 그건 알아줘. 난 정말 자네를 아끼고 자네의 능력을 믿어 그래서 아르헨티나 행을 권하기도 했던 거야. 결과적으로 이렇게 되어 나도 할 말은 없지만, 그건 내 탓도 자네 탓도 아닌 건 잘 알잖아?"

"어쨌든 저는 못 돌아갑니다. 여기서 끝장을 봐야 합니다. 힘들고 부모님 생각날 때도 군대 생활하던 생각하며 참았습니다. 그리고 안 알아주셔도 상관없지만, 밤낮없이 전자제품 도매상들을 설득하느라 별의별 일 다 겪으며 모욕감도 많이 느꼈습니다. 이렇게 돌아가서 주저앉을 수는 없습니다."

"알았네. 내 다시 부사장님을 설득해 볼게. 하지만 너무 기대는 하지 마."

김 부장이 수화기를 내려놓는 소리를 듣자마자 전화기가 부서져라 수화기를 내던졌다.

갑작스러운 것은 아니지만 지사 철수라니? 내가 이만큼 지사를 세우기 위해 얼마나 몸을 던져 일을 했는데…….

삼년 전 한국 전자제품으로는 처음으로 남미 지사를 낸다고 지원 신청을 받을 때 아무도 관심도 두지 않았다. 본사 로비 공고문이 그렇게 관심을 못 끈 적도 없었을 것이다. 하지만 그걸 들여다보고 있던 김 부장이 지나가던 나를 불러 세웠다.

"어이 민호. 이거 봤어?"

대학 십이 년 선배인 그는 나를 후배라는 이유 때문인지 이름을 부르며 편하게 대했고(물론 둘이 있을 때 만이었지만), 가끔씩은 술도 사며 힘들지 않느냐고 위로도 했다. 대기업의 말단을 갓 벗어나서 힘들지 않을 리 없었지만 난 늘 씩씩하게 대답을 했고, 그런 내 모습이 좋다며 그는 내 등을 두들기곤 했다.

대리 진급 예정자 명단에 내가 올라 한참 기분이 좋아있을 때 그는 남미 지사 신설에 지원해 보라는 권고를 한 것이다.

"네 봤어요. 그런데 제가 뭐……. 해외 경험도 없고……."

"사람……. 여기 안 보여? 지원대상은 대리급이라고 되어 있잖아. 대리 중에 해외 경험 많은 친구가 몇이나 되나? 내가 중역회의에서 들었는데 말이야, 남미 지사는 위에서 거는 기대가 커. 장담하기는 뭣하지만 몇 년 다녀오면 진급 영순위라고 봐도 될 거야. 그리고 자네는 업무능력이나 모든 면에서 그럴 자격이 있어. 자네 생각은 어때?"

"하지만……. 좀 겁나는데요?"

농담처럼 웃는 나를 보고 마주 웃으며 그가 말했다.

"이 친구……. 아, 겁날 거 뭐 있어? 해외 지사 그렇게 생각처럼 어렵지 않아. 본사 근무처럼 빡빡하게 얽매이지도 않고 말이야. 그리고 힘든 일 있으면 내가 도와주면 되잖아."

학창시절 세계전도를 펼쳐놓고 우리나라의 정반대는 어떤 곳일까 하며 보았던 나라. 라디오에서 흘러나오던 탱고라는 음악도 별로 귀에 들어오지 않았던 기억뿐인 나라.

형에게 전화를 했다.

"형, 나야."

"어, 그래. 요즘 하는 일은 어때?"

“나야 뭐 맨날 똑같지 뭐. 형 가게는 어때?”

“나도 맨날 똑같지 뭐. 요즘은 학생들 시위 때문에 거의 열지도 못해.”

“미친 새끼들. 공부는 안하고 무슨 데모야, 데모는?”

“임마, 그게 그런 게 아니더라.”

“어? 형도 이제 데모하는 애들 역성을 다 드네? 아……. 그 만난다는 여학생에게 교육을 좀 받았구만?”

“이놈이 형을 놀려? 그래 어쩐 일이야?”

“응……. 그냥 저녁에 소주나 한 잔 하자고.”

“그래 그거야 좋지. 그런데 무슨 일 있니?”

“아니 뭐 별일은 없고, 그냥 형과 상의 좀 했으면 해서.”

“그래 그럼 퇴근하고 보자. 어디서 만날까?”

“왜 전에 한 번 갔었던 학사주점 있잖아. 이름이 뭐였더라?”

“학사주점? 아, 여우사이?”

“맞어 여우사이. 이름도……. 거기서 보지 뭐. 내가 퇴근하고 가면 일곱 시 반쯤 될 테니 형 가게 닫기는 이른 시각이고, 내가 좀 기다리지 뭐.”

“아냐, 지금도 셔터 반만 열어놓고 있어. 어차피 오늘도 틀렸는데 나도 일찍 나가지 뭐.”

“그래 형. 그럼 이따 거기서 봐. 참, 형 요즘 위장이 안 좋다며. 술 마셔도 돼?”

“괜찮아 임마.”

“그래. 그럼 이따 봐.”

일단 남미 지사 사건은 마음에서 한켠으로 치워두고 하던 일을 마쳐야 했다. 결재 받을 서류 기안 작성하고 또 관련자료 요청을 하고 그러다 보니 금세 퇴근시간이 되었다. 아직도 훤한 하늘을 보니 왠지 쑥스러운 마음이 들어 혼자 씩 웃고는 지하철역으로 발걸음을 옮겼다.

정시에 도착한 여우사이 앞에서 간판을 다시 올려다봤다.

큼직한 글씨로 여·우·사·이를 띄어 쓰고 잘 보니 큰 글씨 아래 조그맣게 또 다른 글씨가 보였다.

'여기서', '우리의', '사랑을', '이야기하자'.

'아하, 그래서 여우사이였구만.'

픽 웃고 계단을 올라 주점으로 들어서니 벌써 도착한 형이 손을 들어보였다.

"어, 형 벌써 왔네? 장사가 영 그런가 보지?"

"말도 마라. 앉어. 뭐 마실까?"

"소주 마시지 뭐."

"술 마시기는 좀 이르지 않냐?"

"금방 나갈 것도 아닌데 어때? 여기 소주 한 병하고 안주는 뭐 있죠?"

종업원이 메뉴를 내어 보이기도 전에 난 이어서 말했다.

"그냥 두부김치하고, 닭발 주세요. 형 괜찮지?"

형은 그냥 빙긋 웃었다.

"무슨 일인데?"

"에이 형. 목이나 축이면서 얘기하자."

"자식, 급한 듯 전화한 건 지면서……."

"그런가? 헤헤. 다름이 아니고……."

그새 차갑게 냉장한 소주를 쟁반에 받쳐 들고 종업원이 왔고, 안주는 바로 가져다주겠다고 했다. 형의 잔에 소주를 한 잔 따르며 나는 말을 이었다…….

"어제 회사에 사고가 나왔는데, 남미에 지사를 신설한대."

"그런데?"

"그런데, 지사장 대상이 대리급이거든."

"너 다음 달에 대리 진급한다며."

"말 좀 들어봐."

“알았어, 알았어. 그래서?”

“그래서 말이야 내가 갈까 어쩔까 생각 중이거든.”

“니가 간다고 하면 보내준다디?”

“우이씨 이 박민호를 뭐로 보고 하는 소리여 시방? 헤헤 농담이고, 사실은 지원자가 없나봐.”

“왜 지원자가 없대?”

“그게……. 너무 멀잖아. 그리고 정치적으로 불안정한 곳이고.”

“그건 그렇지. 하지만 사람 사는데 뭐 큰 차이 있겠니? 게다가 아르헨티나는 옛날에는 세계 4대 부국 중의 하나였잖아.”

“어? 형 별걸 다 아네. 난 몰랐는데.”

“그래서 어쩔건데?”

“어쩌기는……. 그래서 형하고 얘기 좀 할라구.”

“글쎄다……. 난 잘 모르겠다. 그렇게 먼 데로 간다면 좀 말리고 싶기도 하고……. 또 그렇게 먼 데까지 가야 할 이유가 꼭 있나 싶기도 하고…….”

“그런데, 거기 다녀오면 진급 영순위가 되기 쉽다더라구.”

“누가 그래?”

“왜, 우리학교 선배 있잖아. 김현중이라구.”

“아, 니네 영업부 부장?”

“응”

“글쎄……. 잘 생각해 봐. 내가 가라마라 할 건 아닌 거 같다. 진급 생각을 하면 가는 게 좋을 것도 같고, 또 아직 어린애를 멀리 보내자니…….”

“뭐야? 이씨…….”

“하하하 농담이야 농담.”

이어서 나온 두부김치를 먹으며 시장기를 채워가며 형과 얘기를 계속했다. 결론은 나지 않았지만 형과 모처럼 소주를 마신 것도 좋았고, 또 그렇게 나를 염려하며 얘기를 들어주는 형이 있다는 게 좋아서 그날 우리는 좀 많이 마셨다.

"박 대리, 생각해 봤어?"

"아, 부장님 안녕하세요? 아이 대리는 무슨? 아직 진급 명령도 안 나왔
는데……."

"이 친구, 진급하기로 되어 있으면 이미 진급 된거나 마찬가지야. 그건
그렇고 생각해 봤어?"

"네, 그런데? 정말 진급에 도움이 많이 되나요?"

"이 친구야, 나 식은 밥 먹는 사람 아냐. 뜨신 밥 먹고 식은 소리 하는
거 봤어?"

"부장님도……."

"그럼 자네가 지원을 해봐. 아직 지원자가 없다는데 자네가 지원하면 내
가 말 좀 잘 해볼게."

"글쎄요……."

"젊은 사람이 뭐 이래. 그냥 그렇게 해. 너 내 말 들어서 잘못된 거 있
어?"

"아뇨, 그래서가 아니라……. 좀 겁나서요."

"얼씨구? 점점……."

"좋습니다. 한 번 해보겠습니다."

"그럼, 그래야지. 가족과 상의는 했지?"

"네……. 상의보다는……. 그냥 조금 애기를 했어요. 어머니는 누워계셔
서 형하고만 애기를 했어요."

"참, 어머니는 좀 어떠셔?"

"덕분에 많이 좋아지셨어요."

"얼른 나으셔야 할 텐데 말이야."

그때 사무실에서 호출 삐삐가 왔다.

"저 찾는데요. 좀 가보겠습니다."

"그래, 이따 저녁 때 약속 있어? 한 잔 어때?"

김부장은 손을 꺾는 시늉을 해보였다.

"어제 좀 많이 마셔서……. 아닙니다. 저녁 때 뵙죠. 이따 내선으로 전화 드리겠습니다."

그리고 난 서둘러 사무실로 향했다.

한 달 후 난 예정대로 대리가 되었고, 이미 해외 사업본부에서 시장조사를 끝마치고 준비도 어느 정도 되어 있는 상태라 두 달 뒤로 지사개설이 결정되었다. 물론 지원자가 끝내 더는 없어서 내가 남미 지사장이 되게 되었다. 대리급의 지사장이란 게 전례가 없다며, 금방 철수할 지도 모른다는 말이 들렸지만, 젊음을 걸어 도박이라도 해보고 싶었다.

남미 지사라지만 사실 아르헨티나 지사라고 해도 과언이 아닐 만큼 아르헨티나 국내에 한정되다시피 했다.

해외 근무는 처음이었지만 그다지 힘든 걸 몰랐다. 말이 안 통해서 당분간 영어로 대화를 했지만 그것도 영어를 하는 사람이 있을 때의 얘기였고, RODO, GARBARINO같은 전자제품 딜러들과 거래를 하다보면 영어를 거의 못하거나 해도 알아듣기 어려운 경우가 많아 저녁이면 한인타운에 있는 스페인어 강좌를 들으러 다녔다. 사전을 늘 끼고 다니며 가급적 스페인어로 말을 하려 애쓰다보니 하루가 다르게 말이 늘어갔다.

속속 국내 다른 메이커들도 지사 성격의 사무실을 열기 시작했지만 선발로 들어온 S전자의 점유율을 넘보지는 못했다. 아침이면 거래처에 순서대로 전화하는 일로 시작을 했고, 처음에는 무슨 말인지 양쪽 모두 못 알아들었지만 시간이 지나면서 농담도 할 만큼 익숙해졌다. 각 대리점에서 상품이 자리를 차지하며 판매량이 늘어나기 시작하자 소규모 도매상들도 가격문의를 하는 전화가 오기 시작했고, 지사 사무실로 찾아오거나 저녁에 카페에서 만나 가격 흥정을 하는 날들이 많았다.

하지만 토요일은 일을 안 하고 주중에도 선약을 통해서만 미팅이 이루어졌으므로 본사에 있을 때보다는 시간활용이 자유롭고 또 여유로웠다. 한 달에 한 번씩 판매량과 재고 그리고 추가 소요량을 본사에 보고를 할 때면 해외 사업본부로 자리를 옮긴 김부장이 허허 웃으며 아주 좋아했다.

그렇게 한 해, 두 해를 지날 무렵 경기에 심상치 않은 기류가 느껴졌고, 곧 태환정책이 무너질 거라는 소리도 들렸다. 무엇보다 판매량이 줄어들었다. 그러던 것이 점점이 아니라 급격히 재고가 늘어나자 김부장의 허허 웃음은 걱정스런 음성으로 바뀌어가고 있었다.

소문은 많이 들었지만 아침 신문에 태환정책 포기와 함께 하루아침에 달러 대 빼소 환율이 1대 1에서 1대 2.2로 바뀌었다는 기사를 보는 순간 망치로 머리를 얻어맞은 기분이었다.

'이건 아냐……. 이건 말도 안 돼……. 내가 어떻게 지사를 지켜왔는데…….'

그러나 안타까운 마음은 상관도 없이 주문량은 현격히 감소했고, 일부에서는 폐업을 핑계로 반품여부를 묻기까지 했다.

그러던 어느 날 지사 철수 지시를 받은 것이다.

공문으로 도착하기 전에 전화로 알려준 김부장과 회사에서 공식화되기 전에 저지를 해보려 하루에도 수차례 통화를 해가며 애써봤지만, 이사대우인 김부장에게도 역부족이었다. 그걸 알고 있으면서도 그냥 힘없이 받아들일 수가 없었다. 지사 철수 후 본사에 복귀하면 어떻게 되느냐고 물었을 때 더듬거리며 당분간만 대기발령이 날거라고 했지만, 지금껏 대기발령을 받은 후 제대로 보직을 받아 옮긴 사람은 단 한 사람도 없었다. 대부분 대기발령 중 퇴직을 하거나 결국 받은 자리는 좌천도 그런 좌천이 없지라는 소리를 들을만한 보직 뿐이었다. 지사 철수하여 본사로 돌아가면 종내는 그만두라는 얘기나 다름없는 기사였다.

결국 지사철수지시공문은 오고야 말았다.

그 공문을 받음과 동시에 나는 손으로 끄적끄적 사직서를 팩스로 보냈다. 화가 단단히 난 목소리로 김부장이 전화를 했지만 나 역시 김부장에게 좋은 감정이 생기지 않아 '미안합니다'만 반복하다 전화를 끊어버렸다. 그리고 다시 거래처들에 전화를 시작했다. 돌아가 정식으로 퇴직을 하고 다른 회사로 옮길 준비를 할 수도 있었지만, 국내사정이 좋지 않아 신입사원 선발도 거의 없었고, 경력사원도 마찬가지였다. 또 대기발령으로 퇴직 했다는 사실이 혹시라도 알려지면 또 다른 악몽의 시작이 될 수도 있었다.

혼자서 시작해 이만큼 키워났다는 자부심 같은 데서 연장되어진 자신감 같은 것도 생겨났다.

'해보는 거야. 난 혼자서도 할 수 있어.'

전화기를 들며 스스로 그렇게 되뇌었다.

거래처의 담당자들은 벌써 지사철수 소식을 알고 목소리들이 냉담했다. 가격을 조금이라도 낮춰보려 아양 떨던 모습은 어디에서도 찾을 수가 없었다.

퇴직금으로 매장을 임대하고 기존 거래처에 거꾸로 물건을 납품 받아 전자제품 중간도매를 해볼 생각이었다. 대개의 매장이 도매와 소매를 겸하는 것과 달리 소매만 하지만 보통의 전자제품 판매점보다는 낮은 가격에 팔기로 했다. 그러자면 어느 만큼의 제품을 구비를 해놔야 하는데 퇴직금으로는 매장을 얻고 내장을 하면 끝이었다. 결국 그들에게 비굴하게 아쉬운 소리 해가며 외상거래를 부탁하는 수밖에 없었다. 자존심 상하기는 해도 그간 거래한 탓에 서로를 조금은 아니까 더러운 꼴 조금만 참으면 할 수 있을 거라는 생각을 했다. 여러 곳에서 냉정하게 거절을 했지만 몇 곳에서 마지못해 하기는 하지만 외상으로 물건을 주겠다고 했다. 몇 번을 고맙다고 인사를 하며 씁쓸해 했지만 그런 생각을 하고 있을 때가 아니었다.

보에도 거리에 창고가 딸린 점포를 얻었다. 그리고 내부공사를 하고 부탁한 물건들을 가져다가 채웠다. 처음부터 손님이 몰릴 리는 없으니 마음에 여유를 갖고 기다려 보기로 했다.

손님이 하나씩 둘씩 늘어가는 게 보였다. 전부를 다 갚자면 아직 더 시간이 필요했지만 여섯 달 사이에 이자를 포함해서 외상으로 가져온 물건의 반 이상을 갚았다. 생활비를 줄이고 무엇보다 외상값 갚는 것을 먼저 했다. 그런 모습들이 보였는지 외상으로 물건을 주던 거래처의 담당자들의 태도도 한결 부드러워졌다.

그러던 11월 어느 날 아침이었다. 자리에서 일어나 창문을 활짝 열고 늦봄의 부드러운 공기를 집안으로 받아들이며 기지개를 켰다. 이제 막 떠오른 햇살이 조금은 따갑게 느껴질 만큼 여름이 가까워 있었다. 평소처럼 식탁에 앉아 메디아루나에 버터를 발라 커피와 함께 먹고 있을 때 전화벨이 울렸다.

"여보세요."

"민, 나 까를로스예요."

매장에서 일하는 까를로스였다. 물건의 출납을 담당하는데 민호라는 이름을 발음을 제대로 못해 그냥 민이라고 불렀다."

"음 까를로스 좋은 아침이야. 벌써 출근했는가보지?"

"빨리 매장으로 나와 보세요. 큰일 났어요."

순간 불안한 예감이 스쳐지나갔다.

"무슨 일인데?"

"창고가…… 털렸어요."

다리의 힘이 쭉 빠졌다. 들고 있던 커피 잔을 내던지듯 내려놓고 서둘러 옷을 갈아입고 레미스(영업용 콜택시)를 잡아탔다. 출근시간이라 막히는 길이 유난히 더 짜증이 났다.

까를로스는 창고 담당이라 남들보다 한 시간 일찍 출근하고 한 시간 더 늦게 퇴근을 했다. 그에 따른 보수를 더 주기도 하지만 원래가 성실하고 싹싹한 사람이라 믿고 일을 맡길 만한 사람이었다. 가끔씩 한인사회에서 들었던 종업원들이 물건을 훔친다는 얘기를 떠올렸지만 아닐 거야 생각하며 고개를 가로저었다. 그리고 비용 때문에 설치를 미뤘던 방범시스템이 떠올랐다.

'다음 달 쯤에는 설치를 해야지 생각하고 있었는데…….'

다른 매장보다 더 제품이 많은 것도 아니고 오히려 상대적으로 작은 규모이기에 덜 염려를 했던 것도 사실이었다. 그리고 창문은 굵은 쇠창살도 둘러있고 창문 자체를 열 수도 없게 고정을 해 놓았기 때문에 설마 하는 생각을 했었다.

도착해 본 매장은 깨끗했다. 쇼윈도 안으로 보이는 물건들도 어제 퇴근할 때 그대로였고, 쇼윈도에도 금하나 가있지 않았다.

"무슨 일이야? 멀쩡한데."

이상해하며 매장에 들어서니 제품창고 반출구 쪽에서 까를로스가 고개를 내밀고 서둘러 손짓을 했다. 그 쪽으로 가보니 창고 쪽으로 난 골목으로 앞서가며 손짓을 했다. 서두르라는 듯한 몸짓이었다. 골목을 지나 창고에 들어선 순간 아찔하게 현기증이 났다.

텅 비어 있었다. 그의 말처럼 매장이 아니라 창고가 털린 것이었다. 뒤도로 쪽 벽의 유리 블럭으로 막혀있던 부분이 흉하게 무너져 있었다. 구멍난 벽을 본 순간 다시 한 번 현기증이 나 비틀거리며 벽을 짚었다. 까를로스가 뛰어와 부축을 하며 좀 앉으라고 했지만 그의 손에서 팔을 빼내고 텅 빈 창고를 둘러봤다.

너댓 명이 함께 훔쳐간 듯 했다. 냉장고나 세탁기 같은 무거운 제품들도 많았기 때문에 한 둘이 할 수는 없는 일이었다.

"경찰에 신고해야죠."

까를로스가 하는 말을 듣지 못했다. 멍하니 사방을 두리번거리기만 했다.

한 걸음 다가선 까를로스가 다시 말했다.

"민, 경찰에 어서 신고해야죠."

그제야 그를 돌아보고 맥없이 말했다.

“그래야지. 하지만 신고한다고 그들이 물건을 찾아주겠어? 이 나라 경찰이 어떤지 까를로스도 잘 알잖아?”

“그래도 신고는 해야죠.”

“그래, 그래야지. 전화해.”

까를로스는 매장 쪽으로 달려갔다.

신고한 지 두 시간이 다 되어서야 경찰들이 어슬렁거리며 나타났다. 멀쩡한 매장을 둘러보며 좀 짜증스런 표정으로 신고 받고 왔다고 했다. 선입관 때문일지 모르지만 매장이 깨끗해서가 아니라 주인이 동양인이라는 사실을 거슬려 하는 거 같았다.

그들을 안내해 창고를 보여줬다. 하지만 그 안에 뭐가 있었는지 알 턱이 없는 그들은 그냥 어슬렁거리며 창고를 둘러보고, 구멍 난 벽으로 내다보고 하다가 없어진 물건 목록을 작성해 달라고 했다. 컴퓨터에 재고 현황이 나와 있기 때문에 그걸 뽑아주는데 시간이 걸리지는 않았지만 개략적인 상품명과 코드화 된 제품번호들을 제대로 알아보기 어려운지 인상을 찌푸리더니 손으로 제품 종류, 상표, 가격 등을 다시 적어달라고 했다. 울컥 화가 치밀었지만 까를로스에게 그렇게 해주라 하는데 경찰이 담배를 하나 뽑아 권했다. 까를로스가 도난물품 목록을 만드는 동안, 그들은 이것저것 물을 만도 한데, 그냥 구멍 난 벽을 보며 알아듣기 어렵게 낮은 목소리로 저희들끼리 뭐라고 얘기를 주고받았다.

얼마 후 까를로스가 목록을 가져오자, 천천히 하나씩 읽어 내려가다 물었다.

“이 제품들 구입 영수증은 다 가지고 있습니까?”

“물론이죠.”

“그 영수증들도 다 챙겨주십쇼.”

그 뒤에 서 있던 경찰이 끼어들어 한마디 했다.

“영수증이 없는 물건은 장물로 취급될 수도 있습니다.”

무슨 소리인가 눈을 동그랗게 뜨고 그를 바라보니 어깨를 으쓱거리며 다 알지 않느냐는 듯한 표정을 지었다.

"우리 물건은 다 영수증 처리된 것들입니다. 판매처에 확인해 보시면 알 것입니다."

"그렇다는 얘깁니다. 영수증이 다 있으면 문제될 게 없죠, 뭐."

구역질이 넘어왔다. 이 나라 경찰들이 이렇다는 거 새삼스러운 것도 아니건만 크게 도둑을 맞은 사람에게 위로와 함께 꼭 잡아 보겠다는 말은 못할망정 '너 깨끗하냐?'는 식의 얘기를 하는 게 화가 났다.

출입구가 또 있느냐, 창문은 어떻게 되어 있느냐. 몇 가지 형식적으로 묻더니 아까 장물 얘기를 했던 경찰이 또 뜬금없는 소리를 했다.

"여기 종업원은 몇입니까?"

"창고관리 한 명, 매장담당 세 명, 경리담당 한 명 전부 다섯입니다. 그들이 그랬을 거라고 생각하지는 않습니다."

"아니 그런 뜻이 아니고, 전부 합법적으로 고용한 사람들입니까?"

그제야 그의 의도를 알아차렸다. 불법 고용한 사람이 있으면 그것을 빌미로 돈을 뜯어내려는 수작이었다.

"전부 노동청에 신고 된 사람들입니다. 합법적으로 고용계약을 했고 한 번도 임금 체불한 적도 없습니다."

기분이 언짢다는 표현을 하려 억양을 바꿔 그에게 또박또박 대답했다.

"아, 뭐 그렇다는 얘깁니다."

그는 아까와 똑같은 대답을 했다. 그리고 상사인 듯한 다른 경찰이 수사해서 범인을 찾아보겠다며 연락처를 적어갔다. 그리고 오후에 경찰서에 와서 정식 신고서를 작성하라고 했다.

맥이 빠졌다. 하지만 별 도리가 없었다. 까를로스더러 조적공을 수소문해서 벽을 막으라 하고 점포에는 휴가라고 써 붙이고 닫으라고 했다. 손님이 와봐야 전시된 물건밖에 내어줄 것이 없기 때문이었다. 그리고 창고 한쪽에 의자를 놓고 앉아 빈 창고를 멀거니 바라보며 줄담배를 피워댔다. 끊은 지 오래되었었다. 경찰이 권한 것을 얼떨결에 받아 피운 걸 시작으로 다시 피우기 시작하게 된 것이다. 머리가 어찔거리고 아파왔지만 계속 불을 붙여대었다.

점심때가 되도록 그렇게 앉아 있는 나를 보고 직원들이 눈치를 살폈다. 나는 손짓으로 걱정 말고 밥 먹으러 다녀오라고 했다. 까를로스가 쭈밋거리며 미안한 듯 옆에 서 있었지만 그의 어깨를 밀며 너도 같이 가서 식사하고 오라고 했다.

오후에 경찰서를 찾아가니 그가 딱딱한 표정으로 책상 옆의 의자를 권했다. 그리고 이것저것 물었다. 마치 신고하러 온 것이 아니라 조사를 받으러 온 듯한 느낌이 들었다. 그는 계속 담배를 입에 문 채 키보드를 두들겼고, 나도 덩달아 담배에 연이어 불을 붙였다. 한 시간 가까이 그렇게 묻고 답하고 했을까? 그는 그때까지 타이핑한 것을 프린트해서 내용이 맞는지 확인하라고 했다. 나는 이곳저곳 손가락으로 가리키는 곳에 서명을 하고 가도 되냐고 물었다. 더 머물기가 싫었다. 가랑이를 붙들고 매달려서라도 내 물건 찾아주세요 해야 할 판이지만 그들이 내 물건을 찾아 줄 수 있을 거라는, 아니 적어도 그런 노력이라도 할 거라는 기대조차 없었기에 그래서 그냥 빨리 그곳을 벗어나고 싶었다.

매장에 전화해 일찍들 들어가라고 말하고는 무작정 거리로 나섰다. 술을 마시고 싶다는 생각이 들었지만 시간이 너무 일렀다. 그래서 찾아간 곳이 어처구니없게도 극장이었다. 아무거나 가장 빠른 것으로 달라 해서 들어갔지만 사실 무엇을 보았는지 제목이 무엇이었는지조차 기억이 나지 않는다. 멀거니 스크린에 눈을 두고 있을 때 허리춤의 휴대폰이 진동을 했다. 슬쩍 일어나 복도로 나와 전화를 받았다.

"여보세요. 아, 민! 난 후안 빠블로야."

내게 제품을 외상으로 주던 거래처 중 하나의 사장인 후안 빠블로였다.

말이 사장이지 그도 몇 안 되는 종업원을 거느린 소규모 도매상일 뿐이었다. 파라과이 출신으로 맨손으로 건너와 그 정도면 성공했다고 할만 했다.

“얘기 들었어. 물건 다 잃어버렸다고.”

“아, 정말 어떻게 해야 할지 모르겠어.”

“뭐라고 해야 할지 모르겠네. 지금 어딨어? 매장에 전화하니 안 돌아왔다고 하던데, 아직 경찰서야?”

“아니 극장이야.”

“극장? 아니 왜 극장에 가있어?”

“그냥 머리가 복잡해서…….”

“그러지 말고 만나지. 어느 극장인데. 내가 데리러 갈게.”

“여기 온세 쪽이야. 아바스또에 있어.”

“그럼 십 분 뒤에 꼬또 쪽으로 나와, 내가 그리로 갈게.”

“그러지.”

후안 빠블로는 거래처이기는 하지만 가끔 함께 저녁을 먹기도 했다. 정서가 다른 남미사람들과는 좀 달라서 살가운 면이 있는 친구였다. 열다섯 먹은 딸이 하나 있고, 파라과이에서 결혼한 아내가 있었다.

계단에 앉아 좀 기다리니 경적을 울리며 후안 빠블로가 그의 차 안에서 손을 내밀어 흔들었다. 같이 손을 흔들어 답하고 그의 차에 올랐다.

“어디로 갈까?”

“글쎄.”

“기운 내. 그런다고 없어진 게 돌아오는 건 아니잖아.”

난 피식 웃고 말았다.

“그거야 그렇지. 그렇다고 웃을 수는 없잖아. 잘됐다 그러면서.”

“하지만 그렇게 울상이라고 찾을 수 없다는 것도 알잖아.”

그도 이곳의 물정을 잘 아는 듯 애저녁에 포기하라는 듯한 말투였다. 남미사람다웠다.

“뭐 어디 밖에서 마시기도 그렇고 집으로 가지. 집에 가서 그냥 정신 잃을 정도로 마시라구.”

그는 대개의 사람들이 어느 정도 기분이 좋을 때까지만 마시는 것과 달리 한국 사람처럼 폭음을 하는 적이 많았다. 나와 어울려 그렇게 마신 적도 몇 번 있었고, 그런 게 그의 아내 베아뜨리스는 싫다고 했다.

“에이, 베띠에게 또 욕먹으라구?”

“괜찮아. 집사람도 다 이해할 거야. 내가 아까 전화로 대충 민 얘기 했거든.”

“거 뭐 좋은 얘기라고 동네방네 다 떠드나?”

“다 떠든 건 아냐. 집사람에게만 얘기했다는 거지.”

“그래도…….”

별로 말을 하고 싶지 않아 얼버무리고 창밖으로 고개를 돌렸다.

초인종을 누르자 그의 아내가 나와 뺨에 키스를 하며 애처로운 표정을 지어보였다. 난 괜찮다는 듯 억지웃음을 지어보였지만, 그녀는 그게 더 안됐다는 듯 다시 포옹을 하며 등을 쓸어주었다. 후안이 우리 둘의 등을 떠밀려 들어가서 얘기하자고 했다.

거실의 소파에 자리를 잡고 그녀에게 술 좀 가져다달라고 했다. 하지만 그녀는 눈 한번 흘기지 않고 주방 쪽으로 가 잔과 얼음 통을 가져왔다. 술이 한두 잔 오가며 조금씩 취기가 오를 무렵 후안이 술 쪽 분위기를 바꾸며 말을 꺼내었다.

“그나저나 이제 물건을 또 외상으로 받을 수도 없고. 팔 것도 없고 어쩔 셈이야?”

“걱정 마. 어떻게든 네게 진 빚은 다 갚을 테니까.”

“그런 뜻이 아냐. 내 물건 값 달라는 얘기가 아니라구. 앞으로 어떻게 살 생각이냐는 거지.”

잠깐 가슴이 덜컥 내려앉았지만 염려해주는 말인 걸 알고는 한숨을 내

쉬었다.

"글쎄……. 아무렴 어떻게든 돈 벌 방법이 없겠어?"

"지금 민은 방법이 없다고 볼 수도 있지. 안 그래? 직설적으로 얘기해서 미안하지만. 매장 그거 임대한 거니까 한 푼도 못 건지지, 거기 있는 물건 다 팔아야 얼마나 되나? 그리고 물건이 얼마 없는데 값이나 제대로 받겠어?"

"그렇지……."

"민을 도울 방법이 하나 있기는 한데……."

별로 대답이 기대되지 않아 형식적으로 되물었다.

"뭔데?"

"민. 내가 어떻게 십오 년 만에 이만한 도매상을 열 수 있었다고 생각해? 열심히 돈 모아서? 턱도 없는 소리야. 이 나라 보통 월급 얼마 받는 지 알잖아? 나도 한동안은 건축자재 파는 데서 일해 봤지만 월급 한 푼도 안 쓰고 모아도 평생 모아야 이런 도매상 내기 힘들어."

"그럼 어떻게 했는데?"

관심 없으면서도 다시 되물었다. 그는 소파에서 엉덩이를 당겨 앉으며 말을 이었다.

"내가 전에는 말이야 네그로를 좀 취급했거든."

"네그로라니 훔친 거 말이야?"

"아니 훔친 게 아니라, 파라과이에서 밀수하다 걸려서 뺏긴 거 있잖아. 그거 경찰에게 돈 먹여서 빼돌려 가지고 팔았지. 그거 해 보니까 제법 짭짤하더라고."

"그래서 나 보구 그거 하라구?"

"사람 성질 급하기는 더 들어봐. 내가 그거 손 뗀 다음 다른 녀석이 하다 가 연방경찰 내사과에 적발이 되서 담당경찰하고 돈 먹인 친구하고 다 걸 려 들어갔잖아. 그래도 지금도 그거 하는 친구들이 있기는 한데, 전자제품 들이 덩치가 커서 남의 눈 피해서 빼내기가 여간 어려운 게 아냐."

“그럼 요점이 뭐야?”

“들어보라니까.”

그는 조금 더 엉덩이를 당겨 앉았다. 베띠가 새로 포도주를 두 병 가지고 왔지만 그의 얘기는 계속됐다.

“그런데 요즘은 다른 게 있어. 나한테 물건 빼주던 친구가 얘기해서 한두 번 팔아봤는데 훨씬 쉽고 벌이는 훨씬 괜찮어.”

“그게 뭔데?”

말을 질질 끄는 것 같아서 나는 일부러 짜증내는 듯한 말투로 물었다.

“가루.”

“가루?”

“응. 가루.”

“가루라면? 지금 마약 얘기하는 거야?”

그는 소파에 등을 기대며 씨익 웃었다.

“너 미쳤구나.”

“아니, 모두 미쳤어. 세상이 전부 미쳤다구. 몰라? 지금 세상에 제정신인 사람이 몇이나 되는 거 같애?”

“그래도 그런 걸 팔면 안 되지.”

“왜?”

“왜냐하면…… . 그건 나쁜 거야.”

“학생 같은 소리하네. 소비자가 원하는 상품을 공급하고 이익을 남기는 거 그게 자본주의라고.”

“그게 자본주의의 전부는 아냐.”

“몰라, 몰라. 난 공부를 못해서 무식해서 잘은 모르지만, 돈 벌어주는 일이면 그게 좋은 일이야.”

“아무튼 난 그런 건 못해. 살면 얼마나 산다고 그런 짓을 하나?”

“맞어, 살면 얼마나 산다고. 그래서 그걸 팔자는 거야. 계속 하자는 게 아니고 몇 번만 크게 하면 고생 안 해도 되니까.”

“팔자고? 그럼 이미 나와 같이 그 일을 하려고 생각을 하고 있었다는 얘기야?”

“에이, 말이야 아무렴 어때? 중요한 것은 부자가 된다는 거야. 자네와 나, 그리고 내 사랑 베띠.”

때마침 옆으로 앉은 그의 아내를 그는 끌어안고 입을 맞추며 그녀의 엉덩이를 쓰다듬었다. 그녀는 그의 가슴을 밀치며 나를 쳐다보고 웃었다.

“사실 내일 조그만 거래가 있어. 자네는 그냥 같이만 가. 어떻게 하는지 보기만 하라구. 불안하면 멀리 떨어져 있어도 상관없구.”

마음에 동요가 일었다. 어쩌면 썩을 대로 썩고 일말의 양심도 없는 이 회색도시에 보복이라도 해주고 싶은 마음이 갑자기 생겼는지도 모를 일이었다.

“왜 내게 이 말을 하는 거지?”

“왜긴? 우리가 하루 이틀 알고 지낸 게 아니잖아. 처음에 자네 회사 물건 사려고 자넬 만날 때부터 왠지 다른 동양 사람과는 다르다는 느낌이 들었거든. 삶에 대해 진지하다고나 할까?”

“웃기는 소리 하고 있네.”

그냥 추켜세우려는 뜻 없는 말인 걸 알기에 무시하듯 대꾸했다.

“그런데 누구한테 파는데?”

후안은 씨익 웃으며 다시 몸을 앞으로 당겨 앉았다. 그럴 줄 알았다는 표정이었다.

“중국 애들한테 파는 거야. 민도 뉴스 봤지? 중국 마피아 보도하는 거. 그냥 그런 조직이 있다는 것만 알지 경찰도 손을 못 쓰니까 방송에서 맥없는 뉴스거리로만 보도한 거라구. 중국 애들이 값도 잘 쳐주거든.”

그때 그의 휴대폰 벨소리가 울렸고 그는 시계를 한 번 쳐다보고 전화를 받았다.

"아, 위안. 어때, 잘 지내? 내일? 그 쪽은 어때 준비 됐어? 당연히 걱정 안하지. 한두 번 거래해 봤나? 몇 시? 응, 응. 알았어. 내일 보자구. 근데 혹시 늦으면 어디로 전화하면……. 전화번호는 죽어도 안 가르쳐 줘요. 한 번은 전화번호를 남겼길래 나중에 다시 전화해보니까 공중전화더라구. 참내."

그는 포도주를 한 번에 들이키고 다시 따르며 말했다.

"내일 오후에 만나기로 했거든. 같이 나가 보자구."

"그럼 벌써 물건은 빼온 거야?"

"당연하지. 아니 그럼 물건도 없이 무슨 흥정을 해?"

기분이 묘해졌다. 마치 지금 집밖에는 연방경찰 강력부 마약반이 일개 중대의 경찰병력으로 이 집을 포위하고 있을 지도 모른다는 생각이 들었다. 그리고 이어서 다시 자포자기하는 마음이 들었다. 목구멍으로 잔을 털어 넣으며 우리말로 중얼거렸다.

"에이 씨팔, 모르겠다."

눈을 동그랗게 뜨고 후안이 물었다.

"뭐라고 한 거야?"

나는 씩 웃으며 대답했다.

"잘 될 거라고."

그도 씩 웃더니 잔을 들어 건배를 했다.

한참을 잔을 주고받았다. 후안은 화장실 갔다 온다고 하더니 영 돌아오지를 않았다. 앉은 자리에서 혼자 잔을 부어 마시다 잠이 쏟아져 그냥 소파에 들어 누워버렸다. 그리고는 잠이 들어버렸다. 잠결에 갈증이 일어나 앉았다. 눈을 반쯤 감은 채 돌아보니 거실의 불은 꺼져 있고 조그만 스탠드만 하나 켜 있었다. 탁자 위의 어지러운 술병과 넘치는 재떨이도 그대로였다.

"아니 이 친구는 어떻게 된 거야?"

중얼거리며 갈증에 입맛을 쩝쩝 다시다 인기척에 돌아보니 방에서 베띠가 나오고 있었다.

"후안은?"

그녀는 방긋 웃으며 대답했다.

"화장실에서 나와서는 그냥 침대에 쓰러졌어요. 지금 자요. 뭐 좀 드릴까요?"

"물 좀 한 잔 주겠어?"

그녀는 고개를 끄덕이고 주방으로 들어가 큰 컵에 생수를 받아왔다. 단숨에 들이키니 눈이 떠졌다. 그제야 그녀의 모습이 제대로 보였다. 하늘한 잠옷 속으로 그녀의 몸이 그대로 비쳤다. 아래에만 속옷을 입고 있었다. 갑자기 민망해져 고개를 돌리며 말했다.

"몇 시야? 집에 가야지."

"네 시예요. 레미스(영업용 콜택시)도 다 닫았어요. 택시 잡기에는 너무 늦어서 위험해요. 그냥 쉬었다가 가요."

컵을 받아들며 그녀는 내 곁으로 앉았다. 몸이 움찔했다. 잠옷을 입었다지만 속이 비쳐 벌거벗은 거나 다름없는 다른 사람의 아내가 곁에 앉으니 긴장이 됐다.

"그래? 그럼 그냥 여기서 좀 더 자고 아침에 가야겠군."

일부러 그녀의 등을 떼밀며 소파에 다시 누우려 했지만 그녀는 비켜주지 않았다.

"민."

"응?"

일부러 그녀의 시선을 피하며 대답했다. 그녀는 내 얼굴을 자기 쪽으로 돌리고 물었다.

"나 어떻게 생각해요?"

"좋은 사람이지. 착한 내 친구의 아내……."

얼버무리듯 대답하는 내 대답엔 귀 기울이지 않는 듯 또 물었다.

"나 매력 없어요?"

"매력?"

대답을 망설이고 있는데 방에서 후안이 잠꼬대를 하는 듯 베띠의 이름을 불렀다. 그녀는 나를 뚫어져라 보더니 몸을 돌려 내 가슴에 기대었다. 그리고 내 두 팔을 끌어다 자기를 끌어안듯 감쌌다. 손에 물컹 그녀의 가슴이 느껴졌다. 손을 빼지도 끌어안지도 못하고 어정쩡하게 그렇게 있다가 기껏 내가 생각한 말은 '화장실 좀 가야겠어.'였다.

그녀는 돌아보고 부드러운 웃음을 지어보이더니 두 뺨을 당겨 입술에 키스를 했다. 그리고 일어나 방으로 들어갔다. 화장실 간다는 게 거짓말이었다는 걸 증명이라도 하듯 나는 소파에 벌렁 누워버렸다. 그리고 손으로 입술을 쓰다듬었다. 얼결에 내 의사와 상관없는 키스 그것도 잠깐이었지만 너무 오랜만에 느낀 여자였다.

대학 때 사귀던 여자와 몇 번의 잠자리를 가진 게 내가 아는 여자에 대한 전부였다. 그것도 어린 탓이었는지 기억나는 느낌 같은 건 없었다. 그냥 여자와 자고 싶다는 욕망에 그녀를 채근했었고, 한참만에야 그녀가 허락을 해 여관에게 뭐가 어떻게 지나갔는지 모르게 첫 경험을 치르고, 그 후 몇 차례 그녀의 방에서 관계를 가졌지만, 얼마 후 나는 군대에 갔고 그녀가 학교를 휴학하고 시집갔다는 소식을 복학해서야 들었다.

돌아누워 잠을 청하니 술 탓인지 오래지 않아 다시 잠에 빠졌다.

오후. 후안과 함께 일본공원으로 들어섰다.

평일인 탓인지 사람이 그다지 많지 않았다. 그리고 대부분의 사람들이 카메라를 든 관광객들 같아 보였다. 후안을 따라 일본 전통 찻집으로 들어섰다. 탁자에 앉으니 종업원 아가씨가 내가 동양인인 것을 보고 스페인어로 일본 사람이냐고 물었다. 농담으로 그렇다고 했더니 일본말로 뭐라고 하길래 사실은 한국 사람이라고 장난친 거라고 했다. 그녀도 같이 밝게 웃고는 주문을 받았다.

"후안, 일본식 차 마실 줄 알아? 맛이 밋밋하다고 할 텐데?"

"상관없어. 차 마시러 온 거 아니니까. 그 중국놈들이 여기서 만나자고 했거든."

찻집 안을 두리번거리며 얘기를 나눌 때 동양인 둘이 들어섰다. 한눈에 중국 사람처럼 보였다.

"저기 오는군."

후안을 알아본 그는 다음 나와 눈이 마주친 후 표정이 갑자기 굳어졌다. 잠깐 멈칫하는 듯 했지만 후안이 웃으며 손짓을 하자 다가왔다.

"후안, 동행이 있다고 말 안했잖아."

"괜찮아. 내 동생이야."

"장난치나? 빠라과이 사람이 어떻게 동양인 동생이 있나?"

"농담이야. 내 동업자야. 인사해 여기는 위안, 여기는 민."

그러나 그는 인사를 하지 않았다. 얼결에 내민 내 손이 민망했다.

"이런 식으로 거래하면 위험해."

"날 못 믿는 거야? 내가 그렇게 허술하게 움직이는 거 같애?"

"아무튼 난 아무도 안 믿어."

"그럼 나도 안 믿겠군."

"난 아무도 안 믿어."

"하는 수 없지. 아무튼 거래나 하자구. 돈은 가져왔지?"

그때서야 자리에 앉는 위안이란 친구 옆에 앉은 친구가 샘소나이트 손 가방을 탁자에 놓고 조금 앞쪽으로 밀었다. 동작이 너무 빨라 눈여겨 볼 틈이 없었다.

"물건은?"

후안이 안주머니에 손을 넣으려 할 때 위안이 손을 뻗어 그를 제지했다. 종업원이 다가와 차를 내려놓으며 중국인들에게 뭐를 마시겠느냐고 물었다. 그들은 같은 걸로 달라고 했다. 그녀가 돌아간 후 슬쩍 건네진 주먹만 한 봉투를 들고 가방을 건넸던 중국인이 일어서 화장실로 갔다. 봉투는 선물을 살 때 담아주는 싸구려 봉투로 아무도 그걸 눈여겨 보지 않을 것 같았다.

잠시 후 돌아온 그가 말없이 고개를 끄덕였다. 위안이 일어서려 하자 후안이 그의 손목을 잡으며 말했다.

"시킨 차는 마시고 가야지. 그리고 가방 안에 뭐가 들었는지도 확인해야 하고."

위안은 다시 앉지 않았고, 인상을 찌푸리더니 그의 손을 뿌리치고 걸어 나갔다.

"개자식, 항상 저런 식이야. 이러다 진짜루 빈 가방을 주던지 아님 돈을 덜 주는 건 아닌지 몰라."

"그런 적이 있나?"

"아니 그런 적은 없지만……. 저 놈들 돈 하나는 깨끗하게 주더라구."

결국 아무도 주문한 차를 마시지 않은 채 24뻬소라는 계산서 위에 100 뻬소짜리 지폐를 한 장 얹어놓고 일어섰다.

집으로 돌아가겠다는 나를 그는 부득부득 집에서 저녁 먹고 가라고 했 다. 매장에 전화해 경찰에서 연락 오면 내 휴대폰으로 전화하라 하고, 점 심때가 좀 지났는데 그의 집으로 저녁을 먹으러 따라갔다.

집에 들어서자마자 그는 베띠를 끌어안고 키스 세례를 퍼붓더니 소파 에 가서 털썩 앉았다. 베띠는 알 수 없는 야릇한 미소로 나를 한 번 쳐다 보았다.

소파에 앉은 그가 손가방을 열자 100뻬소짜리 묶음이 쏟아져 나왔다. 대략 10만 뻬소 정도 되는 것 같았다. 그는 묶음 갯수를 확인하더니 말했다.

"돼지들한테 내가 넘겨준 돈 6만은 따로 빼고, 5만 중 2만은 민 거야." 하며 두 다발의 돈을 내게 내밀었다.

나는 손을 저으며 말했다.

"무슨 소리야. 난 아무 것도 한 거 없는데. 받을 수 없어."

"받어. 동업자. 처음부터 같이 가면 네게 이걸 줄 생각이었어. 이걸로 우선 외상값 때문에 재판 걸겠다고 하는 놈들 생기기 전에 입을 막어."

그리고 그는 베띠에게 저녁을 나가서 먹자고 큰소리로 말했다.

꼬스따네라의 강변에 자리한 레스토랑 로디시오에서 우리는 고급으로만 시켜 먹었다. 처음에 들어갈 때는 동양인인 나를 흘긋거리며 좋은 자리를 주지 않았다. 좋은 자리는 다 금연석이라며 주방에서 가까운 자리를 내주는 걸 후안이 이십 뻬소 짜리 한 장을 모소에게 쥐어주자 예약을 확인하겠다며 뭔가 확인하는 척 하더니 경치가 좋은 창가로 자리를 내줬다. 한참을 떠들며 마시던 그가 조용해지는가 싶더니 의자에 기댄 채로 잠이 들어버렸다. 어깨를 흔들어 보았지만 빨리 마신 술에 취했는지 그는 정신을 차리지 못했다. 베띠도 어쩔 수 없다는 표정으로 두 손을 들어 보였다. 웨이터에게 레미스(영업용 콜택시)를 부탁해 그를 업다시피 부축해 차에 태웠다. 앞자리에 앉은 나는 우선 그의 집으로 가자고 했다. 그를 부축해 차에서 내리며 운전수더러 기다리라고 했다.

그의 방 침대에 던지 듯 눕히고 나니 진땀이 흘렀다. 물 한 컵 마시고 가야겠다고 하니 그녀는 웃으며 주방으로 갔다. 한참 만에 돌아와 컵을 내밀기에 단숨에 들이켜고 그만 가겠다고 하자 그녀가 말했다.

"어떻게 가요?"

"어떻게 가다니? 레미스가 기다리잖아."

"그거 내가 보냈어요."

"보내다니? 왜? 나 어떻게 가라고? 그럼 다시 불러야 하잖아. 기다리라 하고 돈 좀 더 주면 되는 걸."

"그런 뜻이 아녜요."

"무슨 소리야?"

"나 민을 원해요."

"그건 안 돼. 베띠는 내 친구의 아내야."

"그게 무슨 상관이에요?"

"또 까롤리나도 있고……."

어설프게도 난 그들의 딸 까롤리나 핑계를 댔다. 어쩌면 그건 그녀를 완강히 거절하지 않는다는 시인과 같았다.

"까롤리나는 파라과이의 외갓집에 갔어요. 어제도 못 봤잖아요. 기억나요? 다음 달에나 와요."

이젠 달리 할 말이 없었다. 그냥 안 돼. 그건 옳지 않아. 그런 말들은 이들에게는 납득시키기 어려운 표현이었다. 차라리 싫다고 말하면 간단한데, 그 말을 못하고 있었다. 어쩌면 난 거부해야 한다는 마음만큼 그녀를 원했는지도 모를 일이었다. 그녀는 마흔 셋이란 나이가 어울리지 않게 너무 아름답고 육감적인 몸을 가지고 있었던 것을 지난밤 얼떨결에 보았던 것이다. 대답을 망설이고 있는 나를 그녀는 응낙으로 받아들였는지 내 목을 끌어안고 키스를 퍼붓기 시작했다. 나는 그녀의 허리를 밀어 그녀를 떼어 내었다. 그녀는 의아한 표정으로 잠깐 나를 보았지만 이내 나의 손을 끌고 까롤리나의 방으로 데려갔다. 그리고 내게 아무 말 없이 훌훌 옷을 벗어버렸다. 그리고 다시 나는 끌어안고 열렬한 키스를 시작했다. 옳은 것, 그른 것을 생각하고 판단하기는 늦었다. 내 몸은 이미 술에 취해 있었고, 또 그녀의 나신과 적극적인 공세로 몸과 마음이 다 풀려 버렸다.

땀에 젖은 몸으로 일어나 서둘러 옷을 입었다. 죄를 지었다는 느낌이 들었지만 이미 늦었다. 빨리 벗어나고 싶다는 생각이 들었다. 베띠는 침대보로 가슴을 가린 채 아무 말 없이 내가 옷 입는 것을 지켜보다 문을 나설 때 한마디를 던졌다.

"우리 계속 만나는 거죠?"

"……."

나는 대답 없이 문을 나섰다.

그 후 두 번의 거래가 더 있었다. 두 번의 거래로 내 손에는 십만 뻬소란 돈이 쥐어졌다. 망설이며 따라 나간 길에 이만 뻬소를 받고는 손을 떼겠다는 말을 못했다.

부동산에 전화해 점포계약을 중도 취소한다 하고 직원들은 월급을 정리해 보냈다. 외상값도 다 정리했고, 차도 하나 샀다. 그리고 베띠와의 관계도 이어졌다.

내내 집에 있다시피 하고 있음을 아는 베띠는 가끔씩 낮에 찾아왔고 우리는 미친 듯이 섹스를 했다. 그녀는 후안과의 침실 얘기를 하지는 않았지만 오랫동안 굶주린 들짐승처럼 내게 달려들곤 했다. 나 또한 더더욱 그녀에게 빠져들었지만 내가 빠져든 건 그녀라기보다는 그녀와의 섹스라는 것이 더 정확할지도 모른다. 그럴수록 불안감도 커져갔다. 이상스러운 건 불안감이 더 커져갈수록 더 그녀에게 집착하게 되는 것이었다.

어느 날. 그날도 낮에 찾아온 그녀와 내일 죽어버리기라도 할 사람들처럼 섹스를 나눈 후 자리에 누워 담배를 피워 문 내게 그녀가 말했다.

"후안이 눈치 챈 거 같아요."

순간 움찔하며 놀라는 날 느꼈는지 말을 이었다.

"하지만 괜찮아요. 여기서는 다 그래요. 남편 따로, 애인 따로, 정부 따로……. 뭐 다 그래요. 어쩌면 후안도 애인이 여럿 있는지도 모르고……."

"내가 보기에 후안은 베띠를 사랑하는 거 같던데?"

"사랑이요? 사랑하죠. 하지만 사랑한다고 모든 걸 다 채워주지는 못해요. 나도 알아요. 그가 나를 사랑한다는 걸. 하지만 사랑만으로 어쩌지 못하는 것도 있어요."

무슨 말인지 이해가 됐다. 하지만 달리 할 말이 없었다. 그녀는 내 쪽으로 돌아누워 내 눈을 보며 말을 이었다.

"민. 우리 같이 떠나요."

“무슨 소리야?”

“알잖아요. 우리 둘이 떠나요. 같이 빠라과이로 가요. 빠라과이에 가면 내 이름으로 된 집도 있어요. 부모가 죽으며 남겨준 유일한 거죠. 허름하긴 하지만 그래도 내거니까.”

“그럼 후안과 까롤리나는?”

어처구니없는 질문을 하고 있었다. 나는 그 말에 동의한다는 말이나 다름없는 질문을 하고 있었던 거다.

“이곳 사람들을 아직 잘 모르는군요. 여긴 쉽게 헤어져요. 이혼을 하게 되면 여자에게 많은 위자료를 주어야하기 때문에 이혼을 못하는 사람들은 있지만요. 내가 아무 것도 원하지 않는다, 까롤리나만 데려가겠다 하면 그걸로 끝이에요.”

“글쎄, 후안이 순순히 그렇게 해줄까?”

그때 초인종이 울렸다. 소스라치게 놀라 벌떡 일어나는 나를 바라보며 그녀는 내 속을 다 안다는 듯 말했다.

“그 사람 오늘 중요한 거래처에 납품하고 수금할 게 있어요. 오늘 무척 바쁠 거예요.”

인터폰으로 누군가 물으니 레미스라고 했다. 차 부른 적 없다고 했더니 배달 부탁을 받고 왔다고 했다. 누가 뭘 배달시켰느냐고 물으니 누군지 뭔지도 모른다고 했다.

“무슨 소리야…….”

대충 겉옷을 입고 나가 그가 내미는 상자를 받아들었다. 포장지로 포장이 된 나무상자 같았다. 제법 묵직했다. 그는 종이를 내밀며 받았다고 서명을 해달라고 해 끄적끄적 ‘받았음’이라 적고 서명을 해서 주었다.

“뭐지?”

두리번거리며 아파트 문을 들어서니 여전히 침대를 벌거벗은 채 누워있던 그녀가 일어나며 뭐냐고 물었다.

"몰라. 누가 보낸 거지?"

침대에 앉아 포장을 뜯는 동안 다른 때처럼 또 한 차례의 섹스를 원하는 듯 그녀가 손을 내 가슴으로 넣어 어루만지다 갑자기 굳어졌다.

"이 상자는……."

그녀에게 얼굴을 돌리자 그녀는 상자에서 눈을 떼지 못하며 말을 이었다.

"이건……. 후안 건데……."

상자를 열었을 때 밤나무 상자 안에 들어있는 것은 45구경 리볼버 권총이었다.

"후안 거라고?"

"네. 이건 후안이 아끼는 권총인데. 써본 적은 없지만 가끔씩 꺼내서 닦곤 했어요."

꺼내어 본 권총에는 총알이 두 개 들어 있었다. 무슨 뜻인지 알 것 같았다. 섬짓한 경고였다.

"그만 가는 게 좋겠어."

"이 사람……. 무슨 짓을 한 거야……."

그녀는 옷을 주워 입으며 뭔가를 계속 중얼거렸다.

며칠 후 전화가 왔다. 후안이었다.

좀 놀랐지만 그는 아무 일 없다는 듯 덤덤하게 말을 이어갔다. 큰 거래가 있다는 거였다. 나는 좀 망설여졌다. 별로 내키지 않는다고 했다. 그 역시 더 이상 이 일 하지 않을 거라며 마지막이라고 했다. 언제 만날 지 얘기를 한 후 전화를 끊을 때쯤 그가 말했다.

"이번에는 뽈보만이 아냐."

"뭐? 그럼 또 뭐야?"

"총."

"뭐라구? 미쳤어?"

"또 미쳤냐구 하는군. 어차피 가루나 총이나 다 경찰에서 빼온 거야. 더 얘기할 거 없구 마지막이니까 깨끗이 하고 깨끗이 끝내자.”

깨끗이 끝내자고 말하는 그의 음성이 서늘하게 들렸다.

다음날 새벽 두시 반 아파트로 그가 찾아왔다.

“준비 됐지?”

“나야 뭐……. 근데 물건은 어디 있는 거야?”

“물건을 오늘 받아서 바로 중국 애들한테 넘길 거야. 그런 건 내가 오래 가지고 있으면 위험하거든.”

“그래 잘했다. 그럼 지금 경찰한테 물건 받으러 가는 거야?”

“음.”

“좋아. 가자.”

그의 차로 도착한 곳은 고속도로 진입구의 인터체인지였다. 차에서 내린 그는 보네트를 열고 고장난 차인 것처럼 해 놓았다. 기계를 보니 3시 5분 전. 3시에 만나기로 되어 있었다.

3시 5분쯤 됐을까? 경광등을 번쩍이며 경찰차가 다가왔다. 가슴이 덜컥 내려앉으며 놀랐지만 아직 아무 것도 가지고 있는 게 없다는 걸 알기에 정말 차가 고장난 것처럼, 괜히 보네트에 머리를 처박고 두리번거리는 시늉을 했다. 하지만 후안은 경찰차를 빤히 보더니 살짝 손을 흔드는 것이었다. 경찰차는 경광등을 끄며 접근하여 차의 꽁무니를 맞대어 세웠다. 잘 아는 사이인 듯 경찰차의 조수석에서 내린 경찰과 후안은 인사를 나눴고, 바로 그를 경찰차 트렁크 쪽으로 데리고 갔다. 후안의 뒤를 따라 가보았다. 그들이 연 트렁크에는 검은색 비닐 봉투 커다란 것이 두 개 들어 있었다. 그들은 그 비닐 봉투를 옮겨 실으라는 몸짓을 하며 연신 주위를 두리번거렸다. 후안이 하나의 비닐 봉투를 번쩍 들어내자 나도 뒤따라 다른 봉투를 들어내었다. 다 옮겨 실은 후 후안은 경찰차 안으로 같이 들어가 뭔가 대화를 나누더니 뒷주머니에서 두툼한 봉투를 꺼내 그에게 넘겼다. 경찰은 엄지를 치켜세워 보이고 웃었다. 후안이 내리자 창밖으로 손을 한

번 흔들어주고 그들은 곧 사라졌다.

"가지."

"어디로?"

"우선 집에 가서 좀 쉬자고. 이따 낮 한 시에 만나기로 했으니까."

"괜찮을까?"

"괜찮고 말고가 어딨어? 이제 조금만 있으면 다 끝나."

후안은 퉁명스럽게 대꾸하고 운전석으로 올랐다. 나도 조수석에 올라탔지만 달리 서로 할 말이 없었다. 이전 같았으면 긴장을 누그러뜨리려 농담도 하고 했는데 서로는 아무 말도 하지 않았다. 얼마를 그렇게 후안의 집으로 향해 가는데 뒤에서 또 다시 경찰차의 경광등이 보였다.

"에이 새끼들……. 돈 좀 부족하게 넣었더니 금방 쫓아오네."

후안이 중얼거리며 차를 갓길로 세웠다. 두 명의 경찰이 뒤에 세운 차에서 내려 다가왔다.

"돈 받으면 더 준다고 해야……."

말을 하며 백미러를 보던 후안의 얼굴이 굳어졌다. 고개를 돌려 그들을 보았을 때 심장이 멎는 줄 알았다. 물건을 건네준 그 경찰들이 아니었다.

"과속하셨습니다. 운전면허증과 차량등록증 좀 보여주십시오."

"과속 안했는데요? 80킬로로 달렸는데?"

운전면허증과 차량 서류뭉치를 건네며 후안이 대답했지만 그들은 듣는 둥 마는 둥 차에서 내리라고 했다. 다리가 후들거리고 떨려 오줌이라도 쌀 것만 같았다. 내 옆으로 다가온 경찰이 나도 내리라고 하면서 물었다.

"트렁크에는 뭐가 있습니까?"

"트렁크예요? 저……."

내가 더듬거리고 있는데 후안이 말을 받았다.

"스웨터가 조금 있습니다. 시장에서 물건 떼어다 팔거든요."

'스웨터? 무슨 소리야?'

“좀 열어보겠습니까?”

내 옆의 경찰이 나를 보며 말했다. 나는 열지 않을 수 없었다. 뒤로 가 후안이 던져준 열쇠로 트렁크를 여는 동안 후안은 다른 경찰과 얘기를 하며 지갑을 꺼내는 게 보였다. 돈 얼마를 주고 보내려는 생각 같았다. 늘 고속도로에서는 이런 식으로 물건을 나르는 차들을 잡아 돈을 뜯어내는 게 경찰들이 하는 일인 건 다 아는 일이었다. 트렁크를 열자 손으로 꾹꾹 눌러보던 경찰이 “실례하겠습니다.”라고 하며 봉투 귀퉁이를 손으로 찢었다. 찢어진 틈으로 스웨터가 보였다.

‘아, 물건을 스웨터로 싸서 넣었군. 치밀한데?’

혼자 속으로 중얼거리며 괜히 친한 척 경찰의 어깨를 툭 치며 새벽부터 피곤할 텐데 커피나 한 잔 하라며 지갑을 꺼내는 시늉을 했다. 그는 그 말을 기다렸다는 듯 씩 웃으며 형식적으로 봉투를 더 만지다 표정이 바뀌며 다시 시선을 볼사로 가져갔다. 찢어진 틈으로 손을 넣어 뭔가를 꺼낸 그는 후레쉬로 그걸 비춰봤다. 하얀 가루가 후레쉬 빛 아래 드러났다. 그는 순간적으로 허리춤의 권총을 꺼내어 나를 겨눴다. 그리고 동료를 향해 소리쳤다.

“Droga!”

그 소리를 듣고 후안 곁의 경찰도 재빨리 권총을 빼어들고 총구를 후안 쪽으로 향한 채 뒷걸음으로 트렁크 쪽으로 왔다. 그는 손으로 비닐봉투를 찢어 젖혔다. 스웨터 사이로 몇 개의 하얀 봉지가 더 보였다. 스웨터들을 흐트러 벌리자 권총과 산탄총들이 흩어졌다.

‘탕, 탕’

그때 두 발의 총성이 울렸고, 봉투를 열어젖히던 경찰이 맥없이 쓰러졌다. 내 곁에 있던 경찰이 총구를 후안을 향했지만 이어진 총성에 그도 역시 뒤로 자빠져버렸다. 먼저 총을 맞은 경찰은 머리를 관통해서 즉사한 거 같았고, 나중에 맞은 경찰은 뒤로 자빠졌지만 방탄 조끼에 맞아서인지 몇 번을 버둥거리다 다시 일어나려 했다. 내가 '후안!'하고 소리쳤지만 이미 늦었다. 그의 총구에서 나온 탄환은 후안의 복부에 맞았고 후안이 다시 그를 향해 총을 겨누려 했지만 이어서 나온 총알에 후안의 목에선 피를 뿜었다. 쓰러지며 다시 방아쇠를 당긴 후안의 총에서 나온 총알은 경찰의 방탄조끼와 왼쪽 겨드랑이 사이를 맞췄다. 총을 들었던 그의 손이 맥없이 떨어졌다.

순식간에 벌어진 일이었다. 멍하니 서서 그 피에 젖어 뒹구는 셋을 바라보던 나는 바로 곁을 전속력으로 스쳐 지나가는 차의 굉음에 정신을 차렸다.

"빨리 여기를 벗어나야 해."

운전석으로 가려다 후안의 상태가 궁금해져 손으로 그의 목을 짚어봤지만 맥박이 뛰지 않았다.

"젠장, 이게 뭐야."

나는 재빨리 트렁크를 닫고 운전석으로 올라 차를 몰기 시작했다. 백미러로 여전히 깜빡이고 있는 경찰차의 경광등이 계속 눈에 거슬려왔다. 끈끈하게 땀이 얼굴에 흘러내려 손등으로 쓱 훔쳐내고 무심히 보낸 시선에 보인 건 피였다. 곁에 서 있던 경찰의 머리를 관통할 때 내 얼굴로 피가 튀었던 것이다. 서둘러 씻을만한 것을 찾았다. 운전대를 잡은 채 앞을 조심해가며 뭔가를 찾는 게 쉽지 않았다. 카스테레오 아래에 있던 앞창을 닦는 걸레가 손에 잡혔다. 그걸로 쓱쓱 얼굴을 닦았다.

한 십여 분 달렸을까 주유소가 보였다. 휴게실 앞에 차를 세우고 급한 척 화장실로 뛰어갔다. 수도를 틀어 보이는 피를 닦았다. 셔츠에도 피가 튀어있었다. 셔츠를 벗어 둘둘 말아 화장실 안의 휴지통에 쑤셔 넣었다. 다시 거울 앞에 서서 여기저기를 살펴보았다. 티셔츠에도 약간의 피가 보였지만 언뜻 눈에 띄지는 않는 거 같았다. 화장실을 나와 공중전화로 갔다. 베띠에게 전화를 했다. 전화를 받은 그녀는 안자고 있었다.

"여보세요. 나 민이야. 내 말 잘 들어."

서두르고 떨리는 내 목소리에 긴장을 했는지 그녀는 가만 듣기만 했다.

"후안이 죽었어."

"네?"

그녀는 놀라 소리쳤다.

"사고가 있었어. 자세한 이야기는 나중에 하고 베띠도 안전하지 못할 거
같아. 며칠 전 내게 했던 말 기억하지? 나와 같이 빠라과이로 가자. 오늘이
그날이 될 것 같아."

전화를 하며 차 쪽을 돌아보니 휴게실에서 음료수를 사들고 나온 사람
들이 차의 핏자국을 보며 뭐라고 저희들끼리 수군거리며 지나갔다.

그녀는 무슨 일인지 듣지 않아도 대충 알겠는지 알았다며 준비하고 전
화를 하겠다고 했다.

전화를 끊고 아까 그 걸레로 대충 핏자국을 닦고 주위를 한 번 둘러보았
다. 아무도 눈여겨보는 사람이 없었다. 그러기에는 너무 이른 시각이었다.
차를 몰아 집으로 향했다.

샤워를 하고 옷을 갈아입으며 TV를 켰다. 뉴스 전문 채널을 틀었다. 어
젯밤 있었던 사고, 사건들에 대한 보도가 이어지고 있었다. 지방에서 양계
업자들이 부에노스 아이레스로 향하는 고속도로를 차단하고 닭 값 보상을
요구하는 시위를 하는 장면이 나왔다. 고속도로 한켠에서는 끌어온 닭들
로 밤참거리를 만드는 장면도 나왔다. 침실로 들어가 서랍을 뒤져 영주권
과 여권 등을 챙겨 샘소나이트 가방에 넣고 있는데 속보라며 '경찰 피습'이
라는 앵커의 말이 들렸다. 챙기던 가방을 팽개치고 거실로 뛰어나갔다. 즉
사한 경찰로 보이는 비닐에 담긴 시체가 나왔고, 응급대에 실려 응급실로
들어가고 있는 경찰의 모습이 나왔다. 그는 마이크를 들이미는 기자들에
게 말을 하지는 못했지만 의식이 있었다. 이어서 장면이 바뀌고 여전히
고속도로변에 널브러진 채인 후안의 모습이 나왔다. 앵커는 경찰의 피습
원인을 아직 알 수 없지만 경찰추정으로는 범죄자 검문 도중 피살된 것으

로 보인다는 말과 추적 중인 중국인 마피아의 소행으로 추정한다는 경찰 간부의 인터뷰가 짧게 나왔다.

수화기를 들어 베띠에게 다시 전화를 했다 신호가 여러 번 갔지만 전화를 받지 않았다.

어쩐다지? 어떻게 해야 할까? 그냥 지금 당장 장거리 버스를 타고 빠라과이나 칠레로 가버릴까? 하지만 돈이 없다. 그저 여비에 불과한 가진 돈으로 어떻게 그곳에서 지낼 수 있나? 그리고 후안에 대해 조사를 하다보면 나한테까지 수사선이 미칠 테고 그럼 저 물건들이 발각될 텐데, 그렇다면 칠레를 가던 빠라과이를 가던 다시 추적당할 거다. 그렇다면 저 물건들을 치워야 한다. 깨끗하게 물건을 치우자면 위험해도 애초의 거래를 끝내는 수밖에 없다. 그러면 돈도 받을 테니 나한테까지 수사선이 미쳐도 그 돈으로 난 충분히 멀리 갈 수 있을 거다. 그리고 영주권도 새로 만들 수 있을 테고. 돈만 주면 안 되는 것이 없는 게 남미니까.

여섯 시.

이제 어떡하며 시간을 보내야 하나? 괜히 여기저기 돌아다니다 물건이 또 문제가 될 수 있다. 하지만 그냥 집에서 기다리는 것도 위험하다. 검문이 없는 곳에 가서 시간을 보내는 것이 안전할 것 같다는 생각이 들었다.

밖으로 나가려던 나는 멈칫 멈추고 말았다.

경찰……. 그는 의식이 있었다. 그렇다면 차번호를 기억하고 있을지도 모를 일이다. 이 차를 타고 나간다는 건 나 여기 있으니 잡아가라고 광고하고 다니는 것과 다를 게 없었다. 지하 차고로 내려간 나는 주위를 살핀 후 물건을 내 차로 옮겨 실었다. 잘 잠겼는지 확인하고 후안의 차를 몰고 밖으로 나갔다. 비교적 차의 움직임이 적은 뒷길로만 해서 삼사십여 꽈드라를 아무데로나 달렸다. 그러다 허름한 공원을 발견하고 주변을 살피니 버려진 차가 몇 대 있었다. 이런 곳은 부에노스 아이레스에 흔하다. 그 버려진 차들 중간에 차를 주차시키고 내리며 주위를 살펴보니 아직 이른 시간이어서인지 사람의 모습이 눈에 띄지 않았다. 드라이버와 펜치로 번호판을 떼어내었다. 몇 꽈드라를 걸어 나와 지나가던 택시를 타고 집에서 몇 꽈드라 떨어진 곳에서 내렸다.

집으로 들어선 나는 서둘러서 다시 짐을 꾸리기 시작했다. 몇 가지의 옷들을 챙기다 밤나무 상자를 발견했다. 후안이 보냈던 것이었다. 뚜껑을 열어보니 권총과 두발의 실탄이 그대로 들어 있었다. 실탄을 장전하고 샘소나이트 가방 옆에 놓았다. 침대에 앉아 숨을 고르며 앞으로 어떻게 행동할 지를 하나하나 짚어가며 시나리오를 짰다.

먼저 꼬스따네라로 가자. 거기는 하루 종일 낚시하는 사람들이 있으니까 별로 의심받을 일이 없을 거야. 동양 사람들도 많이 낚시를 하니까. 그러자면 우선 낚싯대를 준비해야 하고. 그 후에는……. 거기서 시간을 좀 보내다 한 시에 중국놈들 만나서 물건 주고 돈 받고 바로 빠라과이로 뜨는 거야. 베띠는…….

난 수화기를 들어 다시 베띠에게 전화를 했다. 한참 신호가 간 후에야 전화를 받았다.

“나 민이야.”

“네, 안녕하세요? 잘 지내시죠? 요즘 사업은 어때요? 네, 네. 나중에 제가 전화 드릴게요. 지금 좀 바빠서요. 그럼 나중에 만나요.”

그녀는 묻지도 않는 말에 혼자서 말을 계속 이어가더니 그냥 끊어버렸다. 경찰이 그녀의 집에 와 있는 게 분명했다. 서둘러야 했다. 낚시대와 샘소나이트 가방 그리고 권총이 든 봉투를 들고 집 문이 굳게 잠긴 걸 확인한 후 차에 올랐다.

꼬스따네라에서 낚시대를 강가에 들이밀어 놓기는 했지만 고기가 잡히길 기다리고 있는 건 아니다. 자꾸 시계만 보게 되었다. 그런 모습을 주위의 사람들이 이상하게 생각할까봐 기지개를 켜는 척, 손등을 긁는 척 하며 시계를 살폈다. 시간은 정말 길기도 길었다.

여전히 베띠의 전화를 기다렸다. 그녀가 그렇게 말했다. "전화 드릴게요. 나중에 만나요." 암호와 같은 그 말은 나와 함께 떠나겠다는 뜻이었다.

더딘 시간 속에 담배만 계속해서 붙여댔다.

이 더러운 강물에서 고기가 잡힌다는 것이 신기하다. 그리고 그 잡은 고기를 가져다 요리를 해 먹는 사람들도 신기하다. 말이 강이지 바다와 같이 저 건너편이 보이지 않았다. 날씨가 아주 맑은 날은 강 건너의 우루과이가 보인다고도 하는데 한 번도 저 건너를 본 적이 없었다. 강물의 색은 일 년 내내 검은색을 띤 황토색이었다. 내려다보기만 해도 비위가 상하는데 이런 강물에 낚시를 들이밀고 고기를 기다리는 사람들도 그렇지만 강가에 고급 식당을 꾸미고 강 쪽을 전부 유리창으로만 꾸미고 좋은 손님만 가려서 창가로 안내하는 이들이 이해가 안 되었다.

허기가 느껴지고 또한 뜨거운 태양빛이 그 열기를 더해가는 게 느껴져 쵸리빤 하나와 맥주를 샀다. 차가운 맥주가 목구멍을 타고 짜르르 흘러내려가는 게 느껴지자 허기는 간데없이 맥주 한 캔을 단숨에 들이켜 버렸다. 쵸리빤은 한 쪽으로 내려놓고 담배를 꺼내어 불을 붙이는데 지나가던 허름한 차림의 꼬마가 그거 안 먹을 거냐고 묻는다. 마음이 안 좋다. 한참 잘 먹고 어리광부리며 놀아야 할 꼬마가 이런 거 얻어먹으며 지내다니. 근처에는 빈민촌도 없는데 어떻게 여기까지 와서 구걸을 하거나 이런 걸 얻어먹는 걸까?

생각에 잠긴 나를 여전히 빤히 보고 있는 꼬마의 두 눈이 안쓰러워 고개를 끄덕이며 집어 주었다. 그는 그걸 낚아채듯 들고는 도로 빼앗길 것이 걱정되어서인지 왔던 길로 재빨리 뛰어갔다.

꺼진 담배에 불을 다시 붙이려 라이터를 켤 때 휴대폰이 울렸다. 발신자 전화번호는 베띠의 휴대폰이었다.

"나예요, 민. 난 길게 얘기 못해요. 지금 화장실이에요. 나 같이 갈 수 없을 거 같아요. 어디 가서든 전화하세요. 미안해요."

계속 말을 이으려는 그녀와 뭐든 얘기하려는 나 사이에 수화기 너머로 문을 두들기는 소리와 '세뇨라'하고 부르는 남자의 목소리가 들렸고 이어서 전화는 끊겼다.

'젠장. 다 끝난 거야. 다. 전부. 이게 뭐야. 도대체 내 인생은 왜 이렇게 계속 꼬이는 거야? 다른 사람은 손에 물 안 묻히고도 돈 잘 벌고 잘 사는데 난 이게 뭐야? 에이 씨팔 더러운 내 인생…….'

혼자 욕을 지껄여가며 내 인생을 한탄해 봤지만 그건 그냥 기분 전환을 위한 것 이상의 의미는 없었다. 누구도 내 자신도 내 인생에 대한 보장을 할 수가 없다. 지금도 마찬가지이다.

'그래 물건 넘기고 돈 받으면 이 나라를 뜨는 거야. 그리고 신분을 바꾸고 다시 새롭게 사는 거야. 받기로 한 돈이 백만이니까 새롭게 사는데 어려움 없을 거야.'

그렇게 스스로를 안정시키며 자꾸 시계만 보았다.

"실례합니다."

눈을 감은 채 앞날을 구상하고 있는데 누군가 차창을 두들겼다. 경찰이었다. 가슴은 쿵쾅거리며 뛰기 시작했다. 얼결에 다시 시계를 보았다. 한 시 오십 분을 좀 넘고 있었다.

"네, 무슨 일이죠?"

억지로 자연스럽게 그에게 물었다.

"누구 기다리십니까? 오랫동안 여기 계시는데."

"네, 저기……. 지방에서 친구가 올라오기로 해서 기다리는 중인데요."

좀 더듬거리고 떨리는 목소리를 느꼈는지 신분증 좀 보겠다고 했다.

'제기랄, 중국놈은 오지 않고 웬 경찰이……. 이 친구를 빨리 보내야지 안 그러면 이 친구 때문에 중국놈들이 왔다가 돌아갈지도 몰라. 아 참. 트렁크에 위험한 것이 있군. 큰일인데 혹시 이놈도 트렁크를 보자는 거 아냐?'

온갖 생각을 하며 샘소나이트를 열어 운전면허증을 꺼내는데 경찰은 가방 속의 옷들을 유심히 보는 것 같았다.

"친구를 기다린다고 하셨습니까?"

운전면허증을 받아들며 그가 물었다.

"네, 그런데요."

"옷을 가지고 계신 게 여행을 가시려는 건가 해서요."

차량등록증을 뒤적거리며 보던 그가 또 물었다.

"혹시 차에 뭐 다른 거 가지고 계신 거 없습니까?"

가슴이 덜컹 내려앉았다.

"물……. 물건이라뇨? 아뇨, 아무 것도 없는데요."

"저 낚시대는 뭡니까? 낚시하러 가시나요?"

"아뇨, 아침 일찍 나와서 낚시를 좀 했는데요."

"친구를 기다리러 일찍 나와서 낚시를 하셨다구요?"

경찰은 무슨 뜻인지 피식 웃었다. 그리고 차 앞쪽으로 가서 번호판을 내려다 봤다. 무전으로 차번호를 조회하는 것 같았다. 그 사이 내 손은 나도 모르게 노란 봉투로 갔다. 봉투에 오른쪽 손을 넣고 있는데 그가 돌아왔다. 돌아온 그는 뭔가를 말하려다 봉투에 손을 넣고 있는 내 모습을 보고 뭔가 확인하려는 듯 고개를 왼쪽으로 기울이며 고개를 숙였다. 그때였다.

고개를 거둔 그의 뒤에 내리쬐던 한낮의 태양이 내 눈에 들어왔다. 갑자기 생각난 것이 알베르 까뮈의 '이방인'이었다. 백사장에서 내리쬐는 햇살 때문에 우발적으로 총을 쏜 주인공이 생각났다. 아니 그건 생각이 아니었다. 순간적으로 스치는 느낌이었다. 하지만 그 느낌은 바로 내 뇌에 하나의 반사 행동 자극으로 작용을 했다. 햇빛에 눈이 부신 것과 이방인, 그리고 권총을 뽑아 그의 얼굴에 대고 방아쇠를 당긴 것은 거의 동시에 이루어진 일이었다.

그리고 순간적으로 모든 것이 멈추어 버렸다. 햇빛도 그냥 빛일 뿐이었고, 경찰의 뒤통수를 튕겨 나오듯 뿜어대던 피도 멈추어 버렸다. 오직 내

심장만이 세상을 뒤흔들며 뛰었다.

그렇게 얼마간이 멈추어 있었을까? 경찰은 뒤로 자빠져버렸다. 주차장에 있던 시선들이 일제히 나를 향했다. 차를 내리던 사람들, 걸어가고 있던 사람들, 차안에서 얘기를 나누고 있던 사람들.

'내 이렇게 될 줄 알았어.'

사실 난 몰랐다. 하지만 난 그렇게 중얼거렸다. 그리고 나를 향해 꽂히고 있는 시선들을 하나하나 훑어갔다. 총소리에 놀랐던 그들의 시선은 다시 나의 시선과 닿으면서 공포의 시선으로 하나씩 바뀌어갔다. 왜일까? 통쾌함이 배어나왔다. 하나의 시선도 빠짐없이 훑은 나는 마지막으로 확인한 시선이 동양인이란 걸 확인했다. 그였다. 중국놈 위안. 저쪽 차에서 나를 지켜보고 있었던 거다. 그에게 시선을 고정한 채 나는 권총을 관자돌이로 가져갔다. 그의 눈이 커졌다. 그에게 고정된 시선으로 씩 웃었다. 그역시 내게서 시선을 떼지 못했다.

나는 눈을 감았다.

빌어먹을. 다시 그 햇빛이 내 감은 두 눈 가득히 쏟아져 들어왔다.

(『로스안데스문학』 통권7호, 2003)

 # 건널 수 없는 강 _박통준

"무슨 사고가 났나 보네? 어, 저기 뜨라픽 한대가 굴렀구먼. 누군가 꽤 다쳤겠는데, 운전 중에 졸았거나 아니면 과속했겠지."

운전하던 조상철이 사고현장을 지나치며 중얼거리자

"아이고 사돈 남 말 하네. 조금 전만 해도 과속한 건 누군데?"

아내 원숙이가 남편 상철에게 핀잔을 주었다.

환율파동으로 힘들었던 그 해 여름, 유난히 무더운 아르헨티나의 여름 휴가철이 접어든 1월의 한 토요일이었다. 칠레에서 출발해 아르헨티나 국경검문소를 통과 만년설을 이고 있는 남미의 최고봉인 아꽁까구아봉을 왼쪽으로 바라보며 판 아메리카도로를 따라 멘도사를 향해 차는 달리고 있었다.

리디아는 승합차 속에서 작열하는 태양을 한손으로 가리며 차창을 스치는 풍광에 시선을 던지고 있었다. 에어컨이 연신 냉풍을 뿜어도 체감온도 45도로 인해 차 안도 별 수 없는 듯 열기가 턱까지 닿아오고 있었다. 칠레 비냐델 마르에서 언니를 비롯해 형부와 그리고 조카와 연말 휴가를 보내고 집으로 돌아오는 리디아는 심신의 피로가 풀렸을 만한 데도 개운치가 않았다.

"얘, 그러고 보니 벌써 15년이 됐구나. 파비안이 스물 네 살이네." 형부가 운전하는 조수석에 앉은 언니 원숙이가 뒷좌석의 정적을 깼다.

"언니, 또. 나를 위한다면 그 문제는 거론하지 마."

"알았어."

"형부, 커브 길이에요." 처제가 과속을 하고 있는 형부에게 이르자,

"차는 달리라고 있는 것 아냐? 하지만 오늘은 내가 처제 말을 들어야지."

"형부 덕분에 이번 여름휴가 잘 보냈어요. 멘도사 집에 도착하거든 저녁은 제가 살게요."

"좋지."

조상철은 기분이 좋아 너털웃음과 함께 차의 속도를 줄였다.

남북으로 길게 뻗은 안데스산맥 중 칠레 산티아고와 아르헨티나 멘도사를 잇는 두 도시 간 도로들이 낮은 곳이 3천 미터 높은 곳은 4천 미터 이상인 고산지대 사이로 관통된 포장국도들이 용틀임을 하듯 S자로 구비치고 있었다. 바람도 쉬어 넘는다는 문경새재나 대관령은 안데스에 비교도 되지 않는 규모다. 그런 높고 험준한 안데스의 도로이지만 차도는 비교적 넓은 편이라 차량들이 과속해 종종 대형 교통사고가 나곤 하는 지역이다.

"따르릉, 따르릉"

멘도사 센뜨로에서 의류가게를 하는 리디아네 전화벨이 아침부터 울렸다.

"어머, 최 회장님 웬일이세요? 제게 전화까지 하시고… 네에? 부인회원들에게 빨리 연락하라고요? 한국 사람이 병원에 입원 했다고요."

멘도사 한인회 최민성 회장의 전화였다. 지난 토요일 오후 멘도사 기점 34킬로미터 지점에서 본국서 온 아꽁까구아 원정등반대 뒷바라지를 위해 까삐딸에서 지원 나온 까삐딸 한인회의 한 임원이 교통사고로 출혈이 심해 수혈을 해야 하는데 AB형의 혈액이라 병원에 없어 같은 혈액형을 가진 사람을 찾는다는 내용이었다. 리디아는 멘도사 한인회 부녀회 총무직을 맡고 있었다. 순간 리디아는 그제 본 무심히 지나쳤던 교통사고 현장이 떠올랐다. 부상자가 까삐딸 한인회 김기혁 부회장임을 안 것은 병원 응급실에 도착해서였다.

멘도사 교민 중 유일하게도 혈액형이 AB형인 리디아가 자진 헌혈을 하게 됐다. 리디아는 온통 백색 천장과 벽만 보이는 병원 침대에 누워 생면부지이지만 동족에게 헌혈을 하고 있는 자신이 대견스럽기만 했다. 다행이 환자의 부상이 경미한 것으로 진단됐으나 후유증을 우려 까삐딸의 구에메스 병원에서 재정밀 진단을 하기로 했다.

"아빠, 좀 괜찮으세요. 정말 불행 중 다행이세요."

　병원에서 퇴원해 집에서 요양을 하고 있는 김기혁에게 딸 미진이가 위로의 말과 함께

　"그런데 아빠의 생명을 구해준 사람이 누구신지 아세요? 참 고마운 분이신데." 헌혈자에 대해 궁금해 했다.

　"글쎄, 나도 그때 경황이 없어 헌혈해 준 사람의 이름도 모르고 있었구나. 멘도사 교민회에 전화해 은인의 이름을 알아보자꾸나."

　기혁이는 아직도 지끔거리는 머리를 만지며, 얼굴도 이름도 모르는 한 지방 교민의 온정과 선행에 고마움을 느꼈다. 당시 상황이 상황이었던 만큼 인사할 겨를도 없었던 것은 사실이었기 때문이었다. 멘도사 교민회로부터는 헌혈당사자가 익명을 요구해 신원을 밝힐 수 없다는 회답이었다. 기혁이 고마움을 표시하고 싶다는 간곡한 요청에도, 멘도사 교민회 관계자는 당사자가 같은 동포로 인지상정의 당연한 일이라며 신원 밝히기를 극구 사양했다는 답변뿐이었다. 그러나 좁은 교민사회에 교통사고 소식과 함께 부상자를 도와준 아름다운 선행의 미담이 그대로 오래 파묻힐 수는 없었다.

　"아빠, 알았어요. 아빠를 위해 헌혈하신 주인공이 누구신지 말이에요. 놀라지 마세요. 여자분이에요."

　"뭐라고 여자분이라고?"

　"알고 보니 우리 가게와는 거래한 지 얼마 되지 않지만 지방 단골 고객이시더라고요."

　"그런데 성함은 뉘시라더냐?"

　"평소 다른 어느 사람보다 기품이 있어 뵈더니…… 그 여자분이 현찰로만 거래해 성함은 모르겠고요. 가게 이름만 알고 있어요."

　의류도매상을 시작한 지 얼마 안 되는 기혁은 딸 미진에게 가게 영업을 전적으로 맡기고, 자신은 오로지 공장에서만 일하고 있으니 이름을 잘 알 리 없었다. 더구나 단골고객이 된 지 얼마 안 된다니 더욱 모를 수밖에…

　발 없는 말이 천리를 간다고 했던가, 지난 멘도사 교통사고 때 헌혈자가 누구라는 소문과 함께 주인공의 이름과 주소가 기혁의 귀에까지 들어오게 되어 감사의 편지를 띄우게 되었다.

　'새 생명을 주신 분에게 뭐라고 감사해야 될지 모르겠습니다'로 시작되는 감사편지를 받은 리디아로서는 결혼하고 나서 남편은 고사하고 어느 외간남자나 혹은 그 누구에게서 편지라곤 받아 본 일이 없었기에 의외가 아닐 수 없었다.

　"내가 헌혈한 것을 어떻게 알았을까?" 궁금하기도 하고 이런 경우 어떻게 처신을 해야 되는지 고민이었다. 답장을 꼭 해야 되는지도 망설여졌다. 왜냐하면 전혀 뜻밖이요 놀람이었기 때문이다.

　"저는 제가 해야 할 일을 했을 뿐입니다."라는 짧은 회신이 기혁의 메일에 뜬 것은 편지를 보낸 지 열흘만이었다. 기혁은 편지 말미에 자신의 메일주소를 참고로 덧붙였었기 때문에 메일로 전송받게 된 것이었다.

　새 학기가 시작되고 겨울철에 대비한 의류업소들의 손들이 바빠지며 계절이 바뀌었다. 꾸엔까에서 도매상을 하는 미진네 가게에 한 여인이 의류 구매차 들렀다.

　"저, 혹시 지난 1월 멘도사에서 부상자에게 헌혈하신 분 맞으시죠?"

　"네? 아 그건? 그런데 왜 나한테 물어보죠?"

　"정말 감사합니다."

　"영문을 모르겠군요. 나에게 감사하다니…"

　"그때 교통사고 당했단 분이 저의 아빠 되시거든요."

　"아! 그럼 따님 되시는구나. 참 부친께서는 완쾌되셨나요? 걱정했었는데."

　"네, 덕분에 다 나으셨어요. 까삐딸에 오시면 즉시 공장으로 알려달라고 아빠가 말씀하셨어요."

　"제가 뭐 대단한 일을 했다고…… 당연한 일인 것을. 오늘은 물건 해 갈 것도 많고 너무 바빠요. 아버님께 저에 대해 너무 신경 쓰지 마시라고 전해주세요. 안녕.”

기혁은 리디아가 가게에 들른 그날 밤 메일을 열고 리디아의 메일주소를 찾아 “베풀어준 은혜에 보답할 기회를 거절하지 말아 달라”는 내용의 메일을 전송했다. “호의에 감사하지만 말씀만으로도 받은바 진배없다.”는 답신이 리디아로부터 정확히 72시간 만에 날아왔다.

미술을 전공했으나 결혼하면서 전공을 살리지 못해 안타까워하던 리디아는 생활의 여유가 생긴 지금 작품 활동에 대한 욕구가 되살아나기 시작했다. 리디아는 매출이 다소 한가한 시기에 맞추어 까삐딸에서의 개인전 계획을 세우고 방 하나를 아뜰리에로 개조, 오랜만에 붓을 잡았다. 중고등학교는 물론 대학 재학시절에 이르기까지 각종 미술공모전에서 각종 상을 휩쓸고 국전에서도 입상한 재원이었으나 예술의 세계를 이해 못하는 남편의 반대로 작품 활동의 꿈을 접어야 했었다. 남편과는 의견이 상충해 가끔 부부싸움도 하곤 했다. 술기운을 핑계로 리디아에게 손찌검을 하더니 끝내는 폭행까지 서슴지 않았다. 그러다가 결정적 파국의 사태는 남편이 외박을 밥 먹듯 하며 새 여자와의 관계로 진전되어 결혼생활이 더 이상 유지될 수 없는 상황에 이르렀다. 리디아는 그런 와중에도 눈물로 남편의 마음을 돌이키려고 몇 번이나 설득도 해 보았으나 무위로 끝나고, 도리어 남편의 요구에 의해 합의이혼에 이르렀다. 결국 어린 아들을 데리고 먼저 이민와 살고 있던 언니네 집에 들러 자신을 성찰해 볼 시간적 여유를 갖겠다는 생각으로 오게 된 것이, 아예 현지에 정착하게 된 것이다.

남편에게 버림받은 여자의 몸—자신의 불찰로 인한 인과라는 의식 속에 살고 있다고 생각하는 리디아였다—으로 홀몸도 아닌 그것도 자식까지 딸린 여자로 이민생활의 삶의 수단으로 가장 치열한 의류판매업에 뛰어든 자신이 너무 힘에 겨웠으나 아들의 장래를 위해 이를 악물고 견디어 내며 25년 만에 개인전을 치른다고 생각하니 살아온 그동안의 세월에 만감이 교차했다.

개막식을 하루 앞둔 전날 감격에 겨워 뜬 눈으로 밤을 지새우다시피 했다. 개막식 행사는 성황이었다. 숨은 실력이 알려진 이날 개인전 개막일을 찾은 많은 미술동호인과 교민 관람객이 축하 인사와 함께 작품세계에 대해 문의할 때는 마치 타임머신을 타고 학창시절로 되돌아간 착각에 빠지기도 했다.

"개인전을 진심으로 축하합니다."

그 어느 누구의 축하인사 말보다 인상 깊게 리디아의 마음에 유난히 와닿는 목소리가 등 뒤로부터 들렸다. 처음 듣는 음성이지만 고혹적인 바리톤이었다.

"목소리의 주인공이 누굴까?" 리디아는 궁금했다. 아는 동호인과의 답례를 마치고 서서히 돌아서며 리디아 앞에 빨간 장미꽃다발만 보이는가 싶더니 장미다발이 프레임 아웃되면서 목소리의 얼굴이 프레임인 되었다. '범상치 않은 준수한 남자' 그것이 첫인상에 대한 평가였다. 남자보는 눈이 까다롭기로 어느 누구 못지않게 짜다는 리디아의 눈에 불타는 듯 강렬하게 각인된 남자는 40대 후반 정도의 전혀 낯모르는 얼굴이었다.

"다시 한 번 축하드립니다. 김기혁입니다. 제 생명을 살려주신데 대한 인사가 너무 늦어 죄송합니다."

예기치 못했던 기혁의 출현에 답례는커녕 축하 인사로 전해주는 장미꽃다발을 받을 생각도 못한 채 리디아는 그 자리에 얼어붙고 말았다.

"아주머니, 저도 축하드려요." 구면인 미진이가 아빠인 기혁에 이어 축하 인사를 할 때까지…….

"전시 축하 겸 신 선생님을 위해 제가 오늘 저녁식사를 대접하고 싶은데 시간을 허락해 주십시오. 바깥분도 함께 초대하고 싶습니다."

기혁은 진심에서 우러나오는 순수하게 그리고 간곡히 청했다.

"감사합니다. 그러나 그때 작은 저의 도움도 있었지만 무엇보다 김 선생님의 생에 대한 강한 의지로 인해 건강이 회복되신 것만으로 저는 만족합니다."

리디아는 기혁의 감정이 상하지 않도록 제의를 살짝 피해갔다.

리디아는 이 날 세상 더불어 사는 보람을 오랜만에 느낄 수 있었다. 작품을 구입하겠다는 구매자도 많은 데다 한동안 만나지 못했던 그립던 친구나 사람들과 어울려 담소를 나누는 재미가 삶의 단편이라는 사실을 새삼 알게 됐기 때문이었다. 한편으로는 이혼녀라는 보이지 않은 편견의 멍에로 사회에 스스로 순응하지 못한 채 자신을 억압하고 자학하지 않았나 자문해 보기도 했다. 마치 자유와 생명 없이 제한된 틀과 손안에 갇힌 채 있는 장난감 인형처럼…… 이상한 것은 그동안 의식치 못한 채 잠재되어 있던 이런 고민과 환희가 왜 하필 오늘 교차하는지 심란한 이유를 알 수가 없었다.

"네 그림 실력 아직 살아있더구나. 전시장에 왔던 사람들이 모두 네 그림보고 칭찬이 대단하더라."

언니 원숙이가 개막식 행사만 끝내고 돌아가는 동생에게 말했다.

"언니, 내가 가장 심혈을 기울인 '사랑의 전이'라는 작품이 팔렸던데 누가 구매하겠다고 낙점했는지 알아?"

"나도 모르는 사람이더라. 그 사람 그 그림 앞에서 꽤 오랫동안 발길을 떼지 않더라. 익명을 고집하던데. 그림에 일가견이 있는 사람 같기도 하고……."

원숙이는 별 대수롭지 않게 당시 상황을 되뇌었다.

"안녕하세요? 아르꼬 이리스 맞죠? 여기 적힌 대로 싸 주세요. 모두 얼마죠?"

"총 1545뻬소인데 현찰이니까 1500뻬소에 해 드릴게요. 못 뵙던 분인데 지방에서 오셨나요?"

"네. 어머니가 편찮으셔서 대신 물건 하러 왔어요."

"많이 편찮으신가요?"

“원래 저혈압이세요. 안녕히 계세요.”

“안녕히 가세요. 하루 빨리 쾌차하시기를 바랍니다.”

어느 날 미진네 가게에 스포츠머리를 한 건장한 청년이 의류를 사갔다. 미진은 청년이 가고 나서야 누구를 닮았다고 느꼈으나 생각이 나지 않았다.

“내 정신 좀 봐, 어디에서 장사하는 무슨 가게인지 못 물어봤네.”

예의 청년은 열흘이 지난 다음 미진네 가게에 또 들렀다. 미진은 그 청년을 처음에는 못 알아보았다가 청년의 손에 들고 있는 초록색 가죽 수첩이 기억에 떠올랐다.

“안녕하세요? 다시 오셨네요. 그동안 장사는 잘되셨나요?”

“덕분에 지난 번 옷들이 다 팔려서 다시 구입하러 왔어요.”

“잘 됐네요. 참 어머님이 편찮으시다고 하셨는데…”

“기억력이 좋으시네요. 지금은 많이 좋아지셨어요. 염려해 주셔서 감사합니다.”

“그런데 실례지만 어디서 장사하세요?”

“멘도사에서요.”라는 말이 청년의 입에서 끝나기도 전에 미진은 “가게는 리디아고, 눈이 호수같이 맑고 만년 소녀 같으신 미인 아주머니가 하시는 가게 맞죠?”라고 매장에 있던 손님들이 놀랄 만큼 큰소리의 확신하듯 되물었다. 족집게처럼 자신의 집안 사정을 알아맞힌 미진의 말에 놀란 사람은 청년이었다. 청년은 한동안 벌린 입을 다물지 못하고 속으로 생각했다. ‘아니, 이 아가씨가 어떻게 내 한마디에 우리 엄마와 가게를 잘 알지?’

미진은 청년의 외모에서 신 여사, 리디아와의 빼닮은 모습이 연상되었기에 자신도 모르게 흥분해 목소리의 톤이 높아진 것을 안 후 잠시 쑥스러운 생각이 들기도 했으나 마치 그녀를 만난 것처럼 반가움의 표현이 자연스럽게 나온 것이었다.

“미남이신 걸 보니 외탁을 하신 것 같아요.”

“비행기를 태우니 기분이 나쁘지는 않군요. 파비안입니다. 장 파비안.”

“김미진이라고 합니다.”

파비안과 미진의 만남은 이렇게 시작되었다.

사진 찍기와 여행을 좋아하는 기혁은 혹한과 함께 지방에 눈이 쌓였다는 뉴스를 접하자 바릴로체로의 여행스케줄을 구상했다. 대학시절 배웠던 스키 실력이 줄지 않도록 가끔 스키장을 찾곤 했다. 딸 미진이가 여행 계획을 세우고 있는 기혁에게

“올해는 바릴로체 말고 라스 레냐스로 가시는 게 어떠세요?”

“거긴 2년 전에 갔다 왔잖니.”

“올해는 라스 레냐스의 적설량이 더 많대요. 그리고 제가 주제넘게 권해드리는 이유는 사실은 딴 데 있거든요.”

눈치 없는 아빠가 딸의 의중을 헤아리지 못하고 있자 미진이가 이어

“벌써 잊으셨나봐.”

“뭘?”

“멘도사에서의 교통사고로 괴로우시겠지만 그러나 그곳에서 기사회생하신 곳 아니세요? 그리고…….”

딸의 속 깊은 사려에 감탄하면서 무심한 자신을 책망했다.

“무슨 말인지 네 뜻을 알겠다. 상기시켜줘 고맙다. 말로만이 아니라 보답을 실천해야 하는데 말이다.”

항상 어린애처럼 느껴졌던 딸이 이제는 외모뿐 아니라 사고력이 어른스러워진데 대견스러워 보였다. 혼기를 앞둔 장성한 딸을 둔 홀아비로서 더욱 마음이 착잡했다.

“안녕하십니까? 김기혁입니다. 까삐딸에서 온.”

수화기를 통해 울려 나오는 그 특유의 예의바른 바리톤의 주인공의 목소리를 듣는 순간 리디아는 반가움에 매료된 나머지 자신도 모르게 주책스럽게 호들갑을 떨 뻔 했으나 한 호흡 진정을 하고

“어머, 안녕하셨어요. 몸은 다 완쾌되셨구요? 그리고 지난 저의 개인전

에 오셨을 때 무례를 용서하십시오.”라며 송화자라는 이름을 거명하지는 않았으나 기력에 대한 기억과 관심을 가지고 있었다는 점을 간접적인 방법으로 은연중에 다 표현하면서 상대방을 편안케 했다.

“까삐딸의 날씨는 어떤가요? 이곳은 매우 춥고 어제 눈이 많이 왔습니다.”

“멘도사에는 정말 눈이 많이 쌓였군요. 사실은 지금 멘도사에 와 있습니다.”

멘도사에 도착해 있다는 기혁의 말에 리디아는 갑자기 얼굴이 달아오르고 가슴이 두근거리기 시작했다. 바로 지척에서 전화하다니. 주위에 가게 종업원만 있는데도 부끄러움에 사방을 두리번거렸다.

“영업을 마치시는대로 차 한 잔 대접과 함께 정식으로 감사를 표하고 싶습니다.”

“감사는 지난 번 다 하신걸요. 장미꽃다발까지 받는 영광을 주셨습니다. 그렇지만 저의 동네에 오셨으니 제가 손님대접을 할 순서인 것 같습니다.”

리디아는 기혁의 완곡한 성의와 청을 거절하는 것이 예의가 아님을 알고 도리어 초대 의사를 전달했다.

리디아는 평소 쳐다보지 않던 거울을 들여다보며 새삼 세월이 무상함을 느꼈다. 이민생활 15년 동안에 잔주름이 늘어난 것을 보았다. 40대 초반까지 미인소리를 듣던 얼굴이 이제는 주근깨도 살짝 비치기 시작한 데다 아들 파비안이 벌써 24살이나 된 걸 보면 그럴 만도 했지만 여전히 미인의 조건을 간직하고 있었다. 자신의 본 나이보다 10년 아래로 젊어 보이는 30대 중반 같은 세련된 완숙미를 풍기는 여인이라는 주위 사람들의 평가 때문만은 아니었다.

“내가 왜 오늘따라 안 하던 행동을 하며 이렇게 수선을 피우고 있지?”

옷장속의 여러 겨울옷을 번갈아 입었다 벗었다 하는 등 옷 투정을 하면서도 싫지는 않았다. 이성과의 데이트라는 설레이는 기대감 때문인가, 여성 특유의 현시욕인가.

오렌지색 나토륨 가로등이 황혼으로 물든 서쪽 하늘을 배경으로 키 재기로 존재를 나타내고 있었다. 하루의 일과를 끝내고 귀가하는 차량과 인파들이 겨울밤 저녁공기에 밀려 옷자락으로 자라목을 한 채 한두 차례 썰물처럼 교외로 빠져나가고, 이제부터는 비교적 고즈넉한 저녁문화를 즐기려는 여유 계층들로 자리바꿈을 하고 있었다. 바야흐로 아르헨티나의 전통과 낭만적인 밤 문화가 어둠을 밝히고 정적을 깨기 시작한 것이다. 프랑스 파리 같은 고급 까페떼리아의 창가에 면한 메사에서 기혁은 저녁 신문을 훑어보고 있었다. 지방 신문 1면 정치면에는 칼러사진과 함께 평가절하된 아르헨티나의 각종 물품을 구매하려고 칠레 관광객이 쇄도한다는 내용이 톱기사로 장식하고 있는 반면, 사회면에는 치안부대로 강도사건이 빈발한 가운데 경찰과 강도들과의 총격전으로 사상자가 발생했다는 기사도 실렸다. 기혁은 습관적으로 담배 한 가치를 빼물려다 빈 식탁 위 장식초와 함께 유리컵 안에 들어있는 장미꽃이 "담배연기는 싫어요" 하는 무언의 메시지를 보내는 것 같아 라이터의 불을 댕기지 않았다. 리디아와의 약속시간은 아직 5분 남았다.

"약속시간에 늦지 않았는지 모르겠군요. 반갑습니다."

등 뒤에서 리디아의 인사말이 들렸다.

"안녕하십니까? 저도 방금 도착했습니다."

기혁은 일어나 뒤돌아 리디아를 맞았다. 어느 누가 기혁을 다른 사람으로 착각하고 인사하는 줄 알 정도로 리디아를 본 순간 눈을 의심했다. 지난번 전시회 때 한복을 입은 리디아를 처음 상면했을 때도 곱고 예쁜 고전적인 여자라고만 여겼었는데 양장을 한 리디아는 또 다른 인상을 풍겼다. 정갈하게 손질한 긴 머리는 어깨선에서 안쪽으로 컬링이 되어 있었으며 갈색과 노란색이 배색된 실크 머플러로 목선을 감은 채 자주색의 양피로 된 롱코트를 입고 있는 세련미의 여인은 40대말의 리디아가 아니었다. 커피점의 화려한 샹데리아도 리디아의 자태에 취한 듯 빛을 제대로 발하지 못하고 있었다.

"언제 뵈어도 우아하십니다."

"그렇게 봐 주시니 고맙습니다. 건강해 뵈시네요."

"덕분입니다."

저녁시간 문화가 밤 9시부터 새벽 1시까지인 아르헨티나의 오후 9시는 초저녁인 셈이다. 기혁과 리디아는 레스토랑으로 장소를 옮겨 적포도주를 반주로 식사를 들며 서로가 겪어온 이민 생활의 애환을 나누었다.

"리디아라는 이름이 아름답군요."

"알고 계시는 것처럼 리디아는 성경에 나오는 길쌈 메는 아낙의 이름이죠."

주고받는 대화마다 상대방의 의견을 존중하고 배려하는 리디아의 속 넓은 이해심에 기혁은 내심 감탄했다. 대화의 상대가 모를 수도 있다는 점을 감안해 '알고 계시는 것처럼'을 전제로 부연설명으로 무안하지 않게 표현하는 교양미와 재색을 갖춘 여성은 속이 빈 채 외양만 그럴 듯한 수많은 여자들과는 비교할 수 없음을 기혁은 알고 있었다. 그날 두 사람은 서로가 처한 상황이 동병상련임을 알게 된 후 사회인으로서, 친구로서 서로 의지하고 교제하기로 약조했다.

인간의 행복을 질투하고 시기하는 것은 세월과 병마라고 한다. 의류업을 하는 사람들에게 10월 달은 일 년 중 어머니날 대목인 달이다. 가장 바쁘고 매출이 많은 철에 리디아는 고된 영업으로 저혈압 증세가 도져 의류도매점에 자주 들리지 못하더니 급기야 병세가 악화돼 까삐딸 병원에 입원하기에 이르렀다.

"파비안씨가 물건 하러 오시는 걸 보니 어머님께서 많이 편찮으신가 봐요?"

미진이가 걱정스러운 듯 물었다. 파비안은

"어머니가 어제 독일병원에 입원해 계세요."라고 말했다. 기혁은 퇴근한 딸로부터 리디아의 소식을 듣자 미진과 함께 문병을 갔다.

리디아는 친언니의 간병 아래 힘들게 숨을 쉬고 있었으나 특유의 기품은 잃지 않으려고 했다. 언니 원숙은 병문안 온 기혁을 보자 어디서 본 사람 같은데 기억이 나지 않았다. 리디아는 기혁의 예상치 않았던 방문에 목례로 응답하곤 감격의 눈물을 흘렸다. 리디아의 돌발적인 입원사태로 인해 두 사람은 이성간의 우정을 확인하며 한층 다지는 계기가 됐다.

기혁은 다른 날도 일과를 마치고 문병을 갔다.

"김 선생님 한 가지 청이 있어요. 저를 위해 기도해 주시겠어요? 선생님의 기도가 저에게는 큰 힘이 될 거라고 확신해요."

리디아의 아들 파비안과 언니 식구들이 기혁에게 병상머리로 자리를 양보했다. 기혁은 지병으로 고인이 된 아내의 얼굴을 리디아의 얼굴에 포개어 보았다. 아내를 정성을 다해 간호했을 때를 떠올렸다. 누워있는 사람은 리디아가 아니라 아내의 얼굴이었다. 영혼뿐인 아내는 기혁에게 자신에게 했던 것처럼 리디아를 위해 간호해도 좋다는 묵시적 미소를 보내고 있었다. 기혁은 리디아가 내민 손에 자신의 손을 포개고 기도자세를 취한 다음 완쾌를 기원하는 진심어린 기도를 올렸다. 기도를 마치고 눈을 떴을 때 리디아는 한층 차도가 있다는 듯 흡족한 표정과 함께 감사의 표시로 다섯 손가락만으로 기혁의 손등을 힘을 주어 감쌌다. 그러나 병실 한쪽 구석에 있던 파비안의 시선은 기혁과 리디아가 두 손을 맞잡고 있는 장면을 그리 탐탁지 않게 생각하고 있었다. 엄마가 이혼하기 전 파비안이 어렸을 때 걸핏하면 아빠가 엄마를 학대하며 때리는 충격적 장면을 목격한 마음의 상처가 어른에 대한 적개심과 함께 성장한 이후에도 엄마에게 외간남자가 조금만 친절을 베풀어도 저항감과 반항심이 발동하곤 했었기 때문이었다. 입원한 지 일주일이 지난 다음 리디아는 호전되어 통원치료 허락을 받고 퇴원, 당분간 몸조리 겸 언니네 집에서 일주일간을 더 머물게 되었다.

파비안과 미진은 자주 데이트를 하는가 싶더니 병문안 관계로 급속도로 둘 사이가 가까워졌다. 파비안은 아직도 기성세대에 대한 심한 거부반응을 보이곤 했다. 이유는 엄마가 아들인 자기만을 사랑하는 줄 알았는데 나타난 미진의 아버지와의 친근함에 대한 외디프스와 같은 사랑이 침해당한 느낌 때문이었다. 엄마의 남자 친구가 미진의 아버지였기에 더욱 이중적 고민에 빠졌다. 이를 미진이가 눈치 못 챌 여자가 아니었다. 미진은 부모들을 위해 우리가 양보하면 어떨까 파비안에게 제의하는 한편 두 사람의 교제를 시기를 보다 양가의 어른들에게 밝히기로 했다.

"아빠, 이 꽃과 케익은 식탁 어디다 배치하는 게 좋겠어요? 그리고 장식초는 무슨 색깔로 할까요?"

미진이가 저녁 초대한 손님 맞을 준비에 들떠 어찌할 바를 모르고 아빠에게 일일이 상의를 했다.

"도대체 오늘 어떤 분을 초대했기에 법석을 떨고 있니?"

미진은 기혁에겐 비밀로 하고 리디아가 거의 완쾌되어 멘도사로 돌아가기 전 집으로 식사 초대를 했기에 기혁이는 영문을 모르는 상황이었다. 미진은 또한 자신의 요리 솜씨를 리디아에게 평가받기를 원했기 때문이기도 했다. 가장 큰 초대의 중요한 의미는 많지도 않은 양가의 식구들끼리 모이는 공식적인 인사 자리는 미진의 아이디어로 실현된 것이었다. 초 7개가 달린 촛대가 열두 송이 장미꽃들과 함께 식탁을 장식하고 있는 가운데 '비발디의 사계'가 은은히 흘러 만찬 분위기를 무르익게 했다.

시간에 맞추어 리디아를 비롯한 언니 내외 그리고 파비안이 도착했다 기혁은 자리를 마련한 딸에 대한 고마움과 예기치 못했던 리디아를 다시 만나게 된 기쁨으로 기분이 너무 좋았다. 장방형의 식탁의 양쪽 긴편에는 기혁과 미진이가 주인으로서 마주하고 중앙부에 리디아의 식구들이 배석했다. 만찬 도중 화제는 미진이가 도미찜과 신선로를 대접할 때 음식솜씨에 대한 찬사로 이어졌다. 초대한 안주인의 음식솜씨에 대한 칭찬은 초대받은 사람의 상식적인 식사예절이다. 후식이 나올 무렵 분위기에 취한 리디아의 언니가 주인공들의 반응을 유도하며 주위의 동의를 구했다.

“오늘 이 자리의 분위기를 남들이 보면 한 가족인 줄 알겠어요.”

미진이가 즉각 맞장구를 쳤다.

“맞아요, 정말 그렇군요. 보세요. 아빠, 엄마. 어머, 죄송해요. 어머니라 부르지 않아서…… 그렇지만 엄마란 단어가 더 어리광스럽고 친밀하지 않아요? 그리고 파비안씨는 저보다 나이가 한 살 많으니까 오빠가 되고 이모, 이모부까지 계시니까 한 가족이란 말이 맞지요. 제 해석이 틀렸나요?”

미진의 재치에 박장대소가 터져 나왔다. 리디아를 감동시킨 것은 더 있었다. 리디아의 작품 중 한 점이 기혁의 서재에 걸려있는 것이었다. 불행의 시간도 있지만 행복은 이렇게 멀리 있지 않고 가까이 있음을 리디아는 새삼 실감했다. 말없이 지켜주는 신의 가호처럼 마음 든든함을 느낀 것이다. 파비안은 미진의 주도면밀한 기지로 인해 그날 이후 어느 정도 기혁에 대한 선입견과 편견이 해소됨과 함께 잠재된 콤플렉스에 대해 자신감이 생겼다.

까삐딸에서의 짧았지만 행복했던 추억을 간직한 채 멘도사로 돌아온 리디아는 어머니날 대목 손해를 만회하고자 크리스마스와 연말연시 대목을 위해 영업에 전념하지 않을 수 없었다. 세월은 쉬지 않고 달려가고 있었다. 화신의 계절이 엊그제 같았는데 대기의 열기는 마치 증기기관차가 내뿜는 내연기관의 연기처럼 후텁지근했다. 긴팔이 매장에서 자취를 감추고 반소매나 소매 없는 옷들이 진열장을 장식했다. 작열하는 태양빛이 거리의 그림자까지 녹이는 오후 2시면 상점들은 시에스타를 위해 2시간동안 셔터를 내린다. 엄습하는 달콤한 오수에 저절로 빠져들기 십상인 시간이다. 리디아는 가게에서 잠시 눈을 붙였다.

리디아는 꽃향기가 가득하고 이름 모를 꽃이 만발한 낙원 같은 신록의 동산을 걷고 있는 자신을 발견했다. 꽃이나 과일을 따려고 하면 어디선가 선녀가 나타났다간 사라지고 했다. 말을 붙이려고 해도 먼발치에서 보기만 하고 이번엔 나뭇가지가 살아 있는 듯 위로 올라가 따지를 못한 채 안타까울 뿐이었다. 성경에 나오는 에덴동산의 선악과 구절 같았다. 깨었다 다른 꿈을 꾸었다. 백설이 깔린 높지도 않은 산등성인데도 추위가 느껴지지 않았다. 평지에는 오색단풍이 대지에 추상화를 연출하고 있었다. 발자국을 떼놓을 적마다 풋사과 한 입 베무는 소리가 들리는 듯한 착각 속에 빠졌다. 낙엽이 덜 쌓여진 군데군데 대지의 빈틈 사이에는 새 생명을 잉태한 새싹이 돋아난 것이 보였다. 겨울이라는 동면의 계절을 거치지 않고 가을에서 곧바로 봄이 오는 기이한 자연 현상이었다. 학창 시절 단풍잎을 주어 책갈피에 고이 접어두던 추억이 되살아났다. 이번엔 백발노인이 나타나 단풍잎의 사연과 운명을 아느냐고 묻고는 연기처럼 사라졌다. 예사 꿈이 아닌 무언가 암시하는 꿈인데, 하며 잠을 깬 리디아는 노트에 꿈의 내용을 기록했다.

리디아는 꿈을 꾼 이틀 후 미국에 거주하고 있는 사촌 언니로부터 한 통의 편지를 받았다. 미국 비자 유효기간이 다 되어 가는데 왜 아직 올 생각을 하지 않느냐는 내용이었다. 비자 만료는 5개월도 남지 않았다. 재이주를 결정하느냐 포기하느냐 기로에 선 셈이 됐다. 그날 밤 기혁으로부터 전화가 걸려왔다. 어젯밤 자기가 꾼 이상한 꿈에 대해 해몽을 해 달라는 주문이었다. 우연의 일치인가, 듣고 보니 리디아가 기혁의 꿈 내용이 거의 일치했다. 두 사람은 착잡한 고민에 빠졌다. 무슨 계시 같은 꿈같아서였다. 리디아는 요모조모로 꿈 사연에 대해 추리해 보았으나 뾰족한 해몽을 할 수 없었다. 앞으로 다가올 일에 대한 전조인 것 같기도 했다.

그날 따라 늦게 귀가한 아들은 평소에 하지 않던 술에 취해 있었다. 모성적 발로로 아들에게 어떤 고민이 있음을 직감했다.

"어머니. 미진이 아버님을 좋아하세요? 사랑하시느냐구요?"

반감이 섞인 듯한 혀 꼬부라진 두 번째 음절의 톤이 올라가 있었다.

"저 어머니 위해 아니 두 분 위해 행복하게 해드릴 수 있습니다."

파비안은 흐느끼고 있었다. 리디아는 아들이 미진을 사랑하고 있으면서 리디아와 기혁의 관계로 고민하고 있음을 간파했다. 아들의 어깨를 감싸며 포옹했다.

"너 미진이를 사랑하고 있구나."

꿈의 실마리가 풀리는 순간이었다.

"자식을 위해 에미의 의무를 다해 주어야지."

리디아는 일대 결심을 내렸다.

"이제는 아빠도 좋은 분 만나서 여생을 행복하게 보내셔야죠."

미진이가 소파에 앉아 사진첩을 보고 있는 기혁의 어깨를 안마하며 넌즈시 말을 건넸다.

"앤, 무슨 뚱딴지같은 소리야."

"아빠, 좋아하는 분 안 계세요?"

"이 녀석, 이제 보니 네가 시집가고 싶은 게구나. 그래 상대는 누구냐?"

"날 좋아하는 남자가 뭐 하나 둘인가요. 그리고 저는 시집 안 가요."

"결혼은 다 때가 있는 법이란다. 네 마음 아빤 잘 알아. 항상 아빠 생각해 주는 것. 그리고 넌 꼭 네 엄마를 빼닮았어. 예쁜 얼굴, 고운 마음씨까지 말이다. 파비안을 진정 사랑할 자신이 있니? 아빠가 너의 둘 결혼식장에서 네 손잡고 입장하게 해다오."

"아빠, 사랑해요."

미진은 속으로 아빠의 성품을 반만 닮은 남자라면 평생을 바쳐도 좋을 거라고 생각하는 동안 기혁은 딸의 장래를 위해 이기적인 자신의 욕망의 불꽃을 거두기로 작정했다.

리디아가 미국으로의 재이주를 결심하고 미진과 파비안의 결혼 문제를 논의하기 위해 기혁과 마주했다. 이제 두 사람의 만남은 과거보다 절제되고 승화된 감정이었다.

"파비안은 아직 어린애인데 미진은 어른스러워 마음이 놓여요."라고 말문을 열었다.

"두 아이들이 잘 어울리는 한 쌍이 될 것입니다."

기혁이 이렇게 리디아의 마음을 헤아려 주었다. 두 사람은 자식들의 장래를 허락하며 할 말이 봇물 터질 줄 알았으나 막상 그러지 못했다. 리디아와의 이별의 슬픔과 함께 잡을 수 없는 단순한 그리움의 대상으로 남는 이중성 사고가 기혁을 괴롭혔다.

"신 여사와의 인연이 끝내 아이들에게로 전이 된 셈이군요. 우리가 맺지 못한 짧았던 지난 인연이 자식들로 하여 영원히 이어졌습니다."

"아름다움과 행복은 물처럼 아래로 흐른답니다."

"자식들의 혼사가 아니었다면 신 여사의 손가락에 반지를 껴드리고 싶었는데…"

기혁이 멘 목소리로 말을 흐렸다. 리디아가 미소를 지으며 대답했다.

"대신 아이들이 반지를 주고받잖아요."

기혁도 따라 웃지 않을 수 없었다.

해와 달은 왜 그리 자주 뜨고 지는지. 하객의 축하 속에 결혼식을 마친 파비안과 미진을 신혼여행에 보내고 난 리디아와 기혁은 서로 약속이나 한 듯 뿌에르또 마데로의 한 찻집으로 향했다. 자정을 앞둔 늦은 시간이었다. 두 사람이 무얼 생각하고 있는 줄 아는지 홀 안에 음악은 '타이타닉호'의 주제가였기 때문에 둘은 가슴속 바닥으로 슬픔의 눈물이 흐르고 있었다. 리디아가 애써 웃음을 띠고는

"사돈은 서로 멀리 떨어져 살아야 한대요."라며 작별 인사를 했다. 기혁은 지지 않았다.

"들에 핀 자연의 아름다운 꽃은 꺾지 말고 감상해야 한다면서요."

리디아는 얼굴이 발갛게 달았다.

"지난번 우리 똑같이 꾼 꿈 생각나세요? 낙엽과 과일이 떨어져 있는 동산은 하나님의 뜻을 따르라는 의미가 아닐까요?"

기혁은 맞장구로 리디아를 추켰다.

"한 해를 보낸 낙엽과 씨앗의 희생은 다시 태어남으로 인해 우리가 못 이룬 사랑을 저렇게 자식들이 이루도록 했지요."

포도주잔이 마주쳤다. 투명한 울림이 오래 퍼졌다. 말벡의 향이 입안을 감도는 동안에도…… 마지막 밤은 이제 새로운 둘 사이의 입장을 정리하듯 탱고의 선율이 흐르고 있는 가운데 보슬비가 이별의 눈물을 대신한 채 깊어 가고 있었다. 그래도 정작 하고 싶은 말을 못 한 채.

(『로스안데스문학』 통권7호, 2003)

 배낭 속에도 꽃은 피는가 _박통준

'드디어 마지막 기착지에 도달했구나. 여기서는 과연 어떤 새로운 세계가 나를 맞이해 줄까?'

현아는 파라과이 국경을 넘어 아르헨티나 땅을 처음으로 밟으면서 새로 다가올 미지의 나라에 대한 흥분에 휩싸였다. 일 년간 목표로 고국을 떠나 배낭여행으로 각지를 돌아다닌 지 11개월이 된 현아는 피곤함도 잊은 채 주머니에서 지도를 꺼내었다.

만으로 스물아홉인 현아는 서바이벌 게임을 즐기는 미혼녀였다. 배낭여행 경비는 2년간 아르바이트하며 푼푼히 모은 돈으로 충당했다. 무역학과를 졸업한 현아는 시집가라는 집안의 성화를 뿌리치고 세계여행 길에 나선 것이다. 현아는 남자를 알기 전에 세상을 먼저 알고 싶었기 때문이다. 이렇게 현아는 괴짜였다. 그녀는 경비를 절약하고자 발로 뛰어야 생생한 경험을 느끼기 때문이었다. 하기야 노숙도 서슴지 않고 슬리핑팩까지 휴대했다.

'어 저기 한글 간판이 보였는데, 먼 나라의 이런 시골에도 한국인이 살고 있는 모양이지?' 달리는 버스에서 스쳐가는 간판을 보고 있던 현아는 같은 민족의 사랑이 그리웠다.

파라과이 국경에서 수도 부에노스 아이레스까지는 근 2000㎞의 먼 거리였다. 종점인 부에노스 아이레스 레띠로 터미널에 닿은 버스에서 시계를 보니 오전 8시 15분을 가리키고 있었고 하늘에서는 이슬비가 내리고 있었다.

'비는 슬픔을 뜻한다는 데 내게는 행복과 즐거움이 되기를 바라야지. 나는 항상 긍정적인 사고방식을 좋아하니까' 현아는 만사에 자신이 있었다. 20개국을 도는 동안 어려움에 처했을 때마다, 사고의 전환은 난관을 극복하는 지름길이라 믿고 있었고 대부분 생각한대로 그렇게 되었다.

'도시는 틀에 박혀 있어 볼거리가 별로지만 부에노스 아이레스는 색다른 맛이 있겠지' 이렇게 속으로 생각하며 번화가 중의 노른자위 플로리다

거리로 들어섰다. 아르헨티나의 토산품 가게들을 비롯해 각종 뉴모드들을 갖춘 업소들이 즐비하게 늘어서 있었다.

"어? 비가 내리는 데도 우산 쓴 사람들이 눈에 띄지 않네, 비를 좋아하는 낭만적인 국민들인가 보다." 쇼트머리의 현아는 이슬비에 아랑곳 않고 미리 알아둔 유스호스텔을 찾아가고 있었다. 평일 오전임에도 빼아또날(차량통행이 금지된 일반인 통행로)은 인파로 북적거렸다.

고풍스런 석조건물 빠시삐꼬 백화점은 화려하고도 웅장했다. 안에는 명품들이 그득했다. 백화점에 상설된 보르헤스 전시장에는 각종 그림들이 전시되고 있었다. 대통령 집무실이 있는 까사 로사다(건물 외벽이 장미색으로 칠해져 있음)와 오벨리스꼬를 좌우로 바라보면서 아베니다 데 마죠에서 기네스북에도 등재되어 있다는 누에베 데 홀리오 대로로 접어들었다. 길이는 4㎞ 정도였으나 양차선 합쳐 18차선이라는 세계 유일의 넓은 대로였다.

현아는 여장을 풀고 먼저 한인타운으로 향했다. 간편한 옷으로 갈아입고 현아는 한인타운을 가면서 제일 빠르고 안전하게 이용할 수 있는 것이 지하철임을 알아냈다. 어느덧 청명한 하늘이 흘러가는 구름 사이로 생긋 미소를 짓고 있었다. 한인타운의 첫 인상은 약간 을씨년스럽다고 느꼈다. 까라보보 거리는 가로수공원이 있는 큰 길이었지만 쓰레기와 종이가 뒹굴고, 건물 벽에 써있는 낙서들 그리고 철책과 창살 등이 설치되어 있는 건물들이었다.

한글 간판들이 눈에 들어오기 시작했다. 약국, 중고품 취급점, 분식점, 교회 등이 보였다. 늦은 오후였는데 한인들의 모습은 별로 보이지 않고 피부색이 짙은 인접국 사람들이 꽤 많이 눈에 띠었다. 현아가 들른 곳은 한인식품 가게였다. 어느 나라를 다녀봐도 분명 있게 마련인 한국촌으로 달려가 한국음식을 먹거나 식품을 조달하곤 했다. 식품점에는 교민 부인네가 찬거리를 사고 있었다.

"교민 같지는 않은데 한국에서 관광 왔어요?" 한 50대 여인이 현아를 보며 말을 건넸다.

"네. 배낭여행하는 길이에요."

"그래 보이더라. 그래 숙소는 정했어요?"

"네, 유스호스텔에 방을 잡았습니다."

"낯선 데 와서 아가씨 혼자 외롭고 위험할 텐데…… 우리 집에도 빈 방이 있는데."

"말씀은 고맙지만 괜찮습니다."

"그 정신이 좋수. 하긴 고생은 돈 주고도 못 산다지."

이튿날은 한인 의류도매 시장을 구경해 보기로 마음먹었다.

동대문 상가와는 전혀 색다른 의류업소들이 아베자네다 거리에 즐비했다. 유난히 길게 설치된 유리 진열장에는 마네킹이 꽉 차 있었다. 물론 여성복이 위주였다. 이 가게 저 가게를 기웃거리는데 옆 사람과 부딪치고 말았다.

"죄송합니다."

인파 때문에 떠밀려 툭 부딪치며 하는 한국말 소리에 고개를 돌려보니 서류가방을 든 한국 남자였다.

"도리어 제가 죄송합니다."

때 늦은 화답을 하며 현아는 약간은 쑥스러운 표정을 지었다. 진열된 옷들은 10대나 20대 초반의 아가씨들을 위해 만들어져 있어 현아의 취향에 맞는 옷을 구입하기가 여간 어려운 게 아니었다. 대로변 가게는 인파로 정신이 없어 작은 옆길로 들어서며 진열장에 걸린 옷들을 유심히 살피다가, 마침 마음에 드는 옷이 보여 가게 안으로 들어갔다.

"이제는 구면이군요. 지방에서 오셨습니까?" 조금 전 어깨끼리 부딪친 그 남자였다.

"안녕하세요. 아주 먼 서울에서 왔습니다."

“아, 그럼 아르헨티나에는 관광 오셨군요?”

“네, 그런데 댁은 주인 되시나요?”

“아닙니다. 저는 원단 세일즈맨입니다. 주인은 이 여자분이십니다.” 하더니 “형수, 이 여자분께 값 잘 해드리세요. 옷깃을 스친 인연이 있어 구면이라고요.” 청년은 호탕하게 웃었다.

동진은 현아의 양해 아래 카페를 함께 했다. 29살 동갑내기로 둘 다 미혼이어서 금방 친해졌다. 현아는 동진을 꼼꼼히 뜯어보았다. 그는 의젓하고 책임감이 강해 보였다. 여행 중에 만난 수많은 남자 중에서 각인된 남자는 동진이 처음이었다. 여정의 마지막 장식을 아르헨티나에서 하고 싶었다. 현아는 로맨스 상대로 동진을 삼아볼까 속으로 생각하며 웃었다.

“제 얼굴에 뭐가 묻었습니까?”

“아니에요, 갑자기 웃을 일이 생각나서, 미안해요.”

“그게 뭔지 모르지만 행복하고 좋은 일이기 바랍니다.”

“죄송하지만 아르헨티나 문화와 유적 그리고 명소를 소개해 주시겠어요. 나름대로 자료를 갖고 있지만 현지 교민 말씀이 더 도움이 될 것 같아서요.”

“국립박물관을 비롯 현대미술관 등이 있고 관광 명소도 두루 많이 있습니다.”

“우리 한국말을 잘 하시네요. 더구나 한문이 섞인 말까지 말이에요. 이민 오신지는 오래 되셨나요?”

“한국에서 초등학교 다니다 와서 한국말은 잘 하지 못해요.”

“그럼 대학은 여기서 다니셨겠네요.”

“네. 대학을 다니다 부모님이 경영하시는 옷 가게를 도와드리고 있습니다.” 둘 사이는 두 개의 얼음 덩어리가 녹아 물로 합쳐지듯 마음이 서로 쉽게 통했다. 어쩌면 그들이 가지고 있는 열정이 사랑의 감정이 되어 전주곡처럼 흘렀다. 헤어질 때 동진은 커피 한 잔 같이 하고 싶을 땐 전화하라고 현아에게 명함을 주었다. 현아는 메일로 연락하자고 제의했다. 현아는 여행 때마다 항상 랩탑을 휴대하고 다녔다.

바릴로체에서 동진에게 제1신을 보냈다.

"친애하는 동진씨, 여행 전 연락을 않고 떠나 죄송합니다. 폐가 될 것 같아서요. 말로만 듣던 아르헨티나의 스위스에 와 있습니다. 자연 풍광이 너무 좋아요. 그런데 이곳에서 저는 동양인을 만났는데 일본 관광객들이 었어요. 우리 한국인들도 이제는 경제적으로 선진국이라 여겼는데 아직 진입을 하지 못했음을 실감했어요. 물론 해외여행이 자유화 되어 동남아 나 유럽 또는 미국으로 많이들 다니지만 미지의 남미 쪽으로도 거리를 좁 혀야 할 것 같아요." 안부나 전하는 메일이었지만 자신의 가치관이 확고히 묻어나는 내용이었다. 제2신은 빙산으로 유명한 깔라파떼였고 제3신은 지 구 끝 소도시 우수아이아에서였다.

현아는 남단을 둘러본 후 멘도사를 거쳐 달의 계곡과 딸람빠쟈에 이어 후후이주와 살타주의 구름열차 등의 관광지를 마치고 대륙의 심장부에 있 는 교육도시이자 관광도시인 제2의 도시 꼬르도바에도 들렀다가 부에노 스 아이레스로 되돌아왔다. 현아가 보낸 이메일이 21신이나 되었다.

동진과 현아는 22일 만에 재회했다.

"여자로서 정신도 육체도 강인하시군요. 그래 여행의 보람은 있으셨나 요?" 동진은 현아에게 메일을 보내준 데 감사했다.

"부모님께서 저를 잉태하실 때는 인생을 강하고 보람되게 살라고 낳아 키워 주신 게 아니겠어요? 한번 사는 인생인데 낙오자로 살 수는 없지요. 또 이다음에 결혼해 가정을 꾸릴 때도 대비해서라도 말이지요. 건방진 생 각은 아니지요?" 상대의 동의도 구하면서 현아는 당돌하고도 야무지게 자 신감을 표현했다. 동진은 교민 가운데 현아와 같은 또래와 사귀어 본 적은 있어도 이처럼 활달한 여자는 처음이라 좀 드센 여자 같다 하면서도 그녀 의 언행에 호감이 갔다. 아니 연정을 느꼈다. 한 발 나아가 장래의 배우자로 점을 찍었다.

한국으로 돌아갈 날을 며칠 앞둔 어느 날 한국 반찬거리를 사러 한인타운으로 장을 보러 나온 현아는 까라보보 길을 건너며 한쪽 방향만 보고 가다 반대편에서 달려오던 승용차에 치이고 말았다. 현아는 교통사고를 당한 순간 고국에 계신 부모님 얼굴이 떠오르며 이국땅에서 생을 마감하는 불효를 끼칠까 두려웠다. 서서히 앞이 깜깜해지기 시작했다. 혼절한 것이었다.

꽃향기에 현아는 눈을 떴다. 깨어났을 때는 사방이 흰 벽뿐이었다. 병원이었다. 머리맡에는 이름 모를 꽃이 화병에 가득 꽂혀 있었다.

"이제 정신이 드셨군요." 낯선 한국 남자가 병상을 지키고 있다가 조심스레 말을 꺼냈다.

"제 잘못이었습니다. 불행 중 다행히도 다리에 골절상이었습니다. 병원 치료비는 걱정 마십시오. 다 제가 책임지겠습니다. 그런데 어떻게 가족에게 연락하면 되지요. 신분증이 한국여권 밖에 없으시던데……"

남자는 예를 다했다.

현아는 아래쪽이 뻐끈함을 느꼈다. 통증이 느껴졌다. 오른쪽 다리에 기브스를 하고 있는 것이 눈에 보였다. '한국 돌아갈 날이 며칠 남지 않았는데' 하며 속으로 걱정을 했다.

"저, 언제 퇴원할 수 있나요?"

현아는 간구 투로 물었다.

"한 닷새 정도는 입원해 계셔야 되고 그 이후에도 통원치료를 해야 한다고 의사가 말했습니다."

"언제 퇴원하게 되나요?"

"입원비는 걱정 마십시오. 부위가 아물어야 퇴원할 수 있으니까요. 그리고 골절상은 충분한 요양이 필요합니다. 보아하니 부에노스 아이레스에는 아는 분이 없으신 것 같은데 요양을 위해 퇴원 후 아무 걱정마시고 제 부모님 댁에서 요양하십시오."

“귀국 일정 때문에⋯⋯.오래 머물 수 없어요.”

“부상치료가 더 중요하지요. 제가 항공편을 연기해 놓도록 조치하겠습니다. 아르헨티나와 한국은 무비자 협정이 돼 있어 3개월까지는 체류할 수 있습니다.”

교통사고를 낸 준호가 현아에게 병원에서 완쾌 후 퇴원할 것을 종용했다.

똑 똑 똑. 현아의 입원실에 누가 방문하는 소리가 들렸다.

“여기가 현아 씨가 입원해 있는⋯⋯아 깨셨네요. 동진입니다.”

“그런데 제가 사고 난 것을 어떻게 알고 오셨나요? 그리고 걱정 끼쳐 미안해요.”

“우리 교민신문에 교통사고 기사가 났지요. 그래 좀 괜찮으세요?” 간식을 사러 외출했던 준호가 돌아왔다.

“동진아 네가 여기 웬일이냐?”

“어 사고는 형이 쳤어?” 남자 둘이 잠시 침묵이 흘렀다.

“응 내가 그만⋯⋯ 그런데 너는 어쩐 일이냐. 날 만나러 왔어?”

“미안하지만 형 방문이 아니고 현아 씨가 교통사고로 입원했다기에 문병 온 거야.”

“그럼 두 사람은 아는 사이인가요? 언제부터요?” 준호는 무엇엔가 홀린 것 같았다.

“환자의 용태는 좀 어떠냐? 운전할 때는 항상 조심하라고 그랬는데.”

준호의 어머니가 아들이 교통사고를 냈다는 소식을 듣고 이튿날 병원으로 달려와 피해자의 안부를 물었다.

“그래 아가씨, 이젠 몸이 괜찮아요? 어~ 어디서 본 아가씬데 누구시더라. 그래 일전에 식품점에서 만난 그 처녀네.”

“어머니, 이 환자 아시는 분인가요?”

“어휴, 그저 운이 나빴다고 생각해요. 치료는 걱정 말고 빨리 회복하기 바라요. 애, 준호야 나 잠깐 보자.” 어머니는 아들 준호를 병실문 밖으로 불러냈다.

현아는 통원치료 때문에 준호네 식구의 간청으로 준호네 집에 머물게 되었다. 준호 어머니는 남편과 함께 방 4개짜리 아파트에서 준호의 여동생과 단출하게 살고 있었다. 준호가 원래 함께 살다가 의류공장을 시작하는 바람에 출퇴근 문제로 공장 인근에 따로 나가 살게 돼 빈방이 남아 있었다. 대학생인 준호의 여동생이 현아의 병간호를 담당하게 되었다.

"언니라고 불러도 되지요? 언니, 우리 오빠 잘못한 것 용서하시고 미안해하지 마세요. 네? 그리고 불의의 사고였지만 마음 편히 가지세요."

사교적인 성격의 준호 동생 준영이가 피해자인 현아에게 같은 여자로서 친근감을 표시했다.

"친절에 감사해요. 나도 부주의한 책임이 있어요." 현아는 자신의 부주의도 있었음을 고백했다.

현아가 준호 부모님 집에서 요양을 한지 3일째 되는 날이었다.

"교통사고 핑계로 돈을 뜯어내려고 눌러 앉아있는 게 아닐까요?" 카랑카랑한 여자 목소리가 문밖에서 들렸다.

"아냐. 그런 여자 같지 않아. 아르헨티나에는 연고도 없고 잘못은 준호가 했고 그래서 나을 때까지 우리가 먼저 있으라고 한 거란다." 준호 어머니가 대답하는 소리도 들렸다.

"흥, 알 수 없지 않아요. 준영아 도대체 그 여자 어떤 여자야?"

"성자언니, 언니가 생각하는 그런 사람 아니야. 미안해 할 줄도 알고……."

"됐다. 그 여자 두둔할 필요 없다. 배낭여행하면 최고라더냐? 왜 하필 준호 씨 차에 치였담. 혹 일부러 치인 것 아닌지 몰라."

"성자언니, 말이 너무 심해요."

"너 지금 누구 편드는 게야."

"어이구, 애들아 그만해아. 성자야 너도 남에 대한 곡해는 하지 말아라."

"어머니까지 제 편이 되어 주시지 않고 섭섭해요."

성자는 초등학교 때 교회 다니면서부터 준호를 짝사랑하고 있는 여자였다. 독불장군처럼 좀 여자 성격으로는 거친 편이지만 악의는 없는 여자였다. 아마도 뜻밖의 도전자가 나타나 준호를 빼앗을 것 같아 질투 겸 방어용으로 내뱉은 말일 수도 있었다.

"오늘은 모처럼 맞는 주말이고 이제 부상도 쾌차돼 가고 있으니 바깥바람이나 쏘이러 나가시죠. 제가 이번에는 환자를 모셨으니 조심해서 드라이브 할게요."

"괜찮습니다. 폐를 끼치고 싶지 않아서요."

"오빠가 언니만 모시고 가면 언니가 안 간대요. 잡아먹는 줄 알고, 내가 같이 따라가면 몰라도, 언니 안 그래요?" 준호는 현아와 준영을 함께 태우고 띠그레로 드라이브를 나갔다. 거기에서는 유람선도 탈 수 있었다. 현아는 아직 목발에 의존하고 있지만 자리를 이동하는 데는 큰 불편이 없었다. 야외의 시원한 강바람은 오랜만에 외출한 세 사람을 즐겁게 해주었다.

명랑한 준영은 현아를 극진히 대했다. 현아는 남동생이 생각났다. 한국에 있는 동생이 아직도 애인이 없는 것이 애처로웠다. 준영이 같은 귀엽고 붙임성이 있는 여자라면 남동생도 좋아할 것 같았다. 남동생은 외양보다 진실된 여자 친구를 원하고 또한 찾고 있음을 누나로서 알고 있었기 때문이었다.

멀리 떨어져 있으면 마음도 멀어진다는 말을 실감할 수 있었다. 가끔 메일을 열어보면 정기적으로 동진으로부터 안부인사가 적혀 있었지만 사고로 움직일 수 없어 상면을 못하는 처지가 안타까웠다. 대신 준호네 식구들이 한결같이 잘해 주어 신경이 쓰일 수밖에 없었다. 현아는 지금의 상황을 생각해 보았다. 한 남자에 두 여자, 그리고 두 남자 사이에서 고민하는 한 여자.

또 한 주일이 지났다. 준호와 현아는 단 둘만의 시간을 가지게 되었다. 준호가 현아에게 결혼을 청했다.

그날 밤 한국에 있는 아버지로부터 메일이 왔다.

"사랑하는 내 딸 현아에게"로 시작된 메일은 신랑감을 구해놓았으니 빨리 귀국하라는 내용이었다. 현아는 갈등의 기로에 서게 되었다. 생면부지의 사람과 선을 본다는 것이 시대착오적인 것 같기도 했다. 현실에서 사귀며 상대의 마음을 읽고 이해하는 자유연애가 자연스럽다는 생각이 들기도 했으나 부모의 마음도 이해해야 한다는 이중성이 부담스러웠다. 결혼상대가 없어 고민하는 것보다 그렇다고 배우자감이 많은 것이 반드시 행복하지 않았다. 백년을 가약할 배우자를 선택한다는 것이 얼마나 중요하다는 것을 알게 되었지만 번민은 계속되었다. 아무리 여자는 출가외인이라 하지만 부모가 살고 있는 조국을 떠나 사랑하는 사람이 있는 외국에서 결혼생활을 할 것인지 결정하기가 난감했다. 사람의 인연이 이처럼 애간장을 태우리라고는 상상도 하지 못했던 일이었다.

현아는 일단 시간적 여유를 갖고 장래문제를 고려해 보기로 작정했다. 추억은 아름다운 것도 있지만 괴롭고 잊고 싶은 추억도 있음을 터득했다. 현아는 배낭여행을 다니면서 학교 교과서에서 배우지 못했던 여러 가지 사회물정과 내면의 정신적인 면을 깨닫게 되었다. 여러 나라를 방문할 때는 그림자가 짧았으나 체류했다 떠날 때는 그림자가 길었다.

현아의 귀국길에는 준호도, 동진이도, 준영이도 나와 배웅했다. 여행은 끝났지만 인생의 도전의 시작은 지금부터라는 각오가 섰다. 그러나 배낭여행은 후회가 없었다. 2년여라는 시간보다 더 값진 인생의 체험을 그것도 돈으로 환산할 수 없는 사랑을 경험했으니까. 비행기에 오르는 현아는 아르헨티나를 다시 방문할 날에 고대했다. 자신의 처지보다 동생이 더욱 그립게 생각되는 것은 웬일일까. 누나 노릇을 할 만큼 성숙되어서인가.

동생 같은 준영의 앳된 모습에 남동생의 얼굴이 오버랩 되었다.

 부에노스 아이레스의 곶감 _박형영

1

"지금 매형 곶감을 사러 갑니다."

운전을 하는 처남이 장모를 흘끔거리면서 뒷좌석에서 부른 배를 그러안고 앉아 있는 제 누나에게 확인했지만 내게 하는 말이었다.

차는 깔끄막을 붕붕대고 올라서서 곤두박질치며 미로 같은 상파울루 길을 요리조리 누비고 있었다.

리벨따지(Libertade 일본 거리)를 달리다 기역자로 길을 꺾어, 차는 중국 식품점 앞에 섰다.

"곶감이라니?"

식품점 앞의 빈자리에 유연하게 자동차를 끼어 놓는 처남에게 장모가 짜증을 냈다.

"녀석아, 무슨 소리냐니까?"

"어머니는 모르셔도 됩니다."

"지금 무슨 소리냐고 묻고 있다."

"사위이신 박 서방께서 비행기 멀미를 한답니다."

"그래서?"

"매형이 비행기 밥을 못 먹겠답니다."

"비싼 값을 치른 비행기 밥은 멀미로 못 먹고 곶감은 괜찮다던?"

가시 박힌 장모 말에 처남은 내게 민망해서인지,

"어머니도 참, 지금 차안에 백 년 손님이 있습니다."

"야 이놈아, 지껄이는 네놈보고 하는 말이다."

얼른 처남이 차 문을 열고 튀어나와 중국 식품점 안으로 사라지자 조용해졌고 차창 밖에 눈을 둔 아내는 곤혹스러운 표정을 하고 있었다.

달랑달랑 곶감 한 봉지를 들고 처남은 차에 올랐다.

"그래 겨우 곶감 한 봉지냐? 잔달기는 너도 똑같다."

차는 움직이기 시작했다.

"아! 아르헨티나의 흔한 고기도 싫고, 네 누나 없는 동안 뭘 먹겠다는 거냐?"

"글쎄 말입니다."

"넌 앞만 잘 보고 운전 똑바로 해. 말대답 그만하고."

"네, 알겠습니다. 이제부터는 입 벙끗 안 할 테니 애꿎게 나를 갖고 뒤대지만 마시고 직접 사위하고 대화하세요."

길이 넓어지면서 차가 속도를 내는 것으로 보아 곧 공항로가 나올 모양이었다. 지금 아내는 쥐구멍을 찾고 있겠지 싶은 생각에 나는 서글퍼졌다.

마침내 장모는 나와 직접 대화를 텄다.

"박 서방, 애는 자네 처가 배고 입덧은 자네가 나는가?"

"엄마……."

"너는 입 닥치고 있어!"

고개를 홱 틀어 아내에게 버럭 소리를 질렀으나, 얼굴은 뒤로 어슷하게 앉아 있는 나를 향했다.

억새풀로 뒤덮인 황량한 주위 풍경이 끝나고 다닥다닥 잇댄 토담집들이 나타나면서 오고가는 혼혈 브라질 사람들이 보였다.

장모의 지청구로 아내가 왈칵 눈물을 쏟아버릴 것만 같아, 제발 그만 장모가 결기를 누그러뜨려 주길 바랐지만 여전히 화는 꺾일 줄 몰랐다.

"상파울루까지 가서 우동을 먹인다고 배부른 마누라 끌고 오는 위인이나, 비행기 멀미한다고 곶감 사는 너나 저울에 달면 둘 다 한 치도 안 틀리겠다."

"어머니, 얘기 하나 해도 괜찮겠습니까?"

운전을 하며 처남이 정색을 하고 물었다.

"해 봐라. 할 말 있으면."

"나도 애 낳게 되면 마누라를 친정에 안 보낼랍니다."

"너, 내 복장 불 좀 작작 지르고 가만있지 못해?"

어디서 힘이 나오는지 장모는 목소리가 쩌렁했다.

자동차는 아일톤 세나(ayrton senna) 공항 도로로 접어들었다.

"너는 네 매형이 누나가 없으면 굶는 줄 뻔히 알면서 미오조 라면(브라질산 라면)이라도 안사고 그래 달랑 곶감 한 봉지만 사오냐?"

목소리 톤이 가라앉았다. 처남은 흘끔 백미러로 나를 넘겨보고는 장모에게 벙글거리면서

"들고 공항 빠져나갈 때 세관이 신경 쓰인답니다."

장모는 속이 부글부글 뒤끓는지 이를 참느라고 부들부들 떠는 것 같았다.

"하이고, 천하를 호령해도 션찮을 사내가 되가지고 쫀쫀하게 세관이 무섭다고? 쯧쯧."

처남은 나를 더 거들다가는 제 어머니 푸념이나 거드는 게 된다 싶었는지 더 말을 잇지 않았다.

일찍 남편을 저 세상으로 보내고 나서 장모는, 처남이 한 살 먹고 아내가 세 살이었을 때 브라질 상파울루로 이민을 왔다.

해방이 되자 평양에서 서울로 와 남산 밑 해방촌에다 편물기를 차린 부모한테서, 어린 나이부터 일이란 것이 무엇인지 터득한 장모는 브라질에 와서도 억척스레 노력하여 재산을 일구었다.

그래서 지금은 상파울루의 봉헤찌로와 오리엔찌 의류 시장에 큰 도매 가게 두 개를 둔, 브라질 교민 중에 몇째 가는 재산가다.

그렇다고 승승장구, 재산을 일군 게 아니었다. 브라질은 땅덩이가 넓다 보니 고객 관리가 쉽지 않다. 서울에서 상하이까지보다도 더 먼데서 주문해서 보내준 제품을, 얼굴 보기가 어렵다는 이유로 꿀꺽 삼켜버리는 경우가 허다했다.

이를 증명하려는 듯, 장모가 가게를 차린 지 얼마 안돼 남쪽 국경 도시 우루과쟈에서 어느 고객 하나가 제품을 잔뜩 주문해 보내줬더니만 팔아먹

어 치우고는 몽땅 부도를 내버렸다.

국경 도시에서는 대부분 레바논, 시리아, 팔레스타인 사람들 같은 중동 아시아 출신 아랍 상인들은 상파울루에서 유태인이 만든 제품을 구입해서 팔고 있었다.

우루과쟈는, 아르헨티나와 리오 우루과쟈 강을 사이에 두고 있는 브라질쪽 국경 도시로 여름에는 고온다습해 온 도시가 땀으로 끈적끈적 했다.

장모가 부도낸 사람을 잡으러 어린 자식들을 데리고 내려가 보았더니 그는 가게를 딴사람한테 넘기고 잠적해버렸다. 장모는 포기하지 않고 그 도시를 이 잡듯이 뒤져 보았으나 팔레스타인 의장 아라파트의 사진만이 걸려 있을 뿐이었다. 다행히 양심이 있는 한 가게 주인이 귀띔해 주는 바람에 부도낸 그 사람을 찾게 되었다.

어린 남매를 호텔 방에 놔두고 장모는 그 부도 낸 집 앞에 자리 깔고 가부좌를 틀었다.

일주일을 그랬더니 그곳 지방신문에 기사가 실리고, 이 조용한 국경 도시는 온통 장모 얘기였다.

결국 해결을 보게 돼 열흘 만에 자리를 털고 일어난 이런 여장부 장모여서, 제 털 뽑아 제 구멍이나 막는 사위가 성에 찰리 없으니 당신 눈 밖에 날 수밖에 없었다.

자동차는 차 안 분위기를 아랑곳 않고 신나게 달렸다. 야트막한 구릉지대를 오르내리다가 들판이 시원스레 뚫린 공항 도로를 달리고 있었다.

눈에 띄는 차창 밖 모든 것은 가뭄을 탔으며 도로변 가로수 나뭇잎에도 흙먼지가 뽀얗게 앉아 있었다. 곱슬머리에 반질반질 윤이 나는 까만 살갗의 브라질 인들이 저고리를 홀랑 벗은 채 토담 벽에 기대어 나른한 한낮의 무료를 달래고 있는 모습이 차창 안으로 들어왔다.

어느새 차는 과룰료스 국제공항에 닿았다. 나를 따라 일어나려는 아내를, 부른 배로 어쩔테냐고 장모가 나무라자 아내는 슬픈 눈으로 나를 쳐다보았다.

처남이 차 트렁크를 열어 그 안에서 007가방을 꺼냈고 나는 곶감을 넣었다.

"매형, 매형은 참 재수 좋습니다. 장모님하고 딱 하루만 한집에 있었으니, 하하."

그리고 나서 처남의 잊지 않는 당부가 자동차 소음에 섞여 들렸다.

"매형의 어부인이 여기 상파울루에 있으니까 전화 자주 해야 합니다."

까부느라 권투를 하는 폼으로 내 배며 옆구리를 쿡쿡 쥐지르는 시늉을 하다가,

"매형, 차 얼른 비켜줘야 하니까 여기서 그만 헤어집시다."

서둘러 떠나는 차창으로 나를 쳐다보는 아내의 애절한 모습이 내 가슴을 아프게 만들었다. 장모는 앞만 응시하고 앉아 있었다.

2

상파울루의 과룰료스 국제공항은 현대식 건물로 예술적 감각이면서 웅장했다. 부에노스 아이레스행 비행기는 빈자리가 드문드문했고 나는 재수 좋게 유리창 쪽으로 나란히 붙은 좌석 셋을 혼자 독차지하게 되어 목적지까지 가야하는 세 시간 여행이 아주 편할 것 같아 지금까지 착잡했던 기분이 한결 풀렸다.

오후 두 시, 이륙한 비행기가 고도를 잡자 안전벨트를 풀고 등받이를 뒤로 젖힌 다음 눈을 감으니 아내 생각이 났다.

나를 내려놓고 되돌아가는 자동차 안에서 아내는 나도 없겠다 얼마나 시달림을 받을까 싶은 게, 차라리 부에노스 아이레스에서 입덧을 달래도록 할 걸 괜히 상파울루에 왔다는 후회가 났다.

아내하고 나와의 만남은 참으로 기연(奇緣)이었다. 그것은, 조금은 코믹스럽게도 비행기 안에서 화제가 되었던 우동 얘기 때문이었으니까.

그러니까 우동이 우리들의 중신애비인 셈이었다. 상파울루에서 자라고,

상파울루대학을 나와, 의류상을 하는 장모 밑에서 경리 일을 돕던 아내는 바람을 쏘일 겸 서울 나들이를 두 달 동안 하게 되었다.

한국에 나간 김에 장모 친구의 주선으로 두 차례 선을 보기도 했으나 인연이 안 닿았고 브라질로 돌아가는 비행기에서 나를 만나게 된 것이다.

나는 오징어잡이 배를 내보낸 아르헨티나 부에노스 아이레스 지사 주재원으로 파견돼 가던 중이었다. 태평양 상공을 날 때는 서로 모르다가 우리 둘이 알게 된 것이 로스엔젤레스에서 상파울루를 향해 멕시코 상공을 날던 때였다.

난지 아내인지 지금은 잘 생각이 안 나는데, 누군가가 상대편 곁의 빈자리로 옮겨 앉았다. 우리 둘은 세상 모든 청춘 남녀가 처음 만날 때면 그러하듯 인생과 예술을 논했다.

내가 기내식(機內食)을 도무지 손대지 못하는 것을 본 아내가 왜 그러냐고 물어서 멀미 때문이라니까 미간을 찡그린 얼굴로 안쓰러워 어떨 줄 몰라 했다. 나는 부끄러웠다. 명색이 해외 지사로 파견 나가는 젊은이가 비행기 멀미를 하다니…….

내가, '공항에서 할머니가 건네주시던 곶감을 뿌리치지 말아야 하는 건데…….' 하고 혼잣말로 중얼거렸더니 그녀가 무슨 말이냐고 물어, 나는 멀미를 하게 되면 곶감을 먹어야 한다니까, 마침 어머니 드릴 선물로 곶감을 가져가는 중이라며 곶감을 내놓았다. 나는 마치 할머니를 만난 듯 반가웠다. 세 알을 집어먹자 멀미는 거짓말같이 가라앉았다. 곶감을 먹는 나를 쳐다보며 그녀는

"할머니 손이 약손이다."라며 예쁘게 웃는 입을 가렸다.

그녀는 자기도 이틀간이나 먹어낸 기내식으로 버린 입맛을 곧 따끈한 '우동 한 그릇'으로 되찾을 거라며 좋아했다. 그러고는, 상파울루에 있는 단골 우동집을 설명하면서 가다랭이로 우려낸 국물에 스무나므 방울의 밀가루 튀김을 고명으로 얹은 '가쓰오부시 우동'이라고 덧붙였다.

브라질은 제2의 일본 같아 일본인들이 득시글거렸다. 브라질 상파울루 시내 중심가 리벨따지(일본인 동네) 거리에 가면 하루 24시간 문을 여는 우동집 가운데 하나가, 아내의 단골이라 했다. 가업으로 삼대 째 한 장소에서 장사하는 곳이라 했다. 일 년 열두 달, 딱 우동 한 가지만 말아 파는 그 우동집 주인이 설명하기를, 사무라이가 전쟁터에서 씹을 새 없이 허겁지겁 요기할 때 체하지 않도록 국수발을 물컹하게 만들다보니 불어터지게 된 것이란다. 그 후 평화가 도래해서는 씹지 않고 삼키며 목구멍에서 맛을 느끼는 세상 음식 가운데 하나가 이 우동이라면서 예도(禮度)로까지 국수 먹는 바른 자세를 정해 놓았다 했다. 등허리를 똑바로 곧추세워 후르륵 삼켜야 하는데, 이는 씹지 않고 삼키다가 목구멍에 걸려 체할까 싶어 그러는 것이라고 했다.

부에노스 아이레스 지사(支社)에 도착한 나는 아르헨티나 교민인 지사장과 열심히 근무를 했다. 선박 수리도, 잡은 오징어 처리도, 선원들의 입출국 수속도, 오징어잡이를 하는 동안 먹어야 할 선식용(船食用) 김치와 콩나물 같은 반찬거리도 부에노스 아이레스 교민한테서 조달받으러 뛰어다녀야 했고, 심지어 선원들이 저지른 여자 문제까지 나서서 해결하느라 눈코 뜰 새 없이 바빴다. 이토록 나는 근 이년 동안을 정신없이 보냈다.
이렇게 아르헨티나 근해에서 잡아 올린 오징어를 한국으로 보냈다. 그럴 즈음 경제 성장으로 입이 고급이 돼버린 한국인들은 오징어 대신 소고기를 먹게 되었고 설상가상 한국 근해에서 잡은 오징어가 이 년째 풍어가 돼, 재고가 산더미같이 쌓이니 냉동 보관하는 경비가 엄청나 본사는 자금 압박을 크게 받아 회사는 흔들리게 되었다. 그리하여 버틸 대로 버티다 아르헨티나 지사는 문을 닫게 되었다.
나는 뒷정리를 끝내고 귀국에 앞서 허탈해진 마음을 추스를 겸 그녀에게 전화를 걸고 상파울루로 날라 갔다. 내 입에는 서울의 일식(和食)집에서 먹던 우동 맛과 다름없었다. 보름 정도 있을 계획이었는데, 관광 안내를 해 주던 그녀의 남동생이 엉뚱하게도 제 어머니에게 나의 처남이 되겠다고 적극 권유하고 나왔다. 귀국해야 할 나로 봐서는 그녀와의 결혼이란 게 가당찮을 뿐더러, 그녀도 관광하러 온 남자에게 무슨 관심이 있을까만 제 동생이 무턱대고 나를 매형 감으로 추천해서 끈질기게 제 엄마를 설득하자 못이기는 척 받아주었고 장모는 장모 나름대로 실속 있는 계산을 했다. 적수단신 혼자인 나를 결혼시켜 잡아두면 데릴사위나 다름없을 테니까.

나는 나대로 회사를 정리하느라 심신이 모두 무너져 있는 때여서 그 귀중한 결혼 문제를 쉽게 대답해 버렸고 한국의 부모와 할머니에게는 결정을 내린 후 전해 드렸다.

생각에 잠기다 눈을 떠 창밖을 내다보니 비행기 날개가 푸른 창공을 가르고 있었다. 탑승수속을 하느라 긴장했던 승객들도 나처럼 등을 의자에 대고는 눈을 감고 있다.

미운 며느리는 발뒤꿈치도 밉고 미운 사위는 밥 먹는 것도 밉다는 한국 속담은 한 치도 안 틀렸다. 장모는 입버릇처럼, 남자는 아무거나 덥석덥석 먹어야 큰일을 하는 거라며 까탈스런 내 식성을 못마땅해 했다. 그러나 장모가 나를 반기는 데는 또 다른 이유가 있었다.

이민 생활에 적합한 기술이란 것이 아무 것도 없는 데다 그나마 혼자서 할 수 있는 이민 일이란 하나도 없는 법이어서 할 일이 없게 된 나는 낮에는 할 일없이 상파울루 거리나 돌아다니다가 아내가 귀가하는 시간을 전화로 물어 그 시간에 맞춰 귀가하는 게 일과였다.

그랬으니 장모가 보기에 훌륭한 사위가 아니었다.

"네가 네 서방 버릇을 그렇게 만든 거냐, 본래 네 서방 성격이 그런 거냐?"

아무리 생활에 걱정이 없다한들 이런 식으로 마음고생을 하는 남편을 보면서 사는 건 행복할 수가 없다면서 아내는 앞장서서 부에노스 아이레스로 내려와 버렸다. 순한 양으로만 알았던 아내에게도 이런 강단이 있는 줄을 나는 미처 몰랐다.

결국 데릴사위는 딸마저 데리고 떠나 버렸다. 미국으로 재이민을 떠나는 한 교민에게서 의류 소매상을 넘겨받았는데 가게에서는 옷을 팔고, 뒷방에서는 둘이 누우면 꽉 끼는 살림이지만 모처럼 신혼 기분을 냈다. 그 너른 장모네 집 펜트하우스를 마다하고…….

그러다가 아이를 가졌고 아내는 입덧을 했으며, 우리가 부부가 된 인연이 우동에 있음을 확인이나 하려는 듯 사랑의 결실도 우동을, 그것도 상파울루에서 내가 처음 맛보았던 바로 그 가쓰오부시 우동이 먹고 싶다고 했다.

3

"형씨, 아마 그 돈 공돈인가 싶습니다."

살집이 두둑한 얼굴과 둥실둥실한 몸집에 상고머리를 한 오십쯤 된 남자가 번들거리는 눈으로 내 곁에 웃고 서 있었다. 그는 넥타이를 안 맨 밤색 남방에 체크무늬 진밤색 웃옷과 검정 바지의 캐주얼 차림이었다.

한눈에 그는 미국에 사는 한국 교민 같아 보였다. 왜냐면, 서울에서부터 여행 중인 한국인이라면 정장 차림에다 얼마만큼은 지쳐 있을 테고, 브라질 교민이라면 아까 상파울루 과룰료스 국제공항에서 눈에 띄었을 테니까. 그렇다고 아르헨티나 교민도 아닌 것 같은 것이, 좁은 바닥인 부에노스 아이레스에서 안면이 조금도 없어서였다. 탑승권이 든 여권을 안 주머니에다 챙겨 넣기 위해 바깥 주머니에 손을 넣자 손가락 끝에 무엇이 잡혀 꺼내보니, 접힌 미화 삼백 불이었다. 이를 그가 본 것이다. 아까 처남이 권투하는 시늉으로 슬쩍 집어넣어준 돈임에 틀림없었다. 언제나 처남은 이런 잔정으로 나를 감동시켰다.

"자, 형씨. 그 옆 빈자리에 같이 앉아도 괜찮겠습니까? 내 옆 좌석에 앉아 있는 미국 뚱땡이한테서 어찌나 노랑내가 나는지."

벌써 그의 상체가 반이나 창 쪽으로 쏠려 있었다. 무릎을 접어주니까 안쪽 의자로 비집고 들어왔는데 그한테서 역한 향수 냄새가 물씬 풍겼다.

그는 앉자마자 명함부터 건네더니 자기소개를 했다. 아니나 다를까 그는 미국 교민이었다.

"나는, 엘에이에 사는 홍길동이 아닌, 김길동이라 합니다."

"아르헨티나 교민 박이라 합니다."

창가 쪽으로 나란히 세 좌석을 나 혼자 독차지하게 돼 좋아했던 나는 크게 실망을 하면서 그가 준 명함을 들여다보는데

"나는 엘에이에 있는 국제인력회사의 섭외담당 상무입니다."

"아, 그렇습니까?"

"미국 취업 이민을 소개를 하는 뎁니다."

도꾜서 출발한 브라질 국적기 바리그(varig)가 엘에이에서 일부 승객을 갈아 태울 때 탄 그는 종착지 상파울루의 과룰료스 국제공항에서 다시 아르헨티나 부에노스 아이레스로 가는 비행기로 환승한 거였다.

그는 발가락을 꼼지락거리며 구두를 벗더니만, 원래 취업 이민 소개를 업으로 삼자면 입이 밑천이라더니 묻지도 않은 자기소개를 늘어놓았다.

취업 이민 수속비는 만 오천 불이고, 수속에 들어가서 일 년이면 합법적으로 미국 영주권 취득이 된다고 늘어놓았다. 그리고 나서 물었다.

"박 형께서는 무슨 직업을 갖고 계십니까?"

"아르헨티나 교민들은 대개가 의류업에 종사하고 있습니다."

"그렇다고 나도 들어 알고 있습니다."

시큰둥해하는 나에게

"엘에이에 오는 길이 있으면 한번 연락 주십시오. 술 한 잔 사겠습니다." 하고는 정색을 하며 물었다.

"그런데, 아까 그 돈 거금 같던데 누가 뇌물로 준 돈입니까? 미국 같으면 국세청에 신고해야 합니다."

줄곧 얘기를 하면서도 내 돈 생각만 했나 보았다.

"처남이 줬습니다."

"하하. 부럽습니다. 부러워."

그는 고개를 벌렁 젖히고 비행기 천장에다 눈을 멍하게 두며 혼잣말로 계속해서 지껄였다.

"지금은 원수가 돼버린 내 처남이란 놈은, 우리 어머니의 전 남편이 사준 땅을 몽땅 사기 쳐 꿀떡 삼켜서 우리 식구를 알거지로 만들어 버렸는데, 브라질에는 착한 사람들만 이민 나와 사는 모양입니다."

내가 더 대꾸를 하지 않자 얘기 몫은 자기 거라도 되는 듯이 술술 얘기 실타래를 풀어놓았다.

주위가 술렁이는 가운데 음료수 운반차가 지나갔다. 김길동은 얼음박이 마티니 한 잔을 달래서 홀짝 입을 축이더니 말을 이었다.

"해방 전 일본 탄광으로 징용을 나간 어머니의 전 남편은 생사를 모르다 느지막하니 두고 간 아내를 찾아 부자가 돼 왔습니다. 와서는 농토를 사서 모두 우리 어머니 앞으로 등기해 놓고 두 번째 부인이 있는 일본으로 나가 버렸습니다. 어머니는 해방이 돼도 남편한테서 소식이 없자 재혼해서 나와 두 동생을 낳았는데 새 남편한테 본 부인이 있다는 사실을 알고는 바로 헤어져, 자식 셋을 데리고 그전 살던 곳으로 다시 와서 살고 있는 중이었습니다."

땅콩 몇 알을 입안에 넣어 오독오독 깨물며 김길동은 사설을 이었다.

"누구는 자고 나서 눈을 뜨니 여왕이라더니, 장날이면 국밥이나 말아 파는 홀어머니한테서 학비 타서 고등학교를 다니던 내 팔자가 씨 다른 아버지 덕에, 머리에 직구나 바르고 고등학교를 중도에 걷어치우고 허구한 날 당구장으로, 중국집으로, 다방 출입이 전부였습니다. 그러는데 새로 온 새끼 마담한테 푹 빠지게 된 나는 어린 나이에 엄벙덤벙 살림을 차려 버렸습니다. 얼마 후 그 땅을, 아파트 단지를 만들겠다고 주택 건설업자들이 뻔질나게 들락거리며 팔라니까 결혼해 나간 동생들이 이참에 팔아 나누어 갖자 해서, 복덕방 한다는 큰처남이란 놈이 자기가 맡아 매매를 해 주겠다 길래 하라고 땅 문서를 맡겼더니 팔아 한 입에 꿀떡 먹어버리고는 마누라까지도 야반도주해 버린 것이었습니다. 화병에 어머니는 세상을 떠버리고 동생들 볼 낯이 없게 된 나는 사우디로 나갔다가 미국으로 들어와 주저앉아버렸습니다. 하하."

그는 지난 모든 세월이 일장춘몽이나 되는 양 호탕하게 웃어 제쳐 주위의 승객들에게 시선을 끌어 놓고는 속이 타는지 마티니 한 잔을 더 시켜 마셨다.

앞치마를 두른 스튜어디스가 기내식이 담긴 수레를 밀고 지나갔다. 쉬익, 음식 냄새가 코를 스치자 나는 속이 뒤틀리면서 신물이 목구멍으로 올라왔다. 그런 다음 뱃속이 아릿해지고 머리가 빙빙 돌면서 드디어 멀미가 시작을 하려나 했다. 나는 선반 위에 있는 가방 속의 곶감을 떠올렸다.

할머니는 사대 독자가 쩍하면 하는 멀미가 큰 걱정이었다. 그럴 때마다 주술(呪術)처럼 외웠다.

"멀미에는 곶감이 약이다. 멀미를 할 때는 곶감을 먹어라."

멀미하는데 곶감이 약이라니…….

그러나 누가 뭐래도 할머니 말대로 멀미가 나면 곶감을 꺼내 먹었고 그러면 거짓말같이 멀미 기운이 싹 가셨다. 대학을 다닐 때, 방학을 마치고 상경하는 열차 안에서 항상 그랬다. 우리 집 마당 정면에는 아름드리 감나무 하나가 웅장한 자태로 버티고 서 있었다.

번개가 치거나 큰 비바람이 불기라도 하면 감나무가 꺾일까 걱정이 된 할머니는 뜬눈으로 날을 샜다. 남들 다 있는 감나무를 우리 집에서는 온 식구가 신주단지 모시듯 하다니. 그럴만한 이유는 내가 자라서 다 알게 되었다.

어느 날 산길을 가던 고조할아버지가 길가에 병이나 쓰러져 있는 탁발 스님을 발견하고 떠메다 극진하게 병구완을 해서 살려 놨더니, 신세를 갚겠다며 고조할아버지께 일렀다. 마당 정면에다 감나무 한 그루를 심어 놓고 지극정성으로 빌어야 된다는 것이다. 신기하게도 효험을 보아 내리 사대 째를 외아들로 손(孫)이 끊이지 않고 나까지 이어졌다.

그래서인지 우리 집 여자들은 사람보다 마당 한 정면에 우뚝 서있는 감나무를 더 받들어 모셨다. 대학 시험을 치러 서울로 올라가기 전날 밤 할머니는 감나무 앞에다 촛불을 켜 놓고 나와 함께 치성을 드리자고 했다.

"부처님이 보일 때까지 절해라."

한참 등짝에 땀이 흥건할 때까지 절을 했다. 감모여재(感慕如在)였다.

외대(外大) 스페인어과를 졸업한 나는 원양어선 회사에 들어갔다. 하루는 사장이 부르더니 여권을 만들라 했는데 아르헨티나 근해에서 오징어잡이를 하는 지사로 내보내기 위해서였다. 어머니는 몸져 누워버렸다.

나라에서도 군대 안 데려간 사대 독자를, 파도가 넘실대는 바다 한가운데다 던져 놓을 수 없다 해서였다. 뜻밖에도 되레 할머니는 세상이 하루가 다르게 변하는데 끼고 있으면 안 된다며 나보고 넓은 세상을 보러 나가라 했다.

"원래, 박씨 딸과 박씨네 며느리는 드센 법이란다. 그러다보니 박씨 성 사내들은 여자들에 치여 용해 빠지기만 하니 휘 밖으로 나가서 바람을 쐬고 오너라."

비행기에서 멀미가 나면 꺼내 먹으라고 공항 대합실에서 곶감보따리를 내 손에 쥐어주며 말했다.

나는 창피하다며 한사코 뿌리쳤다.

김길동은 자기 밥 쟁반을 받아 창문 가 좌석으로 건너가서 누가 뺏어 먹을세라 열심히 입에 그러넣었다. 나는 손 하나 안댄 채 밥 쟁반을 가운데 빈 좌석에다 옮겨 놓아버렸다. 그 대신, 지나가는 스튜어디스에게 홍차 한 잔을 주문해 천천히 마시는데,

"이 음식 남기면 쓰레기로 들어갑니다. 그러면 죄 받지요."

아직 승객들은 식사가 한창인 데도 어느새 그는 제 밥그릇을 싹싹 비우고는 씩 웃으며, 마치 야바위꾼이 주사위를 바꿔치듯이 잽싸게 내가 받아

둔 밥상과 바꿔 가지고 주섬주섬 잘도 먹어댔다. 음식 냄새를 맡으니 배가 고파지기도 하면서 슬슬 뱃속에서 멀미가 또다시 치오르는 것 같아 어서 나도 멀미약을 겸해 입을 다셔야겠다 싶어 가방을 내려 곶감 봉지를 꺼냈다.

서늘한 바람이 드는 그늘에서 말린, 하얀 당분가루를 뒤집어 쓴 고향집의 할머니가 깎아 말린 딱딱한 한국 곶감하고는 다른 브라질 곶감을 내려다보고 있는데

"그거 브라질 곶감이네요." 하는 말이 들려 고개 들어보니까 수더분하게 생긴 오십쯤 돼 보이는 한국인 아주머니였다.

"그 곶감 놔두고 내 배 잡숴 봐요." 하며 양손을 내미는데 황갈색을 띤 동그랗고 탱탱한, 선명하게 맑고 윤기가 나는 큼직한 한국산 배였다.

비행기 흔들림에 아주머니는 몸을 가누느라 앞자리 의자 등받이에다 기대자, 내가 얼른 가운데 빈 좌석으로 옮겨 앉았고 스스럼없이 그녀는 내가 앉았던 통로 쪽 좌석에 앉았다.

"이 배 잡숴 봐요. 아저씨"

하면서 내 앞에 놓인 밥상에서 칼을 집어 배를 깎았다.

"아줌니, 나도 같은 한국 사람입니다. 서운하게도 나보고는 배 먹으란 말 안합니까?"

밥이나 먹고 있는 줄 알았던 김길동이 음식을 볼에 가득 물고 야릇한 말을 했는데 그 말뜻을 나는 바로 알아챘다.

"걱정 말아요. 한 쪽 드릴 테니."

"음식 끝에 서운합니다." 하고 비죽이 웃으며 그는 얼른 말을 돌렸다.

칼날이 무뎌 과육을 많이 집어 베자 퍽퍽한 아르헨티나 배(뻬라)와 달리 과즙은 툭툭 튀었고 그럴 때마다 시원하고 달콤한 향기가 코를 자극해 먹기도 전에 벌서 입안에 군침이 싹 돌면서 멀미 기운이 저만치 달아나 버렸다.

김길동은 밥이 볼에 멘 입으로,

"이 배를 보니 한국 생각이 간절합니다."

“저쪽 아저씨는 한국 떠나온 지가 오래된 모양이지요?”

“고향이야 언제나 좋게만 생각나기 마련 아닙니까?”

“이번에 가보니 꼭 그렇지만 않더라구요. 친정이 나주인데 동네사람들은 그놈의 까치 등쌀에 생난리더라구요.”

“까치라면 길조인데 왜 난립니까?”

또 참견을 했다.

“길조인지 뭔지. 배는 수분이 많아서 조그마한 생채기가 나도 바로 썩어버리지요. 그런데 자연 보혼가 뭔가 하여 잡지 않아 배를 쪼아먹는 바람에 금년 배 농사는 작살이 나버렸는데도 군(郡)에서는 총포 허가를 내무부로 미루고 내무부는 미적거리기만 하더라구요.”

다 깎여진 배가 쪼개졌다. 나는 배 조각을 집어 입안에 넣으니 씹기도 전에 배 물이 스르르 목구멍으로 넘어가자 어지럽던 속이 편해졌다. 속담에, 좋은 일이라는 것이 입안에 든 참 배 맛이라더니. 내가 두 개째 배 조각을 집으려는데

“아줌니, 나도 입 달렸습니다.”

후딱 게 눈 감추듯 식사를 하고 난 김길동은 어느새 배 한 조각을 덥석 집어 널름 제 입에 넣었다.

“들어요 들어. 말 안 해도 잘 찾아 먹는 양반이 괜히 그러시네.”

그런 후 그녀가 내게 물었다.

“아저씨는 브라질 교민이에요?”

“아르헨티나 교민입니다.”

“그러세요? 나도 부에노스 아이레스에 사는데요.” 하고 반색을 하니까 김길동이 샘을 냈다.

“아따. 고향 사람들 만났습니다.”

그러나 그러는 그를 아는 체 안하고 여전히 아주머니는 내게

“그런데 밥은 동무한테 내주고 웬 곶감이에요?”

“멀미해서…….”

“멀미를 하세요?”

“…….”

내 대답 대신 그가 끼어들었다.

“하나 더 먹어도 됩니까?”

“이 양반은 밥을 두 상이나 받고는….”

“아, 비행기에서 후식을 안주네요.”

“참말로, 태평이시네. 이 분은 멀미약으로 드는 배를 후식으로 들겠다니.”

“난 속이 비면 멀미합니다.”

아주머니가 그에게 눈을 흘기며 나에게

“아저씨는 뭐하세요?”

“나는 부에노스 아이레스 변두리에서 소매 옷가게 합니다.”

“나는 백구촌(한인 타운)에서 한국 식품점해요.”

“그런데 멀리서 힘들게 가져오는 이 귀한 배를 바깥양반한테 갖다 드리지 않고.” 하니까

“통관 못할 것이 뻔한데 인심이나 쓰지요 뭐.”

“자알하셨습니다. 죽 쒀서 개주느니.”

김길동이 냉큼 끼어들었다.

“진짜, 저 양반은 맛있게 배 먹고 설익은 소리하시네.”

“하하. 남의 배를 먹었더니 헛소리가 나옵니다. 하하.”

하며 내 어깨를 툭 치고 크게 웃었다.

그녀는 이제사 김길동이 수작하는 소리를 알아들었다는 듯이 나에게

“밥을 먹고 이쪽을 건너다보니까, 이쪽 분이 밥을 안 들고 앉아만 계시기에 한국 배를 가져 왔어요.”

배는 나보다도 김길동이 더 많이 먹은 셈이었다. 그리고 나서도 김길동은 자꾸만 곶감을 넘성거리니까 아주머니는 미워 죽겠다는 얼굴로,

“그 곶감은 집어넣었다가 집에 가서 부인이나 맛보이세요.” 하자, 김길동은 멋쩍은 낯이 되더니만 화제를 돌렸다.

“아줌니는 한국에 뭐 하러 나갔다 오는 길입니까?”

“아르헨티나 교민들에게 팔기 위해 한국 건어물을 사 가지고 오는 길이에요.”

“허, 참. 이민들을 나왔으면 그 나라 음식 먹고 그 나라 풍습을 따라야지. 보나마나 된장, 고추장, 김치 냄새 풍풍 풍길 테니 현지인들이 좋아하겠소?”

퉁바리맞은 앙갚음을 해주고는 윗옷 안주머니에서 가죽 지갑을 꺼냈다.

“자, 이거 거꾸로 됐습니다. 먼저 수인사를 나누고 아줌니 배를 먹어야 하는 건데. 히히.”

느물거리며 명함 한 장을 아주머니에게 건네었다.

“나는 미국에 있는 인력회사 상뭅니다.”

“인력회사는 뭐 하는 데예요?”

“아줌니, 아는 교민 사람 가운데 미국 이민 떠난 사람들 있지요?”

“많아요.”

“그 사람들은 모두 우리 같은 인력회사가 수속을 대행 해줘 미국 영주권을 받은 겁니다.”

“그러니까 아저씨가 이민 뿌로까네요.”

나는 피식 웃는데 김길동은 큰일 날 소리를 한다는 표정을 지었다.

“아줌니도 참, 브로커가 뭡니까? 무식하다는 소리를 들으려고.”

“그러면 뭐라 해요?”

“소개인이라고, 영어로는 로비스트라고 합니다.”

“뿌로까나 소개인이나, 엉덩이나 궁둥이나, 그게 그거 아녜요?”

그렇잖으냐는 동의를 아주머니가 나에게 구했지만, 가만 보니까 도리어 그녀는 김길동하고 죽이 맞아가고 있는 것 같았다.

그는 이름을 놓치지 않았다.

"이번에 미국으로 이민 가고 싶어 하는 아르헨티나 사는 한국 사람들 약 열 가족이 설명회를 가져달라고 해서 내려가는 중입니다."

아주머니는 번쩍 눈에서 빛을 내며 그를 우러르더니

"내 친정 여동생 가족도 아르헨티나에서는 이민 온지 삼 년째 돼 가도 되는 일이 없다며 미국으로 삼민(三民 : 아르헨티나 교민들이 다시 미국으로 다시 이민을 가는 것을 삼민이라 함)을 가고 싶다고 안달하는 중이에요."

김길동은 웬 떡이냐 싶은 표정을 지었다.

"동생네가 무슨 얘기를 들은 모양이더군요. 뉴욕 플러싱이라는 한국인 촌과, 남대문 같은 의류 도매상인 엘에이의 자바 시장에도 한 집 건너 두 집이 모두 아르헨티나 교민 출신들입니다. 우리 회사도 자바 시장들이라 아르헨티나 교민 같은 사람들이 거기 가면 같은 스페인어를 구사하기 때문에 고객들이 구름 같이 몰려옵니다. 그래서 아르헨티나에서 올라간 교민들은 시퍼런 배추 잎 미국 돈을 가랑잎 긁듯 갈퀴로 벅벅 긁습니다."

이렇게 뻥을 튀겼다.

"아저씨 어떻게 해야 연락이 되나요?"

벌써 김길동이 늘어놓은 거미줄에는 파리가 달라붙었다.

"아줌니 전화번호를 줘요. 나는 항상 나돌아 다닐 테이니 말입니다."

"그럴 거 없어요. 부에노스 아이레스 도착하면 우리 집 가서 저녁식사 해요. 내가 된장찌개 끓이고 김치 차려 드릴 테니."

"아이구 고맙습니다. 비행기 음식에 하도 질려서……."

"그런데 이쪽 아저씨는 부인이 집에서 기다리는 게 아니에요?"

"애를 가져 지금 상파울루 친정집에 있게 하고 내려오는 중입니다."

"그럼 다 잘됐네요. 공항 도착하자마자 앞집 생선 가게에 가서 싱싱한 광어회도 떠놓으라고 우리 집 양반한테 전화해 놔야겠어요."

"오늘 저녁에 광어회까지……."

김길동은 입을 헤 벌리고 들뜬 얼굴을 하고 다시,

"박 형, 아줌니가 회를 뜬다면 당연히 두꺼비 몇 마리 깔 것 아닙니까? 오늘 두 홀아비 배가 호강하게 됐습니다."

신이 나서 김길동이 엉너리를 치자

"참말로 늙으나 젊으나 남자들은 음흉한 늑대라니까, 잠간 여행하는 고새를 못 참아 홀아비 행세 하려드니." 하며, 있는 대로 눈을 흘기니까

"난 삼 년째 하숙 밥입니다."

"부인이 먼 데 사나 보지요?"

"진짜 홀아빕니다."

"그러세요? 그래도 얼굴에는 그늘 하나 없으니 얼마나 좋아요?"

"그것마저 없으면 미국서 혼자 몸뚱이 절대로 건사 못합니다."

셋은 모두 말을 끊었다. 그러다가 가라앉은 분위기를 회복시킬 사람은 아무래도 자기라고, 김길동이 능청을 떨었다.

"듬직하고 잘생긴 남자 둘을 배까지 먹여서 집에 데리고 들어가면 주인 아저씨가 기절해 뒤로 자빠지는 거 아닙니까?"

아주머니도 지지 않았다.

"그러잖아도 맨날 꺼브스한 얼굴로 밤낮 일만 하지 말고 분단장 좀 하랍니다."

나는 졸음이 와서 의자를 뒤로 젖히고 눈을 감았다. 스튜어디스가 지나가며 빈 밥 쟁반을 거둬갔다. 비몽사몽인 나를 사이에 두고 아주머니와 김길동의 애기가 가물가물 들려왔다.

벨트를 죄라는 안내방송이 들려 눈을 떴다. 비행기는 부에노스 아이레스의 엣세이사 국제공항 활주로에 내리느라 고도를 낮추며 천천히 커브를 도는데 엣세이사 공원 숲이 비행기 창을 가득 메웠다.

4

비행기가 활주로에 닿자 달뜬 승객들은 가방을 챙겨 문이 열리기를 기

다렸다.

　나는 승객들에 섞여 공항 복도를 걸어가고 있는데, 배를 깎아주던 한국 아주머니가 헐레벌떡 나를 따라 부치더니 가쁜 숨을 몰아쉬면서 말을 걸었다.

　"그 007가방 말고 또 짐이 있어요?"

　"왜 그러십니까?"

　"부탁 하나 할까 해서요."

　나는 무슨 소리인가 싶어 뜨악해 하니까,

　"별 것이 아녜요. 말린 해산물이 들어 있는 가방 세 개를 가져오는 길인데 미국 아저씨가 한 개 맡아주기로 했어요. 셋이서 하나씩 들고 나가자구요."

　원래 남이 싫어하는 말을 못하는 내 성격이기도 하지만, 식사를 못하는 나를 위해 그 귀한 한국 배를 깎아주던 그녀의 부탁을 어찌 매정하게 거절할 수 있을까 싶어 아무 말을 못했다.

　내가 해 준다 안 해 준다는 말도 하기 전에 내달음으로 앞서간 아주머니는 벌써 회전대에서 이민 가방 두 개를 끌어내어 나를 기다리고 있었고 김길동이 그 옆에서 자기 몫 한 개를 이미 맡아 있었다.

　"이 가방이에요."

　하고는 그녀가 먼저 능숙하게 자기 키만한 가방의 끈을 손목에다 착착 감아서 끌어당겨 검색을 하고 있는 세 줄 가운데 한 줄 맨 뒤로 갔다.

　뒤따라 김길동도 맡은 가방을 들고 다른 줄 뒤에 갔기 때문에 나도, 바퀴 네 개 중 한 개가 비뚤어지고 모서리가 너덜너덜 닳아 터진 이민가방을 힘겹게 끌어 나머지 줄 끝에다 놓아야 했다. 긴장이 된 승객들 때문에 나도 덩달아 몸이 굳어져 버렸다.

　젊은 세관원이 검색하는 아주머니 줄은 쑥쑥 잘도 빠져나갔다. 아무래도 젊은 사람이라 시원시원하다보니 싶었다. 그러나 내 줄은 도무지 줄어들 줄 몰라 검색대 쪽으로 고개를 빼 보니까 안경을 쓴 여자 세관원이 한 승객 가방을 들춰보고 있었다.

그러는 동안에 갑자기 비릿한 해산물 냄새가 콧속으로 파고드는가 하는데 갑자기 앞에 서 있는 아르헨티나 인들이 코를 킁킁거리며 시선을 내게로 모으는 것 같아 당황한 나는 눈앞이 노래졌다.

그래서 마음이 조급해진 나는 건너 줄에 서 있는 아주머니를 찾아보니까 이미 공항 대합실로 빠져나간 뒤였다. 그때 누가 옷자락을 잡아당겨 뒤돌아보니 김길동이었다.

"박 형, 아줌니가 빠져나간 저 젊은 세관원이 덜 깐깐한 것 같소. 나는 그쪽 검색대로 갈랍니다. 꼴을 보니 박 형 줄도 힘들게 생겼소. 아닌게 아니라 박 형네 여자 세관원이 젊은 여자 슈트케이스를 샅샅이 뒤지고 있소. 그러니 생선가방을 열어봤다가는 국물도 없겠소." 하고는 잽싸게 가방을 끌고 아주머니가 빠져나간 젊은 세관원이 있는 줄 뒤로 갔다. 나는 어찌해야 좋은가 하는 혼란스런 마음을 진정시키느라 눈을 감고 있다 떠 보니 김길동은 어느새 차례가 되어 검색대 위에다 가방을 낑낑대며 올려놓고 있었다. 이때 내 눈이 젊은 세관원과 마주쳤고 그 젊은 세관원은 나를 향해 오라는 표시로 손을 번쩍 들었다. 내게 통역을 부탁하려나 싶어 몸만 가려고 하니까 젊은 세관원이 가방을 드는 시늉을 보내와서 잘됐다하여 가방을 끌고 그쪽으로 갔다.

가보니 생각처럼 간단치가 않았다. 젊은 세관원은, 우리 차례가 오자 다짜고짜 사무적인 딱딱한 목소리로,

"당신 여권 보여 주시오." 하며 내 여권 낱장을 보는 둥 마는 둥 하고는

"당신들의 이 두 가방은 서로 비슷하게 생긴데다 똑같이 생선 비린 냄새가 나는 것이, 틀림없이 말린 해산물로 한국서 오는 게 분명한 데다 가방 꼬리표가 서울(SEL)에서 부에노스 아이레스(BUE) 도착이라 돼있는데, 당신은 상파울루에서, 저 사람은 미국서 출발했으니 내가 이해 할 수 있도록 설명해줘야 하겠습니다."

갑작스런 말이라 어찌 대답해야 옳을지 몰라 끙끙거리며 주춤대다가, 아무래도 솔직해야겠다 싶어,

"실은 조금 전에 이 검색대를 통과한 한국 부인이 이 두 가방 주인입니다."

"당신 거냐 아니냐만 말하시오."

무뚝뚝하게 핀잔을 주었다.

"내 것이 아닙니다."

"당신도?"

영어로 물으니까 김길동도 그렇다고 영어로 대답했다.

"이 두 가방이 당신들 것이 아닌 게 확인됐습니다."

이렇게 말하는 투로 보아 우리로부터 가방을 떼어놓으려는 수작 같아 가슴이 덜컥 내려앉는데 김길동도 그렇게 느꼈나 보았다.

"박 형, 내가 얼른 대합실로 나가서 가방 주인을 데려오겠다고 말해 봐요."

이 말을 통역하자 젊은 세관원은

"당신들 것이 아니면 그만이지, 주인을 어디 가서 끌어들인단 말입니까?"

젊은 세관원은 다시 혼잣말로,

"이런 냄새나는 물건을 비행기로 끌고 오다니, 한국인들은 알아줘야 한다니까……."

중얼대고는 코를 킁킁거리면서, 해산물은 수입 금지 품목이므로 소각장으로 보내야 한다고 그랬다. 조금 전에 똑같은 해산물이 든 가방을 이 자리에서 자기가 통관시켜준 사실을 알 텐데도 시치미를 뚝 떼는 거였다.

"박 형. 지금 이 친구가 뭐라고 중얼댑니까?"

"폐기처분 할 물건이랍니다."

김길동 때문에 말려든 꼴이 돼 화가 올라 쏘아주었다. 그러나 그는 태평하게

"아무래도 이 친구가 떡값을 바라는 것 같습니다."

"좀 가만히 있어 봐요. 제발."

젊은 세관원은 지금까지 검색을 마친 업무를 기록하러 책상으로 들러붙어버렸다. 나는 부글부글 끓어오른 화를 삭이고 있는데, 넥타이를 맨 중년이 다가왔다.

"왜, 이 두 승객만 남아 있나? 무슨 문제가 있는가?"

"지금 처리 중입니다."

"다음 비행기가 곧 들이닥칠 텐데 어서 처리하지 그래."

"예. 알겠습니다."

양복 차림은 우리 둘을 훑어보고 나서 젊은 세관원에게 다시 물었다.

"저 가방들 내용물은 뭔가?"

"예. 한국인들이 먹는 해산물 말린 거랍니다."

"그렇다라니? 그럼 자네는 안 열어 봤다는 말인가?"

젊은 세관원이 가는 철사 도막을 책상 서랍에서 꺼내, 능숙하게 자물쇠를 따 지퍼를 열었다. 열린 가방에서는 미역, 김, 멸치, 쥐포, 마른 오징어가 우루루 비린 냄새에 싸여 쏟아져 밖으로 나왔다. 뒷짐을 진 높은 세관원은 별 것이 아니라는 표정으로

"보아하니 이 두 꼬레아노는 장삿속으로 안보이고 처음인 모양인데 이번만은 주의나 주고 내보내게." 하고 자리를 떴다. 젊은 세관원이 흩뜨려진 건어물을 가방에다 다시 쑤셔 넣으려 했으나 부풀어진 봉지는 제대로 들어가지 않았다. 이를 보다 못해 김길동이 거들어 들자 그는 화난 소리로 거절을 했다.

"저리 비키시오."

주둥이가 산처럼 부푼 두 가방은 지퍼가 채워지지 못한 상태로 널부러져 버렸다. 이를 지켜보던 김길동은 아무래도 징조가 안 좋다 싶었든지 서툰 영어로.

"한번만 봐주십시오. 세관원님. 이 가방 주인은, 비행기 안에서 처음 알게 된 여자입니다. 오직, 같은 한국 사람이라는 이유 때문에 부탁을 받다

이렇게 됐습니다."

나도 가만있어서는 안 되겠다 싶어 동정을 바랐다.

"다시는 이런 일이 절대로 없도록 하겠습니다."

젊은 세관원은 잔뜩 찡그린 얼굴을 하고서

"다음 비행기가 지금 활주로에 내렸으니, 자, 이렇게 합시다. 솔직히 말해서 그냥 내보낼 수가 없습니다. 한 가방 당 200불씩, 두 개에 400불의 세금을 매기겠습니다."

지금, 무슨 말을 하느냐고 김길동의 채근에 간단히 설명해 주었더니 눈을 꿈벅꿈벅하고는 가만히 말했다.

"하자는 대로 합시다. 뜸들이지 말고. 괜스레 서로 티격태격하다가 진짜 시끄러워지면 문제가 커지겠습니다. 막말로, 주인이 아니니 그냥 가방을 놓고 나가 달라면 할 말이 하나도 없습니다."

다시 내 눈치를 보고는

"차라리 잘됐습니다. 내라는 세금은 냅시다. 박 형. 어차피 줄 거라면 저 친구 손에다 떡값으로 쥐어 주는 것보다는 백 번 낫지요. 아, 영수증 있어야 아줌니에게 돈 되돌려 받을 수 있잖습니까?"

젊은 세관원은 책상 위에 놓여있는 여권을 보면서 책상 서랍에서 세금 고지서 용지를 꺼내 기록하러 들었다. 그런데 갑자기 김길동이 지금까지 그랬던 그답지 않게 비굴한 얼굴로 내 소매 부리를 잡고 늘어졌다.

"박 선생. 부탁 있습니다."

"······?"

"미국 취업 이민 사업하는 사람으로서 이런 식으로 세금이나 낸 사실이 증빙 자료로 공항에 남게 되면 나는 곤란합니다. 그러니 이왕 세금 내는 거, 두 가방 모두 박 선생 앞으로 세금 내면 어떨까요?"

속이 훤히 들여다보이게 둘러대며 발을 빼는 그가 어이없어 물끄러미 쳐다보자, 그는 틈도 없이 얼른 젊은 세관원에게 고개를 돌려 영어로 말했다.

"이 박 선생이 이 두 가방 모두를 맡아 세금을 내겠다 합니다."

젊은 세관원은 입꼬리를 비죽하더니 아무렇게 해도 무방하다는 얼굴을 했다. 등 떠밀려, 처남이 상파울루 공항에서 주머니에 넣어준 300불에다 내 돈 100불을 보탠 400불을 간이 국립은행 창구로 가 세금으로 치렀다. 그런 후에 돌아오니까 맨 처음 내가 섰던 줄의 돋보기 쓴 여자 세관원이 내 앞에 앙버티고 서있는 것이었다. 젊은 세관원은 퇴근하는 길인 듯했다.

"도대체 무슨 일로 이 두 꼬레아노들은 아직까지 못나가고 있는 거예요? 마까엘."

돋보기 낀 세관원이, 내가 내민 세금 낸 영수증 하나를 서류철에다 끼우고 있는 젊은 세관원에게 물었다.

"다 일 끝났습니다. 린다 부인."라고 대답하고 나서 우리에게

"이제 이 가방 두 개는 세금을 냈으니 가지고 나가도 됩니다."

그만 퇴근하겠다는 말을 남기고 검색대를 물러나는 젊은 세관원에게 여자 세관원이 007가방을 가리켰다.

"미까엘. 저 손가방은 검색했나요?"

"아, 그건 안 했습니다. 린다." 하고는 휭 가버렸다. 처음부터 우리 둘을 곱지 않은 눈으로 봐 온 그녀는 옳다구나 싶었던지 트집으로 나왔다.

"두 손가방 모두, 이 검색대에 올려놔요."

김길동의 손가방은 열자 바로 닫으라 했다. 내 가방 내용물은 김길동의 그것하고 다를 게 없는 면도기, 세면도구, 속내의, 잡지 나부랭이 등이었다. 그러나 내 가방 속에는 딱하나 다른 것이, 곶감 봉지가 하나 들어 있었고 그러잖아도 무슨 꼬투리가 없나 벼르던 참에 곶감이 그녀의 비위를 건드려 버렸다.

"이것이 뭐예요?"

"마른 감입니다."

예감이, 문제가 다시 원점으로 돌아가는 기분이 들었다.

“이거 식품이지요?”

“기내식 대신 비행기에서 먹으려다가 못 먹고 그냥 가져오는 길입니다.”

“이거 검역해야 합니다.”

여자가 한마디로 딱 잘랐다.

“왜 보로 통관이 안 되는 겁니까?”

심사가 뒤틀려, 탁 받는 내가 의외라는 듯이 여자 세관원은 내 얼굴을 쳐다보며

“저기 식품 검역소에 이것을 가져가서 검역 확인을 받아와요.”

그러고는 시뜻해서 돌아선 다음 도착할 승객 검색 준비로 들어갔다. 나는 난감한 표정을 노골적으로 얼굴에 드러내자, 김길동은 당황한 눈빛으로 내가 또 긁어 부스럼이나 만들지나 않나 싶은지 아무 소리 말라는 눈짓을 하고는,

“박 형, 다된 밥에 코 빠치지 맙시다. 어서 여기를 빠져나가야지, 있어봤자 자꾸 꼬이기만 하고 따따부따 하니 말입니다. 이까짓 곶감 수틀리면 콱 쓰레기통에다 쳐 넣어 버립시다. 안경 쓴 여자 건드리지 말아요. 그전 내 마누라도 안경쟁이였습니다.” 하고 나를 달랬다. 그러나 식품 검역실이라는 데를 찾아갔더니 생각 같지가 않았다. 아르헨티나 한 남자가, 흰 가운을 걸친 식품 검역소 검사원과 언성을 높여 실랑이질을 하고 있었다. 남자는 농학박사라는 깡마른 젊은이였다.

얼굴에 주름이 골 깊게 패인 식품 검역원은 머리가 허연 나이 든 사람이었다. 첫눈에도, 그는 붙박이로 검역소에 오래된 구렁이로 보였다.

“이토록 박사께서 우리가 하는 일을 이해해 주지 않는다면 누가 이해해 주겠습니까?”

“세상이 하루 다르게 변하는데 옛날 법규만 들이대니 어느 세월에 아르헨티나가 변하겠습니까?”

박사가 푸념을 하자 검사원이 정색을 했다.

“박사님. 전 세계 어느 곳에서 생산한 아무 식품일지라도. 생산지, 생산 회사, 생산 일자가 명확하게 기록 돼있고 일정한 규격으로 포장이 돼있으면 우리는 모두 다 통관시켜 줍니다. 저는, 박사님께서 아무 봉지에다 이렇게 담아 가져오신 거 충분히 이해합니다. 그렇지만 나 같은 일개 식품 검역소 직원의 사인 하나로, 박사님의 3년간 미국 작물연구소에서 병충해에 강하고 다수확 품종으로 개량한 이 귀중한 씨앗을 증명하겠다 하니 내가 해드릴 수 없다는 것입니다.”

“맞소. 검사원 당신 말이 맞소. 그렇다면, 오늘 날짜로 그저 이 한 줌의 콩이 엣세이사 공항을 통해 들어왔다는 확인서 한 장쯤이야 당신 권한으로 해 줄 수 있잖소?”

“박사님이, 식량 증산을 위해 심혈을 기울인 이 귀중한 콩이 어찌 한 줌의 콩입니까?”

우쭐대며 건방을 떨던 젊은 박사는 입이 쑥 들어가 버렸다.

“그래서 당신이 여기서 할 수 있는 일이라고는 고작 승객들이 들고 오는 식품이나 거둬 쓰레기통에 버리는 것이 전부군요.”

도무지 화를 참지 못한 박사는 이렇게 막말로 검역원 말에 비아냥거렸다. 그러나 검사원은, 이런 경우가 하루에도 한두 번 겪는 게 아니라는 듯 의연하게 대꾸를 했다.

“박사님. 되풀이 말하겠는데 제 말씀대로 해주십시오. 우리 검역소에서 이 샘플 콩을 잘 보관 해 둘 테니 가셔서 제 규격으로 반출해 달라는 작물 시험 연구소 명의로 청구서를 작성해 가져오십시오. 지체없이 바로 내 드리겠습니다.”

박사는 그러는 식품 검역소 직원 말을 받아칠 건더기가 하나도 없었다.

“좋아요, 당신, 그 씨앗을 잘 보관해 둬야 합니다. 내가 반출증을 만들어 올 때까지.”

“걱정 마십시오. 박사님.”

더 할 말을 잃은 젊은 박사는 그냥 돌아서야 했다. 그는 입 꼬리에 하얀 거품을 달고

"저렇게 꽉 막힌 친구들이 국제공항에서 근무하다니. 저런 케케묵은 머리를 뜯어고치기 전에는 절대로 아르헨티나에서 발전이란 있을 수 없지." 하고 욱 다문 이로 투덜거리며 우리 앞을 지나갔다. 검사원은, 차례가 돼 의자에서 일어나는 우리에게 무표정한 얼굴로 무슨 일로 찾아 왔느냐는 눈빛을 보냈다. 나는 쭈볏쭈볏 창구로 다가갔다.

"식품 반출 확인서를 받으러 왔습니다."

"그게 뭐요?"

턱을 쑥 내민 식품 검사원이 입을 뗐다. 이에, 겁이 슬그머니 난 김길동이 비닐봉지를 뜯어 꺼내먹던 곶감 봉지를 슬그머니 내 손에 쥐어주고 내 뒤로 물러섰다. 나는 몇 알이 남은 곶감 봉지를 검사원의 탁자위에 올려놓았다.

"이 봉지가 뭐요?"

"마른 감입니다."

"가끼(감)라는 거 말입니까?"

식품 검사원은 뜯겨진 비닐봉지를 볼펜 끝으로 들췄다 놓았다 하면서 눈빛으로 다시 물었다.

"사실은……." 하고 나는 더듬거렸다. 검사원의 눈꼬리가 파르르 떨리며 은백색 머리카락이 흔들렸다.

"그게 아니고 저……."

안절부절못하고 숨이 막힌 나는 손바닥이 진땀으로 촉촉이 배었다.

검사원이 더 참지 못하겠다는 얼굴로 눈을 크게 뜨더니

"당신들 꼬레아노지요?"

"그렇습니다."

"내 말을 잘 들어요."

"예."

“이 찢어진 봉지 안에 있는 마른 감 몇 알을 즉시 당신 곁에 있는 쓰레기 통에 버리고 내 앞에서 비켜나시오.”

속삭이듯 빠르게 말하고는 내 쪽으로 감 봉지를 밀어뜨린 뒤 내실로 사라져 버렸다. 박사라는 젊은이가 식품 검사원과 다툴 때 김길동은 한 꾀를 냈다. 박사가 심혈을 기울여 만들어낸 개량종 콩 샘플을 가지고도 저렇게 시끄러운걸 보면 이따위 곶감 정도야 폐기 처분 통에 들어갈 것이 뻔한 이치이니, 구태여 보여줄 게 아니라 출출한데 먹어치워 버리는 것이 좋은 방편이라 했던 것이다. 그러면서 덥석 내 손에서 낚아챈 비닐봉지를 북 찢어 꺼낸 곶감을 우적우적 먹다가 채 다 먹기도 전에 자리에서 일어나게 된 것이다.

“식품 검역소에서는 확인 됐어요?”

“아닙니다.”

“그러면 검사원이 폐기 처분 시켰나요?”

“아닙니다.”

여자 세관원은 눈썹을 치켜세우더니 돋보기 너머로 우리를 쏘아보다가는

“그러면 그 마른 감 봉지는 어딨어요?”

“없습니다.”

“없다구요? 이것도 없고 저것도 없다고요? 좋아요. 이 두 가방 빨리 저리로 옮겨 놓고, 다음 도착한 비행기 승객들 모두 검색이 끝날 때까지 기다려요.”

여자 세관원이 탁 내뱉었다. 우리들은 가방을 하나씩 끌어다 한갓진 데에 갖다 놓았다.

새로 도착한 비행기에서 내린 승객들이 회전 대에서 찾은 짐을 들고 석 줄의 세관 검색 대 앞에 줄서기 시작했다.

“박 형. 이왕이면 저기 의자로 가서 앉읍시다. 누가 보면 마치 벌 받고 있는 학생 같소. 이번 비행기는 마이애미에서 들어온 비행기라 그런지 승

객도 짐도 많으니 검색하자면 시간이 꽤 걸리겠소.”

둘은 벽에 붙어있는 의자에 가서 앉았다. 나는 기분이 착잡해졌다. 아내
는 지금 장모의 습관적인 잔소리를 듣고 있겠지…….

“니미럴, 사돈 개를 따라가 보니 변소더라고. 괜히 아주머니 줄에 섰다
가… 그런데 박 형.”

마음이 들썩이는지, 김길동은 엉덩이를 의자에서 들썩거리다가 엉거주
춤 일어서서 나를 불렀다.

세금을 내달라고 부탁할 때만 호칭이 박 선생이었다.

“우리가 이러고 있을 게 아닌 것 같소. 가만 생각해 보니 박 형만 없으
면, 나나 이 가방 두 개가 문제될 게 하나도 없을 것 같소.”

“…….”

나는 부아가 나 아무 말 없이 힐끗 곁눈질로 김길동을 쳐다보았다. 그러
는데도 그런 나를 무시하고는

“그러니까 하는 말인데. 박 형, 이렇게 합시다.”

“?”

그는 입을 내 귀에 대고 작전을 말해 주었다.

“우리가 이렇게 계속 서로 붙어 있다가는 영영 여기는 나가지도 못하고
날 새겠소. 그리고 이 두 가방을 압수라도 당하고 내 이름이 애꿎게 공항
세관에 기록되겠습니다. 해서 말인데, 박 형만 없으면 뭐 시끄러울 게 있
겠습니까? 나는 떳떳하니까 이따가 짐꾼 불러 저 이민가방 두 개 싣고 밖
으로 나갈 테니 박 형 먼저 지금 슬그머니 사라지쇼.”

죽 연결한 빈 운반차가 밀려들어오는 통로를 틱으로 가리키며 그곳으로
나가라 김길동이 일렀다.

빈 운반차들은 한국의 삼성회사 마크가 달려 있었다. 그 속으로는 제복
을 입은 조종사들과 스튜어디스들이 슈트케이스를 끌고 빠져나가는 게 보
였다.

두리번거리지 말고, 앞만 똑바로 보고, 태연한 미소로, 가슴을 쭉 펴고서 걸어 나가라는 말까지 해주었다. 할 수 없이 나는 세금 낸 영수증을 김길동에게 넘겨주고 007가방만 들고 자리에서 일어나 그가 하라는 대로 어깨를 쭉 펴고 걸어 공항 대합실로 빠져나갔다. 왁자지껄한 대합실이 반갑기 그지없었다.

이렇게 문만 나서면 천당인데. 하고 안도하는 한숨을 길게 내뱉고 있는데 아주머니가 나타났다. 그녀는 다짜고짜 불안한 목소리로 물었다.

"아저씨. 내 물건이 든 가방들은 어떡하고 혼자 여기로 나오는 거예요?"

승객이 나오는 문이 아닌, 빈 수레가 들어가는 데로, 사람만 빠져 나왔으니 걱정이 될 게 뻔한 이치였다.

물에 빠진 사람을 구해 줬더니 내 보따리 내놓으라는 게 이런 것이구나 싶어 빙긋 웃었더니 그런 내 얼굴이 그녀의 화를 돋구었나 보았다.

"내 물건 압수당했어요?"

나는 나몰라라하고 나만 나온 것이 멋쩍어 자초지종을 설명해 주려고 말머리를 잡으려는데 백짓장 얼굴이 된 부인네는 울음이 밴 목소리로 다그쳤다.

"왜 아저씨만 나오냐는 말이에요."

"곶감이 화근이 돼서……."

더 설명을 하기도 전에 부인네는 비행기 안에서의 살갑던 목소리가 아닌 앙칼진 목소리로

"이이그, 그 곶감, 끝까지 말썽이네. 눈치가 틀렸다 싶으면 쓰레기통에다 버리면 되는 걸 그 까짓게 뭐라고 지니고 있다가 탈을 자초해서 내 귀한 가방 두 개를 붙잡히게 했단 말이에요."

그녀는 내 말을 더 들을 생각은 않고 나를 째려 쩔쩔매게 만들어 놓고

"주변머리가 그리 없으니 남 두 그릇 먹는 기내식을 못 먹고 멀미나 하지. 쯧쯧." 하고 황급히 몸을 돌려 내달아, 내가 나왔던 출구 쪽으로 사라

져 버렸다. 나는 그 자리에 그대로 서서 한 십여 분 있다가 그동안 참았던 오줌이 마려워 급히 화장실을 다녀와야 했다.

아무리 길어도 오 분이 넘지 않을 것 같은 고새에 나올 리는 없을 것 같아 두 시간 넘게 기다려 보았지만 가방 두 개와 김길동과 부인네는 코빼기 하나 보이지 않았다.

이런저런 걱정가운데 서있으려니까 다리가 뻣뻣해지고 빈속이 쓰리며 머리가 어지러웠다. 거의 여섯 시간이나 마시고 먹었다는 것이 겨우 홍차 한 잔에다 배 몇 쪽이 오줌으로 돼 나왔으니 뱃속은 텅텅 빈 셈이었다.

그래서 이렇게 두 사람을 공항 안에 두고 나 혼자 떠나야 할 명분을 만들어 먼저 자리를 떠야했고 나는 공항 택시들이 늘어선 데로 걸어갔다.

보통 여자는 몇 달이면 입덧 기간이 지나 온갖 음식을 다 잘 먹는다던데 아내는 열 달 내내 입덧을 하느라 고생하고 있다는 소식을 듣자 차마 내려오라고 하지 못했다.

그동안 나는 혼자서 새벽부터 밤까지 가게 일을 하느라 어디에도 나가 보지를 못했다.

마침내 아내가 아이를 순산하고 내려오자, 떡두꺼비를 품에 안고 며칠 뒤 함께 한인타운에 김치며 미역을 사러 나갔다 때마침 공항에서 세금으로 대납해 준 사백 불을 받으러 그 아주머니 가게에 갔다.

식품 가게 앞 인도에 내 놓은 막 의자에 다리를 외로 꼬고 서 비죽히 내민 코털을 톡톡 잡아 뽑고 있는 한 겉늙어 보이는 남자가 그녀의 남편이라 했다. 그때 가져온 한국 해산물이 모두 동이 나는 바람에 또다시 구입하러 한국을 나갔다고 말하며, 자기 마누라가 그때 가방을 찾아서 공항 대합실로 나와 보니 내가 없더라고 했다. 자기 아내가, 나와 함께 식사를 못해 서운해 하더라 면서 그때 대납해준 세금 사백 불은 저녁을 먹고 간 미국 교민이란 사람이 잘 찾아갔으니 걱정 말라는 말도 잊지 않고 덧붙였다.

(『로스안데스문학』 통권5호, 2000)

아르헨티나 까삐딸 부에노스 아이레스에 이민을 나와 살고 있는 심씨(沈氏)네, 그러니까 심씨를 비롯해 남편 외아들 셋이 미국 취업 이민비자를 받으러 가는 날이다

이민 알선 변호사가 일러준 미국대사관의 영사로부터 비자면담을 받는 요령은 이랬다.

첫째, 고학력자(대학졸업)임을 내세우지 말 것.

둘째, 정신노동자 같은 인상을 주지 말 것.

셋째, 정장차림을 피할 것.

요령대로 심씨는 쥐색 투피스를 차려 입고, 남편에게는 싫다는 점퍼를 입혀 미 영사관을 찾아갔다.

"얘, 드디어 네가 미국에 가서 공부하게 됐구나."

신이 나서 심씨가 아들에게 말하니까 남편이 한마디 했다.

"쯔쯧, 남이 장보러 간다니까 요강 들고 따라 나선다더니만."

"네가 부모따라 비자받는 기일을 두 달 앞두고 비자받게 됐으니 이게 얼마나 큰 행운이냐? 그간 기일을 넘기면 어떡하나 애간장 태운 걸 생각하면 눈물이 나온다."

"코쟁이 며느리 보게 됐네, 조상님들은 제삿밥 다 드셨구먼."

"그런 말씀 맞아요, 하나뿐인 장손(長孫)이 미국에 가서 성공하길 바라겠지 아무려면 당신네들 묘 지키자고 똥장군이나 지게 하겠어요?"

입만 열면 한국에 돌아가서 땅을 파도 이민 생활 보다 나을 거라고 노래하는 남편에게 심씨가 면박을 주었다.

심씨가 남들같이 미국에 재이민 가겠다고 맘먹고 있을 때 교민신문에 취업이민 설명회를 갖는다는 광고가 났다.

심씨 내외를 비롯해 열 세대 부부가 모인 자리에서 설명회를 가진 사람은, 미국에서 이십여 년 동안 이민 업무를 전문으로 취급한다는 교포출신

변호사였다.

그는 어눌한 말투로 미국에 오래 산 티를 내며 세계 모든 사람들이 미국을 못 들어가 안달하는 이유가, 노력한 대가를 고스란히 보상받기 때문이라 했다.

여러 가지 설명을 끝으로 질문 시간이 주어지자 먼저 심씨의 남편이 나섰다.

"우리가 가면 하는 일이 뭡니까?"

"도계공입니다."

"도자기를 만들어요?"

한 아주머니가 대뜸 물었다.

"도자기가 아니라 도계공(屠鷄工)이라고, 닭을 잡아 포장해서 슈퍼마켓으로 내보내는 공장입니다."

심씨와 남편은 서로 얼굴을 쳐다보았다. 물었던 이가 다시 물었다.

"우리가 그럼 닭 모가지를 자른단 말이군요."

"닭을 잡고 털을 뽑는 일은 기계가 알아서 합니다. 가시게 되면 그저 서 있다가 매달려 지나가는 닭 몸뚱이에 덜 뽑힌 털이나 뽑아주면 됩니다."

"변호사님, 뭐 봉제공 같은 것을 취급 안 해요?"

아무리 미국이 좋아도 닭 공장은 싫은 모양이었다.

"어떤 공장은 서류가 돌아가는 동안 없어지는 수도 있습니다. 그러면 다시 수속을 시작해야 합니다. 그러나 닭 공장은 쉽게 생기지도 없어지지도 않습니다. 내가 계약한 닭 공장은 백년 역사를 자랑합니다."

심씨 남편이 또 나섰다.

"아까 설명하실 때 고용계약은 여자 이름으로 하라셨는데 특별한 이유라도 있습니까?"

변호사는 웃으며

"남편들께서는 관광이나 다니라는 뜻으로 아시는 모양인데 그게 아니고,

미국에 정착하자면 어떤 일이 적성에 맞을까 알아보라고 하는 겁니다."

"그런데 의무연한 일 년은 꼭 때워야 하나요?"

누가 또 질문을 했다.

"일하면 돈이 생기는데, 둘까지 앞으로 무슨 일을 할까 둘이서 알아보러 다닐 필요가 있겠습니까?"

변호사가 우회적으로 대답하자 한 여자가 질문한 교민들을 나무랐다.

"아, 물어볼 걸 물어 보세요, 눈치도 없이. 미국 공항에 입국할 때 이민국 직원이 여권에 찍어주는 번호가 영주권 번호래요."

아는체하고는 변호사를 보고 살짝 웃어주니까 변호사는 긍정도 부정도 안했기 때문에 그것으로 설명회는 끝이 났다.

그러나 심씨의 남편은 의무연한 일 년이 여간 께름칙한 게 아니었으나 설명회가 얼렁뚱땅 넘어가자 아내 심씨에게, 마치 미국 땅을 이미 밟기나 한 듯 들떠있었기에 이 말을 꺼내지 못했다.

"자료를 보면 미국 취업비자를 받은 한국 교민들은 공장에는 들어가지 않고 아르헨티나에 그대로 눌러살면서 왔다갔다만 하는 것으로 돼있습니다."

비자 주겠다는 얘기는 눈곱만큼도 없이 이런 말을 꺼내는 영사의 진의가 뭔가 잡히지 않았다.

비록 미국식 발음이지만 영사가 또박또박 가스떼쟈노로 말했기 때문에 심씨는 알아들었다. 영사는 속내를 드러냈다.

"취업비자를 받은 한국 교민들이 일은 하지 않고 왔다갔다 하다가 입국하는데만 목적을 두는 것 같단 나의 생각이 도무지 지워지지 않습니다."

심씨는 무슨 대답을 해야겠다하고는

"걱정 마세요, 영사님, 나는 꼭 공장에 가서 일할 거예요."

영사는 파란 눈을 반짝이며 물었다.

"아주머니가 공장에 가서 할 일이 무슨 일인지나 알고 그럽니까?"

“네, 잘 알아요. 닭 머리도 자르고 털도 뽑아요.”

“담당영사가 스티븐이라고 말해라.”

요행히 오늘 그 영사가 근무를 하나 보았다.

“어머니는 재주도 좋습니다. 영사 이름은 어떻게 알아 두셨습니까?”

“네 아버지 때문에 그렇게 됐다. 물에 물탄 듯 술에 술탄 듯 세상을 사는 양반이니, 나라도 악바리가 안 되면 이 험한 세상을 어찌 헤쳐나가냐? 너까지 닮을까 걱정이다. 그래서 미국에 가서 공부하라는 거다.”

“그래도 그렇지, 여기가 어디라고 어거지로 들어옵니까?”

“녀석아, 돈이 없어 취업이민을 신청 못한 사람 중에 지금 이 시간에도 멕시코 국경을 넘느라 사막을 헤매는 사람들이 바글바글한데, 너는 이렇게 경치 좋은 잔디밭을 걷는 것도 힘드냐?”

회전문을 두 개를 밀치고 들어가니 아르헨티나 현지인들이 대기의자에 앉아 자기 번호가 나타나는지 전광판을 들여다보고 있었다.

모자(母子)는 빈자리에 앉았다.

“너, 저 늙수그레한 영사가 면담을 끝내고 일어나려하면 얼른 가서 스티븐 영사를 만나러 왔다고 전해라. 틈을 놓치지 말고.”

다리를 외로 꼬고 앉아 심씨는, 긴장이 잔뜩 얼굴에 밴 아들에게 말했다.

집을 나올 때 심씨를 본 남편이 입을 벌리고 어이없어 했다.

“당신 옷차림을 보면 영사가 주려던 비자도 안 주겠네.”

날아갈 듯한 소매가 푹 파인 분홍 바탕에 꽃무늬가 그려진 원피스차림을 두고 그랬다.

심씨는 사르르 눈을 감고 ‘조상님들, 하나뿐인 손주가 미국에 들어가서 공부하도록 제발 도와주세요’ 하고 빌고 나서 눈을 뜨니 어느새 창구로 간 아들이 눈짓으로 심씨를 불렀다.

거짓말 같이 곧바로 창구에 나타난 스티븐 영사가 심씨를 아는 채 했다.

“부엔 디아, 독돌.”

심씨는 파마머리가 창구 턱에 닿도록 머리를 숙여 한국식 인사를 했다.

"분엔 디아, 세뇨라 심."

영사는 심씨와 다를 바 없이 심씨의 성(姓)을 기억하고 있었다.

영사는 뜨악한 얼굴로 심씨를 쳐다보았다.

심씨는 떨리는 가슴을 진정시키기 위해 잔뜩 아랫배에다 힘을 주고는

"독돌. 아직, 비자를 사람들이 미국에 입국을 하지 않았어요."

그러자

"그래서요?"

그래서 어쩌자는 거였다.

심씨는, 뒤켠에 물러서 있는 아들을 끌어다 곁에 두고 슬픔이 밴 목소리로

"비자 받고 미국에 입국해야 할 기간인 사 개월을 다 채우고 들어가겠답니다. 그러면 삼 개월 후래야 우리 가족이 비자를 받게 되는데 그렇게 되면 우리 이 아들은 두 달이면 생년월일이 성인이 되는 날이라 부모를 따라 미국에 못 들어갑니다.

나는 꼭 이 아들을 미국에 있는 대학교에서 공부를 시켜 훌륭한 사람으로 키우고 싶습니다, 독돌."

이렇게 말을 하고나서 영사가 제대로 자기 말을 못 알아들었으면 어떡하나 걱정하는데 영사는 어느새 서류철을 보고는

"그렇군요. 세뇨라의 아들이 부모따라 비자를 받을 수 있는 날짜가 딱 두 달만 남았군요."

"독돌, 이렇게 하고 싶습니다."

"어떻게요?"

"내가 공장에 들어가서 일을 하겠어요."

"세뇨라가 가서 일을 하겠단 말입니까?" 하고 영사가 잠시 눈을 감더니 선선히 나왔다.

"좋습니다. 그러면 아주머니만 먼저 취업 이민 비자를 내주겠습니다. 그

래서 한 달 봉급수령 확인서와 미국에서 생활하고 있는 집의 세를 낸 영수
증을 보내주면 바로 저 아들과 남편의 비자를 내주겠습니다. 내일 다시
와서 비자가 찍힌 여권을 찾아가십시오.”

“고맙습니다, 독돌.”

영사가 더 다른 토를 달까 겁을 먹은 심씨는 얼른 처음처럼 크게 인사를
하고 영사관을 나왔다.

“억지가 사촌보다 낫네.”

“무너져도 솟아 날 구멍이 있는 거예요.”

“어머니, 이거 다 조상님 덕이지요?”

“그나저나 당신이 닭 잡는 공장에 가서 일하겠다고?”

외아들에 장손이 제 색시감으로 데려온, 중등학교 동료 교사인 심씨는
훅 불면 날아갈 가냘픈 몸매였다.

엉덩짝이 멍석만하길 바라던 색시감이 아니어서 시어머니 자리는 실망
이 대단했지만 자식 이기는 부모 없는 법이었다.

친정에서는 닭을 잡아도 딸이 없을 때 잡았다.

소고기도 몇 점 집으면 그만이어서, 덕분에 이민 와서까지 남편과 아들
도 그 맛 좋고 흔한 아사도도 제대로 못 얻어먹었다.

심씨가 시집을 와서 이태가 되도 애가 안 서자 집안일을 돕는 정생(生)
은 열일을 제치고 가물치만 잡으러 다녔다.

한 번은 목구멍이 아릿하고 맛이 괴상망측한 기름이 둥둥 뜨는 물고기
탕을 한 사발 억지로 들이킨 다음, 생각 한 쪽으로 누린 입안을 달래는
데 학교에서 퇴근한 남편과 시어머니가 마당에서 다투는 소리가 났다.

“어머니, 집사람에게 뭘 또 먹이셨습니까?”

“용봉탕이다.”

“용봉탕이라니요?”

"넌 영어선생이라고 우리나라 말도 모르느냐? 용(龍)과 봉(鳳)을 달인 국물이다."

"이 세상에 용이 어디 있고, 봉황새가 어디 있습니까?"

시어머니의 말대답을 하나도 안하던 남편의 못마땅한 말투였다.

"용은 자라(거북이)고, 봉은 잉어다."

"뭐라고요? 지금 저 사람에게 자라를 곤 국물을 먹이셨단 말입니까?"

이 말을 듣고 구를 듯 내달음으로 화장실로 달려간 심씨는 창자까지 모두 토해 냈다.

남편은, 정생이 미처 치우지 못한 마당가에 둔 자라 껍데기를 보았던 것이다.

심씨가 아들을 낳자 시어머니가

"휴우, 이제 조상님을 볼 면목이 섰다." 하자 남편이 퉁명스럽게 받았다.

"집 사람이 애를 낳았는데 어찌 어머니가 생색이십니까?"

"이 사람아, 내 공이 얼마나 크냐? 용봉탕 먹이느라 혼난 걸 생각하면."

심씨가, 용봉탕을 먹고서 낳은 아들을 공부시키겠다고 서울로 올라가겠다니까

"난, 정생하고 조상 묘를 지키겠다." 하며 시어머니는 고향에 남겠다고 버티셨다.

서울로 올라와서는 동대문 시장에서 의류 도매상을 하다가 계원이 한꺼번에 이민수속을 하자 심씨네도 덩달아 아르헨티나를 오게 되었다.

비자를 받자 심씨는 닭 모가지를 칠 각오를 단단히 하고 미국행 비행기에 올랐다.

남편은 하루 한 갑씩 피던 담배가 두 갑으로 늘었고 식모가 해 주는 아르헨티나 밥이 목구멍으로 넘어가지 않아 포도주로 공복(空腹)을 채웠다.

미국의 심씨는 전화를 걸 때마다, 공장을 마치고 집에 돌아와서 침대에

누우면 어깻죽지가 떨어져 나가고 뻣뻣하게 굳은 오른손 검지를 도무지 오므리지 못한다 했다.

본인이 일부러 사서 하는 고생이니 할 말이 없겠지만 그렇다고 전화에 대고, 안됐다고 할 수 없어 잘 먹고 푹 쉬라는 말밖에 더 할 말이 없었다.

좀 빈말이지만, 주말에는 구들장만 지지 말고 미국은 경치가 좋다니 구경 좀 다니라니까 심씨는, 금요일 밤에 곯아떨어지면 월요일 새벽 출근시간이나 돼야 잠에서 깬다고 했다.

한 달이 되니 심씨는, 주말마다 받은 주급 수령 영수증 넉 장을 아파트 월세 지불 영수증과 함께 보낼 테니 이것을 영사관에 갖다 주고 비자를 받으라 했다.

"언제까지 그 닭 공장에 있을 거야?"

"공장 같은 소리하지 말아요. 인사치레로 일주일만 더 해주고 끝낼 생각이에요."

"맘대로 그만 둬도 돼?"

남편은 은근히 걱정되었다.

"나는, 일 안 하는 게 도와주는 거래요, 낄낄."

"건 무슨 소리야?"

"어깨가 떨어져 나간다 했더니, 책임자가 조용히 불러서는 아무 때고 그만두고 싶으면 그만 두래요."

"진짜 그랬어?"

"작업장에서 쓰러지기라도 하면 산업재해다 보험이다 골치가 아플 테니까. 그러면 배보다 배꼽이 더 크겠지요. 그러니까 나 같은 약골은 제 발로 걸어 나가길 바라는 것 같아요, 낄낄."

"그런데 무슨 일을 하는 거야?"

"서부의 총잡이가 바로 나요 나."

"거기는 '메인'주(州)니까 동부잖아?"

　"이 이는 맨 날 말꼬리나 붙자고 헤매니까 내가 닭 잡으러 왔지. 처음에는 변호사 양반 말마따나 털 뽑는 데로 보내드라구요, 그런데 나보다도 세 배나 더 큰 서양사람 기준으로 만든 기계여서 벽돌을 주워다 석장을 쌓아놓고 올라서서 털을 뽑는데 분명 죽은 닭인데도 안 뽑힌 채 도망을 가더라구요. 놓치면 털이 달린 채 포장이되, 거기서 쫓겨났지요. 그래서 다시 배치 받은 자리가 닭 창자를 빼내는 부서예요."

　"뭐라고? 옛날 용봉탕을 먹고 창자까지 토한 당신이 닭 창자를 꺼낸다고?"

　"우리 아들이 미국에 와서 공부한다는데 무슨 짓인들 못 하겠어요. 배가 갈라진 채 다리 하나가 줄에 매달려 내 앞을 지나가면 갈라진 배에다 잘 조준을 해서 냅다 총으로 압축공기를 쏘아가지고 창자가 튕겨 나가게 하는 일이예요.

　처음에는 제대로 조준이 안 돼 헛총을 갈기는 바람에 책임자가 욕바가지를 안겼지만, 지금은 '오케이 목장'에 나가서 결투를 할 자격이 있대요, 낄낄."

　"당신, 냄새 안나?"

　"냄새 정도가 아녜요. 보안 안경을 쓰고 일하지만 얼굴에까지 튄 창자 내장물은 작업을 마치고 나서 아무리 닦아내도 지워지지 않아 닭 비린내가 몸에 배어 아무런 냄새를 못 느끼겠어요."

　심씨가 제 말만 잔뜩 늘어놓더니 전화비가 많이 나오겠다며 전화를 끊자고 했다.

　"당신 한 달 새 미국사람 다 됐네. 전화만 붙잡았다 하면 날 새는 줄 모르던 당신이 전화비 걱정을 하다니."

　전화기를 놓고 난 남편은 주먹손으로 눈시울을 훔치고 담뱃불을 당겼다.

(『로스안데스문학』 통권6호, 2002)

농장과 농장 사잇길이 끝나고, 비슷한 농장들 가운데서 찾던 농장의 안을 들어서니 곧장 뻗은 길이 나타났다. 그 길을 달리는 반 트럭을 들이받기나 하려는 듯 아이 넷이 차를 마주보고 뛰어왔다.

"여보, 쟤들이 다치겠어요. 천천히 가요."

"먼지 뒤집어쓰고 싶소?" 하면서도 남편 한재현은 속력을 줄여, 아이들이 들고 온 나무토막으로 메운 폭파인 웅덩이 위를 지나서 차를 세웠다.

"너희들 짐칸에 타거라."

"야, 신난다."

기특하게도 큰아이가, 작은아이 셋 엉덩이를 받쳐 태운 다음 올라탔다.

드디어 울창한 고무나무 숲을 등지고 자리한, 다 쓰러져가다시피 낡은 움막에 다다른 한재현 내외 앞에, 북더기 머리를 한 여인이 부른 배로, 또 하나의 갓난애를 안고 있었다. 순식간에 차에서 내려와 키순으로 선 네 아이에게, 한재현의 아내가 과자를 나눠주며 나이를 물었다.

"열 살, 여덟 살, 여섯 살, 네 살."

"엄마가 안고 있는 아이는 그럼 두 살이구나?"

"네, 주인마님."

큰아이가 대답했다.

"너희들 나이순대로 이름을 도, 레, 미, 파, 솔이라 부르자."

"그러면 엄마 뱃속 동생은 라네요." 하고 큰아이가 말했다.

남편 한재현이 사 온 아사도와 비노병을 탁자에 놓는 걸 본, 수염이 잔뜩 난 일꾼이 그제야 구멍이 숭숭 난, 얼룩강아지 소파에서 몸을 일으켰다.

"나는 성(姓)이 한이고, 여기는 내 아내요."

"내 이름이 다니엘입죠. 새 주인님."

그는 여전히 마떼통을 든 채 자기소개를 했다.

"언제부터 이 농장 안에서 살고 있소?"

“이 집은 내 할아버지가 지었습죠.”

대견스러운 눈으로 움막을 쳐다보며 대답했다. 서로 더 나눌 대화가 없자 한재현은 일어났다.

“다니엘, 농장을 둘러보고 싶소.”

여러 해를 농사지은 흔적 하나 없이 무성한 잡초가 한재현 내외를 맞이했다. 농기구 창고 안에는 전 주인 김씨에게 권리금조로 넘겨 준, 녹이 탱탱 슨 구식 밭갈이와 써레, 파종기가 나뒹굴었다.

“여보, 낙심 맙시다. 우리가 뭐 돈 벌자고 농장에 들어온 게 아니잖소. 삼 년간 부에노스 아이레스에서 봉제 일해 얻은 거라고는, 고작 당신 천식밖에 더 있소? 천에서 나는 화학먼지 보다야 흙의 자연 먼지가 훨씬 괜찮소.”

“비료 많이 안 줘도 농사 잘되는 데가 아르헨티납니다. 비가 없는 게 흠이지만. 그래도 몇 해 가물다가 한번 비가 내리면, 그동안 본 손해를 벌충하고도 남습니다. 땅 밑으로, 안데스 산의 만년설이 녹아 흐르기 때문에 다른 농장들처럼 펌프를 깊이 박아 모터를 돌려 물을 뽑아 올리면 대량의 농사짓기는 식은 죽 먹깁니다.”

그러더니, 오륙십 년 사이에 라쁠라따 강 유역에는 비가 이삼십 프로 더 많이 내렸더라며 앞으로 농사짓기 좋다고, 농장을 넘기면서 김씨가 한 말이었다.

주(州)정부는 도무지 인구가 늘지 않자 주정부 땅을 쪼개어 영구 무상임대형식으로 내놓아, 농사를 지으려하는 사람들을 불러들였고 그들 농장주들을 위해 동장들 어름에다 연립주택 단지를 지어 거기도 그냥 살게 했다.

우선 김씨가 권한대로 구매 농사로, 한국 교민들이 먹는 참깨, 들깨, 고추를 심기로 작정했다. 창고에서 꺼낸 구현 밭갈이 기계 알라도를 반 트럭 꽁무니에 달아 농장 한 자락을 갈아엎었다. 읍내 변두리 강변에 자리한, 인디오 일꾼들이 사는 판자촌에 가서 다니엘이 데려온 일꾼들 넷이 뽑혀진 잡풀을 털어낸 다음, 써레질을 하고 나서 씨앗을 뿌렸다.

"주인님, 농장에서 일하려면 밭에 들어가기 전에 모기약을 잔뜩 몸에 발라야 해요. 물리면 너무 가려워 긁어 생긴 흉터가 없어지지 않아요."

"아, 그래? 우리 도가 고맙구나."

앞으로 필요할 때를 대비하여 일꾼들에게 아사도를 구워 먹였다.

"아사도 감을 사면서 엔살라다 감을 깜빡했소."

"그러게 말이에요."

"설마 농장에 엔살라다 감으로 채소가 없는 줄 누가 알았겠소."

한재현 내외가 나누는 말을 눈치껏 알아듣고, 우리 도가 고무나무 숲으로 갔다. 나타난 그 애의 손에는 싱싱한 채소 잎사귀가 잔뜩 들려 있었다.

"그거 씀바귀구나. 어디서 이렇게도 싱싱한 것을 뜯었니? 이리도 맨송맨송한 땅에."

흥분이 된 한재현이 묻자 우리 도가 설명했다.

"네, 아지꼬리아예요. 작은 잎사귀의 라디체따 보다는 더 야생이어서 질기긴 하지만 그래서 더위를 덜 타, 항상 자라고 있어요. 고무나무 아래에 심었어요."

"너른 땅을 두고?"

"그늘이 필요하잖아요."

다진 마늘을 듬뿍 넣어 만든 아지꼬리아 엔살라다만, 아사도는 뒷전을 하고, 두 내외는 농장에 와서 못 먹은 김치대신 먹어댔다.

싹이 나오자 비로소 한재현 내외 얼굴에 웃음꽃이 피었다. 농장에 오면 아내는 우리 도가 어디 갔지 하고 찾아내어

"글자와 숫자를 알아야 사람답게 살게 되는 법이란다. 지금 이렇게 움막에서 사는 것은 짐승과 다를 바 없단다." 하고 까스떼쟈노와 셈을 가르쳐 주기 시작했다.

"나는 참깨, 들깨, 고추가 자라는 재미로 농장에 오는데, 당신은 우리

도를 공부 가르치는 재미에 오는구먼."

보름에 한 번씩 모든 농장주들이 그렇게 하듯, 읍에 나가 정해놓은 알마센에 들러 마떼, 설탕, 기름, 국수, 과자 그리고 밤에 등잔불을 켤 등유를 사다주고는 월급에서 깠다.

하루는 남편 한재현이 일꾼 다니엘에게 병아리를 사다 주었다. 철물점에 가서 사 온 철망으로 고무나무 한 그루를 가운데 두고 우리를 쳐서 병아리 오십 마리를 사다 넣었다. 싸라기 쌀도 한 부대 샀다. 그러나 어정뜬 일꾼 다니엘을 믿을 수 없었다.

"아무래도 우리 도가 병아리를 길러야겠다. 당분간 이 싸래기 쌀로 모이를 주거라.

그리고는 일꾼 다니엘에게 단단히 다짐을 두어야 했다. 이 나뭇가지 오십 개는 병아리 숫자와 같소. 스물다섯 개를 한 묶음으로 두 묶음이오. 한 뭉치는 내 것이고, 다른 뭉치는 당신 거요."

이렇게 숫제 숫자를 모르는 다니엘에게, 나뭇가지 한 개가 병아리 한 마리임을 확인시켜 주어야했다.

"여보. 젖소를 삽시다."

"목초가 없는데 어찌 소를 기르려 해요?"

"다니엘네한테 젖소를 사주려고. 한창 자라는 아이들에게 가루우유로는 감당 못하는 데다 내달에 아이를 낳으면, 다니엘 아내 젖을 보니 모자를 것이 분명하오."

"당신은 농장에 오면 일꾼 아내의 젖통만 봤어요?"

아내가 남편 한재현에게 통매를 안기긴 했지만, 꼬질꼬질 때가 낀 렘메라 밖으로 언제나 덜렁 내놓고 사는, 나뭇가지에 거꾸로 매달린 박쥐같은 일꾼 아내의 빈 젖퉁이가 떠올랐다.

"우리 옆집 농장주가, 자기한테 새끼를 갓 난 젖소 한 마리가 있다더구먼."

농장주들은 으레 소를 몇 마리씩 기르고 있었다.

“꽤 비쌀텐데요.”

“백 뻬소(삼십 불)래여.”

“거짓말.”

“아르헨티나는 어린 소만 잡기 때문에 늙다리거나 몇 축 새끼를 낳은 젖소는 먹이만 축내기 때문에 아무라도 사가길 바란다더구먼.”

다음날 남편은 검정 홀스타인 젖소 한 마리를 사서 반 트럭에 싣고 왔다. 새끼를 갓 난 젖소치고 젖퉁이가 별로인 것 같아하는 한재현을 눈치챈 주인이 변명을 늘어놓았다.

“한 선생. 이 젖소가 나이 좀 자셨소. 한창 나이 때처럼 젖이 콸콸 나오지는 않겠지만, 한 식구가 마실 양은 그리 걱정 안 해도 돼요.”

한재현은 고삐를 끌어다 고무나무에 비끄러 내면서, 볼품이 없는 젖퉁이에다 눈을 두는 아내에게

“탱탱한 이 젖 좀 봐. 잘 익은 수박덩이 같네.” 하니까 기다렸다는 듯이 눈을 흘기며 아내가 받았다.

“꼴이 늙은 손데 뭘요.”

“그런데 말이야. 낳은 정이 뭔지, 자꾸 매달리는 새끼 송아지를 떼어 놓고 오느라 애를 먹었소.”

친정 언니네 맡겨두고 온 딸애 생각으로 아내는 눈물을 글썽였다.

“야, 젖소다.”

아이들이 깡충대며 좋아하는데도 일꾼 다니엘은 병아리가 들어올 때처럼 강 건너 불구경이었다.

“너희들. 이 젖소 잘 먹여야 한다. 그래야 너희들이 마실 젖이 많이 나오는 거다. 그리고 아주머니, 내달에 아기를 낳으면 젖 걱정 안 해도 될 거에요.”

이렇게 자신에게 공치사도 아끼지 않았다. 농장 안에는 여기저기 풀 섶에 저절로 자란 개똥참외, 토마토, 오이, 근대가 드문드문 있어 이를 거두어 젖소에게 갖다 주느라 아이들은 여간 신나지 않았다. 우리 도는 하나를

가르치면 둘을 알아, 덩달아 아내도 신이 났다. 남편 한재현도, 참깨, 들깨, 고추가 제법 자라 질펀하게 농장티를 냈기 때문에 좋아 벌어진 입이 다물어 질줄 몰랐다.

"여기가 바로 천국이구먼. 먼 데에 있는 게 아니고. 그래서 자고로 유럽인들이 찾던 이상향(理想鄕)이라는 데가 아르헨티나라고 하잖소."

농장을 들어가니 우리 도가 차 문을 열기도 전에 달라붙어 떠들었다.

"주인마님. 저 젖소 좀 봐요. 아침 일찍 일어나 젖을 짜려고 가보니 어디서 나타난 저 새끼 송아지가 젖을 빨고 있어요."

"아니 이럴 수가! 어미 소 찾아 이십오 리를 달려왔구먼."

남편 한재현이 송아지 목을 묶어 그 전 주인에게 데리고 갔다.

"한 선생 잘못이 하나도 없소. 짐승은 막 낳으면 어미에게서 떼어놔야 하는 법인데. 그냥 뒀더니만. 도로 데려다 키우시오. 여기다 뒤봤다 또 어미 찾아갈 텐데. 괜히 송아지가 오가다 농작물이나 망가뜨릴 테니 말이오."

주인 말을 전해들은 아내가 또 눈물바람을 했다.

"다니엘. 이 송아지는 내 몫인 줄 알아요."

"그러문입죠. 당연히 송아지는 내 몫이 아닙죠. 주인님."

비가 올 기미가 전혀 보이지 않고 찜통이더니 참깨, 들깨, 고추대궁이 비리비리 되었다. 게다가 갑자기 쳐들어 온 점령군처럼 자란 억센 잡풀 억새에 치어 지지 실이 들어 버렸다. 땀 날 새 없이 말라 버리는 뙤약볕 아래서 한재현 내외가 하루 한 이랑으로, 모두 예닐곱 이랑을 뽑고 나서 일주일 후에 보니까 어느새 첫 이랑에는 다시 억새가 자라나고 있었다. 두 내외가 뽑다 뽑다 못해 다니엘을 판자촌에 보내어 불러서 온 일꾼들은 손사래 치며 쏘아붙였다.

"에이, 아무리 우리가 일꾼이지만 소나 먹을 풀을 뜯으라고요?"

풀 뽑다 난 몸살로 꼼짝 않고 집에서 일주일을 쉬다가 농장에 가 본 한재현 내외를 참깨, 들깨, 고추는 간데없고 억새풀이 반겨 주었다.

며칠 후 아내가 남편 한재현에게 부탁을 했다.

"여보, 당신이나 나나 기운 차리자면 닭을 먹어야겠어요. 마늘을 잔뜩 까 넣고, 축 고아 백숙(白熟)해 먹어야 몸이 추슬러지려나 봐요."

"아, 그거 좋은 생각이오. 되지도 않는 잡초 뽑다가 더위를 먹어나도 통 입맛이 없소." 하고 농장을 간 남편이, 빈손으로 돌아왔다.

"우리 닭 없소."

"없다니, 그게 무슨 말이에요?"

"우리 몫이 죄다 날라 도망갔답니다."

"닭이 날짐승이에요?"

"고무나무 가지를 홰 삼아 자더니만 늘어진 가지를 타고 도망 갔다더구면. 요사이 농장 여기저기 닭 깃털이 날라 다니는구만 했더니만."

"주인님네 닭은 이제 없습죠."

남편에게 나뭇가지 한 묶음을 돌려주면서 일꾼 다니엘이 말했다.

"저건 닭이 아니고 뭐요?"

"내 몫 있습죠. 주인님."

일꾼 다니엘이 자기 몫이라는 나뭇가지를 한재현에게 자랑하듯 내보였다.

이런저런 충격에서 벗어나고 싶어 남편 한재현은 읍내 한 까페떼리아로 출근하다시피 했다. 때가 덕지덕지 낀 탁자에, 종일 까페 한 잔을 시켜 놓고 TV의 축구경기나 보는 연금쟁이들과 다를 바 없었다.

며칠 되자 그들이 말을 붙였다.

"농사는 잘되오?"

"걷어 치웠습니다."

"억지로 안되는 게 농사지."

벌써 소문이 파다했다.

"그러게 말입니다."

찬 맥주 네 병을 시켰다. 한재현의 탁자로 노인 셋이 모였다.

"내가 한 가지 물어도 되겠소? 아르헨티나 사람은 여름철에 뭘 먹는지 아오?"

"아사도지요."

"아사도만?"

"엔살라다도 먹지요."

모두 자기 앞에 놓인 맥주를 후우 불며 마셨다.

"그게 몇 가지 색인 줄 말해 봐요."

"양파는 하양, 토마토는 빨강, 상추는 파랑입니다."

"아르헨티나인들은 그 중 한 가지 색깔만 빠져도 큰일 난 줄 알지."

"노인장들도 참. 이런 땡볕 더위에 상추가 어딨단 말입니까?"

"이제야 말귀를 알아들었구먼. 우린 맥주 값 했네. 이 젊은이 꼬레아노."

"당신 제 정신예요? 이런 염천에 비닐하우스를 짓겠다니."

"당신은 구경이나 하고 떡이나 먹어요. 비닐을 덮을 지, 깔 지."

"에그머니나. 당신 머리가 더위에 돌아버린 게 아녜요?" 남편의 지휘아래 일꾼 넷이, 잎사귀가 무성한 고무나무아래 그늘 진데다 비닐을 주욱 깔고 흙을 퍼다 성토(成土)를 했다. 그 땅을 네 쪽을 내어 일주일 터울로 상추 씨앗을 뿌렸다. 첫 판은 뿌린 지 일주일 만에 싹을 틔웠다. 물은 땡볕 더위를 피해 밤에 줘야 했다. 남편 한재현은 아예 농기구 보관창고 한 켠에다 침대를 들여놓고 잠을 자다 일어나 물을 주었다. 해가 지면, 펄벅의 대지(大地)에 나오는 메뚜기떼가 하늘을 뒤덮듯 엄습해오는 모기떼를 쫓기 위해 생풀을 베다 피운 연기에 오히려 한재현이 숨이 막혀 뛰어나와야 했다. 물을 뽑아 올리는, 삐그덕대는 펌프질 소리가 분명히 일꾼 다니엘 귀를 잡아 당겼을 텐데도 그는 코빼기 한 끝 보이지 않았다. 아내는, 우리 도가 말을 배워 떠듬 떠듬 헌 신문기사를 읽는 게 하도 기특해 과자를 사다 주었다.

“배 안 아프고 난, 아들 하나 생겼네.” 하는 남편 한재현의 말에, 아내가 정색하고서 “그래요, 자식 많은데 하나쯤 달래서 데려다 키워보자구요.” 했다.

구구셈을 다 외우던 날은 우리 도를 연립주택으로 데려다가 목욕을 시켜 이발도 시킨 후 TV를 보였다.

“이봐요. 친구. 그래 봤자요. 그리고 여기 농장에서는 주인과 일꾼 구별이 뚜렷하다오.”

이웃 아르헨티나인들의 충고를 한재현 내외는 괘념치 않았다.

열흘째 되는 날이었다.

멀쩡한 집을 두고 헛간같은 데서 토막잠을 자는 남편 한재현이 안돼 보여 함께 지내기로 했다. 밤이 돼 함께 상추밭에다 작은 물뿌리개로 물을 주다가 한재현 아내는, 휘익 뭔가가 눈앞을 스치는가 하더니 정신을 잃고 쓰러져 버렸다. 정신이 차리고 보니 우리 도가 칼처럼 번쩍이는 뱀을 한 마리 쥐고 있었다.

“밤에는 농장에서는 뱀을 조심해야 돼요. 주인마님.”

낮 동안은 뜨거운 햇볕에 몸이 말라 바짝 조여지기 때문에 그늘에 숨어 있다 이렇게 밤에 나와서 돌아다니므로, 일할 때는 뱀이 싫어하는 등유로 솜뭉치에 듬뿍 찍어 횃불을 켜놓아야 한다 했다.

“아이구, 귀여운 우리 도.”

드디어 첫판 씨앗을 뿌린 지 한 달이 되었다.

초저녁부터 횃불을 밝혀 놓고 뽑기 전에 축축하게 적셔 놓아야 할 것 같아, 상추에다 물을 주려는데 우리 도가 가로막고 나섰다.

“도매상으로, 소매상으로, 그리고 나서, 사다 엔살라다를 만들 때까지 상추가 젖어 있다가는 이런 더위에 다 썩어버려요.”

딴은 그래서 큰일 날 뻔 했다. 뽑지 않은 세 판에 물을 준 다음 한재현은 “상추 봤다!” 하고 산삼 캐듯이 소리치고는 떨리는 손으로 첫 상추를 뽑았다. 남편 한재현이 상추를 뽑아내면 아내가 그 뿌리를 잘라내고 떡잎을 제쳤다. 그렇게 다듬어놓은 상추를 우리 도가 양파 망사자루에다 훌렁하게 잘 넣어 반 트럭 짐칸에 실었다. 그러다 보니 어느새 날이 훤하게 샜다.

"여보, 도매상에서 퇴짜 놓으면 어떻게 하지요?"

"걱정 말아요. 수요가 있는 곳에 공급이 있는 법이오. 나는 지금, 밤, 대추, 제수(祭需)용품을 거둬들였던 허생원(許生員)이 된 기분이오."

들뜬 남편 한재현은 힘이 불끈 솟았다. 고단한 아내를 집에 내려주고 우리 도와 함께 상추를 싣고 읍내로 향했다.

"무슨 일이 났나 보구나. 저기 다리에서부터 차들이 꼼짝 못하는 걸 보니."

"모든 길들이 읍내로 들어가려면 저 다리를 통과해야 해요. 그래서 아침 출근 시간에는 차들이 밀리는 거예요. 주인님."

"날은 점점 더워지고 있는데 뒤에 실려 있는 상추가 상하게 될까 걱정스럽구나."

"가만있어 봐요. 주인님."

우리 도는 차문을 열고 쏜살같이 뛰어 어디론가 가버렸다. 조금 있자니 오줌 누러 내린 줄 알았던 우리도가 땀에 찐 얼굴로 경찰을 데리고 왔다.

"이 경찰이, 먼저 다리를 건너게 해주겠대요."

경찰은 호루라기를 불면서 다른 차들을 갓길로 비켜 세웠다.

"제발 이 꼬레아노에게 양보해줘요. 저 다리에서 급한 성질을 못 이겨 뛰어 내릴지 모르니까요."

호루라기 사이사이로, 우리 도가 외쳤다.

"우리 도야. 뭐라 했길래 경찰이 우리를 도와줬니?"

"상추가 썩어, 읍내 사람들이 못 먹게 되면 책임지라 했죠. 주인님."

"여보. 당신 우리도가 아니었다면 뭉텅이 돈을 받기는커녕 돈 줘가며 청소차에 버릴 뻔 했소."

"아이구, 우리 도. 기특도 해라."

뽑아냈던 첫판 자리에다 다시 씨앗을 뿌리고 나서, 저녁으로 아사도를 구었다. 모두 웃음꽃이 피었다. 일꾼 다니엘과 그의 아내는 다 썩어 문드러진 이빨로 갈비뼈에 붙은 고기와 기름덩이를 싹싹 뜯어 잘도 삼켰다. 허겁지겁 먹어대는 일꾼 아내가 민망하게 생각할까 싶어 한재현의 아내가 말했다.

"많이 먹어요. 뱃속 아이 몫까지 먹어야 돼요."

그리고 부른 배에 눈을 두고 병원은 가봤느냐고, 괜한 소리를 했다.

"병원이 어찌 생겼는지 나는 몰라요. 우리아이 다섯 모두 병원 문턱 안 밟고 나 혼자 낳았어요. 선조님들이 다 키워주시는 걸요."

"그렇네요." 하면서도 한재현의 아내는 속이 약간 뒤틀렸다.

"평생 애나 낳다 말겠어요."

차마, 제대로 못 먹이고, 못 입히고, 못 가르친다는 말은 입 밖에 낼 수 없었다.

"천부당 만부당 하신 말씀을. 선조들께서 우리 아이들이 세상에 태어나도록 점지(點授)해 주신 축복을 막다니요. 이 너른 농장에 아이 다섯이 뭐가 많나요? 그리고 이 아름다운 세상에 대를 이어 살라는 선조들의 뜻을 절대로 거스릴 수 없어요."

남편 한재현과 아내는 바쁘기 그지없었다. 아르헨티나인이라면 일꾼 다니엘도 예외 없이 덤으로 꼭 자야하는 낮잠 시에스타를, 남편 한재현은 밤잠 삼아 매일 밤을 하얗게 새면서 횃불 아래 상추밭에 물을 주었다.

두 번째 판의 상추를 뽑아 싣고 채소 도매시장으로 갈 때는, 물론 우리 도를 태우고 아내와 함께였다. 이번은 이른 때라 다리가 뻥 뚫려 있었다. 깨끗한 읍내 가옥들을 가리키며 아내가 우리 도에게 물었다.

"우리 도야. 이담에 도시에 나가 취직해서 저 백인들처럼 살려면 어찌해 야하지?"

"공부해야지요. 주인마님."

상추 실은 차가 온다는 소문을 알게 된 소매가게 주인들이 한재현을 기다리고 있었다. 그들은 차를 세우자마자 개미떼처럼 짐칸에 올라 상추 자루를 끄집어 내렸고, 계산은 처음같이 도매상 주인이 해주었다. 이번에도 주는대로 한 뭉치 되는 돈을 세지 않고 받아 호주머니에 넣었다. 돌아오는 길에 쇠고기 아사도와 닭을 두 마리 샀다. 일꾼 다니엘을 위해 볼스도 두 병 샀다.

보름마다 일꾼 다니엘네를 위한 식품을 사려고, 대 놓고 거래하는 독일계 알마센을 들렀다.

"여보. 오늘 사는 식품은, 몫돈도 들어왔고 했으니 우리 내외가 다니엘네 한테 선물하는 걸로 합시다."

"당신, 참으로 훌륭한 생각이에요."

우리 도를 데리고 한재현 내외가 가게 안으로 들어갔다.

들어가자마자 아내가 뚜꼬용 토마토 뿌레 한 곽을 진열대에서 빼들고 아래쪽에 쓰여 있는 숫자를 우리 도에게 보여주었다.

"잘 보거라. 모든 식품에는 그 포장에 유통기간이 적혀 있단다. 특히 우유, 뿌레, 께소, 과자 같이 상하기 쉬운 식품은 유통기간이 지났나 잘 들여다보고 사야 한단다."

"잘 알았어요. 주인마님."

"다행히 너네는 젖소가 있어 그런 걱정은 없지만."

남편 한재현이 알마센 주인에게 당당히 말했다.

"오늘 구입하는 식품은 내가 일꾼 다니엘한테 선물하려고 하니 다니엘 앞으로 된 외상장부에 기록하지 말아요."

꼼짝 않고 보고만 있던 알마센 주인이 입을 열었다. 노기가 서려 있었다.

"헤이, 꼬레아노."

알마센 주인은 한선생이라 불렀지 한 번도 이렇게 부르지 않았다.

"우리 가게는, 모든 농장에서 부리는 일꾼들을 위한 식품은 외상장부로만 있소. 그러니까 일꾼에게 식품을 선물하고 싶거나 현금으로 사고 싶으면 현금으로 파는 알마센으로 찾아가 봐요."

알마센 주인은 식식대며 또 말했다.

"하나 더 충고하겠는데, 난 한 번도 날짜 지난 식품을 판 적 없소. 세뇨라."

한재현은 아얏소리 못하고 일꾼 다니엘 앞으로 돼있는 외상장부에다 달아두고 식품을 들고 나와야했다.

"젖소가 안보이네요."

"시원한 곳에 옮겨 두었나 보지."

우리 도 눈에도 소가 보이지 않았다.

"아빠, 젖소 어디다 매 두었어요?"

"젖소? 응, 내일 토요일 우리 친척이 사는 동네에 잔치가 있어, 잡으라고 보냈다."

"잡다니. 그게 무슨 말이오. 다니엘?"

"뭐가 잘못됐나요? 내 소를 잡는 게."

"내 소라고?"

일꾼 다니엘은 어깨를 추썩 한번 하는 것으로 그만이었다.

"좋소, 다니엘. 당신 젖소는 당신 맘대로 없애버린 거. 더 말 않겠소. 그런데 내 송아지는?"

"붙잡아도 자꾸만 어미소를 따라가는데 어떡합니까?"

"뭐라구요?"

아내는 자지러졌다. 화가 나면 남편 한재현은 얼굴이 하얘졌다.

"다니엘, 내가 왜 젖소를 사왔는지 말해봐요."

"아무리, 신선하고 영양가 좋은 생우유나 마시라 하고, 부른 배로 아내가 빵과 과자를 만들어 봤자 아이들은 알마센에서 사다주는 식품을 먹겠다는데 난들 도리가 없습죠. 모든 부모 맘은 똑같은 법이어서 우리 자식들에게 남의 부모들이 먹이는 것을 나도 먹이고 싶습니다요. 이왕 말이 난김에 더 하겠습니다요. 우리 큰애가 글자와 숫자를 배워, 이다음에 커서 일꾼이 돼, 주인한테 월급과 식료품값을 따진다고 나을 게 뭐가 있습니까? 쫓겨나지만 않으면 다행입죠."

아내가, 더 대꾸 말라고 남편 한재현의 옆구리를 꼬집었다.

세 번째 상추를 뽑으면서 아내가 남편 한재현에게 일렀다.

"이따 상추를 팔고 돌아올 때 일꾼 마을을 다녀오세요. 당신 밤에 물주는 일이 너무 힘들잖아요. 돈 많이 줄 테니 야간작업을 해달라고 해봐요. 세상에 돈 싫은 사람 없으니까."

"그러자구. 앞으로 삼월까지는 이토록 무더운 날씨가 계속될 게 분명하니 틀림없이 상추가 달릴 것 같소. 오늘 오는 길에 철물점에 들러 비닐을 더 사와야겠소. 상추밭을 확장해서, 고생되더라도 바싹 여름 한 철 돈 만들어 칠팔월에는 딸애 보러 한국에 다녀옵시다."

온 세상이, 모두 한재현 내외를 위해 존재한다고 두 내외는 믿었다. 밤이면 듬뿍 펌프 물을 뒤집어쓰고, 낮이면 고무나무 잎 새 사이로 비집고 든 햇빛을 적당히 받은 상추 잎은 검고 싱싱했다. 그래서 뽑을 적마다 손아귀에 든 포실한 상추포기의 촉감이 찌르르 팔뚝을 타고 올라와 한재현의 가슴은 요동쳤다.

"아저씨. 상추상회 주인 어디 갔어요?"

뽀르르 우리 도가 먼저 차에서 내려, 이웃 토마토 도매상 주인에게 물어보았다. 지난번에는 상추가 실린 차가 도착하자마자 소매가게 주인들이 개미떼처럼 달라붙지 않았던가.

토마토 상회 주인이 가리켜 준대로 그는 카페에서 까페 꼰레체를 시켜 확뚜라를 꾸욱 찍어 크게 벌린 입에 그러넣고 있었다.

"상추 받아야지요. 주인장."

"모소. 꼬레아노에게 까페 한잔 가져오게나."

"가게 안을 들여다보니 상추가 한 포기도 없습니다."

"없을 때도 있소."

"읍내 통틀어 상추는 내 차에 실린 게 전부인 것 같습니다. 주인장."

"그 말은 맞소. 그런데 오늘은 필요 없는지 빠라과이 친구들이 안보이네."

한재현은 이제야 눈치를 챘다. 값을 깎을 심산임을 알았다. 그렇다고 그냥 도로 가져갈 수 없는 노릇이었다.

"주인장. 지난 주 값의 반으로 쳐서 받겠소."

"도매는 사는 쪽이, 소매는 파는 쪽에서 값을 정하오."

모소가 가져온 까페에 설탕을 타 단숨에 마시고는 짐을 놓고 일어나는 한재현에게 상추 도매상 주인은 말했다.

"우리 채소도매시장은 역사가 백 년이오. 그러니까 채소를 재배하는 농장도 역사가 같다고 보면 틀림없소. 나만해도 할아버지의 아버지가 지금 상추상회에다 도매상을 차린 지 오십여 년이 되었소. 앞으로도 내 자식이 가게를 이어갈 거요. 그러자면 상추농장도 대를 이어 갔던 내 집안하고 인연도 계속할거요. 날씨가 지금 덥다고, 나에게 상추를 대주던 생산농가가 재배 못한다 해서, 당신과 새로 인연을 맺게 되면 오십여 연간 우리 가족과 파트너였던 그들은 분명 다른 농작물을 재배하게 될 거요. 그러다 꼬레아노 당신이 여기서 농장을 그만 떠난다면 그 전 재배자와 인연이 회복될 리 만무하오. 미안하오."

한재현은 까페 값을 탁자에 던져놓고 밖으로 나왔다.

"우리 도야. 일꾼이 모여 사는 판자촌으로 가자."

볼스 한 병과 우리 도가 먹을 과자를 사서, 판자촌이 가까이 있는 강변으로 차를 몰았다. 둘은 차 그늘에 스르르 주저앉으면서 차바퀴에 등을 졌다.

한재현은 한 입에 볼스를 반병 마시고 나서 우리 도에게 말했다.

"너 말이야. 과자 먹고 나면 마을에 들어가 사람들에게 일러라. 상추가 필요한 사람은 일주일 후에 우리가 또 올 때까지 먹을 만큼 집어가라고."

하고는 픽, 그 자리에 무너져 잠에 곯아 떨어졌다. 그렇게 얼마를 보내다 눈을 떴다.

"자, 떨이요 떨이. 지금 막 뽑아온, 살아 펄펄 나는 상추요 상추.

이 빼소 낸 이 아줌마는 이만큼 받으시고, 삼 빼소 낸 저 아저씨는 이만큼 받으시고."

아내에게서 배운 셈으로 계산하며 제법 우리 도가 상추를 팔고 있었다.

우리 도의 운동모자 안에는 돈이 수북이 쌓여가고 있었다.

(『로스안데스문학』 통권8호, 2004)

　내가, 연암 박지원이 충남 당진서 면천군수 할 때 쓴 〈열하일기〉가운데 '옥합야화'에 나오는 허생원을 흉내 내다 바보 허생원 노릇을 한 적이 있었다.

　박 대통령이 시해 나던 해였으니까, 내가 아르헨티나에 이민 온 지 이태 되던 해였다. 시해 사건은 교민소식지 〈교포통신〉과 〈모임 우리들〉 둘이 등사해 돌린 호외쪽지를 보고 알게 되었다. 한인타운이 아직 형성되기 전으로, 지금의 한인타운 아래쪽에 자리한, 원래 백구촌이라는 낡은 서민용 주택단지에 교민들이 모여 살던 때였다.

　밤만 되면 우리 집으로 사십대 초반 아주머니 둘과 좌장(座長)격인 오십대 후반 아주머니, 이렇게 셋이 출근하다시피 했다.

　진종일 렉따에, 오바록에 앉아 박음질 씨름을 하고, 세 때 식구 밥까지 해대고 나서도 덕지덕지 피곤이 붙은 얼굴로 밤 9시부터 12시 자정까지 화투를 쳐댔다. 따도, 잃어도, 자고나면 인플레로 돈 가치가 없는 동전내기여서인지 병이 나도, 유태인 공장 납품 날짜가 내일일지라고, 거르지 않았다.

　이 세 아주머니 말고도 성이 '안'가라는, 베트남 미국부대서 차량 정비했다는 사십 대 후반 남자가 끼었는데, 좌장의 닦달로 잡음이 나지 않았다.

　유태인 의류제품 공장에서 일감을 가져 오자면 자동차가 필요함을 간과한 그는, 어디가서 털털대는 고물차를 끌어다 돈 받고 넘겨주면서 마치 공짜 배급이나 주듯 큰 생색을 냈다.

　나중에 보니, 지금 아베쟈네다 한인상가에서 가까운 가오나거리에 있는 집시 중고차 매매상에서 버리다시피하는 험한 차를 갖다 팔아넘긴 거였다. 차 지붕 위에다 물 담은 병을 올려놓으면 차를 팔겠다는 표시였다.

　그는 포도주는 배만 부르다며 미군부대서 입맛들인 위스키를 입에 달고 살았다. 한 병은 우리 집에다 두고 홀짝 댔다. 아내는 임신 중이었고, 화투에 젬병인 나는, 안과 좌장 여자가 피워대는 재떨이나 비우고 화투 끝나고 먹는 국수 삶아내는 게 일과였다. 한국하고 달리 이 나라는 7~8월이 겨울이라 방 안에 피워놓은 석유난로로 목이 깔깔하다며, 안의 죠니워커를 얻어 마시고는 일어날 때는 항상 모두 얼굴이 불그족족했다.

"남편이 눈치 챘나봐요. 내가 술 마시는 걸. 입에서 달콤한 냄새 난대요."

"아주머니, 사랑의 묘약 마셨다 하십시오. 히히."

"떽!" 하고 좌장이 안을 나무랐다.

마른안주로, 마르 델 쁠라따에서 오징어채 낚시어선 선장인 반공포로 출신 정선장이 부에노스 아이레스 사는 한인들에게 갖다 판 마른 생선 메로 쪼가리를 내 놓았다. 돌덩이 같아도 입에 넣고 침 묻혀 굴리면 이내 물렁물렁해지면서 고소하고 달콤한 즙이 입안 하나 가득 고였다.

아르헨티나 최남단에서, 칠레 남단에서, 또한 남극 깊은 바다 속에서만 나는 일명 이빨고기 메로는 그 맛과 향이 뛰어나 남획되는 바람에 지금은 멸종 위기로 남극 해양 자원 보호조약에 의해 포획금지 돼 아르헨티나에서도 맛보기가 어렵다.

단연컨대 나는 속칭 '고리낑'이라는 자릿세를 절대 받지 않았다.

하루는 돌아갈 시간만 남을 때였다. 국수 끝에 뱉는 트림으로 방 안 가득 시큼한 양배추 김치 냄새가 진동하는데, 좌장 아주머니가 빈 국수 그릇을 들고 나가는 나에게 말했다.

"아무리 뜯어봐도 이 집 양반 관상이, 여자 입에 먹을 거 넣어주는 상이란 말이야."

"당연하죠. 이렇게 여편네들 입에 국수 삶아 대령하잖아요. 호호."

"입 뿐인가요. 호호. 새댁에게 애 들어서게도 했잖아요. 호호."

두 젊은 여자가 맞장구치니까, 안이 나섰다.

"입이야 암만 퍼 넣어도 배탈 밖에 더 안 나지만, 괜히 또 뭐 했다가는 들어선 애기 탈 날 텐데, 걱정입니다."

“떽! 안씨 자네 너무 말이 앞서가.”

“그러나 저러나 좌장 아주머니, 혹시 그거 내 관상하고 바뀐 게 아닙니까? 내 비싼 양주가, 이집 박형 국수에 비해서 되겠습니까?”

“절대 자네 관상 아녀.”

“그렇다면 좌장 아주머니, 내 관상은 어떻습니까? 코 밑에 수염 난 여자도 괜찮으니, 아르헨티나 과부 여자 손에 보쌈 당해 갈 관상이라도 있나 말입니다. 복채 톡톡히 내 놓을 테니 봐주십시오.”

“비죽 내민 코털이나 뽑아내고 얼굴 디밀어. 자네 상은 말이야. 남의 얼굴에 붙은 밥알 떼어 먹을 상이구먼.”

“예? 내가 뭐, 아주머니들 고쟁이 주머니에 든 비상금이라고 화투쳐 따가기라도 했단 말입니까?”

안이 화 난 척 눈알 부라리고, 그리고는 부드럽게 화제를 바꿨다.

“자고 나면 교민들은 계 하나씩 생긴다고 야단인데, 우리도 화투만 칠게 아니라 계하나 해 봅시다.”

“생뚱맞게 계라니.”

“그래요, 그래요. 우리도 계하나 조직해요. 형님.”

“해도, 안씨는 안 돼. 혼자 이민 온 사람 뭘 믿고 계 태워주나?”

“비싼 내 양주 축낼 때는 언제고, 이제 필요 없다 이겁니까?”

“그거야 뭐 우리가 안씨 술 동무 해준거지.”

“그러니까 술 동무는 사람이 아니고 개다 이겁니까? 내가 끝 번호 들겠수다. 그럼.”

그리하여 좌장 아주머니가 계주가 되어, 천 불짜리 계가 탄생되었다.

“그런데 안씨, 계하고 이 집 신랑하고 무슨 상관관계가 있나?”

“박씨 데리고 장사 나설랍니다.”

“빠라과이 교민들 하는, 집집마다 다니며 박수쳐서 옷 판다고요?”

“아니요. 빠라과이, 브라질로 다니며 물건 팔까 해요.”

두 여자가 가만 두지 않았다.

"국경 장사 말예요?"

"밀수네요."

"마약, 금괴, 어린이 밀매 빼고 다 할 겁니다."

그때는 국경지대의 노랑머리, 파란 눈 백인 어린아이가 많이 사라졌다. 최종 목적지가 유럽 불임 가정이었다. 좌장이 내뱉었다.

"안씨 안 되는 일이 뭐 있겠어."

이때다 하고 안의 부탁이 떨어졌다.

"아, 옛날 허생원이, 밤, 대추, 곶감을 제철에 싸게 사뒀다가 명절날, 비싼 값으로 팔아 돈 벌었답니다. 빠라과이서는 참깨를 가져오고, 브라질서는 아지노모도(미원), 고사리, 곶감을 가져다 팔고, 여기 아르헨티나서는 새우젓, 꿀을 갖다 팝니다. 흰 떡에도 고물 든답니다."

"이봐, 안씨, 우리 여자 셋 모두, 미싱 월부 갚느라 등골 빠지네."

눈치 빠른 좌장이 탈탈 털었다. 그러나 안도 물러서지 않았다.

"어따, 꼴촌 밑에 숨겨둔 돈 꺼내달라는 거 아닙니다. 두 번째 곗돈을 여기 박형 앞으로 해 주십시오."

"이그그, 안씨도 참. 손 안 대고 코 푸네요."

젊은 여자 하나가 눈을 하얗게 흘기며 말했다.

두 젊은 여자가 세 몫씩 들고, 계주가 두 몫 들었다. 나와 안이 각각 한 몫씩 들었던 계는 3일 후 첫 곗날이 되었다. 그러니까 계주가 나에게 곗돈을 양보했기 때문에 곗돈 타면서까지 국수 말아내기 뭣해 갈비찜 해 내놓았더니 반은 안이 먹어치웠다.

드디어 둘이 마르델 쁠라따로 갔다.

"오늘부터 박형은 박사장이고, 아는 안사장입니다. 명색이 사업인데 박씨, 안씨가 뭡니까?" 하고는 못 박았다.

전날 안이 내 아내가 있는 자리에서 말했다. "그 돈 천 불은 참깨 구입하는데 써야 합니다. 부셔트리지 말아요.”

“빠라과이 가는 찻삯이며 기타 경비는 당신이 델 거요?”

“어찌, 아주머니 비상금 좀 이자 돈 빌릴 수 없겠습니까?”

나와 안이 어울리는 것을 못마땅해 왔던 아내가 가재미눈으로 돈을 내놓으며

“이 돈 친정오빠가 김포공항에서 비상금하라며 준 돈예요. 애기 낳을 때 쓸 돈이니 다음에 안씨 아저씨가 꼭 갚아야 해요. 이자는 필요 없고요.”

안의 입이 찢어졌다.

“아주머니밖에 없네. 혼자 산다고 구박 받는데.”

고속버스 안에서 안에게 물었다.

“뭘 사가지고 갈 거요?”

“오징어젓 입니다.”

“오징어젓이 이 나라에 있단 말이요?”

“없으면 만들자구요,”

“아무리 그러기로서니 냄새 나는 오징어젓을 끌고 갈 수 있단 말이요?”

“그래서 남미판 허생원이 바로 우리 아닙니까? 하하.”

반공포로 출신 정선장을 따라 어창(魚艙)에 가서 물오징어 60킬로를 샀다. 소금을 사다 20킬로들이 페인트 통에다 나눠, 켜켜이 질러가며 오징어젓을 담가 우리에게 주었다. 그리하여 20리터들이, 우리 둘의 동업 첫 제품 오징어젓 세 통이 탄생되었다.

“일단 올라가서 주말까지 기다려야 합니다. 왜냐면, 일요일에 국경 통과해야 무사통과됩니다. 그리고 숙성돼야 할 시간도 필요하고요.”

토요일이 되어, 계 탄 돈 천 불을 속옷에 꿰매달고 국제 버스터미널 레띠로를 가기위해 집을 나서는 나를 그렇한 눈으로 멀건히 쳐다보는 아내에게 안이 말했다.

“제길, 박사장을 납치했다가는 먹여주는 값이 돈 천 불보다 더 들겠소.”

또 말했다.

"그러니까, 우리 둘 걱정 마시고, 홀몸 아닌 아주머니 몸이나 조심하쇼."

누가 뱃속 아이 아빠고 남편이며 남의 사내인지 도무지 분간이 안 섰다. 오징어 60킬로는 정선장 수표로 샀기에 아내가 준 돈은 고스란히 남아있었다. 나중 안 일이지만 정선장도 사업 파트너라 했다.

매표소에서 안이 국경 뽀사다까지의 버스표를 사왔다.

"박사장, 침대차를 탑니다."

"침대차요?"

"객지서는 먹는 건 상놈처럼 먹어도, 잠자리는 양반처럼 자야 합니다."

침대차는 좌석차보다 두 배가 비싸다.

빠라과이 아순시온 행 국제선 침대 버스가 출발선에 들어오자, 우르르 승객들은 버스 후미의 화물칸으로 몰려갔다.

"우리는 중간에서 내려야 하니까 맨 나중에 실읍시다."

오징어젓만 남자, 화물 취급 담당자가 빨리 가져오라 짜증냈다.

"어이쿠! 이거 무슨 냄새야?" 하는 담당자 손에 안이 얼른 돈을 쥐어주자 군소리가 쑥 들어가더니만 요령 좋게 화물 칸 뒷벽에 붙여 실어주었다.

버스에도 마지막 올라, 의자를 적당히 재껴 몸을 부리니 돈이 좋긴 좋아 마치 침대가 하늘로 붕붕 떠서 날아가는 기분이 들었다. 비몽사몽간에 나타난 허허 벌판 광야 한가운데 자리 잡은 고속도로 휴게소 마당으로 들어가고 있었다.

밤 9시, 저녁식사 시간 40분이라는 대기 운전기사 말이 있었다. 주문한 구은 샌드위치와 커피로 저녁을 먹고 차에 오르자마자, 안이 선반에 올려둔 가방을 뒤적여 위스키 병을 꺼냈다. "우리, 이거 마시고 푹 잠 잡시다. 나는 이걸 마셔야 잠잡니다."

"안형이나 마십시오."

안은 병목을 입에 넣고 꼴깍꼴깍 마셨다.

“크으! 박사장이 집에서 내 놓던 대구포 안주가 간절합니다.”

차 안은 실내 조명등으로 바뀌고, 승객들은 너도 나도 의자를 눕혀 침대 만들어 잠 잘 준비하는 소리를 냈다. 이런 소란 속에, 화물칸에서 끌어 올려놓은 담요를 교대 운전기사가 한 장씩 승객들에게 나눠주기 시작했다. 능숙한 손놀림으로 담요가 분배되고 나니 여기저기서 웅성댔다.

“여봐, 운전기사. 이 담요 뭣이 쓰던 거야?”

“뭣에 쓰다니요?”

“이거 레꼴레따 공동묘지서 걷어 온 거 아냐?”

버스 안 중앙 통로에다 담요를 던져버렸다.

“운전기사, 당신은 코가 뭉그러졌어? 냄새 좀 맡아 보란 말이야.”

여자 승객들의 자지러지는 소리는 마치 버스가 깨지는 소리였다.

“쥐 썩은 냄새가 틀림없어요.”

“버스, 빨리 세워, 빨랑. 이 담요 버리게.”

아수라장이 따로 없었다. 내가 가만히 한국말로 안에게 말했다.

“안형, 이거 오징어젓 냄새 아니요?”

“에이, 난 첨부터 탈 날 줄 알았습니다. 화물 담당자 그 자식이 오징어젓을 실어놓은 데가 담요 쌓여 있는데 더라구요.”

“이거 어떡한다? 우리까지 이 오밤중에, 허허벌판에다 내팽개쳐 버릴 텐데.”

버스 안은 와글와글 소란스럽기 짝이 없었다. 그러는데 안이 벌떡 일어나더니 운전기사 쪽으로 가서는 들고 있는 위스키 병을 번쩍 치켜들었다.

“자자, 승객 여러분, 여기 나를 보십시오. 지금 담요에서 나는 냄새 잘못은 나 때문에 생겼습니다.”

“뭐라고?”

“저 치노(중국인) 자식이 똥이라도 쌌단 말이야?”

그 당시 아르헨티나인들은, 지금 아르헨티나인들이 아시아인들을, 모두 꼬레아노라하듯 치노라 했다.

"자, 가만가만."

안은 미군부대서 쓰던 영어식 발음으로 가스떼쟈노(스페인어)를 늘어놓았다.

"아시안은 생선을 먹어야 하는데 내륙국 빠라과이에는 없어서 가지고 가는 중에 담요에 닿았나 봅니다. 그래서 내가 담요대신 잠자는 약 위스키를 대접하겠으니 마시고 잠드시기 바랍니다. 숙녀부터 따뤄 드리겠습니다."

나는 오징어젓 냄새가 밴 담요를 모두 집어다 운전석 뒷자리에 쌓아 놓았고, 안은 커피 잔을 뽑아다 죠니워커를 한 잔씩 따뤄 돌렸다. 물론 한 병은 턱 없이 모자랐지만, 돌아 올 적에 마시겠다고 둔 것까지 땄기 때문에 승객들에게 골고루 충분히 돌아갔다. 운전기사 둘도 마시고 싶어 껄떡거렸으나 나는 안에게 절대 주지 말라고 일렀다.

아르헨티나 국경도시 뽀사다에 도착, 안과 나만 내렸다.

죠니워커를 한 모금도 못 얻어 마시고 욕만 바가지로 들은 운전기사가 부어터진 얼굴로 오징어젓 세 통을 팽개치듯 내려놓고 떠나버렸다. 위스키에 곯아떨어진 아순시온 행 승객들은 눈 하나 뜨지 않았다. 갑자기 없던 아르헨티나 택시 운전기사들이 우르르 몰려와, 둘을 에워싸더니, 서로 자기가 우리를 국경 넘겨주겠다 떠들어댔다.

"지금 빠라과이 쪽 국경 세관 초소 근무자가 내 친구요."라는 택시기사 차에다 오징어젓 세 통을 싣고 우리 둘은 탔다. 아르헨티나와 빠라과이 국경을 짓는 누런 뻘탕물이 호호탕탕 흐르는 강을 가로지르는, 높디높은 긴 국경다리를 건너자마자 드디어 빠라과이 땅이었다. 세관초소가 기다리고 있었다. 조용하고 나른한 일요일 오전 11시, 초소에서 나타난 세관원이 차 안에다 얼굴을 디밀다 말고 코를 싸쥐고는 세관 건물에 붙어있는 검색대 끝에 차를 세우라고 손짓했다.

"친구라 무사통과 한다더니."

"국경 택시기사 노릇 5년째요. 냄새 지독한 물건 넘기는 건 첨이요."

차가 닿자 나이 지긋한 남자가 젊은 직원을 데리고 나왔다. 요구하지 않았는데도 나와 안이 영주권을 꺼내주었다. 나는 아르헨티나 영주권 소지자이고 안은 빠라과이 영주권 소지자였다. 나이먹은 남자는 반장이었다.

"직업이 뭡니까?"

"네고시오입니다."

안이 당당하게 대답했다.

"무슨 네고시오요?"

"해산물을 가지고 갑니다." 하고 안이 택시를 쳐다보았다.

그런데 젊은 세관원이,

"반장님, 그러면 꼬메르시안떼죠."

네고시오는 기업가이고, 꼬메르시안떼는 장사꾼이란 뜻이었다. 반장이 점잖게 물었다.

"당신들, 빠라과이 처녀들 데리러 오는 중이지? 생선 장사는 여벌이고."

"처녀라니요?"

안이 펄쩍 뛰었고, 나는 무슨 소리인가 했다.

젊은 세관원이 어느새 영주권을 들고 사무실에 들어갔다 왔다.

"명단에 안 들었습니다. 반장님."

그때는 지금처럼 볼리비아 여자가 아니고, 빠라과이 여자들을 부에노스아이레스에 데려다 한인 교민 봉제공장에서는 봉제사로 일 시켰다.

"그런데 택시 안 물건, 생선 구경 좀 할까?"

하고 택시 안을 들여다보다가 얼굴을 잔뜩 구겨

"이 꼬레아노들이, 어느 경찰병원 시신 안치소에서 시신 한 구를 훔쳐오는 게 아냐?"

하고는 택시기사에게 명령했다.

"뒤 트렁크를 열어봐."

분명 트렁크 안에는 어떤 음모가 가득 차 있을 거라는 자신감이 밴 목소
리였다. 뒤 트렁크가 열리자, 무더운 날씨에 잘 맛있게 익어가고 있는 오
징어젓 냄새가 한적한 국경 하늘로 피어오르고 있었다.

"이 생선은 어쨌길래 냄새가 지독하요?"

"오징어를 소금에 절인겁니다."

반장 얼굴은 실망이 가득 찼다. 다시 반장은 바람 빠진 목소리로 말했다.

"하긴, 바다가 없는 빠라과이에서 생선 먹자면 소금 쳐 가져와야지." 하
는데 갑자기 젊은 세관원이 진담인지 농담인지 큰 소리로 말했다.

"이 꼬레아노들이 거짓말하고 있습니다. 반장님. 살인한 시체를 토막 내
깡통에 나눠 담아 가지고 오는 겁니다. 그러지 않고서야 먹을 음식이 따로
있지, 세상천지 이렇게 썩는 냄새가 지독한 음식이 어디 있단 말입니까?
그러니까 깡통 뚜껑을 열어봐야 합니다."

그러나 반장은 침착한 어조로 말했다.

"이 시체는 소금이 부족했소. 시체를 운반하자면, 내장을 죄다 꺼내고
그 빈자리에 소금한 포대를 꽉꽉 다져 채우는 법이오. 적당히 소금을 채웠
기에 냄새 지독히 나도록 이렇게 썩어버린 것이오." 하고는 운전기사에게

"어이, 어서 빨리 뒤 트렁크 뚜껑 덮으라구. 모든 빠라과이 파리 떼가
떼지어 몰려오기 전에 말이야."

"고맙습니다, 세관장님."

"그래그래, 어서 이 자리 떠나도록 해."

"네 네, 세관장님."

운전기사가 굽신굽신 대답했다.

"너 말이야, 여기 세관에 파리 한 마리 없도록 죄다 데리고 저기 빠라나
강 넘어가야 한다. 파리도 공해다."

"네? 아르헨티나로 도로 가란 말씀인가요?"

운전기사가 울음 밴 목소리로 말했다.

“이 봐, 아르헨티노. 그럼 그거 빠라과이 시체냐?”

“아닙니다. 세관장님.”

“그러니까, 하느님 쓰레기다, 이 말이구나.”

“큰일 날 말입니다. 세관장님.”

“그만 말 시켜. 앙?”

“종일 공치다가 웬 떡이냐 했습니다. 나도 차 안에 밴 송장 썩는 냄새 닦아내자면 며칠 번 돈 다 까먹게 생겼습니다.”

“네 사정 들을 시간 없다.”

“아이고, 이거 끌고 아르헨티나로 도로 갔다가는 국경수비대한테 혼납니다. 그러니까 다리 위에서 강물에다 던져 버리겠습니다.”

“아르헨티나 국경수비대한테 전화 걸어 볼 테니, 만약 그랬다가는 너 말야, 국경 통과 택시 영업 다 한 줄 알아라.”

“아이고, 내가 무슨 죄 있다고 이리 닦달하십니까? 마누라와 나는 오늘도 주일 아침 첫 미사 첨례했고, 한 번도 주일 미사 거르지 않았는데요.”

반장은 젊은 세관원과 사무실로 사라져버리고 초소 담당세관원이 택시 기사에게

“임마, 베드로, 너 빨리 이 자리에서 꺼지지 않겠어?” 하고 말했다.

둘은 하루에도 수도 없이 만나는, 악어와 악어새 관계였다.

운전기사는 씨익 웃고는, 걸음아 날 살려라 빠라과이 쪽 첫 도시 엔까르나시온 시내로 차를 힘껏 몰았다. 곁에 앉은 안이 놀렸다.

“세차하자면 돈 푼 깨나 깨지겠소.”

“솔직히 말해 이 오징어 냄새는 쥐 썩는 냄새 다름없소. 그런데 한국인들은 진짜 이걸 먹는단 말이오?”

엔까르나시온 초입에 있는 버스터미널 앞에다 송장 다루듯 내팽개쳐 놓고 뒤도 안 돌아보고 휑 오던 길을 되짚어 택시 기사는 사라져버렸다. 나와 안은 버스 승강장까지 이 오징어 세 통을 어찌 옮겨야 하나 난감해 하고

서 있는데, 갑자기 대여섯 아이들이 나타나 광주리에 든 노랑 빵들을 보이며 '치빠 치빠'하고 외쳐댔다. 이 빵은 옥수수 가루와 치즈를 원료로 만든 빠라과이 사람들의 고유음식이다.

"박사장. 나 배고파 도무지 운반할 기력 없습니다. 이 시체를 누가 들고 가겠습니까? 우선 먼저 요기부터 합시다. 이 자리 그냥 두고."

식당을 찾아가서 국수 일 인분과 고기 일 인분을 시켜 반반으로 나눠 먹고 터미널에 돌아와 보니, 여전히 그 자리에서 오징어젓 세통은 파리 떼뿐 아니라 하릴없는 사람들까지 불러 모으고 있었다. 다행스럽게도 바로 빠라과이 까삐딸 아순시온 행 버스가 들어왔기 망정이지 조금 더 있었다가는 순찰 군인까지 불러들일 판이었다.

네 시간을 달려 드디어 최종 목적지 아순시온에 닿아, 오징어젓 세 통과 함께 택시를 타고 한국 교민이 운영한다는 낡은 호텔로 찾아갔다. 맘대로 김치와 된장찌개를 해 먹을 수 있고, 방바닥에 꼴촌만 잇대 놓고 온 식구가 한방에 기거할 수 있어, 이민 오는 한인들이 모두 도착하면 이 호텔로 온다 했다.

안을 따라 호텔에 들어서자마자 호텔 주인이 건 전화 한 통에 구를 듯 땅딸보 한 사람이 나타났는데 한국 식품점 주인이라 했다. 넷이 식당 탁자에 둘러앉아 시원하게 콜라 한 병씩 꿰차고 마셨다.

"식품점 여사장님은 안녕하신가?"

오나가나 안은 여자 챙기기 바빴다.

"우리 마누라? 돈 밖에 모르는 마누라? 잘 있지. 암. 돈에 파묻혀 살고 있네."

"자네 관상이 어때서 부인 잘 됐는지 믿어지지 않아. 부럽네 부러워." 하고 키 작은 배불뚝이 식품점 주인 배에다 눈을 두고, 또 지껄여댔다.

"니미럴, 나는 붙으라는 여자 복은 안 붙고, 내 얼굴에 밥 굶은 귀신이 붙었는지 남의 얼굴에 붙은 밥풀 뜯어 먹는 상이라는구먼. 내 인물이 당신만 못한가 여자에 대한 매너 또한 빠지기를 한가?"

"자자, 남의 부인 들먹여봤자 그림의 떡이지. 옛 친구를 이렇게 만났으니 근사한 환영파티 열자구."

호텔 주인이 눈을 반짝이며 식품점 주인을 펌프질했다. 이 말을 기다렸다는 듯 식품점 주인이 나에게 제 콜라를 따라주며 "암. 축하파티 없으면 빠라과이 교민이 아르헨티나 교민께 큰 결례하는 셈이지."

아사도 굽고 포도주 잔 돌리는 게 환영 파티인 줄 알았던 나는, 그게 밤새 처대는 화투판 두고 한 말임을 그 날 밤 알게 되었다.

곯아떨어진 잠이, 마려운 오줌 때문에 깨, 화장실 가는데 담배연기 자욱한 식당 탁자에서 안과 식품점 주인 둘이 화투를 치고 있었다. 새벽 다섯 시였다. 아침 일곱 시가 되니 그제야 안이 방에 들어와서는 벌러덩 제 침대에 누웠다.

"아이구, 힘드네 힘들어. 네고시오 하기. 밤새 화투 쳐주고 오징어젓 팔았습니다."

"애썼소. 얼마에 팔렸습니까?"

"아주머니 고쟁이 돈과 경비는 빠질 것 같습니다."

나는 미화 천 불이 부서지나 걱정하던 참이라, 환히 얼굴을 폈다.

"그런데, 돈은 일주일 후에 지불하겠답니다."

하자 내 얼굴에 그늘이 스쳤다. 왜냐면 이 냄새 나는 싸구려 호텔에서 죽치고 일주일 보내야 하나 해서였다. 안이 또 말했다.

"마른 오징어 갖다 달라는데요?"

"그래요?"

하고 다시 밝아진 내 얼굴을 보고는

"박사장. 둘이 함께 움직이면 경비가 배로 나갈 테니 혼자 가서 가져오는 게 좋겠습니다."

딴은 일리가 있는 말이었다.

"나야 취미가 화투여서 내가 여기 남을 테니 박사장이 다녀오시지요. 취미 하나 없이 호텔방 죽치고 있다 우울증 걸리지 마시고. 아주머니도 보시고."

"아르헨티나 어디에 마른 오징어가 있습니까?"

"지난 번 오징어젓 살 때 맞춰 놨습니다. 마른 오징어 천 마리 준비해 놓았을 겁니다. 팔아 돈 갖다 주기로 했습니다."

그럼 참깨 계약하고, 마른 오징어 가지러가겠다 했더니 놀러간 호텔 주인 아들이 삼일 후 오면 그의 통역으로 계약하겠으니 걱정 말고 마른 오징어나 가져오라 했다. 그리하여 내가 지닌 미화 천불을 참깨 계약금 하라 안에게 내 주고 저녁차로 달려 이튿날 오후 집에 오니 아내가 잘라 말했다.

"이쯤에서 그만 손 떼도록 해요."

"지금 무슨 소리 하는 거야? 막 시작했는데."

"역시 혼자 이민 온 사람은 믿을 게 못 돼요."

"마른 오징어는 들고만 가면 다 된다는데. 왜 그러는 거야?"

"참깨 계약, 당신 없이 하다니. 그리고 마른 오징어는 쉽게 정선장이 내 줄거에요."

"정선장 날 보고 내준다고? 난 모르는 사인데도?"

"보나마나 안씨가 정선장한테, 마른 오징어 우리가 구매할테니 아무에게도 팔지 마라, 했을 거예요."

"주기만 하면야 누굴 믿든 상관없어. 꿩 잡는 게 매라고 팔아서 돈 갖다 갚는다는데 말이야."

"답답한 양반. 지금 남미 이민사회, 땡전 한 푼 없어도 식구가 달라붙어 삯일 하는 집을 계 들어주고 보증서 주지, 한국서 가져온 돈 까먹고 사는 집이거나 혼자 이민 와서 빈둥대며 뜬 구름이나 잡는 안씨 같은 사람 누가 믿기나 한단 말예요? 언제 브라질로 미국으로 튈지 모르는 사람 말예요."

"이제 와서 어쩌라는 거지? 처음에 말리지."

"누가 알기나 했어요? 당신 외상 심부름이나 시키고 계약 혼자 한다 하니. 안씨 곁에 누가 붙어 있으면 탈이 나겠냐 해서 당신 함께 길 떠나도록 했던 것인데. 좌장 아주머니 말이, 안씨 그 사람, 오른쪽 발 바깥 복숭뼈가 두 배 크대요."

"그게 무슨 문제가 되는 거야?"

"전문 놀음쟁이래요. 매일 밤 낮 양반다리로 죽치고 앉아 화투치니, 눌려 커진 거래요."

그러는 아내에게, 안씨 자신은 화투치는 소일거리가 있어 남을 테니 내가 아르헨티나 다녀오라 하던 말을 꺼낼 수가 없었다.

"박사장 얘기 지금 내 귀에 하나도 들어오지 않았소. 하도 당해봐서, 내 앞에 있는 사람보고 외상 물건 내주면 주지, 아무리 수표 준다 해도 내 앞에 없는 사람에게는 절대 물건 내주지 않소."

정선장이 하던 이 말을 나는 아내에게 하지 못했다.

"한 축이 이십 마리로, 모두 오십 축이오. 그러니까 천 마리요."

한국 교민이 모여 사는 서민 주택 단지 가까이 있는 슬다띠의 지방 화물 취급 창고로 마른 오징어 천 마리를 탁송할 테니 모레 찾아다가 한 축 한 축 종이로 잘 포장하라 했다.

이렇게 마른 오징어를 주문하고 집에 오니 한 교민 남자가 불러냈다.

"이봐요, 박형. 안을 어디로 빼돌렸소."

"빼돌리다니, 그가 무슨 물건이라도 된 단 말입니까?"

"그러지 않고서 어찌 당신 혼자 왔단 말이요?"

"아순시온서 참깨 계약하고 있습니다."

"그치 혼자서? 쯔쯧, 당신도 당했군 당했어."

"남 걱정 하시기에 시간 없으실 텐데."

"맞소, 미싱 앉아 있다, 당신 왔다길래 나왔소. 부속 안 구해다 줘, 굴러

가지 못하는 차들이 여섯 대나 내 공터에 세워져 있다 전해 주시오. 짜아식,
제 돈으로 부속 사오면 돈 준다는 데도, 돈 먼저 내 놓으라니. 얼마인 줄도
모르는데 다 어디로 뛸 줄 모른 판에 돈 먼저 건네주는 바보가 어딨소."

"이번 가면 안씨와 함께 꼭 돌아오리다."

"에이, 혼자 이민 온 놈 믿지 말아야 하는 건데. 자동차 생각만 하면,
퉤퉤퉤."

"마른 오징어 한 마리 먹고 싶네요."

방 안 가득 쌓아놓은 마른 오징어를 보더니 아내가 혼잣소리를 했다.
내가 흘겨 들은 줄 알고 다시 말했다.

"한 마리 먹으면 안 돼요?"

"안 돼."

"돈 내고 먹어도요?"

"한 마리 빼내면 한 축 이십 마리가 병신 돼." 하며 누런 포장지로 열심
히 한 축 한 축 잘 싸는데.

"세상에, 어쩜 이럴 수가. 옛날 아주 옛날, 중국 북경 사는 임신한 아내
가 펑펑 눈 쏟아지는 한 겨울 개살구 한 알이 먹고 싶었답니다. 남편은
먹고 싶다는 그 개살구를 따뜻한 남경까지 내려가 구해 와보니, 입덧하던
뱃속 아이가 마당에서 뛰놀더랍니다. 오징어도, 내가 먹고 싶은 게 아니고
뱃속에 든 당신 씨가 먹고 싶대요, 당신 씨가."

매운 아내의 면박도 아랑곳 않고 마른 오징어를 죄다 끌고는, 혹시 지난
번 오징어젓처럼 트집 잡히면 어쩔까 조마조마 뽀사다 도착, 택시에 실어
국경다리를 건넜다. 그때 그 초소 세관원이 그 전처럼 검색대에 대라 했
다. 반장이 기다리듯 나타났다.

"어? 이 친구, 지난번 썩은 송장 끌고 왔던 꼬레아노 아냐? 어디 볼까?
이번 송장은 내가 시킨 대로 소금 콱 질러왔나?" 하고 찡긋 내게 눈짓으로
아는 체 했다.

"이번은 마른 오징어입니다."

"말렸다고? 아니, 소금에 절인 오징어가 아니라고?"

반장이 놀란 척 하자 젊은 세관원 둘이 한마디씩 거들었다.

"라 쁠라따대학 자연사박물관 4층 전시실 유리관에 든 인디오 미라 한 구를 훔쳐왔나 봅니다."

"반장님, 미라여서인지 송장 썩는 냄새는 안 납니다."

나도 모르게 얼른 마른 오징어 한 마리를 뽑아 쭉 찢어 세 세관원에게 권했다.

"어, 맛 괜찮은데. 뽀사다 사는 라오시아노들이 빠라나 강에서 잡아 말린 마른 생선보다 더 맛 좋은데."

1979년 라오스 사람 여러 가족이 유엔 주선으로 아르헨티나에 입국, 자기네가 살던 마을과 비슷한 국경 도시 뽀사다에 모여 살다 일부는 제 나라로 돌아가고 일부는 친지 초청으로 미국으로 가고, 일부는 남아 흩어져 살고 있다. 베트남 전쟁 때, 미군에 쫓겨 라오스 국경 넘어 밀림 속으로 도망 온 베트콩을 미국을 도와 수색 추격했던 라오스 산악 부족 출신 군인과 그 가족들이었다.

"이봐. 이 꼬레아노 말야. 지난번 썩은 오징어를 벌충해야 할 테니 그냥 보내주라구."

"맛있다니 이거 드십시오."

감격에 겨워 나는 한 마리 뽑아 낸 오징어 한 축 덩이를 얼른 반장 품에 안겼다.

"제대로 마른 오징어를 가져오나 걱정 태산같이 했습니다. 고맙습니다."

"고맙긴요. 쑥스럽게. 같이 하는 사업인데."

"박사장에게 저녁 먹으면서 내가 할 얘기 있습니다."

"저녁 먹기 이른 시간인데." 하며 나는 앞장서는 안을 따라 나섰다. 그가 수염이 얼굴 가득하고 눈알이 붉게 충혈 돼, 혼자 객지에서 마음고생이 심했나보다며 안쓰러운 생각이 들어 오늘은 비싼 포도주도 반주로 곁들여야겠다 했다.

"아무리 그래도 수염 좀 깎지요……. 시뻘건 눈동자가 전문 노름꾼 같소. 허허."

그는 잔뜩 굳은 얼굴로 먼저 가져다 놓은 포도주를 벌떡 벌떡 들이키기에 심각한 일이 있긴 있나 보나 했다. 주문한 고기와 엔살라다가 나오니 허겁지겁 먹어 치우고는, 갑자기 벌떡 일어나 의자를 치우더니만 무릎을 꿇는 게 아닌가!

"안형, 갑자기 이게 무슨 장난이요, 식당 안 사람들 보는 앞에서."

"박사장, 죽을 죄 지었습니다."

"죽을죄라니요? 죽을 죄 졌으면 경찰서 가서 무릎 꿇어야지. 왜 내게 이럽니까?"

"죽을죄를 박사장한테 져서 그렇습니다."

"살인 했어야 죽을죄지, 내가 이렇게 시퍼렇게 살아 있는데 무슨 죽을죄요? 그래도 내게 죄 지었다면 용서하리다. 이제 됐습니까?"

식당 안의 사람들의 눈길에 되레 내가 몸 둘 바 몰랐다.

"진짜 용서하는 겁니까?"

"나도 남자요."

"에이, 용서 안 될 겁니다." 하더니 깨끗이 고기 잘라 먹은 칼로 팔뚝을 그으려고 했다. 그걸 화들짝 말렸다.

"박사장, 왜 자꾸 말리는 겁니까?"

시뻘건 눈알을 희번덕대고 나를 노려보며 그랬다.

"사실은……."

담배를 꼬나 문 그의 입에서 청천벽력 같은 말이 튀어나왔다.

"박사장이 없는 일주일이 너무 외로워 놀이 삼아 친 화투판에서 오징어젓 세 통 모두를 날려 버렸습니다."

“에에? 오징어젓 세 통을 걸고 화투쳤다고요?”

“에이, 나는 위스키 먹어야 하는 건데. 아 안 먹는다는데도 자꾸만 포도주를 따라 줘 마셨더니 오줌 마려워 변소를 들락댔더니만 정신 집중이 도무지 되지 않아서.”

“정신 집중이 안 됐다구요?”

“그런데 내 말 들어봐요. 식품점 주인짜리 몽땅 그 친구, 예전 그대로 초짜로만 알았더니 어느새 전문가 노름꾼으로 변해 있습니다.”

게다가 후회까지 곁들였다.

“에이, 나도 그 자식처럼 갈고 닦아야 하는 건데, 쓸데없이 아주머니들하고 동전내기나 했으니, 에이 참.”

“아니, 그걸 말이라고 하는 겁니까? 그나저나 참깨 계약은 잘했소?”

“참깨 말입니까? 그 돈 먼저 날려 버렸으니 물건 걸고 화투쳤지요.”

“윽!”

내 입에서 비명소리가 나왔다. 숨이 탁 멈춰 버렸다. 이 자와 함께 있다가는 심장마비가 일어날 것만 같아 벌떡 일어나 호텔로 돌아와서 벌러덩 몸을 눕혔다. 팔다리 마비증세가 오며 정신이 아득히 빠져나간 상태로 잠이 들어버렸다.

다음 아침 일찍, 누가 방문을 쾅쾅 두드렸다. 곁을 보니 안이 코를 드르렁 드르렁 늘어지게 자고 있었다.

“누구요?”

“문 열어요.”

굵직한 빠라과이 남자 목소리였다.

“누구냐니까요?”

나의 짜증 소리에 안이 깼다. 안이 문 밖에 대고 물었다.

“거, 한국 식품점에서 보내서 왔소?”

“그렇소.”

벌떡 자리에서 일어난 안이 방문 손잡이를 비틀자 벌컥 문을 밀치고 산적 같은, 온통 얼굴에 풀숲이 빽빽한 빠라과이 사내가 들어와서는 털이 부숭부숭한 팔뚝으로 마른 오징어를 척척 죄다 밖으로 들어냈다.

"이봐, 왜 남의 물건 가져가는거요? 경찰 부르겠소."

"경찰? 내가 미리 경찰을 호텔 문 밖에 뒀소. 물건 안 내주면 부르라던데?"

승강이 하는 나를 안이 덥석 끌어안았다.

"한꺼번에 말하면 기절할까봐 숨 돌린 후 말한다는 게 틈이 없어 말을 못했습니다. 이 마른 오징어도 화투에 잃어버렸습니다."

"아아니."

"진정해요, 박사장. 지금 이 나라도 군정 때여서 경찰한테 연행 당하면 살인자만 득실대는 형무소에다 재깍 가둬 버립니다."

자신이 진 죄를 안은 알아 꼼짝 않고 줄담배만 피우다, 방문을 박차고 나가는 나를 따라 나오며 말했다.

"박사장, 식품점 가지요? 어디인 줄이나 압니까?"

그는 앞장서서 걸으며, 식품점 주인사내가 다 먹은 천 불은 식품점 주인 여자가 모른다며 괜히 긁어 부스럼 만들어 부부싸움 시킬 필요 없다 했다. 그러고는, 그 천 불, 내 곗돈 천 불 가지고 짜리몽땅 식품점 주인은 이과수 폭포 호텔에서 노랑머리 빠라과이 처녀와 뒹굴고 있을 거라 했다.

"진짜, 당신에 대해선 눈곱만큼도 용서라는 말이 나오지 않소."

식품점에 도착하자 얼른 안이 내 뒤로 가서 섰다. 식품점 벽에 붙은 선반에는 교민들이 이민 올 때 이민 가방에다 꾹꾹 눌어 담아 가져와서 헐값에 넘겨버린 속옷, 런닝셔츠, 내복, 양말 같은 옷가지와, 심지어 구두며 운동화가 진열 돼 있었다. 홀 중앙에는 좌판이 있어, 교민 할머니가 담가 파는 된장, 간장, 고추장 같은 장류와, 이민 가방에서 나온 새우깡, 라면, 미역, 김, 멸치가 놓여있었다. 그 당시 아르헨티나는, 몇 차례의 농업이민을 받고나서 전혀 이민을 받아주지 않았지만 빠라과이는 농업이민과 개별 이민도 가리지 않고 받아주어, 빠라과이로 들어온 이민자 교민들이 아르헨티나로 들어오며 관광 오는 척 짐을 처분하면서 식품점에다 팔았던 것이다.

젊지도 늙지도 않은, 오동포동한 쥔 여자가 내 어깨너머로 안에게 소리 질렀다.

"이봐요, 거짓말쟁이. 마른 오징어가 한 축이 비데요. 고새, 한 축 빼 냠냠했는지, 어느 사귀는 과부여자에게 선물했는지."

나를 겨냥한 말임에 틀림없었다.

"아주머니, 말씀 지나치십니다."

"댁은 빠져요. 풍채를 보니 가져오다 빼 먹을 양반 아니네요."

"빠라과이 국경 세관원한테 한 축 선물하고 통과했소."

"거짓말. 서양사람, 오징어 안 먹어요."

"맛만 좋다 합디다."

"하긴 쿠린내 나는 돈 먹어야 통과시켜주는 작자들이니 오징어라고 못 먹을까?"

나는 정신을 바짝 차렸다.

"아주머니, 빠라과이 법은 아무나 물건 가져가면 임자 되는 겁니까?"

"댁 뒤 숨은, 안인지 곁인지한테 물어 보시구랴."

"듣기야 했습니다."

"듣고서도 따지는 소리가 나와요?" 하고 내민 쪽지를 읽어보았다.

"양도서? 누구 맘대로 양도하겠다는 겁니까?"

"누가 아니래요? 안씨 휘르마는 맞지요?"

"명색이 나도 동업잡니다."

"말 잘했어요. 동업자라면 한 사람의 휘르마만 있어도 효력 있는 거 아네요?"

말 쌈 해봤자 입만 아플 것 같았다.

"허어, 그래도 이 집 주인은 양심이 조금 살아 있는 모양이군. 숨은 걸
보니."

"숨다니, 말 삼가주세요. 없는 사람 탓하다니, 쫌팽이같이."

"떳떳한 사람이면 왜 어디로 사라져 버린 겁니까? 내 곗돈 천 불 들고
빠라과이 처녀하고 이과수 폭포 구경을……."

안이 얼른 가로막고 나선다는 게

"나에게, 오징어젓 세 통하고 박사장이 들고 온 마른 오징어를 걸고 화
투치자고 자꾸 쥔 양반이 그러면서 자기는 뭘 걸겠다는 줄 압니까?"

하니까, 쥔 여자는 홀 안을 휘둘러보고는 윙윙 소리 내고 돌아가고 있는
구형 제니스 냉장고에다 눈을 꽂았다.

"냉장고가 아닙니다."

"그러면 당장 안씨에게 필요한 한국제 양말, 빤스, 속옷이겠지요, 흥."

"아줌닙니다."

"아줌니? 내가 어쨌다는 거예요?"

내가 거들고 나섰다.

"당신 남편이란 작자가, 금쪽같은 제 아내를 걸고 화투치자 했답니다.
짐승만도 못한 인간같으니라구."

"아저씨들, 지금 나하고 농담 따먹기 하자는 거예요?"

"진짭니다."

"꺅!"

자지러진 척 하고는 쥔 여자가 정신을 가다듬었다.

"거짓말! 여기 사람 없다고 잘못을 뒤집어씌우면, 안씨 죄 받을 줄 알
아요." 하고는 반격을 가했다.

"안씨, 따져 보자구요. 안씨가 나를 끝까지 따먹자고 덤비지 않고서야
잘나빠진 오징어를 잃었으면 그만 물러날 일이지, 이거 돈 천 불은 왜 호

텔 주인 시켜 꿔 갔어요?"

휘익 또 다른 종이쪽지를 꺼내 눈앞에다 휘두르고는 얼른 집어넣었다.

"미화 천 불은 또?"

내가 중얼대는데, 느닷없이 쥔 여자가 또 해댔다.

"하이고, 아이고, 이그, 나 같은 바보 등신이 빠라과이 이민 사회에 또 있을까? 날 따서 데려가라고 내가 미화 돈까지 빌려준다니, 아이고."

"박사장, 그게 아니고, 이제 물건 다 잃었으니 그만 하겠다니까는 쥔이 호텔 쥔 편에 이 아주머니에게서 천 불 가져오라 시켜 내 손에 쥐어주는데 말릴 재간 없더라구요."

"그러니까, 내가 발꼬랑내 나는 오징어젓하고 비교나 될 일이예요? 우리 남편이 이겼으니 망정이니 만약 져서 내가 짐승 같은 안인지 겉인지 하는 인간에게 끌려갔다면 어떤 고생 속에 살까. 생각만 해도 끔찍해, 끔찍하다구."

넋두리를 늘어놓았다. 나는 언제나 안 해도 될 말 하는 버릇이 있었다.

"설마 이겼다 한들 이 안씨가 인간 탈을 쓰고 어찌 아주머니를 데려간단 말입니까?"

"진짜 이 양반 내 말귀 못 알아듣네요. 날 데려다 살림만 시키면야 걱정이 뭐가 있겠어요. 어느 화투판에다가 또 나를 걸 테니, 그게 걱정인 거지요."

따지러 갔다 설다루는 바람에 되레 먹히기만 해 맞겨루기를 포기하고 호텔로 돌아오는데 안이 지껄였다.

"박사장, 말이야 바른 말이지만, 저런 오천 평을 따먹자고 내가 먼저 화투치자 했습니까? 저 여자 꿈도 야무지지."

호텔 주인이 우리 따라 방으로 들어왔다.

"박사장, 보아하니 객지 와서 어려운 처지 되신 모양인데, 그렇다고 나라고 뭐 흙 파 호텔 운영하는 거 아니잖습니까?"

"건 또 무슨 말입니까?"

“그동안 밀린 호텔비 계산 좀 하셔야겠습니다. 아, 그리고 매일 밤 화투 칠 때 피워댄 담배 열 갑하고 밤참으로 먹어치운 라면 한 박스는 내 돈 현찰로 사다 대령한 겁니다.”

아내가, 그만 손 떼라고 하던 말이 생각났다. 내가 부에노스 아이레스에 돌아 갈 버스 삯만 남기고 탈탈 털어 호텔 주인에게 계산해 주었다.

“이게 답니다. 버스 삯은 남겨둬야 내가 돌아가지요.”

만면에 웃음을 띠고 주인이 나가자마자 안이 벌컥 화를 냈다.

“왜 나와 의논 없이 돈 다 줍니까?”

내가 되받아쳤다.

“그럼, 안씨는, 맘대로 돈이고 물건이고 다 날려 버렸습니까?”

“그거야 뭐, 박사장이 여기 없으니까 그랬지요.”

없는 식품점 사내 빼고, 식품점 쥔 여자, 호텔 주인, 안, 나 이렇게 넷이 호텔 식당에 앉아 거듭거듭 의논 끝에 식품점 쥔 여자가 야무지게 말했다.

“야속하겠지만 한 사람 여기 남아야겠어요.”

“걱정 말아요. 버스 삯이 한 장 값뿐이니까.”

“누가 갈 거에요?”

“그것도 대답해야 합니까?”

“의리 까먹고 부에노스 아이레스서 세월네월 하지 말아요.”

“나, 계주 아닙니다. 계주가, 안씨 곗돈 끝 번호를 미리 태워준다면야 돈 들고 세월네월 할 이유 없습니다.”

“안씨, 당사자 없어도 곗돈 태워 줄까요?”

식품점 마누라가 묻자, 안은 콧구멍을 쑤시며 다른 데다 눈을 두고 대답했다.

“아니, 뭐, 곗돈이라는 게 임자 없는 개똥참외입니까?”

결국, 내가 아순시온에 남기로 했다.

부에노스 아이레스행 직행 표 한 장사서 내 영주권과 같이 안의 손에 쥐어주었다. 터미널에서 버스를 타며 머뭇머뭇 내게 안이 말했다.

"내 취미는 죽으나 사나 화투지만, 박사장은 객지서 따분하겠습니다."

"그럼 이과수 폭포 구경이라도 갔다 올까요?"

"오후 네 시쯤, 슬슬 식품점에 나가서 거드는 척 시간 보내다 문 닫는 열시 경 돌아오면 잠 잘 올 겁니다. 그러면 호텔 비, 밥값은 해결 될 겁니다."

"박씨, 뭐, 우리 식품점서 일 거드는 거 불만 있어요?"

"불만은 무슨."

"'나는 이 집 일꾼이다'라 이마 쓰여 있는 걸요. 운동 삼아 한다 하세요."

식품점 지하실에서 코카콜라 유리병들이 든 나무상자를 낑낑대며 올려다 제니스 냉장고에 쟁여 넣는 나에게 주인마누라가 말을 걸었다.

첫날, 느닷없이 마른 오징어를 집어가던 털보 빠라과이 녀석이 '숙달된 조교'처럼 콜라병 관리를 시범 보이고 사라진 후 내가 떠나던 날 나타났다. 이렇게 콜라병하고 씨름하고 나면 밤이면 허리, 팔, 다리, 어깨, 목이 결리고 욱신욱신 쑤셔 잠을 이루지 못했다. 25년 전 그 당시는 지금처럼 플라스틱 병이거나 캔이 아니어서 어찌나 무거운지, 들고 나는 콜라병과 씨름하다 든 골병으로 지금도 겨울만 되면 허리가 찌브드드 결린다.

"미안해요. 박씨. 교민들이 계 했다면 으레 계주는 나니, 매일 저녁을 나가먹어 밥 못해줘요. 그리고 이민 바닥이 좁아 방귀만 뀌도 누구 방귄 줄 아는데 어찌 남의 남자와 겸상해요? 남세스럽게. 호호."

쥔 여자가 뻐드렁 토끼 앞니로 말했다. 저녁이면 가슴이 훤히 드러난 블라우스 차림으로 나갔다.

식품점에서 일하고 나서 나는 박사장에게 박씨로 강등되고, 주인마누라는 사장이었다.

"쥔아줌마, 화장실 갔어요?"

어느 교민이 이렇게 찾으면 나는

"아, 여기 식품점 여사장 말입니까?" 해야 잔소리가 없고, 교민이 왔다

가 지하실 있는 나를

"여기 아르헨티나 박선생 어딨습니까?" 하고 찾으면 쥔마누라가

"박씨 찾아요? 지하실서 콜라병 정리하고 있어요."

했다. 그러면서 그녀가 나에게 저녁으로 내 놓는 라면 한 개를, 마치 전 재산이나 내 놓듯 아까워했다. 이는 저녁 사먹으러 나가면 자국이 나니까 내놓은 거지, 안의 말마따나 숙식제공차원에서 그랬던 게 아니었다. 본인은 널린 게 모두 주전버리감이라 이것저것 집어 먹고는, 빠라과이 사람처럼 저녁 10시 늦은 시각에 밥 먹어도 배고프지 않았다.

주인 여자가 연지 곤지 찍어 바르는 걸 보니 저녁시간이 되었나보다.

"박씨, 소금물 진하게 타서 오징어젓 통에 부어 섞어요."

"오징어젓 진국에다 소금물 타면 군내 나고 젓 버립니다."

"박씨, 착각 마세요. 오징어젓 임자, 박씨 아니라는 사실을."

더 군말 없이 소금봉지 뜯어 물 타고 있는 나를, 푹신한 의자에 앉아 시뻘건 입으로 종알댔다.

"이그, 저리도 주변 없으니 친구한테 당하지. 쯧쯧."

빠라과이 한인회가 발행하는 교민 소식지 '한인회보'에 광고가 났다. 고국 생각을 뭉클 나게 하는 싱싱한 오징어젓과, 배에서 해풍으로 말린 마른 오징어가 막 도착, 아르헨티나서 온 교민이 직접 판매하오니 일차 왕림해 맛보시라는 내용이었다. 청소를 하고, 지키라는 도둑 대신 슬쩍 과자봉지 뜯어 입에 쑤셔 넣는 빠라과이 처녀 하나가 있긴 했다. 팔뚝이 내 몸뚱이 만한 그녀는, 냄새가 꼭 쥐 썩은 냄새 같다며 오징어젓 근처 가기커녕, 만약 그걸 팔라고 시킨다면 주급을 두 배 올려 준다 해도 그만두고 나가버린다 했다. 그리하여 그 오징어젓은 내 차지가 돼 버렸다.

잔뜩 머리에 흙먼지 뒤집어 쓴 두 교민여자가 옷장수 가게 들렀다. 70년대 후반, 빠라과이의 이민초기 한인들은 모두 이 장사해서 먹고 살았다.

"오늘 저녁은 뭘 또 사다 반찬 해 먹지?"

두 여자가 파김치가 돼 피곤한 목소리로 합창하자 쥔마누라가 살짝 붙들었다.

"고기 흔한 남미 이민 와서 먹는 걱정하다니."

"아이고, 먹었다 하면 갈비찜, 갈비탕, 갈비구이, 이제 쇠고기 소리만 들어도 신물 나요."

"그러면 우리 가게서 맛나는 냄새 안나?"

"남정네 냄새가 나는데요, 호호."

두 여자가 나를 쳐다보고 말하니까 쥔마누라는 한숨 폭 쉬었다.

"남의 호주머니 열 냥이 내 호주머니 한 푼에 비할까?"

"쥔 양반, 아직 안 들어왔나 봐요."

쥔 사내가 가출한 것이 벌써 교민사회에 소문이 쫙 난 모양이었다. 손수건을 꺼내 눈자위를 찍어냈다.

"밥이나 안 굶는지, 빤스나 갈아입고 있는지. 내 목구멍 밥이 안넘어가."

"그러니까, 남정네들은 건드리면 안돼요. 잘 삐치니까요."

"삐치기만 하나, 남자 육십 나이 돼도 못 고치는 병이, 여자 젖퉁이 만지는 병이래요. 얼마나 만지고 싶을까. 잉? 호호."

두 여자는 말하고 나를 빤히 쳐다보았다. 쥔마누라가 슬픈 목소리로 말했다.

"누가? 누가? 누가 그래요?"

"빠라과이 남자들……." 하고는 언제 눈물 찍어 냈느냐, 환한 얼굴로

"저 잘생긴 아르헨티나 아저씨가 직접 가져다 파는 오징어젓 맛 좀 봐."

"시방 귀신 듣는데 떡 소리 하네요."

"진짜라니까." 하고는 나를 향해 눈을 크게 또 신호를 보냈다. 나는 신호에 따라, 즉각 씻어 대령해 둔 배춧잎 하나를 반 쪽 쪼개어 꾹꾹 오징어젓 국물을 찍어 돌돌 말아 두 여자 입에다 집어넣어 주었다.

"어머머, 꿈인가 생신가, 꽃가마 타는 맛이네."

"나도 나도, 이십 년 한 이불 덮고 산 남편도 안 먹여 준 음식을 이 귀티 나는 남자 양반이 먹여주다니." 하니

다른 여자가 또 아쉬운 얼굴로 우적우적 먹으며 지껄였다.

"이럴 줄 알았으면 쥔 사장처럼 입술 곤지 바르고 디밀걸. 호호."

"남의 남정네 오줌 맛 나는 손가락 빨지 말고 젓 맛이나 봐."

쥔마누라 호통에 한 여자가 눈을 하얗게 뒤집어

"쥔 여사장님. 서양 나라 이민 왔다고 발음 요상스럽게 하니, 요상스럽게 들리요."

"요상스럽게 생각하니까 요상스럽게 들리지."

"호호호."

세 여자가 함께 웃었다. 주인마누라가 얼른 화제를 돌렸다.

"아따, 아르헨티나는 나라도 크더니만, 이 봐, 오징어 큰 거 말야."

그 당시 귀한 비닐봉지에다 소금물 섞어 탄 젓 국물도 낙낙히 떠 담아 각각 두 마리씩 싸 주었다.

"자자, 어서들 가. 가서, 맛 좋은 빠라과이 쌀로 고슬고슬 지은 밥에, 종종종 도마 다진 오징어젓을 갖은 양념에다 조물조물 무쳐 젓갈 만들어 낭군들 밥상 차려내게. 내 꼴 당하기 전에. 다진 파는 먹을 때마다 넣어 무쳐야 젓갈 맛이 살아나네."

계산 다 끝내고 자리 뜨려는 두 여자 입에다 주인마누라가 무엇을 넣어 주었다.

"자자, 입가심으로. 젓국냄새 풍풍 풍기고 집 들어섰다가는, 하라는 벤데 안 하고 빠라과이 남자들과 댓서방질 하고 왔다고 집 쫓겨 날 테니."

한국 껌이나 한 개씩 벗겨 입에 넣어주나 했더니, 잠깐이라도 내 쉬는 꼴 못 봐 볶으라 해서 땀 흘려가며 볶아 낸 알 큰 빠라과이 땅콩 한 알을, 쭉 찢은 오징어 쪽에 넣고 돌돌 말아 두 여자 입에 넣어 준 거였다.

"박씨, 네 마리씩 봉지 넣어요."

두 교민 여자는 한 손에 빈 옷 가방을 들고, 마른 오징어 봉지와 오징어 젓 봉지를 말아 다른 손에 들고 식품점을 나갔다.

"박씨, 뭐가 그리 우스워요?"

"맛있게 먹으셔서."

나는 맘 따로 말 따로였다. 주인마누라는 돌돌 땅콩 말은 오징어 쪽을 빨간 입술을 잘도 피해 싹 집어 입에 넣고는 루즈가 뻐드렁 토끼 앞니에 닿지 않게 잘도 씹었다.

"그래, 들입다 쑤셔 먹고 뚱뚱하다 이거예요?"

"아닙니다. 똥똥합니다."

그 모습이, 알 낳다 찢어진 피 묻은 닭 똥구멍 같아 피식 웃은 거였다.

"이렇게 먹는 모습을 보이며 장사하는 거예요, 홍보 전력으로."

"그렇네요."

끊이지 않고 오물오물 잘도 먹고 있었다.

"박씨는 아르헨티나서 오징어 물리셨지요?"

"물리다마다요."

(오징어 한 마리를 입덧으로 먹고 싶다던 아내는 지금 잘 있을까?)

죽어라고 품버리며 오징어 끌고 국경 넘어와서 땅콩까지 볶아 남의 아내 입에다 넣어 주는 나 자신이 서글프기 짝이 없었다. 가만 보니, 화투쳐서 곗돈 천 불과 오징어젓 세통, 마른 오징어 천 마리와 달리 빚 천불을 몽땅 씌우고 잠적했던 식품점 쥔 사내가 내가 없는 오전에는 식품점에는 들락대는 눈치였다.

일주일 기다리면 돈 천 불 갖고 온다던 안이란 작자는 오징어젓 세 통이 바닥이 나가는 한 달 째인데도 함흥차사였다. 그 당시는 전화국에 가야 국제전화 될 때기도 했지만 아내가 분명 화를 낼 터라 전화 한 통 하지 않았다. 오징어젓이 바닥나자 주인마누라가 국경 가는 버스표를 사다 나에게 주었다. 내 아르헨티나 영주권을 안이 가지고 간 바람에 부에노스 아이레스 행 직행표를 못 끊어왔다. 가는 동안 먹을 돈하고 국경서 부에노스 아이레스까지 갈 차비를 따로 주었다.

나는 그 날을⋯⋯'노예해방일'로 삼고 있다.

29년이 지난 지금 나는 조금도 안을 미워하지 않는다. 그 이유는, 똥물 천지 서민주택 단지 백구촌이 싫은 참에 꼬드김 받은 그의 꾐에 빠져 덜렁 눈 뜬 봉사 돼 따라 나선 내가 잘못이라면 잘못이어서이다.

달라 빚 갚을 돈 가지러 부에노스 아이레스로 내려 간 그가, 한 번 밖에 안 부은 내 곗돈도 미리 타고, 나를 보증 삼아 화투판 여자들에게 아르헨티나 돈까지 빌려, 조개 잡아 조개젓 담가 빠라과이에 가져가야 한다며 산 안또니오로 내려갔다 했다.

그렇게 해서 내 영주권도, 그 안이란 작자도, 부에노스 아이레스에서 사라져버렸다.

한참 지나, 그를 브라질 상빠울루의 조세 빠울리노 거리에서 봤다는 사람, 미국서 한국 교민이 세 번째로 많이 산다는 L.A 오렌지 카운티의 한 쇼핑몰 종합식당에서 봤다는 사람이 있었다.

분가해 사는, 뱃속에서 오징어 먹고 싶어했던 아들이 제 색시와 집에 와서는

"아버지, 오다가 아버지 친구 분을 만나 인사드렸더니 '자네가 바보 허생원 박씨의 자제지?' 하고는 '자네, 사업 잘 하는 걸 보니 틀림없이 자네는 외탁한게야.' 하더군요"

이 말을 늘어놓는 자리에 아내가 없길 다행이었다.

(『로스안데스문학』 통권10호, 2006)

늘어지게 시에스타를 하고 나서 깬, 가또와 빠또는 너무 갈증이 나 마떼를 마시고 싶어 공원 입구에 있는 공용 수도꼭지에서 받아 왔던 물병을 기울였더니 한 방울도 남아 있지 않았다.

둘은 땀을 주체 못하며 자는 동안 비껴간 미루나무 그늘로 비닐의자를 옮겨놓고는 엉덩이를 길게 빼어 앉았다.

"팔뚝 줘봐. 가또."

가또가 내민 손목시계를 빠또가 들여다보았다.

"아직 한 시간이 더 있어야 해가 지겠구면."

"그럼 여섯시란 말인가. 다섯 시간이나 시에스타를 했네."

틈만 있으면 자둬야, 야간 작업만하는 청소차에서 굴러 떨어지지 않았다. 게다가 둘은 딱히 할 일이 있지 않아 잠을 잤다.

"곧 있으면 산 모기떼가 날아다닐텐데 내려갈 차비하자구. 목도 마른데."

"빠또야, 오늘 내가 너의 집에 가서 자도 돼?"

"가또 너의 집에서 오늘 아사도 굽는 거 아냐?"

"그러니까 너의 집에서 자래. 오늘. 빠또야."

"너는 돈 버는 기계구나. 가또야."

"참, 그런데 말이야. 어젯밤에 우리 사위가 자기 장모 담배 심부름으로 띠또네 알마센을 들렸더니, 뒤뜰 홀에서 너의 아들 엄마가 기생오라비 같은 새파란 녀석하고 술을 퍼마시더래."

"그거 잘 됐구면. 제발 그놈하고 둘이서 잘 엮어지기나 했으면 내가 춤추겠다."

"빠또, 미안하지만 그 정반대래."

"뭐라고?"

"네 아들의 엄마가 비싼 위스키를 병째 시키더래. 보나마나 네가 준 네 아들이라는 아이 양육비로 사는 술 같더래."

“하느님 맙소사.”

밤새 둘은 청소차 꽁무니에 매달려 쓰레기를 치우고 아침에 집으로 돌아왔다.

토요일 아침 오늘, 타가지고 온 주급을 가또는 몽땅 마누라에게 빼앗기고, 가또는 집 앞에서 지켜선 아들이라는 아이의 엄마에게 다 주다시피 하고, 터지는 속을 삭히려고 에세이사 공원 숲 깊숙한 곳에 우거진 마루나무 아래로 찾아든 것이다.

둘은 미루나무 잎사귀 사이로 비치는 저녁햇살을 피하여 얼굴을 돌려주고 받았다. 가또가 입이 찢어지게 하품을 하고 붕! 방귀를 뀐다.

“아이고 머리 아파. 햇볕이 내려쬐는 줄 모르고 낮잠 자다니.”

“화학 포도주여서 우리가 머리 아픈 게야. 아이고 머리야. 빠또야.”

가또도 빠또처럼 머리칼을 쥐어뜯었다.

둘은 공원으로 찾아들기 전에 띠또네 알마센에 들러 싸구려 종이팩 포도주 한 곽을 사서 둘이 나눠 마시고 시에스타를 했던 것이다.

서른다섯 살, 동갑내기로 가또의 본명을 가브리엘이고, 빠또의 본명은 빠블로다. 가또가 또 방귀를 붕! 뀌었다.

“너도 과자 먹는데 왜 나만 방귀가 나오는 거지?”

“내가 봐도 가또 너가 나보다 더 먹는다.”

“과자에는 가스가 들어있어 뱃속에 들어가면 방귀가 된대.”

“누가 그러던?”

“내 마누라가 그랬어.”

“네 마누라는 자기들만 먹지 말고 가또 너도 좀 처먹이지.”

“우리야. 어서 여름휴가가 끝나고 식당이 문을 열어 쓰레기 버릴 때 고기도 얻어먹게 되지.”

가또가 빠또를 불렀다.

“빠또! 우리 얼음에 잰 찬 맥주 한 컵을 쭈욱 들이켰으면 얼마나 좋을까!”

"가또야. 너도 한심스럽기 짝이 없구나. 이 에세이사 공원 깊은 숲 속에서 얼음 잰 맥주를 찾다니. 차라리 이 미루나무에 올라가서 뚜루차 한 마리를 잡아 내려오는 게 더 쉽겠다."

갑자기 가또가 화난 목소리로 말했다.

"네 아들이라는 아이 엄마는 네가 준 아이 양육비로 술이나 사먹고 바람을 피우느라 제대로 아이를 안 돌본다더라. 더 돈 주지마라."

"너, 그런 소리 절대로 하지 마. 괜히 그 말이 아이의 엄마 귀에 들어갔다가는 당장 자기 변호사한테 고자질해 버려. 그래서 경찰이 오면 난 또 혼이 난다. 아 지겨워."

"제기랄, 분명 세상의 모든 법은, 돈 많고 바람피우는 놈들이 만든 거야."

둘은 함께 한탄하며 큰 한숨을 크게 쉬었다. 다시 가또가 말했다.

"우리 마누라와 딸이 하는 말을 슬쩍 들었더니, 동네 사람들 하는 말이, 네 아들이란 녀석이 크면 클수록 붉은 머리칼에 곱슬머리래."

"판사가 내 아들이라는데 왜들 그러는 거지?"

"너는 복 받을 거야. 남의 애를 거두는 셈이니까."

그리고는 가또가 다시 말했다.

"아. 지금 우리 식구는 내가 타 온 주급으로 아사도 구어 먹고 있겠구나."

"가또, 너도 큰일 하는 거야. 놀고먹는 사위까지 먹여 살리니깐 말이야."

"맞다. 우리 둘은 좋은 일 하니깐 복 많이 받을 거야. 낄낄."

그러나 둘의 웃음은 공허하기 짝이 없었다.

가또가 빠또에게 말했다.

"빠또야, 너 다시 재판해 봐. 아들이란 녀석이 누굴 더 닮았는지 말이야."

"가또, 다시는 그런 소리 하지 마. 오늘 같이 무더운 날 찬 맥주 한 잔 못 마시는데 무슨 돈으로 변호사 비용 대냐?"

"지난번, 상담한 변호사가 뭐래여? 이기면 돈 받는 전문 변호사."

('변호사님, 푸줏간 주인이 내 아들의 애비래요.'

‘누가 그래?’

‘동네가 다 알고 있어요.’

‘그럼 동네 사람이 변호하지 그래.’)

“하더니, 애 엄마가 나의 변호사비를 낼 능력이 있냐 길래.”

(‘에이, 있긴 뭐가 있어요. 나달나달하게 입어해진 팬티들만 애 엄마의 전 재산일걸요.’)

“했더니, 냄새나니까 빨리 문 닫고 나가래.”

“그래서 돈 없으면 유죄고, 돈 있으면 무죄여.”

“무슨 소린가. 애 엄마가 날 공짜 술 사준대서 따라간 게 죄지.”

“잘 생각해봐. 술 마시고 둘이 자긴 잤는지. 빠또.”

“절대로 몸 섞인 기억이 안 나게 술 마셨는데, 뭘.”

“누가 믿어?”

“판사 말이 걸작이더면.”

“왜?”

“세상의 모든 엄마는 낳은 애 아빠를 귀신같이 알아맞힌다며, 애 엄마에게 묻는 거야.”

“빠또, 너의 애래?”

“응. 그리고 나 보고 마지막 할 말이 없냐고 해서, 이 세상에는 예수님 외에 내 경우도 있냐 했더니만, 부정 타는 소리하면 감옥에 집어넣는다며 세상 모든 남자들은 술 취해서 자식 만들었다하고, 세상 모든 여자들은 술 먹고 들어 온 남편이 막무가내로 애를 심어놓았다 하는 말 모르냐고 윽박지르더라구.”

축구 중계하는 트랜지스터가 지글지글 끓고 있었다.

“가또, 골치 아픈 얘기 그만하고 그만 일어나자구. 저기 나뭇잎새 밑 좀 봐. 해리어기가 슬슬 이륙준비하고 있는지.”

가또와 빠또는 주섬주섬 비닐의자를 접고 먹다 남은 과자를 챙기고 마떼통을 비우고 마떼봉지와 설탕봉지도 비닐주머니에 담고 트랜지스터를 끄고 하품을 씨익 하고 시원하게 오줌 줄기를 뽑고 나서, 가또는 붕! 방귀를 뀐다.

"야, 가또, 너 고추 조심해. 해리어기가 공격해 온다."

둘은 오랜만에 낄낄 웃었다.

고추를 탈탈 털어 반바지에 집어넣고 돌아서서 또 음료수 타령을 했다.

"아. 비상금만 있어도 우리는 테니스 코트장의 까페떼리아에 가서 찬 맥주를 한 병씩 사서 마실 수 있는데."

다시 침묵 속에서 각자 가방에다 나눠 담고 어깨에 걸어 멨다.

"해리어기가 본격적으로 뜨기 시작했군. 어이쿠, 목 따가워라. 어서 여기서 빠져나가자구. 가또야. 일단 우리 집으로 가서, 마떼에 과자로 저녁을 때우고 자다 가, 딸 사위가 돌아가면 집에 들어가라구."

가또가 하늘에다 대고 큰소리로 말했다.

"오. 하느님 간절히 비오니 얼음 재운 찬 맥주를 내려 주시구랴. 아멘."

빠또가 굵은 목소리로 하느님 흉내를 냈다.

"이쁜 내 가또야. 께소, 하몬, 살라메, 올리브열매는 왜 안 달래느냐?"

"빠또, 저게 뭐지? 사람 같기도 하고."

"뭐가?"

"잘 보라구. 저기 아래 너른 잔디밭에 검은 승용차 한 대가 막 굴러들더니만 웬 옷을 벌거벗은 사람이 차 밖으로 툭 튀어나와서 뛰고 있는데. 볼만한 일이 있으려나 보구면."

"사내가 볼만해 봤자지."

"여자 아냐?"

"사내야."

"사내가 벌건 대낮에 미치지 않고서야 옷을 어디서 벗어."

"미친놈이 차를 타고 오냐?"

"모기들은 저녁 찬거리가 통째로 굴러 왔구먼. 낄낄."

둘은 저 아래에다 세워둔 낡은 가또의 차를 향해 언덕 빼기를 넘다 말고, 왼쪽으로 틀어 잔디밭을 향해 걸어갔다.

봄가을 동네 아이들이 축구하는 데다.

한 낮의 볕을 피해 땅바닥 습기로 몸을 적시며 나무 잎새나 잡풀 밑에 붙어 있던 들 모기떼가 해거름이 되자 슬슬 밖으로 나오고 있었다.

들모기가 몇 마리 가또와 빠또를 공격해 겨우 빨대를 꽂고 피를 빨다 숨 돌릴 새 없이 손바닥에 얻어맞고 납작코가 되어 버렸다.

둘의 살가죽은 하도 노동으로 단련이 되어 소가죽보다 더 질겼기 때문이었다.

긁적대며 풀밭으로 다가간 둘은 나무 뒤에 몸을 가리고 멜빵 가방을 벗어 놓았다.

"동양인이야."

"그렇구먼, 그런데 왜 저 짓을 하고 있지?"

발가벗은, 운동화만 신은 남자가 풀쩍풀쩍 제자리를 뛰고 있었다.

"여자를 꼬시는 거야."

가또가 똑똑한 척 지껄이고 다시 심각한 목소리로 말했다.

"저 보라구. 차 유리창이 까맣게 선팅이 되 있잖아. 분명 차 안에는 사내들이 있을 거야."

빠또도 지지 않았다.

"저 벌거벗은 남자를 보고 여자들이 모여들면 예쁜 여자만 골라 입을 틀어막고 묶어 차에 태운다?!"

"빠또 너도 잘 아는구나. 지금 인신매매단이 가동되고 있는 거야."

"그런데 가또야. 여자 낚으려면 그걸 내보여야 되는 게 아냐. 왜 저렇게 손으로 가지고 있는 거야. 감질맛나게스리 말 바보같으니라구."

빠또의 유식한 말에 가또도 비틀었다.

"저 동양인 남자 갈비가 나온 것 봐. 고기 흔한 아르헨티나에 이민 왔으면 고기 좀 뜯어 먹지. 염소처럼 풀만 뜯어 먹어가지구. 저래 가지고 여자를 낚겠다고?"

"응, 나처럼 몸매가 끝내줘도. 돈 없다고 여자들이 거들떠보지도 않는데."

빠또가 거들며 이어 동양 남자를 나무랐다.

"그걸 가리는 걸보니 부끄러운 줄 아는 놈이야. 그래가지고 무슨 여자를 낚겠다는 건지. 도무지 모르겠구면."

"혹시 작으니까 가리는 것일 게야."

"번지수도 틀렸지? 가또. 여자 낚으려면 공원 안에 있는 수영장에 가서 내놓아야지. 아무도 없는 숲 속 깊은 풀밭에서 홀딱 벗어 봐야 들 모기떼한테 뜯어 먹히기 십상 아닌가."

"영국 해리어기가 말비나스의 아르헨티나 군인을 공격하듯 말야."

"그만 내려가자. 가또. 남자가 남자 몸뚱이 보자고 해리어기 공격 받을 일 있냐. 우리가 비싸면 또 모르지만. 나는 목말라 죽겠다."

"어? 저것 봐. 빠또. 몸에 붙은 모기 때리느라고 가끔 손을 고추에서 뗀다. 이왕 왔으니 동양사람 거 구경하고 가자꾸나."

둘은 누가 먼저랄 것 없이 풀밭 안으로 발을 들여 놓았다.

가또가 벌거벗은 남자에게 다가가서 말을 붙였다.

"당신 치노요? 꼬레아노요?"

"나 꼬레아노요."

그는 대답하면서도 뛰기를 멈추지 않았다.

큰 나무 그늘 아래에 저만치 세워 놓은 차안은, 선팅으로 들여다보이지 않았다. 가또가 또 물었다.

"당신은 무엇 때문에 여기서 홀딱 벗고 제자리 뛰기를 하는 거죠? 모기한테 뜯겨가며."

벌거벗은 꼬레아노 몸뚱이는 여기저기를 모기에게 물려 벌겋게 부풀어 있었다.

"당신들, 얼른 여기를 물러나 줘요. 제발."

벌거벗은 꼬레아노가 징징대며 말했다.

"?"

"?"

가또와 빠또는 의아스런 눈을 서로 보냈다.

이때 승용차의 조수석 차창이 주르륵 반쯤 열리며 선글라스를 낀 꼬레아노 얼굴이 나타났다. 재빨리 승용차로 간 둘은 차안을 보니, 선글라스가 반 리터까지 길쭉한 하이네켄 캔 맥주를 얼굴에다 대고 있었다. 그 캔 맥주가 얼마나 차가운지 캔의 알루미늄 거죽에 응결된 물방울이 뚝뚝 떨어지고 있었다. 선글라스가 쭈욱 고개를 뉘어 몇 모금 들이키고는 밖에다 물었다. 가또가 뒷문에 몸을 대고 차 지붕에다 왼팔을 올려놓았다.

"뭐야? 당신네 둘. 사람도 없는데."

"사람인데요."

"사람이 왜 쓰레기 냄새가 지독하지?"

"우리 마누라도 그러던데요."

"똑똑한 마누라를 둬서 피곤하겠구면."

"어쩌면 그리 잘 아세요? 숨겨둔 내 비상금도 꼭꼭 찾아내지요."

"임마, 마누라는 좀 모자란 듯해야 평생 편한 거다."

"결혼하기 전에 누가 알았나요? 얌전 빼더라구요."

"속았구면. 바보 같으니라구. 얌마, 네 마누라는 너한테 속았다 하겠다. 쓰레기 냄새나 난다고."

"나한테 안팎으로 냄새 난대요."

"?"

"방귀가 자주 나오거든요. 낄낄."

"이 친구, 쓰레기 볼사구면. 그건 그렇고, 우리한테 용건이 뭐야?"

“지금 여자를 꼬시는 거죠? 낄낄.”

선글라스가 뜨악한 얼굴이 되었다.

“?”

“내가 제대로 가르쳐 주려고요.”

“까불지마, 임마. 나는 아르헨티나서 대학 다닌 사람이다. 내가 모르고 네가 아는 게 뭐냐? 도대체.”

“많이 배웠으니 좋은 일이 많겠네요.”

“걱정마라. 아르헨티나 땅에 내 맘대로 안 되는데 하나도 없다.”

“그래도 저 미끼는 틀린 것 같은데요.”

“미끼?”

선글라스가 고개를 돌려 운전대를 잡고 앉아 있는 다른 꼬레아노를 쳐다보고 그랬다.

“네, 여자를 낚으려면 그걸 제대로 보여줘야 해요.”

“엥?”

선글라스가 벌거벗은 남자가 있는 풀밭을 쳐다보았다. 그는 손이 자꾸만 사타구니에 가고 있는 게 보였다.

그는 피식 웃었다.

“우리가 저 친구를 미끼삼아 여자를 꼬신다고? 하하. 짜아식 같으니라고. 아르헨티나 것들은 젊으나 늙으나, 밤낮 여자 꽁무니 생각만 한다니까. 그러니까 여기 참견 말고 집에 가서 찬 맥주나 마시면서 마누라 궁둥이나 두드리시지.”

가또가 공손히 대답했다.

“내 마누라는 나한테서 쓰레기냄새 난다고 가까이 못 오게 하고, 빠또재는 마누라가 없는데요. 우리는 돈도 없어, 가다가 공원 입구 수도꼭지에 입을 대고 수돗물로 배 채울거예요.”

“너희는 죽으라는 법이 없구나.”

운전석에 앉은 남자 꼬레아노는 들고 마시는 맥주 캔에서 응결된 물이 줄줄 흐르자 신경질적으로 말했다.

"어이, 그 창문 올려. 바깥 더운 공기가 들어오는 바람에 내 흰 바지가 얼룩 투성이가 되잖아."

가또가 재빨리 지붕에다 걸쳐 두었던 왼손을 창틈에 쑤셔 넣었다. 그리고는 슬쩍 뒷좌석을 보니, 얼음이 동동 뜬 찬물에 캔 맥주가 잔뜩 쟁여있는 아이스박스가 놓여 있었다. 선글라스가 마시던 캔 맥주를 슬그머니 아래로 내리고 조용히 타일렀다.

"이봐, 지금 말이야. 왕 모기떼가 저녁식사를 하러 날아다니기 시작했다. 괜히 아까운 피 빨리지 말고, 집에 가서 발 닦고 일찍 자지 그래."

가또가 받아냈다.

"오늘밤, 나도 빠또네 가서 자야해요. 그런데 천장이 낮아 땡볕에 달궈져 화덕이 돼 있을텐데, 아사도가 될 것 같아 걱정이예요."

"오늘 토요일이잖아. 주급 받았을 텐데, 집에서 아사도 안 굽나? 집으로 가지."

"아까도 말했잖아요. 냄새나니 들어오지 말라고."

"거 참. 질기네. 네 사정 더 들었다가는 차안 에어컨 공기 다 빠져 나간다. 팔 빼라구."

가또가 못 들은 척 여전히 팔을 넣어 두고 있었다.

"야. 아르헨티노! 냄새가 너무 고약하다. 좀 손 안 치울래. 내 주먹이 근질근질한데."

"태권도 해요?"

"어쭈. 태권도를 다 아네."

"내 친구 빠또도 일 년 동안 태권도를 배웠어요."

느닷없이 빠또가 차 뒤에서 큰소리로 말했다.

"차렷! 사부님께 경례! 바로!"

“응, 잘 아는군.”

선글라스가 조금 기가 죽은 목소리로 타일렀다.

“여봐. 태권도를 안다니까 하는 말인데, 태권도라는 것은 가끔씩 저렇게 모기한테 뜯겨가며 인내심을 길러야 하는 거야. 그러니까 야, 아르헨티노야. 건전한 생각하고 살도록 하라구. 비노(와인) 마실 궁리, 아사도(소고기 바베큐) 뜯을 궁리, 여자 궁뎅이나 볼 궁리하지 말고. 그러니까 고추가 어쩌구 입에서 나오지.”

또 이어 말했다.

“가다가 수도꼭지를 보면 실컷 배불리 들이키라구. 돈도 없는 모양인데 배고프면 남의 것을 탐내는 마음이 생기니까 말이야. 아, 그리고 이 팔뚝도 뽀독뽀독 씻고 말이야.”

운전대를 붙잡고 있는 남자가 짜증을 냈다.

“어이, 그 놈의 팔에서 시궁창 냄새 지독히 난다. 어서 빼라구 해.”

“어이, 털은 뜯어야지.”

“우리 동네 수돗물 끊어진지 오래 됐어요. 가물어서.”

“그건 너희 사정이고. 내가 말한 것. 명심하라구. 그러면 마누라가 돈만 뺏지 않을테니.”

“알았어요.”

“알았으면 그만 이 팔뚝 좀 빼지 그래.”

손톱때가 새까만 가또의 손이 자꾸만 선글라스의 머리를 건드렸다.

“하나 물어도 되나요? 저 벌거벗은 친구는 언제까지 모기를 뜯겨야 하나요?”

팔 뺄 생각은 않고, 아예 고개를 뒷좌석의 아이스박스에 두고 가또가 물었다.

“더럽게 궁금한 것도 많다. 아직 이십 분이 남았어.”

선글라스가 시계를 보는 척하고 말했다.

"그러면 다음은 당신들 차례겠네요."

"어? 우리 차례? 응, 우리는 저 친구보다 태권도 단이 많이 높다구. 그래서 두 시간은 해야 한다구?"

뒤에서 빠또가 툭 치며 목말라 죽겠으니 수도꼭지로 가자고 했다. 그런데도 가또는 꿈쩍하지 않았다.

운전대를 잡고있는 남자가 선글라스에게 한국말로 말했다.

"저 자식, 눈 좀 봐. 계속 뒷자리에 둔 아이스박스에 가 있어. 한 개씩 쥐어줘서 보내 버려. 그래야 마시느라 이 냄새나는 팔뚝도 빼내겠어."

캔 맥주 두 개가 창밖으로 나왔다.

"모기한테 뜯기고 있는 저 벌거벗은 사람에게 건네줘요?"

"안 돼. 저 친구, 인내심 훈련하고 있다는데. 초장 치지 마. 너희 둘이나 나눠 마시라구."

"고맙습니다."

가또와 빠또는 숨도 쉬지 않고 꼴깍꼴깍 마셨다.

"어. 시원하다."

"더 너희에게 줄 거 없으니까, 아껴 마시며 갈 데로 가봐."

"입 맛 버리는 거 아닌지 모르겠다. 괜히 줘서."

운전대를 잡은 남자가 한국말로 선글라스에게 말했다.

가또가 맥주를 따서 마시는 사이 스르륵 창문이 올라갔다. 똑똑 창문을 가또가 두드리자 창문이 빼꼼히 열렸다.

"우리는 에세이사 공원 발전위원예요."

"그게 그래서 어쨌다는거야?"

선글라스가 짜증을 냈다. 가또가 말했다.

"문 좀 조금 열어봐요."

"왜, 또 손 집어넣으려고? 내가 네 심뽀 모를 줄 알고?"

"돈 안 받고 봉사하는 거예요. 공원안의 안전사고와 풍기문란을 주로 찾아내지요.”

“많이 해라. 에이, 병신들 같으니라구. 발전위원이란 인간은 봉사입네 하고 너희를 등록시켜 월급 빼돌리는거야. 것도 모르고.”

“절대 그럴 사람이 아녜요.”

“야, 가서 따져 물어봐. 겁먹을 테니.”

“알았어요. 그런데 공원에는 어린이도 여자도 오는 곳 아녜요.”

“여기는 공원 숲 깊숙한 풀밭인데.”

“우리가 봤잖아요. 그러니까 여자도 없단 보장도 없고요.”

“지금 잘 봐. 저 친구 손으로 가리고 있잖아.”

“조물락 댔어요.”

“야 야. 별거 다 따진다. 가리는거나 조물락대는거나 그게 그거야. 임마.”

선글라스가 윽박질렀는데도 가또가 우겼다.

“달라요.”

“뭐가 달라. 얌마?”

“조물락대면 커지잖아요.”

“그래서 지금 저 꼬레아노는 풍기 문란인 거예요.”

빠또까지 동조를 하자, 갑자기 선글라스가 풀밭에 있는 벌거벗은 남자를 향해 큰소리를 질렀다.

“야, 임마. 가리기만 해. 만지지 말고.”

“아이구, 모기가 밑을 물었어요.”

“더 펄쩍펄쩍 뛰어봐. 니기미.”

그리고 선글라스가 가또에게 조금 톤을 내려 말했다.

“어이, 시방 여기에는 어린애도, 여자도 없잖아.”

가또가 대답했다.

“여기 우리가 있잖아요.”

“너희는 남자잖아.”

"호모는 자존심 없대요?"

"이그, 시팔. 야!"

갑자기 풀밭으로 큰소리가 날아갔다.

"야, 새꺄. 그 지랄 같은 것은 왜 자꾸 만져가지고 문제가 되게 하는 거야?"

"아이고, 차라리 목욕탕 물고문이 낫지, 가려워 죽겠습니다. 아이고 죽겠네."

"그러니까 빨리 휘르마하면 되잖아. 새꺄."

"휘르마하면 집 한 채 날아갑니다."

"휘르마 하겠다는 말, 곧 죽어도 안하네. 허."

운전대를 잡은 남자가 중얼대고서 선글라스에게 말했다.

"에이, 사람 없는 데를 골라 왔더니만 웬 쓰레기 두 볼사가 나타나서는 진드기를 붙다니. 이봐. 저 자식 빨리 차타라고 해. 다른 데로 가자구."

선글라스가 벌거벗은 남자를 불러 들였다. 가또가 또 나섰다.

"교대시간 됐나요?"

"이봐. 아르헨티노. 충고 하나 하는데, 그만 좀 참견하시지. 자꾸 귀찮게 굴면 저 벌거숭이의 태권도 발차기가 너희를 작살 내버릴 테니까."

가또가 지지 않았다.

"잘됐네요. 빠또는 우리 동내 대표 권투선수지요. 이따 인내 훈련이 모두 끝나면 태권도와 권투를 시합 붙여 보자구요."

선글라스는 찔끔했다.

벌거벗은 남자가 헐레벌떡 뒷자리로 오르더니 아이스박스를 껴안고 찬 캔 맥주로 온몸을 문질러댔다.

가또와 빠또는 캔 맥주 한 개로는 영 성이 안찼다. 어떻게, 한 개씩 더 얻어 마셔볼까 궁리하는데 차문이 닫히고는 시동이 걸리는 소리가 나, 얼른 가또가 차문을 노크했다. 선글라스가 빼꼼히 창문을 열었다.

"아까 더 줄게 없다고 말했는데?"

"우리랑 가야지요."

"너희가 왜 우리를 따라가?"

"발전 위원장 뚱보 노처녀한테 가는 거 아니에요?"

"병신 꼴값하네. 그 골치 아픈 데를 내 발로 스스로 찾아가란 말야?"

"공원 경찰들도 뚱보 노처녀한테 쩔쩔 매는데요."

어느새 잠자코 있던 빠또가 차 앞을 가로막고 서있었다.

어쩔 수 없어 선글라스가 차문을 열자, 가또는 선글라스를 운전석으로 밀치고 끼어들었고, 빠또도 벌거벗은 남자를 아이스박스에 바싹 밀어 부치고 뒷자리로 올랐다. 순식간에 벌어진 일이었다.

선글라스가 순순히 차문을 열어 준데는 이유가 있었다. 차 앞에 버티고 서 있는 빠또를 본 운전석의 남자와 선글라스는, 마치 고릴라가 차를 들어 내동댕이치기나 하는 듯 해서였다. 권투에 보디빌딩까지 한 적이 있는 빠또가 팔짱 낀 가슴 근육을 꿈틀대자 놀란 거였다.

차 안은 좁기도 좁으려니와 가또와 빠또가 숨 쉴 적마다 내뱉는 이빨 썩은 냄새에다 몸에서 나는 시궁창 냄새로 질식할 지경에 이르렀다. 아, 이때 붕! 가또의 방귀가 터졌으니 그 냄새로 운전석 남자와 선글라스는 스프링 튀듯 운전석 차문을 밀쳐내고 튀어나왔다.

"우리끼리 가면 위원장이신 뚱보 노처녀한테 혼나는데요."

선글라스가 쏘아 붙였다.

"얌마! 우리는 여기서 인내 훈련을 하겠다. 너희나 그 꼬레아노 데려가서, 뚱땡이 늙은 여자 보고 끓여 먹든, 볶아 먹든, 구어 먹든 지져 먹든 튀겨 먹든 쪄먹든 맘대로 하라해, 니기미."

"알았어요. 하는 수 없네요. 우리가 다녀올 동안, 인내 훈련을 한꺼번에 해치우세요."

밖으로 튀어나간 둘은 분명 최면이 걸리지 않고서야 그럴 수가 없었다.

누가 시키지도 않았는데 둘은 스스로 남방셔츠를 벗고 바지를 벗었다. 선글라스는 화가 하늘 높을 줄을 몰랐다.

"우리 둘은 너희 둘이 벗으라고 시킨 거야. 너희도 뚱땡이 늙은 여자한테 어디 혼 좀 나봐."

"벗으라고 안했는데요."

"어쭈! 뚱땡이 늙은 처녀가 겁난 게로군."

둘은 여봐란 듯이 당당히 도로 옷을 꼬여 입었다. 가또가 말했다.

"둘 중에 하나만 선택해요."

"뭐를?"

"여기 뒤에 있는 꼬레아노처럼 팬티까지 벗고 인내심 훈련할래요? 옷 다 입고 양말, 신발만 벗고 훈련 할래요?"

가또가 묻는 말이 끝나기도 전에 가또 마음이 바뀔까 겁이 난 선글라스가 즉각 대답을 했다.

"우리 양말하고 신발만 벗겠어."

"후회할 텐데요."

"걱정 말고 얼른 뚱땡이 늙은 처녀한테나 다녀오시지."

"잘 다녀오겠어요."

"빨리 다녀와."

"이 차로 갔다 와도 돼요?"

"막 뽑은 새차다. 그 꼬레아노 보고 운전하라고 해."

뒷자리의 꼬레아노가 옷을 꼬이고 운전석에 앉았다.

"이 꼬레아노가 운전 중 가려워 긁다 사고 나면 내 책임 아녜요."

"야, 너 차 긁혀 놓으면 죽을 줄 알아."

선글라스가 꼬레아노에게 종주먹을 질렀다. 가또가 그러는 선글라스한테 말했다.

"벗은 신발 양말 차 안에 넣어요. 우리 다니러 간 새에 가버리면 안되니까요."

"야. 우리가 미쳤냐? 내 새 차를 너희에게 주고 가게. 그리고 신발 없이
는 십리도 못 가 발병이 난다."

두 꼬레아노를 둔 채 차는 풀밭을 빠져 나와 공원 내 도로로 들어섰다.

"어디 에어컨을 최대한 켜요."

차는 주욱 오르막길을 타다 막다른 테니스 코트장에 달린 까페떼리아
앞에 섰다. 여기까지 오는 동안 셋은 캔 맥주를 한통씩 따 마시는 것을
잊지 않았다.

"돈 좀 있어요?"

"뭐든 먹어요. 모기 구덕에서 구해 준 은인인데, 고맙소."

얼굴 목 팔뚝이 울긋불긋 부풀어 올라있는 꼬레아노가 말했다. 가또는
병 맥주 두 병과 하몬, 께소, 살라메, 아세이뚜나, 땅콩, 감자 튀김이 담긴
삐까다 바구니도 시켰다.

가또는 부웅하고 소리 죽여 방귀를 뀌고 물었다.

"저 두 꼬레아노에게 빚졌지요?"

"아니, 그걸 어떻게 알았습니까?"

"갚아야지요."

주문한 맥주와 삐까다가 나와, 가또와 빠또는 코밑에 잔뜩 흰수염을 달
아 놓으며 마시고 먹어댔다.

"억울한 일을 당했습니다."

"세상에 안 억울한 일이 있으면 말해봐요. 나는 멀쩡한 젊은 사위에게,
밤 잠 안자고 벌어다 술에 담배에 아사도를 퍼 먹이고, 이 빠또는 남의
새끼를 판사 한마디에 15년 양육비를 대야 하는 뻐꾸기 신세가 되었소."

"저기 두 꼬레아노는 유태인 미싱상회 해결사입니다."

"해결사?"

"미싱을 사고는 월부를 못 갚던지, 수표가 부도나면 미싱을 도로 뺏어갑
니다."

"그런데?"

가또가 잔뜩 입안에 땅콩을 물고 물었다. 벌거벗었던 꼬레아노가 아주 슬픈 얼굴로 말했다.

"나는 미싱, 오바록, 꼬쟈렉따, 치마 밑단 치는 기계, 단추 다는 기계, 단추 구멍 내는 기계를 중도로 들여 놓고 나서 그 기계 값 이만 오천 불을 받아가라 했습니다."

"돈이 참 많은데요."

"이민 올 때 가져 온 돈으로 샀던 집을 판돈입니다."

열심히 먹고 마시면서도 가또는 귀를 쫑긋 열어 놓고 들었다.

"그런데 뭐가 문제가 됐어요?"

"내 손에서 미화(달러)가 떠난 다음, 저 사람들은 가짜 미화가 끼어있나 확인을 끝낸 후 마악 주머니에 나눠 넣고 나섰습니다."

"그럼 끝났네."

빠또가 그랬다.

"그때 초인종이 울렸습니다."

"이 사람 영화 얘기하는 거 아냐?"

빠또가 퉁명스럽게 말하니까 가또가 잘랐다.

"그래서요?"

"청소하는 아주머니가 들어 왔습니다. 그녀를 밀고 들어온 강도 셋이 털어 갔습니다."

"골치 아프게 됐네요."

"나는 이미 지불이 끝났다. 저 두 사람은 아니다. 너의 집에서 강도를 당했으니 네가 책임져야 한다."

"그래서요?"

"기계포기 각서에다 휘르마 하라는 겁니다. 어제는 목욕탕물에 곤두박질을 시켜 물고문하고, 오늘은 모기고문 하고."

"포기 각서에 휘르마 할 때까지 저 짓을 하겠군요."

"기계를 다 실어 가버리면 어린 두 자식하고 마누라와 나는 남의 나라에서 어쩌면 좋습니까?"

삐까다와 맥주를 바닥 낸 가또가, 남의 신세타령을 듣다말고 부탁할 것이 있다 했다.

"나 같은 사람에게도 부탁할게 있습니까?"

"이왕 여기까지 왔으니까 저녁을 먹었으면 하는데요."

"시켜요, 뭐든지. 집 한 채가 날아가는 판에 두 양반 저녁 값을 아껴, 내가 부자 되겠습니까?"

"밀라네사 먹고 싶은데요."

"콜라 두 병도."

이내 음식이 나오자, 둘은 게눈 감추듯 감췄다. 입가심을 해야 한다 해서 꼬르따도까지 시켜 마시고 나서, 이빨을 쑤시며 가또가 물었다.

"언제까지 시달려야 해요?"

"기계포기 각서에 휘르마 할 때까지지요."

잔디밭으로 돌아 올 때도, 셋은 마지막 남은 하이네켄 세 캔을 한 개씩 나눠 마시는 것을 잊지 않았다.

잔디밭에서의 둘은 차가 돌아오는 줄도 모르고 사타구니를 쥐어짜고 있었다.

"뭔 일이 났어요?"

가또가 묻자 선글라스가 벌컥 화를 냈다.

"개미가 그걸 물어 뜯어버렸어. 따갑고, 쓰리고, 가렵고, 이거 환장하겠네."

"그래 내가 뭐랬어요. 후회할거라 했잖아요."

"시끄러워. 갔던 일은 어찌됐어? 어서 말하라구."

아까 벌거벗었던 꼬레아노는 아예 차에서 나오지 않았다.

"발전 위원장이신 뚱보 노처녀께, 저 꼬레아노가 벌건 대낮에 홀딱 옷을 다 벗고 그걸 조물락대며 풀밭에서 뛰며 여자들을……"

선글라스는 급하기 짝이 없었다.

"결론만 말해. 풍기문란이래? 아니래?"

"요새는 그 정도는 풍기문란이 아니래요."

"거봐. 별것도 아닌 걸 가지고 호들갑 떨어? 비켜, 빨리 병원가야 해."

"병원을 가도 소용없는데요."

"그럼 뭐가 돼? 빨리 안 비켜?"

"모기 물리면 며칠이면 가라앉지만, 개미한테 물리면 한 달 동안 아프고 가렵고 따가워요. 그뿐 아니지요. 나도 물려봤지만, 공처럼 벌겋게 부풀어 올라서 겨우 오줌 누는 데나 써 먹어요."

"이봐. 하나 묻겠는데, 개미가 누구 것을 물었지?"

"나는 아닌데요. 야, 빠또야. 네가 물렸냐?"

"아니, 내가 바보 멍청이냐? 신발 양말을 벗게."

"좋아, 네가 셋까지 세기 전에 안 비키면……"

"큰 문제가 생겼어요."

"뭐가, 또?"

"소문에는 위원장이신 뚱보 노처녀 변기가 특수 강철로 만든 거래요."

"이봐. 그 뚱보년 똥뚜간하고 우리와는 무슨 상관관계가 있는 거야, 앙?"

"저 꼬레아노가 벌건 대낮에 너른 풀밭에서 홀딱 벗고 뛰더라니까 위원장이신 뚱보 노처녀께서 이러더라구요."

(야, 가또야. 이런 비쩍 마른 꼬레아노 데리고 나를 찾아오다니, 이 빙신 같으니라구. 지금 더워 죽겠다, 너 오늘 주급 탔지. 마실 것 좀 사오너라. 해서, 자동차 뒷자리 아이스박스에 있던 헤네켄 맥주를 죄다 갖다 주었더니 깡그리 그 자리에서 다 마셔 버리고는, 어 션타, 야 가또야, 이 꼬레아노가 나한테 시원한 맥주를 앵겼으니, 봐주는 거야, 임마.)

“쫀말할 때 그만 나발대. 그리고 내 맥주가 한개도 없다고? 아이고, 더워 죽겠네.”

“얼음물은 손 안 댔는데요.”

“너네나 다 퍼 마셔라. 이 메기 같은 놈들아.”

선글라스는 고개를 돌려 운전석에 앉아 있던 꼬레아노에게 말했다.

“어이, 태권도로 이 두 친구 묵사발 만들어.”

선글라스가 손바닥을 들어 벽돌을 깨뜨리는 시늉을 하고 있는데 가또가 말했다.

“아직 문제가 남았는데요.”

“아예, 우리를 죽여라 죽여.”

(뚱보 노처녀 말씀이, 이제 알았으면 집에 가서 네 마누라 엉덩이나 두드려 줘라, 하길래. 내가 어쩌면 선글라스를 낀 꼬레아노하고 똑같은 소리 하느냐니깐, 위원장님께서 눈을 동그랗게 뜨더니, 선글라스라고? 해, 선팅 된 차에 타고 있더라구요 했더니, 선팅? 하고는 무슨 음모가 있다해서, 음모가 있다면, 저녁 참으로 계란과 고추를 뜯어먹은 모기의 죄 밖에 없다, 하니까…….)

“뭐래, 얼른 말해.”

선글라스가 긁적대며 보챘다.

“모기 고문을 한 거래요.”

“별 거지 같은 고문도 다 있네.”

“인질범일 거래요.”

“누가? 우리가?”

“아니지요?”

“야, 세상 어디에도 인질범이 인질 괴롭히는 거 절대 없다. 야야, 아르헨티나 것들은 미국 영화도 안보냐? 하긴 여자 궁뎅이 보느라 볼 새가 있나?”

“돈 둔 곳을 인질만 아는 수가 있잖아요.”

“딴은 그렇네.”

"모기 고문을 해서, 인질이 돈 숨겨 둔 곳을 가족에게 전화해서 알려주게 한대요. 여보, 내가 당신 모르게 화분 속에 돈을 감춰두었어. 그 돈 꺼내가지고, 에세이사 공원 맨 위에 있는 잔디밭으로 날 데리러 와. 빨리 안 가져오면 모기한테 그것을 물리게 하겠대."

"소설을 써라 소설. 똥 누다 변기가 깨져 뒤로 벌러덩 나가 뻗을, 뚱뗑이 거지같은 늙다리처녀야."

"문제가, 인질범은 죄질이 살인범과 다름없대요."

"엉?"

"그 말을 하고는, 오늘 자기는 애인하고 저녁 먹을 약속으로 일찍 퇴근한다며, 두 사람의 영주권 번호, 성명, 주소, 가족사항을 적어 오래요."

가또는 포기 각서 뒷면을 내밀어, 선글라스와 운전석의 남자한테서 죄다 적도록 했다. 선글라스가 풀죽은 목소리로 물었다.

"어디다 쓴답디까?"

"범죄 경력이 있었는지를 이민청에다 물어 보겠대요."

한국인 셋은 선팅차로, 서둘러 풀밭을 떠나 버렸다. 가또와 빠또는 차가 떠난 쪽을 향해 나란히 서서 시원히 오줌을 뽑았다.

가또가 방귀를 뽕! 뀌고는 빠또에게 물었다.

"빠또야, 우리의 못된 버릇은 언제나 되야 고쳐질까?"

"방귀 말이야?"

"아니, 남의 일에 참견하는 거 말이야."

(『로스안데스문학』 통권11호, 2007)

 태극기 꼬리엔떼스 대로 달리다 _박형영

"이삼수 씨. 드디어 한국, 떠나시는 겁니까?"

"형사님. 왜, 시원섭섭하십니까?"

"남미 가시면 뭘 할 겁니까?"

"거기, 도라도라는, 어린애 만한 황금빛 물고기가 지천으로 있는 것 모르십니까?"

"그럼, 어린자식 데리고 세월 낚으러 이민간다고요? 그건 그렇고, 죄송하지만 두 사람 보증 세워야 김포공항 출입국관리사무소 통과됩니다."

"형사님. 두 보증인이 무슨 대수라고. 나는 태극기 들고 한국 떠날랍니다. 누가 압니까? 박대통령께서 남미순방 하실는지. 그때 흔들랍니다."

갑자기 큰소리로 '박대통령'에 힘줘 말하자, 정보과의 경찰 모두가 깜짝 놀란 눈으로 이삼수 씨를 쳐다보았다.

그러나 담당형사는 심드렁한 얼굴이었다.

"이삼수 씨. 각하, 남미순방 하실 일 없을 겁니다. 김종필 특사가 남미를 돌 때 교민이 던진 돌팔매 맞고 와서 내린 5·4조치로, 남미 이민문호가 이제는 닫힌 줄 모르시는군. 이삼수 씨는 재수가 좋아 막차비자 받아 떠나는 줄이나 알아요. 그러니까 태극기 대신, 식구 입을 내복이나 가지고 가는 게 훨씬 실속 있을 겁니다."

장인과 처남을 보증 세우고, 비행기를 탄 이삼수 씨가 가족을 이끌고 도착한 남미 내륙국 파라과이의 수도 아순시온은 1977년 무더운 한여름 12월이었다.

이삼수 씨 가족 넷은 서울서 입고 온 내복을 공항화장실로 가서 벗어야 했다.

한 달 만에 나온 파라과이 영주권을 쥐고는 최종 목적지인 아르헨티나로 가야했다.

국경을 넘겨줄 젊은 교민 브로커는 화부터 냈다.

"이 많은 짐을 가지고 국경도시 구경 가겠다 하겠다고요?"

"네 식구가 몇 년 입을 내복예요."

이삼수 씨 아내가 애원을 하는데도 브로커는 들어먹지를 않았다.

"부에노스 아이레스는 겨울 따위가 없습니다."

그러나 이삼수 씨는 끝까지 가방하나는 가지고 가겠다고 막무가내였다.

"족보나 됩니까? 하늘처럼 모시는 게."

이민을 오는, 한 가족이 족보를 한보따리 가지고 온 적이 있었다.

"태극기입니다."

"태극기라고요? 허. 한국인 꽤나 국경 너머로 아르헨티나에 넘겨줘 봤
지만 가방 가득 태극기 가져오는 사람 첨보네."

"한 장짜리 대형입니다."

"하이고"

아내가 곁에서 그랬다.

브로커는 이삼수 씨 가족을 국경 너머로 아르헨티나 쪽 뽀사다 터미널에
서 장거리 버스를 태워주었다. 10시간이나 달려 종착지 부에노스 아이레스
레띠로 터미널에 내려 잡아 탄 택시 창밖으로 내다 본 부에노스 아이레스는
'남미속의 유럽', '남미의 파리'라는 게 빈말이 아님을 알 수 있었다.

이삼수 씨는, 이제부터 서양인의 일원이 되었음에 가슴이 뿌듯했다. 그
러나 한인타운 '백구촌'은 이름만 근사했다. 흰 갈매기 떼가 푸른 바닷가를
훨훨 나는 이삼수 씨의 상상을 여지없이 뭉개버렸다.

터진 하수도로 수챗물이 질척대는 길바닥을, 골라 딛지 않으면 한 발자
국도 걸을 수가 없었다. 시궁창 냄새까지 숨막히게 하는, 낡을대로 낡은
연립주택단지 '백구촌'의 정식 이름은 '바리오 리바 다비아'였다.

"몰려드는 한인 교민들로 백구촌에 집 없어 난리인데 이삼수 씨는 빈집
이 기다리고 있으니 행운이요."

고물미싱 두 대하고 오바록 두 대 끼워 인수 받은 연립주택에서 김씨라고 하는 교민이, 유태인 공장에서 받아다 대주는 일감으로 봉제일에 들어갔다.

며칠 되자 부르지도 않았는데 교민들이 떼로 몰려 왔다. 빈손은 아닌 게 포도주는 짝으로 들고 왔다.

"이삼수 씨. 입촌신고 받으러 왔습니다."

"그게 뭡니까?"

"보기만 하면 됩니다."

들이 닥치기 무섭게 그네들은 이민가방부터 헤집어댔다.

"뭣들 하는 겁니까?"

들은 척도 않고 교민들은 남자여자없이 김, 멸치, 미역, 고추장을 봉지째, 병째 끄집어 꺼내어 참기름 발라 굽고, 고추장으로 볶고, 미역국도 끓여서 밥을 지어 싹싹 먹어 치워버렸다.

여자들은 가버리고, 남자들은 로터리로 나갔다.

그들은 주택단지내의 가운데 로터리의 둥그렇게 박아 놓은 돌 턱에 주욱 둘러앉았다. 그 중심에 세워있는 빈 국기게양대가 이삼수 씨의 가슴을 겨누는 것 같은 기분이 들었다. 한 개비씩 이삼수 씨가 한국 담배를 돌렸다. 그들은 맛좋게 담배연기를 빨아 뱉었다. 그리고서 물었다.

"하나 물어 봅시다. 환영식이라는게, 기껏 남의 가방 뒤짐입니까?"

식식 불며 말하는 이삼수 씨에게 모두 고개를 돌렸다.

고추장이 어떤 고추장인가. 장모가 담가, 장인이 꽁꽁 포장해 준 고추장 아닌가. 확인 한다고 아순시온 공항에서 세관원이 뚜껑을 열자, 거기서 풍긴 맵고 짭조롬한 냄새로 주위의 승객, 세관원이 모두 도망가던 고추장이 아닌가.

"허허, 우리가 먹어치운 것이 아깝소?"

"총만 안 들었지, 강도요."

"하하하하."

눈물을 질금대며 모두 웃어 제쳤다.

"그런데 말입니다. 이삼수 씨. 한 가지 물어봅시다. 웬 태극기요? 그것도 이불 호청만한 걸로."

"거, 내가 대답하리다. 영국이 말비나스섬에 영국기 꽂고 포클랜드라고 우기는 그런 땅 있으면 꽂으라고 한국 정부서 보낸 사람이겠지."

"맞아, 개도 안 물어갈 소금밭 이따마우까 같은 땅, 또 사라고 보냅디까?"

"이삼수 씨도 한국서 의혈투쟁한 모양이구먼. 그러니 애국지사 관 덮을 태극기는 각국 주재 대사관에 마련돼 있습니다. 그러니까 구태여 가져오지 않아도 될 텐데."

이제야 이삼수 씨에게 대답할 차례가 돌아왔다.

"6·3 데모 때 그 태극기 내가 들고 나갔던 겁니다."

"그 서슬퍼런 군정 때요?"

"삼선개헌 데모 때도 나갔습니다."

"그랬으면 밥 먹기 힘들었겠습니다."

"택시 한 대 굴리다 이민 왔습니다."

이삼수 씨는 데모 얘기만 나오면 눈빛이 달라졌다. 옛 시절로 돌아갔다. 허공에다 연기를 길게 내뿔고 말을 이었다. 회한으로 가득차 있었다.

"데모는 딱 한 사람 지시가 있어야 합니다."

"주동자지"

"아닙니다."

"그럼, 태극기 쥐고 앞장선 당신이란 말이요?"

"날씨를 읽을 줄 아는 사람입니다."

모두 입을 닫았다

"바람이 데모대 쪽으로 불고 있으면 천하없어도 데모가 취소됩니다."

"그래. 나도 최루탄가스 뒤집어 써 봤는데 목 따가운 건 참겠는데 눈은 비빌수록 더 따갑고 쓰리더라구."

한양대 쪽에서 시내로 들어가자면 딱 한군데, 철교 위를 넘어가는 성동교가 있다. 아침 일찍 다리위에 지켜 서서는 바람 방향을 체크하던 녀석이 분명 바람이 시내 쪽으로 분다해 시작한 데모대는, 역풍으로 최루탄 세례를 뒤집어쓰고 굴비두룸 엮여 성동 경찰서 지하 유치장에 일주일 갇혔다.

"태극기 들었다고 나도 주동자로 분류되어 정식재판을 받아 일주일 구속됐으니까."

나이든 교민이 그랬다. 대학 동문이라고 살갑게 대해주는 교민이 말했다.

"이형, 여기 부에노스 아이레스는 겨울에는 바다처럼 너른 라쁠라따 강의 따뜻한 물과 남극에서 불어 올라온 찬바람이 부딪쳐 습기가 많습니다. 그래, 돈 가지고도 못사먹는데니 아껴 먹는다고 지니고 있다가는 김은 눅게 되고 멸치는 곰팡이 습니다. 그럴 바에, 죄다 꺼내 발기어 교포 모두 실컷 한국맛을 보자는 것이요. 이형은 이형대로 백구촌 입촌식도 겸사겸사 하고."

"그렇다고 사위워 말게. 일주일 거리로 파라과이를 거쳐 살러 이곳 백구촌으로 한인들이 이형처럼 들어올 테니. 그때마다 오늘 같은 입촌식으로 김. 멸치 포식할 테니까."

그렇지만 이삼수 씨 화는 여전히 삭혀지지 않았다.

"그래도 그렇지. 남의 마누라 속옷 섞인 가방까지 뒤지는 경우가 어디 있습니까?"

"스스로 꺼내 놓으라면, 꼭 조금씩은 남겨둡디다."

여전히 부어터진 얼굴로 이삼수 씨가 한국 담배를 하나씩 또 돌렸다. 말대로 교민들이 입주해 들어 왔고 그네들도 예외 없이 뒤짐을 당해야했다.

서민 연립주택 백구촌에는 서너 집 건너 한 집씩 교민이 살았다.

그들은 구조가 똑같은 주택에서 방 하나를 봉제공장으로 차려 기계를 돌렸다.

한인들은 밤샘해서라도 납품 날짜를 지켜 주었기에 유태인 공장에서 인기가 좋았다.

백구촌 사는 교민 반이 김씨라는 교민이 대주는 일감으로 미싱을 돌렸고, 나머지는 유태인 공장을 직접 찾아다녀서 일감을 가져왔다.

물론 후자는 김씨한테처럼 얼마를 소개비로 떼이지 않아도 일감 연결이 들쭉날쭉한데다 운반하는 택시비에, 일감 구하느라 가족 한 사람이 밖으로 나돌아야 했다.

매 토요일이면 자기네 집에서 아사도를 구울망정, 다른 곳의 교민 모임에는 어울리는 법이 없었다. 다들 남의 나라에 살며 외롭고 정보가 궁금해서 모이는데도. 이들은 이렇게 담배 끝에 돈 얘기 안하고 헤어지는 법이 없었다.

"수표 받아온 게 두 달짜리라니."

"그러게. 매일 일 프로씩 인플레되는 나라에서 두 달이면 육십 프로가 날아가 버리잖아."

나이든 교민이 손사래치고 말렸다.

"어쨌든 감지덕지 하자구. 김씨 아니면 우리 각자가 일감 구하러 헤매얄 판인데."

"그래도 그렇지요. 수표 받을 때, 소고기 일 킬로가 두 달 후에 수표 떨어질 땐 올리브 한 알 값되는데 어찌 더 참습니까?"

"그만 징징대들. 그 날짜 멀다는 수표주고 엿들 사먹었나? 지금 돌리는 미싱, 오바록은 한국서 가져온 비상금 풀어 들여 놓았단 말인가? 석 달 열흘이면 종이쪽 되는 수표주고, 한두 대씩 사 모은 게 아닌가. 김씨를 신주단지 모셔들. 중 싫으면 절 떠나라구. 김씨한테 일감 대 달라는 교민 줄 섰네 줄 섰어."

"그래도 우리 봉제 값에서 십 프로 떼는 건 너무했습니다."

"이 사람아. 흰떡에 고물 안들어? 기름 안 먹고 차가 어찌 굴러가? 그리

고 분명한 것, 유태인 공장측도, 이사람 저사람 한국교민이 몰려와서 일감
찢어 가는지 관리상 원치 않을 걸세."

"하나 더 물어 봐도 되겠습니까?"

"뭐가 더 그리 궁금들 한가?"

"이번 토요일 주말에도 김씨가 아사도 굽습니까?"

김씨는 이삼수 씨를 다방으로 불러냈다.

"이삼수 씨, 일 할만 합니까?"

"사내가 할 일이 아닙디다."

"부에노스 아이레스가 이민온 한국남자한테 눈뜨면 앞에다 일거리가 있
게 해준 것을 고맙게 알아야합니다."

이삼수 씨는 단숨에 꼬르따도를 비우고 자리에서 일어섰다.

"낼 납품을 해야 해서 실밥 따고 개켜 묶어야 합니다."

"이삼수 씨. 나와 같이 일 합시다."

깜짝 놀란 얼굴로 이삼수 씨는 다시 자리에 주저앉았다.

"차 운전 부탁합니다. 나는 이민와서 운전시작 했더니만 영 힘이 부칩
니다."

비록 아주 옛날 모델 중고차지만 벤츠로, 튼튼한데다 공간이 넓어 일감
을 싣고 다니기 좋았다. 다른 교민들은 차를 아직 장만하지 않은 이유가
있었다.

차를 탈 쩜도 없거니와 영주권이 없는 게 더 큰 이유였다.

이런 일이 있었다.

어느 교민이 중고차를 사서 백구촌으로 오던 중 고장이 났다. 정비소를
찾아가서 레카차를 데리고, 차가 서버린 자리에 가보니까 고새 누가 끌어
갔다.

혹시나 하고 가 본 집시 중고차상에 역시나 사라진 차가 거기 있었다.

또 돈을 주고서 가져와야 했다.

"왜 나와 함께 일하려고 합니까?"

"한국서 택시사업 하셨다면서요?"

"기사가 빠지면 대신 운전 했습니다."

"사실, 나는 미국 취업이민 신청을 해 놓고 기다리고 있습니다. 넉넉잡아 이 년 안에 출국하게 됩니다. 나를 도와주다 그때 인수 맡아요."

"난 영주권도 없습니다."

"함께 연구해 보자구요. 내 영주권 받은 사연 소문대롭니다. 좀 과장되긴 했지만 말입니다."

백구촌 한인타운에서는 그 얘기가 전설이었다.

"유태인 주인이야 한 사람만 내세워 관리시키면 오죽 편합니까? 그래서 나에게 영주권을 내준 건 자신을 위한 셈이었죠."

전설에 의하면, 우연히 김씨가 생일잔치에 세 살짜리 딸에게 곱게 한복을 차려 입혀 데려가서는 구름처럼 유태인이 모여 있는 중인환시리에 넙죽 큰 절을 올렸단다. 난리, 그런 난리가 없었다고 했다. 그런데 영주권을 내는데 걸림돌이 없는 게 아니었다. 한국대사관이었다.

이민청은 당연히 김씨의 신원확인, 그러니까 한국에서의 국적증명을 요구했다. 대사관은 세상천지에 그런 증명이란 없다했다.

대사관은 주재국의 모든 교민이 착하고 훌륭한 자국민이어서라고 했다.

유태인 공장이, 영주권이 나오면 꼭 채용하겠다는 각서를 제출하고, 있지도 않은 부에나 꼰두따라는 추천서를 받아다 이민청에 접수시켜 영주권을 쥐었다.

"하면, 나도 그 방법을 쓰게 됩니까?"

"두 번 못써 먹습니다. 유태인 공장이 영주권 장사한다는 의심 받게 되니까요. 그리고 영사도 처음이자 마지막이라 했습니다."

이삼수 씨는 좋다 말아 풀이 죽어버렸다.

"낙심 말아요. 솟아날 구멍이 있을 겁니다. 사실, 남미의 모든 이민나라는 기술자, 과학자, 음악가, 종교가에게 언제나 이민의 문호가 열려 있습니다. 인구가 일억이 되자 이민청을 없애버린 브라질도, 이런 직종의 이민 문호는 열어놓고 있습니다.”

“이민청이 없으면 브라질은 이민 업무를 어디서 봅니까?”

“연방경찰서 안에 이민 담당 경찰부서가 있습니다. 외인경찰서라는 이름으로 말입니다.”

“공대를 나오시고, 택시업 하셨다니 잘 됐습니다. 대학 졸업증과 차량정비소를 공장이라고 해서 거기서 근무한 경력증 한 장 만들어 번역공증해 보내달라고 한국 친지에게 부탁하십시오. 나는 나대로 유태인 공장 주인과 의논하랍니다.”

“대사관의 ‘부에나 꼰둑따’가 문제겠습니다.”

“뭔가 하나, 한국국위선양이라던지 하는 것으로 한 방 탁 터뜨린다던지 그렇게 해서 대사관으로부터 감사장 한 장을 받으면, 하다못해 태권도로 강도를 때려잡아, 이 나라 경찰에서 감사장 같은 거라도.”

“지금 여기도 군정인데 무슨 강도가 있겠습니까?”

둘이서 함께 일하게 된지 6개월이 지난 어느 날이었다.

박대통령 시해사건 기사가 아르헨티나 일간지를 첫 머리기사로 도배했다.

항상 한국에서 사건이 터지기라도 할 때는 그러하듯 일감을 받아가는 교민들은 김씨집에 모였는데 고국걱정에 제정신들이 아니었다.

“여러분. 마냥 지구 끝에서 걱정만 할 게 아니고, 그래도 나라어른이 세상 떴는데 우리도 뭔가 나름 성의표시 차원으로 문상해야하는 거 아닐까.”

조심스레 나이든 남자가 꺼내는 의견이 끝나기도 전에 젊은 친구가 결론지었다.

“여기모인 여러분! 딱 한 가지죠. 낼 아침 일찍 국기게양대가 있는 로터리에 모여 묵념이나 합시다.”

김씨가 이삼수 씨를 눈짓해 남아있도록 했다. 그런 다음 둘만 있자 김씨가 이삼수 씨와 낮은 목소리로 말을 나눴다.

그날 밤이 깊자, 이삼수 씨는 고이 접어 둔 태극기를 꺼내어 도둑고양이 걸음으로 로터리 계양기에다 반기(半旗)로 매달았다.

누가 철 대문을 탕탕 두드리는 소리에 깨어보니 작은 창문으로 부윰한 빛이 들어오는 이른 아침이었다.

"벌써들 모였나?"

"이삼수 씨. 이삼수 씨."

"옷 입고 나가리다. 먼저 가요."

"당장 문 열리니까!"

옷이 꼬이는 둥 마는 둥 열어 내다본 대문 앞에 교민들이 꽉 있었다.

"당신이 맞지? 태극기 매단 인간이."

"주택단지 관리소장 코털이 보기 전에 빨리 나와 당장 안 끌어내려?"

2년이 흘렀다.

유태인 제품공장에 납품을 하고 돌아온 이삼수 씨를 다방으로 김씨가 데려갔다.

"영국이, 말비나스섬에 상륙한 아르헨티나 군인을 가만두지 않겠답니다."

"거참. 전쟁모르는 나라라고 이민 왔더니만."

둘은 줄담배를 피워댔다.

"그런데 말입니다. 군사정부가 전국 모든 노조에게 궐기대회를 열라고 지시했답니다."

"가뜩이나 여름휴가 삼 개월 동안 돈벌이가 없는 판에. 우리 한인들, 손가락 빨게 생겼습니다."

"온세 유태인 상조회 측도 참가 해야겠답니다."

"참가만 하겠습니까? 돈도 내 놓겠지요."

"유태인 상조회장은 우리 한인교민도 참가해줬으면 하는 눈치였습니다."

"우리 한인이 얼마가 된다고."

"그렇다고 빠질 수도 없고."

"그것은 우리가 신경 쓸 일이 아닌 것 같습니다. 교민회도 대사관도 있는데."

몸을 빼고 일어나려는 이삼수 씨에게 김씨가 자기얘기를 했다.

"사실 며칠 전에 미국의 내 담당 취업이민 변호사한테서 전화가 왔습니다. 나의 이민비자가 떨어졌다고요."

"부럽습니다."

"이삼수 씨, 실망 말아요. 찬스를 만들어 봅시다."

"전쟁으로 부에노스 아이레스가 불 바다되는 판에 찬스는 무슨."

"이삼수 씨. 영웅은 전쟁 때 탄생됩니다."

나라가 뒤숭숭 하자 그날 저녁을 마친 한인들이 김씨집에서 모여들었다.

"영국? 괜히 망신당하기 전에 못 이긴 척 아르헨티나에게 말비나스섬을 넘겨줘 버리지."

"그래도 아직 영국은 이빨 빠진 호랑이 아니죠."

"난 반대요. 영국 군인이 입고 있는 군복, 담요가 아르헨티나 추붓주에서 수입해간 양털로 만들었다는데, 얼음바닥인 말비나스섬에서 빨가벗고 전투를 한답니까?"

"어쨌든 썩어도 준치지."

나이든 교민이었다.

"영국이요? 천만입니다. 아르헨티나 대통령은 명색이 남자인데다 현역 육군참모총장을 겸직하고 있습니다."

"거, 모르는 소리 말게. 육이오 때 당해본 사람이 바로 나지. 여자 인민군만 나타나면 우리 국군은 걸음아 날 살려! 하고 줄행랑을 놓아야 했지. 그녀들은 똥통안도 휘저어 찾아 끌어냈어. 세상의 독종은 여자네 여자."

영국 대처 수상이 여자인 것을 두고 그랬다.

“거 나원. 누가 부에노스 아이레스가 전쟁터가 될 것 인줄 알기나 했단 말인가.”

또 하나가 탄식을 받아 덩달았다.

“그렇다고 다시 한국으로 되돌아갈 수도 없고.”

김씨가 본론을 꺼냈다. 그러나 서두르지 않았다.

“유태인 상조회장 말이, 극비지만, 영국은 말비나스섬만 원상회복해 놓고 돌아가겠답니다. 절대로 부에노스 아이레스는 치지 않겠답니다.”

“소문에, 전투병으로 지원하면 영주권을 군번과 동시에 내준다던데.”

“이 사람아. 암만 그래도 그렇지 여기 우리 한인들 나이가 얼마인가. 사십, 오십이 넘었는데.”

“여러분. 정부 측에서 궐기대회를 벌리겠답니다.”

김씨가 슬쩍 본론을 꺼냈다.

“누가 말리나? 하면 되지.”

“유태인 상조회에서, 자기네들 하고 같이 하자고 말이 나왔습니다.”

모두 입만 쩝쩝대며 담배만 뻐끔댈 뿐이었다. 이럴 때면 모두 나이든 교민한테 눈길을 보내기 마련이었다.

“이번에도 나보고 결정 내리라구?”

“결정 내리세요.”

“참가하자구. 언젠가는 우리 한인들도 온세에 자리 잡을 텐데. 유태인이라고 하고 싶어 하겠나?”

모두 따르기로 입을 모았다.

으레 그러하듯 모든 교민이 집으로 돌아가고 이삼수 씨만 남았다.

“이삼수 씨. 박대통령서거 때 로터리 국기게양기에다 매달았던 태극기 가지고 계시죠?”

“태극기 들고 나오라고요?”

내일이면 영국에서 출발한 영국군함이 말비나스섬에 도착하는 날이었다.

오벨리스꼬 탑에서 궐기대회를 치르게 되었다.

지방에서 밤을 새워 상경하는 데모대가 탄 대절버스들이 속속 시내중심으로 들어오고 있었다.

아르헨티나의 모든 라디오. 텔레비전은 정규 방송을 끄고는 그네들 모습을 실황중계하고 있었다. 부에노스 아이레스의 데모대들은 몇 군데로 나뉘어 시가행진으로 오벨리스꼬 탑을 가야 하는데 한인 데모팀은 온세공원이라 부르는 쁠라사 미세레레에 집합해 출발키로 했다.

하나둘 모였던 교민들이 태극기를 보더니 놀랐다.

이삼수 씨가 긴 빗자루 끝에다 비끄러맨 태극기를 들고 있는 걸 보았다.

나이든 교민이 떫은 얼굴로 나무라자 젊은이 하나가 일언지하에 묵살해 버렸다.

"이삼수 씨. 거. 태극기까지 들고 데모해야하오? 남의 나라 전쟁인데."

"이왕하는 데모, 확실하게 합시다. 아, 줄려면 홀딱 벗고 주자구요."

유태인 데모대 곁에 나란히 서 있는 칠십여 명 되는 한인 데모대는 모두 상기된 얼굴이었다. 김씨가 주의를 주었다.

"이삼수 씨는 유태인 빵덕 모자들 뒤만 따라 가시고, 우리 한인팀은 이삼수 씨가 들고 있는 태극기만 보고 따라들 가야 합니다."

드디어 유태인팀이 출발했고 한인팀이 뒤따라 움직였다.

뿌에이레돈 대로의 세꽈드라에서 오른쪽으로 꺽어 꼬리엔떼스 대로로 들어섰다.

인파가 발 디딜 틈 없이 인도를 꽉 메웠고 그들은, 행진하며 '아르헨티나 아르헨티나' 하고 소리소리 지르는 데모대 따라 연호를 하며 박수쳐 데모를 돋우었다.

분위기가 한껏 부풀어 오르자 이삼수 씨 가슴속에서는 그 옛날 한국에서의 6·3데모와 삼선개헌 반대 데모 때의 젊은 기상이 부글부글 끓어오르면서 태극기를 움켜쥔 팔뚝이 무쇠덩이가 되더니 두 눈에서 불줄기가 뻗어 나왔다.

그러면서 성동교를 넘지 못하고 오른쪽 사근동 쪽으로 난 길로 피하다 덜미붙잡힌 응어리가 목구멍으로 녹아 나오는 거였다.

이삼수 씨는 한이, 목구멍으로 터져라고 '아르헨티나'라 외치는 소리에 섞여 나오고 있었다.

"영국은 말비나스에서 물러나라!"

"아르헨티나! 아르헨티나!"

가슴에서 터져 나오는 흥분이 섞인 말로 김씨에게 불평했다.

"이거, 궐기대회 하자는 거요? 원, 앞서 가고 있는 똥차 때문에 세단차가 지나 갈 수가 없으니."

이삼수 씨는 몸이 배배 꼬였다.

그런데 마악 아스꾸에나가 길을 가로지나자 앞서 가고 있는 유태인 데모대의 걸음에 속도가 붙기 시작했다.

"짜아식들 같으니라고. 진작 이래야 데모하는 맛이 나지."

씨익 웃고 혼잣소리를 하는 이삼수 씨의 마음은 옛날 6·3데모 현장에 가 있었다.

더 전진해서 가는 한인팀이 두 길, 빠스떼우루와 후닌을 만날 때는 갑자기 앞서 가는 유태인팀이 텅 비어져버렸다.

이삼수 씨는 뒤에 오고 있는 한인팀에게 속도를 내라고 말하고 그 빈자리를 메우기 위해 담을박질을 놓았다.

벌써부터 땀으로 범벅이 된 이삼수 씨가 태극기를 주체하지 못하며 김씨를 불렀다.

"김씨. 빵떡모자들이 안 보이는데요."

"글쎄 말입니다. 내 눈에도 안보입니다. 혹시 앞쪽으로 뛰어가며 데모를 하는 모양입니다."

알아보겠다며, 두려운 얼굴로 급히 뛰어 앞쪽으로 사라져버린 김씨를 이삼수 씨는 보지 못했다.

하나 둘, 한인 데모팀도 이렇게 저렇게 사라지고 오직 태극기만 거머쥔 이삼수 씨만 오벨리스꼬 탑에 도착, 텔레비 인터뷰까지 하는데도 김씨는 여전히 그림자 하나 보이지 않았다.

악다구니로 구호를 외쳐대던 데모대들이 파장이 돼 이삼수 씨도 태극기를 거둬, 파김치 된 몸으로 걸어서 세 시간이나 종일 걸려 걸어서 백구촌 집으로 돌아오니 밤 11시였다. 혹시나하는 걱정으로 먼저 가본 김씨집에 김씨는 벌써 와 있었다.

그는 몸을 씻고, 이미 저녁을 먹고, 식구들과 텔레비를 둘러앉아 양푼에다 얼음재운 수박화채를 떠먹고 있었다.

"아르헨티나 국민들은 태극기 흔들며 궐기대회하는 모습에 감동 받았을 겝니다."

퍼 부으려던 화를 거두어 이삼수 씨는 집으로 돌아 왔다.

다음날 궐기대회를 참가했던 교민들이 김씨집으로 모였다.

대뜸 이삼수 씨가 화부터 냈다.

"대관절 모두 하늘로 승천들 했습니까? 땅으로 꺼졌습니까?"

한 교민이 딴청을 부렸다.

"그치들. 나는 알지. 빠스떼우루, 후닌, 우리부루 길이 유태인 자기네들 의류상가 지역 아니요. 보나마나 오줌핑계 대고 자기네들 가게로 숨어들어 버렸겠지. 골치아픈 데모는 우리 한인들한테 떠넘겨 버리고."

김씨가 입을 열어야 했다. 모두의 눈이 김씨에게 향했다.

"유태인도 유태인이지만 여러분도 안보이더군요."

말실수였다. 불에 기름을 부은 격이 되어버렸다.

"가만보니까 당신 김씨 말이야. 우리를 당신 동업자 이삼수 씨 들러리로 세웠던 거야."

"바지저고리 만들었어. 우리를."

“우리가 당신 속셈도 모르고 따라 나섰던 게지. 당신 케이스처럼 이삼수 씨의 영주권을 신청 시키려고 말이야.”

김씨도 가만있을 수가 없었다.

“말씀들이 좀 지나치십니다. 이삼수 씨 영주권 내주자고 말비나스섬 전쟁이 터졌답니까?”

“김씨, 당신 취업비자를 미국대사관에 접수 시켰다면요?”

“자자. 그만들 해요. 여기 아르헨티나 살러오는 한인들 막지 않고, 더 좋은 나라 미국으로 떠나는 한인 붙잡지 않지. 누구라도 김씨 바톤 받아 일감 연결만 잘 해주면 그게 다 아닌가들. 나도 중간에 다리도 아프고 오줌도 마렵고 해서 다방에 들어가 다리쉼하고 나와 보니 태극기가 안 보이더먼. 그리고 어쨌든, 이삼수 씨의 태극기 하나로 우리 한인들 인사치레는 했지 그려.”

모두 수그러졌다. 언제 불평했다는 듯이 이삼수 씨에게 치사하기 바빴다.

“자고 나니 대영제국의 여왕이 돼 있더라고. 하룻새에 이삼수 씨가 일약 유명인사가 돼버렸습니다.”

“맞소. 태극기가 아르헨티나 대로를 누비다니. 전무후무한 일이었지.”

“아르헨티나 텔레비 화면을 태극기가 하나 가득 채워 가슴 뭉클합니다.”

“오늘도 아침부터 녹화 방영으로 태극기를 보여주고 있습니다. 이시간이면 영국군들이 말비나스섬을 탈환하겠다고 전투가 한창일 텐데, 그 실황 방송을 제쳐두고 말이오.”

누가, 치하를 가로막고 나섰다.

“가만가만, 그런데 이삼수 씨. 그 인터뷰, 좀 오버하지 않았수?”

“누가 아는가? 이쁜짓 했다고 이삼수 씨만 주는 게 아니고 우리 한인한테 다 영주권 내줄는지.”

“영주권은 둘째 치고, 영주권 수색하러 오밤중에 지붕타고 군인들이 닥치지 않게 된 것 같소. 이삼수 씨가 태극기 휘두른 덕분에.”

“어쨌든 그러니까 식구들 발 쭉 펴고 잠자게 해주었네.”

나이든 남자가 다독이자 젊은 남자가 다시 태극기 애기를 꺼냈다.

“참으로 이삼수 씨 인터뷰, 얼마나 간단명료 합니까 —후에라 포클랜드, 볼베레 말비나스.—〈떠나라 포클랜드(영국명), 오라 말비나스(아르헨티나 명).〉”

모두가 하는 칭찬으로 입이 닳은 지경으로 이삼수 씨는 귀가 가려워 죽을 지경이었다.

“이삼수 씨는 큰일을 했고, 여러분 모두는 데모를 하느라 진이 빠졌을 테니 오늘 저녁에 고기를 굽겠습니다.”

김씨 말을 나이든 남자가 가로막았다.

“아서 아서. 아르헨티나 군인들이 지금 얼음 박힌 말비나스섬에서 배고픔에 추위에 떨며 영국군한테 쫓기고 있을 텐데.”

모두 돌아가고 혼자 남은 이삼수 씨가 김씨와 마주 앉았다.

“김씨. 가만 생각해보니까 나 혼자서 한국 태극기 들고 설친 모양새가…….”

“뭐, 이삼수 씨가 영국 갈 일이 있겠습니까?”

“여기가 이삼수 씨 댁이 맞죠?”

여권에 병풍을 치러 영사관에 들른 한 교민이 전갈을 가져왔다.

대사관에서 찾더라고, 김씨에게 말했더니 그가 더 좋아했다.

“잘 풀릴 징조입니다. 자기네가 주재국에다 해야 할 홍보를 단숨에 이삼수 씨가 해치웠잖습니까? 열이면 열, 아르헨티나 사람들이, 한국이라는 나라가 중국 땅에 붙었는줄 믿고 있는데. 아마, 이삼수 씨가 살려준 한국 이미지를 광고비로 지출하자면 대사 일 년 치 판공비를 다 쏟아 부어도 할둥 말둥 할겝니다. 그러니까, 대사관에 들어가시면 대사하고 담소 끝에 거, 부에나 꼰둑따 한 장, 써달라십시요. 군말없이 써줄게 틀림없습니다. 아. 아닙니다. 낯 간지러우니까 첫 날은 주는 커피나 한 잔 얻어 마시고 그냥 노는 게 좋겠습니다. 언제나 날은 많은 법이니까 말입니다.”

아내는 그 반대 생각이었다. 시큰둥이 내뱉듯 했다.

“바쁜 대사님이, 실밥이나 따는 당신을 뭐 땜에 부르겠어요?”

“부정 타게시리. 김씨가 곧 미국 떠날 거야. 그러면 김씨 대신 내가 맡게 돼. 먼저 내가 일하던 거니까 맡고 나서 영주권 쥐면 되니까. 그러면 김씨 아내처럼 당신 기계에 안 앉힐 거야.”

“김칫국도 체해요.”

이틀 후. “내가 이삼수입니다. 대사님이 찾는다기에.”

이삼수 씨는 헛기침을 하고 영사과 직원에게 자기소개를 했다.

“부르신 분이 대사님 아니시고 영사님이십니다.”

젊은 직원이 이삼수 씨를 영사실로 데려갔다.

영사가 푹신한 소파를 놔둔 채 책상을 마주하고 앉게 권했다.

“이삼수 씨. 유명인사 되셨습니다.”

“질리지도 않나 봅니다. 재탕 삼탕 뉴스시간마다 나오니.”

“본국 매스컴도 떴습니다.”

영사는 말투가 쌀쌀했다.

“한국뉴스에서 내 기사가 나왔답니까?”

짐짓 놀란척했지만 영사가 그냥 넘어가지 않았다.

“왜, 자랑스럽습니까?”

이삼수 씨의 말허리를 영사는 뚝 끊었다.

“본국에서, 그 대형태극기를 대사관에서 내준 게 아니냐고 다그쳤습니다.”

“대사관에서 줬다고요? 나, 원 참. 이거 봐요. 영사님. 다른 교민들은 이민 가방에 식구대로 내복, 속옷, 라면 꾹꾹 눌러 담아 가지고 이민 나올 때 나는 그 태극기를 고이 접어 넣어가지고 왔습니다.”

“때맞춰 가져왔군요. 말비나스 전쟁날거 점쳐 가져온 겁니까?”

이삼수 씨는 비위가 상했다.

“영사님께서는 아직 모르신 모양인데, 진짜 잘 써 먹은 건 2년 전 박대통령 시해사건 때, 백구촌 로터리의 국기 게양이다 조기(弔旗)로 태극기 매달땝니다. 잠깐이었지만, 묵념을 하기 위해서요.”

“다시 말해 보십시요. 그게 무슨 말입니까?”

영사 목소리가 컸다.

“여봐요. 이삼수 씨 지금 그 말 사실입니까? 남의 나라 국기 게양기에다 우리나라 태극기를 매단 게 말입니까?”

“쓰지 않은 게양대를 잠깐 빌린 게 잘못됐습니까?”

“뭐, 잠깐 빌린 게 잘못이냐구요? 영주권 없는 한국 교민들이 잔뜩 모여 살면서 공짜 전기로 미싱 돌려 돈 벌고 있소. 선전하고 싶었던 겝니까?”

이삼수 씨는 말을 받아내지 못했다.

“주한 영국대사가 한국 외무부 장관을 항의 방문했습니다.”

언제 찔끔했냐는 듯 이삼수 씨는 살아났다.

“햐, 내가 태극기 흔들며 아르헨티나 거리 누빈 게 배 아픈 겁니다. 그러면 영국도 그곳 한국 교포 시켜 런던 거리에서 궐기대회를 하면 될게 아닙니까?”

“이 양반, 진짜 못 말릴 분이네. 이삼수 씨, 한국 태극기가 아르헨티나 땅에서 휘날렸다면 분명 한국이 아르헨티나에다가 무기도 지원해 줬을 거라고 말입니다.”

“영사님.”

이삼수 씨는 은밀한 말투로 영사를 불렀다.

“영사님은 이정보 모르실겝니다. 말비나스섬에 아르헨티나 군인이 상륙하기 얼마 전, 아르헨티나 무역회사가 한국에 와서 닭털 야전잠바 삼천 장을 제작해 간 사실 말입니다.”

갑자기 영사가 벌떡 일어나서 꽥 소리 지르고 주저앉았다.

“이삼수 씨. 이삼수 씨가 이 자리에서 해야 할 말, 안해야 할 말을 구분도 못하고 있습니다. 나는 그 사실을 전혀 모르고, 알 필요도 없고, 사실

또한 아닙니다.”

“그런 소문이 우리 교민 사이에서는 파다합니다.”

“그 얘기, 여기서 더 꺼내지 말았으면 좋겠습니다.”

꾹 입을 봉한 이삼수 씨를 노려보며 영사는 다시 입을 열었다.

“지금 대사님이 머리 싸매고 계십니다.”

“내 일로요?”

“북한에서 난립니다 난리.”

영사가 언성을 높이자 이삼수 씨가 남 얘기하듯 툭 내뱉었다.

“그것들은 안 끼는 데가 없네. 그려.”

“이삼수 씨. 이삼수 씨가 태극기를 흔들어 대면서 ‘영국은 물러가라!’고 인터뷰한 장면을 북한 방송이 계속 녹음해 틀고 있단 말입니다. 그러니까, 영국이 가만 안 있는 거란 말입니다.”

이제서야 이삼수 씨 입이 닫혔다. 영사도 톤을 낮추었다.

“이삼수 씨. 봉제하시는 부인이나 도울 일이지 남의 나라 데모에 다른 교민까지 선동해야 쓰겠습니까?”

이제사 이삼수 씨 목소리가 내려앉았다.

“유태인 상조회에서 연락이 왔습니다. 같이 데모하자고 말입니다.”

“그냥 성의 표시나 하고 말일이지.”

“뭔가 정부하는 일에 도움주면 다음에 영주권 받을 때 도움 받을까 싶었습니다.”

“이봐요. 이삼수 씨. 문민정부라면 표라도 얻자고 사면령 내릴 법 하지만, 군사정부가 뭐가 아쉬워 그런 편리를 봐준단 말입니까?”

이삼수 씨가 슬그머니 의자에서 일어났다.

“커피가 왔습니다.”

“안녕히 계십시오.”

(『로스안데스문학』 통권12호, 2011)

"어머님이 저엉 싫으시다면 하는 수 없지요. 뭐. 그냥 우리는 아르헨티나에 들어갈 수밖에요."

며느리 말에 시어머니의 꽉 다문 입이 열렸다.

"그러니까, 네 말대로라면 당장 처분 안 하면 우리 땅은 나라 차지가 된다고?"

"엄니도 참. 그렇다는 거지, 어찌 나라가 사유재산을 가로 챈답니까?"

"인석아. 어린 자식 앞에서 엄니가 뭐냐 엄니가."

오랜만에 입을 여는 아들에게 면박을 주었다.

"아범 말이나 어머님 말씀이나 그 말이 그 말이지요. 어머님."

또 겁까지 주었다.

"아닌 말로, 죄송하지만 탈이라도 나시면 상속세로 다 날아가 버린대요."

그러고 나서, 말 좀 하라고 남편 허벅지를 꽉 꼬집었다.

"아버지가 평생 일궈놓은 땅이 엄마 고집 때문에 정부고시 값에 엿바꿔 먹게 된다는 겁니다."

시어머니 얼굴에 낭패감이 스쳐갔다. 체념이 밴 목소리로 말을 꺼냈다.

"그래, 젊은 너희가 나보다 세상 돌아가는 걸 더 잘 알겠지."

"고마워요 어머님. 즉시 복덕방에 내놓겠어요. 늑장 부리다가 괜히 군청에서 눈치라도 채게 되면 도로 아미타불이니까요."

한사코 여섯 살 배기 손자가 할머니 무릎에서 벗어나려고 하자 며느리는 가만 좀 있으라고 눈을 할퀴었다.

"어머님. 만약 땅이 팔리면 이모님 댁에 가계셔요. 저희가 초청장을 가지고 모시러 나올 테니까요."

싫다는 데도 시어머니는 자꾸만 손주 머리꼭지를 비벼댔다.

이를 보던 며느리가 화제를 바꿨다.

"이번에 둘째를 가졌으면 해요. 어머님."

"도무지 싫다더니?"

"거기는 외국이라서 요담에 애가 외로울 것 같아서요."

"하이고 고맙다 고마워. 너 생각 잘했다. 제발 5대손이 독자(獨子)만 면케 해다오."

"걱정 마세요."

"말이 나온 김에, 네 시아버지 차례 제사도 지내줬으면 하는구나."

"아르헨티나 들어갈 때 아버님 영정(影幀)사진도 가져가겠어요."

"오냐 오냐. 고맙다 고마워."

며느리는 가도 가도 끝없는 지평선 땅에서 풀 뜯는 소떼와 누런 곡식, 그리고 너른 바다에서 펄떡펄떡 뛰는 물고기 많은 아르헨티나 자랑에 침이 말랐다.

"아르헨티나 동포는 떡은 만들어 먹냐? 아무리 산해진미로 차례, 제사 차려도 한국 혼령(魂靈)은 떡 없으면 제상(祭床) 안 받는다."

"별 걱정 하시긴. 유과(油菓)에 술떡 있다면 말 다했잖아요."

"알았다 알았어. 우리백성은 어딜 가나 극성이구나. 서둘러 초청장을 만들어서 날 데려가려무나."

며느리는 이때다 했다.

"말이 난 김에 당장 쇠뿔을 뽑았으면 해요."

"뭘 뽑는다고?"

며느리가 제 남편 허벅지를 또 꼬집었다.

"인감도장이요. 엄마."

"인감도장은 왜?"

"내일 바로 담보 잡아 돈을 빼내야 나라에서 손 못 대요. 그리고 아르헨티나 들어갈 때 가져 가게요."

"한두 푼도 아닌 돈을 너희가 어찌 가지고 간단 말이냐?"

"엄마는 농사꾼답잖게 머리가 잘 돈다니까."

"어머님. 서울에 있는 천 수출업자한테 돈을 맡겨 두고는 아르헨티나에 들어가서 천 수입업자에게 입금 확인서를 디밀면 즉각 돈을 받게 돼요. 우리는 큰돈 몸에 안 지니고 가고, 천 수입업자는 큰돈이 오고가지 않게 되고요. 누님 좋고 매부 좋지요. 호호."

"도통 뭐가 뭔지 모르겠다. 어련히 너희가 알아서 하겠냐만 매사를 붙여 튼튼히 하거라. 온통 못 믿는 세상이다."

"걱정 마세요. 어머님. 복덕방 형부가 잘 처리해 준댔어요."

"너. 세 쌍가마 하나 더 낳는다 했다."

"여부가 있나요. 어머님이 아르헨티나 들어오시면 길러 주실 텐데요. 저야 몇 달 배 아프면 될 텐데요. 호호."

아들, 며느리는 시어머니가 해 준 저녁을 뚝딱 먹고 나서 고속도로가 밀린다며 서둘러서 일어났다.

허둥대면서도 시아버지 영정사진을 챙기는 며느리가 여간 신통하지 않았다.

1

아들, 며느리가 먹고 간 저녁 설거지를 끝내기 바쁘게 잠자리에 들었으나 벌써 아르헨티나에 가있는 마음 때문에 쉬이 잠들지 못했다.

그러다 겨우 든 시어머니의 늦잠은 탕탕 대문 두드리는 소리에 깨어났다.

"별꼴이네. 식전 댓바람으로 외진 여길 찾아오는 사람이 있다니."

문을 열고 내다보니, 울도 담도 없는 마당에 장정 다섯이 서 있었다.

"댁들이 뉘시우?"

"이삿짐센터 직원입니다. 어머님."

"어머님이라니? 난 여러 자식 안 뒀고면."

"며느님이 그럽디다. 낼 모래 아르헨티나에 들어가신다면서요?"

아르헨티나 소리에 적이 안심이 되었다.

"그렇소이만."

“좋겠소. 할머니, 며느리가 하늘에서 내려 온 천사요.”

다른 남자도 거들었다.

“그러게 말일세. 어느 후레자식의 며느리는 관광시켜드린답시고 시어머니를 동남아에 모시고 가서 팽개쳐 놓고 훌쩍 미국으로 떠나버렸다는데.”

“고맙구려. 자식 칭찬은 암만 들어도 배 안 부르답디다.”

“내일 불도저가 이 낡아빠진 집을 싸악 밀어붙일 겁니다.”

“젊은이들이 두꺼비고만. 헌 집 헐고 새집 짓게.”

“지금 할머니하고 농할 짬 없습니다. 제기(祭器)하고 할머니가 가져가야 할 보따리는 할머니 동생네로 보내랍디다. 나머지는 죄다 마당에 꺼내 놓으면 고물처리 한다고.”

“아니, 평생 내 손때 묻힌 살림을 고물처리 한다고?”

“이런 밭 가운데나 살고 있으니까, 어제 새것이 오늘 헌 것이 되고 오늘 새것이 낼이면 헌 것 되는 세상인 줄 모르시지.”

쫓겨나듯 당장 입을 옷가지만 싸 들고 사십여 년을 살았던 내 집에서 나와 찾아간 친정 동생네에서는 지지고 볶고 난리였다.

“……무슨 잔치 날인가?”

똥그란 눈으로 묻자, 전(煎)을 부치던 조카며느리가 반갑게 맞았다.

“오늘이 이모할머니 입택(入宅)기념일인 걸 본인이 모르시다니. 호호.”

“나 입택?”

“어제 남미 시아주버니하고 동서가 고기에 생선, 술, 과일을 바리바리 사 들고 와서 시어머니 잔치해 드리라던데요.”

동생이 방에서 튀어나와 얼른 끌고 들어갔다.

“언니, 치매 걸렸수?”

“그건 또 무슨 소린가? 내 잔치는 뭐고?”

“형부가 생전 입에 달고 살던 말을 까먹었수? 언니가 눈 감을 때까지 절대로 땅문서 내주지 말라던 말 말이우.”

“그거? 난 또 무슨 소린가 했구먼. 정부의 무슨 부처라나, 그게 우리군(郡)으로 옮겨오는데 하필 그 청사가 우리 땅에 들어선 대여.”

“언니네 땅이 산자락이라서 전망이 얼마나 좋아.”

“정부에서 우리 땅을 수용하게 되면 기껏 정부 고시가로 쳐서 받게 된 대여. 그래 그렇게 되기 전에 탐내는 건축업자한테 얼른 넘겨버리자는 게요.”

“그 조카며느리, 핑계 하나 잘 댔소.”

“그 뿐인가, 아닌 말로 내가 덜컥 어떻게라도 되면 상속세가 거의 다 챙겨가 버린 대여.”

“하긴 자식 이기는 부모 없는 법이요.”

톡 쏘아붙이는 동생에게 할머니가 슬며시 부탁 말을 꺼냈다.

“걔들이 날 아르헨티나 데려갈 때까지 자네 네서 하숙 살면 안 되겠는가? 나 비상금 갖고 있고만.”

“언니가 먹으면 얼마나 먹겠수? 나도 심심한데 한 방 쓰면 되고.”

마음이 놓이는지 할머니 얼굴이 밝아졌다.

“이봐, 동생. 5대독자는 면하게 됐고만. 며늘애가 또 애를 하나 낳겠대여.”

“오라. 이제 알았수. 그러니까 그 놈의 5대독자 세 쌍가마하고 땅문서하고 바꿨고만.”

동생 할머니는 눈을 하얗게 흘겼다.

걸게 차린 음식을 이웃집까지 불러다 배불리 먹고 난 다음날, 배, 사과, 떡, 그리고 북어포를 사들고 할머니는 동생과 함께 영감 산소를 찾았다.

산소 가는 초입의 마을 슈퍼에서 막걸리 플라스틱 병을 사는 것도 물론 잊지 않았다.

싸 들고 온 제수(祭需) 보따리를 영감 묘소 앞에 두고서, 막걸리, 북어포와 종이컵을 들고 윗대(代) 세 쌍가마 어른들 묘부터 찾아 절을 올린 다음 영감 묘로 돌아와서는 웃자란 잡초를 뽑아내고 잔디가 숭숭 파인 자리는 딴 데서 캐 온 잔디로 메웠다.

그런 다음, 흰 종이를 깔아 제수를 차려 제주(祭酒)를 올렸다.

두 번 반을 절하고 난 두 자매는 다리를 쭉 펴 퍼질러 앉아 주거니 받거니 하며 싸온 제수를 안주 삼아 막걸리 병을 바닥냈다.

"언니, 이제 형부한테 그간 있은 일을 고(告)하시우."

"여보 영감, 나 아르헨티나 아들네로 가우. 그리고 영감한테 기쁜 소식이 있수. 며늘애가 세 쌍가마짜리 애 하나 더 낳아 주겠다우. 영감하고 내가 세 쌍가마 손(孫)을 지키기 위해 그동안 얼마나 노력했수. 극락에 계시는 선조에게 큰소리 땅땅 치시우. 선조들이 못해 내는 거 우리가 해내고 있으니 말이우."

동생이 묘에다 꽥 소리를 질렀다.

"형부. 이제 아르헨티나 한인촌에는 세 쌍가마들이 물 반 고기 반으로 흘러넘치게 됐수,"

"동생, 이 사람아. 말이야 바른 말이지만, 그 옛날 선조들은 피임약도 없는 시절인데도 겨우 하나씩만 낳아, 세 쌍가마 집안의 맥을 간신히 이어 오지 않았는가."

"형부한테 이실직고해요. 노골적으로, 땅문서하고 손주 하나 더하고 흥정한 셈 아니우. 아, 밥상 차려 놓고 시부모 생일 밥 먹으러 내려오라 해도 시골 안 오던 조카 며늘애가 또 배 아파가며 애 낳는다는 거, 내 말이 틀렸수?"

"손주 녀석이 시골 재래식 변소가 무섭대여."

"조카 며늘애, 애 핑계 대고 떡 사먹는 것이우."

그날 밤, 할머니가 꿈속에서 영감 귀신을 만났다.

"아까 자네가 낮에 싸 온 음식 친구 불러다 포식했네. 아들 따라 아르헨티나로 살러 간다고? 잘 생각했네. 외로워하더니만. 내가 더 기쁜 건, 세 쌍가마 손주 하나를 또 낳겠다는 거 말일세, 이루 말할 수 없이 기쁘기 짝이 없네.”

“영감, 그뿐이 아니우, 영감 제사 드린다고 영정 사진을 들고 갔다우. 제기(祭器)까지 가지고 가겠다니 얼마나 기특한 노릇이우. 조상님 차례도 당연히 지내드리지 않겠수.”

“카, 친구 제삿밥 얻어먹기도 한두 번이 아니더만, 어쨌거나 나만 그러는 게 아니어서 서운하진 않았소. 명절이나, 제삿날이면 쫄쫄 굶은 한국 땅의 귀신 혼령들 뱃속에서 나는 꼬르륵 소리가 온 산야를 뒤덮으니까.”

“그러게 말이우.”

“후손이란 것들이 설, 추석 명절날이면 장만한 음식을 이고 지고 산소 찾아오는 게 아니라 콘도로 가버리기 때문 아닌가. 거기서 배불리 먹고 마시고 화토치고 골프치고 사우나하고. 땅문서 인감도장을 아들, 며느리 한테 넘겨줬다고? 잘했네 잘했어. 아, 잡아먹자고 덤비는 살쾡이를 무슨 재주로 막아 내는가.”

영감귀신은 이승에서 불알친구였던 친구귀신을 찾아갔다.

그도 영감귀신하고 앞서거니 뒤서거니 엇비슷한 때 밥숟갈을 놓았다.

자식들은 친구끼리 왕래하라고 서로 가까이에다 산소를 썼다.

“여보게, 그동안 내가 자네 차례, 제사음식 얻어먹고 배곯이 안 했는데 이제 갚을 날이 왔구먼.”

“거, 무슨 소리인가? 4대독자 외아들은 한국 살 때도 차례, 제사 안 지냈 는데 먼 나라로 이민가서 지낼 인간이 아닐 테고. 혹시 자네 할멈이 자네 제사 지내자고 양자라도 들였단 말인가.”

“아르헨티나 사는 며늘애가 내 제사상(床) 차리겠대여.”

“옳거니, 땅 팔아 가겠다고 아르헨티나에서 걸려오는 아들 전화질 등쌀 에 자네 할멈의 고생이 심하더니만, 혹시…….”

“자네 눈치 하나 빠르이. 어쩔 수가 없대여. 지금 팔지 않으면 정부고시

가로 수용하게 돼 버린 대여.”

“고거 참. 백여우가 따로 없네. 자네 며느리 꾐에 넘어가버렸네. 옛날 같음사 나락농사 짓는 바닥 땅이 명당이지만, 지금은 반대로 산자락 땅이 아파트 단지 터로 명당자리 아닌가. 자네 아들 며느리는 돈방석에 앉아 버렸네.”

“대신 우리 할멈이 다짐 받은 것이 있대여.”

“뭔지는 모르겠지만 하나를 보면 열을 안다고 맹랑한 며느리 약속을 믿는가.”

“세 쌍가마 5대손을 하나 더 낳아 주겠대여. 차례, 제사도 지내주고.”

“거, 믿어야지 안 믿으면 어쩌겠나. 그리고 자네가 맨날 자네 할멈보고 헛똑똑이라고 지청구 주더니만 그래도 챙길 것은 다 챙겼고만.”

“그동안 자네 차례 제사음식 축 낸 거 앞으로 갚음세. 매년 구정, 추석, 내 제사에 나와 동행해서 아르헨티나 가세.”

“자네 며느리 덕에 서양구경 하게 생겼네 그려.”

2

영감귀신이 도깨비 소굴로 한 도깨비를 찾아갔다.

영감귀신의 제삿날이 다가온 거였다.

멀고 먼 아르헨티나를 가자면 염라대왕의 여행허가, 시쳇말로 비자발급을 받아야 해서였다. 또 교통편의도 부탁해야 했다.

귀신과 도깨비는 서로 상극임에도 영감귀신이 어느 한 도깨비하고 친구 사이가 된 데는 그 내력이 있다.

영감귀신은 이승에서 자린고비 보다 더 짰다. 자린고비야, 천장에 굴비를 매달아 두고 쳐다보며 밥 먹었지만, 영감은 자식이 아무리 4대독자라 해도 굴비를 두 번 쳐다보면 머리를 쥐박았다.

평생 그렇게 해서 돈을 모아 비탈 산자락을 샀다. 하늘에 머리를 둔 사람들이 하나같이 영감을 미쳤다 했다. 아무도 거들떠보지 않는 자갈투성이였기 때문이었다.

눈이 오나 비가 오나 자갈밭에 매달렸다. 그렇게 몇 해 하고 나니까 거의 자갈이 추려졌다. 드디어 펌프를 박으려고 파보았지만 물이 나는 데가 한 군데도 없었다. 물 없으면 과수원을 못한다. 소독을 못하면 그만이다.

화병이 난 영감은 자리보전을 해야 했다. 싸매고 누워있는 영감 꿈에, 이마에 뾰쪽한 뿔 두 개가 달린 도깨비가 나타났다.

비탈 밭 한가운데에는 파내도파내도 파이지 않는 커다란 바위가 하나 박혀있었다. 어떤 수를 써서라도 그 바위를 파내면 그 밑에서 물이 펑펑 솟아 날거라고 말해주고 홀연히 사라져 버렸다.

벌떡 일어나 정신 차린 영감은 밤잠까지 설치며 바위 밑을 팠다. 마침내 뽑혀난 바위가 굴러 밭둑에 쳐 박혀버렸다.

그런데 솟는다는 물은 나지 않고 구렁이 한 마리가 어슬렁 기어나와서 사라져 버렸다.

그날 밤 꿈에 또 도깨비가 나타났다. 물 난다는 도깨비였다.

“영감, 실은 아까 그 구렁이가 나였소. 그러니까 백 년 전이였소.”

도깨비는 마을에 내려가 금은보화를 몽땅 털어 걸머지고 소굴로 가던 길이었다.

그 보따리가 하도 무거워 내려 놓고 큰 바위에 기대 잠깐 눈 좀 붙인다는 게 꼬박 잠들어 고새 홀떡 날이 새버렸다. 햇빛이 나자 기운이 쏙 빠져나가는 바람에 꼼짝도 못하고 끙끙대고 있었다. 설상가상 그 바위덩이가 움직이더니만 도깨비를 덮쳐 버린 게 아닌가.

“그리하여 백 년 동안 짓눌려 있던 중, 영감께서 날 벗어나게 해 준거요. 언젠가 그 은혜 갚아 드리리다.”

잊은 듯이 내팽개쳐 둔, 쓸모없는 산자락 비탈밭에 서광이 비쳤다.

서울에서 내려 온 복덕방이란 복덕방은 모두가 영감에게 매달렸다. 더 돈을 쳐줄테니 자기한테 땅을 팔라고 아우성이었다.

영감의 자갈투성이, 고구마는커녕 감자 한 톨 못 심어 먹던, 물 한 방울 안나는 산자락은 과수원 정도가 아니었다.

"허, 상전벽해(桑田碧海)가 따로 없네. 이는 틀림없이 내가 구해 준 도깨비장난일 게야."

이렇게 영감은 운이 넝쿨째 굴러 들어왔다.

사실, 아들 하나 있는 게, 도지(賭地) 부쳐 겨우 입에 풀칠이나 하는 자식에다, 해가 중천에 떠야 일어나 기껏 종일 읍내 다방이나 진출, 빈둥대는게 일과였다.

이랬으니 짝 지우기는 애당초 그른 일이었다.

그런 사대독자 세 쌍가마가 어느 날 갑자기 서울 어느 복덕방 주인의 처제와 짝이 맺어지게 되었다. 태생이 게을러빠진 성격에 허물이라던 게 무던한 성격으로 둔갑 돼 맺어지게 됐지만, 순전히 벼락 땅 부자에 쌀뜨물 한 방울 섞인 친척붙이 하나 없는 사대독자 외아들이라서 였다.

세 쌍가마여서 세 번 장가 갈 날은 먼 훗날 일이고.

이 사대독자가 결혼해서 낳은 떡두꺼비를 보러 온 친지들은 당연히 갓난애 머리꼭지에 세 쌍가마가 있나를 확인하러 들었다.

그러고 나서 얼마 안 있었다.

그토록 산자락 땅을 팔라고 귀찮게 굴던 사돈의 청을 뿌리치다 지친 땅부자 영감이 5대손 세 쌍가마의 네 살 생일날을 앞두고 그만 이승을 하직해 버렸다.

3

소굴에는 많은 도깨비들이 바글 바글댔다.

한 도깨비가 영감귀신을 반갑게 맞이했다. 바위덩이에서 벗어나게 해준 그 도깨비였다.

"웬일로 찾아 왔는가?"

"이민 간 아들 내외가 내 제사상을 차린다고 와서 먹고 가라는 구먼."

“그래서 부모자식 간이라도 떨어져 살아야 철이 나는 법이지.”

“실은 자네가 바위에 짓눌려 백 년간 옴짝달싹 못했던 그 땅을 팔라고 할멈이 인감도장을 내줬대요.”

“부자지간에도 공짜 없네. 그런데 거기는 먼덴가?”

“먼 정도가 아니네. 아르헨티나의 수도라고 부에노스 아이레스지. 서울서 지구 중심을 뚫으면 나오는 곳이 거기라네.”

“오오라. 그러니까 염라대왕께 여행허가를 받아달라고 날 찾아온 게로군. 자, 우리 도깨비 두목님을 만나러 가세.

두목님으로 말할 것 같으면 염라대왕님의 명부(名簿)를 받들어 관리하는 책임자 아닌가. 내 부탁이면 두목님이, 두목님의 부탁이라면 염라대왕님이 흔쾌히 허가 해줄 것이야.”

찾아간 도깨비 두목은 얼굴에 가득한 구레나룻을 쓸며 시원시원 대답했다.

“아암, 도와주고말고. 내 부하 도깨비를, 짓눌려 있는 바위에서 꺼내준 자네가 아닌가. 친구귀신도 동무해서 데려 간다고? 알았네. 내 보증이면 염라대왕님도 토 안 달고 허락하실 걸세. 그런데 아르헨티나라면 지구의 끝이 아닌가. 교통편의는?”

“실은 그 문제도 도와 주셨으면 합니다.”

영감귀신은 손을 모아 쥐고 머리까지 조아리며 부탁했다.

“교통문제야 손오공 밖에 누가 또 있단 말인가. 여봐라, 누가 손오공을 불러 오너라.”

말 한마디에 황금털투성이 얼굴로 손오공이 달려와서는 도깨비 두목 앞에 대령했다.

“손오공, 자네 말인데. 이 두 영감귀신을 데리고 아르헨티나 부에노스 아이레스를 다녀와야겠다.”

“어느 안전이라고 가고 말고 합니까?”

그러고는 손오공이 영감귀신에게 물었다.

"거, 서울에서 부에노스 아이레스까지는 거리가 얼마나 되오?"

"안내책자를 보니까, 지구둘레의 딱 반으로, 자그마치 1만 9천4백 킬로미터랍디다."

황금 털 손오공이 손가락을 짚어 계산해 보았다.

"2만 킬로 잡고 딱 5만리(萬里)네. 그러니까 왕복 10만리라……."

도깨비 두목이 계산을 끝낸 손오공에게 물었다.

"자네가 부리는 술(術)법으로 자가용 근두운(筋斗雲)을 띄우면 날아갈 수 있는 최대 거리가 얼마인가?"

"한 번 띄웠다면 10만 8천리 올시다."

주저 없이 손오공이 대답했다.

"됐네 그려. 한 축이면 너끈히 다녀올 수 있겠구먼. 그럼 수고 좀 해줘야겠네."

불쑥 부하 도깨비가 두목 앞에 나섰다.

"넌 또 뭐야?"

"저도 따라가야 합니다."

"너는 그렇게도 할 일이 없단 말이냐?"

"왠걸요. 내가 가야 세 쌍가마 아들을 확인 할 수 있습니다."

"영정사진을 제상에 차려 놓을 거 아니냐?

"영감귀신의 며느리가 하도 믿을 여자가 못돼서……. 가지고 간다고는 했다지만."

"없으면 지방(紙榜)이라도 써 붙이겠지."

"요새 젊은 것들이 한자라도 아나요. 뭐 한국 살 적에도 제 부모생일 한 번 안 챙긴 아들 며느리라 놔서요."

"알았다. 그럼 가도록 해라. 넌 덜렁대는 게 탈이라 걱정스럽긴 하다만, 꼭 찾아 줘라."

“아이고 좋아라. 덕분에 남미 구경하게 생겼네.”

“야, 이 녀석아. 거기 가면 해야 할 일이 있다. 잘 들거라 아르헨티나의 동북지방 미시오네스 주에는 브라질의 아마존만큼이나 큰 밀림지대가 있다.”

성급하게도 영감귀신이 끼어들었다.

“친구도깨비 자네, 잘 댔네그려. 내 생전에, 아들한테서 들었는데 거기에 이과수 폭포라는 경치가 끝내주는 관광지가 있대여. 루즈벨트 대통령 부인이 이 폭포를 구경하고 나서 ‘오! 불쌍한 나이아가라 폭포여!’ 했대여. 한국서도 돈푼깨나 가졌거나 나랏일 보는 나리들이 남미를 갔다 하면 꼭 들렀다 가는 데가 거기 있대여.”

“김칫국 마시지 마라.”

도깨비 두목은 그러고는 한숨을 크게 쉬었다. 그는 지금까지의 위엄은 간데없이 풀 죽은 목소리로 지시했다.

“너에게 밀림지대를 다녀오라는 이유가 따로 있다. 잘 들어라. 지금 한국은 개발입내하고 첩첩산중 계곡까지 콘도라는 고급 아파트를 건축하는 바람에 우리 도깨비 소굴이 사라져 가고 있다.”

“하이고, 두목님. 그러니까 한국 인간들이 남미로 이민을 가듯, 우리 도깨비도 이민 갈 마땅한 장소인지 물색해보라는 말씀이군요. 고달픈 여행길이겠네.”

두목이 부어터진 부하를 달랬다.

“야, 이 녀석아. 거기로 이민가면 아예 폭포에서 눌러살 텐데 아쉬워하긴.”

모두 두목한테서 물러났다. 도깨비가 나오면서 손오공에게 물었다.

“그런데 말야. 궁금한 게 하나 있다. 만고에 거칠게 하나 없는, 석가여래도 가지고 논 손오공 자네가 무슨 약점 잡힌 게 있어 우리 두목 한마디 말에 군말 없이 근두운을 띄우겠다는 겐가?”

“모르는 소리 말게. 옛날 내가 신세를 톡톡히 진 적이 있어. 혈기왕성한 때였지. 하늘나라 모두한테서 개망나니 취급 받는 나를 옥황상제(玉皇上帝)의 가피(加被)로 복숭아 과수원 밭 지기가 되었지. 아, 글쎄 말이야. 내가 뭣이 씌우지 않고서야, 지키라는 그 복숭아를 죄다 따 먹어버렸지 뭔가.”

“그 까짓 복숭아가 뭐가 대단하다고?”

“여느 복숭아와 아주 다른 게 문제지. 따 먹기만 하면 늙지 않고 오래오래 살 수 있는 복숭아야.”

“과일이라면 환장하는 자네한테 복숭아밭을 맡기신 옥황상제가 잘못이군.”

“그 따먹은 죄로 옥황상제 명을 받은 염라대왕한테 붙잡혀 5백 년 동안 큰 바위에 짓눌려 손가락 하나 움직이지 못하고 있는 중인데.”

“응, 나도 당해봐서 바위덩이에 짓눌린 고통을 알만하이.”

“지나가던 삼장법사가 내 모습을 보게 됐지.”

“우리 두목님이 바로 삼장법사였던 겐가?”

“응.”

“안 봐도 알겠네. 보나마나 바윗돌을 치워 달라고 꼬드겼겠지 들.”

“허, 요런 경우가 또 있을꼬?”

“?”

도깨비 두목이 가던 걸음을 멈추고 내려다보니 바위덩이에 짓눌린 황금털 원숭이가 겨우 목만 내놓고 있었다.

“아, 나 같은 바보천치가 어디 또 있을꼬?”

“알긴 아는구나. 약삭빠른 손오공 네가 스타일 구기고 있다는 사실은 치욕이지. 내가 안 본 것으로 해주마.”

“삼장법사님은 하나만 알고 둘은 모르시는군요.”

도깨비 두목이 자리를 뜨려다 말고 돌아섰다.

“뭐를?”

“내가 금덩이를 꺼내려 하다 깔렸다는 사실을.”

눈이 번해진 도깨비 두목은 소굴로 달려갔다. 데려 온 한 무리의 힘센 도깨비들이 달라붙어 번쩍 바위를 들어올렸다.

재빠른 손오공은 걸음아 날 살려라, 줄행랑을 놓아버렸다.

"그랬으니, 나는 자네 두목이 죽으라면 죽은 시늉이라도 해야 할 판이네."

이를 듣고 난 도깨비가 멋쩍은 얼굴로 뒤통수를 긁었다.

"손오공 자네가 시방 내 얘기를 고대로 하고 있구먼."

4

드디어 손오공, 도깨비, 영감귀신, 영감친구귀신 이렇게 넷이 탄 근두운은 목적지 아르헨티나를 향해 힘차게 날아올랐다.

"이봐, 손오공아. 마귀들이 훼방 놓을지 모르니까 정신 똑 바로 차려서 근두운을 몰게."

졸린 눈으로 도깨비가 주의를 주었다.

"그런 걱정일랑 하들 말게. 이거 한방이면 마귀들은 납작코가 될 테니."

황금빛 갈기를 휘날리며 손오공은 말뚝만큼 굵고 기다란 몽둥이를 휘둘러보았다.

"아니, 아까까지만 해도 못 보던 그 기둥은 어디서 났는가?"

"나 원. 이 무식한 도깨비 같으니라구. 이 여의봉(如意棒)을 두고 기둥이라니?

내가 귓속 털을 뽑아 후우! 하고 입김을 불어 둔갑 시킨, 12미터 되는 금 몽둥이일세."

잠깐 눈을 붙인 영감친구귀신이 눈을 비비며 손오공에게 물었다.

"동서양 경계선이 아직 멀었소?"

"날짜 변경선 말이요? 아, 다 왔소. 경계선에 도달했소."

서양 하늘나라 수문장(守門將) 성 베드로가 근두운을 세웠다.

손오공은 여의봉을 접어 귓속에 집어넣었다.

"무슨 팀인가? 각자 이름을 대보게."

성 베드로의 질문에 도깨비가 대답했다.

"우리는 아르헨티나를 가는 길입니다. 나와, 근두운을 부리는 손오공, 머리꼭지에 세 쌍가마가 있는 영감귀신, 그 영감친구귀신, 이렇게 넷 올시다."

"꼴을 보아하니 자네가 그럼 삼장법사(三藏法師)라도 되나 보구나."

"진짜 삼장법사님은 우리 도깨비 두목입죠. 그래서 코가 좀 돼지 코처럼 뻥뻥 뚫려 있습죠만. 동양의 하늘나라 수문장이신 염라대왕님의 수석 보좌관으로 항상 하늘나라 명부를 받들어 들고 곁에 계십죠."

성 베드로는 궁금한 게 퍽도 많았다.

"자네는 뿔이 두 개로군. 하나짜리는 봤지만."

"예. 우리는 한국 도깨비올시다. 그리고 하나짜리를 보셨다면 그건 일본 도깨빕죠."

"서양 도깨비도 두 개다."

"성 베드로님. 뿔 두 개짜리하고 한 개짜리하고 쌈하면 당연히 두 개짜리가 이기겠습죠?"

"자랑이냐? 이웃사촌이다. 사이좋게 지내 거라. 이제 두 영감귀신 소속이 어딘지 명부를 보자꾸나. 하늘나라 명부는 동서양 구분이 없지."

성 베드로는 수문장답게 두 영감귀신 이름이 어디 소속으로 적혀 있는지를 뒤적였다.

"으음, 아직 둘은 천국과 지옥 어디에도 결정이 난 게 없어 연옥(煉獄)에 머물러 있군. 여행허가도 나있고."

"연옥이라는 데가 어떤데 입니까?"

영감귀신이 물었다.

"동양 하늘나라에서는 구천(九天)이라 일컫는데다. 인간이 죽으면 먼저 가는 곳이다. 너희 동양의 염라대왕으로부터 천국이냐 지옥이냐가 판가름 날 때까지 머무르는 장소이다. 속된 말로 보충대다."

"그러면 천국이라는 데는요?"

"동양에서 극락(極樂)이라는 데가 서양에서 말하는 천국(天國)이니라."

다시 성 베드로가 물었다.

"그건 그렇고, 여행의 목적이 뭐꼬?"

"아르헨티나로 이민 간 이 영감귀신의 아들 내외가 제상을 차린다고 해서 먹으로 가는 길입죠."

도깨비가 설명했다.

"아무리 그래도 그렇지 그 먼데로 제삿밥 먹자고 가?"

"제사상 차리는 게 기특하잖습니까. 성 베드로님?"

도깨비 말에 성 베드로는 감격에 겨웠다.

"그럼 그럼. 성의가 고마워서라도 먹으러 가야지."

그런데 가만있을 도깨비가 아니었다.

"사실, 성 베드로님. 이 영감귀신도 그전에는 곁에 있는 친구귀신 제상에 끼어 앉은 게 한두 번이 이니었습죠. 어쩌다 가끔씩 할멈이 들고 온 병 막걸리로 목축이고 북어 한 쪼가리, 사과 한쪽으로 때운 적 있었읍죠."

"늦게 철이 든 모양이로구나. 그렇지. 머나먼 나라로 이민 나가서 외로웠을 테고. 어쨌거나 먼 나라로 이민 간 자손을 둔 귀신들은 제삿밥도 제대로 못 얻어먹겠구나. 쯧쯧."

"성 베드로님은 잘 모르고 계시네요. 지금 한국 귀신들은 자손이 이민가나 안가나 젯밥 얻어먹기 어려운 건 마찬가집죠."

"왜? 내가 알기론, 한국에서 설, 추석 명절에는 바리바리 음식을 싸들고 성묘가는 차량행렬로 고속도로가 주차장처럼 된다는데."

"에이, 모르셔도 한참 모르시넵죠. 그건 성묘가는 행렬이 아니라 콘도로 관광지로 쉬러, 놀러가는 행렬입죠."

"어쩌고 어째?"

"그건 약과입죠. 어느 후손들은 성묘 간다며 골프치러, 마사지 받으러 동남아로 전세기까지 띄우는 걸입죠."

"호오. 말세로군 말세. 아르헨티나에서 제상 차린다는 영감귀신의 아들 내외는 기특하기 이를 데 없구나. 상이라도 내려야겠구나. 내가."

도깨비가 더 쓸데없는 말 꺼내지 못하도록 영감귀신이 옷자락을 당겼다.

"두 영감귀신은 가거든 잘 먹고 돌아들 오게나."

"고맙습니다. 통과 허락을 내려주셔서."

모두 이마가 발끝에 닿도록 크게 숙여 인사를 했다.

마악 손오공이 근두운을 띄우려고 하는데 느닷없이 성 베드로가 가로막았다.

"스톱! 근두운 밑에 붙어있는 귀신 넷은 어찌된 셈이냐?"

"예? 내 근두운 밑에 귀신들이 있다고요?"

반문을 하고는 손오공이 근두운 아래다 대고 화 난 목소리로 냅다 소리질렀다.

"야! 임마들아. 누가 무임승차 하랬냐? 써억 나오지 못할까?"

아닌게 아니라 근두운 아래서 네 귀신이 엉거주춤 나와 성 베드로 앞에 나란히 섰다.

"자네들 소속이 어딘가? 이름은?"

명부를 들춰보며 성 베드로가 물었다.

넷은 씩씩하게 이름을 댔다.

"그리고 우리는 본디 극락에 살고 있는 친구 사이올시다."

"그렇군. 극락이라, 그러니까 천국명부에 등재돼 있구먼. 그런데 극락소속이 큰 자랑 아니다."

준엄하게 나무랐다.

"그런데 극락이라는 데는 한 번 나오면 다시는 들어가지 못하는 걸 알렸다!"

아까와는 달리 하늘이 쩌렁쩌렁 울렸다.

“알다마다요.”

“그래? 알면서도 나왔다?! 음, 알만하군. 여기 서양 천국이 더 낫겠다 싶어 동양의 극락을 나온 게로구나.”

귀신 넷이 콧방귀를 뀌었다.

“에이. 성 베드로님도 참. 천국이라고 별거겠습니까? 극락이나 천국이나 오십 보 백보입죠.”

“허어. 갈수록 태산이로구나. 극락도 천국도 싫다면 지옥 가는 길 뿐인 걸 모르는 모양이니. 잘 듣거라. 내가 분명 이르겠는데 지옥은 천국과 반대여서 들어가는 문은 있어도 나가는 문이 없다. 그래서 지옥에 들어가면 영원히 나오지 못 한다는 말이다.”

“그 정도야 상식입죠.”

“시끄럽다. 들어가면 정녕 나오지 못하는 지옥을 자청해서 들어가겠다니.”

“우리가 극락을 나온 연유를 설명해드리면 성 베드로님도 납득이 가실 겝니다요.”

“어디 들어나 보자꾸나.”

“우리 넷은 살아 이승에 있을 적에 그 많은 산해진미를 마다하고, 명품 옷도, 진탕 술도, 아리따운 여자도 퇴 놓았습죠. 그렇게 해서 모은 돈을 몽땅 털어 굶고 헐벗은 이들에게 가져다 줬습죠.”

“힘들었지? 그러니까 극락엘 들어갔지.”

“우리는 참 약아 빠졌던 것입죠. 그걸 다해보고 살아본들 끽해야 팔십 평생이지만, 극락은 하루가 지상의 오백 년에 해당되며 그 하루하루를 오백 년 보낸다니 영원불멸이길래 그랬던 것입죠.”

“얼마나 장한 일이냐?”

“성 베드로님. 그게 어찌 장한 일 입니깝쇼. 바보짓 한 것입죠.”

“뭣이 어쩌고 어째?”

“예, 극락이 좋긴 좋습디다요. 무릎까지 가랑이를 걷고 맑은 개울물을 건너니 나타난 황금으로 된 도로를 걸어가자 푸른 숲속길이 나타나던 굽죠. 그 숲 잎새가 부딪치는, 지상에서 여태 한 번도 들어 본적이 없는 음악 소리를 들으며 그 곳을 벗어나니 눈앞에 이름 모를 여러 가지 아름다운 꽃들이 핀 드넓은 푸른 잔디밭이 펼쳐지더굽쇼. 그리고 여기저기 물 맑은 호수 가운데에는 보물로 된 장식들이 눈을 즐겁게 해주곱쇼."

"그런 극락세계를 싫다고 제 발로 뛰쳐나오다니 진짜 너희는 머리가 돈 게로구나."

"성 베드로님. 자 들어 보세요."

"듣고 있다."

"우리는 살아 이승에서 그 좋다는 골프 한 번 안쳤습죠. 그래서 드넓은 초원에서 나뭇가지를 꺾어 과일을 따서 냅다 휘둘러 더니 어느새 관리인이 나타나 말리더군 입죠. 피어있는 아름다운 꽃들이 망가지고, 새들이 맞아죽고, 여기저기 거니는 아리따운 여자들이 맞아 병원 떠메간다나요."

"극락은 골프장이 아니지."

"에이, 하고 싶은 것도 못한다면 그게 어디 극락입니까요. 그래서 나와버린 것입죠."

귀신 넷은 분한지 식식 코를 불었다.

성 베드로는 빙긋이 웃으며 부드럽게 물었다.

"그렇다면 지옥에는 골프장이라도 있단 말이더냐?"

"있다마다요."

"뭐, 뭐? 있다마다?"

"악마가 손에 쥐고 있는 쇠몽둥이가 골프채고, 그 끝에 매달린 쇠공을 떼 내어 골프 공삼아 휘두르면 골프 아니겠습니까."

"아니, 이거 원. 돌대가리가 따로 없구먼. 그 짓을 해서라도 골프치겠다고 극락을 나와서 유황불이 활활 타는 지옥으로 내발로 찾아든단 말이냐?"

"성 베드로님. 바로 그겁니다요."

네 귀신이 동시에 환호성을 질렀다.

"지금 한국은 목욕탕은 아예 파리만 날리고 있습니다요. 모두 찜질방에 모여 계란 까먹고 뒹굴뒹굴 땝니다요."

"거, 장작불이 뜨끈뜨끈한 찜질방으로?"

"에이, 모르셔도 한참 모르시네. 지금은 찜질방도 싫답니다요. 죽은 사람 콧김만도 못하다고요. 콕콕 쑤시는 류마티스 관절염에 유황불이 좋다고, 새로 생기는 유황불 찜질방이 박 터지고 있습니다요."

"그래서 너희가 골프도 골프지만 유황불이 지글지글 타오르는 지옥을 자청해서 찾아가는 거로구나."

"이제서야 성 베드로님께서 알아들으셨군요."

"후우! 이거 보통문제가 아니로구나. 골프가 좋아, 유황불이 좋아 지옥을 찾아오다니. 도무지 이거 헷갈려서 원. 기분이 착잡하구나. 내가 알기로는 너희 한국은 그 옛날, 갓난애가 태어나면 전염병으로 죽을까 봐 겁이나 염라대왕 관심을 피해 보자고 개똥이, 쇠똥이라고 천한 가짜 이름을 지어줬다던데, 요즘은 아예 유황찜질에 골프 치겠다고 당당히 극락을 나와 지옥을 찾아간다고?"

성 베드로는 크게 야단을 치고 나서도 분이 덜 풀렸다.

"그래, 그렇다손 치더라도. 야, 이것들아. 지옥을 가고 싶으면 너네 동양의 지옥으로 찾아 들 것이지 멀고먼 서양의 지옥으로 찾아올게 뭐냐?"

"예, 설명해 올립죠. 극락에 있던 귀신들이 몽땅 빠져나와서 유황찜질 하겠다고 지옥을 찾아든 바람에 지금 동양의 지옥은 만원사례이옵니다.

그리고 동양의 지옥은 악마들이, 몰려 온 골프광인 한국귀신들한테 안 뺏기려고 밤잠도 설치며 지킬 정도로 쇠몽둥이가 동이 나버렸답니다!"

"참으로 한국인들은 골치 아픈 민족이로구나. 아무래도 하느님께 보고 드려야겠다. 가서, 하문(下問)을 받아 올 때까지 여기 이 자리에 꼼짝 말고 있어야 한다."

성 베드로의 보고를 받으신 하느님은 화가 머리끝까지 치오르셨다.

"그래, 지옥에 들어가겠다고 천당을 나와? 이것들이 간이 배 밖으로 나왔구나. 베드로! 당장 염라대왕한테 연락해서 동양으로 소환시켜 가도록 해!"

잔뜩 야단만 맞고 돌아온 성 베드로는 뒤로 벌렁 넘어갔다.

"아이구, 내가 못살아. 내가 없는 새 문을 뜯고 지옥으로 들어가다니!"

머리를 감싸고 괴로워하는 성 베드로를 손오공이 위로 해주었다.

"성 베드로님. 실상은 마귀도 천사가 타락한 거라면서요."

5

근두운은 하늘로 힘차게 솟구쳐 올랐다.

태평양 상공을 스르르 날아 만년설을 머리에 이고 있는 안데스 산맥을 가볍게 넘는가 하더니만 어느새 목적지 아르헨티나 부에노스 아이레스에 닿았다.

해가 뉘엿뉘엿 지평선을 넘어가려는 참이었다.

"아따, 아르헨티나는 땅도 넓다더니만 공원도 넓기만 하네."

영감귀신은 신기하기 짝이 없었다. 마침내 근두운이 한 호숫가에 안착했다.

"손오공아. 여기가 어딘데 내려앉는 거냐?"

도깨비가 두려운 눈빛으로 물었다.

"세계에서 가장 넓다는 빨레르모 공원이다. 기네스북에 쓰어 있더라."

"아, 해가 꼴깍 지평선으로 넘어가니 이제 생기가 나네 그려."

큰소리로 말하고는 기지개 켜는 도깨비한테 손오공 주문이 떨어졌다.

"근두운을 몰고 지구 반 바퀴를 돌아 왔더니만 배가 고프구나. 도깨비야. 너, 어디 가서 사과나 바나나를 집어 올래?"

"그거야 식은 죽 먹기지. 기다려."

"그런데 도깨비 너, 바나나 집으러 과일가게 간다하고선 금은보석방 가면 안 된다. 설령 금은보화를 털었다 해도 날짜 변경선을 무사히 통과 못한다. 아까 올 때 봤지? 날카로운 성 베드로의 눈매 말이야.”

“알았다 알았어. 손오공아.”

“내말 더 들어 봐. 도깨비야. 그러니까 옛날 1530년 스페인 사람으로 돼지 사육사 프란시스꼬 빠사로가 아따우 알빠인이라는 페루 마지막 황제를 죽이고 황금을 몽땅 빼앗았다가 이 황금덩이를 탐낸 부하한테 죽임을 당했단다. 너도 괜히 금은보화를 지니고 있다가 서양 도깨비한테 당할지 모른다.”

“오호. 손오공 너, 귀신 듣는데 떡 소리 한다더니. 황금소리를 들으니 내 손이 근질근질 하구나. 남미 개척시대 해적들이 빼앗아 숨겨둔 황금덩이나 한 번 뒤져 볼까.”

“너, 아무래도 일 낼 것만 같다. 농담이라도 그런 소리 마라.”

휘익 도깨비가 바람처럼 사라졌다.

두 영감귀신, 손오공이 석양이 짙게 물든 빨레르모 호숫가 벤치에 앉아, 물가 풀섶에다 잠잘 자리를 만들고 있는 물오리 떼나 물끄러미 바라보고 있는데, 어느새 도깨비가 바나나를 한 아름 껴안고 나타났다.

“너, 또 가난한 과일가게에서 집어 온 거지?”

“손오공, 넌 맨날 날 의심만 하냐? 볼까 부둣가에 가니까 에꽈돌에서 도착한 배에서 하역해 쌓둔 바나나가 산을 이루고 익어가고 있더라.”

“고맙다. 많이도 가져 왔다.”

“두 영감귀신은 조금만 참아요. 내가 가서 제상 차리는 세 쌍가마 자손 집 주소를 알아다 줄 테니.”

또 휭 사라진 도깨비가 이내 돌아왔다.

“나 원참.”

“왜? 못 찾겠어?”

손오공이 채근을 했다.

“부에노스 아이레스의 한인타운이라는 데가 백구촌이라 부른다 해서 흰

갈매기 떼가 훨훨 날아다니는 물 맑고 경치 좋은 대서양 바닷가 인줄만
알았었지."

"그런데?"

또 손오공이 재촉했다.

"니미럴, 백구촌이라는 데가 길바닥에는 하수관이 터져 똥덩이가 동동
뜨고 들개 떼가 돌아다니는 낡아 빠진 연립주택단지 더구먼."

"사설은 그만하고, 영감귀신 아들이 사는 집이 어디 있는 거야?"

"낙심 말게나. 지금은 부에노스 아이레스의 한인들은 그따위 연립주택에
서 빠져나와 인근에 있는 깨끗한 개인주택단지에다 자리를 잡았더구먼."

"휴우, 난 걱정을 했어. 뭣을 잘 먹고 잘살겠다고 먼 나라에 이민와서
까지 그런데서 사는가 하고 말일세."

영감친구귀신이 영감귀신 대신 근심을 털어 놓았다.

"그 한인주택 단지를 돌아다니다 보니 기름질 하는 고소한 냄새가 나는
집이 있었지. 그래 가만히 들여다보니까 젊은 여자가 열심히 음식을 장만
하고 있더먼."

"한국교민이 이 만 명이라던데 설마 오늘 제사 지내는 집이 우리 아들네
뿐일까."

영감귀신은 여전히 불안이 가시지 않았다.

"저엉 그렇게 미심쩍으면 어서 내가 알아낸 집으로 가봄세. 지금쯤은 제
상을 차려 놓았을 터이니 제상에 놓인 영정이 자네 얼굴인지 아닌지 본인
이 직접 확인해 보게나. 아까 그 집 젊은 남자는 영정사진 먼지를 털고
있더먼."

"으응, 우리 며늘애가 설마 내 영정사진을 들고 갔을까 싶더니만. 내가
맘속으로 죄를 지었네 그려."

"보나마나야. 영감귀신 제사 지내는 거야. 아, 코앞 선산에 묻혀있는 한
국의 선조 제사도 제대로 안지내 주는 세상인데 이 먼 나라까지 와서, 아

무려면 같은 날 제사 지내는 두 집이 있을까. 난 좀 쉬어야겠어. 이따 되돌아가자면 말야."

우적우적 잔뜩 볼이 미어지게 바나나를 먹으며 손오공이 자신 있게 위로했다.

"그건 그렇구먼. 자, 어서 가보자고. 친구 자네도 뱃가죽이 등에 붙었지?"

영감귀신이 재촉하자 도깨비가 앞장을 섰다.

"자, 바로 이 집이야. 아직도 제상을 차리고 있네. 와하, 푸짐하게도 차리고 있구나. 부엌에서 접시에 얌전히 제물(祭物)을 담고 있는 젊은 댁이며 촛불을 켜고 향을 사르는 젊으니 보게나. 그리고 곁에 꼬맹이도. 됐지? 자네 아들네가 맞지? 그럼 난 우리 두목님 하명을 받들어 미시오네 주의 밀림지역을 갖다올 테니까 배불리 먹고 제주(祭酒)도 실컷 마시고 기다리고 있게나."

또 휭 도깨비가 사라져 버렸다. 영감친구 귀신이 더 신이 났다.

"여보게 친구야. 저 제상에 진설(陳設)된 제수(祭需)좀 보게. 얼마나 깔끔하게 장만해 가득차려 놓았는지."

"음."

영감귀신은 감격에 겨운 나머지 쫙 찍어진 입이 다물어 질 줄 몰랐다.

두 영감귀신은 제상에 차려진 푸짐한 음식에 홀랑 넋을 빼앗겼다가 정신을 가다듬었다.

"이 보게 친구야. 내 눈에도 저 제상에 놓여있는 영정사진이 자네 얼굴이 분명한데 본인 눈에도 그렇게 보이는가?"

"으음. 맞아, 내 영정사진이 틀림없어. 우리 마을 통장이 사진사를 데려와서 65세 이상에게 무료로 찍어 주고 간 영정사진이야."

영감친구 귀신은 여전히 부러워했다.

"저러다 제상다리 부러지는 게 아닌가. 노릇노릇 구운 참조기며, 이름모를 과일이며, 남의 살이며, 떡 좀 보게나."

“응응, 백설기, 찰시루떡, 콩고물찰떡, 절편, 약과라.”

“저거 봐. 친구야. 유과(油菓)도 있어. 마치 한국 같네 그려.”

“그렇군.”

짐짓 영감귀신은 당연한 것처럼 여유를 부렸다.

그리고 헛기침을 하고 나서 영감귀신이 혼잣소리로 늘어놓았다.

“저, 제상 진설 순서까지 배워 오다니. 분명 내 며늘애는 족보 있는 집 딸이야. 상 좀 보게나. 잔서접동(盞西接東 : 술잔은 서쪽에 대접은 동쪽에)하고, 조율이시(棗栗梨柿) 씨 개순으로 차리다니.”

“그려. 말로 이루다 표현 할 수가 없네.”

영감친구귀신은 부러움을 넘어 찬탄에 겨워 어쩔 줄 몰랐다.

“내 할멈 빈자리가 너무 휑하구먼.”

“초청장 보냈겠지.”

친구귀신이 영감귀신을 위로 했다.

“자. 이제 제상 다 차린 모양인데 어디 떡 맛 좀 볼까?”

허리가, 배고파 꼬부라진 친구귀신이 절편 한 개를 집으려 하자 그 손을 영감귀신이 탁 쳤다.

“그러지마. 터럭손을 어디다 디밀어? 쟤들이 아직도 절 안했잖는가. 좌정(坐定)이나 하자구.”

그러자 민망하게 된 친구귀신이 영감귀신에게 눈을 흘기며 궁시렁 댔다.

“원, 제상에 놓인 조기를 고양이가 물어 갈까봐, 곡(哭)하면서도 눈이 제상에 가 있는 맏상제(喪制)보다 자네가 더 하이.”

아들은 마침내 손주를 곁에 세우고 나란히 절을 올렸다. 큰 절 두 번에 반절을 한 번 하고난 아들이 제 아내를 불렀다.

“여보. 당신도 와서 절해요.”

“뭐, 나까지도요?”

그러면서도 젊은 여자는 머리 매무새를 만지고는 날아갈 듯 절을 올렸다.

"이왕 드리는 제사, 정성 드리자구, 혹시 누가 아는가. 이렇게 제사 드린다고 복(福)을 한바가지 퍼다 주실는지."

영감귀신은 이 자리에 할멈이 없다는 사실이 여간 애달프지 않았다. 재래식 변소가 싫다고 시골 오기를 싫어하던 손자가 올리는 제주잔을 받다가 감격스러워 손이 부들대는 바람에 하마터면 엎지를 뻔했다.

"하이구. 저 간드러지게 잔 올리는 자네 며늘애 손 좀 보게나. 초봄, 시냇가에 핀 버들강아지가 산들산들 부는 봄바람에 흔들리는 모습 보는 것 같은 게."

친구귀신 덕담에 영감귀신은 흡족하기 이를 데 없었다.

첫 절을 올리고 잠시 앉아 있는 동안 젊은 아내가 제 남편에게 말을 던졌다.

"영정 사진 속의 아버님이 꼭 우리 앞길을 지켜주실 것만 같아요."

"어쩌면 그리도 내 생각하고 똑같을까."

"사진 속 아버님이 뵐수록 잘 나셨지요?"

이 말을 들은 영정 속 얼굴에 부끄러운 미소가 살짝 비쳤다.

"참으로 감격스러우이. 우리 할멈이 이 제사를 봤으면 그동안 며늘애한테 맺혀 있던 서운함이 눈 녹듯이 사라질 텐데."

"자네가 한국 돌아가면 자네 할멈 꿈속으로 찾아가서 낱낱이 말해주게나. 그리고 여보게 친구야. 내가, 자네 외아들이 자네와 선조묘를 팽개쳐두고 이민을 간다해서 쌍 호로자식이라고 욕했던 것 사과하네."

"이잉. 이제 그런 미안한 맘을 자네 가슴에 담아두지 말게나. 그리고 내가 한마디 하는데, 쟤들이 저리도 진심 어린 마음으로 제사 지내는 건, 우리 할멈이 넘겨준 땅문서 때문이 절대 아니라는 거네."

"아암. 제수 하나하나에 깃든 정성을 보면 나도 그렇게 믿고 있고만."

"친구야. 아르헨티나 음식재료는 모두가 유기농에다 자연산이래여. 실컷 먹게나."

두 영감귀신은 배 두드려가며 배가 터지도록 먹었다.

아침부터 음식 하느라고 고단한 이 집 젊은 내외는 벽에 등을 대고 쉰다는 것이 잠이 들어 버렸다.

영감귀신이 젊은 두 내외한테 다가갔다.

"너희가 애 많이 썼다."

"멀리서 오시느라 고생 많으셨지요? 결국 이 음식 우리가 다 먹을 건데요. 아버님."

"그래도 고맙다. 나는 실컷 먹고 간다. 그리고 너희가 차례(茶禮)도 모실 게 아니냐. 누대(累代) 조상님께서도 배곯지 않게 되니 내 여한(餘恨)이 없구나. 또, 세 살 버릇이 여든 간다했다. 손주 녀석, 고것이 정성 가득 담아 절하는 것 보니 후대(後代)걱정 안 해도 되겠다."

"칭찬해 주셔서 고마워요."

"너무 많이 먹었더니만 제대로 숨을 쉬지 못하겠구나."

두 영감귀신은 포만감이 가득 찬 얼굴로 꺼륵! 트림을 해댔다.

"그런데 며늘애 너는 언제 이리 음식 솜씨를 배웠느냐?"

영감귀신은 너무나 기뻐 얼굴에서 함박꽃이 떠나질 못했다.

맨날 때만 되면 5대손 손주를 자장면이나 시켜 먹인다고 딱해 하던 기억이 눈 녹듯이 사라져 버렸다.

"이제 너희가 음복(飮福)할 차례다."

정신이 번쩍 들며 잠에서 깨어난 젊은 내외와 꼬맹이는 두 영감귀신이 물린 제상으로 다가가서 앉았다.

"아버님이 주시는 복을 잘 먹겠습니다."

"오냐 오냐."

사진 속의 영감은 부른 배를 그러안고 벽에 기대어 이 집 식구가 먹는 모습을 흡족한 얼굴로 보고 있었다.

"하이구, 저 내 새끼 세 쌍가마 손주 좀 보게나. 시골집 내려오면 제 어미 치마꼬리나 붙잡고 입에 떠넣주는 밥도 도리질 치고 깨작대던 녀석인데, 지금 얌전히 무릎 꿇고는 제 손으로 따박따박 떠먹는 모습 보게나. 세상에서 가장 듣기 좋은 소리가 내 논에 물 들어가는 소리와 내 새끼 목줄 타고 젖 넘어가는 소리라는데 내가 시방 그 호사를 누리고 있고만."

"아암. 자네 아들 내외가 이민을 잘 나왔네 그려. 좁아터진 한국 땅에서 복닥대느니 이렇게 너른 아르헨티나에 이민 와서 사람까지 됐으니 자네가 더 바랄 나위가 있는가 싶으이."

"그러게 말일세."

만복(滿腹)에 노곤해 든 잠을 손오공이 깨웠다.

"두 영감귀신. 배부르고 등 따순거구먼."

"어?! 벌써 부윰히 날이 새고 있네."

손오공이 서둘러 댔다.

"어서들 근두운으로 오르게. 그런데 도깨비가 왜 안보이지?"

"미시오네 주 밀림지역을 간다고 나갔는데 혹시 이과수 폭포 물 떨어지는 장관에 넋 팔고 있나?"

영감귀신 말에 손오공이 정색을 했다.

"아닐걸세. 분명 어디 쳐박혀 날 새는 줄 모르고 정신없이 금은보화를 뒤지고 있는 걸세."

"말이 씨 되는구만."

"두고 봐요. 내 말이 안틀릴 테니까. 이그, 그 놈의 손버릇. 조금 있으면 바리바리 금은보화 이고지고 들이 닥칠 테니까."

6

"실컷 들먹었소?"

걱정들 하고 있는데 도깨비가 헉헉대며 들어왔다. 그는 아니나 다를까 덜퍼덕 보따리 하나를 제사지내고 난 방바닥에 부리고 나서 벌러덩 드러누웠다.

“하이고. 내가 이걸 들고 오느라 무거워 혼났네 그려.”

“그건 뭐고, 두목 심부름은 까먹었나? 혹시나 했더니만 역시나군.”

손오공은 도깨비 두목 심부름부터 걱정이었다.

“미시오네스에 갔었지. 한마디로 틀렸더면, 거긴 무덥고 너무 습해 우리 도깨비 소굴로는 틀린 곳이야.”

“그렇다고 보석상을 털어? 우리까지 되돌아가다가 성 베드로님한테서 치도곤(治盜棍)을 안기게 할 셈인가?”

모두가 두려운 표정으로 그러는데도 도깨비는 잘한 짓이나 되듯 으스대며 제 공치사만 늘어놓았다.

“누가 나에게 감사장 안주나?”

“무슨 일을 잘했는데?”

“보면 몰라?”

손오공한테 가져온 보따리를 풀어보라고 손짓을 했다.

“이봐. 자고로 자네 같은 녀석을 보고 손목 자르기 전에는 남의 물건 탐내는 못된 버릇 못 고쳐진다 했지.”

손오공이 화가 난 목소리로 종주먹을 댔다.

도깨비는 발을 꼬고 누운 채 두 뿔을 쓰다듬으며 여전히 딴청을 부렸다.

“모르시는 말씀. 진짜 이번은 가져 오는 쪽도, 가져다주는 쪽도 나에게 잘했다고 칭찬할 테니까.”

두 영감귀신과 손오공은 할 말을 잃었다.

한편, 고단할 대로 고단한 이 집의 젊은 내외는 새벽잠에 취해 그냥 그 자리에 모로 쓰러져 잠들어 있다가 툭! 하는 소리에 홀랑 잠이 달아났다.

“에그머니나. 이게 무슨 보따리예요?”

“그러게나. 갑자기 어디서 떨어진 게야?”

“우리가 잘못 된 짓한다고 하늘이 노한 게 아닌가요?”

“도대체 이게 뭘까?”

두 젊은 내외는 부들부들 떨리는 손으로 조심스레 보따리를 풀었다.

"으윽! 도돈이야. 따딸라야."

"웬 돈벼락이지요?"

내외는 말을 잇지 못하다, 나간 정신을 가다듬었다. 남자가 침을 꿀꺽 삼켰다.

"여보. 이건 분명 하늘에서 내려주신 선물일 게야."

"그럼 하늘이 노하신 게 아니고 잘했다고 공(功)을 주신 거라고요?"

"응, 그러니까 앞으로도 성심 성의껏 차례, 제사를 지내 드리자구."

친구귀신이 드러누운 도깨비를 내려다보며 물었다.

"여보게, 도깨비. 저 돈 보따리를 이 집 아들네한테 주는게요?"

"아암. 주고말고. 요즘 세상, 아무리 제 부모일지라도 멀리 이민 나와서까지 제사 지낸다는 게 얼마나 갸륵한 일인가."

친구귀신이 영감귀신에게 부러운 말투로 말을 했다.

"옛날은 잘한 대가를 후대에 가서 받게 됐지만, 요즘은 잘한 대가를 당대에 직접 받고 있구먼 그려."

"으응, 늦게나마 착하게 돼서 복이 굴러 든게야. 어이, 도깨비. 고맙네 고마워."

"아닐세. 자네가 날 구해준 대가치고는 조그마한 선물일세."

어쨌거나 손오공은 도무지 이해할 수가 없나 보았다. 의심의 눈초리로 째려보았다.

"여보게, 도깨비. 저 많은 미화, 혹시 은행금고를 털었나보이."

"아녀. 절대 아니고먼."

"여기도 탐관오리(貪官汚吏)있나 보지?"

"훔치다가 또 백 년간 바위에 눌려 살고 싶지 않네."

"왜? 난 오백 년간 그랬는데 도깨비 자네는 그까짓 백 년 가지고 떨긴."

"내가 들어오면서 뭐랬는가, 저 돈 가지고 있던 집에서는 돈을 치워줘서 좋아하고 있을게야. 불쌍한 아이가.”

“도깨비 이 친구. 알다가도 모를 소리만 하네.”

“얘기인즉슨, 이 많은 돈 때문에 콩가루가 된 집안이 내가 돈을 가지고 나온 바람에 사람답게 될 테니까.”

모두가 종잡을 수 없는 소리를 지껄이고는 기운을 잃고 눈을 감아버린 도깨비를 멀거니 내려다보기만 해야 했다. 따지던 손오공은 갈 길이 바빴다.

“여보게 두 영감귀신. 어서 저 도깨비를 근두운으로 끌어올리게. 해가 번하게 뜨면 저 도깨비도, 자네 두 귀신 혼령도 모두 끝장일 테니.”

두 영감귀신이 근두운에서 내려가서는 비슥히 누운 도깨비를 낑낑대며 근두운에 끌어올리고 나자 손오공이 선언을 했다.

“자, 이제 지구 저 너머 한국을 향해 출발합니다요.”

영감귀신은 울먹이기 시작했다.

“애들아. 나는 간다. 나 잘 먹고 간다. 열심히 살아야 한다. 남의 나라에 산다는 게 쉬운 일 아니다. 그리고 남한테도 베풀 줄 알아야 한다.

땅 담보한 돈, 또 내 친구 도깨비가 가져다 준 돈은 은행에 저축해두고서 하고 싶다던 사업자금에 쓰도록 하거라.

돈이란 건, 집에 두고 곶감 빼 먹으면 잠시는 좋을지언정 바로 거덜 난다. 내 말 명심하고 잘 살거라. 다음 추석 명절 차례 때 다시 보자꾸나.”

한국을 향해 출발하려고 근두운이 마악 공중부양(浮揚)하려던 참이었다.

아래를 게슴츠레한 눈으로 내려다보던 도깨비가 소리를 꽥 질렀다.

“앗! 요 아래 방바닥에서 돈 보따리를 그러안고 있는 두 부자 머리꼭지가 외가마야!”

“도깨비 너 무슨 소리하는 거야? 자다가 홍두깨 내밀다니.”

손오공이 면박을 주고 영감귀신도 야단쳤다.

“도깨비 자네, 날이 밝으니까 정신이 혼미하게 됐구먼. 오죽하면 날이

샌 도깨비를 허깨비라 할까.”

영감귀신도 도깨비를 툭치며 나무랐다.

“아무리 우리 귀신 눈에는 산사람을 못 알아본다고 그 따위 장난치면 안 되는거요. 우리가, 성심 성의껏 만들어준 제사음식을 잘 먹고 가는 길인데. 저 영정사진이 틀림없는 세 쌍가마인 내 친구, 이 영감 얼굴이구먼.”

영감친구귀신에게도 확인했다.

“친구야. 자네 영정사진 맞지?”

“응, 저 사진 속 꽃무늬 넥타이도 사진사가 가져와서 우리 동네 모두 똑같이 맨 영정사진이구먼.”

“야 도깨비. 시간 없다. 넌 나보다 장난이 더 심하구나. 젊은 두 내외에 외아들도 맞고.”

손오공이 퉁바리를 안기는데도 도깨비는 막무가내였다.

“분명히 여기 두 부자 머리꼭지 가마가 세 쌍가마가 아냐. 외가마야. 해가 떴다고 내 정신이 혼미해서 세 쌍가마가 외가마로 보일 리 없어.”

영감친구귀신이 되레 더 안달이 났다.

“여보게 손오공. 다시 잠깐만 근두운을 방바닥에 내려놓아 좀 줘요. 도깨비가 똑똑히 확인하도록 말이요. 귀신 눈에는 산사람 모습이 제대로 안 보이는 게 안타깝기 그지 없구료.”

그러나 손오공은 단호히 거절했다.

“안 돼, 절대 안 돼. 날이 완전히 밝아 버렸어. 다시 앉았다가는 오도가도 못 하게 돼.”

그러고는 손오공이 버럭 화를 냈다.

“이봐. 도깨비. 오늘 이집 젊은 내외가 미친 사람 아니고서야 어찌 남의 어른 영정 놓고 제사 지낸다 말인가?”

도깨비도 지지 않았다.

“아냐. 그러고 보니까, 아무리 지금 생각이 흐릿하다 해도 분명한건, 돈 보따리를 끌어안고 징징 울던 어린애 머리꼭지가 세 쌍가마였어."

마음 급한 손오공이 결론을 지었다.

"이집 저 아이나 젊은이 머리꼭지가 외가마라면 이유가 뭐였든지 이 집 내외가 남의 제사를 지내준게 분명해."

이렇게 말하고는 손오공이 도깨비에게 눈알을 부라렸다.

"왜 남의 제사를 지내야 하는지를 이 집 사연은 그렇다손 치고, 그 울던 애 머리꼭지가 세 쌍가마라면 그 애가 바로 영감귀신의 손자로구면. 그런데도 돈 보따리를 집어와? 요런 맹추 같은 도깨비라구."

"어쩐지 그 귀한 세 쌍가마가 좁은 교민 바닥에 또 있나 했었지."

"이거, 참. 이를 어쩐다? 사연을 따져봤자 죽은 자식 불알 만지기고. 저 돈 보따리를 다시 영감귀신 아들 집에 가져다주자면 우리가 떠날 수가 없고."

손오공이 이러지도 저러지도 못하고 쩔쩔 맸다.

울상이 된 도깨비가 영감귀신에게 두 손을 싹싹 비볐다.

"내가 큰 잘못을 저질렀네. 이를 어찌해야 옳을지 모르겠구면."

근두운은 공중으로 오르지도 못하고 주춤대기만 했다.

어찌됐거나 영감귀신이 결론을 내려야 했다. 영감귀신은 이를 으물고 단호히 선언했다.

"손오공. 여러 말 더 필요가 없는 것 같소. 그만 근두운 띄웁시다. 다 끝날 일 아니요? 그리고 도깨비 자네 잘못 하나 없네. 외려 잘했네."

"뭐? 잘한 짓이라고? 무슨 말을 그리하는가? 이 친구가 돌아버렸구면. 다 끝난 일이라니? 저 방바닥에 앉아있는 남의 자손한테 도깨비가 갖다 앵긴 돈이 바로 자네 땅 담보해서 빼 낸 돈이야. 알토란같은 자네 땅 말이야."

친구귀신은 안타까워 어쩔 줄 몰랐다. 그러나 영감귀신 당자는 의연했다.

"자, 손오공. 길 떠납시다. 해가 활짝 떠 버렸잖소. 꾸물대다가는 모두 오도가도 못 하게 될 것 같소."

"그럼, 한국을 향해 출발 합니다요."

근두운이 힘차게 솟구쳤다.

모두 굳은 얼굴로 입을 닫고 있었다. 손오공이 부양이 끝나자 귓속 털을 뽑아 둔갑시킨 여의봉으로 도깨비의 두 뿔을 탁탁 쳤다.

"도깨비. 이그, 자네 그 손버릇은 손모가지를 잘라야 고쳐지려나 보네."

그러나 영감 귀신이 나섰다.

"아니라니까. 도깨비 자네가 잘한 일을 했어. 무슨 사연이 있길래 그랬는지 몰라도 남의 제사를 정성껏 지내주는 착한 사람한테 그 돈이 가야 하네. 내가 평생 안 먹고 안 쓰고 돈 모아 산 땅, 자갈을 추려내던 땅을 담보한 돈이니까. 그리고 누가 됐든 차례, 제사를 지내준다면야 그게 무슨 대수인가.

우리 세 쌍가마 선대께서 배만 안 곯으며 그만이지."

7

남의 자손이 영감귀신의 제사를 지내주게 된 엉뚱한 사연은 이랬다. 영감귀신의 며느리가 한국을 다녀와서 얼마 지나지 않아 친구네를 찾아갔다.

"웬일이니? 세 쌍가마 엄마야."

"부탁이 하나 있어."

영감귀신 며느리는 친구가 타 내온 커피를 구슬이다 마실 때까지 말을 못하고 머뭇댔다.

"뜸 드리는걸 보니 중요한 일인가 보구나. 네 부탁이라면 뭐든 다 들어줄 테니 어려워 말고 얘기해봐."

"실은, 지난 번 한국 나갔을 때 시어머니하고 약속한, 애 친할아버지 제삿날이 낼이야."

"그래서 제사음식 도와달라고? 걱정하긴. 너희 집 가서 음식장만 도와주겠다."

“애, 그러면 나머지는 절할 일만 남았네.”

영감귀신 며느리가 기어드는 목소리로 말했다.

“그래서?”

영감귀신 며느리는 이제 거침없이 말을 꺼냈다.

“그러니까, 아예 너희 집에서 제상 차리면 어떻겠니?”

“너 지금 제정신으로 하는 말이니?”

“사실 낼 나는 약속이 있어. 한국서 골프여행 온 형부랑 언니랑 골프장에 나가야 해.”

“너, 시방 농담이 아니구나.”

“부탁한다.”

“그럼 할 수 없구나. 나라도 안 지내면, 네 시아버님이 먼 아르헨티나까지 왔다가 굶고 가시게 될 테니까.”

“고맙다 고마워. 또 누가 아니? 남의 제사 지내줬다고 너네한테 돈벼락 내려 주실런지. 자, 제수 장 보러 가자.”

“나야 뭐, 덕분에 잘 먹지만. 혹시 네가 벌 받을까 겁난다.”

“그런 걱정은 마. 네가 알다시피 한국에 있는 땅, 담보해서 몽땅 가지고 왔다. 그래서 손해 볼래야 손해 볼게 하나도 없다. 애, 호호.”

“너희 시아버님이 속아 줄까?”

“내가 시아버지 영정사진 갖다 줄게. 본디, 귀신은 산사람 얼굴을 구별 못한다잖니.”

그렇다면, 도깨비가 우는 아이한테서 돈 보따리를 집어 오게 된 사연은 뭐였을까?

영감귀신의 아들내외는 아르헨티나에 오자마자 입금확인서를 디밀어 보따리 하나 가득 달러를 받아냈다.

“당신 소원대로 됐으니 이제 상점 하나를 사서 장사를 시작합시다. 삼년마다 또 줘야 하는 쟈베에 월세를 내고 장사하느니 말이요.”

“그리고요?”

“미싱, 오버록, 꼬쟈렉따, 단추기계도 사서 공장도 차리고.”

“또요?”

“중국에 가서 최신 유행하는 천으로 몇 깡통(컨테이너)도 사오자고.”

“요런 맹추 같은 사내를 첨 봤네.”

“무슨 말 하는 거야? 그렇게 하자고 그랬던 사람이 누군데?”

“이 봐요. 세 쌍가마 손(孫)아. 공장은 왜하고, 가게는 왜 하지요?”

“당신이 노래했잖아. 우리도 남들 교민처럼 그렇게 해서 돈 벌자고.”

“그 벌고 싶은 돈이 이렇게 잔뜩 한 보따리 있는데도요?”

귀신영감의 아들은 꿀 먹은 벙어리가 돼버렸다.

“생돈을 투자해서 고생고생 속 썩어가며 돈 벌자고요?”

“딴은 그렇네.”

“내 친구가 돈 불려 준 댔어요. 딸랏돈 깔아 놓으면 원금 한 푼 축 안내고 들어오는 이자만으로도 평생 잘 먹고 잘 산대요.”

“역시 당신 머리는 최고야.”

달러를 빌려 쓴 사람을 고르는 동안, 매일 이다시피 이 백 불씩 뽑아 들고 골프장으로 나갔다.

골프가 끝나고 같이 필드에 나간 꼼빠네로와 저녁을 먹고 집에 오면 밤 열두 시가 넘기 일쑤였다.

어린 세 쌍가마 아이에게는 팅팅 불어터진 라면이 밥이고, ‘라면땅’ 봉지가 간식이었다.

“이 돈이 웬수여. 내가 이 돈 보따리 끌어다가 쓰레기통에 버릴 거야. 한국서 이 돈 가져오기 전에는 엄마 아빠가 집에서 열심히 바느질 하고 세 식구가 함께 밥 먹었는데.

아, 할머니가 미워. 왜 엄마아빠에게 돈 줬어. 앙앙.”

하필, 이때 도깨비가 지나가다가 울고 있는 아이를 보게 되었다.

"허, 한국서도 귀하다는 세 쌍가마가 이 집에도 또 있네."

도깨비는 이 집 꼬마를 도와주고 싶었다.

이 많은 돈을 버릴게 아니라, 이왕이면 착하게 된 영감귀신의 아들내외
에게 갖다주자했던 거였다.

(『로스안데스문학』 통권13호, 2011)

　매년 4월이 되면, 자동차경기장 뒤에 있는 빠르게 델 수르나 나문꾸라 공원에 있는 여러 경기장에서는 동포팀 끼리 겨루는 축구경기가 매주 일요일마다 열린다. 나는 바람도 쏘이고 사람들도 만날 겸해서 이따금 경기에 참가하는 아들네 식구를 따라 경기장에 나가곤 했는데, 그날은 유난히 청명하고 높은 하늘이 더욱 나를 따라나서도록 재촉했다.

　그날 우리가 빠르게 델 수르에 도착했을 때는 벌써 입구부터 인파가 붐비고 있었다. 그리고 여기저기서 아사도를 굽는 매캐한 연기가 뽀얗게 피어오르고 있었다.

　올해 초등학교에 막 입학한 손녀의 성화에 못 이겨 놀이터 쪽으로 발길을 옮기던 나는 앞을 가로막고 인사를 하는 낯선 젊은이로 인해 발길을 멈추지 않으면 안됐었다. 내가 어리둥절하고 있자니까 그는

　"저를 못 알아보시겠습니까? 박 교감 댁 둘째 입니다." 한다.

　"아니 그럼 자네가 109에 살 때 중학교에 다니던 바로⋯⋯"

　"네, 그렇습니다."

　"그 사이 세월이 많이 흘렀구면, 소년이었던 자네가 장년이 돼가고 있지 않은가? 그래 그동안 어디서 살았었길래 그렇게 볼 수가 없었나? 나는 자네네 가족이 다른 나라로 간 줄만 알았네."

　"아닙니다. 저희는 얼마동안 비제가스에서 살다가 사촌형댁을 따라 꼬리엔떼스주로 가서 그 형님댁을 의지하면서 그곳에서 살았습니다. 그러다가 아버지께서 갑자기 돌아가시게 되고, 5년 전에는 그곳에서 어머니마저 돌아가시는 바람에 저는 혼자 부에노스로 다시 올라왔습니다."

　그는 돌아가신 부모님 생각이 나는지 말을 멈추고는 몇 번이나 침을 삼켰다.

　"그랬던가⋯⋯"

　나는 잠시 멀리 떠 있는 구름을 바라다보며 박교감과 지내던 109촌 시절

의 일들을 생각 했다.

그 고단하고 처량했던 시절이 주마등처럼 내 뇌리를 스쳐 지나갔다. 마치 엊그제 일처럼……

내가 박교감을 처음 본 것은 1977년 10월 하순경이었다. 그날 비제가스 주택 북쪽 외곽에 있는 소나무 숲속에서는 동포들을 위한 아사도 잔치가 벌어지고 있었다. 나는 그해 7월초에 겨우 이민을 와서 그 단지에 입주했던 처지라 어떤 사람들이 무엇 때문에 그런 잔치판을 벌려야 했는지도 모르면서, 이웃집에 사는 한 청년의 권유에 따라 그 파티장으로 갔었다. 내가 그곳에 도착했을 때는 이미 그 솔밭에는 사오십 명의 동포들이 모여 있었고, 한편에서는 연기를 피워가며 고기를 굽고 있는 중이었다. 나는 이민 와서 처음 보는 낯선 광경이라 호기심도 없지 않아서 관심을 가지고 그 광경을 지켜보고 있었는데, 이날 유난히 나의 관심을 끈 이가 바로 박교감이었다. 그는 60이 넘었을까 말까한 나이에 체구가 큰 편이었다. 검은 테 안경을 걸치고 있는 그의 얼굴은 좀 긴 편이었고 약간은 거무티티해 보였다. 그는 큰 나무 밑에 부처님처럼 아주 편안한 자세로 앉아 있었으나 이미 거나하게 취해 있는 듯해 보였다. 그리고 자주 터져 나오는 그의 큰 웃음소리가 퍽 인상적이었다. 동행했던 청년은 그가 서울에서 S고등학교 교감을 지냈던 분이라고 귀띔을 해주었다. 그날을 듣고 보니 역시 선생티가 났다.

"저분이 오늘 잔치의 주빈인가요?" 하고 옆에 있는 청년에게 물으니

"그건 아닙니다. 오늘 잔치는 까삐딸에 사는 쌀장사들이 자기들의 쌀 선전을 하려고 벌인 것이지요. 그런데 그 쌀장사들이 박교감의 생질되는 분과 친한 사이거든요." 하고 일러 주었다.

박교감이라는 사람을 나는 이렇게 알게 되었다.

그 일이 있은 후 나는 이민지 생활에 적응하기 바빠 같은 비제가스 단지에 살고 있으면서도 박교감과 직접 인사를 나눌만한 기회를 갖지 못했다.

그의 이름을 다시 듣게 된 것이 그로부터 한두 달쯤 지난 초여름의 어느 날이었다. 비제가스 단지 청년들이 잡지를 만들어 가지고 집집마다 돌리러 다니는 길에 우리 집에까지 온 일이 있었는데 그때 그들의 입에서 나는 박교감의 이름을 다시 듣게 되었었다.

"박교감 선생님의 글도 받아서 실었습니다."

그들은 그가 대단한 사람이나 되는 것처럼 그를 들먹이고 있었다. 잡지는 얄팍한 복사본이었다. 들추어 보니 굵은 검은테 안경을 걸치고 있는 박교감의 캐리커처가 곁들여진 그의 격려사가 책 첫머리를 장식하고 있었다. 지난날 아사도 파티장에서 봤던 그의 약간 허풍기 있는 몸짓과 걸걸하면서도 탁한 목소리를 나는 다시 떠올렸다. 그리고 그 청년들로부터 그 정도의 대접을 받고 있는 박교감을 한 번쯤 만나보는 것도 괜찮겠다는 생각을 했었다.

그 무렵 우리집은 살아가는 형편이 아주 고단했다. 주위 사람들은 장성한 아들이 네 명이나 버티고 있으니 걱정할게 없다고 부러워하는 눈치였지만, 우리는 이민지의 실정을 잘 몰라 계속 갈팡질팡하고 있었다. 우리는 이민지에 도착하자 바로 비제가스 단지에 들어와서, 주위 사람들이 권하는 대로 우선 중고 오바록 두 대와 미싱 두 대를 사들여 놓고 삯바느질을 시작했었다. 그런데 기계를 다루는 솜씨도 그랬고, 바느질하는 기술을 쉽게 익히지도 못해서 그것을 자주 고장나게 하는 바람에 일을 쉬어야하는 날이, 일을 하는 날과 맞먹을 정도였다.

그 당시 미싱이나 오바록이 고장이 나면 일단 기계를 떼어가지고 109촌 메르까도에 있는 동포 미싱 수리점까지 가지고 가야만 했는데 만원버스에 시달리며 용케 가져다 놔도 그것이 고쳐지기까지는 빨라야 하루 이틀이고 늦으면 사오일씩 걸리곤 했다. 고치기가 어려운 것이 아니라 차례를 기다리다 보니 그렇게 지체가 되는 것이었다. 이런 일을 자주 당하다 보면 맥이 빠져서 바느질 삯일을 계속해야 하는 것인지 회의에 빠질 때도 있었다.

그래도 우리에게 호의를 가지고 성원을 보내주던 주위 동포들의 격려와 기대를 쉽게 외면할 수도 없어서 우리는 그 상태로 몇 달간을 더 버티었다. 그러다가 그 삯바느질을 과감하게 떠엎고, 그 당시 동포 생활의 중심부 구실을 하고 있었던 109촌으로 진출한 것이 비제가스 주택단지에 입주한지 꼭 8개월만인 그 이듬해 4월초였다.

109촌은 비록 가난한 사람들이 사는 주택단지이긴 했지만, 비제가스 주택단지와 달리 부에노스 아이레스 시내의 한 부도심인 플로레스 번화가에서 2㎞ 정도밖에는 떨어져 있지 않은, 말하자면 요지에 위치해 있었다. 라바다비아 6000대에서 서편으로 뻗어 내려가는 까라보보길이 1800대에 이르러서는 까스따냐레스길과 교차된다. 이 길은 다시 작은 공원 하나를 끼고 한 꽈드로 남짓 남진을 하다가 꾸라빨리궤에 길과 교차하게 되는데 여기서부터는 길 이름이 꼬보로 바뀐다. 109촌은 공원을 끼고 도는 그 까라보보길과 꾸라빨리궤길을 이어받아서 서쪽으로 뻗어내려가는 까미노또로레스 안쪽 일대에 퍼져 있는 연립주택 단지이다. 109촌은 총 가구 수가 950채 가량이었는데, 그 중에서 우리 한인동포들이 차지하고 사는 집이 한때는 280가구나 됐었다. 그러니 109촌에서는 동포들이 사는 집이 두 집 건너 한 집 꼴이었던 셈이다. 그래서 문을 열고 나가면 대개 동포들과 마주쳤다. 그뿐 아니라 이 109촌에는 한국인들이 꼭 필요로 하는 한국 식품을 파는 집이 여럿이 있었다. 각종 건어물과 두부, 콩나물, 새우젓 등을 고향의 미각이라는 구호아래 팔고 있었다. 그리고 떡 방아집, 식당, 생선집, 한약방, 양복점겸 환전소, 이발소, 미장원, 요꼬기 판매점, 실집, 미싱 수리점, 전기 기계 수리점 그리고 이곳에서는 무허가이나 한국의 면허를 가진의사가 진료를 하는 병원이 있었고 심지어는 불고기감 위주로 파는 동포정육점도 있었다. 그리고 동포들이 다니는 교회도 대개 이 주변에 있었다. 그래서 각 빈민촌에 거주하고 있는 동포들은 물론, 시내에 집을 가지고 사는 동포들까지도 이 109촌에 의지하며 살았다.

109촌에 나오면 낯선 이민지 생활에 이질감을 느끼며 지내던 신 이민자들도 고향 마을에 들어선 것 같은 포근함을 느낄 수가 있었다. 109촌이 그런 곳이라 오수가 터져 나오고, 자주 정전소동이 나며, 삼복더위에는 한증막 같아서 밖에서 밤을 지 샐 지경이었어도 동포들은 이곳에 정을 붙이고 살았다. 이 109촌 주택에는 시내의 정상적인 집과는 상관없는 번호가 매겨져 있었는데 109 초입의 200대로부터 시작되어 1100대 까지 내려가서 끝이 났다. 우리가 그때 109촌에 세들어 살던 집은 900대의 한 모퉁이 집이었다. 우리집 앞에는 잡초와 잔디로 뒤덮인 자그마한 정사각형의 광장이 있었다. 그 미니 광장의 서편과 북편에는 성냥갑을 나란히 누어 놓은 것 같은 109촌 특유의 납작한 연립주택이 광장을 껴안고 늘어서 있었고, 탁 트인 동·남 양편에는 차도가 지나가고 있어서 그 광장을 훨씬 돋보이게 했다. 우리집 옆을 지나가는 차도는 800대 단지와 900대 단지를 가르며, 8, 90미터쯤 서진을 하다가 볼리비아 난민촌으로 건너가는 도랑을 만나면서 그곳에서 멈추고 만다. 이곳이 109촌과 볼리비아 난민촌을 가르는 경계선이다. 우리가 살던 900대 모퉁이 집과 미니 광장사이에는 폭이 약 일 미터쯤 되는 시멘트로 포장된 인도가 북쪽으로 나있었다. 우리집 정문을 나와서 그 인도를 살짝 건너면 제법 무성한 활엽수가 한 그루 서있었는데, 그곳이 때때로 우리집을 찾아오는 동포들에게 정자나무 구실을 해주고 있었다. 우리집이 이사 오기 이전부터 이 나무 밑에는 꽤 굵은 고목나무 토막이 하나 놓여 있어서 자연스럽게 의자 구실을 해 주었다.

약 11개월 동안 세를 살던 그 모퉁이 집 바깥채에서 우리는 한국 식품점과 끼오스꼬를 겸한 알마센을 했다. 밖에서 보면 집 정면 중앙에 철판으로 된 출입문이 하나 있었고, 출입문을 가운데 두고 양쪽 벽면에는 각각 전지 한 장 크기의 창문이 하나씩 나 있었으며, 그 창문틀에는 꽤 굵고 견고해 보이는 쇠파이프가 촘촘히 박혀 있었다.

이 철장문은 외부의 침입자를 막아주는 구실도 했고, 오후 휴식 시간이

나 밤늦게 긴급하게 찾아오는 손님들과의 거래 창구이기도 했다. 우리가 그 109촌 900 모퉁이 집으로 이사를 온 지 그럭저럭 한 두 달쯤이나 지났을 무렵의 어느 추운 날 오후에 창구 쪽에서 "담배 파시요." 하는 어딘가에서 들어본 듯한 걸걸하고 탁한 목소리가 들려왔다. 집안에서 마침 점심을 먹고 있던 나는 혹시나 하는 마음에서 밖을 내다보게 됐는데, 그 철장너머로 보이는 얼굴이 바로 박교감이었다. 비제가스 단지에 있어야 할 영감이 이 시각에 여기는 웬일인가 하는 의문이 들었으나 아직 식사중이었기 때문에 나는 나가보지 않았다. 내가 박교감과 인사를 나누게 된 것은 그 후 한 일주일쯤 지난 어느 날 오후였다. 그 날은 햇볕이 아주 따사로워서 나는 점심을 일찌감치 끝내고 밖으로 나와서 집 앞 정자나무 밑에 있는 통나무에 걸터앉아 담배에 불을 당기려던 참이었다. 그때 나는 광장 왼쪽 모퉁이 쪽에서 누군가가 돌아 나오는 것을 언뜻 보았다. 그는 조금씩 내가 있는 쪽으로 다가오고 있었는데 자세히 보니 박교감이었다. 그는 집에서 입고 있었음직한 허름한 양복바지에 투박스런 검은 가디건을 걸치고 어슬렁 어슬렁 우리 집 쪽을 향해서 걸어오고 있는 중이었다. 보나마나 담배를 사러오는 것이 분명했다. 이 근처로 이사를 나온 게 아닌가 하고 잠시 생각을 하고 있는 사이에 그는 내 등 뒤를 지나서 우리집 창문 쪽으로 가고 있었다. 그리고 "담배 파시요." 하고 전날처럼 소리를 질렀다. 나는 누군가가 집안에서 황급히 뛰어나오는 기척을 느끼며 이내 돌아서서 그쪽을 바라보게 됐는데 박교감은 그때 벌써 어깨로 바람을 막으며 빼물은 담배에 불을 당기려하고 있었다. 나는 그의 앞으로 다가섰다.

"박선생님이시죠?"

그때 그는 약간 당황하는 듯이 보였다. 그도 그럴 것이 나는 그를 알고 있었지만, 그는 내 얼굴을 알 리가 없기 때문이었다.

"제가 이집 주인입니다. 인사를 나눌 기회는 없었지만 저는 비제가스 단지에서 선생을 뵌 일이 있어요. 그 솔밭에서 있었던 아사도 잔치에서 말입니다."

그는 손을 내밀고 당장에 나의 어깨를 껴안을 듯이 거창하게 인사를 했다. 그날 나는 광장 왼쪽 끝에 있는 모퉁이 집으로 이사를 왔다는 사실을 알게 되었다. 그러나 이렇게 이웃에서 살게 됐으면서도 박교감과 나 사이가 한동안은 그 이상 더 가까워지지 않았다. 그렇게 된 원인은 그가 한국 정국을 보는 시각이 나와는 거리가 있다는 것을 느꼈기 때문이었다. 그날 인사말 끝에 우리는 잠시 고국의 정국을 우려하는 이야기를 나눈 일이 있었는데, 그때 박교감이 이런 말을 했다.

"학생녀석들이 공부나 할 일이지 몽둥이 찜질이나 당하면서 데모는 왜 하는지 모르겠습니다. 그 애들을 선동하는 재야 사람들이 문제구요!"

나는 대답할 말이 없었다. 그 터무니없는 유신정부를 두둔하다니 그는 유신정부가 하는 말을 그대로 대변하고 있는 게 아닌가. 적어도 그때의 나에게는 그렇게 들렸었다. 「허풍끼만 있는 줄 알았더니 이사람 정말 어용 교육자 였군」 하는 생각이 들어서 서로 교육계에서 거의 한평생을 보냈으면서도 우리는 쉽사리 가까워지지를 못하고, 한동안은 그럭저럭 그저 그렇게 지내게 됐었다.

그 당시 우리 집에서는 장남이 작은 짐차 하나를 사가지고 일손이 딸리는 동포 알마센을 상대로 한 알마센 용품과 끼오스꼬 용품의 레벤데를 하고 있었기 때문에 우리가게에서는 상품구입도 남들보다 유리하게 할 수 있었고, 팔기도 그만큼 싸게 팔았다. 그래서 그런지 장사가 제법 잘 됐었다. 그리고 동포들이 즐겨 찾는 무, 배추, 부추 등의 채소는 109주변에서 세탁소를 하고 있던 일본인의 안내를 받아가며 내가 근교의 일본인 농장에서 직접 사다가 팔았다. 남이 안하는 방법으로 장사를 하고 있었기 때문에 이래저래 우리집 가게는 날로 번창해갔다. 장사가 잘되는 바람에 첫 달부터 예상외의 수입을 올리게 됐었다.

그 다음 달도 또 그 다음 달도 장사는 여전했다. 장사가 잘 된다는 것은 즐겁고 기분 좋은 일이었으나 켕기는 구석이 있었기 때문에 은근히 겁도 났다. 사실 우리집이 109촌에서 벌려놓고 있는 알마센겸 한국 식품점 끼오스꼬는 법적으로 따진다면 무허가업소가 분명했기 때문에, 언제 인스뻭또르(조사관)가 달려들지 모를 일이니 겁이 나지 않을 수 없었다. 본래 109주택단지는 전기세를 제외한 일체의 공과금이 면제되는 반면, 그 주택을 상업 또는 공업용으로 이용하는 것은 금지되고 있었다. 그러니 우리가 단지 안에서 알마센이나 한국 식품점을 벌이고 있는 것은 당연히 규칙을 위반하고 있는 것이었다. 주택 관리규정으로 봤을 때도 그렇고, 시행정이나 세무행정 차원에서 보면 무허가 업소인 동시에 불법업소에 해당했다.

그러니 그 단속기관에서 나와서 언제라도 시비를 걸 수 있고, 그렇게 되면 우리는 꼼짝없이 당할 수밖에 없는 입장이었다. 그래서 뭘 좀 아는 사람이면 당연히 겁이 났다. 더구나 낯이 설었을 뿐 아니라 통 감을 잡을 수 없는 이민지사회에서 살고 있는 처지였기 때문에 더욱 겁이 나는 것이었다. 특별히 도움을 줄 사람도 없고, 무슨 일을 당했을 때 빽이 돼줄 사람도 없는 타국 땅에서 일을 당하는 날에는…… 하는 생각을 하면 그야말로 아찔했다. 그래서 그 당시 나는 만성적인 불안증에 시달리고 있었다. 장사가 잘 될수록 불안은 더했는데, 할 일이 없을 때 일수록 더 불안했다. 그래서 나는 할 일이 없어지면 잡념이 생기기 전에 이내 집을 나섰다. 그 무렵 나는 그 불안감을 달래기 위해서 박교감 집 길 건너에 있던 사빠떼리아 이씨 집과 교포통신 109보급소를 하고 있던 300대의 강집사댁을 자주 찾았다.

사빠떼리아 이씨는 우리집 알마센으로 늘 볼스라는 독한 술을 사러 다녔다. 그래서 우리집 아이들은 그를 볼스 아저씨라고 별명을 부쳐서 부르곤 했는데, 그는 다소 주책은 없어도 전연 악의가 없는 인물이었기 때문에 그 근처에 살던 동포들과도 친숙하게 지냈다. 그뿐 아니라 그는 109촌에 들어와서 살망정 마음만은 넉넉해서 통 걱정하는 일이 없었다. 자기 말로는 소시적에 악극단에 따라다니면서 코미디도 했다는데, 그의 부인이 제법 이름이 나있는 인기 배우의 누이동생이라는 것만 봐도 아주 터무니없는 이야기는 아닌성 싶었다. 그의 개방적이고 낙천적인 이민살이의 비밀이 그런 전력에서 유래된 것이 아닌가도 생각이 되었다. 이씨댁의 밝고 낙천적인 집안 분위기가 늘 내 맘을 편하게 해주었기 때문에 나는 그 집을 자주 드나들었다. 이씨의 깔끔하고 조용한 외아들은 나를 무척 좋아했다. 그의 아버지는 출타하고 집에 없을 때는 늘 나와 말상대를 했는데, 그는 내가 한때 맡아서 경영을 한 일이 있었던 A라는 학생극장의 단골손님이었다. 그때 그 학생극장에서는 명화 감상문이라는 것을 모집해, 때때로 우수한 성적으로 입학한 학생들을 당시 신문기자들이 취재할 때 사용하던 프러펠러 비행기에 태워가지고 서울상공을 돌면서 구경을 시켜준 일도 있었다. 그 청년의 애인이 여학생시절에 바로 그 비행기를 탄 주인공이었다. 그런 인연을 알고 나서부터 그 청년은 아주 비밀스런 이야기까지도 나에게 숨김없이 털어 놓았는데 그 청년은 이민사회의 다른 청년들과는 사뭇 달라보였다.

그는 비록 남의 헌 구두를 두드리고는 있었지만 이민살이 하는 청년답지 않게 멋을 부렸다. 그는 늘 흰 와이셔츠를 즐겨 입었고 때로는 그 위에다 빨간색 털조끼를 받쳐 입었다. 그리고 그는 모자를 즐겨 썼는데, 그가 쓰고 있던 모자는 선원들이 쓰는 제모 비슷한 것으로 챙이 얌체스럽게 보일만큼 앙징스러워서 아주 개성 있게 보였다. 그 청년은 영화 감상문을 써서 비행기를 탔던 애인 이야기를 시간만 있으면 나에게 들려주었다. 그녀의 가족들은 칠레에 가서 살고 있었다. 그녀의 아버지와 그의 아버지 이씨가 친구 사이였기 때문에 아르헨티나로 같이 이민을 왔었는데, 그 애인의 친척 중 누군가가 그곳 칠레에 살면서 같이 와서 살자고 꼬이는 바람에 그 집이 먼저 그리로 떠나갔다는 것이었다. 그리고 그 집이 그곳에 가서 자리만 잡게 되면, 자기 집도 곧 뒤따라 갈 것이고, 그렇게 되면 자기네들도 그곳에서 결혼을 할 수 있을 것이라며 해맑은 표정을 지어 보였다. 그는 겨울을 나는 나그네가 봄을 기다리듯이 그날이 오기를 지긋이 기다렸다. 아버지 이씨가 비록 타국땅의 한 빈민촌에 몸담고 있으면서도 마음은 늘 하늘을 나는 새처럼 거침이 없이 유유자적하고 있는 것은 보고 있기만 해도 나는 절로 마음이 편안해졌다.

그리고 늘 꿈을 꾸고 있는 듯한 그의 아들을 보고 있으면 마치 헤르만 헤세가 그려내는 맑은 영혼의 주인공 같아서 속세에 물들어 사는 나의 영혼까지 말끔히 씻어 줄 것만 같았다. 그래서 나는 무엇에 홀린 사람처럼 걸핏하면 그 집으로 향했던 것이다. 나는 그 집에서 박교감을 만날 때도 있었다. 이씨와 박교감은 둘이다 술을 좋아해서 서로 오가며 술을 마시고 지내는 사이였다. 박교감은 몸이 허해서 그런지 얼마 마시지 않아도 금방 취해 가지고 헛소리를 하기 시작했기 때문에 이씨 부인은 그를 싫어했다. 그래서 박교감이 그 집에 와서 마시기보다는 이씨가 박교감 집에 가서 마시는 경우가 더 많았다. 술을 마시면 박교감은 말이 헤퍼지고, 선생하던 버릇 때문인지 시비를 걸어가며 설교를 해대는 것이 그의 습관이었다. 그 습관 때문에 그의 주변에는 사람이 잘 붙지 않았고, 그래서 그는 늘 혼자일 때가 많았다. 그러면서도 주변에서 무슨 일이 일어났다하면 언제고 빠지는 일이 없었다.

그러던 박교감이 8, 900대 일원에서 화제의 인물이 됐던 것은 소위 전기 도전 사건이라는 것을 겪고 나서부터 였다. 그가 109로 이사 온지 한 달이나 지났을까 아직 추위가 가시지 않았던 때였다. 길 건너 800대에는 전기불이 환히 켜져 있는데 우리 쪽 900대 집들은 모두 불이 나가서 도대체 일을 할 수 없게 됐었다. 그때는 이미 날이 저물었기 때문에 쎄그바 전기회사에 연락을 해봤자 그날은 고치러 나올 가망이 없었다. 우리 집에서는 가게 냉장고에 저장해둔 식료품을 옮겨놔야 했기 때문에 말 잘하는 둘째가 우리집 옆길 바로 건너편에 있던 이탈리아계 청년이 경영하고 있는 정육점에 가서 그 교섭을 하고 있었는데, 그때 마침 박교감이 자기집 옆에 사는 장씨와 함께 찾아왔다. 박교감은 우리가 그곳에 있는 것을 보더니 "전기따다 쓰려고 왔나?" 하고 내 둘째를 향해서 물었다.

"아닙니다. 저는 다만 이집 냉장고를 잠시 빌려 쓸 생각으로……" 하자 박교감은 알아차리고 서툰 까스떼쟈노로 그 청년을 상대로 전기 불을 끌어갈 교섭을 하기 시작했다. 박교감은 본래 숫기가 좋은 사람이었기 때문에 한국말이 뒤섞인 까스떼쟈노를 구사하며 청년을 설득했다. 그 일대에 살던 한국 동포들이 그 집 고기를 사다 먹는 처지였기 때문에 그 집에서는 꼬레아노에게 호의를 보여야할 필요도 있어서 일이 쉽게 풀리게 됐었다.

우리집이 불 없는 불편을 절감하고 있으면서도 그때 그저 냉장고만 빌려 쓰는 것으로 만족한 것은 이곳사정을 잘은 모르지만 그것이 위법일 거라는 생각 때문이었다. 더구나 그 당시 주변에 살고 있는 현지인들은 109촌에 정전 사고가 자주 일어나는 원인이 한국 사람에게 있다고 생각하고 있었다. 봉제를 한다고 공업용 미싱을 저마다 사들여 밤낮으로 밟아대니 안 끊어지고 배기겠느냐는 것이 그들의 생각 이었다. 이런 현지인들의 속마음도 짐작을 하고 있었던 터라 그 편리한 방법을 쓰는 것을 자제했던 것이다. 박교감이 연출한 전깃불 끌어 쓰기 작전은 그 고깃간 집으로부터 가장 가까운 곳에 있던 우리집 지붕 위로 일단 전선을 끌어가지고 다시 그것을 우리집 앞에 서있는 정자나무 꼭대기를 거쳐서 장본인인 장씨집 지붕으로 끌어가는 방법이었다. 장씨댁에서는 이튿날까지 꼭 납품을 해야 하는 급한 일감이 있었기 때문에 밤을 새워가면서라도 해내야 할 처지였다. 박교감도 그 사정을 너무나도 잘 알고 있었기 때문에 적극 돕고 나섰던 것이었다. 여기까지는 작전이 차질 없이 잘 진행됐던 셈인데, 문제는 그 이후에 가서 발생했다. 장씨의 옆집은 냉장고 수리공이 사는 현지인집이었다. 그 집에서는 장씨가 전기를 끌어 온 것을 보고 자기네도 급한 일감이 있으니 끌어온 전기 불을 나누어 쓰자고 부탁을 해왔었다. 장씨는 박교감에게 신세를 진터라 그 댁에는 우선적으로 연결을 해 준 상태였기 때문에 그 집까지 나누어 주었다가는 또 다시 불이 꺼질 우려가 있다고 판단했기 때문에 그 집의 청을 거절하고 말았었다. 그 집에서는 "두고 보라지." 하는 표정을 지으며 그대로 돌아갔다.

그런데 사건은 전기도 정상으로 돌아온 그 이튿날 오후에 발생했다. 어떻게 알았는지 쎄그바에서 인스뻭또르(조사관)라는 사람이 장씨집으로 찾아왔다. 그리고 도전 사실을 시인하는 싸인을 떠넘기고 말았다. 그가 끌어다 주어서 그것을 썼을 뿐이라고 발뺌을 해버린 것이었다. 그리고서 박교감댁에 급히 피신을 하도록 은밀히 연락을 했는데, 박교감이 채 연락도 받기 전에 그 인스뻭또르라는 사람이 박교감댁에 들이 닥치고 말았다. 인스뻭또르를 맞이한 박교감은 말을 잘 못 알아듣는 사람 시늉을 하며 시간을 끌었다. 그러면서 말 잘하는 젊은이를 불러내어 그 젊은이로 하여금 사태를 수습하도록 유도를 했다. 결국 인스뻭또르는 얼마 안 되는 돈을 뇌물로 받고 돌아갔다. 그리고 며칠이 지난 후에 그 인스뻭또르가 가짜였다는 소문이 떠돌기 시작했었다. 냉장고 수리점집 딸은 빈민촌사람 답지 않게 예쁜 간호원 이었는데 그녀의 애인이 인스뻭또르 행세를 하고 전기불 건에 대한 앙갚음을 했다는 것이었다.

그런 후로 또다시 박교감이 화제의 중심이 된 것은 900대에 똥물소동이 일어났던 바로 그날의 일이었다. 109촌 500대 아래쪽으로는 줄기차게 비가 내린다거나 잠시나마 폭우가 쏟아지는 날에는 빗물이 하수구를 빠져나가지를 못하고 역류를 해서 변기옆구리로 빠져 똥물과 함께 나오기가 일쑤였다. 그래서 109촌 동포들은 비가 오면 그런 사태가 벌어질까바 전전긍긍했다. 이런 사태는 우리집 옆으로 나있는 찻길에 빗물이 꽉 차다 못해 인도까지 침범해 왔을 때 일어났다. 그날도 우리가 살던 109촌 900대에 물난리가 나서 결국 화장실에서 나온 오수가 부엌 앞을 지나서 거실 쪽으로 퍼져 나오고 있었다. 이렇게 되자 동네 어른들은 늘 그랬던 것처럼 볼리비아 촌으로 건너가는 길목 바로 못미처에 있는 맨홀 앞으로 모여들었다. 그런데 거기 있는 맨홀에 덮여있는 무쇠뚜껑은 직경이 족히 일 미터쯤은 됨직해 보였다. 그 맨홀 뚜껑은 크기만 했던 것이 아니고 어찌나 무거웠던지 여간해서는 꼼짝도 하지 않았다.

그 당시 제대로 된 장비를 가지고 있지 않았던 동포들은 겨우 지렛대 몇 개를 동원해 가지고 달라붙는 것이 고작이었는데, 그 정도로는 그 맨홀 뚜껑은 쉽게 열리지 않았다. 그렇다고 동포들이 그냥 물러나지는 않았다. 그렇게 어찌어찌 하다보면 맨홀뚜껑을 비스듬이나마 밀어 올려놓을 수가 있었는데, 그쯤 되면 동포들은 이미 우산이고 우비고 다 집어치우고 그 일에만 매달리고 있었다. 겨우 맨홀 뚜껑이 열리면 이번에는 긴 장대를 갖다가 맨홀 속 깊숙이 꽂아놓고 행여나 하고 그 속을 쑤셔대기 시작하는 것이었다. 막힌 하수구가 확 뚫려 가지고, 멍청하게 담겨져 있는 맨홀속의 오수가 확 빠져 나가기를 기대하면서 발이고 손이고 다 똥물투성이가 돼 가지고 오직 그 일에만 매달리고 있었다. 그런데 장대질을 계속하고 있으면 현기증이 나서 누구나 그 짓을 오래 할 수가 없었다. 그래서 장대잡이는 자주 바뀌게 마련이었다. 그날도 그렇게 돌려가며 장대질을 하고 있었는데 갑자기 "뚫렸다! 뚫렸어!" 하는 환성이 터져 나왔다. 그러자 "어디 어디……" 하면서 사람들이 웅성거리기 시작했다. 박교감이 맨홀을 둘러싼 사람의 울타리를 비집고 앞으로 나오다가 그만 발을 헛디뎌 가지고 그 맨홀에 빠져든 것이 바로 그때였다. 아찔한 순간이었다. 꽂혀 있는 장대가 없었거나 정말로 하수구가 뚫려서 하수관의 흡인력이 거세었다면 목숨까지도 위태로울 뻔 했는데, 똥물만 뒤집어썼을 뿐 큰 탈은 없었다. 동포들이 그렇게 애를 태우며 쑤셔대도 아무 반응이 없자 짜증이 난 한 동포가 하도 속이 상해서 헛소리를 한번 질러봤던 것인데 그것이 그런 파장을 몰고 왔던 것이다.

"박영감은 괜히 나와가지고 사람들을 놀라게 해……" 하는 짜증섞인 소

리가 여기저기서 들려오기도 했지만

"거 무슨 소릴……"하며 덮어주는 사람이 더 많았다. 매사에 소탈하고 잘 나서던 그의 성품이 주변 사람들에게 좋은 인상을 심어주었던 모양이었다. 우리는 이런 체험을 함께 하면서 조금씩 109촌사람이 돼가고 있었다.

109촌 900대에서 우리가 이런 일들을 겪으면서 어렵게 이민살이를 하고 있을 때, 본국의 정국은 계속 경색일로를 달리고 있었다.

학생들은 데모를 하다가 유신정권이 창안한 긴급조치법을 위반했다 해서 터무니없는 형량을 받고 투옥되고 있었고, 재야 인사들은 투옥을 각오하고 유신체제를 철폐를 외쳐대고 있는 형편이었다. 나이든 이민자들은 이민지에서 일어나는 일에는 관심을 보이지 않고 본국에서 일어나는 일에만 정신들을 쏟고 있었다. 몸은 이민지에 와있지만 마음은 그대로 고국에 머물러 있었다. 그래서 한 주일에 한 번씩 발행되는 〈교포통신〉이 아주 잘 팔렸다. 한 주일쯤 구문이긴해도 이것을 보면 본국사정을 어느 정도 짐작할 수가 있었다. 109에서 그 교포통신을 구하려는 이들은 109 300대에 있는 강집사댁으로 모여들었다. 강집사댁이 바로 교포통신 109보급소였는데 그 강집사는 나와 이민 수속을 같이한 사람으로 이곳에서는 가장 친분이 두터운 사람이었다.

그래서 나는 평시에도 그 댁을 자주 찾았지만 교포통신이 나오는 금요일 오후가 되면 만사를 제쳐놓고 그 댁으로 갔다. 들어가 보면 보급소 사무실로 사용되고 있던 그 댁 바깥채에는 신문을 사러온 사람들이 늘 몇 명씩은 대기하고 있었다. 그날도 나는 그곳에서 박교감을 만났었다. 그 날은 교포통신이 어느 날보다 일찍 도착했다. 그것을 기다리고 있던 교포들은 일제히 일어나서 반색을 하면서 그것을 사들고 우선 들여다보는 것이었다. 그날도 기사의 대부분은 학생들과 정부간의 유신공방전에서 비롯된 사건 투성이었다. 기사를 읽고 있던 동포들 중에는 학생들을 나무라는 이들도 있었고, 유신정부를 비판하는 이도 있었다. 박교감은 빠지지 않았다.

"여하간 학생들은 공부를 해야 합니다. 정부 탓만 할께 아닙니다."

그러자 주인인 강집사가 그 말을 듣고 핀잔을 주었다.

"무고한 학생들을 그렇게 개패듯 때려가며 붙들어다가 어처구니없는 형벌을 가하는 정권이 뭘 잘한다는 겁니까."

"내가 어디 정부가 잘한다는 겁니까. 학생들에게 공부를 하라는 그들의 주장도 일리가 있다는 것이죠. 나는 선생출신이라 그런지 학생은 어떤 핑계로도 학업을 소홀히 해서는 안 된다고 생각하는 사람입니다."

"정국이 그렇게 어처구니없게 돌아가는데 젊은 학생들마저 침묵하면 세상이 어떻게 되라구요?"

강집사가 따지는 투로 말을 하자 박교감은

"공부를 해야 할 때, 명분이야 어떻든 학생이 딴 짓을 하고 있으면 평생 후회하게 됩니다. 그것을 알면서 어떻게 남의 말하듯 할 수 있습니까. 나는 교육자의 양심상 그것은 반대합니다."

그는 자뭇 진지한 표정으로 말을 했다. 강집사는 그 이상 입씨름을 하려 하지 않았다. 그는 자기집에 온 손님이었을 뿐 아니라 교육자로서는 그런 신념을 가질 수 있을 법도 했기 때문이었다.

강집사는 고국에서 자식교육에 실패하고 이민을 온 사람이었기 때문에 그의 주장을 부분적으로나마 받아들여야 할 입장이었다.

강집사는 1.4후퇴 때 20명이 넘는 동네청년들을 이끌고 남하를 했었다. 그 후 그들이 성인이 되어 자립할 때까지 함께 살며 가족처럼 돌봐주었다. 그러다보니 자기 자식들에 대하여는 제대로 공을 들이지 못했었다. 그의 네 아들은 3류 고등학교를 졸업하는 것으로 학업을 끝냈다.

그때까지도 그는 "사나이가 뜻을 세우는 것이 문제이지 무슨 학교를 나왔느냐가 뭐 그렇게 대수냐"고 자식들의 불평을 몰라해 왔는데 막상 그들이 공부가 모자라서 변변히 취직도 못하고 방황하는 것을 보고는 더 이상 자기주장만 내세울 수가 없었다. 그러나 그들은 이미 공부를 계속할 수 있는 여건하에 있지 않았다. 생각다 못한 그는 결국 자식들의 장래를 열어 주는 방편으로 이민을 택했던 것이다.

강집사에게는 그런 쓰라린 사연이 있었기 때문에 박교감의 주장을 어느 정도는 인정했다.

나는 주간지를 받아들고 나면 대게 109메르까도 쪽으로 향했다. 메르까도 서쪽 끝머리에 내가 자주 찾는 바가 하나 있었기 때문이다. 그 바 옆에는 메르까도 광장에 종점을 두고 있는 26번 버스 운전기사들이 대기하는 사무실이 있었다.

이 바에는 하늘색 제복을 입은 그들이 이따금 드나들 뿐 늘 한가했다. 바로 그 점이 내 마음에 들어서 나는 무엇을 혼자 생각하고 싶거나 읽을 거리가 생겼을 때는 습관처럼 이 바를 찾았다. 여기서 나는 늘 교포통신을 읽기도 하고 109촌서 세탁소를 하던 근처에 있던 일본인에게 격일간으로 발행되는 〈라쁘라따호찌〉라는 격 일간지도 여기서 읽었다. 이 나라 소식을 그때 나는 주로 그 신문에 의존했다. 그리고 고국으로 보내는 편지를 쓸 때도 나는 늘 이곳을 이용했다. 어떤 때는 멍하니 앉아서 고국을 그리는 마음을 달래기도 했다.

어느 날 나는 그렇게 혼자 무엇을 생각하다가 뜻 밖에도 그 창밖에 매화꽃이 피어 있는 것을 발견해내고 감회에 젖은 일도 있었다. 그날 무심히 창밖을 내다보고 있자니까 바로 창문 밖에 뽀얀 꽃이 달린 매화나무가 한 그루 서 있었다. 전에도 수없이 그 창문을 통하여 밖을 내다 봤지만 나는 한 번도 그곳에 매화나무가 서있는 것을 본적이 없었다. 시멘트 투성이의 메르까도 건물과 빈 버스가 즐비하게 대기하고 있는 틈바구니에 그 매화 나무가 서있을 줄은 꿈에도 몰랐다. 고국에서는 계속 어두운 소식만이 전해지고 있었고, 이민살이를 하고 있는 나의 마음은 아직 자리를 잡지 못하여 근심걱정이 끊이질 않은 형편인데, 길을 잘못 든 매화는 혼자서 그렇게 피어 있었다.

　그동안 탐탁지 않게만 여겨 왔던 나의 박교감에 대한 생각이 갑자기 바뀌게 된 것은, 우리 두 사람이 다 일제 말에 혁명으로 먼 타국 땅에 가서 그것도 같은 지역에서 지냈었다는 사실을 알고 나서 부터였는데, 뜻밖에도 그가 내 친구인 최영수군의 소식을 나보다도 더 잘 알고 있었다는 사실을 알고 부터 더욱 가깝게 지내게 되었다. 그것이 109촌 초입에 있는 학교 교정에 높이 솟아 있던 하까란다 가지에 그 환상적인 보라꽃이 활짝 피어 있던 계절이었으니까, 그것이 그해 10월 중순이 아니면 하순경이었을 것이다. 나는 늘 그랬던 것처럼 점심을 먹고 나서 이씨댁 사빠떼리아로 갔는데 점방에는 그의 외아들이 홀로 일을 하고 있었고, 안쪽 거실에서는 술손님들의 떠들썩한 잡담소리만 계속 들려오고 있었다. 박교감과 이씨와 또 한사람의 술친구였던 김과장도 와 있는 눈치였다. 김과장은 그 당시 1100대쪽에 살고 있었는데, 고국에 있었을 때 지방철도국 과장을 지냈다 해서 이민지에서도 그를 그렇게 부르고 있었다.

　"김과장, 당신이 정말 징병에 나갔었다구? 그래 어디에 배치돼 있었단 말이요." 하고 약간 술이 취한 목소리로 박교감이 시비하듯이 물었다.

　"안 믿어도 할 수 없는 일이지만요, 징병에 나갔던 것은 사실이고, 중국하고도 산동 땅 태안성에 가 있었습니다. 대답이 됐습니까? 태산이 높다 하되 하는 그 태산 아래에 태안성 말이에요."

　김과장이 큰 목소리를 내며 대꾸를 했다.

　"쌩판 거짓말은 아닌듯한데. 그러면 태안 어느 부대에 있었소?" 하고 반색을 하며 박교감이 다그쳐 물었다. 그 당시 태안성에는 K사단 예하의 3개 대대가 각각 주둔하고 있었다. 일개 보병대대 외에 독립야포대대가 있었고, 병첨부대인 치중대가 있었다.

　"저는 보병대대에 있었지요."

　이번에는 내가 안쪽으로 따라 들어가면서 말참견을 하게 됐다. "그 대대 어느 중대에 있었지요?"

"4296부대라는 보병대대가 거기 있었거던요." 하고 김과장이 대답했다.

"그러면 그 대대 몇 중대에 있었지?" 하고 내가 물었다.

"일 중대였지요, 그쪽 부대를 아십니까?"

"그러면 이와모도 오장을 알겠구먼! 허영이라는 학병 말이요!"

"알고말고요 저의 소대에 우리 내무반 반장이었습니다."

"나는 4번 중대에 있었지 참 기연이구먼……." 하고 나는 그의 손을 잡았다. 우연하게도 김과장은 나와 같은 대대에 배속돼 있었던 것이다. 우리들의 대화를 듣고 있던 박교감이

"나도 태안인데, 나는 보병이 아니라 치중대였소."

나는 박교감의 그 말을 듣고 다시 한 번 놀랐다.

내 친구 최영수군이 태안 치중대에 있었던 것을 나는 전부터 잘 알고 있었기 때문이었다.

"그러면 야마모도라고 하던 최영수군을 아시겠네요?"

"그 사람을 또 어떻게……." 하며 이번에는 박교감 눈에 생기가 돌았다.

"최군은 내 학과 동기생이 지요." 하자 박교감이 내손을 덥석 잡았다.

"최군은 나의 전우이자 생명의 은인이었소 아무튼 좋은 친구입니다 대담하고 당찬 친구였지요." 하고는 말꼬리를 흐렸다. 토벌 작전에 참가 했던 박교감이 소속해 있던 부대가 쫓기고 있었는데 그가 다리에 부상을 입게 되어 하마터면 낙오할 뻔 했었는데, 그때 최군이 그를 부추겨가며 끝까지 뛰어주었기 때문에 다행히 위기를 모면할 수 있었다는 것이었다. 그때 이후로 그들은 친구 이상의 관계를 갖기에 이르렀다는 것이었다. 그날 나는 참으로 오래간만에 못하는 술을 여러 잔 받아 마셔가며, 우리들의 기연을 확인하고 또 확인했다. 박교감의 은인이고 친구인 최군을 내가 잘 알고 있었고, 나의 학과 동기이자 한때는 식민지 청년으로서의 고뇌를 함께 나눈 최군을 그가 알고 있었을 뿐 아니라 박교감이라는 사람이 나의 그간의 선입관과는 달리 너그럽고 의리 있는 사람임을 알게 되면서부터 나는 자

연스럽게 그와 가까워졌다.

이때부터 우리들의 새로운 인간관계가 시작됐다. 박교감은 본래 목사의 아들이었다. 그는 아버지가 목회를 하고 있던 연해주 땅에 있는 연추라는 독립운동 기지에서 태어나서, 그곳에서 일곱 살 때까지 자랐다. 그가 학령기에 이르자 그의 아버지는 그들 모자를 할아버지가 살고 있던 고향인 개성으로 보냈다. 이때부터 그의 고국생활이 시작됐었는데, 보통학교와 중학교는 고향에서 다녔고 전문학교는 서울에 있는 아버지의 친구댁에서 고학을 하다시피 다니게 되었다. 그의 서울 생활은 무척 고달팠었고 전문학교 졸업 연도가 몇 번이나 늦추어졌던 것이다. 겨우 그가 졸업을 하게 되었을 때, 마침 학도지원병 제도가 실시되어 덜미를 잡히고 말았다. 그는 1944년 1월에 학병으로 일본군에 끌려가서 중국 산동성 태안성에 주둔중인 일본군 치중대에 배속됐던 것이다. 그곳에서 그는 최영수군을 만났던 것이다.

이 두 사람은 그때 맺어졌던 두터운 인연으로 해서 해방 후 최군이 좌익에 가담하여 그쪽에 정열을 쏟고 있었을 때나, 그 후에 시국의 변천에 따라 그가 전향을 해가 풀이 죽은 채 실의에 찬 나날을 보내고 있을 때나, 꾸준히 친구로서의 우의를 지켜 왔던 것이다. 그래서 그는 최군의 쓰라린 인생살이를 세세히 알고 있었다.

나는 그때까지만 해도 최군이 6.25동란 때 월북을 한 줄로만 알고 있었다. 그래서 아예 그를 찾아볼 생각을 하지도 않았던 것인데 그의 말을 들으니 놀라울 뿐이었다. 최군과 나는 학교의 동기생이었을 뿐 아니라 학병을 피해 보려고 안간힘을 쓰고 있을 때도 그와는 언제나 믿고 의지하는 동지였다. 그리고 막상 우리가 전쟁터에 끌려 나가게 되었을 때는

「무슨 일이 있어도 일본군복을 입은 채 이 이차대전을 마감해서는 안 된다」고 같이 다짐을 하면서 우리는 헤어졌었다. 이처럼 학우 이상의 인연이 있었기 때문에 1946년 5월에 내가 남들보다 좀 늦게 환국을 해가지고

친구들에게도 결혼을 하게 됐다는 소식을 제대로 전하지도 못하고 황망 중에 조촐하게 식을 올리게 됐을 때, 최군은 그 소식을 어디서 전해 들었는지 용케 그 자리에 나타났었다. 갑작스럽게 하는 결혼식이라 양가 가족 외에는 하객도 별로 없었는데, 그는 그 식장에서 나를 대단한 항일투사로 추켜세우는 장문의 축사를 낭독해 주었다. 그날 그의 축사는 두고두고 우리 내외의 화젯거리가 됐었는데 그날 최군의 학생복 차림은 내가 마지막 본 그의 모습이었다. 그 당시 최군은 이미 좌익 문단에 등단해 있었고, 그쪽 일간지에 소설도 연재하고 있노라고 했다. 그런데 그 당시 나의 입장은 그와 뜻을 같이 할 처지가 못 되었었다. 그래서 우리 두 사람 사이는 차차 멀어졌고, 결국 서로 간에 연락마저 끊기고 말았다. 그 후로는 풍문으로만 간간이 그의 동정을 전해 듣고 있을 뿐이었기에, 그가 어떻게 변모해 갔는지 잘 알지 못했다. 때문에, 나는 6.25 동란 때 그가 당연히 월북했을 것으로 속단하고, 동란의 후유증이 어느 정도 가라앉은 후에도 그를 찾아볼 생각을 하지 않고 있었던 것이다. 박교감 말로는 6.25 동란 직전에 그는 이미 전향을 했었고, 낙향해서 은둔생활이나 다름없는 나날을 보내고 있었다는 것이다. 그리고 박교감이 이민을 떠날 당시에는 이따금 서울에 나와서 그 당시 현관 현직에 올라 있던 학병시절의 친구들을 찾아다니면서 술자리를 같이 하기도 했다는 것이었다.

"주변이나 가족들에게 그렇게나마 자기를 포장할 필요가 있었는지 모르지."

박교감은 이런 말을 하고서

"기백도 있고 아주 당찬 데가 있었던 친구였는데……아까운 사람이야."

그는 몹시 애석해 하는 표정이었다.

"그가 지금의 우리 처지를 안다면 뭐라 할까요." 내가 물었을 때 감교감은 이런 대답을 했다.

"형이나 나나 좌절의 아픔이 없었다면 이 먼 땅까지 이민을 왔겠소? 그러니 서로 피장파장이라고나 할까? 최군도 그 정도로 생각하겠지요." 하며 박교감은 모처럼 쓸쓸한 표정을 지었다. 그런 그를 바라보면서 나는 혼자서 얼굴을 붉혔다. 그동안 내가 그를 얕잡아 본 것이 미안해서였다. 해방 직후의 그 혼돈 속에서도 최군과의 우정을 그가 변함없이 유지할 수 있었던 비밀은 그가 어리석을 만치 우직한 성품에 있었음을 그때 겨우 나는 깨달을 수가 있었다.

'이번에 고국에 가게 되면 꼭 최군을 찾아야지, 그리고 이곳에서 박교감과 내가 그에 관해서 무슨 이야기를 나누었는지도 말해주고, 그동안 무심히 지낸 나의 잘못도 사과를 해야지…….' 하는 생각을 했다. 그 후로 나는 박교감댁을 뻔질나게 드나들게 되었다. 찍-하고 내가 박교감댁 초인종을 누르면 그 댁 철판문은 덜컹하고 자동장치라도 되있는 것처럼 이내 열렸다. 내가 온 것을 알면 그가 지체하지 않고 쫓아 나와서 문을 열어주었으니까. 내가 찾아갈라치면 그는 어둠침침한 거실에 늘 혼자 있었다. 집안에 들어서면 109촌집 특유의 퀴퀴한 냄새가 물신 풍겨 나왔다. 집에 있을 때의 박교감의 옷차림은 늘 허름했다. 제복처럼 그는 색이 바래버린 한국산 점퍼를 입고 있었다.

그런데 늘 앞가슴은 풀어헤쳐진 채여서 내가 지퍼를 올리는 것이 좋지 않겠느냐고 하면 "답답해…" 하면서 피식 웃어보였다. 그리고는 이내 주방 쪽으로 가서 정성스럽게 손수 커피를 타왔다. 그 당시 동포가정에서는 대게 프림을 듬뿍 넣어서 한국식으로 구수하게 타먹곤 했는데, 박교감은 꼭 아르헨티나식으로 커피를 탔는데, 커피 잔마저 초미니라서, 걸대가 큰 박교감이 그의 검은 안경을 추켜올리며 커피를 타는 모습은 잘 어울리지가 않았다.

누리끼리한 거품이 떠있는 진한 커피를 조금씩 아껴 마셔가며 그는 번번히 자기의 커피 타는 솜씨가 탁월하다는 것을 몇 번씩 강조를 하는 것이었다. 그럴 때의 그는 무척 젊어 보였다. 그러나 그가 일단 입을 벌렸다

하면 빠진 앞니자리가 금방 들어나 보여서 이내 바보같이 보였다. 그리고 그는 무슨 이야기에 정신이 팔리면 자라목처럼 길게 머리를 추겨드는 습관이 있었다. 그럴 때의 그의 모습은 영락없는 늙은이였다. 그래서 그의 나이를 몰랐을 때는 그가 나보다 5, 6세는 더 먹은 줄만 알고 깍듯이 선배 대접을 한 적도 있었다. 그런 박교감은, 이민 초창기에 일찍이 아르헨티나로 와서 쉐타 삯일을 해가며 자리를 굳혔던 그의 생질의 주선으로 70년대 초에 평생 지켜오던 교단을 버리고 이리로 이민을 떠나왔다. 남들은 교장도 못해보고 떠나게 된 그를 애석하게 여겼으나 본인은 별로 그런 것을 의식하지 않았다. 교감이면 어떠냐는 것이 그의 평소 생각이었다. 그러면서도 이민을 결심한 것은 그의 장남의 장래를 생각해서였다. 학업에 뜻이 없는 그에게 새로운 살길을 열어 주자는 것이 박교감의 생각이었다.

그러나 이민은 후에도 그의 소망을 쉽게 이루어질 것 같지 않았다. 그래서 그는 이곳에서 중학교에 다니고 있는 막내에게나 기대를 걸며 지냈다. 생업인 편물 삯일은 큰 며느리가 앞장서서 생질의 후원을 받아가며 열심히 하고는 있었으나 남들과 같은 실적을 올리지는 못했다. 그것이 안타까워서 그의 부인은 물론 중학교에 다니고 있던 막내까지도 시간만 나면 공장에 들어가서 일을 거들었다. 그러면서도 박교감이 공장에 들어가는 것은 가족들이 극구 반대했다. 생질의 부탁도 부탁이었지만 며느리가 한사코 반대하고 나섰기 때문에 그는 늘 혼자 집을 지키고 있었다. 그렇다고 그가 마냥 편안했던 것은 아니었다. 하루는 그 댁에 들렀더니 박교감이 자꾸만 입을 씰룩거리면서 한쪽 잇 사이로 헛바람소리를 내고 있었다. 그가 치통을 앓고 있는 것이 분명했다.

"병원엘 가셔야지 그러고 있으면 난답니까?"

내가 진담반 농담반 말을 걸었다.

"나에게는 댁같은 효자 아들이 없어서 이러구 있는 중이올시다."

그는 아픈 중에도 농담을 했다. 그때의 그의 일그러진 얼굴이 그의 심경을 대변해 주는 듯해서 왜 그런지 서글펐다.

"내일 나하고 치과에 같이 갑시다." 하니까

"내일 생질이 온다고 했으니까 기다려 봐야지." 하며 생질에게 기대를 거는 눈치였다. 장성한 큰아들은 처자식까지 늙은 아버지에게 떠넘기고 고국에 나가서 뜬 구름만 잡고 있는 중이고 막내아들은 아직 중학교에 다니고 있어서 박교감의 처지는 실로 고단한 형편이었다. 그나마 든든한 생질이 있는 것만 해도 천만다행이었다.

109촌 일반 동포들의 경제사정은 마르띠네스·데·오스 경제정책에 힘입어 나름대로 호황을 맞고 있었다. 그래서 그 당시는 계손님을 받기 위한 동포식단이 109에만도 여러 곳에 생겨서 주말이면 집에서 밥을 지어먹는 동포를 보기 어려울 지경이었다. 1979년 새해는 이렇게 여유 있게 시작됐다. 그런데 새해 들어 채 한 달도 넘기기 전에 109촌에 난리가 났다. 바카시온 계절이었을 뿐 아니라 비철이라 의류 삯일도 없이, 다들 놀고 지내는 판인데 인스뻭또르(조사관)들이 떼를 지어서 109촌에 들이닥친 것이었다. 그것도 하루나 이틀만 그런 것이 아니고 근 일주일가량 그런 상태가 계속됐다. 영문을 알 수 없는 일이라 동포들은 끼리끼리 모여서 애만 태우고 있었는데, 어느 날 갑자기 그들의 발길이 뚝 끊겼다. 그런데 이상했던 것은 그간 인스뻭또르들이 나타나서 이집 저집 찾아다닌 것은 사실이나 첫날 한 집에서 미싱을 차압당한 일 외에는 이렇다 할 피해(?)가 없었다. 그러자 구 이민들 사이에서는 낙관론이 대두되었다.

그들이 나와 봐도 비철이라 일하는 집이 별로 없으니 그럭저럭 단속이 끝났을 거라는 사태 분석이었다. 하지만 그것은 착각이었음이 곧 밝혀졌다. 인스뻭또르(조사관)들이 또다시 나타나기 시작했고, 이번에는 각 가정의 식구 수까지 조사하고 다니는 판이었다. 도대체 무엇을 어떻게 하자는 것인지 분간을 할 수가 없어서 동포들은 말 잘하고 눈치 빠른 청년들 몇 사람을 뽑아서 인스뻭또르들의 동정을 살피게 했다. 그 결과 더욱 놀라운 사실이 밝혀졌다. 109촌 주택단지가 곧 철거될 거라는 정보가 들어왔던 것이다. 109촌을 둘러싸고 있는 볼리비아촌의 외곽부터 이미 철거되기 시작됐다는 것이고, 그와 같은 일은 우리 젊은이들이 인스뻭또르들을 따라가서 직접 확인하고 온 사실이었다. 그 철거 현장에는 시청에서 파견 나온 공무원들의 임시 사무소도 설치돼 있었다는 것이었다. 이러한 말이 전해지자 동포들은 경악하고 말았다. 그것은 분명히 비상사태를 예고하는 것이었으니까. 109촌은 비록 볼품은 없었지만 동포들의 생활터전이었고 109촌은 명실상부한 한인 커뮤니티의 센터 구실을 하고 있었던 것이 사실이었으니까 동포들이 받은 충격은 매우 컸다.

109촌은 지체 없이 대책위원회를 구성했다. 이 대책위원회를 공관의 지원을 받아가며 109동포들의 위기를 타개하는 일을 도맡게 됐다. 이 대책위원회에서는 서둘러서 부에노스 아이레스 시장에게 제출할 청원서를 작성해서 시청을 방문했다. 그때 공관에서는 P영사가 앞장을 섰다. 청원의 내용은 시당국이 단지를 철거하게 될 경우에는 언제고 이의 없이 자진 협력하겠으니 1년간의 철거 유예기간을 달라는 것이었다. 이러한 청원에 대해서 시장국에서는 그 절반인 6개월간의 유예기간을 줄 것이라고 확답을 했다. 이 소식에 접한 동포들은 놀란 가슴은 쓸어내리며 안도했다. 그러나 냉정히 생각해보면 109단지가 철거된다는 사실을 전제로 한 것이어서 일단 유예는 받았지만 전처럼 마음이 편치 않았다. 동포들은 일철이 돌아와 일감을 받아 놓으면서도 왜 그런지 쫓기는 기분이 들었다. 그런 심정으로 109거리에 나서고 보면 어제까지 멀쩡하던 거리가 갑자기 초라해 보이는 것이었다. 이런 과정을 거치면서 동포들은 차츰 109에서 정을 떼고, 새 일터가 달린 집을 찾아서 옮겨갈 궁리를 하기 시작했다.

그때, 우리 주변에서 가장 충격을 덜 받은 집은 아이러니하게도 박교감댁이었다. 그 댁의 109촌집은 임시로 빌려 가지고 살았던 셋 집이였으니까 본래의 자기 집이 있는 비제가스 주택단지로 되돌아가기만 하면 그뿐이었던 것이다. 109촌에서 살며 가업이 더 번창했던 것도 아니니 미련을 가질 까닭도 없었다. 그래도 박교감은 통 그런 내색을 하지 않았다. 다른 동포들 처지를 함께 가슴 아파하는 모습을 보였다. 싸빠데리아 이씨댁은 어차피 이곳을 떠날 작정을 하고 있는 사람들이라 충격도 그쯤이려니 했으나 예상 외로 그 집은 난색을 보였다. 칠레에서 오라는 연락도 없는데 무턱대고 갈수도 없는 일이고, 이곳에 남아서 연락이 올 때까지 기다리고 살자니 옮겨 살 집이 있어야하는데 당장 그런 능력도 대안도 없는 처지이고 보니 막막하기만 했던 것이다. 우리집 알마센은 현지주민들이 아직은 그대로 머물러 살고 있으니 그들을 상대로 장사를 계속 해야 할 형편이었다.

그런가하면 한편에서는 서둘러서 떠나가는 사람도 나타났다. 이렇게 동 포들의 동정은 조금씩 달랐다. 한때는 아르헨티나 한인사회의 중심부 구 실을 했던 109라는 마음의 성이 소리 없이 무너져 내리고 있는 중이었다. 나는 낙성을 지켜보는 심정으로 그렇게 허물어져가는 109를 지켜보고 있 었다. 역시 우리집 주변에는 박교감댁이 제일 먼저 손을 들고 109를 떠나 갔다. 떠나는 이삿짐에는 요꼬기 몇 대가 눈에 뜨일 뿐이었다.

"먼저 떠나서 미안합니다. 또 만날 날이 있겠지요 짜우 짜우……." 하며 그는 선웃음을 보였다. 그때 그 댁 막내는 이삿짐이 실린 트럭 위에 앉아 서 그 차가 우리의 시야에서 사라질 때까지 계속 손을 흔들어대고 있었다.

나는 쉬지 않고 손을 흔들어 대던 트럭 위의 소년의 모습을 그려보며 내 앞에서 있는 박교감의 막내아들을 지켜보았다. 거기에는 중년으로 접 어들고 있는 한 아이의 아버지가 서 있었다. 그의 초점을 잃은 듯한 시선 은 나의 어깨너머 쪽으로 향하고 있었다. 그도 17년 전의 그날을 회상하고 있는 것일까?

(『로스안데스문학』 창간호, 1996)

덥다. 답답하다. 선풍기를 틀어도 속이 타서 그런지 시원치가 않다.

어제 저녁 막내딸 아이의 앙칼진 말대꾸가 계속 머릿속에 맴돌았다. 일찍 들어오라는 내 말에 "나 집에 들어오기 싫단 말이야! 온통 썩은내 투성이야. 할머니는 왜 빨리 죽지도 않아." 깜짝 놀라 딸의 등짝을 쳐 댔지만 딸애는 계속 소리를 질러댔다.

요즘 귀가 시간이 늦어지는 딸에게 여간 신경이 쓰이는 게 아니었다. 집에 오면 코를 싸쥐고 눈살을 찌푸리며 밥도 먹지 않으려고 해서 마음을 아프게 한다. 어렸을 적 할머니의 잦은 분노와 고함소리에 어미의 치마 자락을 잡고 눈물만 뚝뚝 흘리던 큰딸과는 달리 막내는 할머니께 말대꾸도 했다.

"할머니는 맨날 얼마만 잘못했대. 큰 엄마만 예뻐하고, 그러면 큰 엄마하고 살지."

이렇게 소동이 벌어지는 날에는 아버지한테 매도 많이 맞았다. 고부간 갈등에 마음고생이 심했던 남편은 마치 한이라도 풀려는 듯 손이 매웠지만 막내의 성깔 또한 여간 아니었다.

시어머니가 쏟아내던 악취는 닦아도 씻어도 없어지지 않았다. 시어머니의 병구완을 하다보면 왈칵 미운 생각이 들곤 했다. 시집올 때 얼마나 반대를 하셨던가.

"걔는 안 돼. 어미가 없으니 배운 봐도 없고 집구석 변변치 않으니 혼수도 보나마나. 친척들한테 창피해서 안 돼."

결국 아들 성화에 못 이겨서 집에 들여놓기는 했지만 사사건건 불호령이 떨어졌다. 콩나물을 삶다가 태웠다고 냄비 채 마당에 집어 던지며, 큰며느리와 비교하실 때는 속이 터질 것만 같았다.

칠칠맞기는 시장 통에 다니는 미친 여편네의 치맛자락이고 도무지 야무진 구석이라곤 없는 큰며느리인데, 있는 집 딸이라고 항상 귀여워 해주셨다. 큰며느리가 어쩌다 집에 오면 부엌에도 못 들어오게 말리시곤 하셨다.

그때는 야단을 맞으면서도 왜 그리 졸리웁던지 빈 구석만 있으면 들어가서 쪼그리고 자다가 또 얼마나 야단을 맞았던가.

결혼하자마자 덜렁 군대에 가버린 남편, 뱃속에 아이 때문에 어쩔 수 없이 살아야 했고 친정에 가고 싶어도 올케의 따가운 눈총과 반겨줄 어머니가 없다는 사실에 얼마나 가슴이 시리도록 울었던가. 일찍 어머니를 여윈 탓에 어머니 정을 주리고 살다가 만난 시어머니인데 조금만 살갑게 대해주셨으면 얼마나 좋을까. 시어머니는 말 한마디를 해도 어쩌면 그렇게도 가슴 아픈 말만 하시는지…….

배워먹지 못했다는 말이 말끝마다 따라 다녔다. 배움에 얼마나 한이 맺혔던가…….

심해 가는 시어머니의 노망 증세에 온 식구가 질리고 말았다. 요즘에는 장롱 거울에 비친 당신의 모습을 보고 "나가라! 왜 자꾸 쳐다보는 거여! 무서워 죽겠어. 나가 이 할망구야!"

하루에도 몇 번씩 되풀이되는 이 소동 속에서 하루를 보내고 나면 온몸이 안 아픈 데가 없다. 수없이 나오는 빨래에 허리가 휠 지경이다. 장마통이라 빨래를 제대로 말릴 수도 없다.

어서 빨리 가셨으면 하고 바랄 때가 한두 번이 아니었지만 그럴 때마다 어렸을 적 이웃 친구엄마를 닮은 것은 아닌지 내 자신에 대해 깜짝 놀라게 된다.

친구 집에 놀러 가면 벽을 쿵쿵 쳐대며 밥 달라고 소리를 지르는 할아버지가 얼마나 무섭던지……. 노망난 시아버지를 다락방에 가두고 밥만 들여밀던 친구 엄마를 그때는 참 미워하고 싫어했다. 그리고 그 지독했던 냄새를……

긴 병에 효자 없다고 남편도 지쳤는지 어머니가 소리를 지르시면 내 등을 떠밀며 가보라고 한다. 도무지가 곰살궂은 데라고는 조금도 없는 남편이다.

그러다가도 애기 같이 쪼그리고 잠든 시어머니의 모습에 왈칵 눈물이 쏟아진다. 그 당당했던 모습은 다 어디로 가고 이렇게 초라하게 되셨는가. 헝클어진 머리카락을 쓸어 올리고 이불을 덮어 드리려니 손을 꼭 잡으신다.

며칠 전에 큰 동서가 고기와 과일을 사다 놓고는 도망치듯 달아났다. 수고한다는 말 한마디 없이 당연하다는 듯이……

친척들도 이제는 가실 때가 됐다고 한마디씩 던질 뿐이다. 며칠 전부터 정신 놓기를 반복하신다. 정신이 들 때면 내 손을 꼭 잡고 조금씩 흔드신다. 말씀은 못하셔도 미안했다는 듯이, 그리고는 뭐라고 웅얼거리신다. 혀가 굳어서 발음이 안 된다.

마음이 아프다.

"어머니 저 어머니 마음 다 알아요. 아무 걱정 마시고 편히 가세요. 아버님 만나서 오순도순 사세요."

항상 말수가 적으셨던 시아버님은 시어머니께 야단맞고 울고 있을 때면 네 마음을 안다는 듯이 등을 두드려 주셨다. 그런 시아버님은 성품과 같이 주무시다가 곱게 가셨다.

죽음이란 다음 생으로 건너가는 길목이라고 하지 않던가. 장마가 끝날 무렵 시어머니는 내 손을 꼭 잡은 채 숨을 거두셨다.

장마 끝에 치르는 상이라 칙칙하고 음울했다. 친척들마다 "자네, 고생 많았네." 작은 며느리 손잡고 갈 것을 참 모지게도 굴었다고 한마디씩 하신다. 손등을 두드려 주시며 그동안 고생 많았다고 미안하다는 시숙님 위로에 눈물이 왈칵 쏟아진다.

죄송함일까 후회스러움일까 시어머님이 계시던 방문을 열고 들어가니 또 눈물이 쏟아진다. 시원할 줄 알았는데 왜 이리 허전하고 후회스러운가.

마치 시어머니 손이라도 잡듯이 자꾸만 방바닥을 쓸어댄다.

"어머니, 그렇게 가실 걸 왜 진작 정을 주지 않으셨어요. 다음 생에서 만나면 엄마와 딸로 만나 고운 정 쌓아가자구요."

(『로스안데스문학』 통권7호, 2003)

새벽까지 뒤척이다가 늦게 잠든 남편을 보니 핑 눈물이 돈다. 얼마나 심성이 고운 사람인가 이불을 다독거려 주는데 밖에서는 청소를 한다고 쿵쾅거리며 엄마가 온 집안을 뒤집고 다니신다.

'일요일인데 오늘은 참으시지, 웬 심술이람' 하며 밖으로 나와

"엄마 오늘은 일요일인데 좀 쉬세요, 내가 있다가 할게요. 김서방 잠 좀 자게요."

엄마는 눈을 하얗게 흘기며 볼멘소리로

"제 서방 생각은 끔직도 하지, 늙은 에미 청소하는 건 쉬운 줄 아냐. 내가 죽어야지 이 꼴 저 꼴 안보지. 아래층 지원네 할머니는 해외여행을 간다는데. 아이고 내 팔자야."

걸레를 내던지고 방으로 가신다. 지원이 엄마는 나와 동갑인데 남편이 증권회사 지점장이라 잘사는 눈치였다.

외식에 주말여행에 온갖 유행하는 옷을 다 입고 다녔다. 친정 엄마는 그런 지원이네를 은근히 부러워하는 눈치였다.

가끔씩 지원이 할머니가 팔자 좋다고 운운하며 사위를 원망하고 했다.

"김서방은 사람만 착하지 도무지 요령이 없단 말이야. 남들은 진급도 잘하는데 맨날 과장이 뭐냐."

하면서 툭하면 첫 번 중매 들어왔던 사람에게 시집을 안 갔다고 야단을 치셨다. 키가 작아서 그렇지 직장 든든하고 집안 여유 있고 얼마나 좋으냐고 했지만, 나는 눈빛이 선한 김서방을 택한 것이다. 엄마는 심술만 나면 그 사람한테 갔으면 팔자가 늘어졌을 텐데 눈에 콩깍지가 끼었지 김서방 어디가 좋으냐며 늘 콩깍지 타령이시다.

엄마는 모르신다. 왜 내가 김서방을 택했는지. 김서방은 일찍 부모를 여윈 탓에 장모님을 자기가 모시고 살겠다고 처음부터 무남독녀인 나를 안심시켰다. 몇 번 만나다 보니 착하고 정이 많은 사람이었다. 살면서 느끼

는 일이지만 남편은 어려운 일이 있어도 속으로 혼자 삭이지 나에게 표현을 안 하는 사람이었고 장모님을 어머님같이 믿고 사는 사람이었다.

그런 속도 모르고 엄마는 지원이 할머니가 자기보다 좋은 옷을 입어도 예의 콩깍지 타령으로 심술을 부리셨다. 남편은 어머니 옷 좀 사드리고 여행도 다녀오시게 하라면서 자기 용돈을 줄이는 사람이다.

며칠 전에 지원이 엄마가 돈이 있으면 자기네 남편 증권회사에 저금을 해달라고 졸라댔다. 자기 남편도 목표량이 있기 때문에 힘들다는 푸념도 했다. 그리고 며칠 후 늦은 시간에 열쇠를 들고 온 지원이 엄마는 우리집에 가서 옷 좀 꺼내달라고 하면서 울기만 했다. 눈이 퉁퉁 부어서 하는 말이 남편이 지금 경찰서에 붙들려가 있고 식구들은 친척집으로 도피중이라면서 경황 중에 옷도 못 가지고 갔다는 것이다.

대충 얘기를 들어보니 목표달성을 하려고 여기저기 돈을 긁어대서 저축을 들게 했는데. 이중장부를 만든 것이 발각이 되어서 붙들려 갔다고 한다. 다음날 오겠다면서 울고 가는 지원이 엄마의 뒷모습이 측은했다.

엄마와 같이 지원네 집에 들어가 보니 얼마나 급했던지 식탁 위에는 먹고 남은 음식들이 말라비틀어진 채로 있었고 TV는 켜진 채 있었다. 공연히 두렵기도 해서 경황없이 옷을 싸고 있는데 밖에서 두런두런 소리가 나더니 벨을 눌러댔다. 조용히 눈치를 살피며 듣자하니 돈을 맡긴 사람들 같았다. 이 집이라도 잡아야 한다며 내가 먼저다 하며 싸우는 모양이다.

엄마와 둘이 큰일이다 싶어서 덜덜 떨고 있는데 한 시간 가량 웅성거리더니 돌아가는 눈치였다. 얼른 가방을 들고 그 집을 빠져 나오니 온 몸에 땀이 흐르고 엄마는 사시나무 떨듯이 떨면서

"어이고 죽을 뻔했네. 그나저나 지원 할머니 불쌍해 어쩌나."

눈물이 그렁하시다.

며칠이 지나자 신문에 보도가 되고 TV에는 수갑을 찬 지원이 아빠의 모습이 뉴스마다 나왔다. 엄마는 가끔씩 들려오는 지원 엄마 소식에 또 걱정

이시다. 그렇게 돈돈하더니 결국은 감방신세가 되었다면서…….

지원이 엄마는 친구가 하는 다방에서 카운터를 본다고 했다. 애들이 자꾸 우리 집으로 가자며 울 때는 가슴이 메어진다고 하면서 남편은 5년 징역을 살아야 한단다.

친구들 도움으로 좁은 단칸방에서 어렵게 산다며 걱정이 태산같다. 지원이 할머니가 초라한 모습으로 우리 집에 와서 엄마에게 하는 말이

"그래도 당신 사위가 최고인줄 아시우, 장모 깍듯이 모시고 사람 성실하고. 우리 아들은 맨날 돈돈 하더니 저 꼴이 됐잖우, 며느리 보기가 얼마나 미안한지 내가 도움도 못되고 그만 죽어야 할 텐데."

하시면서 눈물만 찍어냈다. 돌아가시는 지원이 할머니께 잡숫고 싶은 것 사 드리라고 용돈을 주머니에 넣어 드리니 마다하시며 또 우셨다. 배웅을 하고 돌아온 엄마는

"그래 잘했다. 내가 용돈을 안 쓸 테니 저 할머니 가끔 들리라고 해라."

그리고 엄마는 빙그레 웃으며

"얘, 어제 김서방이 날 보고 어머니 적적하시지요. 지원이 할머니 모셔다가 같이 사세요. 제가 잘 모실게요. 그러더구나. 얼마나 고마운지. 내 사위가 최고야." 좋아하신다.

엄마 눈에도 콩깍지가 끼었나. 사위 자랑하시네!

(『로스안데스문학』 통권7호, 2003)

1. 악몽

누군가 숨어서 날 주시하는 듯한 기분이 든다. 찜찜한 마음에 주변을 살핀다. 낯선 거리, 해 떨어진 하늘처럼 시꺼먼 아스팔트 위를 걷는 것이 여느 날 보다 더 힘겹다. 너무 힘에 부쳐서 잠시 쉬었다 가려고 길 가 전봇대에 손을 지탱하고 있는 찰나에 누군가 나의 팔을 잡아끌며 거칠게 내 입을 막는다. 아무리 저항을 해도 꿈쩍도 안 한다. 두려움에 떨면서 끌려 간 어느 공장 창고, 퀴퀴하고 곰팡이 마른 냄새가 역하게 느껴지는 순간 바닥에 널브러진 박스 더미 위로 나동그라진다. 나를 짓누르는 짐승의 정체를 알고 싶었으나 얼굴이 보이지 않는다. 복면을 쓰지도 않았는데 얼굴이 보이지 않는다. 짐승이 내 살갗에 상처를 내고 울부짖듯이 신음을 하는 동안에 나는 아무런 저항도 하지 않는다. 이미 어쩔 수 없다. 짐승이 진정하기만을 기다리는 수밖에. 하지만 육체의 고통보다는 마음이 찢어지게 아프다. 마치 내 고통이 누군가를 상처한 것처럼. 그때 바로 등 뒤에서 오래된 철문이 열리는 소리가 들리고 문 틈 사이로 엄마가 보인다. 엄마……. 엄마가 왜 공장 창고 문을 열고 나타난 것인가. 그녀의 경악하는 얼굴을 본 순간 내 입도 절망감에 벌어진다. 당신, 당신이…….

귀에 익는 멜로디에 눈이 떠졌다. 잠깐 잠이 들었던 건가. 재빨리 핸드폰을 꺼내들고 전화를 받았다.

─물건이 왜 이리 늦어?

볼멘소리의 수아 언니. 질문에 정신을 차리려고 눈을 깜박였다.

─아……, 도매상에 사람이 밀려서 그랬어. 이제 두어 정거장만 더 가면 부평이야. 걱정 말라고, 곧 갈테니.

전화가 오지 않았으면 마냥 지나쳐 갈 뻔 했다. 요 며칠 밤샘 작업을 한 탓에 몸이 피로한 모양이다. 하지만 그 꿈을 또 꾸게 되다니 마음이 영 찜찜하다. 잊으려고 했고, 어느 정도 잊었다고 생각한 일이 가끔 꿈을 통해 되살아나곤 한다.

이번 정차할 곳은 부평, 부평역입니다. 내리실 문은 오른쪽입니다.

눈을 한번 비비고 발 께에 내려놓았던 재료 뭉치 두 덩어리를 번쩍 들었다. 무게 탓에 두 다리가 일순 휘청, 하는 듯 했으나 이내 발목에 힘을 주고 전철을 나섰다.

오후 네 시가 조금 안 된 시각이었는데, 지하철에는 제법 사람들이 많았다. 나처럼 물건을 잔뜩 들고 어디론가 운반하는 이들도 눈에 보였고 교복을 입고 삼삼오오 모여서 저들만의 세상에 빠진 듯 보이는 여중생들도 더러 있었다. 여자에게 끌려가다시피 하는 우는 사내아이도 보인다. 아이는 오리처럼 입을 모으고 빽빽거리며 운다. 그 소리가 듣기 싫어 지나가며 이맛살을 찌푸리는 이들도 여럿 있었다. 어릴 적 나도 저렇게 울 곤 했을까? 이상하게도 유년 시절의 대부분은 기억에서 허물어졌다

-수고했다, 도매상에 그렇게 사람이 많다니……. 이거, 경쟁자들이 많다는 소리 아니겠어?

수아 언니는 곱슬거리는 머리카락을 큐빅이 여러 개 빠진 낡은 핀으로 말아 올렸는데 거울을 보지도 않은 듯 핀 사이로 머리칼이 몇 가닥씩 흘러내렸다. 2년 전인가, 그녀가 손수 만든 핀, 여름에 어울리지 않는 붉은색 칠 부 니트를 입고 있었는데, 내가 오기 전에 바느질이라도 한 모양인지 하얀 실밥 두어 개가 들러붙어 있었다.

-모르긴 몰라도, 우리가 거래하는 곳이 단가가 저렴하긴 한가 봐. 갈수록 손님이 들끓는 눈치야.

언니는 내 말은 듣는 둥 마는 둥 재료를 확인해 보느라 열을 올린다. 두 번은 확인해 본 것인데도 미심쩍다는 식이다.

-그 머리핀 말이야, 언니가 그걸 하고 있으면 마치 하고 후에도 교복을

고집하는 여고생을 보는 것 같아.

그녀는 뭐가 어때서, 라는 표정으로 나를 흘끗 쳐다보더니 갑자기 재료 봉지 안에서 가죽 끈 뭉치를 쑥 빼내어 미간을 찌푸렸다

—섹시 핑크로 사오면 어떻게 해? 내가 큐트 핑크여야 한다고 그랬잖아!

—큐트 핑크가 필요하다는 건 알고 있었지만 이미 품절이 난 상태였다고. 어쩔 수가…….

—그러게……. 내가 조금 더 부지런히 굴어야 된다고 했지. 이래서는 장사를 못 한다구!

짐짓 그녀의 신경질 섞인 목소리가 귀에 거슬렸다. 뭔가 항변할 거라도 찾아 쏘아 붙이려는 찰나에 전화벨이 울렸다. 전화기는 바로 내 옆에 있었지만 낚아채 듯 그녀가 받았다.

—어머, 박 사장님이세요. 네, 내일 모레면 필요하신 물품들을 보내드릴 수 있어요. 그럼요. 이번에는 저희가 유난히 신경을 많이 썼으니까 걱정 안 하셔도 돼요. 물론 사장님 안목을 당해낼 수가 있겠어요. 호호호.

Maryin & Sua

수아라는 이름은 언니가 고등학교를 마친 이후부터 사용한 가명이었다. 본명은 흔하디흔한 민영이다. 그 당시 언니의 모친은 Maryin & Sua라는 이름의 동네 작은 액세서리 가게를 운영했는데 아무래도 그때부터 그 이름을 갖게 된 것 같다. 원래 그녀는 여자의 액세서리 같은 것과는 별 상관없는 좀 선머슴아 같은 성격이었는데 대학 졸업 후 마땅한 취직자리가 없었는지—이건 순전히 내 추측이지만—모친의 상점에서 일을 하곤 했다.

그런 그녀를 만난 건 내가 스물두 살 되던 해, 그러니까 H대학에서 디자인을 공부하고 있을 무렵이었다. 그때 나는 대학교 축제일에 작품을 전시하는 코너에 있었는데 당시 과선배였던 미연 선배와 동행하여 함께 그 자리에 있던 수아 언니와 오랜만에 만나게 된 것이었다. 그녀는 여고생 때와는 많이 달라진 듯 보였다. 소년처럼 짧던 머리는 어깨에 닿을 정도로 길

었고, 진분홍 아이새도와 마스카라한 속눈썹이 유난히 돋보였다. 그녀의 메이크업으로 가려진 맨얼굴을 추리해보지 않았다면 아마 제대로 알아볼 수가 없었을 것이다.

수아 언니는 내 주전공이 공예디자인이라는 이야기를 듣고는 지갑에서 명함을 꺼내 내밀었다.

―액세서리 디자이너가 필요하거든. 최근 고급 수공예 액세서리가 얼마나 큰 호응을 얻고 있는지 짐작도 못할걸. 너 정도면 분명 그 정도의 감각이 있을 거야.

그 전까지는 그녀와 어떠한 인연이 있을 거라고는 추호도 생각하지 않았었다. 수아 언니는 내게 단지 '안면이 있는' 선배였으며 한 번도 액세서리 디자인에 대해서는 생각해본 적이 없었으므로.

―박 사장 성미가 얼마나 까다로운지 너도 알지? 서두르지 않으면 싫은 소리 들을 게 뻔하니까 좀 분발하자구.

―대량 주문도 아니면서 너무 빡빡하게 군다는 게 문제지.

―너야말로 너무 빡빡하게 굴지말어. 이렇게 불황일 때는 단 한사람의 고객이라도 나를 찾아준다면 어서옵쇼, 하고 깍듯이 모셔야 하는 거야. 그런 배짱은 쓰고 남을 정도의 돈을 벌고 나서 부려도 봐 줄까말까라구.

나는 어깨를 치켜보았다. 과연 사장다운 발언이라고 생각했다. 그녀는 요새 부쩍 신경질적으로 변했다. 툭하면 계산을 해대고, 잔소리가 심해졌으며 때때로 물질 옹호자 같은 발언을 내뱉곤 했다. 세상이 그녀를 이렇게 만든 것인가. 돈에 대한 찬사를 아끼지 않는 부지런한 일꾼 개미로.

―뭐 하고 있는 거야? 그렇게 값비싼 명상에나 잠길 시간이 없단 말이지.

―알겠어, 알겠다구!

확실히 그녀는 나를 잡념에 빠지지 않게 한다. 그리고 그것은 내가 그녀 곁에서 일을 할 수밖에 없는 이유이기도 했다.

2. 혜연, 프리다 칼로(FRIDA KAHLO)

-민주야, 나야…….

깊은 밤, 전화 벨 소리가 귀 바로 옆에서 들리는 것 같아 놀라듯이 잠을 깼다. 잘못 걸린 전화일 거라고 생각했다. 잠결에 수화기를 들으니 뜻밖에 혜연의 목소리가 속삭이듯 전해졌다.

-혜…… 연이?

곁에 있는 핸드폰을 잡아 시간을 확인했다. 새벽 두시가 다 되어가는 시각. 수화기를 통해 사람들이 웅성거리는 소리도 들려온다. 필시 집에 있는 것은 아닌 모양이다. 그녀의 집안은 좀 엄한 편이었으므로, 늦은 시간에 혜연이 바깥에서 내게 전화를 한 것은 의외였다.

-무슨 일이야? 너 지금 어디야?

-나? 나…… 지금 신촌이야. 기억하지? 우리가 자주 가던 블루스톤……. 강의가 없는 날이면 개점하는 시간부터 달려와 죽치고 앉아 있었지. 그런데, 지금은 많이 바뀌었어……. 바텐더마저도.

가슴 한쪽이 찡해졌다. 대학 다닐 시절에 그녀와 내가 즐겨 찾던 칵테일 바. 마르가리타 한 잔이나 코로나 한 병 만으로도 충분히 행복했던 시절.

-끼타뻬나스(quitapenas, 고통의 망각이라는 뜻의 포도주의 일종)가 없다는 게 참 유감이지만…….

그녀는 젖은 듯한 낮은 톤으로 어색하게 말했다.

-기억 나? 우리는 결국 끼따뻬나스를 마셔보지 못했잖아.

블루 스톤에 도착하니 이미 세시가 훨씬 넘어서고 있었다. 하지만 금요일이라서 그런지 바에는 생각보다 많은 사람들이 즐기듯이 뒤엉켜있었다. 그것이 뱀처럼 보이기도 했다. 똬리를 틀며 엉켜있는 한 무리의 뱀처럼. 그들은 자신들만이 통하는 언어를 사용하고 있다. 술과, 테크노 음악, 담배 연기와 어울리는 그들만의 언어. 우리가 항상 지켜냈던 자리는 다른 이들의 차지로 넘어갔다. 나는 몇 분을 걸려 그녀를 찾았다. 그녀는 무리에 가려져 보이지도 않는 구석에서, 게다가 탁자에 거의 몸을 숙인 채, 반쯤 남은 테킬라 잔을 왼손으로 작게 돌리고 있다. 살며시 반대편 의자에 앉았다. 혜연이 서서히 고개를 들었다. 내가 오는 동안 더 취해버린 모양이다. 내가 잔을 빼앗자 마치 소중한 것을 잃은 듯한 화가 난 표정을 짓더니 이내 미소를 짓는다. 몇 잔의 알코올에 그녀는 어린아이가 되어버린 것 같았다. 얼굴 만면에 비친 천진한 미소가 그러잖아도 동안인 그녀의 얼굴을 아이처럼 만들어버린다.

　－네가 올 줄 알았어…….

　그녀가 내 손을 잡는다. 그녀의 흐트러진 머리칼을 쓸어 올렸다. 울고 있었을까? 마스카라가 번져 있다. 핸드백에서 손수건을 꺼내 눈가를 문질러보았으나 더 번질 뿐이다. 그녀를 안 지 10년 이상 되었는데 이토록 나약하며 무기력한 듯 보였던 적이 있었는가. 그녀는 자신의 그런 모습을 가장하여 애써 웃음을 짓고 있었는데 그것이 더욱 가엾게 여겨졌다.

　－무슨 일이 있었구나……. 너, 이러는 모습, 처음이야.

　혜연이 재밌다는 듯이 깔깔 웃어댄다. 그러면서도 슬며시 눈가의 물기를 꾹꾹 눌러대었다.

　－아냐, 아무 일도 없어. 오히려 조금 웃기는 일이 하나 생겼지. 그래서 제일 먼저 너한테 알려주고 싶었어.

　나는 침을 꿀꺽 삼켰다.

　－그 일 때문에 너무 웃었더니 눈물이 다 나잖아.

　그녀는 웃는 시늉을 하다가 이내 울음을 쏟았다. 훌쩍거리며 우는 소리에 근처에 있는 사람들이 의아한 눈빛으로 우리를 쳐다보았다. 실연당한 여자를 바라보는 동정어린 표정으로. 나는 그녀의 옆으로 자리를 옮겨서 살며시 그녀를 끌어안았다.

　－그렇게 울면 이야기를 잘 못하잖아.

　혜연은 내게서 몸을 뗀 후 티슈로 훌쩍거리던 코를 훔쳤다. 애써 내 시선을 피하려고 한다. 그리고는 헛기침을 몇 번 하다가 진지한 톤으로 이야기 했다.

　―여기, 예전에는 자주 오던 곳인데, 이제는 우리와 어울리는 색이 아니라는 기분이 들어. 뭐랄까, 어릴 적 입던, 치수가 잘 맞지 않는 옷을 입은 불편함이랄까.

　―나도 같은 느낌이야.

　―그만큼 시간이 많이 흘렀다는 거겠지. 민주야, 시간이라는 것이 그런가봐. 절대로 변치 않을 것 같아 보이던 것을 퇴색시키거나 변질케 만드는 것 같아. 여기가 이렇듯 변한 것처럼 우리도 많이 변했겠지. 죽어도 변하지 않았으면 좋겠다고 바라왔던 부분들까지도.

　―무슨 말이야?

　―민주야, 나 그 남자랑 결혼 하게 되었어.

　그녀의 말에 나는 목에 커다란 나무토막이 걸린 듯한 기분이 들었다.

　―더 이상 피할 수가 없게 되었어. 미안해.

　몇 번의 고민 끝에 술에 취한 그녀를 내 집으로 데리고 왔다. 취한 모양새로 집으로 들여보내는 것 보다는 적당히 핑계거리를 둘러대고 내일 멀쩡한 모습으로 돌아가게 하는 게 더 낫다는 판단이 섰다. 혜연을 침대에 눕히고 신발을 벗기고 외투를 벗겼다. 내가 세안을 하고 나왔을 때는 이미 잠 속에 빠진 듯 보였다. 그러나 침대에 올라 그녀의 옆에 누워 이불을 덮자 혜연이 내 쪽으로 돌아누우며 나를 껴안는다. 무의식적으로 나를 끌어안고 입을 맞추는 그녀를 밀어냈다. 어차피 모든 것이 변하는 거라고 말하던 혜연이 원망스러웠다. 적어도 나는 변하지 않았다. 적어도 나는…….

　철학적인 고통을 받는 듯 머릿속이 복잡하다가 갑자기 까맣게 되어 버리더니 다시금 복잡해진다. 혜연의 결혼을 예상치 못했던 것은 아니지만, 막상 그녀가 결혼한다는 소식을 접하고 나니 기묘해진다. 나는 몸을 일으켜 앉아 곯아떨어진 혜연을 가만히 응시했다. 그녀가 결혼하면 누가 더 불행해질까? 혜연일까, 나일까?

　─프리다 칼로.

돌아보니 교복 블라우스의 소매를 팔꿈치까지 걷어 올린 작은 얼굴의 여학생이 미소를 짓고 있다. 어린 혜연……. 반달 모양으로 상냥한 두 눈이 매력적으로 보인다. 생각해 보니 복도에서 몇 번 마주친 기억이 난다.

　─뭐라구?

　─네가 지금 보고 있는 그 그림, 프리다 칼로의 그림이라구. 나는 다시 시선을 돌려 들고 있던 그림을 응시했다. 그 그림이 프리다 칼로의 것이라는 건 이미 알고 있었다. 다만 나는 그녀가 그 그림을 알고 있다는 사실이 놀라웠다.

　─1907년에 태어난 멕시코 대표 여류화가의 그림이잖아. 프리다 칼로. 그리고 그 그림은 '사고'라는 이름의 작품이구. 그림 내용처럼 차 사고를 당한 뒤 그녀는 더욱 고통스러운 삶을 살았고 그 고통은 후에 그녀가 빼어난 작품들을 그리는 데 중요한 역할을 했다지. 그런데 사실 나는 '유모와 나'라는 작품을 제일 인상 깊게 보았어. 그 그림은 단순히 유모가 어린 프리다 칼로에게 젖을 물리는 그런 모습이 아니거든. 유모의 형상은 전통 멕시코 토착 원주민의 모습이고, 그녀의 젖을 물고 있는 프리다 칼로 또한 어린 아기가 아닌 성인의 얼굴을 하고 있지. 조금 기괴한 느낌을 받기도 했지만, 참 독특한 표현 방법 아니겠니? 멕시코 특유의 전통 이데올로기를 먹고, 마시고, 느끼며 자라났다는……. 일종의 애국심이며 자긍심으로 봐야 하나?

　─프리다 칼로를 좋아하니?

그녀는 짐짓 자신만만한 눈짓으로 미소를 지었다.

　─사실 난 '프리다 칼로'의 회원이거든.

어둠이 나를 더욱 외롭게 만든다. 손가락으로 스탠드 전원 버튼을 더듬

다가 그만두었다. 혜연은 불빛이 있는 곳에서는 깊은 잠에 들지 못했다. 눈을 감았다. 그녀가 희미하게 코를 고는 소리가 들린다.

－민주야, 왜 그래……. 민주야.

눈을 뜨니 낯선 방 안에 내가 누워있다. 자세히 보니 동아리였던 프리다 칼로의 단합 여행을 온 경주의 숙소였다. 눈앞에 혜연의 걱정스런 얼굴이 보인다. 눈을 깜박였다. 혜연이 불을 켠다. 욕지기가 났다. 애써 참으려고 이를 악물고 침을 삼키는데 눈물이 났다. 그녀가 얼굴을 가린 내 머리칼을 뒤로 넘기며 쌍꺼풀 풀린 눈으로 불안스럽게 나를 응시한다.

－자는 동안 울음소리도 내고 신음도 하고 그랬어. 너무 비참해 보여서 깨울 수밖에 없었어.

악몽을 꾸고 일어났을 때 곁에 혜연이 있다는 사실이 나를 안도시켰다. 짐승은 꼭 잊을 만하면 잔인함으로 다시 꿈에 나타나서 존재를 인식시킨다. 놈에게 물려 상처를 입고 나면 나는 다시 과거로 돌아가 있다. 짐승이 아버지의 얼굴로, 나의 아버지였던, 계부로 돌변하고 나면, 격렬한 가슴의 통증과 욕지기가 밀려온다. 엄마, 나를 위해 거짓말 하나만 해줘요 제발. 그가 당신의 남편이 아니거나, 나의 의붓아버지가 아니라거나……. 내가 벌을 받는 게 아니라는……. 아니면 이 모든 것이 단지 악몽일 뿐이라고…….

－세상에…….

그녀가 나를 껴안는다.

－그런 끔찍한 일이…….

차마 말을 잇지 못한다. 본의 아니게 남에게 나의 치부를 들킨 듯한 기분. 나는 어찌할 바를 몰라 가능한 그녀와 눈을 마주치지 않으려 안간힘을 썼다. 그녀가 나를 가엾어 한다거나 불결하게 생각하게 되는 것은 싫다. 최대한 몸을 웅크리며 혜연을 외면했다. 하지만 그럴수록 그녀는 마치 모든 것을 처음부터 알고 있었던 사람처럼 다가왔다. 마치 내가 어떤 사람인지를 먼 옛날부터 지켜봐왔던 사람처럼.

처음 가져보는 느낌이었다. 누군가 곁에서 내 등을 쓸며 손을 잡아주는 것만으로도 충분히 위로가 되며 치부를 들키게 된 것에 오히려 마음이 편해지고 있다는 것. 그런 감정들은 벌써 이전에 어떤 이에게 빼앗겼다고 생각했었다. 아직 치유되지 않은 상처를 숨기려고만 감추어두면 더 곪아 버리게 된다는 사실을 이전에는 미처 몰랐던가.

─내가 장담할게. 앞으로는 절대 그런 일, 네게 일어나지 않을 거야. 그러니 안심하고, 모두 잊어. 이젠 그 악몽에서 벗어나도록 해.

그녀의 당부대로, 나는 과거의 대부분을 잊어가기 시작했고, 어쩌다 한 번씩 자신의 옭아매는 악몽에도 관대할 수 있는 처신법을 익혔다. 역한 냄새가 나는 기억이 가슴을 먹먹하게 만들 때마다 나는 그날의 혜연을 애써 떠올렸다. 그날 새벽 나를 걱정스럽게 내려다보던 그녀의 표정. 그러다보면 차차 마음이 진정 되었다. 그리고 그 모든 것을 불구하고 그녀를 기억하게 되었다. 그녀만을 기억하게 되었다. 하지만 이제, 혜연을 지워내야 하는 순간인가. 예전에 잊고 싶지만 잊을 수 없던 일들을 결국 버렸던 것처럼.

3. 무인도 1 – 번민을 벗어나

─엄마야……. 잘 지내고 있니?

거의 6개월 만에 엄마에게서 전화가 왔다. 동해 바다가 보이는 속초에서 둘째 이모와 함께 살고 있는 엄마는 뜬금없이 튀어나오는 뒤숭숭한 꿈자리처럼, 아주 오래간만에, 그래서 생각지도 못할 때에, 나를 놀래주듯이 전화를 했다.

─밥은 잘 먹니?

엄마는 기억하고 있다. 계부가 죽은 뒤에도 내가 계속 욕지기에 시달렸다는 사실을. 내 위가 음식물을 제대로 받아들이지 못하여 먹은 것이 있으면 있는 대로 토하고, 먹은 것이 없어도 위를 다 드러낼 듯 욕지기가 생겨 얼마나 괴로워했는지를. 몸속에 살고 있는 불쾌한 벌레를 끄집어내려는 의지처럼, 바닥을 부여잡고 울렁거리는 가슴이 진정될 때까지……. 이유를 몰랐었다. 심각한 구토증의 원인을 알 수가 없어 병원까지 찾았으나 의사는 아무런 증상이 없다고 했다. 위에는 이상이 없는데 본인 스스로가 의식적으로 음식을 거부하는 것이 아니냐고. 엄마는 그럴 리가 없다고 반발하며 나를 쳐다보았다. 그때 아니라고 믿으며 나를 보던 떨리는 시선을 잊을 수가 없다.

─잘……. 먹고 있어. 난 잘 지내.

고등학교에 입학하면서 나 혼자 서울로 이사를 했다. 학교 근처에 방 하나 부엌 하나 화장실 하나가 있는 집을 얻었고, 더 이상 욕지기가 생기지 않았다. 어찌됐든 죽은 계부가 어느 정도의 재력이 있는 사람이었단 사실은 감사할 만한 일이었다. 당시에는 그 지긋지긋한 인간의 번민과, 죄책과, 상처에서 되도록 멀어지는 것만이, 최대한 몸을 숨기는 것만이 유일한 약이라고 느껴졌다. 사람에게서 상처받은 일을 회복하는 길은 오로지 사람에게서 벗어나는 것. 누군가 나를 위해 진심으로 해줄 일은 아무것도 없으므로.

─언제, 한번 안 올래?

─나중에, 다음에 한번 내려갈게.

언제나 그랬듯 날짜가 없는 기약.

─그래……. 기다릴게.

그리고 그 약속만을 손꼽는 엄마. 엄마도 한편으로는 두려울 것이다. 보고 싶고 사랑하는 딸을 만나더라도 어느 한 쪽이 예민하게 아파올 것이다. 나의 그것이, 엄마에게도 상처였기 때문에.

나는 엄마를 미워하지 않았다. 다만 조금 떨어져 지내는 것이 편하다고 느꼈을 뿐이다.

─이모, 저건 무슨 그림이야?

윤호가 물었다. 수아 언니 부부가 참석할 모임이 있다고 해서 잠시 아들을 우리 집에 맡겼기 때문에 나는 윤호와 함께 있었다.

―무슨 그림?

나는 부엌에서 초코 머핀과 우유를 준비하고 있다가 윤호의 물음에 고개를 내밀었다. 아이가 가리킨 것은 벽에 붙은 그림 중에 유일하게 내가 그린 작품이었다.

―왜, 그 그림이 궁금하니?

―좀 이상해 보여. 저기 저 여자는 왜 옷을 벗고 있는 거지?

그에게도 가까이 가서 윤호의 작은 어깨에 팔을 걸치고 함께 그림을 응시했다. 대학교 3학년 때 완성한 작품이니 벌써 6년이란 세월을 탄 그림이다.

―이건 '무인도'라는 그림이야.

―'무인도'가 무슨 뜻인데?

―무인도란, 사람이 아무도 살고 있지 않은 섬이라는 뜻이지. 사람이 아무도 없으니까 옷을 다 벗어도 아무렇지 않은 거야. 윤호는 누군가 있는 곳에서 옷을 벗고 있으면 부끄럽지?

그가 고개를 끄덕인다.

―아무도 없는 곳이라면 부끄러움도 없는 거야.

―정말 아무도 살지 않는 곳이 있어?

―글쎄, 정확히 알 수는 없지만 있을 거야.

―이모는 가 본 적이 없어?

―안타깝게도 없는 걸. 하지만 가보게 되면 좋겠다고는 생각하지

―왜? 왜 가고 싶은데? 사람이 없는 곳에서 혼자 살 수도 있는 거야?

나는 아이의 보드라운 머리칼을 쓰다듬었다.

―음, 살다보면 갑갑한 일이 많거든. 여기가 깊게, 아주 깊게 숨을 쉬지 못할 때가 있어

그렇게 말하며 나는 아이의 가슴팍에 오른쪽 손바닥을 갖다 대었다.

―그럴 때마다 생각하게 되는 곳이 있어. 그곳은 사람이 없기 때문에 어떤 이로 인해 울게 되는 일은 없겠지. 그 대신 자연을 덧입고 사는 거야. 자연에서 숨쉬고, 자연을 먹고……. 적어도 자연은 변하지도, 무언가를 속이지도 않으니까. 절대로.

―그래도 나는 엄마 아빠랑 떨어져서는 살 수 없는데.

아이는 갸우뚱하며 말했다. 나는 작게 한숨을 쉬었다.

―그래, 윤호가 이모처럼 조금 더 크면 지금 이모가 한 말을 이해할 수 있을 거야. 이모는 가끔 저 그림 속으로 들어가고 싶은 생각이 들 때가 있어.

아이는 장난기 어린 웃음을 짓더니 나를 한번 쳐다보고, 그림을 한번 쳐다보고 난 후 소파에 튕기듯이 앉아 리모컨으로 티비를 틀었다. 나는 그대로 서서 새삼스레 그림을 다시 바라보고 있다. 바다를 향해 누워 만족스런 얼굴로 잠을 자고 있는 나체의 여인. 여인은 어떠한 상처에서 벗어나기 위해 떠났을까. 그것이 여인이 비로소 찾은 평안함 일까. 그곳이 그토록 찾아 헤매던 이상향의 땅일까.

4. 그녀의 결혼.

사실 나는 비가 오기를 갈망했다. 그렇지 않다면 하늘에 구름이라도 가득하기를. 조금이라도 그녀가 자신의 결혼에 대해 후회하는 마음이 생기게끔.

그날의 화창한 날씨가 내게는 너무도 야속했다. 그날은, 통통한 배낭가방을 짊어지고 어디론가 떠나는 소풍 장면을 연상시킬 정도로 매우 화사했고, 눈물이 날만큼 눈이 부셨다. 그러나 날씨와는 무관하게 내 두 눈은 퉁퉁 부어있고 얼굴을 푸석하여 화장도 잘 먹지 않는다.

혜연은 내게 누누이 당부했었다. 이제껏 그래왔던 것처럼 자신의 가장 좋은 친구가 되어달라고. 하지만 나는 속으로 말했다. 너의 친구였던 민주는, 내가, 우리가 사랑하기 시작한 순간에 이미 죽었다고. 네가 진정 나를 친구로 원한다면 이제 너의 연인이었던 민주가 사라져야 한다고.

그럴 수 있다. 못할 것도 없다. 사실 나는 그녀에게 많은 빚을 지고 있었다. 그녀 덕택에 살아 온 것이라도 해도 과언이 아닌데, 더 바란다면 그건 욕심이 지나지 않는다.

하얀 웨딩드레스를 입은 혜연의 모습은, 상투적인 표현이지만, 이제껏 내가 보아오던 그 어떤 신부보다도 훨씬 아름다웠다. 그녀는 긴장된 듯한 홍조 띤 얼굴을 하고 있으면서도 한편으로는 행복한지 아닌지를 가늠하기 힘든 엷은 미소를 간간이 짓곤 했다. 가끔 얼굴에 비치는 언짢은 듯한 표정이 눈에 거슬렸다.

상아색 한복을 입은 혜연의 모친을 만났다. 그녀는 혜연의 표정과 비슷했다. 많은 하객들 사이에서 정신이 없는 눈치였으나 그 와중에도 나를 찾아내어 잡아끈다. 왜 이렇게 늦게 왔어, 혜연이가 너를 얼마나 기다렸는데……. 내가 그녀의 들러리가 되지 않은 게 끝내 아쉽다는 말투다. 나는 슬쩍 혜연이 쪽을 살폈다. 그녀의 사촌동생이 들러리 역할을 하고 있다.

−다른 건 몰라도 부케는 꼭 네가 받으렴. 민주 너도 이제 좋은 사람 만나서 결혼해야지.

그녀의 어머니는 나의 엄마보다도 더 어머니 같은 얼굴로 내 두 손을 꼭 감싼다. 눈시울이 불거져서 그러겠다고 대답만 짧게 하고 자리를 피했다. 식이 시작되고 주례가 이어지면서 혜연은 점점 멀어져 갔다. 알지도 못하는 하객들 틈에 끼여서 나는 모르는 사람들의 입담을 통해 그녀가 임신 중이라는 사실을 듣게 되었다. 일순 화가 치밀어 올랐다. 가장 사랑하는 친구라는 사실조차 부정된 기분이었다. 하지만, 이렇게 생각해야 하겠지. 어쩌면 너는 원하던 사랑을 찾은 것일 수도 있다고. 아니, 그게 아니라 해도 네가 예상치 못했던 다른 식의 행복을 느끼게 될 수도 있다고. 너를 위해서, 단지 너를 위해서 그렇게 생각해 주어야 하겠지.

-사랑이란 있지, 이루어지고 나서는 이미 사랑이 아닌 거야.

나는 웃었다. 그럴지도 모른다고 생각했다. 인간이란 존재는 도저히 한 명의 사람과 죽을 때까지 사랑할 수는 없게 이미 만들어진 거지. 신은 왜 인간을 그런 식으로 창조하신 걸까.

그 무렵 혜연은 입시를 마친 홀가분함으로 짧은 여행을 계획하고 있었다. 그녀는 해외여행을 꿈꾸고 있었지만 그에 따른 경비가 여의치 않았다.

-페루나 멕시코에 가고 싶지만……. 아무래도 금전적으로 너무 부족해. 비행기 삯만 해도 그렇고.

-그 정도 여행을 감행하려면 최소한 신혼 여행정도는 되어야 하지 않을까? 더군다나 요즘처럼 불황일 때는 말이야.

-신혼여행?

그녀는 마치 엉뚱한 것을 보고 눈이라도 버린 듯 멀뚱거리다가 이내 킬킬댄다. 만의 하나라도 신혼여행을 갈 일이 생긴다면 그건 너무 절망적이지 않을까? 결혼이란 사랑이 이루어져 버렸다는 결정체인데 그렇게 되면 사랑이라는 요리의 유통기한은 이미 끝나버린 거잖아.

-또 모르지, 진정 사랑하는 사람이 생겨서 정말 오래토록 그렇게 살지.

눈을 가늘게 뜨고 슬쩍 떠 본 내 말에 그녀가 고개를 설레설레 흔든다.

-그럴 리 없어 민주야. 나는 알고 있어. 진정 사랑하는 사람이 생겨서 결혼 하는 일은 절대 없을 거야. 근데 이렇게는 생각해. 민주 너라면 평생을 함께 살아갈 수도 있을 것 같아. 결혼이나 동거, 이런 거 얘기하는 게 아니야. 그냥 사랑하는 친구로서, 진심으로 마을을 줄 수 있는 유일한 사람으로 함께 행복하고 싶어서 그래.

혜연의 부케가 정확히 내 품안으로 날아들어 왔다. 부케 따위를 받을 기분이 아니었지만 미리 연습해 둔 억지웃음을 짓는다. 살다보면 약간의 가식도 필요할 때가 있나 보다, 내 미소를 확인한 혜연의 얼굴이 조금 묘해진다.

떠들썩한 행사 분위기에 나는 마치 상한 떡 한 점을 입에 물고 있는 기분이 들었다. 아무튼 혜연에게 인사를 전했고, 사람들에게 둘러싸여 어찌 할 바를 모르는 그녀에게서 빠져 나왔다. 저 많은 인파들 속에서 나 하나쯤 자리를 뜬다고 해서 변하는 것은 없다. 하지만 그녀의 결혼 일자에 맞추어 어딘가 여행을 떠나지 않은 것은 어쩌면 잘 한 일일지도 모른다. 그렇게 생각하면서 길 가 쓰레기통에 부케를 버렸다. 유일하게 믿었던 혜연이조차 이제껏 만나오던 그저 그런 이들과 같은 색이 되어버렸다. 사람을 믿는다는 것은 역시 부질없는 것. 사람들은 결국 변하게 되어있다. 어차피 변하게 될 것은 믿을 필요가 없다. 나는 이미 오래 전부터 알고 있었다. 그녀를 만나기 훨씬 이전부터.

언젠가 수아 언니가 나를 보며 위아래가 꽉꽉 막힌 파인애플 통조림 같다고 했다고 한 적이 있다. 내용물을 감춘 채 외부와 차단되어 밀폐된 공간에 내버려진 통조림 같다고.

—너 있지, 지금도 늦은 거야. 지금이라도 남자도 만나보고 선도 보고 그래야지, 나중에 무를 대로 무르익은 노처녀 되어 후회한들 소용이 없어. 결혼을 나처럼 일찌감치 해 치울 필요는 없지만 인간답게 살기 위해서는 언젠가는 꼭 해야 하는 것 중 하나라구.

하루 세 번 양치질을 하는 것처럼 매번 따라붙어 똑같은 주제의 다른 예시를 들며 잔소리에 열심히던 그녀는 그나마 인터넷 동아리, 프리다 칼로에서조차 탈퇴한 나를 보곤 혀를 내두르며 두 손을 들었다. 그녀는 학창 시절 내내 별 다른 친구 없이 지내던 내가 사람들과의 친목을 위해 인터넷 동아리 활동을 하는 줄로 여겼으나 사실상 혜연을 봐서 가입한 모임이었다. 모임에 참석하지 않아도 그녀를 만날 수 있을 만큼 그녀와 친해진 이후로는 모임에 대한 미련이 없었다. 사람들이 모인 자리에는 항상 말썽이 있었으니까. 누군가 나에 대해 묻는 것이 싫었고 혜연과의 관계를 들먹이는 것이 불쾌했으며, 정작 프리다 칼로는 뒷전으로 시시콜콜한 자기 얘기들을 늘어놓는 것에 염증을 느꼈다. 필요에 의해서가 아닌 이상……. 부담스런 소속감을 갖고, 무리에 어울려 같은 표정으로, 같은 이야기를 하는 것은 의미가 없다. 더군다나 진실함을 상실한 그들에게 태연히 다가서는 것 자체도 가식일 수 있으므로.

하지만 여전히 혜연을 생각하면 뜨거운 것이 목구멍을 타고 내리는 것 같다. 내가 등지고 살아왔던 무리들과 비교도 할 수 없는 사람이었다는 기대를 영 저버리고 싶지 않다. 그녀가 내게 이런 식의 혼란을 가져왔다는 사실을 믿을 수가 없었다. 마치 잠시 나를 다녀간 사람처럼, 그래서 원래의 자리로 되돌아간 것처럼, 그렇게 떠나고 있다는 것을 믿고 싶지 않았다.

집에 도착하자 다리에 힘이 풀려 주저앉을 뻔 했다. 간신히 몸을 움직여 거실 소파에 몸을 누였다. 커튼으로 가려놓은 베란다 창문 사이로 낮의 온기와 회색빛이 염탐하듯 빠끔히 얼굴을 들이밀고 있다. 그것이 마치 어스름처럼 느껴져 가슴이 설렜다. 몸을 모로 누여 눈을 깜빡이며 한 숨 자고 일어나야지, 하는 순간 무인도의 여인과 눈이 마주쳤다. 그 여인이 정면을 응시하고 있다고 느껴지는 것은 처음 있는 일이다. 조금 더 집중했더라면 무언가 속삭이는 소리까지 들었을 지도 모른다. 그러나 잠이 너무도 달게 찾아왔고, 몽롱한 의식 속에 여인의 얼굴이 자꾸만 머릿속을 파고들었다. 여인은 혼자라서 행복하겠지. 어스름의 나처럼, 내가 그러하고 싶은 것처럼.

5. 달팽이

―뭔가 새로운 일에 도전해 볼 생각이야. 민주 네가 도와준다면 가능할 거라고 믿어.

녹차를 끓이던 수아 언니는 이렇게 말하며 피곤한 웃음을 지어 보인다. 새로운 도전? 도전이라니, 뜬금없이 무슨 소리인가.

―오늘은 평소보다 일찍 눈이 떠졌지. 조금 더 눈을 붙이려고 뒤척이다

가 영 잠이 안와서 베란다 화단으로 나와서 바람을 좀 쐬었어. 간밤에 비가 좀 왔는지 아직 어두운 하늘아래 반짝이는 건 화초 밖에는 없더라. 그렇게 차가운 공기를 마시며 얼마나 서 있었는지 몰라. 그러다 문득 화초의 줄기를 타고 오르는 무언가를 발견했어. 처음에는 커다란 곤충이라고 생각했어. 하지만 가까이서 보니 달팽이였어. 달팽이를 본 것은 참 오래간만이었지.

그녀는 자기로 된 작은 잔에 녹차를 따르며 내 곁에 있는 의자에 앉았다.

─너도 알다시피 난 원래 양서류, 파충류처럼 끈적거리고 미끈거리는 거, 정말 싫어하잖아. 어릴 적에 친구 놈이 내 옷 속으로 달팽이를 집어넣었을 때부터 달팽이라면 질색이지. 그 녀석은 내게 장난을 치느라 그런 거였는데 내게는 너무 치명적이었어.

그녀는 그때 생각이 들었는지 피식 웃었다. 나는 그녀가 건넨 녹찻물 한 모금을 베어 물었다.

─그런데 오늘따라 줄기를 오르는 고 녀석의 모습에 자꾸 시선이 가는 거야. 아직 다 자라지 않은 듯한, 기껏해야 손톱만한 녀석이었는데 우리 집 베란다 화단의 이름 모를 화초의 줄기를 타는 것이 마치 자신의 숙명이라도 되는 듯 보였어. 달팽이가 얼마나 느린지 알지. 하지만 아니었어. 녀석의 몸뚱이에 비해서는 충분히 빨리 움직이고 있었던 거야. 헌데…… 언니는 손이 시린지 잔의 들고 온기를 느끼며 말을 이었다.

─불현듯 그런 생각이 들었어. 저 작은 달팽이가 짊어지고 가야 할 그 껍데기……. 제 몸뚱이 이상으로 묵직해 보이는 그 둥근 껍질……. 민주야, 달팽이의 껍데기는 집일까 짐일까?

그녀는 그것에 심오한 의미라도 감추어 있다는 듯한 진지한 어조로 질문을 던졌으나 나는 한 번도 그런 쪽으로는 생각을 해 본 적이 없었다. 달팽이의 껍데기는 집인가, 짐인가.

─글쎄……. 위험한 순간에 자신을 보호해 주는 집에 더 가까운 게 아닐

까? 나의 의견에 수아 언니는 잠시 고개를 끄덕이며 골똘히 생각해 보는 듯 했다. 그러다 찻물을 한 입 삼키고는 입을 열었다.

―내게는 왠지 처량하게 느껴졌어. 저 껍데기가 없다면 훨씬 더 빠른 속도로, 훨씬 더 쉽게 목적지에 도달할 수 있지 않을까. 그것 때문에 녀석이 더 힘겹게 살아가는 것이 아닐까. 그러잖아도 맨몸으로 혼자 세상을 살아가는 것이 힘든 노릇인데, 운명적으로 짊어지고 가야 할 껍데기가, 산다는 것에 더욱 무거운 추를 매다는 것이 아닌지.

나는 천천히 고개를 끄덕였다. 그녀가 생각하는 것을 알 것 같았다. 수아 언니는 나를 한번 쳐다보더니 중년의 철학가 같은 표정을 지었다.

―그래, 이런 말 하면 우습겠지만, 그 녀석을 보는 동안 마치 내가 무거운 껍데기를 짊어지고 화초 줄기를 타는 듯한 기분이 들었어. 우리가 살아가는 데는 한 살 한 살 먹어가며 더 뼈저리게 느껴지는 그 무언가가 있다는 것. 너와 내가 여고생이었을 때는 미처 알지 못했던 그 어떤 것. 세상살이가 네 가지 불빛의 신호등인 것처럼. 전진하는 초록색, 멈추는 빨강색, 기다리는 노랑색, 그리고 후진하는 보라색. 인생에는 초록색과 노랑색 신호등만 있는 줄 믿었지. 때때로 여고생 때 느끼고 꿈꾸던 것들의 반 이상이 허상으로 생각되어져서 허탈할 때가 많아. 생각해보면 그때는 작은 고통에도 현기증을 느끼며 어디로든 도망치고 싶어 했더랬지.

그러다 수아 언니는 즐거운 일을 회상하는 표정으로 말했다.

―이런 생각도 해. 영원한 로맨스가 가능하다고 믿었던 그 소녀는 어디로 갔을까? 가족의 의미는 엄마의 잔소리에 지나지 않다고 느끼던 철없는 딸은 어디로 갔을까? 금지된 것이라면 굳이 시도하려 했던, 건스 앤 로지스에 열광하던, 나이를 먹으면 귀부인처럼 살아야지 꿈꾸던 그 여자아이는 도대체 어디로 사라진 걸까?

우리는 진짜 여학생처럼 깔깔대며 웃었다. 웃으면 웃을수록 음울해져 갔으나 뭣 때문에 웃는 건지 머리가 텅 빌 정도로 웃었다.

-그 모든 게 물거품이 된 인어공주처럼 사라져 버렸어. 그 대신 서서히 아줌마의 모습을 하려는 여자가 여기 있고, 그 여자의 배 나온 남편이 있고, 그리고 여자의 잔소리를 듣는 일곱 살 난 남자아이가 하나 있지.

-적어도 언니의 사람들은 늘어난 셈이네.

그렇게 말하며 쓸쓸해졌다.

-그만큼 유지가 힘든 거야. 사랑과 행복은 공짜가 아니거든. 요즘은 밤마다 계산기를 두드리며 숫자 놀이에 여념이 없어. 우리 매상도 만족할 만한 수준에 오르려면 아직 훨씬 멀었고 남편 옷 가게는 매출이 점점 떨어지고 있는 형편이야. 그이의 가게에는 가능하면 간섭하지 않겠다고 벌써 오래전에 약속을 했기 때문에 내가 신경써야 할 것은 내 일뿐이야. 내게는 가족처럼 중요한 일이기도 하구. 앞으로 아이는 계속 자라날 테고, 부모로서 해주어야 할 일들도 많을 거야. 초등학교 다닐 때 국어책에서 배웠던 '책임감'이라는 단어가 어떤 뜻인지, 이제 와서야 비로소 몸으로 느끼고 있어.

그녀는 뒷주머니에서 작게 접힌 종이 한 장을 꺼내 내게 펼쳐 보였다. 인터넷 어느 사이트의 공고 내용을 프린트 한 듯 보이는 그것은 '패션 액세서리 디자인 공모전'에 관한 알림 글이었다.

-이것이 그 '새로운 도전'이라는 거야?

-무거운 몸체를 끌고 가려는데 이대로 안주하고 있을 수만은 없잖아? 발전을 꿈꿀 수밖에 없어. 이전에는 감히 시도 해보려하지 않았는데 생각이 바뀌었어. 너도 힘써 줄 거라고 믿어. 어찌되었든 보람된 일이고, 우리 샵을 위한 일이기도 하니까.

나는 고개를 끄덕였다.

-엄마가 되는 게 이렇게 어려운 일인 줄 알았으면 엄마 속을 덜 썩일 걸 그랬지 뭐야.

그 말에 가슴이 울렁거렸다.

-너도 그렇게 생각하지?

그러나 나는 아무런 대답도 하지 않았다.

─마음을 열어보라구. 너희 어머니와 무엇으로 꼬였는지는 내가 알 바아니지만, 너처럼 이렇게 하늘에서 뚝 떨어진 천생 고아처럼 사는 것도덧없는 일이야. 후회하기 전에 받아들여. 모든 걸 자꾸만 피해가려고 하지만 말고.

6. 선물

혜연은 '미안해'라는 말로 이야기를 시작해서 '미안해'라는 말로 통화를끝냈다. 그녀 부부가 멕시코로 이민을 가게 된다는 소식을 내게 들려주는것이 그렇게 '미안해'할 얘기던가. 묵묵히 이야기를 듣고만 있던 나는 '괜찮다'라고만 대답하며 자신이 정말로 괜찮은지 자문하기 시작했다. 결혼한 그녀가 다른 나라로 이주 한다는 것은 이제 그녀를 '볼 가능성'보다 '못볼 가능성'이 더 많다는 이야기. 혜연과 결혼한 것도 모자라서 그녀를 데리고 멕시코로 파견근무까지……. 그래, 이제야 완벽한 나의 KO인 셈이다.

그 무렵 나는 온 몸의 감각과 신경이 무뎌지도록, 나를 예민케 하는 모든 사건이나 근심을 일단 외면해 버리는 연습을 했다. 그러다 보면 시간이가고, 시간이 가다보면 잊혀진다니까. 어떤 것을 잊기에는 그것을 잊으려고 안간힘을 쓰는 것보다 일단 무시하고 외면하는 것이 효과가 더 크다.괴롭고 생각하기 싫은 것은 나중에……. 나중에……. 하다보면 시간에 떠밀려 어느덧 저만치 멀어져 가버린다.

그녀는 출국날짜 하루 전 날, 강아지 한 마리를 안고 우리 집에 찾아왔다. 내 시선은 그녀에 이어 그녀의 품에 안긴 하얀 마르티스 한 마리에멈춘다.

─이름이 '망이'야. 기철 씨와 결혼 준비하면서 돌아다니다가 너무 귀여워서 애완견으로 샀는데……. 이렇게 멀리 떠날 줄 알았으면 그만 두는 거였는데…….

멀리 떠날 줄 알았으면 그만 두는 거였는데…….

훌쩍 사라져버릴 사람이었다는 것을 알았다면 사랑하지 않는 거였는데…….

만일 미리 알게 되었다면……. 그렇다면…….

그녀와 내가 대화를 나누는 동안 녀석은 마치 우리의 말을 몰래 엿듣기라도 하듯 오른쪽 귀를 바짝 세우며 고개를 기울였다. 나는 팔을 뻗어 녀석을 내게로 가져와 작은 얼굴을 들여다보며 머리를 쓰다듬었다. 나를 탐색하듯 킁킁대더니 이내 꼬리를 흔들어 댄다. 이런 녀석은 어쩌면 이리도 단순한 것일까.

－데리고 갈까도 생각했지만, 그 사람이 극구 반대를 해서 말야. 임신 중이니 태교에 더욱 신경 쓰는 게 어떻겠냐구……. 혜연이 불편한 듯 슬쩍 시선을 피했다. 그리고 보니 그녀의 복부가 살짝 부풀어 있다.

－이제 4개월이 되어가. 너에게 미리 알려주지 못해서 미안. 그녀가 어색하게 웃었다.

－망이를 부탁해. 너라면 예뻐해 주면서 잘 키워줄 거라 생각했어. 먹이는 사료를 사다 먹이면 되고 교육만 잘 시키면 오줌이나 변도 가리니까 너무 번거롭진 않을 거야.

그렇게 말하는 그녀의 눈가가 살짝 젖었다. 나는 가만히 생각했다.

혜연을 눈물짓게 한 건 누구일까.

나일까…… 아니면 망이일까.

망이 만을 남겨두고 혜연은 훌쩍 떠나버렸다. 그녀는 도착하는 대로 꼭 전화하겠노라고 말했다. 그녀가 결혼할 때와 마찬가지로 나는 그녀에게 '잘 살아라'라든지 '행복해라'는 얘기 따위는 전혀 하지 않았다. 하지만 불쑥 한동안, 아니 앞으로 오랜 시간 동안 혜연을 볼 수 없을 거란 생각이 떠오르자 가슴 한 쪽이 저리듯 아프기 시작했다.

프리다 칼로는 가버렸다. 자신의 나라로.

망이를 돌보고 있으면 혜연이 생각나곤 했는데, 그녀를 생각하는 여러 나날이 지나도 전화는 오지 않았다. 멕시코가 아니라 지구를 두 바퀴 세 바퀴 돌고도 남을 텐데……. 그녀는 한 번도 약속을 어긴 일이 없었는데.

나는 마트에서 잔뜩 망이의 먹이를 사다 날랐다. 아직 어린 녀석이라 많이 먹지도 못하건만. 사료를 집안 구석에 쌓아 놓고는 이내 후회했다. 녀석에게 사료와 우유와 물을 챙겨주고, 음식을 섭취함으로서 발생하는 뒤처리에 대해 고생하다가, 결국 변을 가리는 교육을 시키기 시작했다. 녀석이 아무데나 변을 보고 나면 돌돌 만 신문지로 때리고 위협한 후 신문지를 깔아놓은 곳에 묶어 두었다. 일주일을 낑낑대고 말을 안 듣더니, 나중에는 내 의중을 이해했다는 듯 기특하게도 신문지 위에 오줌을 싸고, 똥을 누었다. 그 날은 내가 너무나도 기쁜 나머지 정육점에서 돼지고기를 한 줌 사다 프라이팬에 볶아 먹이기까지 했다.

조금 더 크면 쓸 생각으로 연두색 개목걸이를 구입했는데 그 위에 자수실로 '망이'라고 새겨 넣었다. 녀석은 내가 없는 동안 너무도 심심한지 슬리퍼 한 짝을 제 집으로 물고 가 죄다 뜯어 놓기도 했는데, 그때마다 혼쭐을 내다가도 아무도 없는 빈 집에 얼마나 심심하고 외로울까 생각하며 측은한 마음이 들기도 했다.

그러다보니 망이를 생각해서 밖에서 늑장부릴 새도 없이 퇴근 후에는 곧장 집으로 달려오게 되었다. 문 밖에서 열쇠를 꺼내는 소리만 들어도 녀석은 나란 것을 알아채고 낑낑댔으며 문을 열고 내가 나타나면 반가워 캉캉 짖으며 막 뜀박질을 배운 캥거루처럼 뛰어올랐다.

씻고 거실 소파에 앉아 티비를 보고 있으면 녀석은 소파에 매달려 제발 올려달라는 애처로운 눈빛으로 끙끙댄다. 아직은 몸체가 작아 그 만큼의 도약은 힘든 모양이다. 소파에 올려주자 마치 오랜만에 만난 사이라는 듯 유난스레 꼬리를 흔들며 내 팔과 턱을 귀찮게 핥아댄다. 그러다가 지칠 때쯤이면 나를 의지해 얌전히 잠을 잔다.

더 이상 망이 때문에 혜연이 생각이 나는 일은 없었다.

7. 그녀의 껍데기

인터넷을 통해 액세서리 공모전에 대한 정보를 수집하고 있었다. 대부분의 수상자들은 내 나이 또래의 여성들이거나 아니면 그보다 더 어린 대학생들이 주류였다. 그들의 작품을 하나씩 살피며 느낀 것은 아무래도 실용성보다는 화려함이나 독특한 예술성이 더 돋보인다는 점이다. 우리가 만든 작품의 당선 여부가 가게 매상과 비례관계가 되기는 할 것인가. 순간 의구심이 생겼지만 수아 언니가 원하는 새로운 도전 자체에 의미를 부여한다면 그것도 영 나쁘지는 않을 것 같다고도 느껴졌다.

일단 애초부터 머릿속에 구성해 보았던 스타일을 스케치로 표현해 보기로 했다. 보편적으로 그러하듯이 커스텀 쥬얼리 쪽으로 방향을 잡았다. 현대 여성들의 화려한 감성을 충족시키려면 눈에 띄는 밝은 소재를 이용하되 지나치게 두드러지지 않는 단아한 세련미를 지녀야 한다. 아무래도 두 마리 토끼를 잡기는 너무 어려울 것 같다. 일단 은과 파라듐, 크리스탈을 준비하여 스케치 한 대로 느낌을 살릴 수 있는지 모양을 만들어보기 시작했다. 흰색, 회색, 은색, 검은색의 무채색의 배열로 도시적인 이미지를 정했다. 하지만 요즘의 트렌드처럼 퓨전 경향의 컨셉을 잡는 것도 무방할 것 같았다. 현대적인 것과 구시대적인 것. 동양과 서양. 남성과 여성.

수아 언니도 나름대로 작업에 몰두하고 있는 눈치였으나 아직 그녀의 작품 컨셉에 대해서는 아는 바가 없었다. 그녀는 항상 헤어 핀 쪽으로 관심이 많았으므로 아마도 그 쪽으로 디자인을 구상할 거라는 예상을 했다.

그 무렵만 해도 모든 것이 거의 완벽하다시피 정상적으로 돌아가고 있었다. 그녀가 다락에 처박아 놓다시피 하고 한동안 사용하지 않던 이젤을 꺼내 화가처럼 집중하여 스케치를 하고 있던 그때까지만 해도 그녀의 목표는 공모전 수상일 뿐이었다.

불청객처럼 느껴지는 누군가가 숨차게 초인종을 눌러대고 수아 언니는 불길한 몸짓으로 쥐고 있던 연필을 떨어뜨렸다. 그녀가 박차고 자리에서 일어나자 나도 덩달아 일어섰다. 그녀는 현관으로 갔고 떨리는 마음을 진정하며 문을 열었다. 그녀는 거의 기절할 듯한 표정으로 힘없이 입을 벌렸다. 아파트 경비 아저씨. 아저씨의 두 팔에 의식을 잃은 듯한 윤호의 작은 몸이 들려있다. 책가방까지 맨 채로. 아침에 학교에 간다고 나섰던 모습 그대로, 단지 깊이 잠에 든 것 같기도 한 모습으로.

―글세 이 녀석이 '아저씨, 다녀왔어요.'하고 돌아서는 순간 풀썩 주저 않지 뭡니까. 그리고 픽 쓰러진 채 꿈쩍도 못하는 게 아니겠소. 아무래도 보통일은 아닌 것 같으니 일단 서둘러 병원에 데리고 가 보시오.

윤호를 업고 허겁지겁 병원으로 간 수아 언니는 나간 지 다섯 시간 정도가 되어서야 내게 전화를 했다.

―아직 검사 중이야. 모르겠어. 의사 선생님 말로는 일시적인 증상일 수도 있다는데. 아무래도 기분이 이상해. 아이가 요 전부터 가끔 가슴이 답답하다고 한 게 자꾸 마음에 걸려. 민주야, 아무 일도 없겠지? 응? 나, 나쁜 엄마 되어버리는 거 아니겠지?

아직 결과도 나오지 않았는데 그녀는 초조함에 울먹거리기 시작했다. 언니에게 별 일 아닐 테니 벌써부터 걱정할 필요는 없다고 했지만 긴장되기는 나도 마찬가지였다.

그 후로 언니와 연락이 두절되었다. 전화도 오지 않았고 핸드폰도 꺼져 있어 궁금하고 갑갑해서 견딜 수가 없었다. 결국 나는 병원에 찾아가기로 결심했고 아이 이름의 병실을 찾았다. 문을 열자 침대에 가만히 누워 있는 윤호의 모습이 보였다. 자고 있는 듯……. 평온해 보였으나, 이내 나는, 아이가 수혈을 받고 있다는 사실을 깨닫고 깜짝 놀랐다. 순간 문이 열리고 수아 언니가 보였다. 언니는 여태껏 한 번도 본적 없는 수척하고 넋이 나간 얼굴로 나를 보자마자 울음을 터뜨리기 시작했다.

―왜 이러는 거야 언니, 윤호가 왜 수혈을 받고 있지?

나의 힐문이 그녀에게 더 큰 고통이 된 것처럼 언니는 목 놓아 울었고 그 모습에 나도 덩달아 목이 메였다.

―어떡하면 좋겠니. 민주야.

그녀가 떨리는 음성으로 입을 열며 내 손을 부여잡았다.

―윤호가 있잖니, 내 아들이…… 재생불량성빈혈 중증이래. 백혈구랑 혈소판이 남들 절반 밖에 없어서 골수 이식 외에 다른 방법이 없을 지도 모른대.

결혼이나 출산, 합격이나 승진 같은 기쁜 일들은 준비하고 있어야 찾아 오는데, 왜 가슴 아픈 일들은 별 예고도 없이 불쑥 찾아와 지켜보는 이의 마음을 짓누르는 고통을 안겨주는지. 수아 언니를 바라보며 나는 제대로 된 말조차 해주지 못하고 아무런 도움도 주질 못했다. 그녀의 남편은 가게 문을 열고도 하루에 서너 번씩 병원을 들락거렸고 언니는 아예 가게 쪽으 로는 신경을 쓰지 못하는 듯 보였다. 당분간 액세서리 가게 문을 닫는 게 어떻겠냐고 내게 물었으나 나는 혼자라도 장사를 할 생각이었다.

혼자 가게를 보는 동안 종종 연락을 받았다. 내내 기운 없는 목소리를 이야기를 하다가도 어느 순간은 한층 가벼운 목소리로 ‘백혈구 치수가 올 라가고 있다’며 좋은 소식을 전하기도 했다. 나는 쉬는 날에는 윤호가 좋 아하는 창작 동화책과 초코 머핀을 잔뜩 사들고 병원을 찾았다. 병실 구석 에 살림을 차린 수아 언니는 그 사이 5킬로는 빠진 듯하여 어찌 보면 윤호 보다 더 딱해 보이기까지 했다.

병실에서 나와 집으로 돌아가게 전, 밖으로 마중 나온 그녀에게 나는 물었었다.

―그 공모전 말이야…… 모든 게 무산되어 버렸네.

언니는 한숨을 내 쉬며 헝클어진 옆머리를 쓸어 매만졌다.

─그러게 말이야. 내 아이가 저렇게 된 이상 무슨 의미가 있겠어. 지금으로서는 아이의 회복만큼이나 내게 중요한 일은 없어. 민주야 있지, 전에는 몰랐었는데……. 정말이지 몰랐었어. 내가 잘 먹고 잘 살고, 돈을 많이 벌고 그동안 꿈꿔오던 그 어떤 화려한 생활을 하든지 간에……. 아이가 없이는 그 어떤 의미도 없다는 걸.

언니는 쓸쓸하게 웃으며 이제야 자신이 엄마라는 것을 절실히 느낀다고 말했다. 여자가 아이를 낳고 나면 여자로서 남기보다는 엄마로 살아가는 것을 택한다는 말을 실감하겠다고.

달팽이의 껍데기. 달팽이는 자신의 껍데기 때문에 삶을 힘겹게 살아가겠지만 그의 의지와 보호가 되는 껍데기 없이는 삶 자체가 무의미 하다는 것을. 언니는 그것을 느끼게 될 것이다. 언니의 껍데기는 절대로 짐이 될 수 없다는 것을. 그 때문에 가끔 인생이 무겁게 느껴질 수 있을지는 몰라도, 결국은 언니 삶의 이유이며 분신인 가족 없이는 앞으로 나아감의 행복을 누릴 수 없으니.

8. 사고

수아 언니는 아이를 위해 서울에 있는 시댁으로 잠시 거처를 옮겼다. 서울의 모 대학교 부속병원에서 치료를 받는 것이 낫겠다는 판단이 섰기 때문이다. 예전에 시아버지가 신장 수술을 받기도 하셨다는데, 상당히 성공적이었고 치료도 훌륭해서 굉장히 만족스러웠다는……. 일말의 기대감 같은 것인지, 암튼 언니 식구들은 아이가 회복되면 돌아오겠다는 한마디만 남긴 채 훌쩍 사라졌다.

가게 일은 당분간 내 몫으로 떨어졌다. 그동안은 디자인보다는 판매 쪽으로, 가게 유지만이라도 신경을 써야 할 형편이므로 예전에 종종 거래하던 도매상에서 좀 더 충분히 주문을 하여 물량을 채울 계산을 했다. 그러다 일손이 부족한 듯싶으면 아르바이트생을 한 명 구하면 되는 것이고…….

어찌 되었던 아직까지는 혼자 일해도 될 것 같았다.

더 맡게 된 일 때문에 전보다 분주히 움직이다가도 이내 공허한 기분이 들곤 했다. 수아 언니의 짜증 섞인 잔소리가 그립게 느껴졌고 그녀가 앉아 있던 의자에 눈길이 자주 갔다. 하굣길에 으레 가게에 들러 내 치맛자락을 붙들고 귀찮게 하던 윤호의 모습도 한동안 어른거렸다. 아이는 괜찮을까, 걱정을 하고 있다가 손님이 들었는지도 눈치 못 챌 때가 종종 생겼다.

하지만 퇴근할 시간이면 망이 생각에 정신없이 집으로 달려오곤 했다. 녀석은 하루가 다르게 자라는 듯 보였지만 아직은 강아지에 지나지 않았다. 주말이 되면 애견센터에서 구입한 샴푸로 목욕을 시켰고 지나치게 자라서 눈을 덮는 머리 쪽 털을 고무줄로 묶어 주었다. 처음에는 어색한지 앞발을 들어 고무줄을 자꾸만 밀쳐냈지만, 그럴 때마다 내가 새로 고쳐 묶었기 때문에 머리털을 동여맨 고무줄 따위에는 결국 체념해 버린 듯 했다.

이런 생각도 했다. 수아 언니가 중도하차한 공모전 준비를 나라도 계속 해나가야 하는 게 아닌지 하는. 그래서 다시 연필을 쥐고 구상해 두었던 컨셉에 따라 스케치도 해보았으나, 포기해 버렸다. 자꾸만 '내가 왜?'라는 의문점이 머릿속을 맴돌았기 때문이었다. 내가 왜? 나는 수아 언니가 아니다. 부양할 가족이 있는 것도 아니고, 그것이 내 꿈도 아니며……. 하다 못해 잘했건 못 했건 나를 위해 기뻐해줄 사람이나 위로해줄 이도 없는 내가 무슨 의미로……. 쓸데없는 일에 괜한 열 올리지 말자.

-망이야 사료 줄까? 아니면 고기 먹을래?

나는 짖거나 낑낑댈 줄 밖에 모르는 녀석에게 말을 던지는 버릇이 생겼다. 알아듣지는 못해도 녀석은 내가 말을 하는 것을 좋아하는 눈치였다. 그 눈치에 따라 사료를 주기도 하고 냉동실에 얼려두었던 다진 고기를 볶아서 먹이기도 했다.

그 날은 소파에 누운 채 옛날 영화 한 편을 보다가 깜빡 잠이 들었는데 새벽녘에 잠깐 눈을 뜨니 종아리 부분에 뭔가 뭉실하고 묵직한 것이 느껴졌다. 망이였다. 제 집을 두고 소파에 올라와 자고 있는 녀석 때문에 웃음이 나오는 것과 동시에 어떻게 스스로 소파에 뛰어 올랐을까 하는 의아함이 생긴다. 간밤에 소파에 올려준 기억이 없는데……. 그렇다면 이제 제 힘으로 올라올 수 있을 정도로 자랐단 말인가.

다음날 나는 서랍에서 망이를 위해서 예전에 구입해 놓은 연두색 개 목걸이를 꺼내 녀석의 목에 둘러맸다. 여느 때와 마찬가지로 처음 착용하는 목걸이가 거치적거린다는 듯 뒷발로 목덜미를 긁어댔지만 이내 의젓해졌다. 나는 녀석을 안고 집을 나섰다. 여태껏 한 번도 산책을 시킨 일이 없었다. 아직 어린, 더군다나 가정용 애완견에게 산책까지 시킬 필요는 없다고 생각했었지만 기분전환 삼아 공원 한 바퀴를 돌다 오는 것도 나쁘지 않을 것 같았다. 목걸이를 처음으로 한 기념도 할 겸.

내내 집안에만 갇혀 있다가 바깥에 나와 차가운 공기와 시끄러운 소리와 끝없는 하늘과 땅을 인식하는 것은 일종의 두려움 같은 걸까? 녀석은 꿀을 훔쳐 먹은 것을 들켜버린 바보처럼 벌벌 떨며 몸을 웅크렸으나 공원의 한적한 벤치에 앉아 내려놓자 바닥에 코를 대며 킁킁대기 시작했다. 땅에 깔린 블록 하나하나부터 화단의 낮은 쇠 난간, 그리고 잔디의 풀잎 하나하나까지……. 외출의 기분을 십분 만끽하듯 주변을 돌고 돌았다.

녀석을 지켜보고 있는 동안 핸드폰이 울렸다. 수아 언니였다.

–어떠니? 잘 지내니?

이렇게 말을 시작한 언니는 평상심을 되찾은 듯한 목소리로 이야기 했다. 그래, 잘 지내고 있겠지. 그렇게 믿는다. 민주야. 너한테 골치 아픈 거 다 넘겨버리고 나온 것 같아. 미안해. 그래도 날 이해해 주겠지. 여태껏 다른 생각 없이 매달리다 보니까 점점 해결점도 생기고 있어. 전문의가 치료만으로도 많은 호전을 보이고 있으니까 긍정적으로 생각하라고……. 그리고 검사해보니까 애 아빠와 아이의 골수가 일치하더라. 정 안되면 수술이라도 해서 회복은 가능하니까 일단 한 시름 놨어. 시일은 걸리겠지만 아이가 낫기만 한다면 무슨 문제가 있겠어. 여기 상황이 안정되면 가능한 빨리 원상복귀해서 네 짐을 덜어 줄 테니까 그때까지만 신경 좀 써주길 부탁해.

일단 아이 상태가 희망적이라는 것은 좋은 소식이었다. 나는 그녀에게 미안하다는 생각하지 말고 당분간은 아이에게 충실할 것을 당부했다. 혼자 가게를 움직이면서 큰 이윤은 남기지 못하더라도 손해는 보지 않는 선에서 그 이상으로 더 열심히 해보겠노라고. 하지만 만일 내 실적이 기대에 못 미친다고 해도 나중에 너무 나무라지만 말아달라고.

전화를 끊고 곰곰이 생각했다. 열심히 하고 있다는 말은 거짓말이다. 허전함을 핑계 삼아, 불을 끄지 않고 연기를 잡으려는 것처럼 딴 생각 하듯 희미하게 지내왔다. 그렇게 생각하니 오히려 미안한 사람은 나였다.

이제 돌아가야지, 하며 일어섰다. 그런데 시야에 망이가 보이지 않았다. 가슴이 답답해졌다. 분명 어딘가에서 킁킁 냄새를 맡으며 돌아다니고 있을 거야, 금방 찾을 거라고……. 하지만 내가 있던 주변과 근처 잔디밭을 돌아다녀 봐도 망이의 모습이 보이지 않자 초조하고 마음이 조급해지기 시작했다. 어딜 갔을까? 통화 하는 동안 얌전히 그 자리에만 있을 것이지 도대체 어디로 가버린 걸까. 망이를 부르며 뛰다 걷다, 공원을 한참 돌았는데도 찾지 못했다. 숨이 찼고, 이마와 등에 땀이 맺혔다. 그렇지만 더 이상 돌아 볼 곳도 없을 정도로 걷고 뛰었다. 망이를 잃어버린다는 것은 상상하기도 싫었다.

―혹시 연두색 목걸이를 한 하얀 강아지 한 마리 본 적 있으세요?

대부분 고개를 저을 뿐이었다. 자기 일도 바빠 죽겠는데 그런데다가 신경 쓸 리 있겠냐는 식이었다. 그 작은 녀석이 이 공원을 벗어났다는 것조차 이해가 안 간다. 그러나 아무리 돌아봐도 공원 안에는 그 흔적도 없었고 아무리 불러 봐도 되돌아오는 것은 아무것도 없었다.

―아, 그 귀여운 강아지요? 아까 이만한 발바리랑 저리로 가던데요?

공원 놀이터에서 놀던 여자아이가 이렇게 말하며 공원 입구를 가리켰다. 아까 공원으로 들어오던 길이다. 한 가닥 희망이 생겨 부푼 마음으로 입구 쪽으로 걸어가기 시작했다. 가는 동안에도 혹시나 싶어 살피며 걷는다. 공원 밖으로 나가면 보도블록과 차가 다니는 도로 뿐이다. 산책이라는 것을 해본 적이 없는 어린 강아지가 건너기에는 너무나 위험한 길이었다. 일단 집이 있는 방향으로 천천히 움직였다. 공원에서 보면 집은 우측으로 직진하여 1킬로미터 정도 걸은 후 바로 도로를 건너면 나타나기 때문에 그리 먼 편은 아니다. 망이를 찾을 수 있을 거라는 주문을 외우면서 도로변 인도를 걸으며 주위를 살폈다. 개 짖는 소리만 들려도 심장이 두근거렸고, 돌아봐서 망이가 아닐 때마다 가슴이 아팠다.

집에 거의 다 도착했을 때는 이미 절망적인 기분이었다. 이제 더 이상 헤맬 기운도 없었다. 그런데 그때 내가 사는 연립 주택단지 입구 계단 밑에 하얀 강아지 한 마리가 보였다. 숨을 죽이고 좀 더 가까이 다가갔다. 연두색 목걸이, 틀림없는 망이, 망이였다.

세상에……. 집 앞에서 찾게 될 줄이야. 온 몸에 긴장이 확 풀리며 안도의 한숨이 몰려왔다. 도로를 건너면 바로 집으로 데려 가야지. 그리고 다시는 바깥에 나오지 말아야지. 이렇게 생각하며 횡단보도 쪽으로 더 걸어갔다. 그런데 그 순간 두리번거리던 녀석이 나를 발견했다. 녀석도 내심 나를 찾은 모양인지 열심히 꼬리를 흔들면서 반가워 어쩔 줄 몰라하며 내가 있는 도로 쪽으로 덥석 뛰어들었다. 도로로 건너오는 것은 위험하다. 가슴이 철렁했다. 불길한 예감이 엄습했다. 안 돼, 망이야. 건너면 안 돼! 얼떨결에 반쯤 건너고는 빠른 속도로 눈앞을 지나가는 차들에 기겁하여 벌벌기며 꼬리를 말아 내리던 녀석이 뒷걸음질 친다. 그러면서 되돌아가던 찰나에 바로 뒤에서 달려오던 봉고차 한 대에 몸이 치이며 튕겨져 나간다. 안 돼! 온 몸에 소름이 돋는다. 안 돼, 이럴 수 없어! 목이 메고 눈물이 고여 사물이 제대로 분간이 안 될 정도로 시야가 흐려졌다. 어떻게 그리도 어이없이 소리 한 번 못 내고 죽어버릴 수 있는 건지, 그것도 바로 내가 보는 앞에서. 어째서!

　한동안 몸이 얼어붙었다. 모든 것이 순식간이었다. 원망스러웠다. 연두색 목걸이를 녀석의 목에다 채운 나 자신 조차. 녀석은 살아있지 않다. 죽었다. 먼발치에서도 뚜렷이 느낄 수가 있었다.

　나는 죽은 강아지 몸뚱이를 끌어안고 울 만한 위인이 못 되었다. 겁이 났다. 사랑했던 것이라도, 아꼈던 것이라도 싸늘히 죽어버린 이후에는 다가가기 두렵다. 도저히 죽어버린 녀석의 머리털을 한 번 만져 줄 용기가 나지 않았다. 부드럽고 하얀 녀석의 털에 들러붙은 끈적끈적하고 붉은 피에 겁이 났다. 또한 생기가 빠져나간 작은 코의 축축한 콧김을 확인해 볼 수 여력이 없었다. 나는 주택 경비원에게 도로에서 애완견이 차에 치어 죽었는데 대신 어디 묻어줄 수 없겠는지 부탁하며 사례를 하기로 했다. 어리석게도 내가 할 수 있는 건 그 뿐이었다.

　집에 도착하자 고여 있던 눈물이 감당하기 힘들 만큼 쏟아지기 시작했다. 어째서! 마치 틀어막고 있던 솜뭉치를 빼낸 듯이, 억눌려 있던 뒤틀린 감정들이 그 틈에 하염없이 흘러내려 얼굴이 뜨거워졌고, 손가락은 마디마다 얼음을 쥔 듯 얼어붙었다. 도대체 왜……. 그 나쁜 인간이 내게 몹쓸 짓을 했을 때도 운 적이 없었는데……. 매정하게 엄마에게 돌아서 혼자 살아가겠다고 발버둥 칠 때도 울지 않았는데……. 사랑했던 혜연이 결혼하여 나를 떠나버렸을 때조차 이를 악물고 꿋꿋이 버텨왔었는데, 왜 이렇게 눈물이 나는 건지. 왜, 왜……. 이유를 알 수가 없다.

　나는 탈진할 정도로 울다 지쳐 잠이 들었다. 일어나 시계를 보니 겨우 30분이 지났을 뿐이었다. 허기가 느껴져 부엌으로 가서 냉동실에 있던 인스턴트 만두를 전자레인지에 해동시켜 먹기 시작했다. 내가 무엇을 먹고 있는 지 맛을 느낄 새도 없이……. 미친 듯이……. 그러다 욕지기가 느껴졌고 나는 화장실로 달려갔다. 그래, 할 수만 있다면 전부 토해내고 싶다. 그래서 처음부터 다시 시작할 수만 있다면…….

9. 무인도 2 – 실제로 혼자됨은…….

예전, 대학 다닐 시절에, 같은 과에서 공부하던 한 남학생이 내게 이런 말을 한 적이 있다.

–너……, 네 곁에 아무도 없다는 게 어떤 건지 아니?

그는 오래전에 내게 좋아한다는 고백을 한 적이 있었는데 나는 거절을 했었다. 거절의 이유가 그가 마음에 들지 않아서가 아니라, 나는 애인으로서 그 누구도 원한 적이 없었다. 누군가 나를 진심으로 원할 수도 있다는 생각도 해본 일이 없었다. 내 인생에 누군가가 끼어드는 것은 나를 더욱 복잡하게 만드는 일이라고……. 누누이 생각했었다.

하지만 그가 내가 그린 무인도를 보고 나서 이렇게 물었다. 네가 생각하기에 혼자 있는 것이 행복한 일이니? 아무도 없는 섬에 혼자 남은 여인의 표정이 저렇게 달콤한 것이 당연하다고 생각해? 너 혹시 '블루라군' 같은 어처구니없는 영화를 꿈꾸고 있는 거 아니야?

나는 아무런 대답도 하지 않았다. 몇몇 아이들이 나에 대해 수군거리듯, 단지 내가 자신과 이질적으로 느껴진다고 해서 내게 그런 말을 할 자격은 없다고 여겼으니까. 내가 내 마음에 누군가를 받아들이든 말든, 제 삼자가 왈가왈부 할 일은 아니잖아!

하지만 나는 아주 오랜만에, 그가 내게 마지막으로 했던 이 이야기를 기억해냈다. 그때는 이해하지 못했던, 그러나 지금은 알 것도 같은 슬픈 이야기를.

–한 남자가 살고 있었어. 사업도 망하고, 가족도 잃고, 살아갈 희망도 없이 여기저기 전전긍긍하던 그 사람이 어느 날부터인가 추위를 피해 지하철에서 노숙을 하기 시작했지. 돈이 없어 배를 곯기도 하고, 너무 배고 고파 구걸도 하고, 빈 병을 모아 팔며 푼돈을 벌기도 하며 살았지. 하루하루 사는 것이 고달프긴 했지만 차마 죽어버릴 수도 없어 지긋지긋하게 삶을 연명하며 살아갔던 거야. 그러다가 어느 날부터 인가 폭삭 늙어버린

자신을 발견했고, 자기 자신조차 돌보지 않던 몸뚱이 또한 탈이 나서 얼마 못 살게 될 것을 예감했지. 그때부터 그는 계단을 베고 잠을 자는 남색 모자를 쓴 다른 노숙자에게 날마다 동전 한 닢을 던져주기 시작했어. 돈이 없으면 구걸이라도 해서 구해 주고 암튼 하루도 빠짐없이 십 원이든 백 원이든 꼭 동전 한 닢씩을 남색 모자에게 주었대. 그때 지하철에서 라이터 를 팔던 행상인이 한 명 있었는데, 지나가다가 그 남자가 남색 모자에게 돈을 주는 것을 발견하고는 이상하게 생각이 들어 물었대. 당신, 보아하니 다 같은 처지 같은데 누굴 돕자고 저자에게 돈을 주고 그러는 겁니까? 혹 시 미친 거 아니오? 물론 누가 보아도 남색 모자보다 그 남자가 더욱 늙고 초라해 보였기 때문에 분간도 제대로 못하는 미친 사람처럼 생각하는 게 정상이지. 그런데 그 남자가 이렇게 말하더래. 이보오, 남의 속도 모르면 가만히 있으시오. 댁이 보다시피 나는 늙고 병들어 이제 죽을 날이 머지않 았다오. 그런데 가족도 없고 친구도 없고 나를 기억해 줄 만한 인간은 하 나도 없지. 나는 생각한다오. 내가 죽는 것은 하나도 슬프지 않는데, 그 누구도 내 죽음을 안타깝게 생각하지 않을 거란 사실이 내 가슴을 더 미어 지게 한다오. 그래서 나는 저자에게 날마다 돈을 쥐어주고 있지. 비록 푼 돈이지만 알다시피 내 처지에는 귀한 돈이오. 내가 왜 이런 짓을 하냐고? 이렇게라도 해야만 저 작자만이라도 내가 죽을 때 아쉬움을 느낄 것이 아 니오. 이제 알겠소?

10. 무인도 3, 벗어나기

구역질이 나 아무리 토해 봐도 되돌아가는 것은 한 가지도 없었다. 오히 려 속이 더욱 쓰라렸고 입 안이 썼다. 힘없이 의자에 앉아 황망히 눈앞을 바라보면 20평짜리 원룸이 10평은 족히 더 늘어난 것처럼 느껴졌다. 집안 에 있던 망이의 흔적은 되도록 없앴다. 사료나 밥그릇, 샴푸 등 망이와 관 련된 것 모두를 집에서 내보냈다고 생각했었는데 어느 구석에서 물어뜯긴 슬리퍼 한 짝이 발견되기라도 하면 길 잃은 다섯 살짜리 여자아이보다 더 어린애처럼 눈물방울을 떨구곤 했다.

일을 한다는, 직업을 갖고, 돈을 벌고, 이 모든 것이 먹기 위해 사는 것이냐, 살기 위해 먹는 것이냐, 하는 멍청한 질문처럼 허망하게 느껴진다. 알게 모르게 숨 쉬던 것들, 그래서 나를 살게 했던 것들이 어느새 점점 소실되어 가고 있었다. 하지만 사라져가는 것들을 움켜잡으러 노력했던 적이 있었던가. 단 한번이라도 그것들이 나를 살아가게 할 수 있다고 생각했던 적이 있었던가. 자 책 감.

귀가한다는, 집으로 돌아간다는 의미도 이제 없다. 내 발자국 소리를 듣고 짖고 반기던 녀석도 이젠 사라졌고 살아가면서 가끔이나마 웃음 지을 만한 일도 녀석과 함께 죽어 버렸다. 화장대에 앉아 물끄러미 거울을 응시했다. 아무도 없다. 마치 자신이 집안 풍경의 일부처럼 보인다. 침대나 냉장고 같은 가구나 가전제품처럼, 혹은 집을 메우는 어떤 장식품처럼. 누구도 유심히 보질 않는 배경의 한 부분처럼. 그 어떤 것도 내 곁에서 숨쉬지 않음을……. 정말로 아무도 없음을.

누군가 조롱하는 듯한 웃음소리가 들린다. 이제 알겠니? 정말 벗어나고 싶은 게 어떤 것인지. 네가 도피하고 싶어 하는 현실이 무엇인지. 지금 네가 살고 있는 곳이 어디인지. 무인도. 나는 그림을 응시했다. 그림 속 여인은 사라졌다. 남은 이는 단지 홀로 존재하는 나. 아주 오래전부터 무인도에 있던 이는 여인이 아닌 바로 나였던 것. 나는 일어나서 벽에 걸린 그림을 집어 들어 바닥으로 내동댕이쳤다. 그림의 형체를 알아볼 수 없을 정도로 짓이기면서도 속으로 계속 중얼거린다.

아니다. 이게 아니야. 이건 내가 원했던 것이 아니야.

시간이 멈추어버렸다. 오늘도 없고 내일도 없다. 그저 마냥 숨만 쉬며 산다는 것은 어제가 오늘 같고 오늘이 내일인 것 같기도 한 것. 시간은, 그것을 통해 무언가를 기다리고 소원하는 사람에게만 흐르는 법인가. 그것에 소외됨을 느끼면서도 가능한 빨리 지나가길 바랐다. 시간이 약이라는 말처럼, 이 순간이 지나가고 나면 어느 정도 회복될 것 같았다. 하지만 잠이 오지 않았다. 잠이 오지 않으니 시간이 가지 않고, 시간이 가지 않으니 변하는 것이 없었다.

화장대 맨 아래 서랍을 뒤져 아직 포장도 뜯지 않은 약 봉지를 꺼내 든다. 몇 년 전에 구입한 수면제. 무슨 연유로, 어떻게 구입하기 되었는지는 기억이 안 난다. 한 알을 삼켰다. 하루. 두 알은 이틀, 세 알을 삼키니 삼일. 삼일정도는 죽은 듯이 잠들 수 있을까. 토악질로 그나마 다 토해내는 것은 아닐까. 한 손으로 가슴을 쓸며 침대에 눕는다. 눕자마자 눈을 감았다. 회한의 눈물이 눈가에 젖어들었다.

얼마나 지났을까. 머리가 납덩이가 된 듯 무거워지며 온 몸이 침대 스프링사이로 빠져드는 기분이 들었다. 땅 속 깊은 곳에서 누군가 나를 잡아당기는 느낌. 엄마의 자궁 속으로 되돌아가는 느낌.

전화벨이 울린다. 여러 번 울리더니 받지 않으니 자동 응답 메시지로 넘어간다.

-나야, 민주야

혜연의 목소리. 아주 아득하게, 희미하게 들려오는 혜연의 음성.

-가게에는 아무도 없는 것 같고, 핸드폰도 꺼져있네. 연락이 너무 늦었지, 미안. 이 곳 멕시코에 도착하자마자 몸 상태가 너무 나빠져서 한동안 병원 신세를 지고 있었어. 다행히 아기는 무사해. 너도 잘 지내고 있지…….

여기 멕시코는 머릿속에 그려왔던 모습 그대로야. 우리가 예전에 종종 떠올려보던 그 느낌 그대로. 도시 전체가 색이 바랜 원색적인 한 폭의 유화 같은 느낌이야. 프리다 칼로 같은, 프리다 칼로의 그림 같은…….

언젠가 너도 한번 왔으면 좋겠어. 보고 싶다 민주야……. 잘 지내. 다시 연락할게.

그래…….

지금으로선 이걸로 충분해.

두어날 자고 다시 일어나면 새로 시작할 수 있을 거야.

나무를 베고 뗏목을 만들어 이곳을 빠져 나가게 되면, 그때는 도망치지 말아야지.

그러니 아직 늦지 않았다고 말해줘, 혜연아. 아직 늦은 것이 아니라고…….

(『로스안데스문학』 통권9호, 2005)

코리안 디아스포라 문학 지형도[*]

– 남미 코리안 문학의 위상 –

김환기

1. 들어가는 말

20세기를 전후해 본격화된 코리안들의 해외 이주는 전형적인 디아스포라의 역사였다. 1902년 노동자 신분으로 하와이로 건너갔던 코리안들을 비롯해서 구한말 살아남기 위해 불가피하게 국경을 넘었던 구소련권의 '고려인', 일제강점기의 독립투쟁과 생존전략의 일환으로 조국을 떠났던 중국의 '조선족'과 재일 코리안, 한국전쟁 이후 냉전시대의 국제결혼과 이민정책에 합류했던 북미와 남미의 코리안들이 그러하다. 그리고 국가의 근대화 과정에서 외국행을 택해야 했던 독일의 코리안, 오늘날 동남아시아를 비롯해서 세계 각지로 흩어져 경제활동을 하고 있는 코리안들에 이르기까지, 코리안들의 해외 이주 역사에는 그야말로 디아스포라의 간고함이 담겨있다.

이러한 코리안 디아스포라의 역사와 문화는 오늘날 글로컬라이제이션 추세에 중요한 의미를 내포한다. 특히 "이방인, 경계인의 자의식은 향후

---

[*] 이 글은 졸고 「코리안 디아스포라 문학의 '혼종성'과 초국가주의–남미의 코리안 이민문학을 중심으로–」(『비교문학』 제58집, 한국비교문학회, 2012)를 본서의 취지에 맞게 수정·보완한 것임을 밝힌다.

문화적 크레올화를 통해 새로운 정체성이 형성되는 과정으로 나아갈 수밖에 없고 이런 문화적 크레올화의 과정 속에서 새로운 문화적 가치와 전통이 산출"[1] 된다는 점에서 그렇다. 또한 문화적 경계/혼종지점을 서사화한 문학 영역은 주변의 "편력과 회귀", "매혹적인 순환성"(『문화 혼종성』) 차원의 전지구적 세계관을 보여주는 대표적인 은유체계라고 할 수 있다.

따라서 현시점에서 코리안 디아스포라의 경계/혼종지점이 해체/탈구축하는 탈중심적 월경주의를 문학텍스트를 통해 짚어보고, 그들 이민자/이민사회의 문화정체성과 관련한 탈중심적 글로컬라이제이션 시좌(視座)를 확인하는 작업은 의미가 있다. 특히 남미대륙에 뿌리내린 코리안 사회의 경계적 문화지점과 디아스포라적 상상력에 내재된 문화적 경계/혼종지점을 통해 최근 다문화적 사회로 이행하는 한국 사회에 던지는 교훈적 의미를 짚는다는 점에서 그러하다.

2. 코리안 디아스포라 문학의 형성 과정

코리안 디아스포라의 역사는 대체적으로 4시기로 구분할 수 있다. (윤인진, 『코리안 디아스포라』) 첫째는 구한말 농민과 노동자들이 삶의 터전을 찾아 중국의 만주, 러시아 연해주, 미국의 하와이로 이주한 경우이다. 둘째는 일제강점기의 토지 수탈정책으로 생활기반을 잃은 농민과 노동자들이 택한 만주와 일본행이다. 셋째는 해방 이후의 냉전시대부터 1962년(첫 이민정책 수립)까지로서 전쟁고아, 미군과의 결혼, 혼혈아, 학생 등이 입양, 가족재회, 유학을 목적으로 북미(미국, 캐나다)로 이주한 경우이다. 넷째는 1962년부터 현재까지 진행되고 있는 해외 정착을 목적으로 한 이주이다.

---

1) 홍기삼, 「한국문학 연구와 디아스포라−한중일의 전통사상과 에스니시티 문제」, 『한국문학연구와 디아스포라』(2009년도 학회 및 연구소 연합 학술대회Proceedings), 국제비교한국학회 외, 2009.10.30. 참조.

코리안 디아스포라 문학은 이들 이주자의 간고한 역사, 귀향의식, 문화 정체성을 서사화 하고 있다.

구소련권의 고려인의 문학은 1937년 스탈린의 강제이주정책과 북한의 사회주의 체제와 관계가 깊다. 그런 만큼 그들의 문학은 대체적으로 일본 제국주의에 대한 비판, 러시아혁명의 찬양, 강제이주의 아픔과 중앙아시아에서의 삶, 이민족과의 갈등을 서사의 주된 내용으로 삼았다. 중국의 조선족 문학은 중국 정부의 '반우파운동', '대약진운동', '문화대혁명', '개혁개방정책'의 영향권에서 자유롭지 못했다. 예컨대 문예잡지『연변문학』을 중심으로 강력한 민족주의, 혁명세력과의 연대, 소수민족으로서의 한계, 개방시대의 월경적 이동 등이 집중적으로 서사화 된다.

그리고 재미 코리안 문학은 그들의 이민사가 초기, 중기, 최근의 이민으로 구분되는 것과 무관하지 않은데, 대체로 한국어와 영어를 동시에 사용하면서 "한민족의 정서를 이어가고 민족적 주체성"(이소연, 「재미 한인문학 개관Ⅱ」)을 천착하는 경향이 짙다. 특히 이들의 문학에서는 '애국주의', '부정적 현실인식과 고향에 대한 그리움', '현실의 수용과 삶에 대한 성찰', '한국역사의 반영과 소개', '이민자의 현실과 정체성에 대한 고민' 등이 구체적으로 그려진다. 또한 캐나다의 코리안 문학은 그들의 이민사가 초창기 선교사, 1960년대 후반의 재이주자(독일, 베트남, 남미 등지로 떠났던 광부, 기술자, 농업이민자들이 캐나다로 재이주), 1980년대 투자 이민과 90년대 전문직 중산층 이민, 유학생 등으로 구성된 만큼, 거주국의 다문화주의 정책에 동화되면서도 생명력을 잃지 않는 방향으로 진행된다.

한편 재일 코리안 문학은 20세기 전후, 일제강점기, 해방 이후가 성격을 크게 달리하는 만큼, 제국 일본시대에 대한 저항과 협력, 냉전시대의 민족적 글쓰기, 탈냉전시대의 상생에 이르기까지 다양한 형태의 '재일성(在日性)'을 선보인다. 또한 남미에서는 1960년대 한국의 공식적인 이민정책과 최근 섬유시장의 활성화에 따라 '신이민자'를 불러들이며 역동적인 면모를 보여준다. 남미 이민의 역사가 짧은 만큼 이민문학의 성과는 미미하지만,

그래도 브라질에서 발간된 문예동인지『열대문화』, 아르헨티나의『로스안데스 문학』은 남미의 코리안 사회에 '정신적 가교' 역할을 담당하며 글로컬라이제이션 시좌를 선보인다는 점에서 주목할 필요가 있다.

이처럼 코리안 디아스포라 문학은 19세기말부터 20세기 중후반에 걸쳐 진행된 코리안들의 이주경험과 문화정체성을 그려낸다. 특히 일제강점기와 해방 이후의 냉전/탈냉전 이데올로기와 맞물린 경계/혼종지점에서 "저항과 협력, 민족주의, 유민의식, 생명력, 망향"(김환기, 「재일 디아스포라 문학의 '혼종성'과 세계문학으로서의 가치」)의식으로 표상되는 소수민족의 타자의식을 천착한다.

3. 남미의 코리안 문학 지형도

남미의 코리안 디아스포라의 경우, 긴 역사는 아니지만 현지인들과 소통체계를 구축하며 나름대로 문화정체성을 구축하였다고 할 수 있다. 강력한 정치 이데올로기가 작동했던 일제강점기의 대륙행이나 일본행과는 다른 차원의 이민이었으나, 그렇다고 해서 정치 이데올로기적 요소가 완전히 배제된 이민도 아니었다. 해방 이후 한반도의 근현대사가 냉전시대의 표상이라고 할 때, 20세기 중반 남미행을 택한 이민자들은 격동기 한반도의 주변이기 때문이다. 특히 한국전쟁 직후의 반공포로를 비롯한 굴절된 근현대사가 지금도 남미대륙의 주변부에서 지속되고 있다는 점에서 그러하다. 그러니까 남미 코리안들의 초국가주의적 경계/문화혼종 지점은 지극히 디아스포라적이며 '탈중심'적 세계관과 '타자성'을 대변하는 역사적 공간이기도 하다. 물론 그러한 디아스포라의 문화정체성을 형상화한 문학은 냉전/탈냉전 시대에 대한 기억이며, 디아스포라적 문화혼종의 표상이다. 예컨대 남미에서 발간된 문예잡지『열대문화』와『안데스문학』은 그들 코리안 디아스포라의 역사이고 문화표상이며 정신적 안식처였다고 할 수 있다.

1) 재 브라질 코리안 이민문학의 형성과 특징

브라질의 코리안 사회에서 발행한 간행물은 적지 않다. 정리해 보면, 정보지로서는 〈교민회보〉(1967), 〈문협의 소리〉(1975), 〈제뚤리오〉(1976), 〈남미동아〉(1978), 〈POLI학생회보〉(1980), 〈조선일보 브라질〉(1982), 〈향군〉(1984), 〈뉴스브라질〉(1985), 〈OsFilhos da Patria(배달)〉(1985), 〈신세대〉(1987), 〈남미매일신문〉(1987), 〈코리아타임스〉(1990), 〈부리랑〉(1991), 〈상파울로저널〉(1991), 〈남미크리스천〉(1992), 〈중앙일보 브라질〉(1995), 〈뉴스남미로〉(1995) 등이 있다. 그리고 단행본으로는 『포한사전』(주영복, 1975), 『브라질 한인이민 50년사』(정하원·안경자·최금좌, 2011)를 비롯해서 『아마존의 꿈』(오응서, 2004), 『송암문학전집』(이인길, 1983), 『국적이 많은 여인』(정수잔나, 1992), 『상전벽해』(박선관, 2010), 『본당 35년사』(천주교한인교회, 2000) 등이 있다.

이러한 간행물들은 대체로 '교민사회'의 정보매체였으며 실질적인 측면에서 이민생활의 길잡이 역할을 하는 실정이다. 이민사회의 법률적인 문제, 부동산 문제, 환율 문제, 본국의 소식, 관혼상제에 이르기까지 그야말로 필요한 정보를 공유하는 공간이었다. 이들 간행물 중에서도 문학을 통해 이민사회의 문화소통을 이끌어내면서 정신문화적 측면의 구심점 역할을 담당했던 『무궁화』, 『백조』, 『열대문화』는 주목할 만하다. 간고했던 이민자/이민사회의 역사문화적인 혼종지점을 리얼하게 담아냈다는 점에서 그러하다. 특히 문예동인지 『열대문화』는 브라질 코리안 사회의 경계/혼종적 문화지점, '교민사회'의 희로애락을 문학적으로 승화시켰다는 점에서 특별한 의미를 지닌다.

『열대문화』에는 다양한 장르의 글들이 실렸다. 시, 소설, 수필, 평론, 기행문, 번역문을 중심으로 코리안 이민사회의 목소리를 생생하게 들려주는 내용들이다. 개괄적이지만 『열대문화』에 실린 문학작품을 주제별로 짚어보면 크게 세 갈래로 나누어 살필 수 있다.

하나는 브라질의 혼종문화 속에서 코리안 이민사회의 자긍심과 민족정신, 향수를 노래한다는 점이다. 1977년 〈한인회보〉에는 "한국 사람이라는 조건 하나만으로 싸인 없이 상품을 척척 내어주었으며 증서 하나 없이 집도 내어주고 보증도 마음 놓고 해주었을 뿐 아니라 영수증 하나 없이 거래되는 수많은 곗돈들은 우리민족의 뛰어난 협동정신의 발로"라는 표현이 등장한다. '협동정신'이야말로 브라질 땅에서 코리안들이 떳떳하게 정착할 수 있는 원동력이라는 점이 강조되고 있다. 이어서 잡지에서는 "이제 우리는 엽전이라는 자학적 사고방식은 버려야 할 것이며 오히려 한국인이라는 민족적 우월감을 과시해야 할 때"라는 주장과 함께, "학교에 가면 모두가 우등생이며 사업에도 근면 성실하고 어떤 기업을 해도 의욕적이며 창조적이어서 각 방면에서 이방인을 능가한다는 자랑스러운 민족의 긍지를 가져야 할 것"(『브라질 한인이민 50년사』)이라고 했다.

『열대문화』는 이러한 코리안 이민사회의 민족정신과 조국/고향에 대한 향수를 곡진하게 그려낸다.

銀翼高飛碧落間	비행기에 몸을 실어 하늘을 나니
雲遮下界迥人寰	구름이 가로 막혀 지구마저 이별인가.
百年恨結先塋瓏	두고 온 조상 산소 한이 맺히고
萬里心馳旧友顏	눈물짓던 임의 얼굴 역력히 떠오른다.
國外斯行非本意	국외로 가는 길이 내 뜻 아닌데
天涯何處是鄕閑	하늘가 어느 곳이 내 고향인가.
只析早得歸還日	빌고 바라노니 기적이 일어
復作江南翰墨班	서울의 시친구와 다시 함께 하기를.

(『열대문화』 제5호, 1988)

인용 시구는 고향을 노래한 박종하의 한시 「남미로 오는 기상에서(渡南

美機上韻)」이다. 정들었던 조국/고향땅을 뒤로하고 해외로 튕겨나가는 주인공의 이민 길은 한스럽다. "두고 온 조상 산소", "눈물짓던 임"을 생이별로 가로막는 하늘 길에 육신을 맡겨놓고, 제발 "기적이 일어" 고향땅 "시친구와 다시 함께 하기를" 염원하는 이민자의 심경이 곡진하다.

다른 하나는 브라질의 혼종문화가 그랬듯이 이민사회가 '탈경계'적 정신 세계를 구축한다는 점이다. 예컨대 권오식은 「마이스 오우 메노스(MAIS OU MENOS)」에서 동질성을 내포한 알카리성 음식인 김치와 라란자를 비유하는 형태로, 그리고 문학작품은 아니지만 『葡韓辭典』(1975)의 서문에서는 "브라질은 포르투갈인에 의해 발견되고 개척되었으므로 그 언어는 근본적으로 葡語(포어)이지만 널리 분포된 원주민 언어와 아프리카에서 노예로 끌려온 흑인들의 언어, 근세 유럽 각국 이민들의 언어 등의 영향을 받아 혼성어, 파생어, 전래어, 신어 등이 많이 혼합된 언어"라는 형태로 열린 세계관을 주문한다. 또한 "국토가 광대함으로 단일성을 띄지 못하고 중부, 동부, 북부, 남부 등 지역 간에 발음이 현저히 다르고 속어, 방언은 헤아릴 수 없을 만큼 많다. 이렇게 지리 역사 풍토적으로 영향을 받은 복잡 다양한 것이 바로 브라질어의 특징이며, 따라서 학자들 중에는 포어라 하지 않고 브라질어라 칭하는 사람"(「서문」, 『葡韓辭典』)도 있다고 했다. 브라질의 문화 혼종이 지극히 깊고 광범위하게 자리잡고 있음을 일러주는 대목이다.

그리고 브라질의 경계/혼종문화와 동거하는 코리안들은 현지인들과의 문화적 교류, 같은 아시아국 이민자들과의 교류, '해외한인사회'와의 소통을 통해 글로벌라이제이션의 보편적 가치와 초국가적인 세계관을 구축하게 된다. 특히 『열대문화』의 동인들이 북미의 '한인작가'들과 문학적인 교류를 통해 글로컬라이제이션 시좌를 보여주었고 일찍부터 중앙아시아의 '고려인'들과의 문화적 교류도 구체화시켰음은 주목할 만하다. 그야말로 브라질의 "문화혼종" 지점을 신체 언어화하는 특별한 기획을 일상 속에서 실천하였던 것이다. 또한 『열대문화』에 게재된 것은 아니지만, 1965년 일본계 브라질인의 일본어잡지 『농업과 협동』에 게재된 박선관의 글

「자매 만들기 운동」은 이민사회의 열린 세계관을 상징적으로 보여준다. 예컨대 "자매학교라는 이름으로 도회지와 벽지 지역의 학교 간에 우호교환"하고 오늘날과 같은 "집단사회의 시대는 집단과 집단의 공동협조가 한층 필요"하다고 주장하였다. 물론 「일본인 르네 다구치 시인과 한국인 황운헌 시인의 교류전」도 초국가적인 세계관에 기초한 문화교류의 지점이라 할 수 있다.

한편, 『열대문화』와 직접적인 관련은 없지만, 초창기 남미의 코리안 이민사회와 일본인 이민사회의 상생분위기도 중요한 문화교류의 지점이다. 필자의 조사에 의하면 브라질의 코리안 이민사회와 일본인 이민사회는 떼어놓고 생각할 수 없는 측면이 많다. 문화사절단(1962년, 15명)으로 브라질에 정착해 현재 유일하게 생존해 있는 고광순은 "할 수 있는 말이라고는 한국말 말고 일본말 밖에 없어 일본인들이 모여살고 있는 밀집지역을 벗어날 수 없었다. 그래서 한국인촌이 일본인 밀집지역 리베르다지와 붙어 있다."라고 하면서, 한국인이 처음 마련한 '아리랑 농장'도 일본인이 경영하던 농장이었다고 술회했다. 반공포로의 신분으로 남미로 이주한 김창언은 "리오데자네이로 공항에 우리들 50명을 마중 나온 세 사람의 동포가 있었다. 불안과 기대와 놀라움에 싸여 있던 우리들을 얼싸안아 준 세 사람의 동포. 그것도 브라질땅에서 말이다. 아오끼로 불리던 김수조씨와 미다 할아버지 장승호씨, 택시 운전사 이중창씨였다. 귀화한 일본인으로 이민선을 탔던 분들, 우리말을 잊어서 우리와는 비록 일본어로 대화를 나누어야 했지만 지금도 그 감격과 고마움을 잊지 못한다. 우리를 한국 이민과 연결시켜 주신 분들"(『브라질 한인이민 50년사』)이라고 했다.

그리고 브라질의 코리안 사회에서 발간한 『葡韓辭典』에 "일본어 낱말이 많았고", "일본사전을 번역해 놓은 듯한 것"이 있었다는 연봉원의 서술과 함께, 실제로 박선관의 「자매 만들기 운동」과 장세준의 시 「아마존(アマゾン)」 등이 브라질의 일본계 이민사회가 발행하는 일본어잡지(『亜熱帯』)에 실린 점은 주목할 만하다. 일본의 브라질행 이민이 1908년에 시작되었고,

한국인의 이민이 1963년이었음을 감안하면, 일본의 남미행 이민역사는 거의 한국보다 60년을 앞선다.[2] 같은 동양인들 간의 교류소통이 빈번했음을 보여주는 대목인데, 여기에는 초창기 이민그룹이 일제강점기(제국 일본시대)를 직간접적으로 경험했고 일본어 구사력을 갖춘 사람들이 적지 않았다는 점도 작용했을 것이다.

그 밖에도 『열대문화』는 사회문화사적 측면에서 의미하는 바가 적지 않다. 안경자는 『열대문화』에 대한 각계의 논평을 종합적으로 정리하면서 문학작품과 좌담회를 통한 브라질 문화의 이해, 브라질 코리안 사회의 문화적 삶의 지평 확대, 브라질 코리안들의 이민사 연구에 귀중한 자료로서의 의미를 지적한 바 있다.[3] 그리고 권영민은 『열대문화』를 개관하면서 "이민생활의 체험을 바탕으로 엮어지는 문필 활동", "『열대문화』가 한국과 브라질을 정신적으로 연결시켜주는 중요한 계기", "『열대문화』가 브라질의 고급문화를 교포사회에 소개하고 브라질의 역사와 풍물에 대한 새로운 이해를 도모할 수 있는 창구의 역할"(『文學思想』通卷198號)을 했다고 지적한 바 있다. 물론 브라질 현지사회와의 문화적인 충돌, 역·재이민의 문제, 종교적인 갈등, 자녀교육 등도 중요한 주제들이다. 그야말로 『열대문화』

---

2) 일본인들의 브라질 공식이민은 1908년부터 시작된다. 일본인들은 '집단농업 계약이민'의 자격이었고, 특유의 근면함과 정직성을 보여주며 브라질 사회에서 "일본사람은 믿을 만한 사람"으로 신임받게 된다. 그들은 브라질 상파울루의 리베르다지를 중심으로 일본 커뮤니티를 구축하였고, 그곳은 코리안 이민자들에게도 중요한 근거지였다.

3) 안경자는 『열대문화』의 공적을 논하면서 "1)브라질의 불세출의 작가 마샤도 데 아씨스 단편 10편을 한국어로 번역 소개한 것. 2)브라질의 '끄로니까'를 문학 장르로 처음 소개한 것. 3)교포문단 데뷔의 역할을 한 것. 4)본국 외국어대학 유학도의 브라질 연구논문을 기재한 것. 5)양국 문학, 특히 한국시를 포어로 번역소개/브라질의 시, 소설, 수필 등을 한국어로 번역 소개함으로서 한인 번역진의 영역을 넓혀 놓은 것. 6)브라질 교포의 문화적 삶의 지평을 넓힌 점. 7)좌담회를 통한 브라질 문화에 대한 집중적 논의를 한 것. 8)그림을 곁들인 영행기와 꽁뜨 등 다양한 모습으로 교포들에게 다가간 것. 9)한국문단의 중견작가들과 미국 교포작가의 작품을 직접 받아 기재함으로써 열대문화의 무게를 높인 것. 10)브라질 한인이민 연구의 귀중한 자료. 11)문화이벤트의 모범을 보여줌. 12)작품소개로 브라질 교포의 위상을 보여줌. 13)본국과 재외동포 간에 브라질의 문화 활동을 주목하기 시작한 계기가 되었다."고 언급했다.(『브라질 한인이민 50년사』에서)

는 그들 이민자/이민사회만의 문화적 향연장이 아닌 '해외한인사회'의 탈중심적 세계관을 천착하고, 재 브라질 코리안 사회의 "다양성과 혼종적인 양가성"을 대변하는 정신문화적 구심점으로서 역할을 했던 것이다.

2) 재 아르헨티나 코리안 문학의 형성과 특징

아르헨티나의 코리안 사회에서 발행된 간행물은 크게 정보소식지와 문예잡지로 나누어 생각할 수 있다. 정보소식지로는 〈교민회보〉(1967), 〈우리들NOSOTROS〉(1972)를 비롯해서 다양한 형태의 일간지와 저널이 있고, 단행본으로는 『아르헨티나 한인이민사』를 비롯해서 창작 시집 『상현달에 걸린 메아리』, 창작 소설집 『세탁부』 등이 있다.

이들 정보소식지는 아르헨티나의 각종 코리안 단체와 관련이 깊은데, 주로 '교민사회'의 권익보호, 친목도모, 상호부조, 정보교환, 민족정신의 고취 등을 다루었다. 그리고 문학 관련 단행본들은 "코리안들의 이민생활을 근간으로 한 역사적 기록, 사회문화적인 활동, 정신문화의 추구, 종교적인 귀의, 이문화와의 소통과 공생, 이방인 의식과 같은 문제들을 사실적"으로 다루었으며, "이민사회라고 하는 이질적인 장소/공간에서 길항하는 디아스포라의 안과 밖, 이상과 현실, 과거와 현재의 교차지점을 문학적으로 형상화 한다는 점"(김환기, 「재아르헨티나 코리안 이민문학의 형성과 전개양상」)에서 특징적이다.

이들 정보매체와 단행본 중에서도 브라질의 『열대문화』처럼 문학이라는 장르를 통해 이민사회의 "정신적 가교"역을 담당했던 『로스안데스 문학』의 존재는 독보적이다. 『로스안데스 문학』은 1994년 《재아문인협회》가 조직되고 동인지 『문학안데스』를 창간하면서부터 시작된다. 아르헨티나 코리안 사회의 경계/혼종지점을 대변하는 정신문화의 상징으로서 2003년 현재 통권13호까지 발간되었다. 문예잡지의 내면세계는 차치하더라도, 브라질의 『열대문화』가 1995년 통권9권 이후 한동안 발간 중지되다가 2012년 재

발간 되었음을 감안하면, 아르헨티나의 코리안 사회에서는 발행한 단행본도 많지만 현재까지 지속적으로『로스안데스 문학』을 발행한다는 점에서 의미가 크다.

『로스안데스 문학』은 ≪재아문인협회≫에서 정기적으로 발행하고 있다. 지금까지 시, 소설, 수필을 집중적으로 소개하였고, 간간히 번역시, 번역소설, 번역수필 등을 소개하고 있다. 범박하게『로스안데스 문학』에 실린 이들 문학작품을 주제별로 짚어보면 다음과 같다.

하나는 민족의식과 조국/고향에 대한 기억과 귀향의식을 관조적인 문체로 그려낸다는 점이다. 보금자리를 떠나온 이민자들에게 고향의식은 특별할 수밖에 없다. 고향에 대한 기억은 회귀의식과 그리움(한)으로 치환되어 이민자들의 심상공간을 맴돌게 마련이다. 따라서 표층적인 행동양식이 아닌 심연의 심상공간에서 소용돌이치는 의식의 탈각작업은 불가피해 보이며, 그것은 곧 디아스포라의 신체언어로 수렴되어 표출될 수밖에 없다. "풍요의 바다"로 표상되는 남미대륙의 광활한 우주적(초월적) 공간은 그러한 이민사회의 갑갑함을 실존적 사유로 이끌어주는 기재였다고 할 수 있다.

다른 하나는 현지인/현지사회와의 문화적 충돌, 이문화와의 소통을 통한 공생과 융화정신의 피력이다. 맹하린의 소설은 현지인/현지사회와 이민자/이민사회 간의 갈등문제를 심도 있게 천착한다. 예컨대 어렵게 마련한 집을 현지인들에게 무단점령 당했을 때에는 이민생활을 등지고 싶을 만큼 참담한 심경이다. 뒤틀리는 경계/혼종지점에서의 문화적 충돌현상은 극한적인 양상으로 표현되기도 하는데, 그것은 마치 한국과 아르헨티나의 부엌 개수대의 물 흐름이 정반대인 것과 같았다. 이문화와의 갈등이 격화되면 될수록 귀향의식 역시 고조되긴 하지만, 결국 이민자는 "로마에 가면 로마의 법을 따르라더니 아르헨티나에 살고 있으니 아르헨티나의 법을 따르는 수밖에 이렇다 할 대책이 없어 보인다."(「환우기」) 그리고 이민자는 일상으로 돌아와 재차 다짐하듯 "융화, 공생공존(共生共存), 제2의 가족"(「제2의 가족」)을 내세우며 내적인 평정을 찾으려 한다.

그리고『로스안데스 문학』에는 이민사회를 둘러싼 역·재이민의 문제도 비중 있게 그려진다. 김정훈의 지적처럼, 같은 미주권 이민이지만 아르헨티나를 택한 이민자들은 미국과 캐나다로 들어간 이민자들과는 심리적인 측면에서 차이가 있다. 북미행을 택한 "한인들의 의식은 '되돌아감'보다는 '현지에 뿌리내리고 살기'"(김정훈,「재아 한인 시문학의 특성 연구」)에 무게중심이 놓인다. 코리안 이민자의 남미행과 북미행에 얽힌 냉전/탈냉전 시대의 정치문화적인 폭력성을 감안하면 역·재이민의 문제가 부각되는 것도 무리는 아니다. 하지만, 그렇다고 해서 이민사회를 둘러싼 표층적인 현상들이 그들 사회를 규정짓는 절대적인 기준일 순 없다. 오히려 이민자의 강력한 개척(도전)정신을 생각할 때, 남미대륙의 경계/혼종지점에 내재된 지역적 특수성, 즉 "축제적인 다이나미즘", "풍요의 바다"로 표상되는 무한한 잠재력을 확신했는지도 모른다. 그 밖에도『로스안데스 문학』은 코리안 이민사회의 세대교체, 교육문제, 국제결혼, 그리고 남미의 대자연 찬양, 종교적인 휴머니즘 등을 구체적으로 그려낸다.

어쨌든『로스안데스 문학』은 아르헨티나의 이민사회를 둘러싼 갈등의 양상들(안과 밖, 이상과 현실의 길항)을 관조적이면서도 열정적인 신체언어로 표현하고 있다. 특히 이민사회가 세대교체를 거듭하면서 동거할 수밖에 없는 경계/혼종지점을 둘러싸고, 한층 글로컬라이제이션 관점에서 현실적이고 내면화된 인간실존과 보편적 가치를 천착한다는 점에서 주목된다.

4. 남미 코리안 이민문학의 '혼종/혼종성'과 월경

코리안 디아스포라는 근원적으로 경계인적 삶에서 자유로워지기가 쉽지 않다. 먼저 심상공간에 자리잡고 있는 조국/고향을 향한 회귀의식, 이상과 현실의 괴리, 순수와 혼종의 길항, 중심과 주변으로 변주되는 의식의 해체와 탈구축, 문화충돌과 공생에 이르기까지 이민자/이민사회가 안고 있는 문제의식은 간단하지 않다. 이러한 과제들은 형식적으로는 바깥세계와의 교류소통을 통해 해결할 수 있겠지만 근원적으로는 실존적인 개아의 문제로서 내향적 고뇌의 원점들이기 때문이다. 그리고 굴절된 조국의 근현대사로부터 튕겨 나온 디아스포라의 안과 밖, 중심과 주변, 현실과 이상으로 변주되는 '문화혼종' 지점은 지극히 관계론적이며 중층적이다. 따라서 강력한 순혈주의, 민족주의적 관점을 견지한다하더라도 문화적 혼종지점은 디아스포라의 관점과 "매혹적인 순환성"4) 차원의 글로컬라이제이션 입장을 중시할 수밖에 없다. 예컨대 코리안 디아스포라의 간고함을 코리안 특유의 전통의식과 민족정신으로 극복하면서도 결국 신체 언어화된 21세기형의 열린 세계관을 견지할 수밖에 없는 것이다.

그러한 의미에서 남미에서 발행한 『열대문화』와 『로스안데스 문학』은 코리안 디아스포라의 간고한 이주역사의 기억이며, 굴절된 한국근현대사의 자화상이자 탈냉전 이후의 경계인의 정체성과 결부된 글로컬라이제이션의 표상이다. 안과 밖, 중심과 주변, 이상과 현실을 둘러싸고 변주될 수밖에 없는 이민자/이민사회의 경계/혼종지점을 이들 문예잡지에서는 코리안 특유의 "편력과 회귀" 정신, 현실주의적 시좌로 접근하고 있다.

탈중심화라는 것은 이른바 서울의 중심에서 벗어나, 한국 바깥인 주연의 영역으로 이행(移行)해 버린다는 뜻이다. 그것은 어떤 제도화된 중심적인 주제에서 풀려나, 주연이 갖는 반문화(反文化)적인 야성(野性)의 영역에서 자기 스스로를 재활성화시키는 행위를 말한다. 가령 우리의 문화를 중심과 주연, 표층의 현실과 심층의 그것, 일상성과 축제성(祝祭性) 일의(一義)적인 것과 다원적인 것, 이상과 광기, 이와 같이 빛과 그림자라는 양의성(兩義

---

4) 피터 버크(Peter Burke)는 『문화 혼종성』(강상우 옮김)에서 "순환은 원래 그것이 나온 지역으로 '재수출'될 만큼 매우 철저하게 적응된 외래문화의 산물을 언급하는데 적절한 은유"라고 전제하고, "성스러운 영역과 세속적인 영역간의 순환성", "고급문화와 저급문화 간의 순환성"을 예로 든다. 그리고 19~20세기의 일본과 서구 간의 문화적 관계의 역사는 "매혹적인 순환성"을 잘 보여주었다고 했다.

性)으로 구성되었다고 본다면, 이민 온 작가나 시인들은 이미 표층의 의식
의 정합성(整合性)을 지닌 중심을 떠나서, 주연의 영역이 갖는 심층의 의식
에의 유랑(流浪)이라는 편력의 길에 들어선 셈이 된다. 바로 탈중심화다.
   우리는 「인간은 단일(單一)한 현상속에 살아야 한다고 확신하는 자들」,
「다의적인 것을 배제하고 일의적인 사상(事象)을 쫓는 자들」, 「하나의 존재
양식 속에 인간의 모든 것이 숨어 있다고 믿는 자들」과 대치하면서 표층의
일원적 현실에서 심층의 다원적 현실 속으로, 일상성에서 축제성으로, 보
이는 것에서 안보이는 것으로, 이성이 지배하는 연속(連續)의 세계에서 광
기의 혼돈이 심연을 이루고 있는 비연속(非連續)의 세계로, 하나의 존재양
식에서 수많은 존재양식 속으로, 그러니까 중심의 영역에서 주연의 영역으
로 끊임없이 월경(越境)해야 한다. 우리는 그곳에서 이성적인 질서를 교란
하는 것들, 신화적인 광대의 세계, 모든 모순을 내포하고 예측불가능의 혼
돈을 행위하는 비이성(非理性)의 상징(象徵) 등등, 중심의 동질적인 영역에
서는 찾아볼 수 없는 이화(異化)된 갖가지 활성적인 요소를 만나게 된다.
(황운헌, 「편력과 회귀」에서)

   이러한 황운헌의 "주연의 영역"이 탈구축하는 월경주의는 글로컬라이제
이션 관점에서 "카니발과도 같은 혼돈스러운 패러다임적 교란의 생기(生
氣)"로 재설명된다. 예컨대 "한국 '안'만 바라보고 있으면, 주연이 갖는 그
와 같은 다의적인 풍요성을 부정해 버리기 쉬우나, 한국의 '밖' 곧 주연의
영역인 이민사회에 몸을 두고 있으면, 그와 같은 한국 '안'만의 한정된 차
원을 초월해버리는 또 하나의 새로운 문학적 계기"를 만들 수 있다는 것이
다. 그리고 이민자의 "문학은 주연의 생생한 혼돈과 대체하면서 중심(한국)
과의 가교구실을 통하여 언제나 새로운 생을 재생산하는 창조적 매체의
역할"을 할 수 있고 "우리는 주연의 풍토 속에서의 편력과 함께 중심의 풍
토 속으로의 회귀를 되풀이하면서 또 하나의 새로운 문학의 모델을 제시"
(「편력과 회귀」)할 수 있다고 했다.
   이민자들에게 디아스포라 정신과 글로컬라이제이션 관점, 즉 경계/혼

종성으로 수렴되는 문화지점은 주변이자 '편력과 회귀'의 주체들이다. 예컨대 미국의 코리안 소설이 "외부와의 관계성을 투사하는 '원심적 시선'을 보여"주고, 캐나다의 코리안 소설이 "내부의 관계성, 개체성을 천착하는 '구심적 시선'을 보여"주고, 아르헨티나의 코리안 소설이 "북미의 그것과 매우 다른 '균열적 시선'"(이영미, 『한인문화와 트랜스네이션』)을 천착했다 하더라도, 결국 이민문학은 "뒤섞이고 유동하는" 디아스포라적 세계관으로 수렴될 수밖에 없다. 따라서 이민사회의 문화적 경계/혼종지점이 탈구축하는 디아스포라적 상상력과 혼종적 글로컬라이제이션은 그동안 순혈주의, 민족주의, 자기중심적인 세계를 중시해 왔던 한국을 비롯한 동양사회에 새로운 사회문화적 패러다임을 제시할 수 있다는 점에서 의미가 있다. 특히 최근 급격한 다민족/다문화 사회로 변해가고 있는 한국 사회에 디아스포라적 관점에 근거한 코리안 이민자/이민사회의 월경적 세계관은 교훈적일 수 있을 것이다.

5. 나오는 말

피터 버크(Peter Burke)는 『문화 혼종성』에서 "혼종성 이론가들이 흔히 이중 문화적 혹은 혼합 문화적 정체성을 드러내 왔다"고 전제하고, 대체적으로 "상이한 문화들 속에서 겪은 개인적 삶의 체험, 혹은 상이한 문화들 사이에서 사는 것은 분명히 그들의 혼종성에 대한 문제의식의 바탕"이라고 했다. 또한 그는 고급문화와 저급문화 간의 '순환성'을 언급하며 19~20세기의 일본과 서구간의 문화적 관계의 역사를 "매혹적인 순환성"으로 보았고, 자신이 겪은 "문화적 상호작용의 경험은(그것이 개인간이든, 학문간이든, 문화간이든) 매우 긍정적"(『문화 혼종성』)이었다고 했다. 그리고 토착인, 유럽의 침입자, 아프리카 노예들 간의 만남과 충돌, 이민족간의 결혼과 같은 교류가 있었던 라틴아메리카 지역이야말로 유난히 혼종적이며 "'혼혈

개념’이 이종교배라는 직접적인 의미와 ‘문화의 혼합’이라는 은유적 의미” 양쪽 모두가 빈번하게 사용되었다고 했다.

이러한 경계/혼종성으로 대변되는 라틴아메리카로 코리안들이 진출한 것은 1963년부터다. 일제강점기의 신산했던 체험이 채 아물기도 전에 현대적 의미의 코리안 디아스포라가 탄생한 것이다. 굴절된 조국의 상흔을 통째로 짊어진 반공포로를 비롯한 자타의적으로 선택할 수밖에 없었던 코리안들의 남미행은 그야말로 냉전/탈냉전 시대의 어두운 역사적 현장이었다. 하지만 이민행 반세기를 넘긴 지금, 남미의 코리안 사회는 타고난 개척정신과 근면성으로 역동적인 사회문화적 거점을 만들어가고 있다. 특히 의류산업을 중심으로 남미 특유의 혼종문화를 “매혹적인 순환성”으로 은유화하고 있다. 그리고 코리안들의 이민문화는 디아스포라와 글로컬라이제이션 관점에서 “편력과 회귀”의 주체로 자리매김한다.

그리고 남미 코리안 사회 특유의 디아스포라적 상상력과 혼종적 글로컬라이제이션은 그동안 순혈주의 내지 민족주의로 수렴되던 한국 사회를 탈구축하는 매개로 작용할 수 있다는 점에서 주목된다. 일찍부터 혼종적 가치와 동거해 왔던 서구문화와 다르게 동양적 세계관은 ‘믹서’, ‘융합’, ‘혼종’과 같은 혼합언어 개념에 낯선 게 사실이다. 여전히 ‘잡종’, ‘반쪽바리’, ‘~틱’의 개념에 내재된 근대 국민국가 체제의 자기중심적인 세계관에 익숙해 있다. 그러나 분명한 것은 한국사회가 급격히 다민족, 다문화 사회로 편입되고 있고 혼종개념이 급속히 확장된다는 사실이다. 설령 다문화주의가 “신자유주의의 ‘국익’ 이데올로기처럼, 자기 해체적이고 모순적인 속성을 갖는 이데올로기”(이광택, 「문화 혼종성의 현실과 곤경」, 『문화 혼종성』)라고 하더라도 “매혹적인 순환성” 차원의 경계/혼종지점에 대한 검토는 피하기 어려워 보인다. 그러한 측면에서 지구촌의 코리안 디아스포라 문학이 발신하는 “뒤섞이고 유동하는” 혼종적 세계관은 월경(越境)의 ‘주연(周緣)’이라는 점에서 교훈적이다.

■ 김환기

동국대학교 일어일문학과 졸업
일본 다이쇼(大正)대학 대학원 석·박사
(현) 동국대학교 일어일문학과 교수,
(현) 동국대학교 일본학연구소 소장

대표저서

『야마모토 유조 문학과 휴머니즘』, 역락, 2000.
『재일 코리안 문학』(공저), 솔, 2002.
『시가 나오야』, 건국대출판부, 2004.
『재일 디아스포라 문학』, 새미, 2006.
『브라질(Brazil) 코리안 문학 선집』, 보고사, 2013.

이미지 : 아르헨티나의 깔라파떼(2012년 8월)

아르헨티나(Argentina)
코리안 문학 선집 【소설】

2013년 8월 9일 초판 1쇄 펴냄

엮은이 김환기
펴낸이 김흥국
펴낸곳 도서출판 보고사

책임편집 이유나
표지디자인 오동준

등록 1990년 12월 13일 제6-0429호
주소 서울특별시 성북구 보문동7가 11번지 2층
전화 922-5120~1(편집), 922-2246(영업)
팩스 922-6990
메일 kanapub3@naver.com
http://www.bogosabooks.co.kr

ISBN 979-11-5516-049-7   04890
     979-11-5516-047-3   (Set)
ⓒ 김환기, 2013

정가 32,000원
사전 동의 없는 무단 전재 및 복제를 금합니다.
잘못 만들어진 책은 바꾸어 드립니다.

이 도서의 국립중앙도서관 출판시도서목록(CIP)은 서지정보유통지원시스템 홈페이지
(http://seoji.nl.go.kr)와 국가자료공동목록시스템(http://www.nl.go.kr/kolisnet)에서
이용하실 수 있습니다. (CIP제어번호: CIP2013011529)